LES EAUX D'ARATTA

Malhorne **

Jérôme Camut est né en 1968. Dans sa tétralogie de *Malhorne*, il mêle thriller, merveilleux et mystère avec une efficacité digne des meilleurs best-sellers anglo-saxons. Depuis 2004, il écrit également en collaboration avec Nathalie Hug. Outre *Le Trait d'union des mondes*, premier volume de *Malhorne*, il a récemment publié, avec Nathalie Hug, *Les Éveillés* et le troisième tome des *Voies de l'ombre*, *Instinct*.

Paru dans Le Livre de Poche :

MALHORNE
1. Le Trait d'union des mondes

En collaboration avec Nathalie Hug :

PRÉDATION

STIGMATE

JÉRÔME CAMUT

Les Eaux d'Aratta

Malhorne **

BRAGELONNE

ISBN : 978-2-253-12434-4 – 1re publication LGF

Pour Élisabeth et Daniel Camut,
mes parents.

Prière du saros

Tu verras un jour, mon enfant.
Cette femme. Celle dont je t'ai parlé.
Cette femme dont mon père m'a parlé.
Et avant lui, le père de mon père.
Et son père avant ça.

Celle que nous espérons.
Du plus loin que nous puissions regarder tous ensemble.
Elle se présentera à toi. Je l'espère.
Fassent les eaux du monde que cela se passe de ton temps.
Et tu la reconnaîtras.
Tu ne sauras pas comment mais, sans l'avoir jamais vue,
tu te rappelleras d'elle.
Et elle de toi.
Alors, tu l'accueilleras comme la mère des hommes.

Ce jour béni, tu seras enfin en paix.
Et les tiens aussi avec toi.
Car sera revenu le temps de la connaissance et de l'harmonie.
Et avec elles rejaillira l'esprit de l'Aratta.

Ainsi chanteront les hérauts de notre reine.
Jusqu'à ce que son retour emporte leurs prières
dans le sable et le vent.

Texte sumérien
(début du troisième millénaire av. J.-C.).

Prologue

La jeune femme quitta son siège sans se presser. Elle rangea dans un sac le plan de Genève qu'elle venait d'étudier et descendit du train.

Au bout du quai, des barrières métalliques la dirigèrent vers le poste de douane.

Non, elle n'avait rien à déclarer.

Oui, la raison de son séjour en Suisse entrait dans le cadre des loisirs.

Le douanier lui adressa un regard appuyé, compara une demi-seconde son visage avec la photo d'identité de son passeport, scruta plus attentivement le visa délivré par l'ambassade de Moscou puis le lui tendit.

Tout était en règle.

– Passez un agréable séjour à Genève, mademoiselle Maïenkov, lui dit-il sur un ton neutre.

Elle remercia sans se retourner et sortit de la gare.

Irina Maïenkov était soulagée. Elle n'aimait pas les contrôles. Même si on ne pouvait rien lui reprocher. Devant un uniforme, ses tripes parlaient à la place de son cerveau. Sans raison particulière.

Elle retira une voiture de location et se lança dans Genève. À l'aide du plan de la ville, elle sortit du centre sans se tromper et prit la direction de Lausanne par le lac Léman.

Une quinzaine de kilomètres plus loin, elle gara son

véhicule sur un parking public et rebroussa chemin à pied.

De sa voiture, elle avait vu la propriété où elle devait se rendre. Ce serait l'affaire de cinq minutes.

Elle marcha d'un bon pas, réfléchissant à ce qu'elle était en train de faire.

C'était la première fois qu'elle se rendait aux rendez-vous de l'Ordre.

La mort de son père remontait à peu de temps. Aussi devait-elle rester extrêmement prudente.

Elle connaissait l'adresse.

Elle connaissait le rituel.

Et surtout, elle savait que le plus petit écart dans son application équivaudrait à la mort. Instantanée et probablement sans souffrance.

Elle parvint à la hauteur du portail. Un tressaillement remonta de son bas-ventre, qu'elle apaisa en expirant à fond.

Les premières fois vibrent toujours du frisson de l'appréhension.

Irina jeta un regard à travers la grille. Quatre voitures étaient stationnées dans le parc.

L'une portait une immatriculation française, deux autres venaient d'Allemagne, la dernière de Monaco.

Irina ne s'attarda pas. Elle dépassa l'entrée, longea le mur d'enceinte et se retrouva au bord du lac, à couvert sous un bosquet de résineux.

À partir de la berge boueuse, un ponton s'avançait au-dessus des eaux sur une dizaine de mètres.

Elle se dévêtit entièrement, fit une boule de ses vêtements et les déposa dans une grande barque amarrée au ponton.

Il ne devait pas faire plus de dix degrés.

Elle s'assura que personne ne pouvait la voir, puis se jeta à l'eau. En quelques mouvements de brasse, Irina gagna l'arrière de la propriété, où elle fut arrêtée par le mur d'enceinte. À cet endroit, le lac était profond. Dans le bas du mur, au niveau de l'eau, un tunnel en pierre maçonnée s'enfonçait sous la propriété. Irina s'y engagea. Sa tête touchait pratiquement la voûte. L'obscurité gagnait du terrain, jusqu'à devenir complète.

Ses mains rencontrèrent l'arête d'une marche, puis ses pieds se posèrent sur un escalier.

Elle sortit de l'eau.

La pièce dans laquelle elle se trouvait était totalement enténébrée. Irina attendit dans le noir, grelottante et fortement impressionnée.

– Quels sont les mots justes ? demanda une voix d'homme.

Irina rassembla son courage. Son père lui avait enseigné. Les longues heures passées à apprendre et à réciter des centaines de lignes, la formation du corps, et celle de l'esprit, l'entraînement au combat, la connaissance du passé, si lointain qu'il avait disparu de la mémoire des hommes ordinaires, et tant d'autres choses, qu'elle et tous ceux de l'Ordre des Lukingias s'étaient transmis depuis des siècles... Les quinze années écoulées l'avaient préparée pour cet instant. Elle ne devait pas avoir peur.

– Je suis fille de l'eau, répondit-elle d'une voix calme.

Une lumière monta graduellement dans la pièce.

Devant elle se tenait un homme jeune et très beau. De longues boucles blondes encadraient son visage, qui présentait les traits rassurants d'un adolescent. Il devait avoir une vingtaine d'années, pas davantage. Pourtant, Irina ne pouvait se fier à sa mine angélique. Un long poignard à la lame torsadée brillait dans sa main, prêt à jaillir à la moindre hésitation de sa part.

Le jeune homme rangea son arme et posa un peignoir sur les épaules d'Irina.

D'un geste, il lui proposa de s'engager dans un corridor. Elle obtempéra sans un mot et se retrouva bientôt à l'air libre, dans le parc de la propriété.

Il n'y avait personne.

En face d'elle, une grande bâtisse ouvrait deux ailes sur le lac. Les volets étaient tous fermés. Seule une double porte grande ouverte indiquait une présence en ce lieu.

Irina traversa le parc. Elle devina, au hasard des perspectives qui s'ouvraient sur ses côtés, qu'elle faisait l'objet d'une surveillance active. Elle était loin d'être seule.

Irina pénétra dans la bâtisse. Devant elle se tenait une femme âgée, vêtue d'une sortie-de-bain identique à celle qu'Irina portait. Elle semblait lui barrer le chemin. Derrière la vieillarde, une vingtaine d'hommes et de femmes de tous âges, de toutes couleurs de peau braquaient leurs regards sur la nouvelle arrivante.

Dans son dos, Irina sentit une présence. Sans doute les gardiens dont elle avait deviné la veille un instant plus tôt. Elle se retourna et vit le jeune homme au poignard.

– Va ! lui dit-il. C'est notre aînée.

Sur une table dressée à côté d'un double escalier gigantesque, était posée une vasque remplie d'eau. Irina y trempa une main, puis s'approcha de la vieille femme. Elle tendit la main et posa sa paume mouillée dans la sienne.

– Tu es l'enfant aîné d'Alexis.

– Je n'ai ni frère ni sœur, répondit Irina d'une voix mal assurée.

– Alors, tu n'as pas eu le choix.

Irina entendit se refermer la double porte.

En un mouvement général, les protagonistes s'organisèrent en demi-cercle autour de l'aînée. Irina imita les autres et vint se placer au côté du jeune homme au poignard.

– Tout va bien, lui dit-il à l'oreille. Tu peux te détendre à présent. Nous ferons connaissance tout à l'heure.

L'aînée entremêla ses mains et s'adressa à l'assistance.

– Nous sommes tous réunis, dit-elle d'une voix étonnamment jeune. Certains parmi vous prennent part à la réunion de l'Ordre pour la première fois. J'aurai tout le temps nécessaire pour répondre à leurs questions. Mais plus tard. Malgré leur statut de novices parmi nous, ils vont comprendre l'importance de ce que j'ai à vous dire. Une nouvelle certainement connue de quelques-uns…

Elle marqua un temps d'arrêt, puis déclara :

– Nous avons retrouvé la trace de l'Aratta !

I

Franklin

2011 – 2013

1

Carnet de bord de Franklin Adamov
10 août 2011

« Frères humains, vous qui longtemps après nous vivrez, n'ayez pas contre nous trop de courroux. »

Cette phrase du poète François Villon marque depuis des siècles la mémoire de ceux qui l'ont lue ne serait-ce qu'une fois.

Je n'aurais pu trouver de meilleur préambule pour entamer mon récit.

À mon tour, je pense à celles et ceux qui vont venir peupler notre terre. Mais mes pensées se tournent surtout vers les autres, ceux qui ont rejoint leur inéluctable destin dans l'angoisse du trépas. Ceux qui ont espéré toute une vie durant et pour qui la dernière heure fut aussi affreuse que solitaire.

Ce que j'ai vécu en l'espace d'une année a bouleversé mon existence, mes principes, mes croyances, et jusqu'aux plus profonds fondements mystiques de mon être. Aujourd'hui, je sais que ce qui est parvenu jusqu'à ma conscience est en passe d'être dévoilé à l'humanité tout entière…

Franklin Adamov
Amazonie sylvestre,
10 août 2011.

2

Denis Craig était seul, assis dans l'ancien appartement cellule de Malhorne. Un plafonnier l'isolait dans un pâle halo de lumière tremblotante. Le reste du bunker était plongé dans l'obscurité.

Sur un côté de la pièce, un écran plasma diffusait des images muettes de Malhorne, prises au cours de ses interrogatoires. Craig ne voulait pas des mots. Il restait fasciné par les expressions changeantes de Malhorne, qui passaient en un temps très court de la violence extrême à la douceur de l'agneau. Comme un enfant tour à tour capricieux puis enjôleur.

Depuis la fuite d'Adamov et de l'enfant, Craig venait de temps en temps à la Fondation. Il descendait dans le bunker pour trouver une réponse, dans la noirceur de cette salle gigantesque.

Spencer l'accompagnait, au moins pour lui allumer la lumière. Mais il n'y restait jamais. Le souvenir, la culpabilité, l'incompréhension, la responsabilité, autant de sentiments qui le traquaient dans les moindres recoins de la pièce. Jusque dans les minuscules fissures de la dalle en béton, dont certaines devaient encore contenir quelques traces de sang. Le sang des innocents qu'il avait lui-même fait couler.

Il repartait aussitôt, prétextant quelque affaire urgente à régler.

Mais il n'y avait pas d'affaire urgente. Depuis la mort de Malhorne, Craig n'avait rien confié d'envergure à Spencer. Le manque d'appréciation du colonel en retraite lors de la nuit funeste faisait douter son patron de sa compétence. Et de lui-même.

Craig bougea sur son siège. Sans s'en rendre compte, il imitait souvent l'attitude de prédilection de Malhorne. Les coudes posés sur les accoudoirs, les mains jointes, la tranche appuyée contre les lèvres, l'extrémité des doigts juste sous le nez, les pouces tournés sous le menton. Cette posture qu'il prenait à loisir pour écouter quelqu'un parler. Avec cette façon unique de regarder qui aurait fait douter un prix Nobel de son intelligence.

Craig sonda l'espace devant lui, droit, le regard sans but.

Il aimait à s'asseoir dans le fauteuil de Malhorne, cet homme au-dessus du commun qui aurait pu changer la face du monde. S'il l'avait voulu. Ou simplement si ça l'avait amusé.

Craig essayait de se figurer ce que cela lui aurait fait d'être éternel.

Lui qui se savait misérablement fragile devant la mort. Comme tout le monde. Malgré les milliards de dollars accumulés, malgré la célébrité.

Mourir et renaître. Mourir et renaître. Mourir et renaître.

En se souvenant de tout. À chaque fois. Pour l'éternité.

Malhorne était cela. Et quelque part sur la planète, sa réincarnation l'était de nouveau. Ou le serait bientôt. Qu'elle soit une fillette importait peu. Et même si l'esprit de Malhorne s'était envolé ailleurs, aux environs de la Fondation ou plus loin, il serait de nouveau bientôt cela. Dans une quinzaine d'années tout au plus. Les jeunes Américains d'aujourd'hui perdaient leur pucelage à l'adolescence.

Que signifiaient quinze ans de délai face à l'éternité ?

Cette phrase résonnait dans la tête de Craig comme une question d'enfant.

Mais, un jour, lui allait mourir. Définitivement. Et cette pensée anéantissait toute idée d'accomplissement terrestre. Il fallait agir, jouir, profiter, se servir aujourd'hui. Et il le faisait très bien, depuis le début de sa réussite personnelle. Mais, en fin de compte, pour quoi faire ? Y avait-il un sens à son mode de vie ? Existait-il une raison valable de continuer, jour après jour ? Et surtout, à quoi servait de le faire un jour de plus ?

C'était grotesque.

Tout le monde se souvenait du Christ, même les non-chrétiens.

Pareil pour Bouddha, Mahomet, Einstein, Gandhi, Hitler, Napoléon, Freud et quelques autres. Finalement un nombre assez restreint.

Mais lui, Denis Craig, que resterait-il de son existence lorsqu'elle cesserait ?

Une cotation en bourse… Un hélicoptère de combat révolutionnaire… Un modèle d'ascension sociale étudié par des étudiants en économie…

Et puis, rapidement, plus rien. Sa vie, pourtant riche en événements, disparaîtrait bientôt dans le néant, jusque dans ses plus petits détails.

Comme s'il n'avait jamais existé.

Et il était certain que le souvenir des autres continuait à faire subsister une trace des trépassés. Aussi infime soit-elle, une trace suffisait.

Il y pensait souvent. Il y pensait tout le temps. C'était devenu obsessionnel.

Il n'avait pas réussi à établir de manière rationnelle la plus grande évolution possible de l'humanité, depuis qu'elle s'était dressée sur ses jambes. Celle qui aurait fait accéder son nom à la postérité pour les siècles des siècles. Le nom de l'homme qui aurait apporté aux hommes la preuve irréfutable de l'existence de l'âme. Une mission à la dimension de sa vie.

Tuer Malhorne, recueillir sa réincarnation et la confronter à la puberté aux dires de sa précédente enveloppe charnelle. Ç'aurait été aussi simple que ça. Une attente sans doute un peu longue, mais pour quel résultat !

Malhorne ne s'était-il pas livré à lui dans ce dessein ? Mais il avait changé d'avis en cours de route.

Craig n'avait pas été à la hauteur. Ni lui ni tous les autres. Mais à ses yeux, seul son échec personnel comptait.

Craig se leva et fit un pas dans le bunker. Les lumières s'allumèrent automatiquement, révélant la masse colossale de sept statues identiques. Il les connaissait maintenant sur le bout des doigts. Leurs origines, leurs dates d'érection, l'identité de leurs auteurs.

Caresser la matière de cette histoire extraordinaire lui faisait du bien. Ces statues parvenaient à l'apaiser, lorsque à certains moments le doute sourdait trop puissamment au cœur de ses entrailles.

Pourtant, les solutions étaient nombreuses, mais les modes opératoires se présentaient de manière extrêmement délicate.

Il pouvait s'attaquer au journal l'*Independent*. Il en avait les moyens et mieux encore, il en éprouvait l'envie. Mais il savait ce jeu dangereux. Aux États-Unis, on ne s'en prenait pas impunément aux médias. Il faut de bonnes raisons, suffisamment lourdes, pour qu'une plainte soit recevable devant un tribunal. S'attaquer à l'*Independent* dans l'affaire Malhorne, c'était s'en prendre aux médias américains dans leur ensemble. Voire au-delà des frontières. Et cela pouvait lui coûter très cher, à lui, le patron finalement fragile d'une multinationale.

Il restait les hommes.

Spencer, Stacey et une grande majorité des chercheurs de la Fondation étaient demeurés à ses côtés, sans doute plus par appât du gain que par fidélité. Mais il connaissait intimement le pouvoir de l'argent et savait s'en servir.

L'homme à abattre, c'était Franklin Adamov. Le traître, le félon qui s'était emparé de son bien pour l'emporter ailleurs. Et Craig ne parvenait pas à trancher. Fallait-il abattre Adamov au sens propre, ou au figuré ?

Spencer avait essayé de lui souffler la meilleure solution, mais elle était si prévisible que Craig n'avait su que sourire.

Spencer voulait s'amender.

Craig voulait réussir.

Il connaissait l'endroit où Adamov avait caché l'enfant. Depuis peu de temps, mais à présent il le savait. Les recherches n'avaient été l'affaire que de quelques semaines. La Terre n'était pas si grande qu'on voulait le penser.

Ce qu'il cherchait, c'était le moyen d'en finir rapidement avec ces rumeurs concernant un Nouveau Messie qui couraient sur le Net, d'éliminer ses rivaux et de récupérer l'enfant. Tout ça de manière définitive et sans bavure.

Craig monta le son. Il était curieux de savoir à quel endroit de son récit en était Malhorne.

Il s'agissait d'un des derniers interrogatoires. La rencontre entre Julian Stark et Kimberley Trevor. Craig écouta, puis il se laissa distraire par le flot des mots, sans plus chercher à en comprendre le sens.

Il s'assit de nouveau. Sur le sol en béton, cette fois.

L'idée vint presque toute seule, comme soufflée par Malhorne lui-même.

Craig se massa les tempes, puis fut secoué par un éclat de rire.

Il venait enfin de trouver les arcanes de sa vengeance.

3

Carnet de bord de Franklin Adamov
12 août 2011

J'ai longtemps différé la rédaction de ce carnet. L'installation d'une demi-douzaine d'Occidentaux en terre kayapo a été plus difficile à réaliser que je ne l'imaginais. Recommencer à partir de rien est un travail colossal. Le soir venu, je m'endormais tôt. Trop épuisé pour consacrer ne serait-ce qu'une heure à l'écriture.

Acil, le Rimpoché et ses aides se sont adaptés bien plus vite que nous. Eux savent se contenter de peu, sur un plan matériel.

Il nous a fallu désapprendre, nous passer de nos habitudes en apparence banales. Ouvrir le robinet d'eau chaude, tirer la chasse d'eau, passer chez le traiteur…

L'absence de ces petites commodités de la vie vous tracasse au-delà de leur importance véritable. Chaque acte du quotidien doit ici se gagner, sans concession. Vivre se mérite. Mais la satisfaction qu'on en retire est grande. Et l'homme est adaptable. Les nouvelles habitudes amènent la banalité. Ce qui paraissait hier insurmontable devient facile pour tous.

Avec l'aide des Kayapos, la forêt nous a adoptés.

Et, curieusement, s'éloigner du matériel rapproche de la matière.

Une vie nouvelle a commencé pour nous. Un redémarrage dont nous ignorons s'il s'agit d'un départ ou d'une destination.

L'Amazone, qui tenait une si grande place dans le cœur de Malhorne, nous a emportés loin de la civilisation. J'ai retrouvé avec bonheur Arinaou et les siens. Ils ont accueilli l'enfant sans poser de questions. Ni sur son sexe, ni sur son hypothétique mémoire prodigieuse. Ce peuple mériterait que le monde entier s'attarde un temps sur son fonctionnement psychologique.

J'ai réparé ce que je n'avais pas pu faire il y a un an. José Cariban a reçu une sépulture digne de lui. Une pierre porte son nom, ses dates de naissance et, malheureusement, de mort, ainsi que le court adage d'Honorine Macare, écrit dans le bon sens de lecture : « Contente-toi de peu, amuse-toi de tout. » Mais en guise de symbole religieux, j'ai gravé un heptagone. Je ne lui connaissais pas de foi et le sens de cette figure géométrique lui aurait plu.

Nous avons recommencé avec l'enfant la petite expérience à laquelle je m'étais livré lors de notre transfert en container. Le résultat a été identique. Nous avons voulu tenter d'autres choses, mais le Rimpoché s'y est opposé. Toute l'énergie du nourrisson doit être consacrée à son repos et à sa croissance. Les amusements d'adultes à peine matures passeront après. Nous nous sommes sentis honteux à la suite de son sermon mais il a raison. Le Rimpoché pense que l'enfant a besoin de temps pour structurer les milliers de vies qui occupent sa mémoire. Malhorne disait découvrir à chaque renaissance les différentes strates qui le constituaient. Et encore ne devait-il réapprendre qu'une vingtaine de générations.

La pensée de Malhorne m'emporte. Loin. Toujours plus loin.

La petite fille qui a pris vie et pleine conscience au moment de sa mort demeure pour moi un mystère. Quasi monstrueux, quasi merveilleux.

Bout de chou a gardé son surnom. En attendant qu'elle nous fasse part d'un autre qui lui conviendrait mieux. Elle seule choisira.

À présent que nous sommes rompus à la vie dans la forêt amazonienne et à ses nombreux dangers, nous avons décidé de passer à la deuxième phase de notre installation. L'intégration de la technologie occidentale ne se fera pas sans mal pour nos hôtes mais elle est nécessaire. Nous devons pouvoir surveiller notre périmètre et réagir en cas d'attaque des hommes de Craig ou d'autres. Nous devons aussi connaître en temps réel les conséquences de la diffusion des archives vidéo de la Fondation sur le Net. L'humanité accédera-t-elle à l'incroyable ou pensera-t-elle, comme je le crains, à un coup monté de toutes pièces.

Virgile Macare, le gestionnaire de la fortune de Malhorne, pourvoit à notre approvisionnement. Il nous rend visite de loin en loin. Peut-être vient-il vérifier la bonne utilisation des fonds qu'il met à notre disposition. Ce n'est qu'une supposition, car il n'a jamais émis le moindre commentaire à ce sujet. C'est un homme discret et droit. Nous nous entendons bien.

Les apprentis moines qui accompagnaient le Rimpoché nous ont quittés. Ils sont repartis pour l'Inde. Là-bas les attendent de longues années d'études au terme desquelles ils connaîtront une forme de sagesse à laquelle nous aspirons tous ici. Le Rimpoché les a mandatés auprès du dalaï-lama pour une mission d'information. Des neuf initialement arrivés au village, nous ne sommes plus que sept. Je veux voir dans ce chiffre un signe positif.

Nous disposons à présent de panneaux solaires qui nous fournissent en électricité, d'ordinateurs, de pompes, d'une unité de télécommunications, d'une mini-usine de traitement des eaux, d'un bloc opératoire, etc. Et par-dessus tout, nous avons de l'eau chaude en abondance.

Nous allons pouvoir reprendre les vieilles habitudes.

Les images de la Fondation Prométhée ont fait le tour du monde. Je dois avouer que mon scepticisme initial s'est très vite évaporé. La façon de réagir de beaucoup de gens devant ces archives me porte à un optimisme teinté d'inquiétude. Des témoignages de soutien nous arrivent sur le Net par légions. Mais j'ai peur qu'ils n'oublient vite. Pourtant, le monde ne se résume pas à l'Occident. Je dois apprendre à regarder plus loin que mon nombril. Malhorne me l'avait suggéré.

Son témoignage a déferlé sur les consciences. Peut-être l'humain y gagnera-t-il. Je l'espère sans oser y croire vraiment. Analysée froidement d'ici, cette aventure planétaire est passionnante. Mais je suis persuadé que des dérives perverses apparaîtront bientôt.

De nouvelles sectes ont vu le jour un peu partout. Des Églises malhornéennes en pagaille, des Témoins de Malhorne en-veux-tu-en-voilà. Et j'en passe. C'était inévitable, et c'est sur ce point que mon doute s'exacerbe.

Malhorne ne témoignait pas dans le but que des religions en remplacent d'autres. Malhorne témoignait pour l'homme. Pour que, face à elle-même, notre conscience se regarde enfin et se comprenne un peu mieux. Pas de place pour un dieu. L'homme et seulement l'homme. J'espère que certains l'ont compris. Je pense en faire partie.

Nous n'avons pas indiqué notre localisation précise dans la forêt amazonienne. Nous craignons un afflux de fanatiques, de désœuvrés ou de malfaisants. Même un trop-plein de sympathisants pourrait nous être fatal. Des espions à la solde de Craig s'y cacheraient sans mal. Et puis, la forêt équatoriale est un écosystème fragile qui ne peut nourrir une forte population.

Je dois ajouter que nous recherchons tous le calme et la paix. Et pour certains, dont je fais partie, le silence.

Le temps n'est pas encore venu d'élargir notre communauté.

Pourtant, tôt ou tard, quelqu'un indiquera où nous trouver. Je suis même étonné que la Fondation ne l'ait pas déjà fait. Ça ressemblerait assez aux méthodes de Craig et Spencer. Gêner l'ennemi pour qu'il ne s'organise pas.

Régulièrement, des hélicoptères nous livrent du matériel et des vivres. Les pister au radar est un jeu d'enfant.

Sans compter les satellites…

José Cariban a bien su trouver des Kayapos expatriés, alors qu'il ne les cherchait pas vraiment.

Notre communauté s'est réunie. Des décisions de tout ordre étaient à prendre. L'organisation du quotidien, la répartition des tâches, la défense du territoire et, pardessus tout, la protection de Bout de chou.

Ce qui aurait dû ressembler à un conseil ministériel s'est transformé en foire d'empoigne. Les Kayapos possèdent bien des qualités, mais ils ne seront jamais des administrateurs. Je ne peux, du reste, leur reprocher ce dont je suis moi-même difficilement capable.

Une journée entière de palabres a été nécessaire. À la décharge de nos hôtes indiens, je dois ajouter que notre petite troupe a, elle aussi, apporté son lot de tergiversations.

Le soir venu, nous avions tranché sur la plupart des points.

Depuis le départ du dernier hélicoptère, chacun d'entre nous porte en bandoulière un fusil d'assaut. Le Rimpoché excepté.

Stuart a tombé la soutane pour une tenue plus appropriée au terrain tropical et s'est laissé pousser la barbe. Si l'on fait abstraction de sa rousseur irlandaise, on jurerait que le Che est revenu guerroyer dans les forêts d'Amérique du Sud.

Bout de chou ne parle toujours pas. Encore trop petite. Nous attendons tous qu'elle se manifeste.

Seul le Rimpoché semble parvenir à communiquer avec elle, mais sans mots. Il emmène souvent l'enfant en promenade dans la forêt. Et invariablement, lorsqu'ils rentrent au village, la petite dort. Ce doit être épuisant pour elle.

Je les observe parfois. Le Rimpoché cale l'enfant dans ses bras, la petite tête reposant dans l'arrondi de l'épaule. Puis ils ferment les yeux. Pendant ces longs moments où ils échangent on ne sait trop quoi, le visage de Bout de chou se fige. Celui du Rimpoché, par contre, présente des expressions changeantes et contradictoires. Et c'est bien souvent de la tristesse que je déchiffre sur ses traits.

Il ne veut rien dire sur ce qu'ils se « racontent ».

Si les premiers temps j'ai essayé de savoir, à présent je ne m'y risque plus. Les réponses d'Oriental du Rimpoché laissent un goût de frustration à l'Occidental pressé que je suis.

Le temps livrera ce qu'il doit nous livrer. Chacun selon ses attentes, sans doute.

Je n'ai pas fini d'apprendre.

La compagnie de Malhorne me manque.

Savoir qu'un tel personnage existait donnait à notre monde un visage plus fréquentable. J'ai beau connaître suffisamment son histoire extraordinaire, je ne parviens pas à dépasser ma tristesse liée à sa mort.

Le deuil me pèse encore.

Et l'angoisse de ma propre fin ronge toujours mon âme. Chrétien de culture et de tradition, je ne revisite mon panthéon et ses avatars qu'à la lumière de la raison. Mais l'être inconscient qui me gouverne tremble toujours à l'idée impensable de disparaître.

Il me faudrait une psychanalyse complète avec un thérapeute au courant de toute l'affaire Malhorne. Et cet énergumène n'a pas installé de cabinet dans les parages.

Attendre, apprendre, comprendre. Voilà tout ce dont je dispose.

« Et aimer aussi », aurait sans doute ajouté Malhorne.

Acil et Teico sont partis à la recherche des sources de l'Amazone. En suivant les descriptions de Malhorne et munis d'un relevé satellite, ils devraient y arriver sans trop de mal. Chacun semble être en quête, à sa façon, de Malhorne ou de ce qu'il représente. Acil et Teico cherchent l'eau de la Création.

Mes relations avec Tara sont au beau fixe. Nous nous tournons autour comme des adolescents. Elle est fraîche, vive, jolie et intelligente. Et il semble que je sois à son goût aussi. Pourtant, je n'arrive pas à franchir le pas. J'ai l'impression que ça compliquerait les choses. Nous avons le temps.

La forêt qui nous entoure est à présent truffée de caméras miniaturisées autonomes. Des micros écoutent le moindre bruit, des détecteurs de mouvements signalent la plus petite intrusion sur notre territoire. Si des hommes de la Fondation convergeaient vers nous par voie terrestre, nous disposerions d'un temps de réaction largement suffisant.

Par contre, si Craig veut nous détruire, nous sommes à sa merci. Nous ne pouvons pas surveiller les airs, et les missiles sont trop rapides. Nous pourrions doter le village d'un radar : les moyens financiers dont Bout de chou dispose sont énormes. La fortune gérée par le cabinet Macare et les dividendes de l'empire Misushi suffiraient à entretenir une petite armée. Mais nous n'en voulons pas. Ce n'est pas de cette façon que nous envisageons le monde. C'est prendre un risque, mais ce risque est calculé.

Quoi qu'il en soit, je doute que Craig en arrive à de telles extrémités. Il a perdu son jouet et, dans l'esprit d'un homme de sa trempe, cet état ne peut être que momentané. Sans doute tentera-t-il de le récupérer par un moyen que nous n'avons pas su prévoir.

Le détruire le priverait lui aussi. Cela n'aurait pas de sens. Je n'imagine pas Denis Craig se vengeant. Il veut triompher, vaincre son adversaire. Mais pas se venger. Je le devine trop imbu de lui-même pour nous juger dignes de sa vengeance.

Cette attente hantée par les suppositions sur les pensées de l'ennemi ressemble à une partie d'échecs. Malheureusement, l'enjeu ne se résume pas à une simple satisfaction intellectuelle. Et nous ne voulons pas gagner. Malhorne nous a réunis alors que jamais nous n'aurions dû nous rencontrer. À présent, nous ne cherchons qu'à protéger Bout de chou et à vivre tranquillement.

Denis Craig pourra-t-il comprendre ça ?

Je suis persuadé qu'il épie le moindre de nos faits et gestes en attendant son heure. Chaque jour qui passe nous rapproche de l'inéluctable sans que nous en connaissions la date.

Alors que nous avons cru lui échapper, c'est bien Craig qui maîtrise la partie. Nous en sommes pleinement conscients et cette attente muette crée une tension permanente dont nous évitons de parler. Faute d'éléments nouveaux, toute supposition se perdrait en un verbiage stérile.

Acil et Teico sont revenus de leur périple. Ils ont trouvé les sources de l'Amazone. Quelque chose en eux a changé. Rien de tangible, à vrai dire. Une part d'eux-mêmes est restée là-haut, dans les eaux glacées de la Cordillère.

Les mois ont passé sans que rien d'inhabituel arrive.

Les conséquences de l'histoire de Malhorne à travers le monde n'ont pas faibli. Les sites d'archives sur Internet comptabilisent des centaines de millions de connexions. Le thème de la mort est devenu ouvertement un sujet de société. La peine capitale a été suspendue dans de nombreux pays, en attendant de statuer définitivement. Même les États-Unis parlent de l'abolir.

Les chefs religieux se rencontrent. C'est inespéré, même s'ils n'ont pas vraiment d'autre solution. Je trouve ces bouleversements magnifiques. Révolutionnaires !

Les médias s'interrogent sur le sens de la vie depuis des mois et le phénomène continue. C'en est presque insolite, tant ils nous ont habitués à la courte durée de vie de l'information.

Mais la mort est sans doute un sujet qui ne peut s'oublier.

Des centaines de journaux, de radios et de télévisions nous ont contactés via le Net. Tous veulent nous rencontrer, toucher Bout de chou. Pour y croire vraiment, je suppose.

Il est trop tôt. Dans quelques années, peut-être. L'enfant décidera seule. Elle n'aura bientôt plus besoin de nous. Comment pourrions-nous lui apporter plus qu'une assistance matérielle ? Elle qui cumule l'expérience de mille vies. Pour le moment, l'histoire de Malhorne se nourrira d'elle-même. Ou alors, elle faillira. Jusqu'à ce que Bout de chou prenne la relève. Si elle le désire.

Les journalistes apprendront la patience.

Comme nous tous.

Une vaste polémique est née d'un point que personne n'avait envisagé. Les avis s'affrontent sur la signification réelle de « Trait d'union des mondes ».

La narration de Malhorne me semblait pourtant limpide. À mon sens, il représente un pont entre le vivant et l'après-vivant. Mais une portion de l'humanité ne partage pas cet avis. L'imagination fertile de nos contemporains traque la vérité dans toutes les directions possibles. C'est vaste. Entre l'extravagant et l'acceptable.

Les mondes extraterrestres reviennent souvent. Et je ne me résous pas à l'accepter, même si cette hypothèse est envisageable. Elle équivaudrait à échanger les dieux de l'humanité contre quelque chose de similaire. Des êtres beaucoup plus évolués que nous, des protecteurs condescendants en attente de notre dévotion.

J'espère ne pas blasphémer mais c'est précisément ce

besoin de « grands frères » qui a conduit notre espèce à s'embarrasser du cortège sans fin apparente des dieux de tous poils.

Malhorne n'aurait pas souhaité ça. J'en suis persuadé.

Là encore, quelques années de patience emporteront le poids des doutes.

Si Malhorne avait pu écrire un guide pratique à l'usage des mortels, tout serait plus simple. Mais je pense qu'il a délibérément laissé des questions sans réponse. Pour donner à l'individu la possibilité de se positionner tout seul.

Ce que nous avions prévu a fini par arriver. Des gens, que nous espérons de bonne volonté, commencent à parvenir jusqu'à nous. Conséquence logique et attendue. Mais il serait naïf de ne les croire tous armés que de bonnes intentions. Virgile Macare a monté à New York un cabinet de chasseurs d'espions. L'identité de chaque nouvel arrivant est passée au crible de méthodes policières. Nous sommes sûrs des résultats à 95 %. Les 5 % d'incertitude nous maintiennent dans un sain état de vigilance.

Leurs motivations sont de tout ordre et tournent généralement autour de l'histoire de Malhorne. Généralement, mais pas systématiquement. Certains sont simplement curieux de voir à quoi nous ressemblons. Il faut être diablement désœuvré pour effectuer un voyage aussi long à la seule fin de satisfaire une envie voyeuriste. Mais ce n'est pas notre affaire.

S'il se trouve parmi eux des journalistes se faisant passer pour quelqu'un d'autre, nous le saurons bientôt. Et nous réagirons en conséquence. Un exemple devrait décourager d'autres candidats. Nous ne les rejetterons pas. Ils seront simplement soulagés, comme les autres, de leurs moyens de communication. Libres à eux de repartir écrire des articles ailleurs.

Il n'y aura pas de reportages tapageurs en direct d'Amazonie.

Notre principal souci est d'éviter que ne s'établisse une foule à nos portes. Plus grande elle sera, plus lourds deviendront les problèmes d'ordre sanitaire, logistique et alimentaire. Si une telle situation se présentait, il est possible que nous déménagions discrètement pour une destination tenue secrète. Nous en avons débattu entre nous. C'est la seule solution que nous avons trouvée, étant donné que nous ne pouvons pas interdire l'accès à notre campement. Une île ferait parfaitement l'affaire. La famille Misushi en possède une dans le Pacifique.

Là encore, le temps décidera.

Un second village, à l'écart du premier, a été bâti. Il est destiné à nos nouveaux compagnons qui, eux, ne reçoivent pas d'armes et sont pour certains pacifiquement délestés de celles qu'ils apportent. Ce village se trouve au bord du fleuve, à une dizaine de kilomètres du premier. Cet éloignement nous assure une tranquillité relative. Aller de l'un à l'autre demande trois bonnes heures de marche. Nos immigrants ne viennent pas pour un simple bonjour.

Ces femmes et ces hommes veulent tous approcher Bout de chou. Nous comblons leurs attentes. Mais à notre convenance. Un par un, et l'enfant est fortement encadrée.

La plupart arrivent chargés de présents ou de témoignages d'amitié de leur communauté. Il semble que les rois mages se soient multipliés en ce troisième millénaire.

Ceux qui viennent en quête de spectaculaire en sont pour leurs frais. Bout de chou n'a rien de l'enfant roi.

Les seules bizarreries se passent dans les bras du Rimpoché et n'ont rien d'extravagant. Pas de télékinésie, pas de lévitation. Rien de paranormal. La descendance de Malhorne doit leur paraître bien banale.

Certains repartent vite. La sélection naturelle s'établit d'elle-même.

Nous assurons auprès de cette population une formation rapide sur les dangers de la faune et de la flore locales. Il existe ici des araignées grosses comme des assiettes et des serpents dont le venin ne vous laisse pas plus d'une minute pour faire vos adieux. En général, nos visiteurs les connaissent. Mais voir la montagne fait oublier la chaîne qui se trouve derrière. Certains scolopendres sont mortels, plusieurs variétés de crapauds aussi. Nous avons des jaguars, quelques pumas et les cieux des chaudes nuits équatoriales grouillent de vampires. Voilà, en résumé, pour les rencontres terrestres à éviter. Quant à ce qui patiente sous l'eau… Mieux vaut donc se passer de baignades impromptues.

Nous avons dû défricher plusieurs hectares de forêt. Travail harassant sans cesse remis en question, tant la vie renaît ici rapidement de l'humus. Et comme nous ne disposons ni ne voulons disposer de pesticides, les machettes ne restent jamais longtemps au fourreau. Les esprits et les corps sont ainsi occupés. Nous n'avons pas relevé d'incident notable.

Kinuyo, Stuart et Acil sont partis dans la forêt pour construire des habitats de repli, que nous utiliserons en cas de force majeure. Nous seuls en connaissons les emplacements. Ces cabanes permettent aussi à ceux qui en ressentent le besoin de s'isoler du groupe. J'y vais de temps à autre, laissant à Tara la pleine responsabilité de son rôle de mère provisoire.

Bout de chou marche !

Elle entame à peine son onzième mois et la voilà dressée sur ses pieds.

Ses enjambées précaires l'entraînent invariablement vers la rivière, où le courant est assez fort. Nous devons être de plus en plus vigilants. J'apprends mon rôle de parent temporaire à coups de peurs bleues. Je suis satisfait par ce travail à temps plein.

Même si jamais elle ne m'appellera « papa ».

Stacey Revel nous a rendu visite. Il travaille toujours pour la Fondation Prométhée. Il nous a proposé de collaborer de nouveau. Craig désire passer l'éponge, recommencer sur de nouvelles bases, etc. Je ne m'attendais pas à ça. Il doit s'agir d'une diversion. Aussi avons-nous renforcé la surveillance autour de Bout de chou.

J'ai offert à Stacey de rester avec nous. Avec la liberté d'aller et venir, d'informer son patron s'il le désire. Après tout, Bout de chou ne nous appartient pas. Renseigner ouvertement la Fondation enlèverait au moins la paranoïa de l'espionnage.

Stacey est reparti.

Bout de chou s'est blessée. Elle jouait avec un groupe d'enfants kayapos, sous la surveillance de Tara et d'Acil. Je ne comprends pas comment elle a réussi à échapper à leur attention.

Lorsque Tara s'est aperçue que Bout de chou n'était plus avec ses petits compagnons, il était déjà trop tard. Un hurlement strident nous a tous glacés. Elle a dû essayer de grimper dans un arbre. Une pierre saillante a reçu son petit corps. Elle n'a pas dû tomber de très haut, mais suffisamment pour que l'arête de la pierre lui déchire les chairs. La plaie n'était pas profonde mais, dans cette région, le moindre bobo peut rapidement s'infecter. Heureusement, nous disposons des compétences et du matériel pour soigner à peu près tout.

Je suis monté dans l'arbre pour chercher ce qui l'y avait attirée. Ça ne pouvait pas être simplement pour le plaisir de grimper. Un enfant ordinaire, sans doute. Pas elle.

Je n'ai rien découvert. Cette mésaventure me laisse perplexe. Bout de chou se comporte trop souvent comme un enfant normal.

Elle garde de sa chute une longue estafilade sur le flanc.

Depuis cet accident, Bout de chou a adopté un comportement plus réservé. Elle fréquente moins les autres enfants et s'est fait un nouvel ami inattendu. C'est un pécari mâle, un solitaire qui doit peser dans les trente kilos. Il a tourné autour du village pendant une bonne semaine avant de se décider à y pénétrer. Les Kayapos l'ont laissé en vie. Ils voulaient comprendre pourquoi un cochon sauvage venait se jeter de lui-même dans leur marmite. Bout de chou est allée le chercher à la lisière de la forêt. L'animal l'a reniflée bruyamment puis a doucement frotté son épaule contre la joue de l'enfant. Tout au long de la scène, Acil a gardé le cochon dans sa ligne de mire, prêt à tirer à la moindre manifestation d'agressivité. Bout de chou a frotté le groin de sa petite main. Puis elle a enlacé le cou trop gros de l'animal.

Depuis ce jour, ils ne se quittent plus. Plus du tout. Bout de chou mange avec son cochon, se promène avec son cochon et, même, joue avec lui. Nous avons essayé de l'en empêcher, par mesure d'hygiène, mais, pratiquement depuis le début, elle dort aussi avec lui. Et il n'est pas rare de la voir traverser le village à cheval sur son dos. Dès que nous tentons de les séparer, l'animal émet des couinements stridents, s'affole puis devient ouvertement agressif. Nous avons renoncé.

Par la force des choses, nous avons dû nous habituer à sa présence. Le pécari fait montre d'un comportement très doux envers l'enfant. Aussi doux avec elle qu'il peut être menaçant vis-à-vis des autres. C'est difficile à comprendre.

Encore un sujet qui devra attendre son éclaircissement quelques années.

La présence permanente de l'animal aux côtés de la fillette présente malgré tout un intérêt. Le pécari défendra sa petite maîtresse en cas de danger. Jusqu'à en perdre la vie. Et cette certitude est rassurante.

Nous avons fini par accéder à la demande d'un des premiers immigrants. Il se nomme Gabriel Ostrander. C'est un cinéaste sud-africain. Un réalisateur de documentaires animaliers. Son arrivée remonte à plusieurs mois. Nous l'avons fait patienter tout ce temps pour nous assurer de ses réelles motivations. Des enquêteurs de New York se sont rendus à Johannesburg pour fouiller le moindre recoin de sa vie. Nous le connaissons à présent mieux que sa propre mère. Sur le papier en tout cas.

Il va réaliser un documentaire sur Bout de chou. Une partie des images partira sur le Net. Le reste constituera une documentation pour le futur. L'idée nous a paru bonne dès le début, mais nous devions nous assurer que l'homme était inoffensif.

Il s'est installé dans notre village. Ce sera, je pense, le seul étranger à être autorisé à le faire.

La psyché de Bout de chou commence à monter en puissance. C'est ainsi que je le définis, faute d'autres mots. L'enfant ordinaire est en passe de satisfaire nos attentes. Elle émet depuis peu les premiers signes de ce qu'elle est vraiment. Il semble pourtant que sa transformation ne soit pas encore consciente. Je ne sais pas comment expliquer ce phénomène. En termes opaques, je me contenterai de dire qu'elle rêve de plus en plus puissamment.

Notre sommeil à tous est hanté par les rêves, ou les cauchemars, de Bout de chou. Au matin, nous en conservons des bribes plus ou moins longues. Rarement identiques. Chacun semble se rappeler de fragments différents, probablement en rapport avec ses propres centres d'intérêt.

J'ignore s'il s'agit pour l'enfant de rêves ou de souvenirs. Le Rimpoché est certain que ce sont des souvenirs. Pour ma part, j'ai vu des choses étonnantes, que je n'arrive pas à isoler dans une époque précise. Des scènes de mort, une ville magnifique qui doit être antique, au vu des tenues et de l'architecture locale. Des cadavres par milliers. Et de l'eau. La plupart des rêves comportent de l'eau. De la source limpide au raz-de-marée.

J'ai même vécu un accouchement. Côté nouveau-né. Un souvenir très désagréable.

Nous attendons la nuit avec une certaine impatience, même si ces rêves ne nous enseignent rien. En grandissant, Bout de chou émettra sans doute des signes plus clairs, plus construits. En attendant, être le témoin oculaire de scènes vieilles de plusieurs milliers d'années est un privilège dont nous abusons à longueur de nuit.

Nos réminiscences matinales sont devenues le sujet de prédilection des petits déjeuners, que nous prenons tous ensemble.

Et même le pécari réagit aux rêves de sa petite maîtresse. Il couine dans son sommeil, et son corps est parcouru de tremblements, comme un chien. Cela le réveille parfois. Il se tient alors aux aguets, cherchant visiblement la cause de son émoi.

L'enfant atteint ses quatorze mois. La parole ne va plus tarder. Son arrivée est physiologiquement programmée. Formation du palais, positionnement du larynx, présence de dents, etc. Et pour les autres enfants, développement cérébral suffisamment avancé pour y parvenir.

Depuis plusieurs semaines déjà, elle fait des tentatives assez pathétiques. Elle se campe fièrement devant nous, ouvre la bouche, où l'on peut voir huit dents d'un blanc nacré, et se lance. Mais la bouillie incompréhensible qui en sort la jette dans les affres d'une colère contenue. Elle serre alors les poings, tourne le dos et s'éloigne rapidement.

Elle aussi doit être patiente.

Le pécari la console. C'est inouï, mais ils paraissent se comprendre. Bout de chou a de longs rires avec ce cochon, alors qu'elle ne parvient pas à nous communiquer quoi que ce soit. C'est presque vexant.

Le Rimpoché tempère notre amertume passagère. Lui seul possède certains éléments qui nous échappent.

Une salle immense entièrement dallée de mosaïque. Les motifs sont géométriques et complexes. Comme ceux que l'on trouve en Orient. Au centre, un bassin peu profond rempli d'eau. Autour du bassin, des colonnes soutenant les voûtes. Mais au-dessus du bassin, il n'y a rien. J'ai vu un ciel étoilé. Il faisait chaud. L'endroit dégageait un sentiment de paix profonde.

Ce rêve de Bout de chou m'a pénétré alors que le premier engourdissement du sommeil me prenait. J'ai eu la sensation de pouvoir détailler le rêve. Ce qui n'était jamais arrivé auparavant. Les colonnes, par exemple, ne ressemblaient à rien de connu.

Leurs chapiteaux ne sont ni doriques, ni ioniques, ni corinthiens. Que pourrait-il exister d'autre ? J'ai vu des objets curieux dont je n'ai pas découvert la fonction. Ils sont passés trop vite et je ne suis pas un spécialiste du monde antique. Car je suis persuadé que ce rêve m'a montré des choses très anciennes.

J'ai continué de flâner dans le rêve de Bout de chou, si la chose est possible. La salle, pourtant vaste, ne possédait aucune ouverture sur l'extérieur. Seul un couloir la reliait à autre chose. Un bâtiment ou l'air libre. Je ne sais pas. J'ai essayé d'y aller, mais ma liberté d'action semble avoir ses limites.

Le rêve m'a… comment exprimer ça ? Recentré ? Le mot convient à peu près.

Je me suis approché du bassin. Devant moi, une grande femme d'une quarantaine d'années s'est entièrement dévêtue. Elle avait les cheveux longs, d'un noir profond. Belle et charnue. Orientale. Elle s'est glissée dans l'eau du bassin, qui lui arrivait aux hanches. Ses mains se sont approchées d'un objet rond qui reposait sur le fond et que je n'avais pas vu. Sa couleur, quasi identique à celle de la mosaïque, a changé au fur et à mesure qu'il remontait vers la surface.

Le rêve s'est arrêté là. Je me suis éveillé en sursaut. Un sentiment d'urgence absolue me tiraillait les entrailles. J'ai failli crier. Je suis allé réveiller Tara, pour savoir si elle avait partagé le même rêve que moi. Elle a grogné et m'a répondu qu'on verrait ça à la lumière du jour. Je dois être le seul à avoir vu ce nouveau mystère.

Car je suis persuadé que cet objet est ce qu'il y a de plus important au monde.

Bout de chou a émis son premier mot compréhensible. Ça s'est passé aujourd'hui, dans la matinée. Le 17 février 2013. Je la soupçonne de s'être entraînée secrètement.

Nous achevions notre petit déjeuner lorsqu'elle est arrivée. Elle est descendue du dos du pécari et s'est assise avec nous. Le Rimpoché nous a alertés. Il a dit que l'enfant voulait nous parler. Une bombe aurait explosé derrière nous que nous ne nous serions même pas retournés. Tous nos regards ont convergé vers Bout de chou. Elle a pris son temps. L'excitation devait être palpable.

Et nous en avons été pour nos frais car, si elle a correctement articulé ce qu'elle voulait dire, personne n'a compris de quoi il s'agissait. Je prends donc acte de son premier pas dans l'univers du langage et le couche sur le papier. Mais je lui demanderai une explication dès que possible.

Le premier mot prononcé par Bout de chou, c'est « ARATTA ».

Franklin Adamov
Amazonie sylvestre,
17 février 2013

4

Premier geste immuable de la matinée, Gail Strinker changea l'eau des fleurs posées devant le portrait de son mari. Elle déposa sur la photo un baiser plein de tendresse, puis se servit une tasse de café. Elle jeta un regard par la fenêtre sur le thermomètre extérieur. La barre de mercure annonçait moins quinze degrés.

La nuit avait été froide et neigeuse. Un tapis d'une trentaine de centimètres de poudreuse s'accumulait devant la porte du garage. Il faudrait qu'elle s'en occupe avant de pouvoir sortir la voiture. À moins que les enfants du voisin ne s'en soient chargés. Ils étaient vraiment serviables, ces gens-là. Depuis que son mari Milos était mort, une belle solidarité s'était spontanément organisée autour de Gail et de son fils. C'était d'ailleurs la seule contrepartie au désarroi qui remplissait son existence.

Vivent l'Amérique et les Américains, pensa Gail avec émotion.

Sa main rencontra machinalement la boîte d'antidépresseurs. Elle l'ouvrit, prit deux minuscules comprimés et les avala sans y penser. La chimie était devenue son alliée. Sans elle, et surtout sans le vent spirituel qui s'était emparé d'une partie de sa raison, elle aurait abandonné. Malgré Milos.

Elle contempla avec dévotion la petite statue en plâtre

qui avait remplacé le crucifix dans le couloir de l'entrée. Parfois, elle en admirait la minutie à la loupe. C'était si finement reproduit. Les traits du visage, les mains jointes au-dessus de l'épée, et les lettres sur la garde, que l'on pouvait lire à l'œil nu : « Malhorne », ce nom chéri qui avait révolutionné son existence. Et la phrase sur la lame. Elle n'entendait rien au latin mais ce « Sum coaerentia mondorum » résonnait dans son esprit avec la force d'une incantation. *Je suis le trait d'union des mondes*. C'était tellement beau. Ça résumait sa foi.

Gail repensa au jour béni où un numéro spécial de l'*Independent* était tombé devant sa porte. La photo de couverture montrait une statue, avec en titre cette phrase choc : « Avec Malhorne, une nouvelle ère spirituelle s'ouvre pour l'humanité. » Gail s'en était aussitôt emparée. Tout ce qui touchait de près ou de loin à la spiritualité l'intéressait. Tout et n'importe quoi.

Les quarante-cinq pages du numéro spécial racontaient par le menu le déroulement d'une découverte tenue secrète depuis plus d'un an. Elle se souvenait vaguement d'un article lié à cette histoire èxtraordinaire. Une statue en Amazonie. À l'époque, ça n'avait pas excité sa curiosité. Ses connaissances historiques étaient beaucoup trop parcellaires pour qu'elle ait pu comprendre l'importance de cette découverte. La preuve de l'existence de l'âme, par contre, voilà un sujet qui lui parlait.

Gail s'était délectée du journal plusieurs fois de suite. Une petite voix intérieure lui avait bien recommandé la prudence, mais elle l'avait ignorée. Une jubilation intense s'était emparée d'elle sans qu'il puisse y avoir de retour en arrière. Malhorne, par ce qu'il racontait, prouvait la survivance de l'esprit de son mari. Par-delà la mort.

Son amour pour Milos s'en trouva renforcé. Elle ne chérissait plus un simple souvenir. Milos existait toujours, dans un ailleurs sans doute inaccessible, mais bien réel. Cette seule idée suffisait à emporter son entière adhésion.

Elle avait décidé ce jour-là qu'elle mettrait fin à son existence dès que son fils n'aurait plus besoin d'elle. Il comprendrait. Elle en était sûre. Et il saurait que ses parents étaient de nouveau réunis. Pour toujours. Et qu'il pourrait les rejoindre quand il le voudrait.

Le deuil, qu'elle continuait de porter, plus de sept ans après la disparition de son époux dans un accident de voiture, cessa d'un coup. L'essoufflement de son envie de vivre, seulement entretenue par la présence de son fils, disparut en même temps. Gail venait de rencontrer la foi.

Elle sut aussi immédiatement qu'elle avait eu raison de se fâcher définitivement avec les membres de sa famille. Eux qui l'avaient menacée d'internement lorsqu'elle avait décidé de se faire inséminer avec le sperme prélevé sur le cadavre encore tiède de son mari. À présent, elle avait la certitude d'avoir tenu le bon cap depuis le départ. Tant pis pour ses parents, ses frères et sœurs, et le monde entier s'il le fallait. Malgré la mort de Milos, ils formaient quand même une vraie famille.

Elle avait porté seule son enfant, supporté seule le deuil et décidé seule de donner à son fils le prénom de son père. Au mépris de tout ce que pouvaient en penser les autres. Psychiatres compris.

Une semaine après la parution du numéro spécial, des milliers d'heures d'images avaient déferlé sur Internet. Pour Gail, la preuve était faite. Malhorne s'installait dans sa vie avec plus de poids que Jésus-Christ n'avait su le faire.

Les autres journaux, qui avaient tout d’abord mis en doute ou dénigré les allégations de l’*Independent*, s’étaient à leur tour emparés de l’affaire.

Elle avait suivi pas à pas ce qu’en racontaient les médias. Simplement pour se rassasier de nouvelles images, de nouveaux titres. Les articles écrits par des détracteurs de Malhorne étaient découpés et détruits. Gail ne voulait même pas connaître les arguments de ces sceptiques. Elle avait établi une liste noire des ennemis de la foi, auxquels elle avait adressé des lettres d’accusation.

Faute de pouvoir accéder à la communauté amazonienne, qui refusait pour le moment tout contact physique, les journalistes s’étaient retournés vers les preuves matérielles des existences de Malhorne. Ils avaient systématiquement visité les sites présumés d’érection des statues. Bien sûr, ils n’y avaient pas recherché les sculptures devenues célèbres, mais la trace de leur enlèvement. La propriété en Louisiane avait été prise d’assaut par des équipes de télévision. L’accès, au début refusé par le gardien, avait été autorisé du jour au lendemain.

Jour après jour, la réalité de Malhorne s’était épaissie, transformant un supposé canular en une merveilleuse révélation. Gail avait conservé tout ce qui touchait de près ou de loin à cette histoire. Et puis elle avait fini par capituler devant la masse. Sa maison ne pouvait pas être transformée en bibliothèque.

Elle avait nourri une dévotion solitaire pour Malhorne, qui s’apparentait à ses yeux davantage à un dieu qu’à une simple preuve vivante, jusqu’à ce qu’elle reçoive une visite inattendue. Celle de Kogan Starkovitch. L’homme s’était présenté à elle pour lui prodiguer la bonne parole. La parole de Malhorne. Gail, qui connaissait sur le bout des doigts tout ce qui concernait son nouveau dieu, avait tressailli en entendant le patronyme de son visiteur. Se pouvait-il que ce Starkovitch-là soit de la même famille que… ?

Il en était le frère aîné. En tout cas, c'est ce qu'il avançait. Son visage, son accent, la force qui émanait de sa belle carrure ne démentaient pas ses propos.

De toute façon, Gail avait envie de croire.

Le lendemain, elle rejoignait l'Église des Nouveaux Compagnons de Malhorne. Son fils à ses côtés.

Milos allait bientôt se réveiller. Commencerait alors une magnifique journée. Ils iraient d'abord patiner sur les étangs du parc voisin. Ensuite, ils déjeuneraient à la maison. Après la sieste, Gail offrirait à son fils son cadeau pour ses six ans et demi. Une réplique taille réelle du nouveau fusil d'assaut des marines. Avec le brelage, les chargeurs remplis de munitions plus vraies que nature, une grenade à fusil qui reproduisait un authentique bruit d'explosion et le canon qui chauffait et rougissait.

Ça faisait des semaines que son petit Milos lui en parlait. Comment voulait-elle qu'il la protège, s'il n'était pas équipé de la meilleure arme au monde ?

Gail ne pouvait rien refuser à son fils. Il était le seul homme de la maison. La logique voulait donc qu'il possède les objets qu'aiment les hommes.

En secret, elle avait acheté un accessoire en option. Une cible réactive qui marquerait l'emplacement des impacts virtuels. Milos n'en connaissait même pas l'existence. La cible et sa visée laser étaient un peu chers, mais, avec ça, Gail était certaine de porter la joie de son fils au comble du bonheur.

Elle se représenta la scène, lorsqu'elle irait le chercher dans sa chambre après la sieste.

À moins qu'elle ne le lui offre tout de suite, avant de

partir pour le parc. Ça lui ferait sûrement plaisir d'aller patiner avec son nouveau jouet. Il pourrait s'amuser au commando d'élite pourchassant les ennemis de la nation.

C'est ça. Elle allait le lui offrir juste après le petit déjeuner. Sinon, il ne mangerait pas. Juste après.

Des bruits de fusillade retentirent dans la chambre de Milos.

Des voix d'hommes s'y mêlaient. Des cris et des injures.

La fusillade s'interrompit, puis recommença.

Programmé la veille, l'ordinateur réveillait Milos avec son jeu préféré. Toujours le même. *You Are Under Arrest*, un jeu de massacre dans lequel il fallait choisir un camp. Flic ou bandit. Milos optait invariablement pour le deuxième.

Une fois le jeu lancé, Milos devait réagir très vite. Se réveiller complètement en une seconde, ou *mourir*. Pour de faux.

Et Milos ne perdait jamais. Le pistolet, qu'il calait sous son oreiller avant de s'endormir, se retrouvait le temps d'un battement de paupière dirigé vers l'écran de l'ordinateur.

Milos tirait une première rafale, allongé sur son lit. Puis il roulait par terre et achevait le travail.

Il l'avait vu faire dans des centaines de films et ça marchait bien.

Gail prépara un bol de céréales, fit chauffer du lait, grilla deux tartines et posa un pot de miel sur la table. Milos n'allait pas tarder. Elle s'assit, croisa les bras et attendit, les yeux rivés sur l'encadrement de la porte où allait apparaître la tête décoiffée de son petit prince.

– J'les ai encore eus, maman, dit-il d'un air blasé.

C'est trop facile. Quand est-ce que tu m'achètes la nouvelle version ?

Gail enlaça Milos.

– On verra ça plus tard. D'abord, tu me fais un gros bisou, et ensuite, tu vas prendre ton petit déjeuner.

Milos émit un grognement et s'installa devant le bol fumant.

– Et si tu manges bien, ça se pourrait que le facteur ait apporté quelque chose pour toi…

Milos scruta le visage de sa mère. Il entrouvrit la bouche, sur le point d'exposer sa plus belle panoplie de suppliques, puis il se ravisa. Le petit garçon avait beau n'avoir que six ans, il avait compris que les repas n'étaient pas matière à discussion avec Gail. Mieux valait obtempérer, s'il voulait rapidement apprendre de quoi il retournait. Il entreprit d'engouffrer méthodiquement tout ce qui se trouvait sur la table et se brûla même la langue avec le lait bouillant. Enfin, lorsqu'il ne resta plus que des miettes, il se tourna vers sa mère, croisa les bras et leva légèrement le menton.

– Il est où, mon nouveau fusil ? demanda-t-il d'un ton autoritaire.

Gail poussa la double porte de la crypte. Milos entra le premier, son fusil pointé vers la salle. Il fouilla la pénombre des yeux. Le canon de son arme suivait l'axe de son regard. Puis il se retourna vers Gail.

– RAS, indiqua-t-il à sa mère, qui se prêtait au jeu.

– On est en terrain ami, à présent. Tu peux ranger ton fusil.

Milos obtempéra à contrecœur. Les réunions avec les nouveaux amis de sa mère ne l'amusaient pas. Ils écoutaient Kogan, parlaient de temps en temps entre eux puis restaient à ne rien faire, apparemment. De toute façon, il ne comprenait pas comment on pouvait s'amuser en discutant.

Milos espéra que Sarah serait là. Il aimait bien Sarah. Elle jouait à la perfection le rôle qu'il lui avait donné. Elle faisait une jolie prisonnière à délivrer. Il fila vers la pièce où les enfants étaient admis.

Gail regarda son petit homme s'éloigner jusqu'à ce qu'il disparaisse. Puis elle se dirigea vers les vitrines d'exposition. Le commerce né autour de Malhorne s'étalait sur une triple rangée de comptoirs, entre lesquels on pouvait circuler. Tee-shirts, DVD, livres, CD, statues votives, atlas géographiques, portraits en hologramme, etc. La boutique de la crypte disposait de tout ce qui était matériellement nécessaire à la bonne pratique du culte.

Pour cinq mille dollars, on pouvait même se faire livrer une réplique de la statue grandeur nature. Moulée dans un matériau composite, elle était garantie pour des décennies.

Gail fouilla les vitrines du regard, mais ne trouva pas ce qu'elle cherchait. Elle ouvrit le cahier des commandes, fit glisser son doigt sur le papier jusqu'à ce qu'il rencontre son nom. Rien. La reproduction de l'épée qu'elle avait commandée un mois plus tôt n'était pas encore arrivée. Elle attendrait. Milos aussi. Lui qui, pour la première fois, s'intéressait à l'univers de Malhorne.

Des voix s'élevèrent dans son dos. Gail se retourna.

Kogan Starkovitch, le Grand Compagnon de Malhorne, venait d'apparaître au milieu du cercle des statues. Gail traversa la salle et prit place dans les rangs circulaires.

– Mes amis, clama le Grand Compagnon. Mes frères

humains, réjouissons-nous de nouveau de la mort de mon frère Malhorne. Réjouissons-nous de son exemple qui éclaire nos existences !

Une lumière crue isola Kogan. Dans son dos, un reliquaire contenant le crâne de l'une des réincarnations de Malhorne sortit du sol.

Kogan leva les bras à l'horizontale. Les pans de son drapé beige s'écartèrent, laissant apparaître des motifs heptagonaux rouge sang.

La symphonie composée par Julian Stark résonna dans les enceintes.

L'assistance se donna la main, puis commença à tourner lentement autour des statues en chantant le cantique du trait d'union des mondes.

5

La pluie diluvienne cessa aussi brutalement qu'elle avait commencé.

Déjà, un tapis de brume de chaleur montait de la terre détrempée. La couleur dominante du végétal, un instant diluée par les trombes quotidiennes, se ravivait sous l'action du soleil. Les odeurs puissantes de l'humus prenaient presque corps. La forêt résonnait de nouveau des cris de la vie.

Tara passa la tête à l'extérieur d'une case.

À une dizaine de mètres, le pécari se roulait dans la boue. Dès qu'il aperçut Tara, il fila vers elle et s'immobilisa à ses pieds.

– Non, cochon ! Tu ne rentreras pas !

Le pécari ne bougea pas. Il émit au contraire des grognements de satisfaction et attendit, la queue vibrante de contentement.

– Bout de chou, reprit Tara. Explique à cet animal que sa place est dehors. Allez, file, boule de glaise.

Se méprenant sur les mots de Tara ou n'en faisant qu'à sa tête, l'animal se glissa entre les jambes de la jeune femme et courut se blottir auprès de sa jeune maîtresse, qui l'attendait en souriant.

– Assez ! Une maison n'est pas une porcherie. Quand bien même cette maison serait une case. Allez, du vent !

Franklin leva les yeux de son carnet de notes.

– Tu n'as qu'à laisser sortir Bout de chou et ton problème partira avec.

– Va éduquer un porc, toi.

– Un cochon, très chère. Le porc, c'est un cochon mort. Nuance.

Tara ignora le commentaire et se tint devant la porte, les bras croisés et la mine fermée.

Bout de chou se leva pour sortir, le pécari sur ses talons.

– Et toi, sel de la terre ou pas, essaye de raisonner ta mascotte.

– Tu voudrais bien avoir un peu plus de respect pour la réincarnation de mon ami, dit Franklin en souriant devant l'attitude de Tara. Lorsqu'elle se décidera à parler, tu n'oseras même plus ouvrir la bouche.

Tara allait surenchérir lorsque Kinuyo entra dans la case. Elle avait les yeux rouges et remplis de larmes.

– Qu'est-ce qui se passe, Kinuyo ? demanda Tara.

– Mon père vient de mourir. Je dois retourner auprès de mon frère.

Tara prit la jeune Japonaise dans ses bras.

– Je suis désolée.

– J'ai appelé pour qu'un hélicoptère vienne me prendre. Je ne pouvais pas attendre le convoi normal.

– Sais-tu ce qui est arrivé ?

– Non, je n'ai pas eu de détails dans le mail de Kenji. Mais mon père était un vieil homme. Sa fin approchait. Je le savais.

– Machiko part avec toi ?

– Je ne peux pas faire autrement. Elle refuserait de me laisser seule.

– De cette façon, le voyage te paraîtra moins pénible, l'assura Franklin. Nous t'accompagnerons tous par la pensée.

– L'hélico arrive dans deux ou trois heures.

– Juste une question, Kinuyo, reprit Franklin.

– Je t'écoute.

– Tu es certaine que le mail venait bien de ton frère ?

– Aucun doute là-dessus. Nous utilisons nos petits secrets d'enfants pour communiquer. Ne vous inquiétez pas pour moi.

Kinuyo s'en alla préparer ses affaires, laissant Tara et Franklin seuls.

– Tu deviens paranoïaque, Franklin.

– Sans doute, dit-il d'un air pensif. Sans doute. Mais ça ne peut pas réellement nuire. Juste me tracasser. Qu'est-ce que tu dirais si l'un d'entre nous se faisait enlever ? Si quelqu'un mettait dans la balance la vie de Kinuyo contre Bout de chou ? Ou celle de Stuart ? Ou la mienne ?

– Pour les autres, j'hésiterais, répondit Tara, les yeux pétillants. Pour toi, non.

– Plaisante si tu veux mais réfléchis-y une seconde. Moi, je n'aurais aucune hésitation. J'aurais probablement des regrets jusqu'à la fin de mes jours mais Bout de chou serait sauve.

– Je t'ai connu moins sûr de toi, Franklin.

– Je n'ai pas le choix. Ou je ne me le donne pas.

La voix de Gabriel Ostrander interrompit leur conversation.

– On peut entrer ?

– Ne te gêne pas, Gabriel, l'invita Tara. Nous badinions, ce cher Franklin et moi.

Gabriel lança un regard interrogatif vers Franklin, qui haussa les yeux au ciel en guise d'explication.

– J'ai terminé l'installation de mon système, annonça Gabriel. Vous voulez voir ?

– C'est oui pour moi, répondit Franklin. Et si Tara en a fini avec son badinage, elle nous accompagnera peut-être ?

Ils s'éloignèrent du village d'une centaine de mètres. Sous l'épaisse frondaison de la forêt se trouvait le centre de télécommunications : un assemblage de containers hermétiques, ventilés et climatisés, qui permettait au matériel high-tech de survivre au taux d'humidité local.

Ils franchirent le sas et se retrouvèrent dans la salle de régie.

– Voilà, dit Gabriel en montrant l'écran principal. Le logiciel de recherche est déjà au travail. Il n'y a plus qu'à le laisser tourner tout seul et, de temps en temps, à recalibrer la triangulation des antennes.

L'écran présentait des coupes de la Terre sous différents angles. La portion de l'écorce terrestre ainsi recréée quadrillait l'Amazonie sur cinq cent mille kilomètres carrés.

– Pour l'instant, il n'y a aucun satellite en approche. Donc vous ne voyez rien, expliqua Gabriel. Ça ne va pas tarder. Là !

Un carré vert entouré de chiffres venait d'apparaître sur le bord de la zone quadrillée.

– Premier client.

– Ça ressemble aux écrans des tours de contrôle. Enfin, d'après ce que j'ai pu en voir au cinéma.

– Pas loin, déclara Gabriel.

– On sait de qui il s'agit ?

– Pas toujours. S'il est référencé, oui. En l'occurrence, c'est un satellite d'étude du réchauffement de la planète. Canadien, je crois.

– Ce n'est pas très important de savoir qui c'est. Le principal est de les détecter.

– Je dois émettre une réserve, poursuivit Gabriel. Le système n'est pas fiable à cent pour cent. Les antennes détectent le balayage des satellites actifs et se calent sur l'émetteur. Donc ça fonctionne avec la plupart. Sauf avec certains satellites militaires à courte durée de vie qui n'émettent rien.

– Comment se fait le transfert d'informations, dans ce cas ? demanda Tara.

– Elles sont récupérées au retour de l'appareil sur terre. C'est le même principe que les drones. En plus cher.

– Et pour ce qui nous concerne ?

– Si la trajectoire d'un satellite passe au-dessus de nos têtes, une alarme retentit. J'ai pensé qu'un délai de dix minutes suffirait. Mais on peut changer le délai.

– Non, c'est bien, affirma Franklin.

– Il faudra l'apprendre à l'enfant. Et aux autres. Pour que ceux qui le désirent se mettent à couvert.

– Oh, de ce côté, je ne me fais pas de souci. Elle doit déjà le savoir.

– J'ai essayé de me connecter sur le centre radar du Brésil, mais ça n'a rien donné, reprit Gabriel.

– C'est dommage, dit Franklin. Ça nous aurait été utile de connaître les mouvements aériens dans la région.

– Je sais. Mais ne regrette pas trop vite. L'équipementier est américain. Vu l'identité de votre ennemi numéro un, je n'aurais pas été surpris que de fausses informations se glissent parmi les bonnes.

– Ça donne quoi, l'alarme en question ? intervint Tara, peu désireuse de laisser Franklin repartir sur une pente paranoïaque.

– Ah, oui. Je ne l'ai pas encore définie, mais on a le choix. Sirènes en tout genre. Vous voulez quelque chose de particulier ?

– Pas trop strident en tout cas, demanda Tara. La forêt vit de ses propres sonorités. Pas besoin de gâcher le tableau avec des passages d'ambulances.

– OK.

– Merci, Gabriel, de t'être occupé d'installer ce nouveau guetteur, dit Franklin.

– Je n'avais pas encore eu l'occasion de vous remercier de m'avoir accueilli parmi vous. C'est un début.

– Tu as eu une excellente idée.

– Bon. Je vais vous laisser vous congratuler, les interrompit Tara. La journée est belle et cette régie manque cruellement de lumière naturelle.

Elle sortit de la salle, aussitôt suivie par Franklin.

En retournant vers le village, ils aperçurent le Rimpoché et Kinuyo en pleine conversation.

– Ça me fait vraiment de la peine pour Kinuyo, déclara Tara. Elle est si gaie d'habitude. C'est moche.

– Le Rimpoché doit lui être d'un grand secours dans un moment pareil. Malgré ce que Malhorne nous a enseigné, perdre un proche restera longtemps une souffrance. Si ce n'est toujours.

Ils demeurèrent silencieux un instant, chacun repensant à un deuil passé.

– Avec qui est Bout de chou ?

– C'est le tour de garde d'Acil et de Stuart. Et c'est l'heure de la baignade.

Ils descendirent jusqu'à la rivière, un modeste affluent de l'Amazone. Dans un coude naturel du cours d'eau, les Kayapos avaient creusé un bassin où le courant s'annulait contre la berge. Régulièrement nettoyé d'une variété d'algue à la croissance invraisemblable, le fond sablonneux renvoyait la lumière du soleil. On pouvait ainsi s'assurer que rien d'hostile ne viendrait perturber la baignade. Pour plus de sécurité, Franklin y avait ajouté un aménagement particulier. Bâti sur le principe des piscines d'eau de mer, un cube de grillage ouvert sur l'extérieur interdisait l'accès aux prédateurs. Le maillage serré du treillis métallique permettait d'observer la faune sans danger. Exception faite des anacondas qui pouvaient passer par-dessus. La machette ne quittait donc jamais la ceinture des surveillants.

Une ambiance de piscine municipale accueillit Franklin et Tara.

Sur le côté du bassin accolé à la berge, une dizaine d'enfants pataugeaient dans l'eau peu profonde. D'autres, parmi les plus grands, nageaient entre deux eaux le plus loin possible. Les meilleurs réussissaient à atteindre l'extrémité de la piscine. Ils ressortaient alors la tête en poussant de grands cris, essoufflés et joyeux.

Trempé du groin jusqu'à l'extrémité de la queue, le pécari lançait en direction de l'eau des couinements plaintifs.

Franklin observa les petites têtes brunes qui surnageaient à la surface des eaux remuantes.

– Où est Bout de chou ? demanda-t-il à Stuart.

– Dessous, comme d'habitude. En apnée.

– Ça fait longtemps ?

Stuart regarda sa montre.

– Une minute vingt.

– Pas mal, admira Tara.

– Elle est à quarante-cinq secondes de son record personnel. Si record elle cherche.

– Je vais voir comment elle s'en sort, dit Tara.

Elle retira ses chaussures et sa chemise, remit son arme à Franklin et plongea dans la piscine.

Elle nagea jusqu'au côté du bassin le plus éloigné de la berge. À cet endroit, la fosse encadrée de grillage atteignait une profondeur de quatre mètres. Tara savait qu'elle y trouverait Bout de chou.

Elle inspira profondément et se laissa glisser dans les eaux claires.

La vision de l'enfant, recroquevillée sur le fond en position fœtale, lui laissait toujours une première impression de surnaturel.

Les yeux clos de Bout de chou s'ouvrirent dès que Tara se trouva à un mètre d'elle. Son petit corps se déplia. Elle donna un coup de pied dans le grillage, ce qui la propulsa dans les bras de la jeune femme. Visage contre visage, elles se regardèrent un instant. Tara était fascinée par cette enfant. Surtout par son regard, qui prenait au fond de l'eau une dimension plus extraordinaire encore. Plus monstrueuse et merveilleuse en même temps.

Puis elle fit signe que l'air lui manquait. Bout de chou se mit à rire et expulsa l'air de ses poumons, comme pour narguer les maigres capacités de l'adulte.

– Je n'ai pas tes talents, lui dit Tara en reprenant son souffle. Et puis, à ton âge, tu ne devrais même pas savoir retenir ta respiration.

Bout de chou fit mine de replonger, mais Tara l'en empêcha.

– Je crois que ce sera pour plus tard, déclara-t-elle. Regarde qui arrive.

Debout sur la berge, Lania appelait les enfants. La jeune Indienne, récemment investie du rôle de maîtresse d'école, s'acquittait quotidiennement de sa tâche. À heure fixe.

L'idée de scolariser la réincarnation consciente de Malhorne n'était pas venue aux adultes. Qu'aurait-elle pu apprendre ici qu'elle ne savait déjà ? Mais Bout de chou s'était d'elle-même mêlée aux autres enfants. La présence des petits lui procurait sans doute du bien-être.

Elle passait les deux heures de classe assise au milieu des autres. Elle dessinait surtout, initiant son corps-apprenti à réagir conformément aux injonctions précises de son cerveau. Et les plus réussies de ses tentatives, souvent brouillonnes, couvraient le papier d'heptagones multicolores.

6

Immobile devant un grand écran plasma, Karl Spencer attendait la connexion avec le satellite. Depuis cinq minutes, il n'avait pas bougé. Pas même un cil. Sa masse trapue le faisait ressembler à un meuble.

Spencer descendait à la salle de contrôle plusieurs fois par jour. Chaque fois, en fait, qu'un satellite passait au-dessus d'une certaine portion de l'Amazonie. Il n'avait aucune autre possibilité d'action. L'attente et toujours l'attente. Cette position détestable mettait ses nerfs à vif.

L'ordinateur établit enfin la connexion.

Les images provenaient d'un satellite militaire. Extrême précision, grande netteté. On pouvait distinguer les feuilles des arbres. Un délice de technologie.

La porte de l'ascenseur coulissa dans son dos.

– Du neuf ? demanda Denis Craig.

– Apparemment pas, monsieur. Mais notez que la séquence commence à peine.

– Ils ont de plus en plus d'immigrants, on dirait.

– Les rapports de nos hommes font état de six cents personnes.

– Ça va être une jolie pagaille, le jour où l'on débarquera.

– Quand ? lâcha Spencer en retenant une joie mauvaise.

– Pas encore, Spencer. Je sais que vous rongez votre frein, mais patience. Vous gardez une rancune vis-à-vis d'Adamov. Je comprends cela et c'est bien ce qui m'ennuie. Vous avez déjà fait rater la plus belle opération de la Fondation. Ça me chagrinerait que votre aveuglement fasse capoter la suite.

Spencer encaissa sans broncher. Il s'était suffisamment fustigé lui-même. Sans demi-mesure. Pas même pour la part du hasard, qui l'avait plus que desservi. Depuis le temps qu'il attendait l'ordre d'intervenir, il en était venu à douter de ses propres capacités tactiques.

– Je ne comprends pas ce que nous attendons, monsieur Craig, dit-il pour reprendre l'échange. Ça fait des mois que je me contente de les regarder vivre. C'est plus que frustrant.

– Alors, acceptez d'être frustré longtemps. La réalisation de mon plan est en cours. Mais il est long. Gigantesque même. Et la plus grande discrétion est de mise.

– Malhorne est en train de gagner la partie. La presse ne parle que de ça. Je ne vois pas où vous intervenez, si vous me passez l'expression.

Craig adressa à Spencer un long regard chargé de reproches.

– Dites-vous bien que l'engouement autour de Malhorne fait partie de mon plan. C'en est même le pivot. Une sorte de contre-offensive d'ordre psychologique. Mais cessons sur ce sujet, voulez-vous !

Spencer obtempéra.

Les images, très nettes, montraient une réunion d'hommes et de femmes sur la place du village. Malgré la précision, il était difficile d'identifier les participants de façon certaine. À l'exception de certaines silhouettes, facilement reconnaissables à leurs tenues caractéristiques, l'écran proposait des crânes chevelus et anonymes.

– L'enfant est avec eux, c'est tout ce qui nous intéresse.

– Et toujours très entourée.

– Ça ne sera rien, le moment venu.

– Puisque vous le dites.

La connexion se brouilla. L'image devint sale, puis disparut de l'écran.

– Claudia a-t-elle eu les résultats de ses examens ? demanda Craig.

– Oui, hier, grogna Spencer sans le vouloir.

– Tout est normal, n'est-ce pas ?

– Alzheimer.

– Pardon ?

– Elle est atteinte par la maladie d'Alzheimer.

– Mais quel âge a-t-elle, au juste ? Claudia est encore toute jeune…

– Elle a quarante-quatre ans. Elle vient de les avoir…

– C'est un coup rude, Spencer. Je suis désolé. Qu'en disent les toubibs ?

– La même chose, que c'est un coup rude. Son médecin traitant m'a affirmé que de nouvelles molécules font parfois des miracles. Mais je sais que cette saleté ne vous laisse pas une chance. Plus jeune elle vous atteint, pire c'est.

– Comment s'en est-elle aperçue ?

– Disons plutôt que c'est moi, répondit Spencer. Une patrouille de police l'a ramenée un soir. Claudia s'était perdue. Elle ne retrouvait plus la maison.

– Ça aurait pu n'être qu'un trouble passager…

– Pas dans son propre quartier !

– La maladie est déjà bien avancée, je me trompe ?

– Ça y ressemble.

– Vous allez retourner près d'elle quelque temps.

– J'ai trop à faire ici. Je ne peux pas m'absenter.

– Ne vous croyez pas indispensable. Et puis, c'est

faux, vous tournez en rond à longueur de temps. Je vous renvoie chez vous. Votre épouse a besoin de vous. Plus que cet écran.

– Monsieur Craig ! Permettez-moi de…

– À compter de ce soir, vous êtes en disponibilité. Rompez ! Comme on dit dans votre jargon, je crois.

7

La crypte des Nouveaux Compagnons de Malhorne se remplissait de monde. La communauté entière se réunissait pour célébrer un événement important.

Dans un coin, près de la porte d'entrée, Kogan Starkovitch appréciait d'un regard gourmand la file de ses ouailles s'ordonner d'elle-même autour des statues. Bientôt, il faudrait changer de lieu, trouver un local plus grand. Et pourquoi pas racheter une église ? S'il en avait la possibilité, il le ferait. Avec une jubilation quasi extatique. Remplacer des crucifix par des statues de Malhorne, voilà une pensée qui le comblait.

Trois enfants se tenaient au-devant de l'assistance. Vêtus d'une aube marquée d'un heptagone, ils s'apprêtaient à passer dans le monde des éclairés.

Conformément à l'enseignement de Malhorne, les enfants devaient choisir eux-mêmes. Parce que la pensée de l'individu primait sur le dogme du groupe. En théorie. La pratique, bien sûr, différait légèrement de ce postulat. Des enfants endoctrinés n'allaient pas choisir une obédience autre que celle de leurs parents. On n'avait jamais vu pareille chose depuis la création des religions. Ça n'allait pas commencer avec les malhornéens. Au pire, quelques rares enfants refusaient le néobaptême. Mais deux ou trois cadeaux bien choisis les remettaient bientôt dans le bon chemin. Et, s'il est vrai que la pensée individuelle pouvait être portée en avant, même en cette deuxième décennie du XXIe siècle, les hommes aimaient sentir qu'ils appartiennent à un groupe. Quel qu'il soit. Famille, entreprise, courant politique ou religion.

Les enfants ne pouvaient pas échapper à cette règle. Pas plus que les adultes. Ce devait être une influence génétique. Un terrain propice dont il fallait savoir profiter.

Chez les malhornéens, le septième anniversaire marquait le moment du choix. Sept pour la symbolique. Et aussi parce que c'était un âge auquel les petits hommes en apprentissage du raisonnement étaient encore très facilement malléables.

Kogan Starkovitch avait lui-même mis au point le rituel du culte. Il en avait cherché les fondements dans les archives de la Fondation Prométhée. Une matière énorme. Au début, Kogan avait essayé de s'éloigner des autres religions. Pour se rendre le plus attractif possible. Mais Malhorne et le Christ partageaient trop de ressemblances. Sur le fond. La parole de Bouddha n'était pas très loin non plus. Kogan avait rapidement renoncé. L'innovation ne servait à rien si elle brouillait la compréhension.

Créer une nouvelle religion ne pouvait se faire que sur les bases des précédentes. La spiritualité humaine remontait bien trop loin dans le temps pour qu'un seul homme réussisse à la réinventer.

Il avait donc décidé de s'inspirer des pratiques des premiers chrétiens. Et de quelques autres. Un sujet essentiel différenciait pourtant de manière radicale les Compagnons de Malhorne des obédiences plus anciennes : la mort et le devenir des mortels. Ils étaient les premiers à posséder La preuve.

La crypte était pratiquement comble. Kogan passa

dans l'arrière-salle. Le début de la cérémonie approchait. Il enfila son habit et révisa les points principaux du discours qu'il allait prononcer. Il se concentra en fermant les yeux et s'imagina, mise en scène de sa propre personne, seul et magnifique dans sa préparation avant de pénétrer dans l'arène.

Il y aurait ensuite la ronde des chants, les prières des enfants offertes au monde et, pour finir, la quête des dons. Ces chers dons qui devaient servir à promouvoir la parole de Malhorne. Par tous les moyens nécessaires.

À commencer par l'agrément du Grand Compagnon. Lui-même, Kogan Starkovitch.

Gail et Milos Strinker se trouvaient au premier rang. Milos dévorait des yeux le déroulement de la cérémonie. Il savait que son tour ne tarderait pas. Dans quatre mois et quelques jours, lui aussi atteindrait l'âge de raison. Sa mère lui en parlait de plus en plus souvent. Ce serait son grand jour, à elle. La famille Strinker réunie dans la communauté de Malhorne. De son côté, Milos ne s'y intéressait pas. Il participerait pour Gail. Il y mettrait même de l'entrain, pour faire plaisir à sa mère. Et puis, à partir de ce jour, il aurait le droit de garder l'épée dans sa chambre. Ça valait bien un effort de comédie.

Il regarda tour à tour les trois enfants. Au milieu se tenait Sarah, encadrée par deux garçons plus grands qu'elle. Elle portait une couronne de fleurs tressées sur la tête. Ses yeux brillaient de façon inhabituelle. Elle devait être émue.

Milos la trouva belle. Il regretta de ne pas être plus âgé de quelques mois. Il se serait tenu au côté de Sarah. Peut-être même lui aurait-il pris la main.

Les yeux de Milos basculèrent vers ses chaussures. Une fois de plus, il devait essayer d'accepter sa misérable impuissance à agir sur les événements. En dehors de certains petits avantages liés à l'irresponsabilité, l'enfance était un rude terrain névrotique.

L'entrée subite de Kogan Starkovitch coupa les réflexions de Milos.

Il apparut au milieu des statues dans son aube sacerdotale, surmontée pour l'occasion d'une cape pourpre.

Comme à son habitude, il laissa traîner un silence d'une dizaine de secondes, puis il commença son discours.

Milos n'écoutait pas le sens des mots. Ce qu'il pouvait en comprendre généralement ne le concernait pas vraiment. Ce qu'il appréciait, en revanche, c'était le tempo. Le flot de paroles du Grand Compagnon battait selon un rythme rapide et saccadé. Comme celui d'un pasteur que Milos avait entraperçu à la télévision. Le ton commençait bas, doux, presque enjôleur. Puis il montait en puissance. Les phrases devenaient des chocs électriques lancés vers l'assistance. Et elle répondait, l'assistance. Par le mouvement des corps, qui ondulaient de droite et de gauche à chaque nouvel assaut verbal.

Le moment que Milos préférait entre tous arrivait. Kogan était en train de s'agenouiller. Son corps se dandinait au même rythme que la salle. Il ferma les paupières.

– Malhorne nous a apporté la lumière ! cria-t-il.

Les compagnons répétèrent.

– Nous connaissons aujourd'hui le but.

» Nous savons à présent que les idoles du passé nous ont aveuglés.

» Nous savons que la réponse est dans le groupe, dans la communauté humaine des Compagnons de Malhorne.

» Nous savons que nous survivrons.

» Mourir n'est pas rien.

– Non ! hurla la salle.

– La mort est une réponse.
– Oui !
– La mort est un passage.
– Oui !
– Nous retrouverons tous Malhorne, et les nôtres.
– À jamais !
– Nous ne porterons plus le deuil.
– Non !
– Nous accepterons avec joie notre condition.
– Oui !
– La mort est un don.
– Oui !
– La mort est un don !

À ce moment de la cérémonie, Kogan devait s'approcher des enfants pour les entraîner vers une vasque contenant les eaux du néo-baptême. Mais la double porte de la crypte s'ouvrit avec fracas.

– Assez ! hurla une vieille femme. Laissez ma petite-fille tranquille !

La septuagénaire pénétra dans la salle. Derrière elle, une masse compacte se tenait sur le perron. Les visages étaient menaçants.

– Faites ce que vous voulez entre vous, mais laissez Sarah en dehors de votre secte.

La vieille femme fendit la foule des Compagnons. Elle parvint sans rencontrer de résistance jusqu'à Sarah, qui la regardait avec des yeux vides. Elle attrapa l'enfant par le bras, tira dessus et repartit dans le sens inverse. Elle s'arrêta au premier rang de l'assistance, devant la mère de Sarah. Sa propre fille.

– Tu n'as pas le droit, Cheryl. Tu m'entends, tu n'as pas le droit !

– Ça suffit, maman ! Est-ce que tu m'as demandé ma permission pour me faire baptiser à l'âge de deux mois ? Sarah est grande. Et elle est d'accord !

La grand-mère regarda sa fille. Un rictus de haine enlaidissait son visage.

Elle poussa sa petite-fille devant elle, mais Cheryl l'arrêta.

– Non, dit-elle. Tu as assez dirigé ma vie.

La réponse fut fulgurante et Cheryl en garda longtemps l'empreinte rouge sur la joue.

Un mouvement se fit dans l'assistance. Quelques personnes commençaient à bouger, pour interrompre la scène qui tournait au pugilat. Dans le même temps, ceux qui accompagnaient la vieille femme firent un pas à l'intérieur de la crypte. Le risque d'une échauffourée générale montait de seconde en seconde.

– Calmons-nous, mes amis, dit Kogan d'une voix suave. Laissez-les partir. Dehors les choses s'apaiseront d'elles-mêmes.

– Je constate que vous êtes un pleutre, ricana la grand-mère en se retournant.

– Les compagnons du Christ et ceux de Malhorne sont des frères, madame. Il ne doit pas y avoir de violence entre nous.

– Épargnez-moi vos inepties sur votre phénomène médiatique, répliqua-t-elle. Vous n'êtes pas près de revoir ma petite-fille.

Puis elle regarda dans la direction de sa fille.

– Et toi non plus, d'ailleurs.

Il fallut calmer Cheryl, dont les larmes virèrent bientôt à la crise d'hystérie. Puis la cérémonie reprit son cours normal. Les deux garçons entrèrent sans autre incident dans la maison de Malhorne, pour la plus grande joie de leurs parents.

Il y eut une collation, la remise de dons et la présentation d'une nouvelle collection d'objets du culte.

Enfin, la crypte se vida de ses ouailles.

Gail, restée seule avec Milos, demanda audience

auprès de Kogan Starkovitch. Le Grand Compagnon consulta sa montre d'un air distrait, puis il entraîna Gail dans la chambre de relaxation.

Milos attendit dans la crypte. Il n'aimait pas que sa mère reste seule avec Kogan. Il n'aurait pas su dire pourquoi mais ce n'était pas bien.

Au bout d'un moment, il essaya discrètement de tourner la poignée.

La porte était fermée à clef.

Il colla son oreille contre la cloison, essayant d'arrêter les battements de son cœur, qui faisaient vibrer ses tympans. De l'autre côté, quelqu'un gémissait. Pourtant, la pièce ne donnait sur aucune autre. Et elle était vide avant que Gail et Kogan y pénètrent.

De toute façon, Milos savait que c'était sa mère.

Il s'éloigna de la porte. Ses pas l'entraînèrent vers les statues. Il donna un coup de pied dans l'une d'elles. Puis il s'assit par terre, le dos contre la pierre.

Alors, Milos se laissa aller. Il pleura, les poings serrés et la rage au ventre.

8

Il règne une chaleur torride. Dans le ciel, le disque solaire paraît trop grand. Au sol, un sable si fin qu'il ressemble à de la poussière s'étend presque à l'infini. L'horizon est cerné à trois cent soixante degrés par une ligne de montagnes. Il est loin, cet horizon, déformé par l'évaporation d'une eau qui ne semble jamais être tombée. Les nuages ont pour toujours abandonné cette partie du monde.

L'absence d'eau, la malédiction ultime.

Des milliers d'hommes, de femmes et d'enfants charrient sur leur dos des sacs de pierres. Ils ont tous le teint blanchi par la fatigue et le renoncement.

Ça sent la peur, la transpiration et la mort.

Les milliers de malheureux transformés en bêtes de somme montent ou descendent le long d'un ravin escarpé.

L'excavation doit être d'origine humaine, tant les environs renvoient sur la rétine l'image inversée d'une platitude uniforme.

Au fond de ce trou gigantesque, un puits de section heptagonale est l'objet de toutes les attentions. C'est là que les sacs se remplissent. Là que les fourmis humaines viennent charger leur fardeau. Cent fois, mille fois par jour. Monter et descendre le sentier au bord du ravin, avec la lassitude de la répétition, la fatigue de l'effort ininterrompu, les privations de l'esclavage. Et le danger, par-dessus tout. Plus le chemin s'élève en altitude, plus les jambes deviennent flageolantes, et plus le moment propice à la chute se rapproche. Ceux qui n'ont pas tenu le coup gisent en bas, écrasés sur le sol rocailleux, leurs corps désarticulés figurant de morbides pantomimes. Ils seront ramassés à la nuit tombée, lors de la dernière ascension des retardataires survivants.

On ne les voit pas, mais d'autres travaillent sous la terre. Au fond du puits. La roue qui tourne sans discontinuer, remontant à peine descendus des seaux chargés de pierres, prouve leur présence. Jamais une goutte d'eau ne sera tirée de ce puits. Là n'est pas la raison de leurs efforts insensés.

Peut-être sont-ils encore plus nombreux. Il doit bien falloir trois personnes pour remplir le sac d'un marcheur. Une pour creuser la pierre, une pour la porter jusqu'au puits, une dernière pour remplir les seaux.

À l'à-pic du puits, sur un siège taillé dans la pierre, il y a une femme. Elle a un port haut et fier. Mais la dureté de ses traits et la haine qui anime son regard laissent un sentiment d'effroi au spectateur.

Il n'y en a d'ailleurs pas. Il est interdit de la regarder. Celui qui ose braver ce tabou rejoint très vite la rocaille du bas, poussé d'un coup de lance par un cerbère sans émotion.

À moins qu'il ne se fasse pas remarquer.

À la gauche de la femme se trouve un homme. Mais lui est enchaîné. Sur sa tête repose une couronne d'or, cynique vestige du monarque qu'il a dû être.

Depuis combien de temps sont-ils assis côte à côte à regarder ce spectacle inhumain ? Chacun nourrissant des sentiments à ce point antagonistes qu'ils incarnent la dualité du jour et de la nuit.

La femme, elle, comptabilise en lunes, en jours et en

heures le temps qui la sépare du moment où elle assouvira sa vengeance.

Lui, le roi infortuné, se repent d'être là, pour la seule faute d'appartenir à la lignée de ses aïeux.

Injustice et vengeance aveugle. Les deux moteurs de cette scène onirique.

Franklin se réveilla. L'impression de réalité du rêve qu'il venait de faire était si forte qu'il ne comprit pas tout d'abord où il se trouvait.

Tout autour de lui, le chant d'amour des crapauds qui se répondaient d'un bout à l'autre de la vallée l'aida à revenir sur la terre amazonienne. La nuit n'était pas terminée.

L'esprit encore brouillé, il se retourna sur son matelas pour chasser la nausée. Sa main rencontra une forme chaude. Franklin tressaillit. Il s'assit d'un bond et se trouva nez à nez avec Bout de chou. L'enfant était assise en tailleur, les yeux grands ouverts. Elle ressemblait à un petit Bouddha.

– Tu m'as fait peur..., commença Franklin.

Le brouillard du rêve s'estompait. Franklin réfléchit à la raison de la présence de l'enfant. Un début de réponse lui vint. Puis il comprit en un éclair. Non pas la cause, mais la conséquence.

– Tu ne dormais pas ?

– Non, fit la voix du Rimpoché dans le dos de Franklin. Sa conscience est en train de prendre le dessus.

Franklin tourna la tête.

Le Rimpoché se tenait debout à quelques mètres, en compagnie d'Acil et d'Arinaou.

– Vous êtes là depuis longtemps ? s'enquit Franklin.

– Depuis qu'elle s'est levée, répondit Acil.

– Avez-vous ressenti quelque chose ?

– Des bribes de ton rêve. Bout de chou commence à maîtriser ses capacités psychiques.

– Le grand serpent, corrigea Arinaou, c'est le souffle du grand serpent qui s'éveille.

– Aratta ! articula Bout de chou.

Franklin prit les mains de l'enfant.

– Explique-nous, lui dit-il presque timidement. Montre-moi ce qu'est cet Aratta.

– Ne faites pas ça, intervint le Rimpoché. Vous ne savez pas ce qui pourrait se passer.

Bout de chou serra les mains de Franklin. Le sourire qui éclairait son visage un instant plus tôt se transforma en masque de souffrance. Elle regarda Franklin fixement.

À la vision de la réalité se superposa une autre, plus ténue, qui alla en s'intensifiant.

Le corps de Franklin fut parcouru de spasmes nerveux. Puis Bout de chou lâcha les mains de l'ethnologue. La projection mentale n'avait duré que quelques secondes. Le temps d'un rêve.

Franklin se jeta sur le côté et vomit. Des râles sortaient douloureusement de sa gorge nouée.

– Arrête, parvint-il à dire entre deux soubresauts de son estomac.

Il avait vu des choses horribles.

Un cimetière d'êtres humains enterrés vivants. Des milliers de suppliciés enchaînés à la roche qu'ils ont eux-mêmes taillée. Des torches qui s'éloignent, enveloppant les malheureux d'un linceul d'obscurité. Quelque part au-dessus de leurs têtes, une lumière demeure. Si faible qu'elle annihile tout espoir naissant. Sa dominante bleutée indique qu'elle vient de l'extérieur. Audessus de ce lieu maudit, il fait jour.

Un bruit de frottement s'ajoute aux gémissements des condamnés.

Hommes, femmes et enfants. Tous unis dans la mort à venir.

La trappe en forme d'heptagone, taillée dans la voûte, s'obscurcit peu à peu.

La lumière diminue graduellement.

La couronne du roi, dont il a rêvé quelques minutes plus tôt, brille une dernière fois.

Un bloc de pierre vient de s'encastrer dans la trappe.

L'obscurité est totale.

Dans ce lieu en dehors de la mémoire, l'éternité s'est incarnée.

Franklin ne voulut pas parler à Acil de ce qu'il avait vu. Encore moins de ce qu'il avait ressenti. Il en garderait une trace au fond de son cœur. Jusqu'au moment de sa mort. Et il saurait avant les autres. Chaque jour, chaque seconde, il connaîtrait par réminiscence les affres de l'angoisse qu'il devrait affronter lorsque viendrait sa dernière heure.

Il s'éloigna dans la nuit et descendit à la rivière, sentant intuitivement que l'eau lui apporterait un peu de réconfort.

Il prit garde à ne pas marcher sur les crapauds, les mains enfoncées dans les poches de son treillis. L'esprit tourmenté par de bien sombres pensées.

9

Le père Fontorbe sortit du Vatican à dix-huit heures. Comme chaque jour. Il descendit directement à la piazza Navona, où il avait ses habitudes.

Il trouva sa table libre et s'y installa. Sans qu'il ait rien eu à demander, un *caffellatte*, accompagné d'un journal, apparut bientôt devant lui. Comme chaque soir.

Le père Fontorbe aimait que les choses soient comme il les souhaitait. Et moins il fallait de paroles pour y parvenir, plus il jouissait de l'instant. Le protocole établi depuis une dizaine d'années dans son auberge favorite le comblait encore. De ces petits plaisirs simples mais qui, finalement, remplissent davantage l'existence que les plus grands coups d'éclat. En homme intelligent, le père Fontorbe se rassasiait modestement de la vie. En règle générale. Mais il ne dédaignait pas, de temps à autre, certains plaisirs plus sophistiqués.

Il regarda autour de lui. La plupart des visages lui étaient familiers. À cette saison, Rome ne croulait pas sous l'afflux des touristes. Il fallait attendre la mi-mai pour voir débarquer des cars remplis de gens en short. L'*animalus touristicus*, comme il se plaisait à les nommer, était une véritable engeance aux yeux de cet homme qui aimait par-dessus tout sa ville natale. Des énergumènes mal élevés qui arpentaient ses rues, guide en main, appareil photo en bandoulière, sandwich dans la poche et bambins au bout d'une laisse.

Le père Fontorbe s'obligea à penser à autre chose. Le moment présent ne devait pas être parasité par ces pensées déplaisantes. L'idéal n'est pas si fréquent, même pour un homme d'Église qui a réussi.

Il achevait son tour d'horizon, lorsqu'il aperçut sur sa gauche un jeune homme bien fait de sa personne, qui l'observait.

Leurs regards se croisèrent.

Hum, pensa-t-il en se délectant.

Le jeune homme ne devait pas avoir plus de vingt ans. Il avait des cheveux mi-longs qui s'achevaient en boucles blondes et un corps athlétique, d'après ce qu'il pouvait en voir. Son visage, voisin de ceux qui ornaient la chapelle Sixtine, portait une légère rougeur aux pommettes. Et, avec ça, des lèvres charnues. De belles lèvres charnues. Comme les aimait le père Fontorbe. Précisément.

Le jeune homme détourna le regard, faisant manifestement semblant de s'intéresser au vieux percolateur en cuivre, joyau de l'auberge depuis des lustres.

L'homme en soutane tenta de s'abîmer dans la lecture du journal, mais ses yeux revenaient sans cesse vers l'objet de sa convoitise. Pourtant, la une du quotidien étalait le nom de Malhorne en gros caractères. Cela aurait dû l'intéresser. Il avait pris plus que sa part dans cette affaire extraordinaire. Mais il n'y arrivait même pas.

Le père Fontorbe faisait toujours extrêmement attention en public. Mais il devait bien admettre qu'il lui avait rarement été donné de croiser un si bel apollon. Il l'observa à loisir quelques minutes, constatant avec plaisir que l'attention du jeune homme semblait fixée sur sa personne.

Se pourrait-il... ? songea-t-il avec délice.

Mais la raison lui revint bientôt.

Trop de monde. Trop de connaissances dans les parages. Rome était une petite ville.

Le père se leva, paya et prit congé.

En passant devant la table du jeune homme, il ne put s'empêcher de lui adresser un signe de tête, servi avec ce sourire charmant qui avait fait sa réussite au Vatican.

De retour sur la place, le père Fontorbe soupira. Un mélange d'aise et de regrets. Il repensa à la situation et jugea s'en être fort bien sorti. Après tout, il avait bien le droit de saluer quelqu'un sans pour autant faire jaser toute la ville.

Il prit la direction de son domicile, qui se trouvait à cinq minutes de là.

Sur le point de quitter la piazza Navona, il se retourna et jeta un regard vers l'auberge. Le jeune homme se dirigeait vers lui, à cinquante mètres à peine. Le père Fontorbe se détourna vivement et repartit en trottant.

Des pensées inavouables virevoltaient sous son crâne. Il ralentit la cadence. Si le jeune homme n'était pas parti par hasard dans sa direction, il ne voulait pas courir le risque de le semer dans ces ruelles étroites où la perspective se perdait à moins de trente mètres.

Dieu, que cela sent bon les ardeurs lubriques, pensa-t-il en s'apercevant trop tard de l'étendue de son blasphème.

Le père sortit son trousseau de clefs et engagea la plus grosse dans la serrure. Le mécanisme, malgré deux siècles de service, fonctionna du premier coup. Sans forcer.

Il laissa la porte cochère entrebâillée et monta lentement au premier étage, où se trouvait son appartement de fonction.

Il ne se retourna pas, mais vit avec plaisir la lumière

du dehors diminuer, puis s'évanouir sur les vieux murs blanchis à la chaux. La porte se referma avec un son très doux, puis des bruits de pas résonnèrent dans l'escalier. Si près de lui.

Le père Fontorbe ouvrit la porte de son appartement, ne la referma pas et fila à l'intérieur d'un pas rapide.

Il alla directement dans sa chambre, qui était occupée par un grand et vieux lit à baldaquin. Il jeta un regard dans le miroir de son cabinet de toilette. C'est à cet instant qu'il découvrit plusieurs silhouettes inversées sur le tain de la vitre.

Il fit volte-face et compta au moins quatre personnes cagoulées.

Il allait brailler un vibrant appel au secours, mais deux mains fermes l'en empêchèrent. Une cinquième personne devait l'attendre derrière. À moins que ce ne soit ce si parfait jeune homme.

Il vit que son champ de vision se remplissait d'étoiles tourbillonnantes. Puis ce fut le noir total.

Le père Fontorbe sortit du brouillard qui avait anéanti sa lucidité, quelques heures ou quelques minutes plus tôt.

Il n'ouvrit pas les paupières et tenta de faire le point.

Il était étendu sur une planche, entièrement nu, et supposa, à la pression de son propre corps, qu'elle se trouvait à mi-chemin entre l'horizontale et la verticale.

Peut-être la table de la salle à manger. Partiellement surélevée sur deux chaises, c'était possible. À moins qu'il n'ait été transporté ailleurs.

Un son étouffé venant de l'extérieur infirma sa seconde hypothèse.

Il se trouvait bien chez lui. Gustavo, le restaurateur qui servait l'une des meilleures pizzas de Rome, pestait contre un camion de livraison.

Ce brave Gustavo. Le père Fontorbe aurait donné tout l'or du monde pour être en sa compagnie. Si proche et pourtant hors d'atteinte.

Des liens entravaient ses membres. La morsure de la corde lui faisait mal. Ses bras et ses jambes étaient écartés. Cette mise en scène ressemblait diablement au supplice de la roue.

Il aurait pu hurler. Aucun bâillon ne lui barrait la bouche. Mais le père Fontorbe n'était pas un imbécile. S'il se trouvait ainsi ligoté, dans cette curieuse position, cela ne pouvait signifier qu'une seule chose : ses agresseurs attendaient son réveil. Tout près de lui. Assez rapides pour le faire taire à la moindre tentative.

La vitesse avec laquelle ils avaient eu raison de lui indiquait qu'il avait affaire à des professionnels.

Que cherchaient-ils ? Voilà une question à laquelle il aurait bien aimé pouvoir répondre.

Sûrement pas de simples voleurs. Ils l'auraient estourbi, puis s'en seraient allés avec l'argenterie, les toiles et ses bibelots de valeur.

Il se sentait au contraire bien vivant et en très fâcheuse posture.

Alors, quoi d'autre ?

Un crime sexuel ?

Non, ses agresseurs étaient au moins cinq.

Une pulsion de panique irradia sa tête et ses tripes, et il eut soudain une irrésistible envie d'uriner.

Une salive épaisse engluait sa langue. Sans doute l'effet secondaire d'un produit chimique.

Sans commander ce geste, il serra les poings.

– Vous pouvez ouvrir les yeux, père Fontorbe, dit une voix de femme. Vous ne tricherez plus très longtemps.

La voix était calme, le ton courtois. Mais qu'elle provienne de la bouche d'une femme ne collait pas avec les scénarios qu'il essayait vainement d'édifier.

– Allez, un petit effort ! reprit la même voix, un ton plus haut.

Ce devait être leur chef.

Le père consentit enfin à participer à la réunion.

Il ouvrit les paupières et constata la présence de cinq personnes debout devant lui.

– Bonjour, père Fontorbe. Ou plutôt devrais-je dire « bonsoir ».

Tous étaient cagoulés et portaient des vêtements de ville. Le prêtre les observa. D'après leurs silhouettes, trois d'entre eux devaient être des femmes.

– Que voulez-vous ? demanda-t-il en essayant de cacher sa peur.

– Rien que nous n'ayons déjà pris.

– Qu'avez-vous… ?

– Nous avons trouvé ce que nous cherchions sur votre chère personne. Nos renseignements étaient bons.

Son interlocutrice exhiba un pendentif devant les yeux du prêtre.

– Le cristal d'Ethen. Voilà ce qui nous amène.

– Mais ce bijou n'a aucune valeur. J'ai des tableaux de maître…

– Si peu de valeur que vous le portez sur vous en permanence…

– C'est sentimental, mentit le père. Il me vient de ma mère.

– Faux ! asséna la femme. C'est vilain de mentir. Surtout lorsqu'on est si proche du jugement dernier.

– Le coffre ! J'ai un coffre-fort ! Derrière la tenture du salon. Il y a de l'argent, des bijoux…

– Gardez votre or.

– Mais que voulez-vous faire de cette babiole ?

– Vous n'avez pas besoin de le savoir.

Le père Fontorbe sentit la panique le gagner.

– Partez, maintenant ! Vous avez ce que vous voulez. Partez ! Je me tairai. Vous n'avez pas besoin de me faire souffrir.

– C'est tentant. Et puis, vous êtes tellement ridicule.

La femme retira sa cagoule d'une main. Ses compagnons en firent autant.

– Ne me montrez pas vos visages, hurla-t-il en secouant la tête de façon grotesque.

– La peur est sage conseillère, mon père. Autant que vous le sachiez, je m'appelle Irina Maïenkov. Je vous dois bien cette dernière information.

La femme sortit d'un étui un long couteau de type oriental.

– Juste avant…

Elle fit un pas vers le prêtre, plaqua une main sur sa bouche et l'égorgea de l'autre. Avec le geste d'un boucher qui saigne un cochon. Profondément, jusqu'à la carotide, puis en diagonale sur toute la largeur du cou.

Les yeux du père Fontorbe roulèrent de droite à gauche, puis se révulsèrent. La pression de la main se relâcha. C'était fini.

Le cœur continua de battre quelques secondes, le temps de le vider partiellement de son sang, qui se répandit en flaque au pied de la table.

Le jeune apollon qui avait fait courir le père Fontorbe à sa perte éleva au-dessus du cadavre une bouteille remplie d'eau. Il en déversa le contenu sur le corps, en prenant soin d'en inonder chaque centimètre carré.

Puis les assassins éteignirent la lumière et sortirent de l'appartement.

10

– C'est minuscule, admira Tara en tenant l'objet entre le pouce et l'index. De loin, ça passe inaperçu. Et tu veux me faire croire que ce truc-là vole tout seul ?

– Non seulement il vole, mais en plus il nous épie, précisa Gabriel Ostrander.

– C'est remarquable. On dirait un insecte.

– La chauve-souris qui l'a croqué cette nuit a pensé la même chose que toi avant de le recracher.

Tara donna l'objet à Franklin. À l'exception d'une antenne flexible qui dépassait sur le dessus, la forme oblongue de couleur grise ressemblait assez à un criquet. Un capteur solaire occupait le dos du faux insecte et des microcircuits apparaissaient à travers la matière translucide.

– Déplie les ailes, tu vas voir.

Franklin s'exécuta. Il tira délicatement sur la matière élastique, qui aussitôt se mit à vibrer.

– Je ne comprends pas comment ça marche, dit-il. Je ne vois aucun moteur.

– Et pour cause, il n'y en a pas.

Franklin adressa à Gabriel un regard plein d'incompréhension.

– Tu n'as jamais entendu parler des matériaux à mémoire de forme ?

– Vaguement.

– Eh bien, voilà qui te précisera les choses. Ces ailes ont une double mémoire de forme. C'est un peu comme la plaque d'un système bilame, mais en double.

– Mais encore ?

– Un clignotant de voiture ! Tu sais comment ça fonctionne ?

Franklin secoua la tête de droite à gauche.

– Tara ?

– Pas mieux, marmonna la journaliste.

Gabriel soupira.

– Tant pis pour le clignotant. On verra aussi plus tard pour le fil à couper le beurre. Bref. La mémoire de forme, ça consiste à apprendre à une matière à se comporter d'une certaine façon selon une condition donnée. Ça vous éclaire ?

– Tu me rappelles un ami archéologue, se moqua Franklin.

– On fait des jouets pour les enfants selon ce principe. La matière réagit à un stimulus extérieur. L'eau, la chaleur ou un courant électrique. Dès que le matériau se trouve en contact avec le bon élément, il réagit. En l'occurrence, c'est l'électricité apportée par le capteur. Contact, l'aile se plie. Absence de contact, elle revient en position horizontale. Et comme ce doit être un courant alternatif, l'opération se répète plusieurs fois par seconde, en fonction de la fréquence du courant. Objet très léger, battement rapide des ailes, petit aileron arrière pour la direction. Conséquence : ça vole. Vous comprenez ?

– Le principe me semble limpide.

– Et très intelligemment pensé.

– On ajoute une caméra miniaturisée à l'avant, quelques circuits à l'intérieur, une antenne pour émettre et ça donne un parfait petit espion indétectable. Un drone.

– Remarque, critiqua Franklin, on savait déjà que le village était surveillé. On n'apprend rien de plus avec ce gadget.

– Le problème, c'est que l'émetteur est trop petit pour diffuser ses images bien loin, poursuivit Gabriel.

– Il y a donc un relais dans les environs.

– Exactement. Et le second village sur le fleuve est certainement déjà trop éloigné.

– On le verrait, dans ce cas.

Gabriel se tourna vers les paraboles qui dominaient le village en bordure de forêt.

– Je crois qu'on ne voit que lui. Mais on ne s'en méfie pas.

– L'émetteur utiliserait nos installations ?

– Je ne vois pas d'autre possibilité.

– Dans ce cas, nous n'y pouvons rien. On ne va pas se couper du monde pour empêcher l'ennemi de nous espionner. C'est peut-être même son but.

– Non, mais les limites technologiques de ce drone nous apportent un second problème.

– Vas-y !

– En théorie, la mémoire de forme fonctionne indéfiniment. Jusqu'à rupture du matériau, en fait. En pratique, j'imagine mal que cet engin puisse voler sur de longues distances. Des vents trop violents l'endommageraient, je suppose. Sans parler des prédateurs qu'il pourrait rencontrer. La mésaventure de celui-ci en est une preuve.

– Tu penses donc que quelqu'un sur place nous les envoie. C'est ça ?

– Pas d'ici. Mais du village près du fleuve.

– Sans doute, articula lentement Franklin en réfléchissant. Mais il y a trop de monde là-bas, à présent. Je nous vois mal en train de faire une descente de police.

– Rien ne prouve que ça vienne de Craig, intervint

Tara. Cet ovni peut très bien être télécommandé par un média.

Gabriel fronça les sourcils.

– J'en doute, déclara-t-il. C'est de la technologie militaire. Et à ma connaissance, somme toute limitée, de ce genre de choses, il n'y a que les grandes puissances qui ont développé la miniaturisation des drones. Le raffinement dans l'espionnage est un luxe de nantis.

– Tout s'achète, répliqua Tara. Je suppose que si l'on y met le prix, on peut se procurer ce type de drones.

Gabriel fit une moue dubitative.

– Je vois, apprécia Franklin. Puisqu'on ne peut rien y faire, on va continuer comme avant. Avec la connaissance en plus.

– Le mieux serait de le montrer aux enfants, dit Tara. Non seulement ils pourront alors s'en méfier, mais ils sont les mieux placés pour dénicher tout ce qui peut ramper ou voler. Ça les amusera si on organise une chasse aux drones.

– En effet. Pourquoi pas ? acquiesça Franklin. Il faut le donner à Lania. Tu sais où elle est ?

– Partie dans la forêt, je crois, répondit Tara. Une cueillette pour la classe de cet après-midi.

– Je vais fouiner les environs, déclara Gabriel. Avec un peu de chance, j'en trouverai un autre par terre.

Il partit vers la lisière du village d'un pas lent, le regard rivé au sol. Il fit le tour du périmètre immédiat, se baissant souvent pour ramasser des objets qu'il rejetait aussitôt. Revenu à sa position de départ, il se décala dans la profondeur de la forêt et accomplit un deuxième tour, puis un troisième. Lorsqu'il se trouva à l'abri des regards, il prit le chemin du second village, se retournant souvent pour voir si personne ne venait. Il marcha sur quatre kilomètres le long du sentier reliant les deux villages. Dans la courbe d'un virage, il quitta le sentier pour s'enfoncer dans l'épaisseur de la forêt. Il le fit avec un soin extrême, écartant délicatement les fougères de la main pour ne pas les briser.

Lania l'aperçut de loin. Elle marcha jusqu'au virage et l'attendit. Sans doute s'était-il écarté du sentier pour satisfaire un besoin naturel. Ils rentreraient ensemble.

Cinq minutes passèrent. Lania commençait à trouver le temps long. Elle l'appela doucement. Après trois appels sans réponse, elle décida d'aller voir. Bien des dangers sournois attendent l'homme inexpérimenté en Amazonie. Gabriel se trouvait peut-être en mauvaise posture.

Lania pénétra d'une cinquantaine de mètres dans l'enchevêtrement de troncs, de lianes et de fougères. Mais elle ne vit nulle trace de Gabriel ni, plus curieux encore, de son passage. Elle poussa sa reconnaissance plus loin. Cent cinquante mètres à l'écart du sentier, Lania découvrit les premières marques de machette sur les fougères et les lianes.

Drôle de façon d'agir, pensa-t-elle.

La curiosité l'emporta.

Elle décida de suivre Gabriel à distance.

Dès qu'elle entendit le travail d'abattage du cinéaste, elle s'arrêta. Il devait se trouver à moins de trente mètres de sa position. Et elle était de plus en plus intriguée. Aucune explication rationnelle ne lui venait à l'esprit pour expliquer un tel comportement. Lania attendit que le bruit de la machette soit étouffé par le rempart végétal avant de reprendre son chemin.

Le sol descendait vers le fleuve, qui ne devait plus être très loin. Lania connaissait bien cette forêt. Elle y était née. Et elle savait qu'il n'y avait rien à voir dans les parages. La forêt et le fleuve. Juste la forêt et le fleuve.

Lania était sur le point d'appeler Gabriel, pour mettre fin à la suspicion qui grandissait en elle, lorsqu'elle entendit les voix de plusieurs personnes. Hommes et femmes. Elle s'approcha le plus près possible, s'écartant même du sentier tracé par Gabriel un instant plus tôt pour ne pas se faire voir.

Deux embarcations flottaient sur le fleuve, accrochées par un bout aux branches basses d'un arbre. Gabriel lui tournait le dos. Face à lui, Lania vit deux femmes et un homme. Tous les trois de type occidental. Ils s'empoignèrent les mains. Mais pas comme elle avait vu Franklin ou Stuart le faire. Non. Ceux-là accolaient leurs paumes avant d'entrelacer leurs doigts. C'était étrange. Lania n'aurait su dire si c'était là un rite occidental ou pas. Elle essaya de comprendre ce qu'ils se racontaient, sans y parvenir. La distance la séparant d'eux était trop grande et ils parlaient à voix basse. Les rares bribes qu'elle entendit ne lui apportèrent aucun élément de compréhension. Gabriel et ses trois visiteurs discutaient dans une langue qu'elle ne connaissait pas. Lania ignorait qui étaient les étrangers mais leur rencontre avec Gabriel, tenue secrète dans cette partie isolée de la forêt, ne pouvait être ni anodine ni innocente.

Le manège dura un quart d'heure. Gabriel salua ses hôtes puis s'en alla d'un bon pas.

Lania eut juste le temps de s'accroupir lorsque Gabriel passa à côté d'elle. Il ne la vit pas. Du moins c'est ce que supposa la jeune femme. Elle attendit une minute interminable au pied d'une fourmilière. Son cœur battait trop fort. Ses oreilles bourdonnaient des battements de son pouls.

Lorsqu'elle osa de nouveau un regard vers le fleuve, les deux embarcations s'éloignaient de la rive. Lania se releva, les sens aux aguets. Elle n'entendait plus aucun bruit. Puis les oiseaux recommencèrent à chanter, très haut dans les arbres. Signe que tout rentrait dans l'ordre immuable de la forêt.

Lentement, Lania sortit de sa cachette. Elle sonda la direction où avait disparu Gabriel. Rien. Pas même le balancement d'une fougère. Elle pouvait y aller. Comme le lui avait enseigné son père, qui le tenait de son propre père, et ainsi de suite depuis le début du monde des Kayapos, Lania foula sa terre dans le plus grand silence.

Elle parcourut cent mètres de la sorte et s'arrêta. La tension qui l'animait était épuisante. Elle reprit son souffle, calma ses esprits et repartit d'un pas plus assuré.

Il est reparti, pensa-t-elle. *Je me suis peut-être fait des idées...*

Une main jaillit de derrière un tronc d'arbre. Une main robuste qui s'empara de la gorge de Lania, sans lui laisser de fuite possible. Une seconde main se plaqua sur sa bouche. Deux bras vigoureux l'enserrèrent.

– Tu me suivais, hein ? chuchota à son oreille la voix de Gabriel. Qu'est-ce que tu as vu ?

Lania roulait des yeux affolés. La pression de la main sur sa bouche l'empêchait de répondre aux questions de Gabriel. Elle tenta une ruade, mais l'homme était beaucoup plus fort qu'elle. Et elle étouffait.

– Je sais bien ce que tu as vu, poursuivit Gabriel sur un curieux ton amer.

Il regarda autour de lui. La forêt était déserte.

Personne ne saura, pensa-t-il.

– Je suis désolé, Lania. Mais je ne peux pas te laisser raconter ce que tu as vu aux autres.

Gabriel libéra sa main qui maintenait la gorge de Lania et sortit un long couteau de sa ceinture. D'un geste sûr et rapide, il trancha la gorge de la jeune fille. Puis il s'accroupit, emportant le corps déjà plus lourd vers le sol, où le sang s'écoula en flaque sur le tapis de feuilles. La tête de la jeune femme reposait de côté sur ses cuisses. Et dans ses yeux, on pouvait encore lire de l'effroi.

Gabriel avait une position curieuse, quasi maternelle. Il attendit que la vie disparaisse du regard de Lania avant de la coucher par terre. Puis il recouvrit le corps de branchages. Il savait que l'odeur du sang attirerait très vite les charognards de la forêt. Le corps disparaîtrait en quelques heures. Gabriel resta encore quelques instants pour se recueillir devant sa victime puis il prit le chemin du retour.

11

La pendule du salon sonna cinq coups. Spencer se leva de son fauteuil. Il remplit la bouilloire, prépara deux tasses, posa quelques gâteaux sur un plateau et attendit, le front appuyé contre la porte d'un placard.

La bouilloire siffla une note familière.

Il remplit la théière et monta le plateau à l'étage.

Claudia dormait. Le thé allait refroidir. Il en avait pris l'habitude.

Il emporta sa tasse et partit se réinstaller dans le fauteuil.

La grande aiguille de la pendule n'avait avancé que d'un quart de tour.

Les heures traînaient plus que de raison.

Pour la centième fois de la journée, il regarda autour de lui. Les mêmes meubles, le même agencement, la même odeur de rien qui traînait partout. L'insupportable sentiment de ne pas être utile.

L'incroyable découverte, à quarante-trois ans, de n'avoir rien bâti dans son existence. Rien d'autre que son métier.

Et puisque Craig l'avait mis en réserve…

Restaient le vide, l'absence d'envies, la solitude forcée.

Il ne s'était même pas rasé. Et ne s'en souciait pas, le

pire pour cet homme construit à grand renfort de systèmes et de principes.

Voilà six mois qu'il tournait chez lui comme une bête fauve.

Six mois qu'il faisait les courses deux fois par semaine, lavait et relavait sa voiture, cherchait une occupation pour ne pas devenir fou.

Pour ne pas rejoindre Claudia.

Pour la première fois de son existence, Spencer faisait le point sur lui-même. Et le constat qu'il en tirait lui donnait parfois envie de vomir. Ça puait la vie perdue. L'impasse.

Il ne se connaissait pas d'amis. Il fréquentait ses voisins, d'un jardinet à l'autre, par-dessus la clôture. Personne ne lui manquait et il ne manquait à personne. Pas même à un chien.

Il se rendait compte que le seul choix qu'il ait jamais fait avait été de s'engager dans l'armée. Le reste n'était que convenances.

Surtout Claudia.

En dix-sept ans de vie conjugale, il avait été absent plus de la moitié du temps.

Des conflits l'avaient appelé ailleurs. Des pacifications auxquelles s'était mêlé Oncle Sam. Et toujours, il était parti le sourire aux lèvres, plus heureux du départ que du retour.

Ils n'avaient pas fondé de famille. Juste un foyer. Un truc de femme pour lequel il n'était pas très doué.

Quant à la couvée, elle n'était jamais arrivée. Trop absent pour être un père. Pourtant, Spencer aurait bien aimé avoir un fils. Pourquoi pas une fille. Mais un fils, tout de même…

Claudia et lui s'étaient aimés. Au début en tout cas. Mais l'amour, ça n'avait jamais été son affaire. Trop inconstant sans doute. Trop difficile à gérer. Même jeune, Spencer n'avait eu que peu d'aptitudes pour la romance.

Là aussi, le constat était affligeant.

Il aimait bien sa femme. Et ce petit mot de trop avait un goût amer. Il éprouvait de la tendresse. Il s'était fait des habitudes…

Alors qu'elle aurait sans doute voulu vivre une vraie passion.

Spencer comprenait avec douleur qu'il avait gâché la vie de deux personnes.

Tout ça dans son fauteuil, au milieu du salon, près de la pendule qui égrenait les heures.

Plus le temps passait, plus Claudia foulait avec légèreté les terres de l'absence. Parfois, elle se réveillait au milieu de la nuit. Agitée. Hurlant. Il quittait le divan où il passait dorénavant ses nuits et se ruait dans la chambre. Elle ne le reconnaissait pas, le suppliait de l'aider à sortir d'il ne savait quel traquenard dans lequel elle se croyait prise.

Si bien qu'il avait dû faire installer un système d'alarme aux ouvertures. Un système inversé. Pas pour empêcher des voleurs de pénétrer, mais pour l'alerter lorsque sa femme essaierait de sortir.

C'était moche. Si moche que la détresse de sa femme et la sienne propre lui faisaient monter les larmes aux yeux.

Une nuit, même, après avoir calmé Claudia, il s'était laissé aller jusqu'aux larmes. Le flot l'avait pris au dépourvu. Assis sur les toilettes, il avait pleuré comme un gosse.

Spencer n'en parlerait jamais à personne. Il ne pourrait pas. Ça ne collait pas avec son statut de colonel.

Ses larmes resteraient pour lui seul. Comme un secret amer qu'il lui faudrait cacher.

La pendule consentit à sonner la sixième heure de l'après-midi.

Spencer s'extirpa de son fauteuil et enfila son manteau. Un petit tour dans le quartier lui ferait du bien. Il s'approcha de la porte et vit deux silhouettes qui montaient les marches du perron. Le rideau en mousseline l'empêchait de distinguer nettement ses visiteurs.

Il ouvrit la porte. Denis Craig, en compagnie d'une jeune femme d'une trentaine d'années, avait déjà le doigt posé sur la sonnette.

– Bonjour, Karl. On guette à la porte ? Je vous présente Marianne. Infirmière diplômée. Elle passera la nuit chez vous. Pour faire connaissance avec Claudia. Et réciproquement, bien sûr.

Spencer ne prononça pas une parole. La visite était trop inattendue. Sa barbe naissante trop visible. Les propos de Craig trop clairs.

– Remettez-vous, Spencer, reprit Craig d'un ton enjoué. Vous reprenez du service ! Je passe vous prendre demain matin à neuf heures. Prévoyez des affaires pour une bonne semaine.

12

Gail entendit le bruit mat du journal frappant la porte d'entrée et se leva aussitôt. Elle ne laissait jamais traîner les pages attendues de l'*Independent*. En ouvrant la porte, elle reçut en plein visage la lumière chaude et crue du début du mois de juin. Gail se laissa dorloter par le soleil quelques instants. Ce jour était une date importante. Les Nouveaux Compagnons de Malhorne partaient pour un pèlerinage en Louisiane. Visiter la propriété où avait vécu leur idole. Gail en rêvait depuis si longtemps.

Les adeptes étaient tous réunis depuis la veille pour une longue séance de méditation précédant le voyage. Gail n'avait pas pu y participer. Elle ne pouvait quand même pas faire manquer tous les cours à Milos et se refusait à le confier à une baby-sitter. Que ça concerne Malhorne ou pas, son fils devait recevoir un minimum d'instruction. Et l'amour de sa mère. Aucune autre femme ne partagerait avec elle le cœur de son fils.

Gail se baissa pour ramasser son journal et s'aperçut aussitôt que ce n'était pas le sien. Elle jeta un coup d'œil dans la rue. Le livreur avait déjà disparu. Elle reporta son attention sur le quotidien. Le nom de son voisin était inscrit.

Ce n'était rien. Elle le lui porterait dès que Milos serait levé.

Elle referma la porte et se réinstalla dans la cuisine.

Sur la partie visible du journal plié, Gail lut la moitié du mot Malhorne. Piquée dans sa curiosité, elle détacha la bande de papier qui maintenait les feuilles et regarda la page de couverture.

Le sang quitta son visage.

Elle feuilleta le journal avec fébrilité, ne lisant que les gros titres.

Pour la deuxième fois de la matinée, la porte d'entrée résonna. Cette fois, ce devait être l'*Independent*. Gail se précipita. Elle se moqua du soleil de juin, ramassa le journal et en arracha la bande de papier.

Les informations de l'*Independent* et de l'autre quotidien concordaient.

La nausée lui vint. Gail courut vers les toilettes, mais un flot de bile lui échappa à mi-chemin.

À quatre pattes sur le sol du couloir, Gail se laissa aller et vomit son petit déjeuner.

C'était impossible !

L'estomac enfin calmé, elle alluma le poste de radio. Un chroniqueur étalait oralement ce qu'elle venait de lire à deux reprises.

Ils étaient tous de mèche. C'était ça, un complot énorme se montait contre Malhorne. Mais ça n'allait pas se passer comme ça ! C'était compter sans Gail Strinker.

Elle fonça dans la chambre de son fils et l'arracha à son lit. Puis elle enfila une robe de chambre et sortit dans la rue sans même prendre le temps de fermer à clef.

Gail marchait d'un pas très rapide et saccadé. Elle tirait d'une main le petit Milos, qui ne parvenait à suivre la cadence de sa mère qu'au prix d'efforts surhumains. Dans l'autre main, Gail tenait serré les deux journaux.

Lorsqu'elle arriva en vue de la crypte des Nouveaux Compagnons de Malhorne, elle accéléra encore son allure. Milos tomba. Il ne pouvait pas marcher plus vite. Gail s'arrêta, revint en arrière et tira encore plus sur le bras de son fils, pourtant au bord des larmes. La fureur qui embrasait son regard retint l'enfant de se plaindre. Il ravala ses pleurs et essaya de courir aux côtés de sa mère.

Gail écarta la double porte de la crypte d'un geste violent. Le fracas qui s'ensuivit interrompit le prêche de Kogan Starkovitch. Tous les regards se tournèrent vers l'entrée.

Gail s'avança au milieu de la salle et ouvrit la bouche. Mais elle ne parvint pas à exprimer la rage dévastatrice qui l'animait. Seul un hurlement sortit de sa gorge.

Une jeune femme tenta de lui venir en aide. Elle reçut une gifle magistrale en guise de remerciements.

Sur le point d'exploser, Gail rassembla ses forces pour parler, mais ne sut par quoi commencer. Elle dirigea un doigt vengeur vers Kogan Starkovitch.

– Imposteur ! hurla-t-elle d'une voix démente. Imposteur !

Elle continua à hurler, ne sachant que répéter ce mot.

Le cercle des Compagnons se brisa. Certains membres s'écartèrent à une distance prudente. La majorité se regroupa autour de la jeune femme et de son enfant.

– Que se passe-t-il, Gail ? lui demanda quelqu'un.

Gail ne sut que brandir les journaux sous les yeux de l'assistance. Le plus proche des Compagnons s'en empara et les ouvrit.

– Laissez-moi passer. Je vais m'en occuper.

La voix venait de derrière. C'était celle de Kogan qui, enfin remis de sa surprise, se décidait à intervenir. Il fendit les rangs de ses fidèles et se trouva nez à nez avec Gail.

La jeune femme serra les poings. Milos ne comprenait pas ce qui se passait mais il ressentait douloureusement la tension qui habitait sa mère. Il se tint derrière elle, les mains agrippées à sa robe de chambre.

– Tu es le frère de Julian Stark, hein ? articula Gail, soudain d'un calme froid. Tu as connu Malhorne en chair et en os, c'est bien ça ? Vous avez partagé le ventre de la même mère ?

– Qu'est-ce que ça signifie, Gail ? Tu n'es pas dans ton état normal…

– Oh, que si ! Je n'ai même jamais été plus lucide de toute mon existence.

– Accompagne-moi un instant dans la salle de relaxation. Nous allons discuter. Viens, je t'en prie…

– Il n'y aura plus jamais de salle de relaxation, Kogan Starkovitch ! Ou Kogan Machinchose. Il n'y aura plus jamais de mensonges, tu m'entends ? Plus de petite femme naïve à plumer.

Kogan ne savait toujours pas de quoi il retournait. Parmi la petite foule qui l'entourait, des protestations naissaient. Il lui fallait rapidement reprendre le contrôle de la situation. Il posa une main sur l'épaule de Gail et voulut l'entraîner hors de la foule. Gail se dégagea aussitôt. Puis elle lança ses mains vers le visage du Grand Compagnon, saisit ses oreilles et tira de toutes ses forces. Pour atténuer une douleur de plus en plus violente, Kogan suivit le mouvement imposé par Gail. Il se retrouva le nez contre le sol, le visage rouge de sang, de stupéfaction et de colère. Gail lâcha sa prise. Elle se releva et entreprit de marteler à coups de pied la tête de Kogan Starkovitch.

– Que ça te rentre dans la cervelle, hurla-t-elle. Plus de petite fille naïve à plumer.

Des mains s'emparèrent d'elle. On l'écarta le plus possible de Kogan.

Gail reprit son souffle un instant, puis s'inquiéta de

l'endroit où se trouvait Milos. Elle ne le vit pas. Le petit garçon devait être caché dans la foule. Étonnée qu'il ne soit pas resté à ses côtés, elle l'appela.

– Milos ? Où es-tu, mon chéri ?

Dans le brouhaha à présent général, Milos ne devait pas l'entendre. Gail fit le tour de l'assemblée en se baissant, scrutant entre les jambes des adultes. Elle vit Milos trop tard pour empêcher ce qu'il était sur le point de faire.

Durant le moment de flottement qui venait de s'écouler, le petit garçon s'était emparé de la longue épée métallique qui servait au rituel de pseudo-adoubement des nouvelles recrues. Il s'était ensuite approché silencieusement du gourou.

– Milos, non ! hurla Gail.

Il était déjà trop tard.

Kogan avait vu Gail hurler. Il avait lu la peur sur ses traits. Il se retourna pour voir à qui elle parlait et offrit ainsi une belle cible à l'enfant.

Milos lança la lame de l'épée vers le visage de Kogan. La pointe pénétra profondément dans l'œil. Puis l'arme retomba sur le sol.

Un sourire de jubilation illuminait le visage du jeune garçon. Il regarda Kogan, qui hurlait de douleur, et fit un pas en arrière, au cas où son adversaire serait encore capable d'une riposte. Mais comme il ne se passait rien, il continua de se repaître de la scène. Puis son regard descendit le long de ses propres jambes, jusqu'à ses pieds, où une flaque d'urine commençait à se dessiner.

La police arriva rapidement sur les lieux, précédée d'une minute par une ambulance. Les forces de l'ordre enregistrèrent les dépositions des témoins, procédèrent à la mise sous emballage des pièces à conviction et emmenèrent Gail et Milos au commissariat. La crypte des Nouveaux Compagnons de Malhorne fut fermée dans l'état où elle se trouvait après les faits. Des scellés furent apposés sur la porte.

En tant que pièce n° 5 dans l'affaire qui opposa plus tard Milos Strinker à Will Paltrow, dit Kogan Starkovitch, originaire de l'Alabama, on pouvait lire ce titre à la une du *Washington Tribune* :

Malhorne sur les écrans.
Bienvenue dans le monde du virtuel.
Tout sur les dessous de la plus belle intrigue promotionnelle jamais montée avant le lancement d'un film.

13

Une interminable file de limousines stationnait sur Sunset Boulevard. Des barrières métalliques, sur le point de se disloquer, retenaient une foule encore plus importante qu'à l'accoutumée. Des policiers par centaines. Des véhicules de pompiers. Et des caméras de télévision braquées sur des journalistes fébriles. Mais l'événement se passait à l'intérieur. Dans le grand bâtiment du Chinese Theater.

Tout le monde attendait la fin de la projection et la sortie des stars qui avaient participé à la fabrication du film le plus médiatisé depuis l'invention du septième art. Si attendu que personne avant ces dernières quarante-huit heures ne s'était douté qu'il s'agissait d'un film.

Malhorne, le trait d'union des mondes.

Pendant l'attente, on discutait dans la foule. Les langues se déliaient sur le sujet. Des langues amères ou assassines, des langues menteuses sur le passé, des langues parfois sincères et dépitées.

Chacun y allait de son commentaire. Mais certains y avaient cru. Et se faisaient railler par les autres.

C'était une belle idée malgré tout, chuchotaient les uns.

Tant pis, on va retourner à l'église. Ou au bistrot, disaient les autres.

Pour moi, ça sera le bistrot !

Et on riait fort. Si fort que ça sonnait faux.

Étrangement faux. Après tout, ce n'était pas la première fois qu'une belle idée mourrait.

Des exclamations retentirent quelque part. Dans la foule, les gens cherchèrent d'où cela provenait mais seuls les premiers rangs pouvaient voir. La foule, elle, ne voit jamais rien.

Mais c'était sans importance. Puisque ça braillait à gauche, ceux du centre et de droite firent pareil. Bientôt, les milliers de bouches d'une marée humaine reprirent des bravos en chœur.

Les portes du Chinese Theater s'ouvrirent enfin. Cinq cents invités de marque en sortirent, gentiment grappés par couple, en file indienne, à quelques mètres d'intervalle, pour être sûrs de figurer en bonne place sur les photos de la presse. Lorsque le gros de la troupe fut sorti, certains journalistes accrédités pénétrèrent dans le Saint des Saints. Les interviews allaient commencer.

La foule resta au-dehors.

Derrière la salle réservée aux interviews, Denis Craig et Karl Spencer sirotaient un verre d'alcool dans un petit salon. Craig était aux anges. Il connaissait bien Spencer. Et il devinait, aux mouvements anarchiques de ses mâchoires, que le colonel en retraite ne s'était pas attendu une seule seconde à ce qu'il venait de voir. Le nez plongé dans son verre, Spencer réfléchissait.

Une porte ouverte laissait filtrer les questions des journalistes et les réponses du producteur et de son attaché de presse.

– Monsieur Ludovski ? Ne pensez-vous pas que la

campagne de communication sur le film est allée trop loin ?

– Avouez que ça va en faire rager plus d'un. Pour des décennies, je crois.

– L'annonce de l'existence de Malhorne, sa réincarnation en Amazonie, les statues, les fausses archives sur le Net. Enfin tout ce qui tourne autour du film…

– Voyez-vous, mesdames et messieurs, je crois en mon métier. Je crois que nous, producteurs, scénaristes, acteurs et réalisateurs, avons une mission auprès du public. Celle de l'amener à réfléchir. Si nous y parvenons en le divertissant en même temps, alors le pari est gagné. Je pense que c'est réussi avec *Malhorne*. Et puis, bien sûr, certains vont crier au scandale. Mais j'entendrai « génial » à la place. Vous verrez ! Maintenant, il va falloir remplir les salles parce que cette campagne de promotion déguisée a coûté un maximum.

– Vous avez fait naître l'espoir chez beaucoup.

– Et alors ? Tant mieux !

– Un espoir qui va retomber…

– Pas sûr. Le film les fera rêver, à présent. Et quand bien même nous aurions fait naître l'espoir, quel mal y aurait-il à ça ? Vous vendez beaucoup d'espoir, vous, dans votre journal ?

Des rires fusèrent.

– Comment avez-vous réussi à garder le secret absolu sur le tournage, sur l'histoire ?

– Certaines clauses dans les contrats en faisaient mention. Je ne vous divulguerai pas le montant des dommages et intérêts qu'aurait dû me verser celui ou celle qui aurait eu la langue trop déliée. Mais sa compagnie d'assurance n'y aurait pas survécu. Peut-être même celle de réassurance non plus.

– Tout de même, monsieur Ludovski ! Depuis deux ans, Malhorne a fait naître des débats, jusqu'aux plus hautes instances, y compris du clergé. Un tel secret est difficile à tenir.

– Qui vous dit que certains n'étaient pas dans la confidence ?

– Des noms ?

– Je ne vous ai pas dit que c'était vrai. Je vous donne des hypothèses.

– Donnez-nous un peu plus, monsieur Ludovski.

– C'est impossible. Ça fera partie de votre travail à venir. Démêler le vrai du faux.

– La statue de Malhorne a-t-elle été réalisée à partir d'une œuvre existante ?

– Non, c'est un mélange de genres. Médiéval et stalinien. J'ai fait réaliser un documentaire sur la conception des décors du film. Vous aurez trois heures d'explications. J'espère que vous y trouverez votre bonheur. Cela dit, vous aurez tous la même source d'informations.

– Vous et votre équipe avez eu le souci du plus petit détail.

– Je le crois, en effet.

– Plusieurs de mes confrères se sont rendus sur les sites présumés où Malhorne était censé avoir sculpté les sept statues. À chaque endroit, la roche était tronçonnée, comme si quelque chose avait réellement été enlevé. Comment une telle idée vous est-elle venue ?

– Chaque détail comptait. Même le plus insignifiant en apparence. Nous nous sommes contentés de nous glisser dans la peau des enquêteurs pour savoir ce qui était important. Il y a même un journaliste, dont je tairai le nom, qui a collaboré à la préparation du film.

– Dites-nous au moins de quel journal !

– Rien du tout. Allez savoir, il est peut-être dans cette salle… Quoi qu'il en soit, les traces des statues étaient importantes. Il était évident que ce serait l'une des premières vérifications.

– Et les indiens kayapos ? Comment avez-vous procédé pour…

Denis Craig alla fermer la porte. Spencer en avait assez entendu. Il devait être remis, à présent.

– Comment avez-vous trouvé ce film, mon bon Spencer, demanda-t-il, un large sourire confiant aux lèvres. Divertissant, n'est-ce pas ?

– Stupéfiant !

– Vous parlez du film ?

– Non, bien sûr. Vous savez, monsieur Craig, j'ai échafaudé bien des plans depuis l'évasion d'Adamov et du bébé. Mais jamais je n'aurais pensé à celui-là.

– Ce n'est pas dans votre mode de fonctionnement. À chacun sa façon de jouer la partie.

Craig vida son verre et s'en resservit un.

– Et le film ?

– Très bien. Enfin, je veux dire… Je connaissais l'histoire, alors c'est pas pareil. Les effets spéciaux sont magnifiques.

– Comment avez-vous trouvé l'acteur qui interprète votre rôle ?

– Vous voulez un avis sincère ?

Craig hocha la tête.

– Trop caricatural à mon goût.

14

Une longue file d'embarcations attendait sur l'Amazone. Sur la berge, les pieds enfoncés dans une boue épaisse, trois hommes facilitaient la manœuvre d'accostage d'une barge à fond plat.

Plus haut, le village des immigrants résonnait des préparatifs du départ. La plupart d'entre eux étaient sur le point de quitter le voisinage de l'enfant, devenue en l'espace d'une nuit sans aucun intérêt.

La veille au soir, un hélicoptère d'origine inconnue avait survolé la zone à plusieurs reprises. Juste au-dessus de la cime des arbres. Il s'était ensuite élevé à l'aplomb de la place centrale. Une porte latérale s'était ouverte et quelqu'un avait jeté dans le vent des centaines de journaux. De tous les pays du monde. Dans toutes les langues parlées au village.

Une belle pagaille s'en était suivie. Au début, personne n'avait voulu croire ce que racontaient les quotidiens. Mais certains, pour se rassurer, avaient téléphoné à des proches. À l'autre bout de la planète. Et les liaisons directes par satellite n'avaient pas failli. Bientôt, la confirmation tomba, venant de partout, plus ou moins rapidement en fonction de l'heure locale. Malhorne était mort une dernière fois.

L'onde de choc créée par la nouvelle n'avait pas tardé à se répercuter jusqu'au village principal.

Par dizaines, ces gens désemparés étaient montés au village. La nuit, déjà bien avancée, vit briller des dizaines de lampes torches, comme autant de lucioles par un soir d'été. Ils voulaient comprendre. Continuer à croire, malgré tout. Ils attendaient à présent une réaction de l'enfant. C'était le moment ou jamais.

Mais ils n'obtinrent pas plus que d'habitude.

Les gens du village d'en haut étaient déjà au courant et en débattaient entre eux lorsque le premier groupe de ceux du bas était arrivé. Ils l'avaient appris par Virgile Macare. Information très vite confirmée par Kinuyo Misushi, restée sur Ko Jima pour honorer la mémoire de son père.

Le lancement de la trilogie *Malhorne* était planétaire.

Vingt mille copies tournaient dans les salles obscures. D'un bout à l'autre du jour, un acteur incarnait Malhorne sur les écrans du monde entier.

Les immigrants demandèrent des explications. Certains implorèrent même, allant jusqu'à préférer un mensonge. Une pulsion d'agressivité monta peu à peu dans leurs rangs.

Le Rimpoché les calma. Il s'adressa à eux dans un anglais approximatif. Ceux qui maîtrisaient cette langue l'écoutèrent avec une attention religieuse. Les autres se laissèrent bercer par sa voix un peu rauque. On entendit des soupirs, des regrets, des pleurs. Le bel avenir promis par l'histoire de Malhorne disparaissait du champ des possibles.

Vers trois heures du matin, le village du haut retrouva sa quiétude habituelle, avec une pointe de désolation en plus. Franklin demeura longtemps auprès du feu, un bâton à la main et les yeux perdus dans les rougeurs incandescentes. Il refusa toute compagnie. Même celle de Bout de chou et de son pécari. Son front se plissait sous l'effort cérébral qui l'animait. Une tempête d'idées contradictoires l'habitait. Il ne parvenait même pas à s'en vouloir. Comment aurait-il pu prévoir ce qui venait de se passer ? Il n'était pas assez vicieux pour échafauder un plan pareil.

Et il ne pouvait plus faire grand-chose.

Malhorne avait perdu la partie. Aucune campagne de contre-information n'aurait suffisamment de poids.

C'était à Bout de chou de prendre la relève.

Lui, Franklin Adamov, allait disparaître de cet épisode navrant de l'histoire de l'humanité.

Lorsque l'aube pointa, il regagna sa case, rangea quelques affaires dans un sac et s'éloigna dans la forêt.

Le village se réveilla sous ces tristes augures. Chacun, en se levant, espérait avoir seulement fait un cauchemar. Mais les tristes mines qui sortaient des cases les unes après les autres anéantissaient aussitôt l'impression d'un rêve. L'information était bien réelle.

Vers huit heures, la pluie commença à tomber. Mais au lieu des averses tropicales qui inondaient habituellement la terre l'espace d'une demi-heure, ce fut un crachin, accompagné de volutes de brume. Une pluie d'automne de bord de mer. Le ciel semblait s'accorder aux têtes d'enterrement qui s'entre-regardaient sans oser se parler.

Seuls les rires des enfants continuaient à égayer l'atmosphère. Ils ne connaissaient pas la gravité de la situation. Ou, s'ils la connaissaient, leur jeune âge ne s'en souciait pas.

Il n'y a qu'à tout recommencer, semblaient dire leurs yeux pétillants. *Tout est possible pour celui qui se croit éternel.*

Ce fut Tara qui rompit le silence.

– Où est passé Franklin ? demanda-t-elle. Je ne l'ai pas encore vu.

Mais personne ne possédait la réponse.

Tara se leva et alla directement à la case de l'ethnologue.

– On s'fait une grasse matinée ?

Elle entra sous l'auvent de feuilles et scruta l'intérieur de la chambre. Le lit était intact. Tara sentit un frisson dans son dos. Quelque chose d'inhabituel se passait. Elle se fit plus attentive. Le fusil, qui ne quittait jamais Franklin, se dressait dans un coin de la pièce. Une pile de vêtements avait été bougée. La machette et le sac à dos ne se trouvaient pas à leur place.

– Je l'ai vu partir, tôt ce matin, dit la voix du Rimpoché derrière elle. Il portait un sac.

Tara se retourna.

– Vous ne lui avez pas demandé où il allait ?

– Il était trop tard. Je n'ai vu que son dos.

Tara eut un air soucieux.

– Il est certainement parti réfléchir. C'est un solitaire, dit le Rimpoché. Ne vous inquiétez pas.

– Justement, si !

Tara attendit le retour de Franklin la journée entière. Lorsque la nuit tomba, elle décida de partir à sa recherche le lendemain dès la première heure. Deux possibilités s'offraient à elle. Soit il s'était rendu sur l'un des sites prévus en cas de repli précipité, soit il avait décidé de partir. Définitivement. Mais la seconde option ne lui convenait pas. Ça ne ressemblait pas à Franklin. La loyauté qu'elle lui connaissait contredisait cette hypothèse.

Tara parla de son projet aux autres. Stuart et Acil se proposèrent immédiatement pour l'accompagner, ce qui soulagea la journaliste. Elle redoutait de se retrouver seule dans la forêt. Ce n'était d'ailleurs pas tant la faune qui l'inquiétait que la forêt elle-même. Avec le lot de fantasmes et la sensation de perte d'identité qu'elle générait en elle.

À la mi-journée du lendemain, les trois marcheurs atteignaient la première cache. Franklin y était passé, mais sans doute avait-il voulu s'épuiser davantage. Ils y firent une halte, prélevèrent quelques litres dans le stock d'eau et repartirent.

La trace de Franklin était encore clairement identifiable. Il faut à la forêt un peu plus de soixante-douze heures pour faire disparaître l'action d'une machette.

La deuxième cache se trouvait à près de huit kilomètres de leur point de départ. Ils y passèrent la nuit. Une nuit peuplée de cris inquiétants, plus forts et plus rapprochés qu'au village.

Ce n'est qu'à la fin du deuxième jour qu'ils trouvèrent Franklin. Il s'était installé dans le troisième abri construit par Kinuyo.

La nuit était tombée depuis une heure lorsqu'ils virent briller la lueur d'un feu dans l'épaisse nuit végétale. Ils hâtèrent le pas, contents d'être enfin arrivés. Épuisés par l'effort, aussi.

L'abri avait été bâti sur le replat d'une colline. Peu d'arbres y poussaient. À cet endroit, l'impression d'étouffement générée par la forêt s'atténuait un peu. La hauteur de la colline laissait le vent la caresser. Pour la première fois depuis bien longtemps, ils eurent la sensation de respirer.

Ils entrèrent dans l'abri, qui se composait d'une pièce unique de dix mètres de côté. Le feu brûlait au centre, sous une ouverture pratiquée dans le toit. Le sac de Franklin traînait ouvert près du foyer. Un duvet encore enroulé se balançait dans le vide, accroché par une ficelle à une poutre basse. Mais Franklin ne s'y trouvait pas.

Les trois pisteurs se regardèrent, intrigués.

– Vous avez eu la même idée que moi ? demanda Franklin dans leur dos. Ou vous vouliez voir la tête que je fais ?

Stuart fut le premier à répondre.

– Ni l'un ni l'autre. Nous nous inquiétions pour toi. C'est tout.

– C'est pas pour moi qu'il faut s'inquiéter, répondit Franklin sur un ton amer. Personne ne me veut de mal, à moi.

– Nous avons sué deux jours pour te retrouver, dit Tara. Ce n'est pas pour t'entendre te plaindre.

– Toujours les mots qui touchent, à ce que je vois, lâcha Franklin. Maintenant que vous m'avez trouvé, vous pouvez repartir. Je vais très bien.

Tara posa son sac à dos et l'ouvrit.

– On verra ça demain. Pour l'instant, je meurs de faim. Si tu ne veux pas discuter, tant pis. Moi, je mange.

Stuart l'imita. Acil hésita un instant, puis se rangea à l'avis des autres. Il n'y avait rien de mieux à faire pour le moment.

Ils firent chauffer des rations alimentaires dans un silence pesant.

Franklin resta dehors à marmonner. Puis il rentra dans l'abri, une grimace de gêne sur le visage.

– Excusez-moi, dit-il en s'installant auprès d'eux. Je suis un imbécile.

– Un imbécile malheureux, en plus, lança Tara, regrettant aussitôt sa réponse. Viens manger.

– Je suis navré, moi aussi, déclara Acil. Pour les mêmes raisons que toi.

– C'est le coup le plus tordu que j'aie jamais vu, dit Stuart. Même les intrigues vaticanes n'arrivent pas à la cheville de cette histoire de film.

– J’ai pu supporter la mort de Malhorne, dit Franklin. Je ne supporte pas ça. Je ne comprends pas pourquoi.

– Peut-être parce qu’on s’attaque à un bébé, proposa Stuart.

– Une enfant que tu considères comme la tienne. En plus.

– Oui. Peut-être. Mais il n’y a pas que ça. Je suis découragé. Complètement.

– C’est un coup dur pour nous tous, Franklin. Nous avons misé tous nos espoirs sur Malhorne et l’enfant.

– Malhorne est vraiment mort, cette fois.

– Non. Il reste Bout de chou. Tu sais bien qu’il reste Bout de chou. Et Malhorne aussi, par conséquent.

Franklin fit un geste de la main. Il savait. Bien sûr qu’il savait. Mais ça ne changeait pas grand-chose.

– Malhorne a failli changer la face du monde. Et j’aurais voulu connaître ça.

– Tout peut recommencer avec l’enfant. Elle grandira.

– J’ai quarante ans, Tara. Ou peu s’en faut. Le temps que Bout de chou soit en âge de jouer au prophète…

– Allons ! Dans quinze ans, à peine…

– Les choses ne se répètent pas, gronda Franklin. C’était pour cette fois, ou jamais. Les gens ne croiront plus.

– C’est une croisade trop grande pour un seul homme, tempéra Stuart. Nous savons qui est Bout de chou. Et c’est déjà beaucoup. L’humanité comprendra quand elle le pourra. Commençons par nous. On élargira le cercle plus tard.

– J’aurais aimé un mouvement de masse, hésita Franklin.

– Le Christ s’est présenté aux hommes, poursuivit Stuart. Est-ce que l’humanité entière est chrétienne ? Le Bouddha a fait pareil. Et le résultat n’est guère meilleur.

Il ne peut pas y avoir une seule façon de penser. C'est dans la nature humaine. La diversité aussi est utile.

– Le dollar, lui, est en passe de réussir.

– Ça ne durera pas éternellement.

– On sera tous morts et enterrés avant que l'hégémonie américaine ne soit remplacée par une autre. Et ça ne changera rien au problème.

Stuart grimaça.

– Tu as perdu la foi, Franklin.

– Je ne l'ai jamais eue, répondit l'ethnologue. Et l'Homme vient de me trahir.

– J'espère que c'est le dépit qui te fait dire cette ineptie, déclara Acil. Sinon, je te plains.

– Ne te gêne pas pour le faire. J'en ai besoin.

– Tu t'es accroché à Malhorne dès que tu l'as rencontré, intervint Tara sur un ton acide. Ne nous dis pas que tu n'avais pas la foi. Et si effectivement tu ne l'avais pas, tu devais crever d'envie de l'avoir.

Franklin leva les yeux sur Tara. Une montée de larmes commençait à mouiller son regard. Il tourna la tête vers la nuit.

– Nous recommencerons, lui dit-elle doucement. Bout de chou a encore besoin de nous. De toi. Plus tard, c'est elle qui ouvrira la route.

– Je n'en ai plus envie.

– Encaisse d'abord. Tu te prononceras après sur tes envies.

– Si vous voulez mon avis, intervint Stuart, Craig n'en restera pas là. La sortie de ce film ne peut être qu'une première étape dans un plan général.

– Tu penses à quelque chose de précis ?

– Je ne sais pas, hésita-t-il. Mais une chose est certaine. Il cherche à récupérer Bout de chou.

– Maintenant qu'il a réussi à détourner l'attention de

Malhorne et de l'enfant, on doit s'attendre à ce qu'il agisse ici.

Franklin se redressa d'un bond.

– Nous ne devrions pas être là, affirma-t-il. Il a dû prévoir nos réactions. C'est maintenant que Bout de chou est en danger.

– Oui, certainement, surenchérit Tara. On doit s'attendre à sa visite dans les jours à venir…

– Non, la coupa Franklin. Maintenant. Il faut tout de suite rejoindre le village. Il est peut-être même déjà trop tard.

– Minute ! Il reste pas mal de monde là-bas. Je ne pense pas qu'il agira aussi vite. Trop de témoins…

Un silence glissa au-dessus de leurs têtes. Une vision abominable venait de s'imposer dans leurs esprits en même temps.

– On part dans cinq heures, dès que le soleil pointera.

15

Après un jour et demi de marche forcée, les quatre compagnons sentirent le désastre avant même de le voir. À plus d'un kilomètre du village, d'épaisses volutes occupaient le relief du sol. Une fumée qui sentait le plastique brûlé, le bois, l'essence, et quelque chose qu'ils ne parvinrent pas à identifier.

Tara, Stuart et Acil armèrent silencieusement leurs fusils. Puis ils poursuivirent leur approche, en prenant soin de ne pas rester groupés.

Tout au long du trajet, ils avaient essayé de joindre le village par radio, mais la fréquence libre était restée sinistrement muette.

À cinq cents mètres de leur objectif, un écran de fumée se matérialisa. D'abord diffus, il alla en s'opacifiant au fur et à mesure de leur progression.

Franklin ne tint plus. Il s'élança sans un mot et disparut bientôt dans le brouillard.

– Merde ! ragea Tara. Mais quel con !

Elle regarda ses camarades, leva les yeux au ciel et emboîta le pas à l'ethnologue.

Au sortir de la forêt, Tara faillit buter sur Franklin. Il se tenait immobile à la lisière, à demi caché par l'épaisse fumée. Comme statufié.

Tara écarquilla les yeux, malgré les picotements que

cela provoquait. Puis elle se protégea le nez avec le col de sa vareuse.

Ça sentait la chair brûlée.

Un vent léger enroulait en spirales les vapeurs suffocantes, créant des zones de visibilité fugitives. Et ce qu'elle parvenait à distinguer, au hasard des courants d'air, se réduisait au néant.

Il ne restait rien du village.

Une brusque bourrasque libéra pour quelques secondes leur champ de vision.

Apocalypse, anéantissement furent les mots qui leur vinrent en même temps à l'esprit.

La clairière entière était carbonisée. Des restes de foyers couvaient encore sous les décombres des cases. L'incendie ne devait pas remonter à plus de vingt-quatre heures.

Franklin fit un pas dans ce champ de ruines. Puis un autre. Il se retrouva bientôt au centre, à l'endroit où s'élevait quelques jours plus tôt l'unique arbre du village. L'hévéa sous lequel il avait passé tant de temps à jouer avec Bout de chou, et dont il ne restait à présent qu'un tronc calciné.

Son regard hébété traduisait son égarement. Ses bras pendaient mollement le long de son corps, et sa posture, légèrement penchée en avant, le faisait ressembler à un pantin remisé.

Les autres ne se sortaient pas mieux de ce triste spectacle. Tara s'était agenouillée, le menton posé sur la crosse de son fusil, canon planté dans le sol. Les joues d'Acil étaient inondées de larmes silencieuses et Stuart n'avait pu s'empêcher d'en appeler au Christ. En un très lent signe de croix, comme exécuté à regret.

Leurs regards erraient à la surface du sol noirci, redoutant de rencontrer les traits d'un visage, ou la forme d'un corps enfoui. Pendant un moment, ils ne virent rien d'autre que de la cendre. La couleur uniformément grise du sol empêchait l'œil de se poser quelque part. Une seconde bourrasque souleva des tourbillons de particules qui les aveuglèrent. Puis un vent dominant s'installa, emportant au loin les restes cendreux du village. Des flammes rejaillirent des décombres. La fumée se dissipa, en même temps que la faculté de raisonner revenait à Franklin.

– Pourquoi ? hurla-t-il. Pourquoi ?

Les cris jacassants de la forêt, interloqués par cette question impromptue, ne lui renvoyèrent aucune réponse.

Si l'on en croyait les singes et les oiseaux, il n'existait pas d'explication à la folie des hommes.

Un orage tropical éclata soudain, les sortant de l'hébétude dans laquelle ils venaient de plonger un court instant.

La cendre devint boue. Les feux disparurent. Même la fumée retourna vers l'humus.

Les quatre rescapés se ruèrent dans la clairière, fouillant à présent avec frénésie le mélange de terre et de cendres.

Au fur et à mesure que le tapis de scories diminuait, ils devinaient plus aisément les formes gisantes de leurs anciens compagnons.

Acil fut le premier à reconnaître un visage familier. Celui du Rimpoché. Il était étendu près du tronc de l'hévéa. Sa peau parcheminée, lavée par les pluies, n'avait rien perdu de ses couleurs. Son visage était intact. Le Rimpoché n'était pas mort brûlé comme ils l'avaient tout d'abord pensé. Un trou dans sa robe laissait deviner le passage d'une balle. En pleine poitrine. Il n'avait pas dû souffrir.

Ils fouillèrent la zone méthodiquement. Chacun de son côté. Tous en quête de la même chose.

Ils dénombrèrent trente-quatre cadavres. Chaque corps retourné livrait une identité, des souvenirs, une tristesse infinie, un masque mortuaire.

Mais le cadavre qu'ils redoutaient de trouver n'était pas là.

Ils poursuivirent leurs recherches aux abords de la clairière.

Tara buta sur le corps recroquevillé du pécari. Les soies de l'animal n'avaient pas résisté à la chaleur des brasiers. Aussi le prit-elle tout d'abord pour une branche calcinée. Puisque le pécari se trouvait là, Bout de chou, si elle n'avait pas échappé au massacre, ne devait pas être loin. Mais un coup d'œil alentour ne lui apprit rien de neuf.

Acil observa l'animal de plus près.

– Il a quelque chose dans la gueule, dit-il en se baissant.

À contrecœur, il écarta les mâchoires du cochon sauvage et en extirpa un objet d'une dizaine de centimètres.

– Qu'est-ce que c'est ? demanda Stuart en s'approchant.

– Je ne sais pas. C'est couvert de cendres.

Acil dégrafa la gourde qui pendait à sa ceinture et lava ce qu'il tenait entre deux doigts.

– Un pouce !

– Il a dû défendre Bout de chou jusqu'à la fin, commenta Stuart. Brave bête.

– Et s'il l'a défendue, c'est qu'elle a été enlevée, et non tuée comme les autres.

– Je l'espère, Acil. Je l'espère.

– C'est quoi, les marques, là ? demanda Tara en montrant les bords noircis du pouce.

Acil frotta le pouce amputé, malgré le dégoût que ce geste lui inspirait.

– Je crois que c'est un tatouage, dit-il enfin. La mâchoire inférieure d'un squale, à ce qu'il me semble.

– L'homme à qui appartient ce pouce ne fait pas partie des victimes, commenta Tara. En tout cas, je ne l'ai pas vu.

– Moi non plus, dit Stuart.

– C'est horrible.

– C'est pire que ça ! lâcha Stuart. Et ça n'a pas de sens. Craig n'avait pas besoin de massacrer tout le monde.

– Rien ne prouve que ce soit lui, protesta Tara.

– Tout le crie, au contraire. Même sans preuve. Tu sais bien que c'est lui qui se trouve derrière ce carnage. Nous n'avons pas d'autre ennemi.

Tara se laissa aller sur le sol.

– Bien sûr, dit-elle d'une voix altérée par l'émotion qui la gagnait enfin. Bien sûr que c'est lui.

– J'ai vu le corps d'un inconnu, là-bas, reprit Acil. Un type en treillis militaire.

– Montre-moi, répondit Tara en se relevant. Je craquerai plus tard.

Le cadavre gisait près de celui du Rimpoché. Il s'agissait d'un homme d'une trentaine d'années, vêtu d'un treillis usé et décoloré par de nombreux lavages. L'homme était de type sud-américain. Le teint hâlé. Les cheveux très noirs, mi-longs et bouclés. Ses mains étaient intactes.

– On dirait une preuve posée là en évidence, objecta Tara.

– En effet, renchérit Stuart. Cet homme ne ressemble en rien à un soldat armé par une multinationale. Uniforme usé jusqu'à la corde, gueule de guérillero, fusil Uzi en bandoulière. Ça sent le coup monté de toutes pièces.

– Aucun papier, pas même la photo d'une fiancée, rien pour l'identifier, dit Acil.

– Ça t'étonne ? J'aurais procédé de la même façon, à la place de Craig. Même les soldats d'une troupe légale ne portent sur eux qu'un matricule et un grade. Alors, des guérilleros...

– Il y a quelque chose qui me trouble pourtant, émit Stuart. Franklin nous a parlé de la réaction de Spencer après la tuerie à la Fondation Prométhée. Je vois mal ce type en train de massacrer des civils de sang-froid.

– Peut-être une seconde équipe montée par Craig. Menée par un boucher.

– Et après ? le coupa Tara. Que Spencer soit de la partie ou non, qu'est-ce que ça change ?

– Rien. Mais ça ne colle pas avec ce que l'on sait de la Fondation.

– C'est certainement intentionnel.

– Pourtant...

– Excuse-moi, Stuart, mais ce détail ne fait pas partie de mes préoccupations immédiates.

– Je me raccroche à ce que je peux, répondit le prêtre sur un ton désolé. J'ai accompagné pas mal de gens aux portes de la mort, mais ils avaient tous une raison de mourir. Enfin, je veux dire...

– Je comprends très bien, dit Tara en enlaçant Stuart. Nous sommes tous orphelins à présent.

– Où est parti Franklin ? s'enquit Acil.

– Il s'est éloigné du côté des containers. Ça fait un bon quart d'heure.

– Allons le retrouver. Je ne sais pas de quoi il est capable. Et le pire est à prévoir.

Ils se dirigèrent vers l'assemblage de containers. La double porte du sas était détruite, soufflée par une explosion.

– Quelqu'un a essayé de s'y cacher, commenta Stuart. J'espère que…

Stuart interrompit sa phrase sur le pas de la porte. De l'extérieur, il voyait la silhouette de Franklin, recroquevillée sur le sol, enroulée autour d'un corps plus petit. Le dos de Franklin tremblait sans discontinuer. Deux petites jambes inertes dépassaient de sa masse, trop blanches pour appartenir à un enfant kayapo.

– Oh, mon Dieu, non !

Tara s'approcha doucement de Franklin. Elle s'agenouilla à ses côtés et posa la tête sur son dos. Puis, lentement, elle commença à lui caresser l'épaule. Acil et Stuart restèrent dans l'encadrement de la double porte, muets et horrifiés. Puis Acil sortit, laissant Stuart seul et pitoyable.

Avec des gestes doux, Tara parvint à redresser Franklin. Ses larmes avaient inondé le visage de Bout de chou, qui brillait curieusement dans la pénombre. L'enfant semblait simplement dormir.

Franklin pleurait en silence. Il regarda Tara et entrouvrit les lèvres mais aucun son ne parvint à sortir. Sa bouche était sèche. Toute l'eau de son corps fuyait par ses yeux. Il tourna de nouveau son regard vers l'enfant. Machinalement, ses mains caressaient le petit visage. La vie avait quitté ses traits.

Tara prit Bout de chou sous la nuque et les reins et la déposa délicatement à côté de Franklin. Elle dégrafa la chemise maculée de sang et en écarta les pans.

– Qu'est-ce que tu fais ? demanda Stuart dans son dos.

– Je veux être certaine !

La voix de Tara était dure, impérative. Son ultime protection devant l'inimaginable. Elle palpa doucement le flanc droit de l'enfant, à la recherche de la cicatrice qu'elle s'était faite quelques mois plus tôt.

– C'est bien Bout de chou, déclara-t-elle avec des trémolos dans la voix.

Puis elle sortit sans rien dire de plus.

Franklin se redressa à son tour. Il souleva le corps de l'enfant et l'emporta à l'extérieur.

Resté seul, Stuart ne savait comment réagir. Une tempête de pulsions obscurcissait sa raison. Un immense désarroi l'animait. Une peine infiniment plus grande que toutes celles qu'il avait connues jusqu'alors. Même la perte de sa mère était en deçà de ce qu'il ressentait. Il n'avait pourtant pas atteint l'âge de quatorze ans à l'époque.

Non, ce moment précis dépassait son échelle de la douleur psychologique. Il ne pouvait le comparer à rien. Et cela même le déboussolait. Par-dessus ce sentiment, un autre, plus inconnu encore que le premier, et insidieux celui-ci, jetait un chaos complet dans sa capacité à raisonner. La vengeance. Stuart vibrait de tout son être du désir de se venger des responsables.

Machinalement, il scruta la pièce, où régnait un profond désordre.

Une forme gisait dans un coin, derrière une rangée de disques durs. C'était le cadavre de Teico. Trois trous sombres marquaient sa chemise blanche. Trois impacts qui dessinaient un triangle allongé entre le sein et le sternum. Accaparé par Franklin et l'enfant, Stuart n'avait pas remarqué sa présence. Teico avait encore les yeux ouverts, dirigés vers la porte, comme attendant son arrivée. Sans doute avait-il essayé de soustraire Bout de chou à ses agresseurs. Au péril de sa vie. Au mépris de celle-ci.

Stuart fit un pas vers Teico, s'agenouilla devant la dépouille de son ami et lui ferma les paupières.

Il fut soulagé de retrouver la lumière du jour. Il regarda autour de lui. Tara était partie s'isoler à l'autre extrémité de la clairière. Franklin veillait, à quelques pas, le corps de Bout de chou. Mais Acil était invisible. Stuart observait les environs avec plus d'attention lorsqu'il entendit Acil l'appeler. Et dans cet appel vibrait une note d'urgence. Stuart se rua dans la direction supposée de la voix. Quelque part dans la forêt. Pas loin.

Il aperçut enfin Acil. Le jeune Africain marchait vers lui, soutenant contre son épaule le corps de Gabriel Ostrander.

– Dépêche-toi, il est vivant.

Stuart aida Acil à déposer Gabriel au sol. Puis il tenta de le prendre sous les aisselles, pour le porter plus vite jusqu'à la clairière. L'un des bras de Gabriel avait été sectionné au-dessus du coude.

Les yeux du malheureux cinéaste roulaient sous ses paupières mi-closes. Des gouttes de sueur perlaient sur son visage. La fièvre le gagnait.

– Il n'y a pas une minute à perdre, dit Stuart. Il faut l'emmener jusqu'au bloc. Avec un peu de chance, il sera encore opérationnel.

– Tu comptes l'opérer toi-même ? Sans électricité ?

– Il y avait un toubib au village du bas. Il n'est peut-être pas encore parti.

– Tu comptes beaucoup sur la chance…

– J'ai rien d'autre sous la main. Vas-y. Je peux le porter tout seul. Allez, au pas de charge !

Acil s'exécuta, laissant Gabriel aux soins de Stuart.

Il revint une heure et demie plus tard. Chris Hamilton et sa femme Caroline l'accompagnaient. Tous deux étaient médecins. Si la découverte du village dévasté les atterra, ils n'en dirent rien.

Ils trouvèrent Stuart et Tara dans le container-bloc

opératoire. Gabriel était allongé sur la table. Il n'avait pas repris connaissance.

– On a fait ce qu'on a pu, dit Stuart. Pas grand-chose, pour être honnête. Gabriel est du groupe A positif et on a du sang en pagaille. Pour le reste, c'est à vous. Il y a des médocs en vrac dans les placards derrière vous.

Caroline se pencha au-dessus du bras de Gabriel. Un froncement de sourcils trahit son inquiétude.

– C'est pas joli-joli ! Tu en penses quoi ?

– Que ces messieurs-dame vont quitter la pièce pour nous laisser travailler.

– J'allais le proposer, répondit aussitôt Tara. On a un sale boulot qui nous attend dehors.

Lorsque le couple de médecins sortit du bloc, deux heures plus tard, ils trouvèrent Stuart et Acil debout devant les trente-cinq cadavres alignés. Tara circulait entre les corps et photographiait chaque visage. Franklin était toujours assis aux côtés de Bout de chou. Il n'avait pas voulu la quitter ne serait-ce qu'une seconde. Il fixait du regard un point à la surface du sol. Ou plus loin, s'il en était capable.

– Il devrait s'en sortir, déclarèrent-ils. Mais il faudra le surveiller longtemps. Nous allons rester avec vous deux ou trois jours.

– Non, répondit Tara. Vous étiez sur le point de partir lorsque Acil vous a rejoints. Eh bien, vous ne changerez rien à vos projets. Et vous allez même redoubler de vigilance. Je pense que les auteurs de ce massacre ne laisseront filer aucun témoin. Je vous conseille de quitter le village en faisant un grand détour par la forêt. Montrez-moi ce qu'il faut faire avec Gabriel et partez.

Hamilton réfléchit un instant. Il questionna sa femme

du regard puis tourna de nouveau son attention vers Tara.

– Que s'est-il passé ? demanda-t-il.

– Ce que vous imaginez, répondit Stuart. Une troupe armée est passée. Le mot d'ordre devait être « pas de survivant ».

– C'est monstrueux, déclara Caroline.

– Il n'y a pas de lien logique avec la sortie de ce film, poursuivit Chris.

– Vous y avez cru ?

– Je ne sais pas. Nous avons été très troublés, Caroline et moi…

– Vous y avez cru ! C'est normal. Le monde entier s'est laissé berner. Je pense qu'il n'y a plus que nous à croire encore. Et cette position n'est pas confortable, après ce qui s'est passé.

Stuart regarda l'endroit où se tenait Franklin.

– Il ne nous reste plus grand-chose.

– Vous savez qui a fait ça ? demanda Caroline. On ne peut pas tuer autant de gens en toute impunité.

– Si, on peut. Et moins vous en saurez, mieux vous vous porterez. Tara a raison. Montrez-lui ce qu'il faut faire et ensuite, partez.

Chris et Caroline Hamilton ne posèrent plus de questions. Ils formèrent rapidement Tara aux soins particuliers que devrait recevoir le blessé et quittèrent le village.

La tombée de la nuit trouva Tara, Franklin, Acil et Stuart assis autour d'un feu. Ils mâchaient en silence le contenu d'une boîte de conserve. Chacun repassait mentalement la succession des événements qui les avaient conduits au désastre. Chacun pesait sa part de responsabilité. Et surtout, chacun cherchait un chemin personnel pour se sortir de l'inextricable désarroi psychique dans lequel il se trouvait.

– J'ai téléphoné à Axel Marcussen, lâcha Tara. Je lui ai raconté tout ça.

Stuart releva la tête de sa conserve et lança un regard interrogateur à Tara.

– Il m'a proposé de nous envoyer un hélico pour nous rapatrier.

– Et ?

– J'ai refusé. On doit enterrer nos morts nous-mêmes.

Le silence se réinstalla au-dessus de leurs têtes.

– Nous devons quitter cet endroit au plus vite, dit Stuart au bout d'un moment. Les hommes de Craig reviendront. C'est logique.

– On creuse une grande tombe et après on part.

– Deux tombes, dit Franklin d'une voix lugubre. Bout de chou restera pure jusque dans la putréfaction.

– Devons-nous prendre le risque de mourir pour les enterrer ? demanda Acil.

– Pars si ça te chante. Moi, je ne laisserai pas Bout de chou aux dents des nécrophages.

– Tu n'étais pas le seul à aimer cette enfant, Franklin, intervint Tara. Personne ne pense à la laisser sans sépulture.

Franklin jeta un regard mauvais et se retrancha dans le silence.

– Creusons toute la nuit s'il le faut, dit Stuart. Demain matin, nous devrons être partis.

Franklin se leva et s'éloigna d'un pas rapide.

– Creusez pour les autres ! lança-t-il dans la nuit. La petite tombe me revient.

Tara se retint de répondre. À grand renfort de volonté, elle parvint à garder sa bouche close. Suffisamment longtemps pour qu'en soit chassée l'émotion première.

Pour qui se prenait-il ? Pourquoi envisageait-il la mort de Bout de chou comme un deuil exclusivement personnel ? Pourquoi ne savait-il extérioriser sa douleur qu'en attaquant ceux qui restaient et qui souffraient tout autant que lui ?

Tara empoigna le manche d'une pioche et libéra son ressentiment dans la boue. Un coup. Puis un autre, et encore un autre. Jusqu'à ce que la terre gorgée d'eau se noie dans le flot de ses larmes.

16

Les quatre rescapés se tenaient devant la fosse heptagonale creusée par Franklin. L'aube venait de poindre. Ils n'avaient pas dormi de la nuit. À quelques pas, vingt mètres carrés de terre retournée marquaient l'emplacement où se tenaient serrés les corps des trente-quatre victimes. Plus une, celle du pseudo-guérillero. Tara avait acquis la certitude qu'il était lui aussi un malheureux pion dans le plan de Craig. Qu'elle ait raison ou tort n'avait finalement pas d'importance. Les morts n'avaient plus d'intentions. Ni bonnes, ni mauvaises.

Ils étalèrent un linge blanc au fond de la fosse et étendirent Bout de chou au centre.

– Elle est si petite, chuchota Tara. Comment ont-ils pu…

Elle s'assit par terre à côté de l'enfant. Sa main passait et repassait dans la chevelure de Bout de chou. Tara ne parvenait pas à y croire. On n'assassine pas un enfant que l'on cherche à s'approprier. Cet acte immonde n'avait aucun sens. Pourtant, elle devait bien accepter la réalité qui gisait sous ses yeux. La refuser reviendrait à partir vers les continents obscurs de la déraison. Et Tara refusait cette fuite possible. Elle voulait faire payer les assassins, fût-ce au prix d'une vie d'efforts. Et, pour y parvenir, elle devait garder aussi lucide que possible la vision qu'elle avait du monde. Aussi laid soit-il.

Elle sortit de sa poche un couteau et l'approcha des cheveux de Bout de chou. Puis elle se ravisa et regarda Franklin, une interrogation muette dans le regard.

Franklin détourna les yeux.

Tara prit cette attitude pour une approbation et trancha une longue mèche brune. La traction du couteau sur le cuir chevelu secoua le corps de Bout de chou des pieds à la tête. La raideur cadavérique avait durci ses muscles. Et cela, plus encore que l'absence des rires cristallins de la fillette, donnait au petit corps l'image de la mort. C'était insupportable.

Tara éclata en sanglots.

Stuart descendit dans la fosse pour lui venir en aide. Il enlaça la jeune femme et la berça doucement. Aucun mot ne pouvait l'apaiser. Il le savait par expérience.

Les yeux mouillés de larmes, Tara caressa le corps de Bout de chou. Une dernière fois. Pour essayer d'emporter entre ses mains les formes de l'enfant. Pour s'en souvenir. La remodeler dans l'espace. Plus tard. Lorsqu'elle en aurait le courage. Ou le besoin.

Les mains descendirent jusqu'aux pieds. Là, elles se firent plus fébriles. Quelque chose n'allait pas.

– Elle n'a pas de corne. Pas assez.

– Qu'est-ce que tu racontes ? lui demanda Stuart.

– Mais regarde toi-même, répondit Tara en reniflant. Bout de chou avait de la corne épaisse. Elle a toujours marché pieds nus. Elle ne l'a plus. Pas assez !

Stuart inspecta la voûte plantaire de l'enfant.

– C'est vrai qu'il n'y en a pas beaucoup, affirma-t-il. Mais, et alors ? Tu as toi-même vérifié qu'elle portait bien sa cicatrice…

– Nourris-toi d'espoir, fit au-dessus d'eux la voix de Franklin. Tu ne sais rien faire de mieux.

– Ça suffit, Franklin, vociféra Tara en se redressant d'un bond. Garde ta haine pour toi, pour Craig ou pour qui tu veux, mais fous-moi la paix. Tu as entendu ? Moi, je ne me résoudrai à la mort de Bout de chou qu'en dernier recours. Tu comprends ? Pourquoi Craig l'aurait-il fait tuer, elle ? T'as une réponse à ça ?

– Qui se trouve étendue devant nous ? D'après toi ? Un clone ?

– Et pourquoi pas, en effet !

– Mais... pauvre folle ! Un clone de Bout de chou ne peut pas avoir son âge. Il devrait être âgé d'au moins neuf mois de moins.

– Sale con !

– Répète voir...

Stuart s'interposa entre Tara et Franklin.

– Assez ! dit-il. Si votre amour se transforme en haine, ce sera le dernier crime commis par Craig. Vous n'avez pas le droit de vous déchirer devant elle. Vous lui devez cette dernière marque de respect !

Franklin baissa les yeux. Tara se détourna.

La fosse fut comblée dans un silence profond. Même la forêt semblait participer au deuil. Lorsqu'ils eurent convenablement lissé la terre, chacun déposa une fleur. Puis ils se préparèrent à partir.

Acil et Stuart installèrent Gabriel Ostrander sur un brancard, tandis que Tara ramassait le matériel intact dont ils pourraient avoir besoin. Franklin ne quitta pas la tombe. Il avait posé un genou au sol et ressemblait à une statue funéraire.

Au moment de partir, Stuart vint le trouver.

– Franklin, lui dit-il doucement à l'oreille. Nous avons décidé de rejoindre l'abri n° 4. Gabriel a besoin de repos. Il y a là-bas suffisamment de vivres pour tenir des mois. Rejoins-nous quand tu voudras.

Stuart se redressa et attendit un instant. Il fut tenté

d'ajouter autre chose, mais il se ravisa et rejoignit les autres.

Franklin demeura un jour et une nuit au-dessus de la tombe de Bout de chou. La pluie tomba trois fois dans ce laps de temps. Il entendit des animaux fureter autour de lui, mais ne s'en soucia pas.

Au matin du deuxième jour, il constata la présence de jeunes pousses sur la tombe. Cela l'apaisa un peu. Le vivant reprenait le dessus. Dans toutes les circonstances.

Ce qui le fit enfin bouger ne fut ni la soif ni la faim, mais le bruit d'un hélicoptère en approche. Il partit se mettre à couvert sous les arbres du périmètre immédiat de la clairière et attendit.

L'engin survola la zone plusieurs fois à très basse altitude, puis s'éloigna en direction du village du bas. Caché derrière un tronc massif, Franklin eut le temps d'apercevoir le visage d'Axel Marcussen.

Lorsque le bruit du rotor eut disparu, happé par la déclivité, il sortit de sa cachette et se jeta sur une gourde pleine. Il but trop et trop vite. Son estomac vide renvoya immédiatement ce qu'il venait d'ingurgiter.

À quatre pattes sur le sol, il vomit un flot de bile qui lui dévasta l'œsophage. Lorsque les spasmes cessèrent, il s'assit et éclata de rire. Malgré sa faiblesse physique, il avait une incommensurable envie de faire l'amour.

Éros et Thanatos, pensa-t-il. *Je suis d'une banalité sans bornes.*

Le visage de Tara s'imposa à son esprit. Il la désirait ardemment, mais sut à cet instant qu'il ne la toucherait jamais.

Il fit taire sa libido, contenta doucement son estomac et quitta le village.

Franklin erra près d'une semaine dans la forêt avant de rejoindre les autres. Il se nourrit de ce que la flore offrait avec générosité, but l'eau des mares récentes et ne se lava pas. La nuit, il tendait un hamac dans les branches hautes. Comme le lui avait un jour enseigné Teico, il enduisait les cordes d'attache avec de la résine, pour repousser les insectes, pour avoir une chance de se réveiller. La mort rôdait partout dans cet écosystème impitoyable. Côtoyer si intimement l'éventualité de sa propre fin l'apaisait, tout en le tourmentant. Ça lui donnait un sujet de préoccupation, la possibilité de penser à autre chose. Un réflexe vital, dans sa situation.

Plusieurs fois, il fut tenté de retourner au village. Pour s'étendre sur la tombe de Bout de chou et ne plus se relever. Là-bas, il restait des armes et des munitions en pagaille. De quoi se faire sauter le caisson mille fois. Une seule suffirait à l'étourdir à jamais et cette pensée était très attirante. Ne plus se tourmenter, ne plus réfléchir, ne plus souffrir. Mais il entrevoyait confusément qu'un rôle lui restait peut-être. Il n'imaginait même pas de quoi il pouvait s'agir. C'était un simple sentiment, suffisamment fort pour qu'il ne se retourne pas.

Il prit des notes dans son carnet de bord, qui ne le quittait jamais. Il coucha sur le papier la peine sans nom qui lui dévastait l'esprit, tourna autour sans arriver à la définir. Et capitula. Affronter une épreuve qu'il savait perdue d'avance lui coûtait trop.

Le septième jour après son départ du village dévasté, il arriva en vue de l'abri n° 4. Gabriel Ostrander dormait près d'un feu. Les couleurs de la vie étaient réapparues sur son visage. Le bandage impeccable qui entourait son moignon indiquait que Tara se sortait haut la main de son nouveau rôle d'infirmière.

Il vit Stuart et Acil discuter au-dessus de cartes d'état-major, mais Tara restait invisible.

Franklin était sur le point de s'annoncer lorsqu'il sentit la pointe d'un canon s'enfoncer dans son dos.

– Pas un pas de plus, étranger, dit Tara d'une voix faussement enjouée.

– Ne me tente pas, répondit Franklin en se retournant.

La jeune femme portait un treillis sale et une cagoule qui ne laissait voir que les yeux. Des yeux fatigués et brillants.

– J'ai cru que tu ne viendrais plus, dit-elle.

Elle retira sa cagoule. Les traits tirés de son visage accusaient une grande tristesse.

– J'ai bien failli, Tara. Ça n'a tenu qu'à un fil.

Elle se jeta dans les bras de Franklin et l'étreignit. Il l'enlaça à son tour et se laissa aller. C'était bon de serrer un corps aimé. Et vivant.

Ça aurait dû être une belle histoire, pensa-t-il. *On était presque une famille.*

Il s'écarta de Tara. Les choses n'avaient pas tourné comme ils l'avaient tous espéré.

– Je mangerais bien quelque chose de solide. Ça fait une semaine que je suis au régime « fruits et eau croupie ».

Le soir venu, ils discutèrent longuement. Franklin apprit comment Gabriel s'en était finalement tiré. Une balle de gros calibre lui avait arraché le bras, alors qu'il entraînait Bout de chou vers la forêt. L'impact l'avait envoyé rouler dans les fougères. Il avait vu Teico bifurquer vers les containers avec l'enfant. Les armes automatiques crépitaient autour de lui. Les enfants hurlaient.

Lorsqu'il s'était relevé, la tuerie n'était pas loin de finir. Accroupi derrière les fougères, il avait cherché l'enfant, sans la voir. Ensuite, un soldat l'avait pris en chasse. Puis plusieurs. La forêt avait été son seul refuge.

Alors qu'il était sur le point de capituler, un ravin l'avait expédié dans le lit d'une rivière au cours rapide. Ses poursuivants ne l'avaient pas rejoint dans les eaux tumultueuses, pensant probablement qu'il s'était noyé. Ce qui avait bien failli arriver. La suite, Franklin la connaissait. Acil l'avait aperçu, gisant à quelques centaines de mètres du village.

– Qu'est-ce qui te fait croire que le soldat dont nous avons trouvé le cadavre ne faisait pas partie de la troupe ?

– Tout. Il est trop parfait pour être un mort honnête. Et puis, nous savons que Craig se cache derrière ce massacre. Ce sont de vrais soldats qui ont fait ça. Les soldats d'une armée privée, certes, mais ça ne change rien à l'esprit. Ces hommes-là n'abandonnent pas un des leurs, surtout quand ils ont le temps. Et ils ont eu tout le temps nécessaire. Crois-moi.

– Gabriel les a vus, précisa Stuart. Il n'y a plus aucun doute à avoir. Les autres portaient des équipements neufs.

– J'aimerais bien lui en parler.

– Demain, tu pourras, le tempéra Tara. Pour le moment, il dort.

– Tu as abandonné ton idée de clonage ?

– Je l'ai laissée de côté. J'ai dû me rendre à l'évidence.

– Marcussen a survolé le village.

– Quand était-ce ?

– Le jour où je suis parti. Il y a une semaine.

Acil siffla d'admiration.

– Tu es resté tout ce temps dans la forêt ! Sans arme ?

– J'en avais besoin…

– C'était suicidaire, oui !

– Les choses auraient pu tourner différemment, c'est vrai. Mais ça n'aurait pas été de mon fait.

– Je vois.

– Nous ne t'avons pas attendu pour discuter de la suite des événements, Franklin, reprit Tara. Et nous avons pris des décisions.

– Raconte-moi.

– D'abord, nous pensons que Craig nous croit tous morts.

– C'est discutable, mais continue.

– Ça ne changerait pas grand-chose mais au moins sommes-nous à peu près sûrs qu'il ne nous recherche pas.

– Je n'ai vu personne au village le temps que j'y suis resté. Mis à part Marcussen.

– Nous pouvons donc partir sans problème. En fait, dès que Gabriel sera en état de marcher. On ne va pas rester terrés ici.

– C'est pas vraiment une décision, ça, dit Franklin.

– Seconde chose, nous allons partir à la recherche de Bout de chou…

– Tu ne vas pas recommencer avec ça, la coupa-t-il. Je croyais que tu avais accepté.

– Ce n'est pas ce qu'elle veut dire, intervint Acil. Avec plus ou moins de mal, nous nous sommes tous fait une raison.

– Dans ce cas, je ne vois pas…

– Nous devons partir chercher sa réincarnation.

Franklin encaissa sans broncher, en apparence. Mais son cerveau était en ébullition. Il avait bien sûr réfléchi à cette possibilité. Comment ne l'aurait-il pas fait ? Mais la tâche à laquelle ils se proposaient de s'attaquer était bien trop immense.

– Comment comptez-vous faire ? se contenta-t-il de demander.

– Comme Malhorne l'a dit un jour, il se réincarne à l'ouest de son cadavre. Eh bien, il n'y a qu'à suivre le guide. Et à l'ouest du village, il n'y a rien sur des centaines de kilomètres. Aucun humain. Aucun village. Rien. La première grosse communauté humaine, c'est Zamora, en Équateur. Il y a juste un gros bourg, avant, sur la route : Mazan, au Pérou. Comme c'est sur l'Amazone, on ne fera même pas de détour. Mais il faut partir vite. On ignore quand Malhorne se réincarne. Je veux dire, à quel stade de la grossesse.

– Julian Stark a montré que ce pouvait être au dernier moment.

– Oui. Mais il est possible que la chose se passe avant. C'est large.

– Vous avez pensé que Bout de chou pouvait se fixer sur une femme de passage ? Comme c'est arrivé à Malhorne au moins une fois.

– C'est un risque à courir. Et puis, il n'y a pas tellement de touristes par ici.

Franklin regarda chacun tour à tour. Ils avaient l'air d'envisager sérieusement de retrouver l'enfant porteur de l'âme de Malhorne. Et de ses prédécesseurs.

– Je ne m'y opposerai pas, dit-il calmement. Même si je le pouvais. Mais vous n'avez aucune chance.

– Pourquoi doutes-tu autant ? lui demanda Stuart. Tu es celui par qui toute cette histoire a commencé. Tu devrais être le premier partisan de cette nouvelle quête.

– Je n'espère plus, Stuart. Nous avons tous failli à notre devoir. Moi le premier, et je ne crois plus.

– Pourquoi nous as-tu rejoints, alors ? le questionna Tara sur un ton plus piquant qu'elle ne l'aurait voulu.

Franklin baissa les yeux un instant. Puis il la regarda.

– Parce que je vous aime, je crois. Et j'avais besoin de votre présence.

Le lendemain en milieu de journée, ils quittèrent l'abri nº 4. Ils durent porter Gabriel sur le brancard qu'ils avaient déjà utilisé. Leur plan était simple. À deux mille mètres de l'abri se trouvaient plusieurs bateaux à moteur. Les embarcations avaient été placées là, sur un affluent de l'Amazone. Gabriel se reposerait pratiquement aussi bien sur l'eau. La distance à parcourir approchait le millier de kilomètres, dont quatre-vingt-dix pour cent se passeraient sur le fleuve.

Acil, Stuart et Gabriel embarquèrent sur un canot qui disposait d'une cabine où le blessé pourrait s'étendre. Tara et Franklin sur un plus petit.

– C'est impossible, déclara Franklin. Je comprends ton entêtement mais c'est, hélas, en vain. Autant attendre une quinzaine d'années que sa réincarnation vienne frapper à ta porte. Si toutefois elle se manifeste. Ce serait plus sûr. Et pendant ce temps, au moins, tu ne te nourrirais pas d'espoir…

– Tu me gonfles ! gronda Tara. Depuis quand as-tu de telles certitudes ?

– N'appelle pas ça une certitude, Tara. Emploie plutôt le terme d'évidence. Il doit exister une chance sur un million de la retrouver.

– C'est possible. Mais pourquoi refuser cette dernière chance qui nous est offerte ?

– Parce que, justement, elle ne l'est pas. Je préfère affronter aujourd'hui la perte définitive de Bout de chou, plutôt que de la prendre en pleine gueule dans trois mois. Voilà pourquoi !

– Je ne comprends pas, Franklin. Tu aurais fait n'importe quoi pour Bout de chou, pour Malhorne.

– Précisément ! J'ai fait n'importe quoi. Et j'ai décidé d'arrêter là ma participation.

– Tu retournes à l'université de Baltimore ? Tu veux

me faire croire que tu vas reprendre le cours de ta vie d'avant ? Comme si rien ne s'était passé ?

– J'ai dit ça ?

– Quoi d'autre, alors ?

– Je ne sais pas encore. Mais je ne jouerai pas avec vous aux chercheurs d'âme. Faites ce que vous voulez de votre santé mentale. Ne comptez pas sur moi. Je n'irai pas à l'asile pour satisfaire vos délires.

– C'est navrant…

– Pire que ça. Mais c'est ma décision. Et comme je respecte ton choix, j'attends que tu fasses la même chose avec le mien.

– Le dépit, tu appelles ça un choix ?

– Fin de la conversation.

– Sûrement pas ! Tu n'as pas…

Franklin souleva le carter du moteur, ce qui eut pour effet de décupler le niveau des décibels.

Tara tenta d'élever la voix pour se faire entendre. Sans résultat satisfaisant. Franklin se contenta de lui sourire, en hochant la tête de droite et de gauche.

Tara se résigna. Elle se tourna vers l'avant du bateau, offrant au vent chargé d'humidité ses mèches en désordre et son envie de hurler.

Cinq jours de navigation plus tard, ils franchissaient la frontière invisible du Pérou. Le lendemain en fin de journée, ils accostèrent enfin les pontons de Mazan, première bourgade placée sur le tracé imaginaire qu'aurait pu suivre l'esprit de l'enfant.

Selon la théorie de Malhorne.

Tara et Stuart se rendirent aussitôt à l'hôpital local, pour s'informer sur les naissances récentes.

De leur côté, Franklin et Acil se chargèrent de trouver pour Gabriel un dispensaire où il pourrait passer une convalescence plus tranquille, la qualité de son repos sur le fleuve n'étant pas satisfaisante.

Le soir venu, ils se retrouvèrent aux bateaux. La mine renfrognée de Tara se passait de commentaires. Pourtant, Franklin ne put s'empêcher d'ironiser.

– Mauvaise pêche ? lui lança-t-il alors qu'elle s'asseyait sur un bidon d'essence. C'est peut-être l'appât qui ne convient pas...

– Stop ! répondit la jeune femme. Laisse-moi respirer, tu veux ?

Stuart déposa son sac sur le ponton et s'assit lourdement en face de Franklin.

– Ça commence mal, expliqua-t-il laconiquement.

– Et ça continuera ainsi si vous vous entêtez, reprit Franklin. Tu connais l'histoire de l'aiguille dans une botte de foin ?

Stuart hocha la tête sans répondre. Il éprouvait trop d'amertume pour se lancer dans une polémique avec l'ethnologue.

– Vous êtes allés à la maternité, je suppose ? reprit celui-ci.

Il n'obtint pas de réponse.

– Oui ou non ?

– Oui ! répondit Tara.

– Bien, ça. Les petits Péruviens sont de jolis bébés ?

– Arrête, s'il te plaît...

– Qu'espériez-vous ? Un miracle ?

– Quelque chose dans ce genre...

– Reposez les pieds sur terre ! brailla Franklin. Un miracle s'est déjà produit lorsque j'ai découvert cette statue. Un deuxième quand j'ai pu sortir de la Fondation avec Bout de chou. C'était déjà énorme. Inespéré. Il n'y aura pas de troisième fois !

– Jamais deux sans trois...

– C'est ça ! Réfléchis à coups d'adages et tu finiras sans cervelle.

– Comment ça s'est passé ? demanda Acil pour mettre fin à leur échange inutile.

Tara soupira.

– Nous sommes effectivement allés à la maternité. Il y a eu dix-sept naissances ces derniers jours. Nous avons pu observer les bébés. La salle où se trouvent les nouveau-nés est protégée par une vitre. J'ai même réussi à entrer. Et rien. Bout de chou n'y est pas. Enfin, je veux dire…

– Je sais, l'aida Acil. Aucun n'avait son regard.

– Et si tout redevenait comme avant, comme pour Malhorne ? renchérit Franklin. Si ce nouvel enfant ne prenait conscience qu'à la puberté ? Vous pourriez passer quinze fois à côté de lui sans le reconnaître…

– Nous devons essayer, répondit Tara, visiblement lasse. Je le regretterais jusqu'à la fin de ma vie si nous ne tentions rien.

– Parce que tu n'as pas déjà des regrets pour le restant de tes jours ?

– Arrête, Franklin. Je suis exténuée. Je ne suis pas en forme pour écouter ton numéro de détracteur…

– Bout de chou se réincarnera probablement, vociféra-t-il. La chose se passe depuis des milliers d'années. Sur ce point, je suis d'accord avec vous. Mais la probabilité que vous la reconnaissiez est tellement infime qu'elle en devient totalement négligeable.

– Il n'y a pas…

– Laisse-moi terminer, la coupa Franklin. Malhorne a dit un jour qu'il renaissait à l'ouest de l'endroit où il était mort. Il l'a constaté, ça n'en fait pas une théorie fiable. Premier point ! Imaginons maintenant que cette constatation s'avère. Tu vois, je suis coulant. Dans ce cas, vous pouvez toujours chercher comme vous le faites. Mais si aucun enfant n'était né sur le parcours de son esprit.

Y as-tu pensé ? Alors, il se fait la malle. Direct au-dessus du Pacifique. Et après ? L'Afrique ! Ou une île, pourquoi pas ? Tu comptes visiter toutes les maternités du monde ?

– Il se peut qu'il ait raison, hasarda Stuart.

– Tu crois que je l'ignore ? lui répondit Tara. Tu crois que je n'y ai pas déjà pensé. Et après ? Qu'est-ce que ça change ? Tu abandonnerais, toi, si tu étais presque sûr qu'il a raison ?

Stuart baissa les yeux.

– Pourquoi restes-tu encore avec nous ? demanda brusquement Tara en se tournant vers Franklin.

– Il faut bien que j'aille quelque part…

– C'est tout ? Il n'y a vraiment rien d'autre ?

– Non. Rien !

Ils passèrent la nuit dans un hôtel miteux près du fleuve.

Au matin, les visages fatigués informèrent chacun de la qualité du sommeil des autres. Personne n'avait pu fermer l'œil. Ils prirent une collation à moitié rassise dans une salle crasseuse. Ils ne se parlèrent pas. Tous n'avaient qu'une idée en tête. La même. Lancinante et sans réponse.

Franklin n'était pas là. Ils l'attendirent une demi-heure, espérant une panne de réveil. Puis une heure passa. Tara monta enfin dans sa chambre et la trouva vide. Sur la table de chevet, une enveloppe portant son prénom offrait quelques reflets à la lumière crue du matin.

Avant même de la lire, Tara comprit ce qu'elle contenait. Elle redescendit vers la salle de restaurant pour annoncer à Stuart et à Acil ce qu'elle redoutait depuis des jours.

Franklin les avait quittés.

17

Carnet de bord de Franklin Adamov
17 mai 2013

J'avais pensé remettre un jour ce carnet à Bout de chou. Lorsqu'elle aurait vingt ans. Lorsqu'elle serait devenue une jeune femme épanouie. Et qu'elle aurait peut-être oublié certains détails de son enfance.

Je voulais témoigner pour elle. Pour qu'elle se souvienne de tout. Et de tous. Comme si elle avait été ma propre fille. Une enfant normale pour qui j'aurais fait n'importe quoi.

J'ai failli.

Et le monde entier en même temps que moi.

Bout de chou, mon enfant, mon bébé, ma fille, celle que je considérais comme ma chair, est morte.

L'idée impensable à laquelle je dois pourtant me résoudre est devenue un fait. Irréfutable et marqué dans le temps.

Son petit corps froid et misérable a emporté tous les rêves.

Bout de chou, mon bébé, mon ange, ma douleur.

Je ne veux pas attendre qu'elle revienne sous une nouvelle identité. Je laisse cet espoir aux autres.

Je ne peux pas.

À quoi cela servirait-il de croire encore ?

Si ce n'est à donner à des Craig la possibilité de violer mon âme une fois de plus.

Aimer, c'est exposer sa fragilité.

Aimer un enfant, c'est tendre son cœur au bourreau, lui offrir l'occasion de vous arracher ce pour quoi il bat.

Si seulement la folie me prenait, tout deviendrait simple.

Mais la simplicité n'est pas faite pour ce monde.

Au contact de Malhorne et de Bout de chou, je crois qu'une plus grande lucidité a aiguisé ma vision du monde.

Et cela laisse une amertume éternelle au fond de mon âme.

Les générations futures ne m'intéressent plus. Le sort des humains m'indiffère.

Je ne veux plus vivre aujourd'hui que pour moi-même. Et je défie quiconque de me faire changer d'avis.

Je ne garderai d'elle et de Malhorne que le souvenir d'un merveilleux qui fut possible.

Et qui est mort, à présent.

Franklin Adamov
Amazonie sylvestre,
17 mai 2013

18

Tara, Stuart et Acil restèrent quelques jours à Mazan. Ils prospectèrent les environs, se renseignant sur les naissances qui auraient pu avoir lieu en dehors d'une structure hospitalière. Leur démarche inhabituelle fit rapidement le tour de la contrée. Bientôt, les fermiers isolés les attendirent, comme on guette l'arrivée d'un cirque dans une région où il ne se passe rien. Ils durent parfois payer pour voir un bébé. Mais, souvent, ces hommes rudes habitués à survivre refermaient leur porte après les avoir longuement détaillés. Ils repartaient alors bredouilles, parfois sous les quolibets des gamins qui les accompagnaient un temps sur la route du retour.

Bientôt, ils durent se rendre à l'évidence. L'enfant qu'ils cherchaient ne se trouvait pas là.

Ils reprirent le chemin de l'Amazone, concentrant leurs derniers espoirs sur la ville de Zamora. Gabriel les accompagna. Il déclara être suffisamment reposé pour continuer avec eux, mais Tara le soupçonna de ne pas vouloir rester seul en arrière.

Une ambiance morose berça leur voyage. Chacun savait au fond de lui-même le peu de succès qu'il pouvait attendre de leur quête commune. De son côté, Tara ressassait en plus le départ de Franklin. Elle aussi avait misé beaucoup sur leur relation. Sa réaction après la mort de Bout de chou l'avait en partie surprise, même si elle connaissait l'attachement viscéral qui liait l'ethnologue à l'enfant. Mais elle avait espéré, contre tout ce que lui criaient les apparences, qu'il parviendrait à surmonter sa peine.

Une petite voix lui demandait souvent dans quel but. Elle ne savait quoi répondre. Elle aussi éprouvait une peine immense. Elle aussi avait presque baissé les bras. Mais elle n'abandonnerait pas la dernière chance. Pas avant qu'une grande lassitude ne la gagne entièrement. Ce qui ne tarderait probablement pas.

Ils gagnèrent Zamora en deux jours. Ils découvrirent une ville, une véritable agglomération de plusieurs dizaines de milliers d'habitants.

De point sur la carte, Zamora devint une réalité difficile. En deux semaines, plusieurs centaines d'enfants pouvaient y être nés. Ils prirent brusquement conscience de la folie de leur projet. Mais ils ne s'en écartèrent pas. Persuadés qu'il restait une chance, ils parcoururent les hôpitaux, les maternités, les dispensaires. Ils firent passer une annonce dans le journal local. Le court texte indiquait à la population qu'un casting avait lieu dans le salon d'un hôtel luxueux. Une marque de couches cherchait un nourrisson pour sa campagne de publicité annuelle.

Ils durent jouer leur rôle jusqu'au bout. Pendant une semaine, les salons du principal hôtel de Zamora ne désemplirent pas. D'un bout à l'autre du jour, les nouveau-nés passaient devant une caméra, vagissaient quelques minutes puis repartaient vers les bras de leur mère. Chacune espérait que son enfant serait pris. La signature d'un contrat publicitaire représentait pour certains jusqu'à cinq ans de salaire.

Stuart, qui éprouvait une gêne de plus en plus grande devant cette tricherie, partit arpenter les bidonvilles qui ceinturaient la ville. Il reprit son habit de prêtre pour chercher auprès des miséreux l'éventuel lieu d'élection de Bout de chou.

Il ne trouva pas l'enfant, mais rencontra un réconfort inattendu. Côtoyer cette misère véritable lui permit de reprendre contact avec la réalité.

Peu à peu, il se désintéressa de l'absence de résultat du casting. Stuart était en train de retrouver son sacerdoce, ce à quoi il avait initialement voué son existence. L'amour.

Il poursuivit ses recherches dans les bidonvilles. Et, ce faisant, il se rapprocha des gens, en devint le confident et finit par se faire accepter d'eux.

Kinuyo Misushi réapparut alors que le pseudo-casting prenait fin. Elle était comme toujours accompagnée de sa garde du corps, Machiko Naruse. Les deux jeunes femmes surprirent leurs anciens compagnons un matin au saut du lit, entre une tasse de café et un bol de céréales. Leurs retrouvailles furent à la hauteur de la discrétion nippone. Retenues et très vives en émotions muettes.

L'équipe de recherche, délestée de Stuart mais renforcée des deux Japonaises, reprit ses investigations.

Cela dura une vingtaine de jours. Plus le temps passait, plus les visages se creusaient, plus la lueur qui avait brillé au début dans les regards s'éloignait vers les contrées de l'abandon.

Un soir, alors qu'ils sortaient tous d'un restaurant du centre-ville, Tara libéra ce qu'elle ruminait depuis plusieurs jours.

– Nous ne pouvons pas continuer ce manège indéfiniment, lâcha-t-elle après quelques secondes d'hésitation. On deviendra fous, les uns après les autres.

– Parfois, je préférerais cette solution, dit Acil.

Perdre l'inestimable après l'avoir côtoyé de si près, ça laisse une vie de remords. Pas de place pour autre chose.

– Sans doute. Mais on ne sombre pas dans la folie par décision. Elle te prend, ou elle t'ignore. Ton libre arbitre n'a rien à voir là-dedans.

– Tu as quelque chose de précis à nous dire, intervint Stuart. N'est-ce pas ?

Tara hocha la tête. Sous le coup de l'émotion, ses pupilles venaient de se dilater. Une légère rougeur colorait ses joues.

– J'ai longuement réfléchi à nos possibilités d'action, dit-elle enfin. Elles sont nulles. Nous avons cherché autant qu'il était humainement possible de le faire. Et si nous avons échoué, personne ne pourra nous en faire le reproche. C'était probablement perdu d'avance…

– On pourrait essayer plus à l'ouest, hasarda Kinuyo. On ne sait jamais…

– Non, la coupa Tara. Ça ne servira à rien. Il y a plus d'un mois que Bout de chou est morte. Elle peut être n'importe où, à présent.

– Il est fort possible qu'elle ne soit pas encore née, précisa Stuart. Je suis d'accord avec Tara, il faut nous arrêter.

– Qu'est-ce que vous voulez faire, exactement ? demanda brusquement Gabriel. Rentrer chez vous ?

– Que veux-tu faire d'autre ?

– Je ne sais pas, c'est vrai…

– Chacun d'entre nous a une vie à mener, poursuivit Tara. Avec ou sans le fardeau du souvenir, nous devons continuer à vivre !

– Franklin l'a compris avant nous.

– Je le pense aussi. C'était une folie d'essayer. Mais je crois que c'était une folie plus grande encore de ne pas le faire.

– Est-ce tout ce que tu avais à nous dire ? demanda

Acil, l'air déconfit. Au revoir et bonne chance ? Je me vois mal vous quitter, pour être franc.

– Il faudra pourtant bien s'y résoudre, commenta Stuart. On ne peut pas rester ici.

Il y eut un long silence.

Leur conversation les avait amenés sur une place déserte, sous le chiche halo d'un réverbère.

– Je crois que tu as raison, dit Kinuyo. La quête doit s'arrêter ici. Mais l'un d'entre nous doit rester. En observateur, en quelque sorte. Je veux bien commencer.

– Non, intervint Stuart. Ce ne sera pas la peine. Je vais rester. Ça fait des jours que j'y pense. J'ai déjà pris contact avec mon évêché dans ce sens. Il y a ici des gens qui ont besoin de moi. Bien plus qu'en Irlande, je crois.

– Tu es sûr de toi ? lui demanda Tara.

– Mon cœur est en paix dans ces bidonvilles, répondit-il. Et puis, je suis le seul à pouvoir m'occuper, ici.

Elle parut soulagée.

– C'est bien comme ça. À vrai dire, il fallait que quelqu'un reste. Pour les autres, libre à vous de demeurer quelque temps mais, tôt ou tard, chacun devra partir.

Tara sortit de sa poche plusieurs enveloppes.

– Voilà, reprit-elle. Un jour viendra peut-être où nous aurons besoin les uns des autres. Je veux dire, en ce qui concerne Bout de chou. J'ai glissé dans ces enveloppes une petite mèche de ses cheveux. J'en avais prévu une pour Franklin mais… Celui ou celle qui entrera en contact avec elle, ou entendra parler de quelque chose la concernant, n'aura qu'à envoyer aux autres un courrier contenant quelques cheveux. On comprendra sans avoir besoin de s'expliquer.

– Pourquoi tant de mystères ? lui demanda Stuart.

– Parce que nous serons surveillés. Tous. Dans le

moindre de nos faits et gestes. Tu peux en être certain. Je pense qu'un accident est arrivé au village. Jamais Craig n'aurait voulu la mort de Bout de chou. Il cherche sûrement à la récupérer. Comme nous. Et il n'aura pas plus de chances que nous. Alors, il nous fera surveiller. C'est logique.

– Bon, dit Gabriel. Et ces mèches de cheveux ?

– Nous allons décider maintenant de l'endroit où l'on se retrouvera. Dans un an, dans dix ans, ou jamais.

– Tu as déjà dû y penser, non ?

– Effectivement. J'ai une vieille tante qui possède une auberge familiale dans les Appalaches. Nous nous y retrouverons.

– Tu parles d'une vieille tante. Qui te dit que l'auberge existera encore dans cinq ans ?

– Parce que je suis son unique héritière. Je ferai en sorte que l'auberge existe.

– C'est parfait, déclara Acil. Immensément malheureux, mais parfait.

Tara distribua les enveloppes.

– J'ai noté l'adresse sur une feuille. Elle est à l'intérieur. Apprenez-la par cœur, et détruisez-la.

Ils se séparèrent à regret, laissant traîner les choses, comme se satisfaisant d'une douleur étalée dans le temps.

Kinuyo et Machiko partirent les premières. Trois jours après la conversation initiée par Tara.

Puis vint le tour d'Acil. Il s'envola le surlendemain pour Mombasa. Là-bas, dans la brousse, un village, une école, une famille l'attendaient encore. Et avec un peu de chance, grand-père serait toujours de ce monde.

Stuart s'installa dans le plus important bidonville. Il était en attente d'une paroisse, mais n'en avait pas réellement besoin pour commencer à œuvrer. L'idée d'en créer une nouvelle trottait dans sa tête. Après ce qu'il venait de vivre, créer une communauté spirituelle apaiserait ses tourments.

Il ne resta plus que Tara et Gabriel. Le cinéaste sud-africain n'avait aucune envie de rentrer dans son pays. Il tourna longuement autour du sujet de son avenir. Puis, un matin, il fit part de son projet à Tara.

– Tu sais qu'en bon cinéaste qui se respecte, je suis également photographe.

– Je le suppose, acquiesça-t-elle.

– Tourner des docus animaliers m'a appris plusieurs qualités. La discrétion, la patience, la réaction rapide, l'adaptation aux circonstances…

– Vas-y directement, le coupa Tara, qui le voyait venir.

– Est-ce que je pourrais faire un essai dans ton journal ?

– Je ne sais pas. Ça ne dépend pas de moi.

– On pourrait même faire équipe.

– Pourquoi pas ? Mais, d'abord, il va falloir franchir le mur Marcussen. Il travaille plutôt avec des photographes free-lance.

– Ça ne coûte rien d'essayer…

Tara réfléchit un instant. Elle soupesa ses envies propres, celles de Gabriel, et les plaça face à face. Sa balance mentale s'équilibra.

– Je vais passer un coup de fil à Marcussen, dit-elle en souriant. Mais s'il est d'accord, il faudra que tu prennes le premier avion. Cet homme ne supporte pas d'attendre.

– Tu ne repars pas pour New York ?

– Pas tout de suite. J'ai une dernière petite chose à faire avant.

Tara trouva au téléphone un Marcussen enthousiaste.

Gabriel décolla le soir même pour New York, emportant avec lui les archives vidéo qui avaient survécu à la destruction du village.

Le lendemain matin, Tara régla sa chambre. Elle n'avait plus rien à faire à Zamora. Elle loua une voiture et partit aussitôt pour la côte.

Elle rallia le Pacifique en moins de trois heures.

Pendant une vingtaine de kilomètres, elle longea le rivage, à la recherche d'un coin vierge. Lorsqu'il n'y eut plus une habitation en vue, elle coupa le moteur et descendit se dégourdir les jambes.

L'air était saturé d'humidité. Le soleil, déjà très haut dans le ciel, atteindrait bientôt le zénith. Il devait faire dans les trente degrés.

Tara escalada les rochers qui la séparaient de l'océan.

Une plage déserte s'offrit à sa vue. Pas âme qui vive à des lieues à la ronde. Elle aperçut sur sa gauche un bosquet de palmiers.

Elle se dévêtit à l'ombre des arbres et plongea dans les rouleaux puissants du Pacifique. La température de l'eau tranchait nettement avec la chaleur de l'air.

Tara se laissa malmener près d'une heure par les vagues écumantes. Lorsqu'elle ressortit, elle était épuisée. Les ondes sinusoïdales qui créaient les plus grosses vagues de la planète l'avaient vidée.

Elle s'étendit sur le sable, à l'ombre des palmiers.

Tara se sentit en paix, sentiment qu'elle pensait à jamais oublié. Avec elle-même, avec le monde naturel. C'était déjà ça. Vis-à-vis des humains, elle verrait plus tard, si toutefois elle pouvait un jour pardonner aux hommes.

Elle pensa à Franklin, à Bout de chou, aux futurs qui

peu à peu s'évanouissaient. Et à ceux qui lui restaient encore.

Elle comprit tout à coup que le deuil de l'enfant ne servait à rien. Un petit corps était mort. Un visage aimé, une façon particulière de rire, la projection de sentiments personnels. Tout s'était envolé. Mais l'essentiel demeurait. Bout de chou reviendrait. Ou Malhorne, Ethen, Zagul. Ces êtres dont elle ignorait presque tout mais dont elle ne pouvait, ni ne voulait, nier l'existence.

C'était difficile à verbaliser. À l'échelle d'une vie de femme, vingt ans d'attente semblaient inaccessibles. Mais elle n'était pas seule. Si ce n'était de son temps, d'autres prendraient la relève. Un jour. Elle n'avait été, après tout, qu'un instrument dans une histoire qui la dépassait. Et cette histoire-là reviendrait au-devant de la scène. Tôt ou tard. Avec ou sans elle. Peu importait. Le principal était de savoir.

Tara sentit monter en elle une vague de plénitude. Elle se laissa aller. Plus de stress, plus de colère. Que cela dure le plus longtemps possible. Et pourquoi pas toujours ? Mais elle en doutait.

Elle reporta ses pensées sur Franklin. Où pouvait-il être parti ? Sûrement pas à Baltimore.

Elle chercherait un peu. Sans trop y croire. Il ne fallait surtout pas qu'elle s'accroche à lui. Il pointerait le bout de son nez. Peut-être. Alors qu'elle ne s'y attendrait pas. Mais elle avait la certitude qu'il le ferait de son propre chef. À lui courir après, elle ne ferait qu'user son énergie. Et puis, ce n'était pas dans son tempérament.

Tara ferma les paupières.

Le fracas des vagues et la chaleur mouillée eurent bientôt raison d'elle. Tara s'endormit sur le sable.

Les rayons du soleil au travers des palmes la réveillèrent. Elle devait avoir dormi deux heures. Tara se redressa. Posée sur l'horizon, une minuscule voile tendait quelques mètres carrés de toile aux vents.

Tara pensa à Malhorne. Lui aussi était venu sur une plage semblable, des siècles plus tôt. Elle ne savait plus exactement où mais elle espéra que son point de départ vers une nouvelle existence ressemblait à l'endroit où elle se trouvait. Cette plage déserte où elle était venue clore une histoire.

Elle aurait aimé le connaître.

Cette idée la laissa tristement seule.

Tara ramassa ses vêtements et prit le chemin de sa voiture.

19

Carnet de bord de Franklin Adamov
22 mai 2013

La prison dans laquelle se confinait ma raison a fini par ouvrir ses portes.

Finalement, ce fut une courte peine.

Je n'ai en rien changé d'avis sur l'intérêt que je réserve au devenir de l'espèce humaine. J'en ai terminé avec cette engeance dont je fais malheureusement partie. Si je le pouvais, je m'arracherais volontiers une à une les vingt-trois paires de chromosomes qui constituent mon hérédité.

Je suis soulagé aujourd'hui de n'avoir pas engendré. Ce que porte mon sang s'achèvera avec moi. Si tous les hommes pouvaient en faire autant, la grande comédie prendrait fin dans un siècle au plus tard. Nous laisserions alors la terre chercher une nouvelle espèce dominante. En espérant que la nature se fourvoie moins cette fois.

Mais il n'y aura pas de seconde chance. Malheureusement. Les hommes continueront à couvrir leurs femmes. Et les autres.

Tout ce petit monde exécutera avec bonheur ce pour quoi il existe. Avec, pour beaucoup, la ferme impression de donner le meilleur d'eux-mêmes. Les imbéciles.

L'avenir aurait pu être magnifique.

Je suppose qu'à l'instar d'Abraham, de Bouddha, de Mahomet ou du Christ, Malhorne et Bout de chou auraient pu à leur tour apporter leur pierre à l'édifice humain. Et quelle pierre !

Les prophètes ont indiqué des chemins.

Malhorne et Bout de chou proposaient le véhicule.

Mais tout a sombré. Tout est mort, à présent.

Tout ce qui me concerne.

Malhorne reviendra peut-être. Mais je ne serai plus là pour le constater.

S'il plaît à d'autres de le suivre, alors, ainsi soit-il.

Chaque âge du monde doit connaître ses propres tentations et ses espérances.

Le mien s'achèvera avec moi. Dans l'amertume et la solitude.

Peut-être la folie reviendra-t-elle.

Je le souhaite.

Je n'ai pas le choix. Je me détournerai donc du sort de mes congénères. Puissent-ils s'entre-tuer mieux que jusqu'à maintenant.

J'ai décidé autre chose pour moi-même.

Je consacrerai mon existence à exaucer le vœu de Bout de chou.

La Providence fasse qu'elle soit courte.

Et fructueuse.

Les moyens qu'il me faudra employer m'importent peu.

Je chercherai l'Aratta.

Franklin Adamov
Gare routière d'Iquitos,
22 mai 2013

20

Les rires gras et rauques des adolescents attirèrent l'attention de Milos. Il releva un instant les yeux des plaques de circuits imprimés sur lesquels il travaillait.

Que préparaient-ils encore ? Cette bande de zozos mal emplumés.

Par la fenêtre du laboratoire, il avait sur les cinq jeunes une vue idéale. S'il avait su lire sur les lèvres, il aurait même pu assister à leur conversation.

S'il avait pu naître sourd-muet, ça lui aurait en même temps permis d'éviter la majorité de leurs propos imbéciles.

Milos y pensait souvent, depuis qu'il avait été enlevé à la garde de sa mère. Un handicap. Pas trop gros mais bien visible.

Ça aurait peut-être adouci la sentence du juge.

Finalement, ils ne préparaient rien. Ils venaient simplement de répartir deux équipes de basket. À quoi bon en discuter d'ailleurs, puisque les équipes étaient toujours composées des mêmes personnes.

Ces cinq lascars parlaient presque toujours pour ne rien dire. Mais mieux valait faire semblant de s'y intéresser lorsqu'ils s'adressaient à vous, ou filer droit lorsque le verbe se faisait menaçant.

Le plus costaud d'entre eux, un grand Black surnommé Méti, était le plus redoutable de la bande. Milos ne savait pas à quels neurotoxiques il devait son comportement, mais il s'en méfiait depuis son arrivée au centre de rééducation. Suffisamment pour que Méti le prenne en estime, surtout depuis que Milos avait montré de belles aptitudes pour l'électronique et l'informatique.

Il payait sa protection par toutes sortes de bidouillages d'instruments. La plupart volés. Cartes bancaires, téléphones portables, démarreurs de voiture, etc.

À douze ans, Milos pouvait déjà être considéré comme un spécialiste. Ce statut, utile au centre de rééducation Saint-Thomas, dans la banlieue ouest de New York, équivalait à un sésame.

Il jouissait entre les murs du centre d'une paix royale, et ce, aussi longtemps qu'il collaborerait avec Méti, ce qu'il ferait jusqu'à sa sortie. Après, il verrait bien. Milos ne se projetait pas loin dans le temps. Au pays de la démerde, seul l'instant présent compte. Et l'heure des repas.

Ici, au centre de protection de l'enfance, Milos apprenait à devenir un adulte. Un adulte déviant.

Dès son arrivée, il avait compris que tout s'achète. Surtout les gens. Et votre position sociale dépend de la force de vos biceps, ou de la protection sous laquelle vous vous trouvez.

Sur la route tracée à sa naissance, jamais Milos n'aurait dû rencontrer Méti, ni les autres. Ni les règles tacites qui prévalaient à la vie nocturne du centre. Lorsque les bâtiments se vidaient du personnel administratif et que les surveillants s'enfermaient à clef dans leur salle réservée. Alors, la jungle prenait le dessus. La loi du talion renaissait. La loi du plus fort, ou du plus fourbe. Et essayer de passer inaperçu ne servait à rien. Il fallait coûte que coûte choisir un camp. Que cela vous intéresse ou pas. Vous étiez de toute façon concerné. Inutile de crier le nom de votre mère.

Milos pensa à Gail. Depuis cinq ans, il ne la voyait que deux week-ends par mois. C'est ce qu'avait établi le juge. Quatre jours d'affection maternelle sur trente. Exactement ce qu'il fallait à un enfant de sept ans pour échapper à l'emprise d'une mère déséquilibrée.

« Vous auriez dû y penser avant, madame Strinker. Et vous verrez. Cet établissement est ce qu'il y a de mieux. Milos y sera très bien. Et puis, ce n'est pas une prison, il pourra venir chez vous. »

Le juge avait parlé.

Gail avait pleuré.

Milos aussi.

Gail pleurait encore.

Milos s'était endurci.

Gail passerait le reste de sa vie à pleurer, entre deux anxiolytiques et trois antidépresseurs.

La vie de Milos était devant lui, quelque part. Il ne savait pas à quoi elle ressemblerait, mais ses gènes le poussaient vers l'avant. L'instinct de survie d'un enfant peut le faire renoncer à sa mère. Pas l'inverse.

– Strinker ! beugla le surveillant. C'est ici que ça se passe.

Milos sortit de sa rêverie. Il regarda le surveillant droit dans les yeux, comme il avait appris à le faire, puis s'attarda un instant sur son travail. C'était terminé.

– J'ai fini. J'peux sortir ?

Le surveillant consulta sa montre. Il était encore très tôt, mais lui aussi connaissait les amitiés de Milos. Il n'allait pas s'attirer des ennuis pour une bête histoire d'horaire.

– Vas-y, mais apporte-moi ton travail avant de sortir.

Milos se leva, fourra ses affaires dans un sac à dos et s'approcha du surveillant. Il avait une démarche dégingandée qui balançait de droite et de gauche, suivant le mouvement de balancier de ses jambes. Une démarche un peu coulante qui signerait une part de sa personnalité tout au long de sa vie.

Il jeta les plaques de circuits imprimés sur le bureau du surveillant et sortit du laboratoire.

II

Tara

2029

21

– Salut la Terre et les terreux !

Vous écoutez crassement mon 438e bulletin d'informations.

On n'y est pas encore mais ça va plus tarder.

Ça fait cent cinquante ans que nous forgeons le métal de la scie qui nous perdra. Celle qu'on utilise comme des connards pour tronçonner la branche où s'est assise Lucie. Il y a trois millions d'années. Huit milliards d'abrutis entassés sur la même branche. Ça fait une vaste partouze !

Elle est belle, ma branche ! Elle est belle !

Rigolez, les pignoufs. Y'a l'écolo qui fait son sketch. Je comprends même pas pourquoi vous me regardez toutes les semaines. Plus je vous traite d'arriérés, plus l'audimat monte. Je dois vraiment avoir raison. Tiens, y'a la courbe des publicitaires qui postule pour l'Everest !

Bande de tarés !

Depuis que vous vous bidonnez à me regarder, y'a vingt hectares de forêt qui sont partis en fumée.

Plus une espèce animale qui crève la gueule ouverte. Plus la ribambelle des autres, plus ou moins moribondes et qui vont nous lâcher d'ici une quinzaine.

Et tout ça pour quoi ? Pour que vous ayez tous votre

frigo. Vous pensez pas que vous êtes suffisamment congelés du bulbe comme ça ?

Alors, c'est pour quoi ?

Pour ta petite voiture, ta jolie petite auto toute neuve qui va nous asphyxier avec ton sans plomb de merde ! Mais baise ta femme, plutôt ! Et couvre-toi avant. J'veux plus voir de construction de crèches. Je hais les mômes pour ce qu'ils vont devenir plus tard. Ah ! C'est qu'ils en ont des mignonnes petites gueules d'amour quand ils sont minots. Mais ça grandit, les humains. Et c'est con quand c'est grand. C'est tellement con que je me vitriolerais bien la tronche.

J'ai cassé tous les miroirs chez moi. Pour essayer d'oublier qu'on fait partie de la même espèce.

Et vous, les gonzesses, faites pas les fières. J'en ai autant pour vous que pour vos couillus.

Et gardez-les donc à sucer plutôt que de faire dégueuler vos comptes en banque à coups de cartes de crédit. T'en as tellement besoin, connasse, de ta soixante-quinzième paire de pompes ? T'as que deux pieds, bipède. Sinon, tu t'appellerais autrement !

Faut qu'elle nous aime la planète, pour nous supporter depuis si longtemps.

Et à voir vos gueules, je comprends vraiment pas pourquoi !

Mais ça va pas durer ! Encore une vingtaine d'années à ce rythme et tchao les filles. *E finita la commedia.* Je donne rancard aux incrédules et aux stupides dans le délai précité. Vous verrez, ça va pas durer !

Comme d'habitude, je n'ai qu'un seul regret, c'est que l'humanité ne soit toujours pas en voie d'extinction. Mais je le répète : tout ça finira mal !

Salut les bouffeurs d'illusions. Vous avez cautérisé votre conscience en regardant *Nemo on the Net.* Ça pourra aller jusqu'à la semaine prochaine. D'ici là, que les militants militent, les mourants s'appliquent, et les obèses éclatent.

Quant à votre serviteur, il tirera la chasse !

Tchao !

www.nemo-onthenet.com
(Texte tiré du journal hebdomadaire du site)

22

Paul Hiriartch sortit de la caravane, une tasse de café fumant entre les mains. Quatre heures trente. La nuit était encore pleine. Il éteignit la lumière, referma doucement la porte pour ne pas réveiller sa femme et s'éloigna dans le noir.

Cinq minutes. Il fallait ce temps pour que les cellules sensibles de ses yeux se reconstituent assez pour distinguer une vague ligne d'horizon. Et quinze de plus pour apprécier des détails.

Sa chaise était couverte de rosée. Il l'essuya du revers de sa manche et s'y installa.

Pas un bruit. L'oreille aussi devait s'éveiller.

Dans la nuit, le désert se comprenait en nuances, en finesse des sens. Il ne fallait surtout pas l'aborder, mais le laisser venir.

Il n'y a aucun doute là-dessus, pensa-t-il. *Cet endroit est possédé.*

Un vent léger se leva. Comme à heure fixe.

Depuis huit mois qu'il fouillait la terre, Paul avait pris rendez-vous avec ce vent. Il soufflait une petite heure, apportait des senteurs étranges, souvent musquées, puis s'éteignait avec le lever du soleil.

Paul se laissa pénétrer, le regard perdu entre l'horizon et la voûte céleste. Ce vent soufflait déjà cinq mille ans plus tôt. Il devait encore porter la trace des hommes qui avaient vécu là jadis.

Paul en avait besoin. Le vent, la nuit, la solitude. Les instants précieux qui précèdent l'effort. Se laisser guider par le lieu. Pour mieux comprendre les vestiges qui, chaque jour, étaient sortis du sol.

Des vestiges si anciens, si parcellaires, si dégradés par le temps qu'ils demandaient toute l'expérience de Paul pour trouver leur place dans l'Histoire.

Et encore cela ne suffisait-il pas. Les poteries, les statuettes, les amulettes, les céramiques requéraient autre chose que ses connaissances. L'intuition. Ce petit plus qui ne s'apprend dans aucune faculté du monde moderne.

Paul possédait un terrain favorable. Mais un terrain ne donnait pas de certitudes. Les hommes qui avaient bâti la civilisation de Sumer, trois mille ans avant l'ère chrétienne, ne s'étaient pas imaginé que le temps durerait à ce point. L'éternité est faite pour les morts, ou pour ceux qui, comme Paul, fouillent le sol à la recherche du passé.

Leurs villes, leurs temples étaient retournés à la poussière. Parce que construits avec des briques d'argile crue. Seules demeuraient les fondations, et parfois quelques murs, protégés dans la gangue de terre de ce qui avait été bâti au-dessus. La seule exception valait pour les ziggourats, ces gigantesques temples de plusieurs étages. Elles seules avaient survécu. Une rangée de briques cuites pour six rangées de briques crues. Les constructions émergeaient encore du sol, mais il fallait un œil éduqué pour les différencier d'une simple colline.

Après une demi-heure de contemplation, Paul se leva de sa chaise et se dirigea vers les ruines de la ziggourat. À présent, ses yeux décelaient dans la nuit la moindre pierre du chemin. Il sentait le terrain. L'air déposait sur sa nuque de fines gouttelettes de rosée.

Il monta au sommet de l'éminence d'argile et de

briques. À quinze mètres au-dessus du désert, il pouvait gagner un bon quart d'heure sur le lever du soleil.

Paul se tint immobile, le visage tourné vers l'est. Là encore, il se laissa investir par le lieu, mais cette fois, une intention armait son regard. Cinq mille ans plus tôt, un prêtre s'était tenu de la sorte. Sans doute lui aussi orienté vers le soleil naissant. Les éléments devaient faire partie de sa cosmogonie. Paul essaya d'envisager le monde comme l'avaient fait les Sumériens avant lui. Sans les connaissances du vingt et unième siècle. Sans les photos des satellites. Sans les modes de communication modernes. Avec pour unique moyen de compréhension ce que leur montraient leurs yeux.

Ces hommes, eux aussi retournés à la poussière, avaient inventé l'écriture, le système parlementaire, la démocratie restreinte, l'irrigation, les contes mythologiques… Avant les Chinois, avant les Hébreux, avant les Grecs. Ils avaient construit une civilisation cohérente, artistique, structurée, alors que l'humanité balbutiait à peine.

Ces moments étaient vertigineux.

Sur l'horizon, une lueur apparut. Si fragile qu'elle ne semblait pas pouvoir grandir. Le sommet de la ziggourat dominait une plaine aride. Au loin, à cinquante kilomètres environ, une chaîne de montagnes barrait la route aux nuages, qui se déversaient sur le versant opposé. Sur le bord des vestiges de la ville antique, le lit d'une rivière creusait le sol d'un cerne foncé. Il y avait eu de l'eau. Au temps des Sumériens. Cinq mille ans plus tôt. Fous auraient été les hommes qui se seraient lancés dans la construction d'une ville sans point d'eau. Mais les caprices du sol, des mouvements terrestres et de la météorologie en avaient décidé autrement. La rivière s'était évaporée. Et avec elle, les hommes. Plus personne ne vivait dans la plaine.

Quand cela était-il arrivé ? Paul l'ignorait. Mais il essayait de se représenter à quoi avait pu ressembler cette région, quand la rivière coulait encore.

En contrebas, une ampoule s'alluma dans la caravane. La main de Meryl devait déjà se trouver sur le paquet de café, prête à faire infuser un peu d'excitant pour l'aider à sortir du sommeil.

Un peu plus loin, un, puis deux réveils retentirent. La journée commençait.

Paul redescendit. Il venait de se décider sur les orientations du chantier. Il fallait se concentrer sur la section quatre. Et la nécropole.

D'après la superficie sur laquelle s'étendaient les vestiges de la ville antique, huit à dix mille personnes avaient dû vivre ici. Et même s'il s'en tenait à une limite basse de cinq mille habitants, cela représentait des centaines de milliers de squelettes possibles, étalés sur des dizaines de générations. Pourtant, les tombes de la nécropole étaient vides. Pas un ossement. Les fosses avaient bel et bien été creusées, mais soit elles n'avaient reçu aucun corps, soit ils avaient été enlevés. Et comme la première solution n'était pas envisageable, Paul avait opté pour la seconde. Mais dans quel but ? Pourquoi avoir vidé chaque tombe de ses occupants ? Cette question étrange ne cessait de le hanter. C'était, d'après ses connaissances, le seul exemple de cimetière entièrement nettoyé puis laissé en l'état. La Nécropolis égyptienne avait été retrouvée partiellement vidée, mais c'était là l'œuvre de pillards, répartie sur des siècles de larcins. Bien des cimetières européens avaient été déplacés. Au Moyen Âge, ou plus tard. Mais les tombes avaient été rasées pour faire de la place aux vivants. Et leurs ossements, enfouis ailleurs, servaient encore de cathédrale vouée au souvenir. La nécropole vide et anonyme qui s'étendait à trois cents mètres de la ziggourat était unique. Et cela ajoutait à l'immense intérêt qu'il portait à cette ville sumérienne dont il cherchait toujours le nom.

La plus au nord connue à ce jour.

Aussi loin du bassin mésopotamien.

Et pourtant indéniablement de culture sumérienne, à en croire les datations, ainsi que les vestiges et les nombreuses tablettes recouvertes d'écriture cunéiforme que la terre avait livrés.

Cette absence de squelettes sentait une histoire tragique. Au moins pour sa fin. Mais Paul était bien incapable de l'entrevoir. Malgré l'intuition. Malgré ses connaissances.

C'est pourquoi, chaque matin, quelles que soient les conditions climatiques, il montait au sommet de la ziggourat pour trouver dans le vent un début de réponse.

Une heure plus tard, le soleil brillait tout rond au-dessus de l'horizon. La température commençait à remonter.

Paul venait de dévorer, au petit déjeuner, un volume d'aliments qui aurait contenté trois appétits normaux.

– Il y a des moments où tu m'écœures, lui lança Meryl depuis la caravane.

– Je ne vois pas en quoi mon petit déjeuner peut choquer ta vue, répondit-il en souriant d'aise. Je me serais bien avalé deux ou trois tranches de bacon…

– Va trouver du bacon en terre musulmane, toi. Nous ne sommes pas là pour offenser la population. Quand ton estomac pense à ta place, tu es pire qu'un gamin !

– J'avais faim.

– Tu as toujours faim. Ce n'est pas la peine de le dire.

Paul enfourna un dernier œuf dur puis s'essuya les lèvres. Selon un rituel précis, il replia sa serviette en amenant chaque coin au centre, la roula puis l'enserra dans un rond en cuir. Il éructa discrètement. Meryl avait ce genre de chose en horreur.

Satisfait, il souleva ses cent quarante kilos.

La chaise grinça. Il ramassa les miettes qui traînaient sur la table, en fit une petite poignée et les dispersa dans le vent.

Faut bien que tout le monde mange, songea-t-il avec ce contentement bonhomme des dodus repus.

Meryl s'encadra dans la porte de la caravane.

– Je reste sur la nécropole aujourd'hui. Tu fais quoi ?

– Je vais attendre ici.

– Tu vas attendre quoi ? Tu digères ?

– Na, na, na !

– Réponds-moi, reprit-elle sur un ton imitant l'exaspération.

– Eredan doit arriver bientôt.

– Il a pas assez de travail sur l'autre chantier, ce fainéant ?

– Arrête. Il a quelque chose à nous montrer…

– Tu sais quoi ?

– Non. Il n'a pas voulu m'en parler.

La veille, Eredan et Paul s'étaient entretenus au téléphone. Le jeune archéologue, qui avait rejoint l'équipe trois mois plus tôt, lui avait paru particulièrement excité. Plus encore que d'habitude, s'il était possible avec cette tête brûlée.

– Calme-toi, avait essayé de tempérer Paul. Je n'ai pas compris un traître mot à ce que tu viens de dire.

– La liaison passe mal, Paul. Je te disais que nous venons de découvrir quelque chose de phénoménal.

C'est bien ce que je pensais, se dit Paul. *Il nous refait un coup de sang. Ah, la crédulité de la jeunesse !*

– Prends le temps d'y regarder à deux fois, se contenta-t-il de répondre. Ne cours pas à la déception par un excès d'enthousiasme. Crois-en ma vieille…

– Non, le coupa Eredan. C'est quelque chose de plus extravagant que tu ne penses. Tu ne me croiras pas, alors je viens te les montrer.

– Envoie-les-moi sur mon portable. Tu vas perdre un temps fou à venir jusqu'ici…

– Rien du tout, oui ! Ça me ferait mal de louper la tête que tu vas faire.

Paul n'avait pas réussi à en savoir davantage. Ça avait dû cafouiller dans les liaisons par satellite. Il n'avait plus entendu qu'un brouillage numérique. Et plus rien. Isolés dans l'extrême sud de la Turquie, ils ne pouvaient compter que sur ce mode de transmission. Les émissions radio ne parvenaient pas à franchir les montagnes.

Paul s'était, depuis, contenté d'attendre. Il n'avait même pas essayé d'imaginer la découverte d'Eredan. Probablement pas grand-chose de nouveau. En tout cas, rien qui puisse satisfaire sa propre faim.

Meryl allait partir pour le chantier de la nécropole quand le bruit d'un moteur vibra dans le lointain. D'abord infime, il alla en s'intensifiant, matérialisé sur la ligne d'horizon par un déplacement de poussière blanche. La piste rectiligne mena un véhicule tout terrain jusqu'au campement, où il s'immobilisa dans un grand bruit.

Eredan en jaillit à sa manière sportive, par-dessus la portière.

– Alors, toujours pas d'ossements dans votre nécropole ? dit-il en guise d'entrée en matière.

Meryl le regarda de travers. Elle aimait bien Eredan. Au moins les cinq premières minutes. Mais il possédait une telle capacité à l'exaspérer qu'il lui fallait à chacune de leurs rencontres une belle dose de patience pour refréner ses humeurs.

– Pas plus de squelettes chez nous que de découvertes révolutionnaires ailleurs, ne put-elle s'empêcher de dire.

– Va pourtant falloir t'y faire, rétorqua Eredan.

– Je ne crois pas que tu prennes les choses sous le bon angle, mon grand. Ta trouvaille, à ce qu'il paraît, elle est dans ta tête. Et j'irai pas y fouiller. Même si on me proposait un million de dollars. Ça doit être un fichu désordre là-haut !

– Justement. Ça te permettrait de prendre de l'altitude…

– Pause ! clama Paul. On prend un thé dans la caravane et Eredan nous montre ses merveilles. On jugera sur pièces. S'il reste quelques parts de cake, aussi…

– Tu sors de table, gronda Meryl.

– Pour le petit, le cake, se rattrapa Paul. Pour le petit.

Eredan sortit un rouleau de feuilles de papier calque d'un long tube en PVC et le déroula sur la table du petit déjeuner.

– Je vous ai amené des biscuits, précisa-t-il avec délectation. Vous ne pourrez plus dire qu'on traîne là-bas !

La première grande feuille translucide représentait le plan d'une construction.

– C'est le chantier le plus abouti. Il reste encore pas mal de travail. Mais je pense que nous ne trouverons rien de plus en dehors du mur d'enceinte.

Paul se pencha longuement au-dessus du plan qui représentait une construction principale, entourée d'autres plus petites. Probablement des dépendances. Un mur d'enceinte courait sur une centaine de mètres de côté et formait un carré. À vue de nez, un hectare. Un hectare et demi, si l'on comptait une excroissance du carré initial.

– Un cimetière ? demanda Meryl en pointant du doigt l'excroissance.

– Tu as le chic pour les dénicher, plaisanta Eredan.

– Il y a du monde ?

– Pas assez pour remplacer ceux qui te manquent mais suffisamment pour moi.

– C'est la chance des débutants !

– Vous avez fini, tous les deux ! se lamenta Paul. Je peine à réfléchir dans cette ambiance de potaches.

– Je vous montre les autres.

– Attends un instant, je n'ai pas terminé.

Il scruta la construction principale, les sourcils froncés sous l'effort de concentration.

– Curieuse forme pour une habitation. Mais, en dehors de ce détail, ça sent la villa romaine à plein nez, commenta-t-il.

– Sur plan, pourquoi pas ?

– Quel est le matériau employé ? demanda Paul avec intérêt.

– De la brique cuite.

– Pas de pierre taillée ?

– Pas la moindre trace.

– Tu as envoyé des échantillons pour une datation ?

– Oui.

– Résultat ?

– C'est d'époque sumérienne.

– Non !

– Comment ça, non ?

– Non, parce que c'est impossible. Je ne connais aucune construction sumérienne entièrement bâtie en brique cuite.

– Eh bien, voici la première…

– Non ! De toute façon, ils ne bâtissaient pas comme ça. Où est-ce que tu as vu une bâtisse à…

Il compta les angles de la construction principale.

– … Sept côtés ? Ça veut dire quoi, une maison heptagonale ? Pas facile à meubler, non ?

Le ton de Paul montait vers la colère. Son sens de l'humour venait de s'éteindre devant les incohérences proférées par Eredan.

Meryl, qui le pratiquait depuis vingt-cinq ans, détourna l'orage avant qu'il n'éclate.

– C'est long, la civilisation sumérienne. À quelle époque est-ce rattaché ?

– C'est un peu le problème, marmonna Eredan. Attendez.

Il se pencha par-dessus l'épaule de Paul pour retirer la première feuille de calque.

– Vous voyez ? C'est ce que nous avions isolé sur les photos aériennes. Je ne peux pas dire que nous ayons beaucoup avancé sur les autres sites mais nous sommes au moins allés constater qu'il existait bien des ruines enfouies.

La seconde feuille représentait sept ensembles de constructions répartis sur le tracé d'un cercle imaginaire.

– Nous avons fait passer ce cercle par le centre des sept constructions heptagonales.

– Et ?

– Il mesure exactement 31 416 mètres !

– Pi ?

– Parfaitement. Un nombre transcendant.

– Pas possible… Pas à cette époque !

– Et cette datation ?

– Moins 2900 ans. À plus ou moins cinquante ans près.

– Merde, commenta Paul. Je ne m'attendais pas à ça ! Excuse-moi pour tout à l'heure, petit. J'ai du mal à faire évoluer mes certitudes. Félicitations. C'est du bon boulot.

– Merci, Paul, mais reste assis encore un moment.

– Quoi ? Tu as autre chose ?

– C'est pas des datations du site dont je ne voulais pas te parler au téléphone.

– De quoi, alors ?

– Tu me promets que tu restes calme ?

– Dépêche-toi, tu veux !

– J'en ai pour une minute. Bougez pas !

Eredan sortit de la caravane avant que Paul et Meryl aient pu dire quoi que ce soit. Il fouilla à l'arrière de sa voiture, en sortit une enveloppe et revint aussitôt.

– Je les avais gardées en réserve dans la Jeep. Pour être sûr que vous ne me gâcheriez pas mon effet en mettant la main dessus avant.

Il portait l'enveloppe serrée contre sa poitrine et, de sa main libre, faisait de grands gestes.

– Tu l'ouvres, cette enveloppe ?

– Ah ? Oui !

Eredan décacheta le pli et en fit glisser le contenu sur la table, par-dessus les feuilles de calque. Une dizaine de photographies s'étalèrent sous leurs yeux.

– Voilà ce que nous avons découvert dans les tombes, dit-il en adressant un clin d'œil à Meryl.

– C'est quoi ? Un chien ? demanda Paul.

– T'es pas très doué en ce qui concerne les animaux, se moqua Meryl. Restes-en aux hommes, tu veux bien ?

– Bon, si tu le dis. Alors, ça, c'est un crâne de quoi ?

– Observe bien la taille des incisives. Elles sont très longues, non ?

– Un ours ?

– Tu me fais un bel ours, toi. C'est un cochon. Un crâne de cochon.

– Merde alors ! Qu'est-ce qu'il fout là ?

– C'est là toute la question, intervint Eredan. On a retrouvé un squelette de cochon dans chaque tombe.

À côté d'un humain. Il y a même des sépultures sans homme, avec juste un cochon. Ou plusieurs, côte à côte.

– Merde alors ! lança Paul à nouveau.

– On peut dire que tu as de la conversation quand on te bouscule dans tes certitudes.

– C'est extravagant. Vous avez fouillé les autres sites ?

– Pas encore, répondit Eredan. Je te rappelle que nous ne sommes pas très nombreux là-haut.

– Voilà qui va être réparé. On va envoyer la moitié de notre équipe pour vous aider. Tu en penses quoi, Meryl ?

– Que je serai plus utile là-bas qu'ici. Ces tombes vides épuisent ma patience.

– Magnifique ! s'exclama Eredan. Et toi, Paul ? Tu es de la partie ?

– Pas tout de suite. Je dois déléguer la direction du chantier à Ozlim. Et c'est pas ce que je sais le mieux faire. Je vous rejoins dans, disons, deux ou trois jours.

Meryl affichait une mine réjouie.

– Tu as l'air trop heureuse pour être honnête, plaisanta Paul en regardant sa femme. Un coquin en perspective ?

– Non. Tu es bête. Je suis contente du travail qui m'attend. Et puis… pendant soixante-douze heures, je vais pouvoir prendre mon petit déjeuner au lit.

– Bon. Je vais vous laisser vous dire au revoir, s'excusa Eredan. J'attends dehors.

Paul attrapa Meryl par la taille et l'assit sur ses genoux.

– Mais alors qui est-ce qui va me préparer mes œufs sans bacon ? lui susurra-t-il en l'embrassant dans le cou.

– Tu vas te débrouiller tout seul pour une fois, mon bonhomme, répondit Meryl. Maman part en week-end.

Paul et Meryl sortirent de la caravane une heure plus tard. Ils trouvèrent Eredan sur le chantier de la nécropole.

– Vos Sumériens étaient de bons terrassiers, critiqua-t-il sur ce ton moqueur dont il usait à tout va. Mais y'a vraiment rien d'intéressant là-dedans.

– Prends donc soin de ma femme pendant mon absence, se contenta de répondre Paul. Je t'en confie la charge.

– Bande de machos dégénérés, gronda Meryl. D'abord, sache que je ne suis à la charge de personne et que, de plus, je m'occupe très bien de moi toute seule. Non mais ! Néandertalien.

– OK ! dit Paul. Ne mords pas. Allez-y maintenant.

– Qu'est-ce que tu fais ? demanda Meryl en voyant son mari se diriger vers la caravane. Tu ne pars pas sur le chantier ?

– Non. Pas tout de suite. J'ai un tas de mails à envoyer d'ici ce soir. C'est trop gros pour un seul homme. Il faut prévenir certains confrères. Bon voyage.

23

Milos glissa un regard au travers des branchages. Tout semblait normal. Pourtant, un son inhabituel venait de le réveiller.

Sans un bruit, il sortit de son tunnel. La terre était fraîche.

Il rampa sur quelques mètres, jusqu'au premier buisson, et s'accroupit derrière.

Un policier avait franchi la barrière de sécurité. Ce ne pouvait pas être l'acte d'un individu isolé. Les policiers, ça agit en troupe. Milos connaissait cette règle.

Pourtant, il eut beau scruter les environs, il ne vit personne. Il devait s'agir d'une initiative personnelle. Milos commençait à trouver ça intéressant.

Quelque part sur sa droite, une sirène d'ambulance s'élevait. De plus en plus près. Elle devait traverser Central Park.

Milos retourna en arrière. Il s'immergea dans l'eau croupie d'une mare qu'il avait lui-même creusée.

Pas chaud ! L'eau ne dépassait pas les dix degrés.

Milos s'en moqua. Milos se moquait de tout. Et puis, cette eau froide sur son corps chaud renforçait la sensation d'être vivant. Chaque instant comptait. Il savait se délecter de celui-ci sans espérer le prochain.

Il émergea de l'eau boueuse de l'autre côté de la mare.

Comme l'eau, ses vêtements étaient à une température largement inférieure à celle de son corps. Et ça, c'était important. Le viseur à détecteur de chaleur du flic ne le repérerait pas.

Milos repartit rapidement. Il devait disposer de cinq minutes pour agir. Après, son corps réchaufferait trop ses vêtements et ce serait une autre affaire.

Il descendit vers l'intrus en courbant le dos.

Lorsque le policier ne fut plus qu'à deux ou trois mètres, Milos s'arrêta. Il valait mieux le prendre à revers. Ce n'était pas très loyal, mais Milos ne s'embarrassait pas de ce genre de détails. Plus depuis un certain matin de 2013.

Il laissa le policier s'éloigner de quelques pas, juste assez pour que celui-ci se retrouve derrière un bosquet. À l'abri du regard de ses collègues.

Il s'élança alors. Rapide, discret et sûr de lui.

Le policier se retrouva cloué au sol avant que son cerveau n'ait eu le temps d'analyser la situation. Étonné, puis asphyxié par les quatre-vingt-dix kilos de son agresseur, il n'eut même pas la possibilité de crier. Une main calleuse et musclée lui serrait les mâchoires.

Milos observa sa victime. Il était roux. Un Irlandais de plus dans la police new-yorkaise. Ses yeux roulaient de droite et de gauche et son haleine empestait le tabac de Virginie.

On a le même âge, pensa Milos. *C'est marrant, on aurait pu être potes.*

Il le lui dit à voix haute. Le policier essaya de bouger la tête pour acquiescer.

– Au lieu de ça, tu viens fouiner chez moi dans le dos de tes chefs. Pas bien, ça !

Milos desserra légèrement son emprise.

– T'es marié ?

Le policier hocha la tête.
– Des gosses ?
Idem.
– Ça va te sauver, vieux. J'aime pas les orphelinats.
Milos enleva sa main.
– Tu cries. T'es mort. Pigé ?
– Compris.
– Bon. Comment tu t'appelles ?
– Nicéphore.
– C'est pas un nom, ça.
– Écoute…
– Je sais ce que tu vas me dire. T'es pas venu, on s'est pas rencontrés et tu veux rentrer chez toi. C'est ça ?
– À peu près, oui.
– Qu'est-ce que t'es venu faire ?
– Pisser…
Milos jeta un regard incrédule sur sa victime.
– T'inquiète pas. Tu vas rentrer chez toi. Mais pas en entier.
– Je t'en prie, mec…
– Je veux ton viseur, ton flingue et ta plaque.
Milos le relâcha, après avoir prélevé son trésor de guerre.
Sur le point de partir, le policier s'était retourné.
– Pourquoi ma plaque ? lui avait-il demandé.
– C'est pour une nouvelle collection, que je commence avec toi.

Milos repartit se terrer dans son tunnel. Il n'était pas encore quatre heures et toute la colonie dormait, à l'exception des guetteurs. Le lendemain, il sortirait du parc. L'inactivité des écologistes commençait à l'ennuyer. Mais pour sortir sans se faire repérer, il lui fallait se reposer.
Une heure durant, il se tourna et se retourna dans son

repaire sans parvenir à trouver le sommeil. L'excitation de la chasse ne retombait pas et ses vêtements mouillés le gênaient.

Il ressortit et grimpa dans l'arbre le plus proche.

À quatre mètres au-dessus du sol, une plate-forme se balançait doucement dans les branchages. Une forme humaine enroulée dans un duvet était allongée au milieu.

Milos s'accrocha à la plate-forme et rampa dessus pour ne pas mettre en péril son fragile équilibre. Il s'approcha doucement de la forme et vint se coller tout contre elle. Un pan du duvet se souleva.

– Qui va là ? dit une voix rieuse.

– Joanna. C'est moi. J'ai froid, répondit simplement Milos.

– T'as froid ou tu cherches autre chose ?

– Peut-être…

– Attends voir.

La main de Joanna sortit du duvet et se glissa jusqu'à l'entrejambe de Milos.

– T'es trempé ! Tu sors d'où ?

Milos se contenta de grogner.

– T'es trempé mais t'es dur aussi. Déshabille-toi, je vais te réchauffer.

À force de reptations, Milos parvint à se défaire de ses vêtements mouillés.

– Tu pues comme un bouc, lui dit-elle en l'attirant sous son duvet. Mais tu es un joli bouc.

Le soleil traversait la frondaison par intermittence, au hasard des mouvements des feuilles dans le vent. Au-dessus de la plate-forme sur laquelle Milos et Joanna avaient passé la nuit, une seconde plus grande et mieux arrimée aux branches formait un carré autour du tronc. Tout en haut de l'arbre, accessible par une échelle de corde, se trouvait un poste de vigie qui ressemblait assez à une corbeille à linge.

D'un côté de la plate-forme principale, une passerelle faite de cordages partait vers un autre arbre, équipé lui aussi de plusieurs étages de plancher. Une vingtaine d'arbres avaient ainsi été colonisés dans Central Park, au cœur de Manhattan.

Dans la terre de ce bosquet inhabituel, les écologistes antimondialistes avaient aussi creusé des galeries et des abris souterrains. Comme ceux que l'on pouvait voir dans les archives de la guerre du Viêtnam.

Plus de cent personnes vivaient là depuis des semaines, sous le nez d'un peloton de policiers, lassés mais contraints de rester par des ordres officiels.

Plus personne ne pouvait entrer. Plus personne ne pouvait sortir. Ordre de la mairie. Et les choses s'étaient gentiment installées.

S'ils comptaient les laisser crever de faim, ils allaient attendre des mois. Le soir du débarquement général, la bande d'écolos avait amassé sur la zone des tonnes d'aliments lyophilisés. De quoi satisfaire cette troupe d'allumés pendant encore longtemps.

Le problème majeur, c'était l'eau. Le stock s'amoindrissait chaque jour. Aussi recueillaient-ils tout ce qu'ils pouvaient, par condensation, par collecte dans des bassins de réception des eaux de pluie. De grandes bâches tendues dans les arbres leur permettaient de stocker la rosée. Mais le principal apport venait de la Croix-Rouge. La police ne pouvait pas empêcher les secouristes d'approcher la colonie. C'était mauvais pour l'image de la mairie.

Assis au bord de la plate-forme, Milos regardait ses pieds qui pendaient dans le vide. À intervalles réguliers, il laissait couler entre ses lèvres une bulle de salive qu'il regardait ensuite s'écraser au sol. Il n'avait toujours pas réussi à toucher la feuille morte qu'il visait. Le mouvement infime de la plate-forme, la vitesse du vent, la déformation de la bulle de salive qui altérait sa chute. Tant de paramètres à prendre en compte. Un vrai casse-tête pour Milos, et qui n'avait d'autre intérêt que de l'occuper.

Joanna sortit la tête de son duvet et s'étira en poussant des soupirs d'aise. Puis elle s'extirpa à quatre pattes de son semblant de lit et s'approcha du tronc de l'arbre. Là, elle avait installé quelques affaires personnelles, un miroir, un calendrier, un fil pour son linge…

Premier geste qu'elle accomplissait chaque matin au réveil, elle entoura la date d'un trait ovale.

– 98e jour, déclara-t-elle fièrement.

– Ta famille ne te cherche pas ?

– Ma famille est bien trop occupée à voyager en Europe pour s'intéresser à mes faits et gestes.

– C'est con. Quand on a une famille, il faudrait savoir la garder…

– Et puis, ajouta-t-elle en se tapotant l'épaule. Si mon père le veut, il peut très facilement savoir où je suis.

– Si y'a que ça, je ferai facilement mentir ton Implant.

– Surtout pas ! Plus on sera de gosses de riches à occuper les arbres, moins la police se permettra quoi que ce soit pour nous en empêcher. C'est une règle d'or de la subversion.

Milos aimait bien cette jeune femme, malgré quelques grands airs qu'elle se donnait parfois à l'aide de son vocabulaire. Simple, spontanée et généreuse. Pas comme ces pimbêches qui portaient à longueur d'année ces nouveaux maquillages réactifs. Il devenait pratiquement impossible de savoir à quoi elles ressemblaient vraiment dessous. Ni si elles étaient jolies ou laides. Ni quel âge elles avaient. Un vrai bonheur pour celui qui aimait les jeux de hasard.

Joanna ne portait aucun maquillage. Elle aimait rire et faire l'amour, simplement et sans artifices.

– Tu vas sortir bientôt ? demanda Joanna.

– Tout à l'heure, pourquoi ?

– J'ai envie de cerises. Tu m'en rapportes ?

– T'as pas autre chose à penser que ça ? T'empiffrer de cerises ?

– La politique est l'affaire des grandes personnes. Moi, pour l'instant, je m'amuse, et j'ai envie de cerises. Alors, tu m'en ramènes ?

Milos grogna sans répondre.

– Chaque fois que tu t'en vas, je me dis que tu ne reviendras pas.

– C'est pour ça que tu me demandes chaque fois de te rapporter un truc ?

– Peut-être…

– Pourquoi ?

– Parce que tu n'as rien à faire avec nous. Tu es là parce que ça t'amuse. Mais tu finiras bien par te lasser.

– Je dis pas que t'as raison, Joanna. Mais je dis pas qu't'as tort non plus.

– Tu vois ! J'ai raison, sinon tu n'hésiterais pas.

– Peut-être… Mais je reviendrai te voir, même si je reste pas.

– C'est gentil, ça.

– C'est pas très intéressant, votre machin !

– Quel machin ?

– Rester ici à faire chier les flics en attendant que le monde change, ça va pas aller très loin.

– On est nombreux, tu sais. Sur la planète, il y a des centaines de milliers de personnes qui manifestent comme nous. Et des milliards qui attendent que quelque chose bouge.

– T'inquiète ! Ça bouge pour d'autres.

– Qui ?

– Ton père, par exemple. Je sais pas très bien ce que fabrique ta famille mais ils doivent pas s'ennuyer s'ils passent leur temps en voyage.

– Mais c'est qu'il est loin d'être idiot, mon Milos !

Milos mentait. Il savait pertinemment à quelle famille appartenait Joanna. Son Implant avait livré son identité et une brève intrusion dans les fichiers de renseignements de l'administration avait fait le reste. Joanna était la fille d'un milliardaire américain. Lui-même héritier d'une énorme fortune, il n'avait jamais travaillé de sa vie. Joanna ne connaîtrait probablement pas non plus le sel de l'existence. À moins qu'elle ne le décide.

– Ça m'explique pas pourquoi tu joues au singe plutôt que d'être avec eux, poursuivit Milos. Ça me plairait, l'Europe, si on me l'proposait. Les seuls voyages que j'ai faits, ça a été pour changer d'orphelinat. Tu vois le charme.

– C'est romantique en tout cas. Mais tu étais trop impliqué pour le voir…

– T'as d'autres conneries dans ce style ?

– Faut voir…, laissa traîner Joanna.

– Bon. Alors, j'y vais. Tu finiras par me mettre en rogne. Et la journée est belle.

Milos attrapa l'échelle de corde et se laissa glisser jusqu'au sol. Il fit un pas en avant, puis se ravisa et leva le nez vers Joanna.

– Bon, combien de kilos tu veux ?

– Dix ! Avec les noyaux.

Milos haussa les épaules. *Décidément*, semblait-il dire, *rien n'est sérieux avec cette fille. Même pas ses cerises.*

Joanna regarda Milos s'éloigner. Ce garçon exerçait une sorte de fascination sur elle. Elle le savait et ça lui était égal. Il avait grandi par lui-même, à l'opposé de sa vie à elle. Des orphelinats contre des écoles privées. Le score était sans appel. Elle connaissait la raison de son attirance, cette histoire était aussi vieille que le monde. Les opposés s'attirent sans que vous puissiez y faire grand-chose. Le phénomène remontait au minimum à Shakespeare.

Le savoir était intéressant en soi. Joanna pouvait ainsi espérer ne pas tomber de trop haut lorsque le charme se romprait. Pour le moment, il tenait bon.

Milos n'était pas un imbécile et ce point les sauvait peut-être. Jusqu'à présent. Rustre, mal dégrossi, usant d'un langage assez rudimentaire et doué d'un sans-gêne aussi naturel qu'exaspérant. Le tableau était assez fidèle. Mais il avait une de ces façons de la désarmer par ses commentaires laconiques et son sourire d'enfant trop grand... De toute façon, Joanna était jeune. Elle en verrait d'autres. Vivre, c'était aujourd'hui. Et ça impliquait forcément de prendre des coups. Ce postulat n'appelait pas d'autres commentaires.

Milos retourna dans son trou pour y préparer un sac. Chacune de ses sorties avait un but bien réel. Aussi lui fallait-il les préparer avec minutie. Il rampa jusqu'à la petite salle qu'il avait étayée avec des clôtures volées et s'attela à son travail. Il choisit plusieurs cartes bancaires, vérifia que son lecteur d'Implants fonctionnait correctement, attrapa le pistolet, la plaque et le viseur qu'il avait pris le matin au jeune policier et mit le tout dans son sac à dos. Puis il se changea et enduisit son visage de pâte cosmétique réactive. Il tenait ce produit en horreur, mais celui-ci lui avait déjà rendu de grands services. Correctement programmé sur ordinateur pilote individuel, il vous rendait méconnaissable. Aussi bien pour de vieilles relations que pour les logiciels de reconnaissance de faciès de la police. Il fixa les deux contacteurs à la base de son cou et admira le résultat dans un miroir de poche. Il aurait pu se promener sans problème dans Chinatown. Son teint était devenu gris-jaune, des ombres factices venaient renforcer ses pommettes, ses lèvres charnues s'étaient amincies et ses yeux s'étiraient à présent en deux longs ovales. Seul le nez laissait à désirer, mais il ne comptait pas entrer en grande conversation avec un agent. Ni avec quiconque.

Milos ressortit de son repaire et partit se cacher derrière son poste d'observation favori. Il espionna le cordon de policiers quelques instants. Il n'y avait rien d'inhabituel. Les hommes en uniforme gardaient le périmètre, à cinquante mètres de sa position.

Milos retourna sous les arbres et entra dans une galerie plus large que son trou personnel. Il traversa une salle basse où se trouvaient plusieurs personnes. Puis il se mit à quatre pattes et pénétra dans un boyau qui partait dans l'obscurité en direction des postes avancés des policiers. Il alluma sa lampe frontale et commença à ramper. Le tunnel, qu'il avait personnellement contribué à creuser, était constitué de tubes d'adduction d'eau en fibrobéton. Un matériau très solide. Le seul problème résidait dans le diamètre des tuyaux, à peine quarante centimètres. La sensation d'étouffement venait vite. D'autant plus qu'aucune ventilation n'avait été prévue. Il fallait garder son calme, se rappeler qu'il ne mesurait pas cinquante mètres et que, surtout, c'était le seul moyen de sortir de la zone surveillée.

Milos sentit bientôt de l'air plus frais remplir ses poumons. Il arrivait à la jonction avec un ancien tunnel d'écoulement des eaux qui partait vers l'étang du Pond. Il attendit que ses mains rencontrent le vide et se laissa glisser dans l'obscurité. Le grand boyau cylindrique amortit sa chute. Il s'éloigna dans le sens de la pente et bientôt, il devina la lumière du jour filtrant à travers une vieille grille cachée sous la végétation du parc.

Milos attendit que ses yeux s'habituent à la clarté. Il resta caché derrière des buissons, les sens aux aguets. Les policiers avaient depuis longtemps dû deviner par où les squatters du parc allaient et venaient sous leur nez. Ils n'étaient pas aussi stupides qu'ils voulaient le laisser croire.

Il attendit un quart d'heure, immobile dans l'ombre du boyau. Des rats couraient à ses pieds. Sur le pourtour de l'étang, il voyait passer des joggers et des familles en promenade. Mais rien qui portât casquette ou matraque.

Milos sortit du boyau. Il remonta une butte sur quelques mètres et se joignit au flot de la foule.

24

Tara se laissa tomber lourdement dans son fauteuil. Elle avait dirigé trois réunions consécutives avec des journalistes et prit deux repas espacés d'une heure. L'un avec son banquier, l'autre avec un contact dans une magouille de pot-de-vin municipal. Et elle arrivait seulement à son bureau.

Il restait encore à régler les affaires courantes du journal, et l'horloge affichait déjà dix-huit heures.

Elle souffla un instant, puis s'empara de la pile de courrier arrivé le matin. Il ressemblait à celui de la veille. Lettres de lecteurs, factures variées, candidatures spontanées, courriers anonymes de redresseurs de torts, etc. La routine.

Elle se connecta ensuite sur sa messagerie personnelle, puis sur celle du journal.

Gabriel Ostrander lui avait mailé ses dernières photographies. Ce type avait vraiment du talent. Ses derniers clichés représentaient des scènes de la vie ordinaire dans un bidonville équatorien. Gabriel savait surprendre de belles expressions sur les visages.

Il en ferait probablement un livre. Le sujet valait le coup. Et si le père Mac Conkey y apportait sa plume, ça ferait même un beau livre.

Tara travailla encore deux heures puis, gagnée par la lassitude, elle décida d'arrêter.

À chaque jour suffit sa peine, se dit-elle.

Elle enfila son imperméable et allait sortir de la pièce lorsqu'elle vit une enveloppe posée dans sa panière de courrier personnel. Une grande enveloppe en papier kraft dont l'usure superficielle donnait l'impression qu'elle avait longtemps voyagé. Pourtant non. Elle portait le cachet de Washington, DC.

Son nom était rédigé en caractères majuscules au-dessus d'un second, d'une écriture plus petite, entouré de parenthèses. Celui de Franklin Adamov.

Le cœur de Tara manqua un battement.

Elle déchira le rabat et fit glisser le contenu de l'enveloppe sur son bureau. Une demi-douzaine de carnets à spirale s'étalèrent sous ses yeux.

Les couvertures cartonnées, à l'origine probablement d'un bleu profond, avaient été tant de fois manipulées qu'elles avaient pris l'apparence délavée du buvard. Sur chaque fascicule apparaissait un titre, *Oméga*, suivi d'un numéro et d'une date.

Tara regarda à l'intérieur de l'enveloppe. Une feuille s'y trouvait encore. Elle l'extirpa et s'assit pour la parcourir.

« Celui, ou celle, qui prendra connaissance de ce texte n'en décèlera probablement pas l'importance. Et sans doute n'y verra-t-il qu'une histoire inventée de toutes pièces.

Dans le meilleur des cas, l'adresse et le nom qui figurent sur l'enveloppe ne correspondront pas. Ce courrier ira se perdre dans les entrepôts postaux, où il moisira en attendant d'être détruit.

Je ne dirai pas qui je suis. Mon identité importe peu. Seul mon témoignage compte.

Le cancer qui ronge mes os requiert de ma part autant

d'énergie que je suis capable d'en fournir. Je ne pourrais pas supporter un interrogatoire. Ni rien de plus doux.

Vous vous ferez votre opinion, hypothétique mademoiselle Tara Steamway. Le reste vous appartient. À vous et aux vôtres. S'ils existent.

Je suis physicien. J'étais physicien. Spécialisé dans le domaine des ondes. Mon champ d'investigations, extrêmement restreint tout au long de ma carrière, s'est ouvert de façon considérable ces dix dernières années.

Les notes qui suivent en sont un témoignage. Moins de son aspect scientifique que de ce qui en a fait le quotidien. Les nombres, les équations n'ont jamais quitté ma mémoire. La substance des jours, par contre…

J'ai écrit ces carnets au cours de mes sessions de travail. Entre l'hiver 2018 et le printemps 2027.

Je viens de les relire. Pour les épurer. Pour me rappeler. Je n'ai conservé de ces notes que ce qui me semblait le plus attractif pour une personne qui n'a pas participé à nos travaux. N'y figurent pas les schémas ni les notes techniques, auxquels vous n'entendriez rien, ni certains détails que je préfère taire, pour des raisons qui m'appartiennent.

Je les ai également expurgées des noms de mes anciens collaborateurs. Eux seuls ont un droit ou un devoir face à leur conscience. Et puis, il serait trop facile de courber l'échine toute une vie pour cracher dans la soupe à la fin, si vous me passez l'expression. Je ne suis pas de cette trempe. Pas de celle-là. Toute ma vie, j'ai été lâche. Dirigé par l'excitation que me procurait mon travail. Peut-être un peu aussi par le montant du salaire qui en résultait.

Finalement, vous faire parvenir ces carnets me fait

finir moins moche que je n'ai été. Un petit bien pour un grand mal.

Mais entrons dans le vif du sujet. Je me sens aujourd'hui capable de me répandre des heures durant sur la faiblesse des hommes. Ce qui n'est pas le propos des pages qui suivent, comme vous allez vous en apercevoir.

Peut-être aurions-nous pu en discuter. Un autre jour. Pourquoi pas dans une autre vie, si cette théorie s'avérait, chose que je saurai bientôt. Mais nous n'aurons pas le loisir de nous rencontrer au cours de celle-ci.

Jusqu'à l'hiver 18, j'ai fréquenté différentes universités. Aux États-Unis et en Europe. Lorsque le cyclotron pour lequel je travaillais a dû fermer ses portes par manque de subventions, j'ai accepté une proposition de travail dans le privé qui m'avait été faite des mois auparavant. Insistante et pécuniairement très attractive.

La fondation pour laquelle j'allais travailler, organisme d'étude appartenant à un groupe puissant, me proposait des conditions matérielles sans limites. J'allais enfin pouvoir approfondir mes recherches. Non plus seulement sur la seule base de calculs indispensables, mais avec la possibilité concrète de les vérifier. L'argent, dans le domaine scientifique, est un facteur accélérateur de temps. L'aubaine était inespérée. Je n'étais déjà plus si jeune.

Je signai au bas d'un contrat extrêmement curieux, pour ce qui était des conditions de discrétion dans lesquelles j'allais travailler. Libre à moi de me retirer au moment où je le désirerais. Libre à moi de n'y point participer du tout.

L'agent recruteur de cette fondation, le colonel X, me montra quelques images de mon futur objet d'études. C'était stupéfiant. En tous points.

Il s'agissait ni plus ni moins d'appliquer mes connaissances scientifiques à l'étude d'un cobaye humain. Et tout particulièrement de son cerveau. Les ondes cérébrales, pour être encore plus précis.

Rétrospectivement, je n'appliquerais aucun de ces termes à l'être qui accapara dix ans de ma vie. Et qui me poursuivra, je le pense, au-delà de son terme.

Ni cobaye, ni humain. Mais ceci est une autre histoire.

Voici brièvement présenté le contexte qui entoure mes carnets de notes. Mes collaborateurs et moi-même avons œuvré ensemble par sessions de trois mois. Dans le secret le plus absolu. Sans possibilité de sortie pendant ces longues périodes. Sans savoir où nous nous trouvions non plus. Comme des sous-mariniers en plongée tactique.

L'étrangeté de nos conditions de vie n'a eu d'égale que l'extraordinaire talent de notre sujet d'études. »

Tara reposa la lettre sur son bureau. Ses mains tremblaient et son cœur battait la chamade.

Elle appela Mayanne, sa secrétaire, et lui demanda de prévenir le service de sécurité qu'elle resterait jusqu'à une heure tardive. Puis elle commanda un dîner léger, qui arriva un quart d'heure plus tard.

Tara attendit que l'étage se vide en mangeant un assortiment de sushis.

Elle parcourut la lettre à plusieurs reprises avant d'entamer la lecture des carnets. Son cerveau, pourtant habitué à gérer plusieurs dizaines d'enquêtes en même temps, ne parvenait pas à intégrer les informations de cette courte missive.

L'horloge murale indiquait vingt heures trente. Les bureaux devaient être déserts. Elle fit un tour des locaux pour s'en assurer et sortit sur la terrasse. Geste qu'elle n'avait pas fait depuis des années, elle alluma une cigarette. Il lui fallait un calmant. La tête lui tourna bientôt. Une forte envie de vomir monta en même temps.

Tant mieux, pensa-t-elle. *Ça me donne un répit.*

Tara se pencha par-dessus la balustrade. Le vent, contrarié par l'immeuble de l'*Independent*, venait frapper son visage. Elle jeta la cigarette au loin, observa sa chute jusqu'au sol et se décida enfin à regagner son bureau.

Mayanne trouva sa patronne lorsqu'elle prit son service à huit heures.

Elle était assise par terre sur la terrasse et tournait sans y penser une cuiller dans une tasse de café refroidi. Ses yeux étaient creusés de fatigue. Mayanne supposa qu'elle avait pleuré, ce qui l'étonna beaucoup.

– Je peux faire quelque chose pour vous, Tara ? Un autre café ? Chaud, celui-ci.

Tara secoua négativement la tête.

– Merci, Mayanne. Ça va.

Elle tendit à sa secrétaire un papier comportant une liste de noms.

– Préparez-moi des enveloppes à ces noms. Ce sera parfait. Vous trouverez les coordonnées sur mon portable. Dossier intitulé Malhorne, je crois. Non, j'en suis sûre.

Mayanne déplia la feuille et lut à voix haute.

– Acil N'Kabo, Kinuyo Misushi, Stuart Mac Conkey, Gabriel Ostrander. Je lis correctement ?

– 10 sur 10, répondit Tara d'une voix lasse. J'en aurai besoin ce soir.

Puis elle se leva et partit prendre une douche, dans la salle de bains attenante à son bureau. Lorsqu'elle se sentit un peu mieux, elle s'empara de son téléphone et composa le numéro de son ancien patron.

Tara entendit un « allô » étouffé. Son correspondant venait de se réveiller. Elle ne se perdit pas en banalités et entra directement dans le vif du sujet.

– Axel, j'ai besoin que vous repreniez la direction du journal pendant quelque temps.

Tara laissa traîner un silence à la fin de sa phrase. Marcussen ne réagissait pas.

– Vous dormez, Axel ? Allez, dites-moi oui ! Je sais que vous en crevez d'envie. À moins que vos activités ne vous fatiguent…

– Fatigué ? Moi, fatigué ? Mais j'ai jamais été en aussi grande forme qu'aujourd'hui, mon petit ! Et il faut bien. J'ai un emploi du temps de sénateur, ici. Qu'est-ce que tu crois ?

– Ça veut dire non, Axel ? demanda faussement Tara. Je vais essayer de trouver quelqu'un d'autre.

– Fais ça et je te colle un procès au cul !

– Je ne vois pas bien ce que vous en retireriez…

– M'en fous, la coupa Marcussen. Mais ça m'occupera.

– Je croyais que…

– Bien sûr que je viens. Ce sera mon dernier raout ! Les adieux à la presse d'un tyran sur le retour ! Ce que tu voudras mais je viens. Y'a que des vieux ici. Tu imagines le tableau ? Tu te figures que parce que je suis moi-même un début de vieillard, j'ai envie de passer mon temps avec des vieux ? Mais ils m'emmerdent, tous ces grincheux ! J'en peux plus de leurs parties de cartes et de leurs cocktails sans alcool. Ils sentent l'urine, les vieux. Ils puent la mort !

Tara ne put s'empêcher de sourire. La retraite ne semblait pas avoir entamé le caractère irascible de Marcussen. Elle laissa son ancien patron terminer sa diatribe en étouffant un début de fou rire.

– Mais, dans ma tête, ma petite Tara, je suis fringant. J'ai toujours la niaque. Et je suis en train de crever d'ennui ! Tiens ! Y'a un rond d'usure sur la moquette de mon appartement. C'est te dire.

– Stop ! Je déclare forfait. J'ai compris. Axel Marcussen est toujours à pied d'œuvre. Mais avouez que ça vous a fait du bien. Non ?

– Je peux pas dire le contraire, acquiesça-t-il.

– Vous pouvez venir aujourd'hui même ?

– J'vais essayer de décaler une partie de bridge. Je peux rien te promettre.

– Faites votre possible, répliqua-t-elle sur un ton faussement ennuyé.

– Dans quarante-cinq minutes au journal, ça te va ?

– Je n'en attendais pas moins de vous, dit-elle en souriant. À tout de suite, Axel.

Puis elle raccrocha.

Tara se leva et fit un tour de son bureau. Elle s'attarda sur le mur du fond, où étaient accrochées de vieilles photographies. Les visages figés sur le papier évoquaient de profonds souvenirs. Il y avait là, immortalisés sur fond de sels d'argent, les racines de ce qu'elle était devenue. La joie et la tristesse unies sur les mêmes traits. L'envie de se battre contre vents et marées, aussi. Les visages d'amis, vivants, morts ou disparus. Franklin Adamov, Axel Marcussen, Stuart Mac Conkey, Acil N'Kabo, Kinuyo Misushi. Le sourire éteint à jamais d'une demi-douzaine d'enfants jouant au bord de l'Amazone. Quatre moines tibétains en robe safran, assis sur des rondins, occupés à allumer un feu sous une pluie diluvienne…

Sa main partit à la rencontre du dernier cadre, isolé

sur la droite du mur, près de la porte vitrée donnant sur la terrasse.

Elle en caressa la surface. La pulpe de son index épousa le contour d'un visage, suivit les boucles brunes d'une petite fille au regard presque effrayant.

– Bout de chou, murmura-t-elle. Où es-tu ?

L'après-midi du même jour, Tara marchait dans les allées désertes d'un cimetière de Baltimore. Elle avait laissé sa voiture à l'entrée et allait d'un pas lent, un bouquet de fleurs à bout de bras. Son visage accusait une nuit blanche mais, sous ses traits tirés, on pouvait lire du soulagement.

Elle marcha un quart d'heure vers le cœur historique du cimetière. Chaque pas en avant lui faisait croiser des tombes plus anciennes.

Tara s'arrêta enfin devant un mausolée imposant fait de marbre et de calcaire. De part et d'autre d'une petite porte en fer, deux statues attendaient le visiteur. Celle de droite représentait une femme aux yeux bandés qui portait dans ses bras le corps sans vie d'un enfant dénudé. Celle de gauche, un vieillard décharné, tenant dans une main un crâne, invitait le promeneur à la réflexion.

Tara connaissait parfaitement l'un et l'autre.

Sur le fronton du mausolée d'inspiration antique, son nom de famille marquait un linteau de marbre, en grandes lettres dorées sur fond noir.

Tara sortit une clef de sa poche et fit jouer la serrure. La porte, étudiée pour obliger le vivant à se baisser pour entrer, s'ouvrit en grinçant. Comme à regret.

Elle descendit trois marches et se retrouva dans la pénombre du caveau. Ses ancêtres l'entouraient. Des premiers Steamway arrivés à Baltimore jusqu'à ses parents. Tous allongés côte à côte pour l'éternité.

Tara se dirigea vers le fond, dans la partie la plus sombre du mausolée.

Elle glissa son bras derrière l'un des quatre piliers monumentaux qui soutenaient le dôme. Sa main fouilla d'abord le vide, ce qui libéra un flot d'adrénaline dans ses veines. Elle se pencha davantage et finit par attraper ce qu'elle cherchait. Une petite urne en bronze.

Tara s'assit sur la dernière marche de l'entrée et dévissa le couvercle de l'urne. À l'intérieur se trouvait un étui métallique enduit de cire. Elle força sur l'étui. La pellicule de protection se craquela, puis l'étui s'ouvrit en deux parties réunies par une charnière.

Tara orienta l'objet vers un rai de lumière qui passait à travers la porte. Son geste fit apparaître, roulées au fond de l'étui, quelques courtes mèches de cheveux bruns.

25

Eredan s'extirpa en rampant du soubassement qu'il venait de découvrir. La tombe donnait dans une autre, comme souvent dans les nécropoles antiques. Il était couvert de poussière, des pieds au sommet de la tête. Il éteignit sa lampe frontale et examina le contenu de ses mains. Un morceau de poterie de la largeur de sa paume. Ce qu'il avait pris, dans l'obscurité de la tombe, pour des caractères gravés se révéla au grand jour être des rayures anodines. Probablement le travail d'un rat. Ou l'effritement causé par le temps. Ou autre chose encore. D'ailleurs, peu importait l'origine des motifs involontaires. De toute évidence, il ne s'agissait pas d'un texte. Déçu, Eredan remonta la pente qui le séparait du bivouac et se versa un grand verre d'eau.

Il aurait bien aimé découvrir un texte gravé. Le premier depuis le début de leurs fouilles. Aucun des sept sites n'en avait livré ne serait-ce qu'une trace. Et c'était très déconcertant. Même si une infime partie des sumériens maîtrisait l'écriture cunéiforme, il aurait dû s'en trouver au moins un sur l'ensemble des habitants des villas à savoir manier la tablette d'argile. Mais rien. Personne n'avait jugé utile d'écrire quoi que ce soit.

C'était à n'y rien comprendre.

Pourtant, les fouilles des sept sites étaient bien avancées. Et Eredan, Paul, Meryl et les autres savaient où trouver des traces d'écrits. Au fronton des maisons, dans les temples, les bâtiments administratifs et les cimetières. Or, ce site de fouilles, trop petit pour posséder un temple, encore moins un centre administratif, offrait l'avantage de simplifier les recherches. Il restait les sépultures.

Nombre de tombes avaient livré leurs restes humains, et porcins. Mais pas une inscription. Pas même un nom sur une pierre tombale. Curieusement, aussi, les fosses ne recelaient pas, comme c'était souvent le cas à cette époque, d'offrandes pour le passage vers la mort. Ces Sumériens-là faisaient de bien curieux anciens. Sans écriture, ils appartenaient presque à la préhistoire.

Dix-huit heures. La nuit ne tarderait plus. Eredan monta dans sa Jeep et prit la direction du bivouac n° 1.

À mille mètres de son point de départ, le moteur cala. Eredan enclencha le démarreur. Le moteur de la Jeep toussa, faillit démarrer, puis cala de nouveau. Le jeune homme réessaya. Cette fois, il n'y eut même pas d'explosion. Eredan tapota d'un doigt le cadran de la jauge. L'aiguille descendit rapidement de mi-plein à vide.

Eredan vociféra dans sa langue maternelle sur la fiabilité du matériel américain. Panne sèche. Puis il sourit. S'il avait été en galante compagnie, ce petit contretemps aurait pu prendre une tournure plus agréable.

Il attrapa son téléphone portable et sélectionna le numéro de Paul Hiriartch. L'écran indiqua « batterie faible », puis s'éteignit.

Décidément, se dit-il. *Quand la technologie se ligue contre l'homme, il reste la force animale.*

Il descendit et décrocha le bidon, malheureusement vide, qui se trouvait à l'arrière. Puis il commença à marcher vers le bivouac qu'il venait de quitter.

Un kilomètre aller. Un kilomètre retour. Plus le temps

de remplissage du bidon. Il estima qu'il ne repousserait que d'une demi-heure le moment de la douche et du dîner. S'il arrivait à démarrer du premier coup.

La fraîcheur du serein descendait sur la plaine aride. C'était l'heure paisible où la nuit vient. L'heure où le chien se fait l'ombre du loup.

Eredan marchait d'un pas rapide. Sa musculature longue et souple se jouait de l'effort. Une fine pellicule de sueur recouvrit bientôt son corps, aussitôt refroidie au contact de l'air. La température extérieure tombait rapidement.

Il imagina que la mésaventure soit arrivée à Paul. Avec ses cent quarante kilos, dont une surcharge pondérale d'au moins cinquante, la petite balade sur fond de soleil couchant se serait transformée en calvaire. Au moins, ça lui aurait fait faire un peu d'exercice.

Eredan était en train d'imaginer le visage de Paul, rougi et dégoulinant sous l'effort de la marche, lorsqu'il crut voir une ombre se déplacer à la limite de son champ de vision. Il tourna son regard dans la direction supposée. Rien. Pourtant, il aurait juré…

Depuis quelque temps, des faits identiques avaient été rapportés. Par des ouvriers ou des archéologues. Sur l'ensemble des chantiers. Des bruits suspects entendus à la tombée de la nuit. Le sentiment, au matin, que des objets avaient été déplacés. Mais rien de vraiment notable. Rien qui ait retenu l'attention d'Eredan. Jusqu'à présent.

De son côté, Paul avait prêté l'oreille à cette rumeur naissante. Non qu'il y ait vraiment cru, d'ailleurs. Mais il connaissait suffisamment le cœur des hommes pour porter un réel intérêt à ce genre de choses. Surtout s'il s'agissait d'hommes frustes, comme c'était le cas des ouvriers turcs du chantier. Ne pas laisser s'envenimer une situation. Ne pas laisser courir une rumeur. Il aurait pu en faire une devise. Aussi avait-il mis en place un tour de garde. Pour la forme, puisque les gardiens n'étaient pas armés. Après deux nuits de surveillance, la rumeur de rôdeurs nocturnes sur les chantiers avait cessé.

Eredan poursuivit sa route sans s'arrêter, les sens aux aguets, plus qu'à l'accoutumée. Le soleil disparaissait derrière les montagnes, dissipant le relief dans un gris uniforme. Eredan songea qu'il n'avait pas eu la présence d'esprit d'emporter sa lampe frontale.

Arrivé au bivouac, il se dépêcha de remplir son bidon. À moitié. Dix litres suffiraient pour regagner le camp de base. Et ce serait moins lourd à porter.

Penché au-dessus du bidon, la tête tournée sur le côté pour ne pas respirer directement les vapeurs d'essence, Eredan surveillait la maigre portion de terrain qu'il pouvait apercevoir.

Un bruit de pierres le fit se retourner brusquement. Il rattrapa le bidon *in extremis*. Le bruit venait de l'est, déjà très obscurci par la disparition du soleil, de l'autre côté de la Terre.

Il scruta la pénombre, mais ne distingua rien de notable. S'il y avait quelqu'un, cette personne devait observer une immobilité parfaite.

Pas le moment de faire du zèle, pensa Eredan. *Ou mon imagination me joue des tours, ou faut que je me tire en vitesse…*

Il reboucha les deux bidons et s'éloigna sans demander son reste.

Il parcourut le kilomètre qui le séparait de la Jeep en dix minutes à peine, malgré le poids du bidon qui entravait sa marche. Eredan n'était pas craintif de nature, mais seul dans le désert, la nuit…

Dans le meilleur des cas, il rirait de ses hallucinations.

Mais plus tard. Lorsqu'il aurait retrouvé la présence réconfortante de ses compagnons de travail.

En chemin, il entendit à plusieurs reprises des bruits de pas dans son dos. Il s'arrêta plusieurs fois. À chaque fois, les bruits cessèrent, avec une demi-seconde de décalage. Eredan brailla dans le vent léger qui venait de se lever. Il trouva son attitude ridicule mais s'en moqua. S'il était vraiment seul, comme une partie de sa cervelle le lui criait, personne ne viendrait le railler.

Peut-être l'écho, se dit-il, envisageant toutes les solutions possibles.

Mais il savait bien que le désert ne renvoie pas d'écho.

Lorsqu'il posa une main sur le bouchon du réservoir de sa Jeep, elle tremblait comme celle d'un vieillard. Il dévissa l'opercule à deux mains puis versa l'essence au jugé. Une bonne partie s'en alla rejoindre le sable et la pierraille.

Il jeta le bidon sur le siège arrière et prit place à l'avant.

Pourvu qu'elle démarre, pensa-t-il sur un ton qui ressemblait à celui de la prière.

Le moteur rustique vrombit au premier coup de démarreur.

Brave Jeep, vive l'Amérique !

Eredan enclencha une vitesse et écrasa l'accélérateur.

Dans le rétroviseur, il venait clairement de voir une forme bouger, un instant éclairée par ses feux arrière. Une forme haute et longiligne, qui ressemblait trop à celle d'un homme pour supposer qu'elle fût autre chose.

En chemin, la quantité d'adrénaline déversée dans le sang d'Eredan redescendit à un taux normal. Et, avec sa quasi-disparition, le raisonnement revint. Eredan commença à se moquer de lui-même.

En arrivant aux abords du campement, il sifflotait l'air d'une chanson à la mode. Sa peur avait complètement disparu. Mais elle revint à la charge lorsqu'il découvrit deux voitures de la police turque, stationnées près de la cantine.

Ce ne pouvait pas être une visite de routine. En quatre mois, les autorités locales n'étaient venues qu'une fois. Au début. Pour vérifier les autorisations de fouilles délivrées par le ministère de la Culture.

Eredan éteignit ses phares et avança doucement jusqu'aux véhicules de patrouille. Il fit un signe de tête en direction d'un policier resté au volant et descendit. Ses jambes hésitantes gardaient encore le souvenir de sa peur récente.

Eredan souleva un pan de l'ouverture de la tente aménagée en cantine. Un silence pesant frappa ses tympans.

Pourtant, l'ensemble du personnel semblait s'y trouver. Les archéologues et les ouvriers, tous réunis en grappes humaines aux quatre coins de la pièce. Au centre, installé devant une table, un policier visait les passeports et les cartes d'identité, sous le regard sombre de Paul.

Eredan fit un pas à l'intérieur de la tente.

– Que se passe-t-il, Paul ?

Paul se retourna vers Eredan. Son visage crispé se fendit maigrement d'un sourire de soulagement.

– Eredan ! Où étais-tu ? J'essaie de te joindre depuis plus d'une heure.

– Panne sèche. Réservoir et batterie. Que se passe-t-il ?

– C'est horrible, Eredan. Nous avons eu… Enfin, je veux dire que…

– Il y a eu un homicide, le coupa le policier assis près de lui. Un homicide volontaire. Un assassinat.

– Pardon ? lâcha Eredan malgré lui.

– D'où venez-vous, monsieur ?

Le poing d'Eredan se crispa au fond de sa poche. Il n'avait jamais apprécié les questions d'un flic.

– Qui a été tué ? demanda-t-il, cherchant autour de lui celui qui manquait à l'appel.

– Satyan. Le frère d'Ozlim. Je lui avais demandé de surveiller le périmètre jusqu'à vingt-deux heures.

– Quel est votre nom ? reprit le policier.

– Eredan Stavitch.

– Vous n'êtes pas de nationalité turque ?

– Moi, si.

– Pourquoi dites-vous « moi, si » ?

– Parce que l'un de mes parents ne l'était pas.

– Je vois. D'où venez-vous à cette heure tardive ?

– Dix-neuf heures ! Vous appelez ça une heure tardive ?

– Dans le désert, oui. Alors ?

– D'un de nos chantiers. À une vingtaine de kilomètres d'ici.

– Vous y étiez seul ?

– J'étais seul…

– Vous alliez ajouter quelque chose ?

– Non, non. Je pensais à Satyan.

Eredan préféra passer sous silence l'épisode qu'il venait de vivre. Moins il communiquerait de renseignements à ce flic, moins il risquerait d'être inquiété. D'ailleurs, il n'avait rien de précis à raconter. Même si l'assassinat de Satyan éclairait d'un jour nouveau ce petit épisode de sa vie émotionnelle.

– Comment a-t-il été tué ? demanda-t-il à Paul.

– C'est bien le plus horrible… Il a été égorgé.

– Vous avez une pièce d'identité ? le coupa le policier.

Eredan fouilla la poche intérieure de sa veste.

– Pas sur moi. Non. Vous savez, dans le désert, les

pièces d'identité… Mais j'ai mon Implant dans le dos. Si vous disposez d'un scanner, bien sûr.

– Allez la chercher dans ce cas. Jc n'attends plus que la vôtre.

Eredan sortit aussitôt.

– Je vais les garder quelques jours, reprit le policier. Pour complément d'informations. De toute façon, comme le dit M. Stavitch, ici, vous n'en avez pas besoin.

Il fit un signe à l'adresse de ses subalternes.

– Chargez le corps dans le fourgon, dit-il d'un ton sec.

Puis il se tourna vers Paul.

– Nos services pratiqueront une autopsie. C'est la procédure légale, même si la cause du décès semble évidente.

– Bien sûr. Bien sûr, marmonna Paul, qui encaissait difficilement.

– Quand dites-vous avoir découvert le cadavre ?

– Ce n'est pas moi. C'est sa propre sœur. Ozlim. Quinze minutes après que l'équipe a eu quitté le chantier pour venir ici. Elle lui apportait son dîner…

– Où est-elle ?

– On lui a administré un calmant. Elle dort dans sa caravane.

– Seule ?

– Non, ma femme est à ses côtés.

– Bien. Il me faudra ses papiers à elle aussi.

– Entendu.

– Je reviendrai d'ici une semaine, je pense. Si autre chose arrivait, appelez-moi. Je vous enverrais de l'aide.

Paul accompagna le policier jusqu'à sa voiture. Il marchait en traînant les pieds, le dos courbé par l'épreuve.

– Tranquillisez-vous, monsieur Hiriartch, dit le policier en fermant sa portière. Je n'ai pas l'intention de fermer votre chantier de fouilles.

– Oh, ce n'est pas ce qui me préoccupe pour le moment, mais merci de le dire.

Eredan les rejoignit à ce moment-là. Il tendit sa carte d'identité à Paul, qui la passa au policier.

La vingtaine de femmes et d'hommes qui composaient l'équipe de fouilles dîna dans un silence pesant. Puis chacun regagna ses quartiers. Paul et Eredan, qui mangeaient face à face, brisèrent le silence après cinq minutes de mastication et de pensées ruminantes.

– Qu'est-ce que tu as dit au flic ? demanda Eredan.

– Pas grand-chose. Je n'avais pas grand-chose à dire.

– Tu lui as parlé des rôdeurs ?

– Tu trouves ça plus sérieux, à présent ?

– Tu lui en as parlé ?

– Évidemment. Tu ne crois quand même pas que c'est l'un d'entre nous qui…

– Bien sûr que non, Paul.

Ils s'arrêtèrent un instant de discuter.

– Tu as bien fait d'en parler.

– Pourquoi ? questionna Paul, qui avait senti dans le ton d'Eredan une note plus grave.

– J'ai été poursuivi tout à l'heure !

– Tu as vu par qui ?

– Non. Au début, j'ai cru que mon imagination me jouait des tours. Je suis tombé en panne d'essence et j'ai dû marcher dans le désert jusqu'au camp… Enfin bref. Peu importent les détails. J'ai pas vraiment été poursuivi, mais quelqu'un me suivait. Ça, j'en suis certain.

– Une belle frousse, non ?

– Ouais. Une belle frousse.

– Qui peut avoir un intérêt à tuer Satyan ?

– Aucune idée, répondit Eredan en réfléchissant. Il n'était peut-être pas visé personnellement.

– Tu penses à quoi ?

– Rien de précis. Mais qui peut avoir assez de temps à perdre pour nous épier dans le désert ? Faut vraiment n'avoir rien d'autre à foutre.

– Je suis bien d'accord.

Paul frappa du poing sur la table.

– Qu'est-ce qui te prend ?

– Il me prend que la journée avait trop bien commencé !

Eredan regarda Paul sans comprendre.

– On a reçu les résultats des échantillons ce matin.

– Ils confirment nos suppositions ?

– Au contraire. C'est tout à fait autre chose.

Paul laissa s'installer le silence. D'un signe de tête, Eredan l'engagea à poursuivre.

– Les sept villas n'ont pas été bâties en même temps. Loin s'en faut. La première et la dernière sont espacées d'un peu plus de cinq siècles. La première, par ordre chronologique, c'est celle sur laquelle tu travaillais aujourd'hui.

– Quelle époque ?

– Moins 3200.

Eredan siffla son admiration.

– Ce qui fait remonter le nombre pi à cinq mille deux cents ans. On aura un bel article pour ça ! Les Grecs anciens n'en reviendront pas. Et les autres ?

– Entre 3200 et 2700 avant notre ère. Cinq siècles d'écart, je te dis. La villa où nous sommes se trouve à mi-chemin entre ces deux dates.

– Je pouvais entrevoir une certaine logique dans la construction de sept sites identiques autour d'un grand cercle de trente et un kilomètres de circonférence. Par contre, qu'ils aient été érigés les uns après les autres… Sur une aussi longue période. Ça m'échappe.

– Autant qu'à moi, l'encouragea Paul. Mais c'est justement maintenant que ça devient excitant. Non ?

– Sûrement, mais ça va en faire gamberger plus d'un. Moi le premier.

– Et attends ! Je ne t'ai pas tout raconté. Les échantillons des squelettes ont livré une belle information. Les hommes, les femmes et les enfants qui occupent les tombes des sept villas ont un point en commun…

De nouveau, Paul laissa traîner la fin de sa phrase. Une information de cette taille, ça se méritait.

– Allez, quoi. Vas-y !

– Ils sont tous du même sang.

– Comme un village isolé ?

– Non ! Plus encore. À mon avis, il y en a un qui a commencé. Il a construit la première villa. Il a pris femme, a fondé une famille. La vie, quoi. Je suis à peu près certain que c'est son fils qui est parti construire la deuxième. Et ainsi de suite. Sur au moins sept générations.

– Ça me semble à peine croyable.

– Je comprends ça. Mais il n'y a aucun doute là-dessus. L'analyse de leurs caryotypes est sans équivoque. On peut suivre l'évolution de cette famille sur cinq cents ans. C'est rare.

– Ils ont dû sacrément dégénérer.

– Justement, non. Il y a du sang neuf qui apparaît de temps à autre. Je ne sais pas par quel moyen, mais ces gens-là connaissaient les problèmes liés à la consanguinité.

– C'est une question abordée de longue date dans les religions…

– Oui. Mais ça concerne des États. Pas un groupe isolé comme ils l'étaient.

– Bon, apprécia Eredan. Je crois que le travail ne fait que commencer.

– Oui. Et quel travail !

Eredan se leva.

– Allons voir Ozlim. Je pourrais peut-être remplacer Meryl à son chevet.

26

– Salut la Terre et les terreux !

Vous écoutez crassement mon 439e bulletin d'informations.

Bienvenue aux trois millions de morveux qui nous ont rejoints en ce bas monde merdique depuis la semaine dernière. Et bonne route au gros million qui a quitté le navire en cours de voyage ! Ils connaîtront pas la destination finale. Tant pis pour eux. Lâcheurs !

Crémation, congélation, inhumation, fossilisation, tous les moyens de bien mourir sont bons ! Aux suivants !

Depuis des années que je vous régale avec mes inepties paillardes, certains parmi vous s'inquiètent de ma petite santé. C'est très aimable. Mais je m'en passe. Le grand ponte en cancérologie qui me suit depuis des piges n'a toujours pas trouvé le plan de mes métastases.

Je reçois aussi des messages de sympathie, d'autres assassins, d'autres débiles, et j'en passe. Mais il y a une catégorie d'e-mails qui revient particulièrement souvent. En gros, ça peut se résumer de la manière suivante : quid de madame Nemo ?

Réponse : il existe tout un tas de combinaisons érogènes, et j'ai encore deux mains pour satisfaire mes pulsions primaires !

Je ne vois donc pas pourquoi j'irais me mélanger à

la sueur lubrique d'une poupée gonflante high-tech bourrée de prothèses et survitaminée.

Avec ce genre de filles entièrement refaites, t'as plus vite fait de te taper directement un pot de silicone. Et t'as au moins l'avantage de pas avoir à lui faire la conversation après.

Envoyez vos dons et lâchez-moi la grappe ! Il n'y a pas, il n'y a pas eu et il n'y aura pas de madame Nemo.

Qu'on se le dise !

Bien, ceci explicité, passons au sujet du jour.

Qu'est-ce qui rend l'homme heureux ?

Cette question peut surprendre mais elle a un sens.

J'entends ruminer dans le flux des mégabits. « En quoi notre bonheur peut-il intéresser ce misanthrope ? »

Eh bien, sachez que votre avenir m'indiffère autant que le mien. Mais le futur de la planète me concerne. L'écosystème global, comme ils disent dans les salons.

Si vous y mettez un peu du vôtre, on va peut-être y arriver, sinon…

De la réponse à cette question, bande d'indécrottables mangeurs de hamburgers, découlent toutes les autres. Puisque l'univers entier tourne autour de nos petites personnes, il y a une chance pour que la plénitude à laquelle vous aspirez tous fasse chanceler l'édifice ou, au contraire, le fortifie. Tout dépend de vos objectifs !

Alors, faites fonctionner vos cervelles et posez-vous vraiment la question !

De mon côté, j'ai abandonné pour mon espèce tout espoir de réussite sur le plan de l'harmonie. Et de toute réussite tout court aussi.

J'ai beau chercher quelque chose de bien, je ne trouve pas.

Et venez pas me parler des prix Nobel. Tous autant qu'ils étaient, ils n'ont eu qu'une seule motivation en tête, la gloriole. Faut avoir un ego sacrément surdimensionné pour passer sa vie enfermé dans un bureau à tirer des plans sur la comète des équations en tout genre.

Je sens que quelqu'un va me dire : oui, mais sans eux, les sciences n'évolueraient pas !

Et moi, je répondrai : et alors ?

Est-ce que tu es plus heureux, microbe, parce que tes foutues sciences te permettent d'aller plus haut, plus vite, plus loin qu'avant ?

Elle t'a apporté quoi exactement, Marie Curie ?

Il y a mille cinq cents tonnes de plutonium sur la planète.

Et t'as une idée de la quantité nécessaire de cette saleté pour éradiquer la vie de notre caillou ? Seize kilos, mon pote ! Deux petits kilos par milliard d'individus. Ça tient dans une valise.

Tu vois, on a du rab pour des milliers d'années. En cas de contact avec une population venue d'ailleurs, on pourra même leur en refourguer en cadeau de bienvenue ! Mille cinq cents tonnes moins seize kilos, ça fait toujours à peu près mille cinq cents tonnes.

Je repose ma question.

Qu'est-ce qui rend l'homme heureux ? Réfléchissez un peu pour voir. Pour une fois que je vous le demande, ça serait dommage de passer à côté ! Qu'est-ce qui vous fait atteindre cet état de plénitude guillerette où vos faces de macaque se fendent d'un sourire niais ?

Manger, baiser, faire une sieste, un bon moment entre amis, deux ou trois marmots pour occuper les longues soirées d'hiver… Et après ?

Je cherche les effets secondaires des applications de la science dans tout ça… Et je vois pas vraiment de différence avec l'homme de Cro-Magnon !

Toutes les inventions géniales des plus grands génies de l'humanité gémissante ne sont pour rien dans vos petits bonheurs quotidiens !

La médecine ne te rend pas heureux. Elle te permet de vivre plus vieux, pour consommer plus longtemps.

Ton téléphone portable ? C'est pas le bonheur, ça. C'est le bla-bla, et la création systématisée des besoins. Pas des envies.

Ta télé non plus. Pas plus que ta voiture, ton appartement, ton avion, ton séjour sous les tropiques. Pendant que j'y suis, profitez-en bien, de vos îles paradisiaques, elles sont de moins en moins nombreuses à rester au-dessus du niveau de la mer.

Et ta piscine ? Ah ouais, la piscine, ça fait partie des petits bonheurs. Faut bien l'admettre. Mais c'est pas la piscine, c'est l'eau, Duchnoc ! Tu peux trouver le même plaisir dans la mer, ou dans une rivière, si t'en trouves encore une où tu oseras tremper le bout du pied.

L'art, peut-être. Mais je suis plus certain de ça. Tous les artistes sont des égocentriques monstrueusement pétris de l'orgueil de celui qui pense avoir quelque chose d'incontournable à raconter.

Un peu comme moi, sauf que je ne suis pas un artiste.

Même la musique de Mozart me donne envie de dégueuler. Petit génie de mes deux lobes !

C'est curieux, mais les femmes m'inspirent moins d'horreur.

Et pourtant, c'est aussi dans leurs gènes que se trouve la racine du mal.

C'est malheureusement par elles qu'il faudra commencer, si l'on veut éteindre l'espèce.

Maintenant que j'ai posé la question, je vous donne rendez-vous la semaine prochaine pour entendre vos réponses. Les vraies réponses !

Comme d'habitude, je n'ai qu'un seul regret, c'est que l'humanité ne soit toujours pas en voie d'extinction. Mais je le répète : tout ça finira mal !

Salut, les bouffeurs d'illusions. Vous avez cautérisé

votre conscience en regardant *Nemo on the net*. Ça pourra aller jusqu'à la semaine prochaine. D'ici là, que les militants militent, les mourants s'appliquent, et les obèses éclatent.

Quant à votre serviteur, il tirera la chasse !

Tchao !

www.nemo-onthenet.com

(Texte tiré du journal hebdomadaire du site)

27

Milos sortit du métro sur Lennox Avenue, à hauteur de la 116e Rue. Pour arriver à destination, il aurait dû continuer plus loin, mais il était toujours plus prudent d'approcher le Quartier comme un animal le ferait. Avec la vigilance du prédateur qui sait pouvoir endosser à tout moment le rôle de la proie. Surtout dans le Quartier.

Ici, dans cette partie de la ville où l'état de droit disparaissait, les règles se modifiaient chaque jour. Il venait de passer une semaine dans Central Park et ignorait de ce fait les petites modifications fatalement intervenues dans la politique locale.

Il coinça son nouvel automatique dans son ceinturon, en laissant la crosse dépasser ostensiblement. Son passeport aboyeur ainsi mis en évidence, Milos remonta l'avenue et tourna à l'est dans la 123e Rue.

L'endroit était désert. La rue, jonchée de cartons et de vieux papiers, donnait une fausse impression d'abandon. Mais Milos connaissait la surveillance dont le secteur faisait l'objet depuis peu. Chaque fenêtre pouvait cacher un gardien, voire un tireur embusqué. Ici, chacun était connu de tous. Pas question de venir y faire du tourisme, à moins de vouloir tourner définitivement le dos à l'existence. De toute façon, le Quartier n'offrait aucune curiosité. Pas de magasins, pas de stations de taxis, pas de musées ni de constructions originales.

Les arbres du parc Marcus Garvey avaient depuis longtemps été débités, et la terre emportée. Elle était partie remplir les bacs des potagers qui surchargeaient les toits des immeubles aux structures déjà fragilisées par des décennies d'absence d'entretien. Il arrivait que certains s'écroulent, dans l'indifférence la plus totale des autorités. La scène ressemblait alors aux images de tremblements de terre du tiers-monde. Un semblant de solidarité momentanée s'organisait, parfois même d'un gang à un autre. On sortait les corps que l'on trouvait en surface et puis on laissait le temps faire le reste. Et si des cris ou des gémissements sourdaient des caves intactes, on passait son chemin, en attendant que la vie cesse. Ce qui arrivait vite.

Les gravats étaient déblayés au bulldozer six mois plus tard et poussés aux limites du Quartier où ils servaient à fermer les rues. Jamais à reconstruire.

Pour contraindre les habitants à partir, les autorités s'étaient attaquées à la source même de la vie, l'eau. Une décision immédiatement applaudie par les sociétés d'exploitation. Les résidents ne réglant pas leurs factures d'eau, on décida de couper les vannes d'arrivée. Mais des associations caritatives avaient crié au meurtre. Et les associations entraînaient la presse, les New-Yorkais, et, par conséquent, pouvaient faire chavirer les élections. On décida donc de ne pas couper, mais de rationner.

Depuis une dizaine d'années, l'eau potable ne parvenait plus qu'un jour par semaine. Et ce qui coulait du robinet ne donnait pas envie d'y goûter, même par la plus forte des canicules.

Et pourtant, une population nombreuse survivait dans cette partie de Harlem. Certains même dans un confort matériel qui n'avait rien à envier à celui des habitants du sud de Manhattan.

Tout ce qui s'y fabriquait partait discrètement se vendre à travers la ville. Résines de cannabis et dérivés, drogues dures d'origine naturelle ou intégralement synthétiques. On y testait toutes les associations possibles, pour trouver de nouvelles façons de *voyager*. Des voyages avec ou sans retour. La dernière en date combinait de la cocaïne avec du liquide de refroidissement et un antidépresseur bon marché délivrable sans ordonnance. Le cocktail vous emportait aussi loin que vous le désiriez, et nombre de consommateurs n'étaient jamais revenus. L'antidépresseur avait rapidement été interdit à la vente, mais les chimistes du Quartier avaient trouvé sa composition et le produisaient à leur propre compte.

De petits virtuoses, ces chimistes, et très respectés dans cet univers où l'économie parallèle perdait son nom pour envahir la totalité de la scène. Une scène faite de négoces illicites, de contrats sur des têtes connues ou anonymes, de violence extrême, et parfois de rapports humains si intenses qu'ils auraient fait regretter aux gens normaux de ne pas connaître ne serait-ce qu'une seule heure de la vie du Quartier.

Mais les gens normaux l'ignoraient. Tout ce qu'ils connaissaient des gangs et du Quartier, c'était leur réputation. Le taux de mortalité par balle le plus élevé du monde civilisé.

Et ce qui en découlait. Là où rôde la mort, on trouve aussi le frisson et les outils pour y parvenir.

Des marchandises à très forte valeur ajoutée, sans factures, sans taxes, qui rapportaient des bénéfices colossaux aux gangs de Harlem.

Un trafic d'armes en tous genres pour le compte du gang, des bons citoyens en quête de sécurité ou pour le gang d'un autre quartier, qui s'en servait bientôt contre les trafiquants. Du plus petit au plus gros calibre, pour tous et pour tous les usages possibles.

Milos passa devant une voiture de police stationnée à la limite extérieure du Quartier. Depuis quand la police n'était-elle pas entrée ? Milos n'avait même jamais aperçu le bout d'une casquette dans les parages. Son arrivée remontait pourtant à quatre ans. À son départ de l'orphelinat, il n'avait eu d'autre point de chute que ce bastion de la délinquance en tous genres ; celui de Méti, son ancien protecteur.

Il posa une main sur la crosse de son pistolet et salua les policiers d'un signe de tête. Puis il pénétra dans la zone de non-droit.

Officiellement, un certain George Goldberger venait de quitter la zone sécurisée. C'est en tout cas ce qu'affichait le scanner de l'agent, qui enregistra le nom sur son ordinateur et lança une recherche de casier. En réalité, M. Goldberger se trouvait au-dessus de l'Atlantique, confortablement installé dans un fauteuil à trente mille mètres d'altitude. Direction Moscou par la stratosphère.

Milos avait programmé le code de son Implant sur le sien. Pour les programmes de surveillance des puces d'identification, Goldberger n'avait pas quitté le sol américain. Il avait dû changer d'avis dans le sas d'embarquement.

Pour se promener en toute tranquillité, Milos pêchait ses identités provisoires dans les fichiers des compagnies aériennes. Le système fonctionnait bien. Pour lui en tout cas. Pour Goldberger, faire admettre à la police moscovite qu'il était bien le porteur de son Implant prendrait sûrement des heures.

Le temps que le flic new-yorkais réagisse, la nuit serait déjà tombée.

Milos se demanda si ces policiers placés à la frontière

du Quartier n'étaient pas choisis pour la faiblesse de leur QI. Bien sûr, George Goldberger pouvait avoir un faciès asiatique. Mais c'était quand même peu probable.

À l'avenir, il lui faudrait choisir ses usurpations d'identité avec plus de discernement. Les flics n'étaient pas tous des demeurés, loin de là. Et les patrouilles d'intervention de choc disposaient de scanners à reconnaissance faciale. Face à ces machines très sophistiquées, son petit maquillage réactif ne serait d'aucune aide.

Milos monta sur une carcasse de voiture, se campa au sommet d'un mur couvert de tessons de bouteille et sauta de l'autre côté. Il retomba en douceur sur de la terre meuble, les pieds de part et d'autre d'un rang de pommes de terre.

La cour de son immeuble servait de potager d'un côté et de dépotoir de l'autre. Au milieu, un puits descendait jusqu'aux égouts, sept mètres en contrebas. En cas d'assaut, il pouvait servir d'issue, mais en dernier recours. Jusqu'à présent, la corde qui permettait d'y descendre n'avait été utilisée que par les enfants et quelques rares amateurs, dont Milos faisait partie.

Quatre portes d'immeuble donnaient sur la cour. L'une était murée. La deuxième ouvrait sur des ruines infestées de rats et de détritus. La troisième annonçait en lettres rouges une mort certaine au visiteur et la quatrième battait au gré du vent et des passages.

Milos s'y dirigea. Assis sur un fauteuil agonisant, un gigantesque Noir, répondant au surnom de Baba, sommeillait dans l'ombre du couloir. Lorsque Milos arriva devant lui, le faux dormeur tendit une main sans même ouvrir les paupières. Milos exhiba son pistolet, puis le braqua à dix centimètres du visage du gardien.

– Pas prudent ça, lança Milos. Un de ces jours, tu

m'entendras pas. Et j'te la mettrai, ta balle. Je sais pas encore où…

– Le riz, ducon. Tu pourras jamais marcher entre les grains de riz.

– Faudra que je tire de la cour.

Baba releva son bras, qui pendait sur le côté du fauteuil, et montra une grenade au phosphore. Dégoupillée.

– Faudra que tu coures vite aussi.

Baba ouvrit enfin les yeux. Sa bouche se déforma lentement jusqu'à esquisser un sourire.

Milos déposa son arme dans la main de Baba.

– T'es de retour, morveux ?

– Tu piges vite, dis donc !

– Ma bécane a pris un sale coup. La compagnie nous a fait un pic à cent trente volts. Jettes-y un coup d'œil.

– Ça marche. Mais un jour ou l'autre, faudra que tu te décides à prendre une sécurité.

Baba grogna un semblant de réponse.

– Pour ce que ça te sert ! poursuivit Milos. Tu fais quoi dessus ? Des jeux à la con ? Des trucs de cul ?

– Les deux, mon pote. J'ai la combi érogène et je m'éclate le bouba avec. Ça te va ?

Milos envoya son poing cogner contre celui de Baba.

– Méti est là ?

Baba pointa son index vers le plafond, puis il referma les yeux et posa sa nuque épaisse sur le dossier du fauteuil.

– Je verrai plus tard pour ta bécane, dit Milos en s'engageant dans l'escalier.

Méti se prélassait sur un divan, le torse nu encombré de colliers. Une jeune Black était agenouillée à ses pieds et tentait par des moyens naturels de l'envoyer vers l'extase. Un résultat qui ne semblait pas près d'être atteint, si l'on se fiait au visage figé du protecteur de Milos.

– T'as trouvé une poule, ou tu me joues des tours ? demanda Méti lorsqu'il aperçut Milos. Ça doit faire pas loin d'une semaine que t'as pas pointé ton nez dans les parages.

– Tu devrais essayer de te détacher un peu, répondit Milos. T'as trop de cœur. Et puis, je vois que t'es pas mal occupé.

Méti l'observa de la tête aux pieds.

– Elle s'entraîne, dit-il en posant sa main sur la tête de la fille. Faut bien l'aider.

– J'ai ce que tu m'as demandé.

– Je te le souhaite.

Milos sortit de son sac un lot de cartes bancaires et une boîte remplie de composants électroniques.

– T'as pas loin de deux cent mille dollars de crédit. J'ai pas mis plus pour que t'aies pas l'air louche…

– Ça veut dire quoi ? le coupa Méti. Regarde-moi, mec ! J'pourrais avoir un crédit illimité avec cette gueule-là. Et encore, on trouverait que c'est pas assez.

– Ouais. Faut quand même se méfier.

– Si ça te chante, tu peux la prendre pour son training. Elle a du boulot, cette garce.

Milos regarda la fille. Elle gardait les yeux fermés et semblait très appliquée.

– Ça va pas être facile. Elle est ventousée.

– Y'a pas meilleure école, mec. Elle a Méti dans la peau et ça lui donne la vibration. La meilleure vibration du monde. Pomper Méti, c'est goûter à la source des amphètes. Le plus grand des voyages, mec. Regarde-la. C'est beau, hein ?

– Splendide, répondit Milos. T'es un dieu, Méti.

– Reste, mec. Y'a une copine dans la chambre à côté.

Elle a dû sortir de son trip. Elle doit avoir bon goût maintenant.

– Plus tard peut-être. Je voudrais passer chez moi. Ça fait longtemps.

– Bouffe ta vie comme tu veux. Mais tu devrais prendre des femmes, mec. Des tas de femmes, ouais. Les plus belles. Même celles qui veulent pas de toi. Tu dois justifier ta paire de couilles si tu veux pas vivre pour que dalle.

– C'est une belle idée, Méti. T'es un philosophe, vieux. À plus tard.

– Regarde dans ton coffre, là-haut. J't'ai trouvé un nouveau jouet. J'y ai mis un petit paquet d'oseille avec.

Milos était déjà dans l'escalier mais il avait entendu. Il grimpa les marches quatre à quatre et sauta sur l'échelle basculante qui conduisait au toit.

Le vasistas en plastique grinça en s'ouvrant. Encore un été torride comme celui qui s'annonçait et il deviendrait aussi fragile que de la pâte à sel. Milos se hissa sur le toit, en prenant soin de ne pas s'appuyer sur la bulle translucide, et passa sur l'immeuble voisin. Il se glissa sous le réservoir d'eau et enleva la trappe d'accès qu'il avait lui-même pratiquée dans la cuve inutilisée.

La lumière s'alluma automatiquement. Milos se hissa dans la citerne, referma la trappe et s'allongea sur un matelas. C'était son rituel. S'allonger pour admirer les murs en bois couverts d'armes. Sa collection, qu'il avait commencée à l'orphelinat, couvrait trois siècles du génie humain dans l'art de faire la guerre. Il possédait environ deux cents pièces, blanches ou à feu, de toutes les régions du monde. Posées au pied du mur circulaire du réservoir, des caisses remplies de munitions lui auraient permis de tenir un siège. D'ailleurs, en prévision d'une telle éventualité, toutes les armes exposées étaient chargées, prêtes à l'emploi.

Milos connaissait intimement le fonctionnement de chacune. Les monter et les démonter, huiler les mécanismes de percussion, lustrer les parties en bois des plus anciennes, régler les éléments d'alignement de la visée… Son amour des armes occupait ses heures perdues presque à temps plein. Et s'en servir, bien sûr. Le tir à balles réelles, summum de cette passion immodérée à laquelle il consacrait une recherche assidue. Le tir. Le *shoot*. Le carton. Un geste à l'intention meurtrière, profondément enraciné dans ses tripes, qui lui procurait des moments de jouissance presque physique.

Milos sentait, sans se l'avouer, qu'il pourrait se passer de la compagnie des femmes, mais pas de celle des armes.

Il se redressa et ouvrit le coffre central qui lui servait de table. Au-dessus d'un capharnaüm d'objets divers, Méti avait déposé un long étui rigide de couleur kaki. Milos le prit et l'observa avant de l'ouvrir. Il ne fallait pas se précipiter. Le plaisir résidait aussi dans la découverte intuitive ou déductive à partir des éléments extérieurs.

L'étui ne portait qu'une ligne d'inscriptions de couleur noire, sans doute réalisées au pochoir. *FRF3-NF-2400-série SX. 2028*. Pour le néophyte, cette série de lettres et de chiffres était incompréhensible, mais Milos sut tout de suite ce que contenait la boîte en fibre de carbone. Il l'ouvrit enfin et caressa du bout des doigts les différents éléments du fusil à longue portée. Il était flambant neuf. Milos le huila et le monta sans se référer au plan joint. Il n'en avait pas besoin. Il connaissait le nom et la fonction de chaque pièce. Dans ce domaine, Milos passait pour érudit. Il fixa la visée laser et sortit du réservoir.

Il s'allongea au bord du toit et déplia le trépied. L'arme était légère, d'un contact très agréable. La matière de la crosse caressait la joue. C'était tiède et lisse.

Il regarda dans la visée et la poussa au maximum de ses capacités. Elle portait de deux cents à trois mille mètres. Une véritable petite merveille. Milos chargea à vide et pressa lentement la détente.

Clac. Le percuteur entrait en action après un cran dans le mouvement de la queue de détente.

Pratique, pensa Milos. *Ces Français font de bonnes armes. Leur problème, c'est de pas savoir s'en servir.*

Il recommença l'opération plusieurs fois, changeant d'objectif et de distance.

La voiture de police qu'il avait croisée en venant était toujours là. À l'avant, le passager mangeait un hamburger à trois couches de viande et devait ouvrir grand la bouche pour enfourner l'épaisseur du sandwich. Entre deux bouchées, il plongeait sa main entre ses cuisses, qui ressortait grasse et pleine de frites.

Milos fit un gros plan du visage dégoulinant de sueur.

T'as la belle vie, gros con. Mais tu vois, manque pas grand-chose pour que ça dure pas.

– J'étais sûr que ça te plairait, dit la voix de Méti derrière Milos. J'te propose une gonzesse et tu te casses. Mais un beau fusil, ça te parle, hein ?

Milos abandonna le viseur et se retourna.

– J'ai gardé les munitions, précisa Méti. Au cas où tes cartes seraient bidonnées.

– Bah, tu peux me les donner maintenant.

– Tiens, attrape.

Milos ouvrit la boîte.

– Magnifique, apprécia-t-il en prenant une cartouche. Calibre 7.65. Ça va faire mal. Je vais l'essayer tout à l'heure.

– Bon, t'as besoin de rien ? Parce que je redescends.

Elles vont se chauffer toutes seules, j'aurai l'air malin après.

Milos ne répondit pas. Il se contenta de glisser une cartouche dans la chambre du fusil, puis il replaça son œil à la visée.

Milos dîna seul, sur le toit, d'une boîte de corned-beef froid. Le fusil ne l'avait pas quitté. Il reposait sur son trépied, face à lui, à deux mètres de distance. Un chargeur garni de vingt-cinq cartouches était rangé à côté, aligné avec minutie à quelques centimètres en avant de la crosse. Comme sur les photos des magazines spécialisés.

Milos n'avait pas quitté l'arme du regard. Il racla le fond de la conserve et l'envoya voler par-dessus le parapet. Il s'essuya la bouche du revers de sa manche et se leva.

La nuit descendait sur Harlem. Une belle nuit bleutée comme Milos les aimait.

Il retourna dans l'ancien réservoir et prépara ses affaires. Il voulait retourner à Central Park dès la tombée de la nuit. Il choisit sur le mur un petit fusil mitrailleur de fabrication israélienne, fourra dans son sac une dizaine de chargeurs, puis il se connecta au réseau. Il devait changer l'identité de sa puce. Sans quoi les flics le prendraient en chasse dès qu'il regagnerait la zone sécurisée.

Il navigua au hasard sur les sites internes des compagnies aériennes nationales. Il hésitait entre deux identités possibles quand son œil fut attiré par une confirmation de billets collectifs. À en croire la longueur de la liste, les effectifs complets de la mairie de New York partaient pour Canberra par le vol de 23 heures. Milos examina les noms en détail. Un Boeing entier était réservé.

Le big boss de la Pomme était du voyage. Milos ne réfléchit pas davantage. Usurper cette identité-là était risqué, mais en même temps, ça créerait une belle confusion autour de lui. Et puis, flirter avec un danger proche et potentiel l'excitait.

Milos chargea les numéros des Implants et éteignit son ordinateur de poche. Il démonta ensuite son nouveau fusil, puis rangea le tout dans son sac et sortit à l'air libre.

La nuit était pleine, à présent.

Milos se laissa glisser le long d'une gouttière. Ainsi, il n'aurait pas à expliquer à Méti où il comptait aller. Ni lui ni les autres ne pourraient comprendre ce qu'il pouvait bien faire d'intéressant avec une bande d'écologistes protestataires.

Quelques minutes plus tard, Milos arrivait au sommet de la vieille tour en fonte qui domine le parc Marcus Garvey. Il y venait souvent, pour être seul, ou pour tester ses nouvelles armes. À quinze mètres au-dessus de la petite colline de rochers du parc, Milos dominait une large superficie de Harlem. Et surtout, il avait dans sa ligne de mire la 5e Avenue nord et sud, la 122e Rue est et ouest, et des centaines de façades plus ou moins proches.

Il s'installa sur le plateau en fonte, encore tiède de la chaleur de la journée, et remonta le FRF3. Comme chaque fois qu'il effectuait ces gestes précis, le visage de Will Paltrow lui vint en mémoire. Son premier meurtre, à seize ans.

Il revit les traits suppliants et un profond dégoût lui vint.

Le bruit mat de la pointe de l'épée s'enfonçant dans l'œil de celui-ci ne l'avait jamais quitté. À l'orphelinat, cette vision avait tourné au cauchemar, puis au fantasme. Milos avait cherché et trouvé l'adresse du faux gourou de sa mère. Le jour de sa sortie définitive de l'orphelinat, il s'était rendu dans le Connecticut, une arme dans ses bagages, et une profonde envie de tuer au fond du cœur. Une envie nourrie par des années de pleurs, d'endurcissement et de haine.

Paltrow, alias Kogan Starkovitch, avait uriné sous lui avant de rendre l'âme, tant Milos avait mis longtemps à se décider à tirer. Un geste qu'il regrettait encore. Mais ce n'était pas le remord qui lui inspirait ce regret. Milos aurait voulu pouvoir le séquestrer. Pour le harceler tous les jours. Et pourquoi pas l'amputer chaque année d'un membre ? Le rendre sourd, aveugle et muet, sans anesthésie. Et le garder en son pouvoir, carcasse pensante incapable de se traîner ou d'appeler au secours.

Peut-être même Gail, sa mère, serait-elle sortie des limbes psychiatriques dans lesquels elle errait depuis leur séparation. Une réaction de survie, comme un électrochoc, juste en le voyant. Peut-être…

Mais ce n'était plus possible. Milos avait pressé la détente, et la cervelle de Paltrow s'en était allée salir le mur de son salon.

Milos logea le chargeur dans son emplacement. Cela fit un bruit sec et discret. Il arma le fusil et s'installa derrière la visée. Le système de vision nocturne fonctionnait à merveille. Milos laissa son intuition le guider. Des façades défilaient. Des fenêtres obscures, d'autres illuminées de l'intérieur. Des voitures circulaient sur la 5e Avenue.

Milos entendit un bruit de fusillade dans son dos. Il se retourna et regarda dans l'obscurité. Au loin, plusieurs véhicules de police s'étaient immobilisés au milieu de la rue, toutes sirènes hurlantes et gyrophares allumés. Les policiers se protégeaient derrière leurs voitures, un genou au sol et la tête enfoncée entre les épaules. Les balles devaient passer à un cheveu au-dessus.

Milos chercha d'où venaient les tirs. Il ne trouva pas immédiatement. Le Quartier était plongé dans une obscurité quasi complète. Seul un réverbère clignotait encore, un demi-pâté d'immeubles plus loin.

Il scruta l'immeuble qui se trouvait en face des policiers dans sa visée laser. Quel que soit le motif de la fusillade, les échanges de coups de feu l'intéressaient. Au début, il ne vit que les flammes qui sortaient des canons. De longues traînées orangées qui éclairaient un court instant les visages des hommes qui se tenaient derrière les armes.

Sur le trottoir, le moteur d'un camion de transport de fonds fumait encore. Un peu plus haut, la porte d'un immeuble avait été fracturée. Le scénario n'était pas difficile à dérouler. Une bande avait volé le camion et probablement tué ses occupants. Pris en chasse par une patrouille, le chauffeur avait perdu le contrôle du véhicule et était parti s'encastrer dans l'immeuble dans lequel les voleurs s'étaient retranchés.

Ces amateurs nous font passer pour des guignols, pensa Milos en observant les tirs. *Ça sert à quoi de braquer du fric ? Faut vraiment être con.*

Une seconde sirène hurla sur sa droite. Il orienta la visée dans la direction supposée. Entre deux immeubles, il vit bientôt un camion des patrouilles spéciales d'intervention. Ceux-là ne jouaient pas sur le même registre que leurs collègues en uniforme. Ils étaient cagoulés, surentraînés, et venaient pour faire le ménage.

Ça va être votre fête, les gars !

Le camion s'arrêta entre les voitures de patrouille et l'immeuble. Une porte latérale s'ouvrit et des hommes lourdement armés en descendirent. Un projecteur blindé illumina la façade depuis le toit du camion.

Milos put enfin détailler les voleurs.

J'les connais pas, ces lascars. Sont pas d'ici et ils ont rien à y faire.

De toute façon, foutus pour foutus…

Il remonta la visée d'un cran, puis ajusta la molette de réglage. Dans l'appareil, les trois croix d'acquisition de tir s'alignèrent.

Un visage énorme hurlait quelque chose. La bouche se déformait sous l'effet de la colère, de la peur ou d'un quelconque stupéfiant.

Milos appuya sur la détente jusqu'à sentir le cran. Il retint son souffle, photographia mentalement les traits déments qu'il s'apprêtait à faire disparaître et laissa son doigt terminer sa course.

Le fusil aboya une fois. La déflagration se répercuta sur les façades des immeubles qui entouraient le parc, puis mourut, absorbée par la pierre.

Dans la visée, la bouche se referma, les yeux se figèrent, puis la tête bascula en arrière. Un énorme trou lui ouvrait le front.

Tous des bâtards, pensa Milos. *Pas un là-dedans qui mérite cette balle.*

Milos tira à plusieurs reprises. Il affina les réglages au fur et à mesure et s'essaya même sur le gilet pare-balles d'un policier. Pour connaître le pouvoir de pénétration de ses munitions.

Satisfait de son carton, il rangea son arme et descendit de la tour. Puis il retourna tranquillement vers son immeuble, décidant qu'il rejoindrait Central Park le lendemain. Un soir pareil, sa place était au milieu des siens. Avec les patrouilles spéciales d'intervention dans le coin, on ne savait pas ce qui pouvait se passer.

Et puis, trouver des cerises à cette heure de la nuit, il ne fallait tout de même pas demander l'impossible.

28

Tara sortit du métro à la station Central Park North. Elle avait déjà plus d'un quart d'heure de retard. Elle se faufila à travers la foule, mais fut bientôt arrêtée par un cordon de police. À vue de nez, il devait y avoir une centaine de casquettes qui couraient dans tous les sens. Mais Tara ne parvenait pas à voir après quoi. Elle entendit des rires monter parmi les gens arrêtés comme elle au carrefour.

Tara se hissa sur la pointe des pieds. Sa nature curieuse prenait toujours le dessus, qu'elle soit en retard ou pas. Et, bloquée pour bloquée, autant profiter du spectacle.

Un mouvement convergent s'organisait dans les rangs des policiers. Tara profita d'une trouée dans la foule pour s'approcher. À quelques mètres d'elle, une vingtaine d'agents de la circulation formaient une masse compacte et remuante.

Un camion-cellule était en train de reculer au milieu du carrefour, portes arrière ouvertes et sirène hurlante.

Tara ne parvenait toujours pas à voir ce qui malmenait les policiers, tant leur groupe était serré. Mais elle entendit un cri d'animal. La plainte apeurée de ce qu'elle devina être un singe.

– Passez-lui les menottes, cria quelqu'un à côté d'elle. Il a pas son Implant. C'est un délit fédéral !

Les policiers avancèrent tant bien que mal jusqu'au camion. Certains montèrent à l'intérieur pour tirer, pendant que ceux qui étaient restés dehors poussaient.

Les portes se refermèrent. La circulation reprit son cours normal.

Tara put enfin traverser. Les nuages orageux crevèrent alors qu'elle arrivait en vue du lieu de son rendez-vous.

Elle termina en courant sous des trombes de pluie et s'engouffra dans un *coffee shop*.

– Désolée, s'excusa-t-elle en s'asseyant. Je n'avais pas prévu la pluie…

Gary Pierce releva la tête et plia l'*Independent* du jour.

– Tu as trempé ton portable ?

– Je ne téléphone jamais sous un orage. Question de bon sens.

– Puisqu'il est question de flotte, pas fameux cet article sur le marché de l'eau. J'apprends rien de nouveau.

Tara soupira.

– J'ai aussi été retardée par tes collègues, dit-elle pour changer de sujet. Ils bloquent le carrefour de la 110e et de Lennox.

– Je sais. Les squatters du Park font leur pub. Il se passe quelque chose pratiquement tous les jours. Cette fois, ils ont lâché un couple d'orangs-outans. On leur court après depuis deux heures.

– Vous n'avez pas réussi à les déloger ?

– Si ça ne tenait qu'à moi, soupira Gary, Central Park serait vidé depuis longtemps. Mais côté mairie, on laisse traîner. C'est vrai que certains sont perchés dans des cabanes à quinze mètres de hauteur. On a des techniques pour ça. Mais les élections approchent et les images chocs dérangent, paraît-il. Quoi qu'il en soit, ça ne me concerne pas directement. Mais je sais que ce genre de choses mine les gars dans la rue.

– Ça dure depuis longtemps ?

– Trois mois, à peu près.

– De quelle nature, leurs revendications ?

– Assez floues, à vrai dire. Tu sais, ce sont les héritiers des antimondialistes du début du siècle. Enfin, c'est eux qui le disent. Ces mariolles étaient contre à peu près tout ce qui fait que ce monde tourne. Aujourd'hui, c'est pareil. De là à savoir comment les apaiser… Je ne m'y risquerais pas. D'ailleurs, je ne pense pas que ce soit possible. Le maire a du souci à se faire.

– Il y a bien deux ou trois points sur lesquels ils ont raison.

– Sans doute. Mais leur raison d'exister, c'est précisément de foutre le bordel. Et pas autre chose. Tu sais comme moi que c'est un nid d'agitateurs.

– Ça, c'est l'explication officielle. Tu joues au perroquet, maintenant ?

– Arrête, Tara ! Encadrer ce merdier sans intervenir, juste parce qu'ils représentent un danger médiatique vis-à-vis de l'électorat, ça me met les nerfs à vif. Jouer les faire-valoir des politiques, c'est pas le rôle des flics, c'est tout. Et puis, si ces pseudo-écolos aimaient vraiment les bêtes, ils lâcheraient pas un couple de singes dans New York juste pour amuser la galerie. C'est sûrement un des derniers couples d'orangs-outans de la planète… Bande de minables !

– OK, Gary ! OK.

– Si tu continues à m'emmerder, tu vas chercher ton scientifique toute seule…

– Des menaces, maintenant ? Bravo. Entrave à la liberté de la presse.

– La liberté de fouiner de Tara Steamway, plutôt. Ce serait plus juste de dire les choses comme ça.

Tara connaissait Gary Pierce depuis l'université. Ils s'étaient perdus de vue de longues années, puis retrouvés au moment où Tara avait pris la succession de Marcussen à l'*Independent*. Quelques nuits intimes avaient ponctué leur relation, mais jamais ils ne s'étaient engagés dans une histoire sérieuse. Pas sur le plan amoureux. Ni l'un ni l'autre ne désirait entreprendre une vie de couple, ni quoi que ce soit d'approchant.

Ils se voyaient souvent. Autant pour cultiver leur relation amicale que pour échanger des informations professionnelles. Leur coopération durait depuis plus de quinze ans, presque sans anicroche.

– Vas-y. Fais-toi du bien, poursuivit Tara. Maintenant, tu vas me raconter ce que tu as appris ?

– On est loin d'avoir en banque la fiche génétique de tous les Américains, tu sais. C'était pas gagné, mais tu as toujours eu de la chance.

– Question de point de vue, répliqua Tara. Tu es loin de tout savoir.

– Ton lascar anonyme ne l'est plus pour moi. Il a travaillé à un niveau « secret défense ». Je n'ai donc pas cherché longtemps.

Tara s'impatienta.

– Bon, allez ! C'est qui ?

– Minute ! protesta Gary pour la faire languir. On a de tout sur tes carnets. Des cellules de peau, des cheveux. Même des empreintes digitales. Je peux aussi te dire que ton correspondant est souvent enrhumé et qu'il ne se lave pas les mains après être allé aux toilettes.

– Passionnant, plaisanta Tara. Et, si ce n'est pas indiscret, ça nous donne une identité ?

– Tu échanges quoi ?

– Une amitié de quinze ans. C'est pas mal, non ?

– Le même enjeu que d'habitude, répondit Gary d'un

air lassé. Tu joues toujours sur la corde sentimentale. C'est petit.

– Je ne peux pas t'acheter ce renseignement. J'en ai pas les moyens. Tu touches des bakchichs à tous les coins de rue.

– Et toi, tu n'es que la pauvre rédactrice en chef d'un journal qui marche très bien. Tu dois émarger au triple de mon salaire. Minimum.

– J'offre le café. Ça te va ?

– Il s'appelle Joe Platt. Né en 1961 à Phoenix, Arizona.

– Plus tout jeune.

– On y viendra aussi, ma belle. Il a travaillé pour plusieurs universités mais, en ce moment, maintenant, il doit être en train de tondre sa pelouse.

– Retraité ?

– On ne peut rien te cacher.

– Il le mentionne dans ses carnets. Où habite-t-il ?

– À Washington, DC. Tu n'auras pas à courir le pays.

Gary sortit une enveloppe de sa poche.

– Voilà l'adresse et le téléphone du type. J'ai aussi sorti une photo de Platt. Mais elle doit avoir une bonne vingtaine d'années. Le garçon a dû changer, depuis le temps. Tu ne peux pas dire que je ne me plie pas en quatre pour toi.

– Merci, Gary. C'est important.

– Tu me diras pourquoi ?

– Plus tard. Pour le moment, c'est d'ordre privé.

– Comme d'habitude. Ça change pas. L'info ne vient pas de moi, si on te le demande. Le fichier génétique n'a pas vraiment été mis au point pour renseigner la presse.

– Puisque je te dis que c'est une affaire privée !

Joe Platt habitait un petit pavillon dans la banlieue ouest de Washington. Tara sonna et attendit. Personne.

Elle remonta dans sa voiture pour patienter et s'occupa en téléphonant à Marcussen.

Le « vieux » était aux anges.

Ça doit morfler, là-bas, pensa Tara. *Ça leur fait pas de mal. Comme ça, ils apprécieront mon retour. Si Marcussen consent à dégager.*

Une femme d'une trentaine d'années passa devant sa voiture et monta les marches de Platt. Tara raccrocha en vitesse et appela la jeune femme.

– Je m'appelle Jeena Barfield. J'ai travaillé avec Joe. Et comme je passais dans le coin, j'ai fait un saut jusqu'ici.

– J'imagine que vous n'êtes pas au courant, madame Barfield.

– Au courant de quoi ?

– Je suis désolée. Mon oncle est mort il y a deux jours.

Tara accusa le coup sans avoir vraiment besoin de jouer la comédie. La disparition du scientifique contrariait fort son besoin de précisions.

– J'ignorais. Excusez-moi. Acceptez mes condoléances.

Tara tendit une main, que la jeune femme serra.

– Je m'appelle Mathilde. Je suis la nièce de Joe. Enfin, j'étais.

– Je comprends.

– Voulez-vous entrer ? Je reviens du cimetière. Je n'aime pas beaucoup ces endroits. Le reste de ma famille s'y trouve encore. Ils ne seront pas de retour avant une heure, je pense. Si vous voulez les voir, vous serez mieux à l'intérieur.

– C'est gentil.

Mathilde fit passer Tara dans la cuisine et lui offrit un rafraîchissement.

– Vous avez travaillé avec mon oncle ?

– Oui. J'ai d'abord été son élève à Yale. Et j'ai ensuite eu la chance de travailler à ses côtés.

Tara espéra que la jeune femme n'en demanderait pas plus. Ce qu'elle savait de Platt était mince, et ses capacités d'improvisation dans le domaine scientifique quasi nulles.

– Je suis sûre que vous aimeriez voir son bureau. Je me trompe ?

– Non. Ça me ferait effectivement plaisir, répondit Tara, soulagée.

Elles montèrent à l'étage.

– Je vous laisse, vous avez sûrement besoin de vous retrouver un peu seule.

Tara trouva Mathilde d'une extrême délicatesse.

Je n'aime pas embobiner cette jeune femme. Mais je n'ai pas le choix, pensa-t-elle avec regret.

Autour de la pièce, des rayonnages croulaient sous le poids de centaines de livres de mathématiques, de thèses, de rapports.

Tara devait agir rapidement. Parmi les gens qui se trouvaient encore au cimetière, il devait y avoir au moins quelques anciens collègues du défunt. Et avec eux, la supercherie serait vite découverte.

Elle s'assit devant le bureau, scrutant l'univers intime immédiat de Joe Platt.

Tara sortit de son sac à main un enregistreur vidéo et le commuta sur *on*.

Une caméra numérique incrustée dans la monture de ses lunettes commença à enregistrer tout ce qui passait dans le champ de son regard.

Elle ouvrit l'ordinateur et se connecta au réseau. Puis elle envoya tous les dossiers du professeur sur sa messagerie.

Je donne dans la violation de propriété informatique, maintenant, pensa-t-elle. *C'est de pire en pire.*

Le disque dur ronronnait. Tara mit l'écran en veille et referma l'ordinateur, au cas où Mathilde reviendrait.

Elle entreprit de fouiller méthodiquement les tiroirs du bureau. Aucun n'avait de serrure.

Dans le dernier, elle trouva un paquet de photos. Elle les regarda attentivement. Les clichés montraient des hommes et des femmes travaillant dans un labo, sous toutes les coutures. Joe Platt apparaissait souvent, en compagnie des mêmes personnes, dans des lieux variés, sans doute des collègues. Rien de très excitant.

Un deuxième paquet, caché sous une pile de dossiers, fit monter son rythme cardiaque à pleine puissance. Il ne s'agissait pas de photos, mais de dessins réalisés au feutre. Certains représentaient un enfant, une fillette. Elle avait le crâne rasé et portait un pyjama blanc. Les autres montraient plusieurs fillettes côte à côte. Seul un numéro inscrit sur les pyjamas les différenciait. Ce détail mis à part, les gamines étaient identiques.

Mais Tara savait qu'il ne s'agissait pas d'un même portrait plusieurs fois répété.

Au fur et à mesure que les dessins défilaient sous ses yeux, les fillettes grandissaient. Des jeunes femmes apparurent bientôt. Toutes habillées du sempiternel pyjama blanc.

Tara revint aux premières planches. Si cette enfant faisait l'objet d'une attention particulière de la part de Platt, c'est qu'elle devait être cette Ilis dont parlaient ses carnets. Tara se concentra sur le visage de l'enfant. La fillette devait avoir six ou sept ans. Pas plus. Elle chercha Bout de chou dans les traits crayonnés.

Difficile à dire, pensa-t-elle. *Peut-être que oui. Mais c'est trop dur. Je projette mon propre fantasme de ce qu'elle aurait pu devenir. Un logiciel de reconstitution nous indiquera ça.*

Tara entendit des bruits de pas à l'étage inférieur. Elle

fourra les croquis dans son sac, hésita, puis prit le premier paquet aussi.

Voler pour voler, autant prendre le tout, se dit-elle sans s'attarder sur la moralité de son geste.

Elle ouvrit le répertoire d'adresses de Joe Platt et filma les pages une à une. Puis elle descendit retrouver Mathilde.

– Je vais y aller, déclara-t-elle.

– Restez encore un peu. Ils ne vont plus tarder. Le professeur Jansen est ici. Sans doute le connaissez-vous ?

– Ah, fit Tara d'un air entendu. Jansen est là. Nous ne nous sommes jamais très bien entendus. Je préfère ne pas rester. Merci de votre accueil.

Mathilde raccompagna Tara jusqu'à la porte. Elle resta sur le perron jusqu'à ce que la voiture disparaisse au coin de la rue, se demandant ce qui lui avait pris de la faire entrer.

29

Paul Hiriartch paya la course et descendit du taxi.

Il avait plus d'une demi-heure de retard. L'avion, d'abord, qui n'avait décollé qu'après satisfaction d'une revendication du personnel au sol. Une affaire de réduction du temps de travail à laquelle il n'avait rien compris. Les rues d'Istanbul, ensuite. Tellement encombrées qu'il avait cru devoir terminer à pied.

Il gravit deux à deux les marches de l'hôtel Intercontinental et se retrouva de nouveau bloqué. Cette fois-ci dans le sas de contrôle électronique. Comme un bon soldat, il tourna le dos à la borne du scanner, pour offrir la meilleure exposition possible. En un quart de seconde, son Implant fut analysé. L'agent de sécurité, et surtout l'ordinateur central, surent tout de lui. De sa date de naissance à ses modes de consommation habituels. Et inhabituels. Son apéritif préféré, son casier judiciaire, la situation de son compte en banque, etc.

Une voix désincarnée résonna dans un haut-parleur. La même voix féminine que l'on entendait dans le monde entier. Sans accent, quelle que soit la langue utilisée. Sans intention. Ni bonne, ni mauvaise. Cette même voix qui pouvait, sur ce ton banal, vous apprendre que vous étiez l'heureux gagnant de la loterie ou vous bloquer dans un sas jusqu'à l'arrivée de la police.

– Vous n'avez pas pénétré le réseau depuis longtemps, monsieur Hiriartch… Un problème de santé peut-être ?

Comme si tu ne savais pas d'où je viens et ce que j'y fais, pensa Paul.

– Je travaille en zone rurale, expliqua-t-il. La Compagnie n'a pas encore borné le désert.

– Vous avez rendez-vous dans le salon bleu. Trente et unième étage, par l'ascenseur principal. Bienvenue à Istanbul.

Paul fit un signe de la tête vers la caméra murale.

La porte intérieure du sas se débloqua. Paul partit à petites foulées sur l'épaisse moquette du hall, une serviette en cuir dans une main et un grand mouchoir mauve dans l'autre. Arrivé devant l'ascenseur, qui se trouvait de l'autre côté du dôme d'accueil aux proportions de cathédrale, il était à ce point essoufflé qu'il laissa partir une cabine pour se donner le temps de retrouver un peu de prestance.

Puis il s'impatienta. La cabine ne revenait pas assez vite.

Merde ! ragea-t-il en silence. *C'est pas le jour d'être en retard.*

Les portes finirent par s'ouvrir, déposant dans le hall une dizaine de clients. Paul attendit en trépignant malgré lui, puis prit place à son tour.

Il chercha sur le panneau mural la touche du trente et unième étage, mais ne la trouva pas. Les numéros s'arrêtaient au trentième. Les portes se fermèrent d'elles-mêmes. L'ordinateur de l'hôtel savait où se rendait le porteur de l'Implant.

Dans un miroir, Paul inspecta sa tenue, replaça sur le côté une mèche rebelle qui n'avait pas supporté la course et tira sur sa cravate.

Je ne supporterai jamais ces machins idiots.

Une poignée de secondes plus tard, les portes s'ouvrirent sur le vestibule du salon bleu. Une hôtesse souriante invita Paul à la suivre, puis s'effaça devant lui en ouvrant une porte.

Paul se tint immobile devant la porte, le regard inquisiteur. Le salon occupait pratiquement tout le dernier étage. Des paravents disposés de façon recherchée le découpait en recoins inaccessibles à sa vue. Des tables basses, des fauteuils et des divans. Tous vides.

Il était apparemment seul.

Tant mieux, se dit-il. *Je préfère attendre qu'être attendu. Mes hôtes ont dû rencontrer les mêmes problèmes que moi.*

Il s'approcha de la baie de verre et d'acier qui ouvrait sa transparence sur Istanbul. À mi-hauteur de la tour au sommet de laquelle il se trouvait, le dôme de la basilique Sainte-Sophie offrait un camaïeu d'ors au regard. Au-delà, la ville s'étendait à perte de vue. Au milieu de cette mégapole, le détroit du Bosphore coupait la ville en deux parties inégales. À cette distance, le vieux pont métallique qui relie l'Europe à l'Asie ressemblait à une allumette.

Paul se racla la gorge.

– Par ici, l'invita une voix sur sa droite.

Paul se dirigea dans la direction de la voix. Il contourna une série de paravents qui tenait du labyrinthe, s'engagea dans une impasse et rebroussa chemin. Un bruit de glaçons cognés contre un verre le sauva. Il monta une volée de marches et se retrouva sur une terrasse en partie recouverte de plantes. Sous une tonnelle, trois hommes l'attendaient.

Il reconnut deux d'entre eux. Le premier, Stacey Revel, pour l'avoir croisé à plusieurs reprises au cours de séminaires. Le second, il ne l'avait jamais rencontré, mais son visage était connu. C'était celui de Denis

Craig, le richissime entrepreneur, père entre autres de l'Implant.

– Pardonnez mon retard. Mon taxi a été pris dans les embouteillages.

– L'attente n'était pas désagréable, dit Stacey en se levant pour l'accueillir. Bonjour, Paul. Ça fait des années, n'est-ce pas ?

– Cinq ans, je pense. À Madrid.

– C'est ça. Madrid. De belles journées de rencontres archéologiques, Madrid. Laisse-moi te présenter. Tu connais certainement Denis Craig, et voici Karl Spencer.

Paul tendit sa main droite.

– Bonjour, monsieur Craig, monsieur Spencer. Je ne vous connaissais pas, mais je porte sur moi l'un de vos gadgets.

Il frotta d'une main l'arrière de son épaule.

– Big Brother a pris une forme inattendue.

– Comme vous y allez, répondit Craig, un sourire aux lèvres. Avouez que ça offre aussi certains avantages.

– Plus besoin de portefeuille, par exemple. On ne déforme plus nos vestes.

– Les politiques de tous les pays libres nous racontaient depuis des décennies qu'ils ne pouvaient pas mettre un flic dans le dos de tout le monde. J'ai pris cette impossibilité au pied de la lettre. A contrario, bien entendu.

– C'est très réussi. Même si ça chatouille de temps à autre.

– Ça me permet de vous offrir une eau gazeuse au citron sans vous demander si vous aimez, ajouta Craig.

– Sans glace, s'il vous plaît, précisa Paul.

– Vous voyez que ma puce a ses limites. Ça, je ne pouvais pas le savoir.

– Installez-vous, l'invita Spencer.

Deux mètres au-dessus du trente et unième étage, la terrasse jouissait d'un calme quasi idéal. Parfois, des coups de klaxon très assourdis parvenaient jusqu'à cette hauteur. Quelque part en dessous, les trépidations d'un marteau piqueur rythmaient la scène d'une sonorité urbaine.

– Vos fouilles avancent-elles comme vous le voulez, Paul ? demanda Craig sur un ton anodin.

– Malheureusement pas. Nous sommes trop peu nombreux et je n'ai pas les ressources suffisantes pour engager davantage de monde.

– Vous avez réfléchi à notre proposition ?

– En effet. C'est très alléchant.

– Je travaille pour la Fondation depuis une quinzaine d'années, Paul, intervint Stacey. Je peux t'assurer qu'elle met les moyens nécessaires.

– Je savais que tu faisais partie d'une fondation de recherche privée.

– Et j'y suis très bien. Crois-moi !

– Je conserverai la direction du chantier. C'est bien ça ?

– Et la paternité des découvertes…

– C'est trop beau. Quel est votre intérêt dans l'opération ?

– La curiosité, Paul, répondit Denis Craig. Satisfaire ma curiosité personnelle. J'en ai l'envie, et les moyens. J'ai créé la Fondation Prométhée voici trente ans. À peu de mois près. J'aurai bientôt soixante ans et je suis de plus en plus curieux. La vie que j'ai menée a fait que je suis, en même temps, de plus en plus riche. Tant que les choses vont dans le bon sens, de quoi pourrais-je me plaindre ? Et je ne regarde pas à la dépense. Vous n'imaginez pas ce que l'Implant rapporte. Vous verrez que vous tirerez beaucoup d'avantages de ce petit morceau de silicium. Si, bien sûr, vous acceptez notre soutien.

– Je crois que je vais accepter, lâcha Paul, comme soulagé de se l'entendre dire.

– Voilà qui est fait ! se félicita Stacey.

– Tout cela sera contractuel, bien entendu, indiqua Spencer. Vous n'aurez à vous inquiéter ni sur le fond ni sur la forme.

– Je repartirai avec toi, précisa Stacey. Karl Spencer sera lui aussi du voyage.

– Quant à moi, je vais vous laisser régler seuls les détails juridiques, déclara Denis Craig en se levant. Un conseil de direction m'attend à Paris dans… une heure trente. Je me félicite de votre décision, Paul. Vous ne la regretterez pas.

Craig s'éloigna de sa démarche élégante et disparut de leur vue au bas des escaliers.

– Vous avez eu récemment un problème avec la police, je crois, dit Spencer à Paul.

– Pas exactement, précisa Paul. L'un de mes ouvriers a été assassiné sur le chantier.

– L'enquête a donné quelque chose ?

– L'ignorez-vous vraiment ?

Spencer sourit complaisamment, l'engageant à poursuivre.

– Les autorités locales soupçonnent la propre sœur du défunt. D'après ce que j'ai pu comprendre… Cette jeune femme est une brillante archéologue. De nationalité turque. La police cherche parmi les proches. Ce qui explique peut-être pourquoi les soupçons se posent sur elle. J'avoue être très embarrassé par cette histoire.

– Ne le soyez plus. Vous n'entendrez bientôt plus parler de tout ça.

30

Le capitaine O'Connor écrasa son poing sur le métal de son bureau.

– C'est pour un code 3 que mon terminal m'a réveillé en pleine nuit ? Pour un tout petit code 3 de merde ! Mais allez donc. Appelez-moi pour les clébards écrasés, tant qu'on y est !

Paul Ferguson, son premier lieutenant, gardait ses lunettes de soleil sur le nez. Sa nuit n'avait pas été très longue.

– Il est quatre heures et demie du matin. On est samedi et c'est mon jour de congé, patron. J'ai deux gamins à emmener faire de la voile tout à l'heure. Alors, si on pouvait abréger… C'est quoi, ce code 3 ?

– Je sais pas encore, répondit O'Connor. Quelqu'un s'est amusé à trafiquer son Implant, mais je sais pas de qui il s'agit. Rinaldo est descendu au coffre. Il va plus tarder.

– C'est lui l'officier de permanence du second, cette nuit. Je vois vraiment pas pourquoi je suis là.

– Parce que le logiciel en a décidé ainsi, mon vieux. C'est lui le boss. Pas moi. Tu te fourres le doigt dans l'œil quand tu m'appelles « patron ».

– C'est pas vraiment à mon doigt que je pensais, laissa échapper Ferguson. Sauf ton respect…

O'Connor lança à son lieutenant un regard d'une noirceur d'encre accentuée par des cernes jaunes sous ses yeux.

Ils entendirent des pas précipités dans le couloir. La tête de Rinaldo s'encadra dans l'embrasure de la porte. Il était en sueur, chose inhabituelle chez lui. Rinaldo ne courait jamais.

– On a un problème, patron ! dit-il sur un ton saccadé.

– Quand est-ce que vous arrêterez de m'appeler « patron », vous tous ? J'ai vraiment l'impression que le service dans sa totalité se fout de ma gueule !

Rinaldo jeta un regard d'incompréhension vers Ferguson, qui se contenta de lever les yeux au ciel.

– T'as quoi, là ? vociféra O'Connor en tendant la main.

Rinaldo regarda bêtement le listing qu'il tenait, puis le tendit à son capitaine.

– Nos ennuis, dit-il, laconique.

O'Connor parcourut rapidement le document.

– Effectivement, c'est un os.

– Quoi ? demanda Ferguson.

– Y'a qu'on a le maire qui se balade en ville, le renseigna Rinaldo.

– Et après ? Que le maire de New York se balade dans New York, ça me fait une belle jambe. Me dis pas qu'on est là pour ça ?

– Tu t'intéresses pas beaucoup à la vie de ton administration, à ce que je vois, gronda O'Connor.

– Pour ce que ça me rapporte…

– Peut-être, mais si tu le faisais, tu saurais que le maire est en ce moment à Canberra. Ou sur le point d'y être. Or, il se trouve que, d'après ce listing, il serait en train de se balader à Central Park Sud. Au beau milieu des guignols qui nous font faire des heures sup depuis des semaines ! Voilà ce qui y'a !

– Franchement, intervint Rinaldo. Je vois pas ce qu'il trafique là-bas. Ça m'échappe.

– S'il y avait que ça qui t'échappe, explosa O'Connor. Putain de merde ! Je suis entouré dc tarés et de jemenfoutistes. Le gratin du département.

– Si le maire est en voyage à l'étranger, expliqua Ferguson en contenant un sourire, et qu'il est quand même scanné à New York, ça signifie qu'on a affaire à un code 3. Usurpation de numéro d'Implant, si tu préfères. Normalement, c'est un déclenchement automatique de procédure d'intervention. Mais puisqu'il s'agit de l'identifiant du maire, le logiciel a préféré nous faire venir au bureau. Pas con, ce logiciel.

O'Connor se massa les tempes. Il préférait se taire plutôt que d'exprimer ce qu'il pensait.

– Les patrouilles d'intervention sont déjà informées et prêtes à charger, recentra Ferguson. Il faut que tu décides de la conduite à tenir avant que les gars s'impatientent.

– Je sais très bien ce que j'ai à faire, articula lentement O'Connor.

– Y'a qu'à appliquer la loi, proposa Rinaldo pour venir en aide à son chef qui, de toute évidence, hésitait.

– Mais si on avait appliqué la loi depuis le début, ça fait belle lurette qu'ils auraient dégagé, ces cons d'écolos à la manque. Où t'as vu marqué qu'on peut faire du camping dans Central Park ?

– Ce n'est pas la question, tu sais bien…

– Où t'as vu qu'on peut enlever un orang-outan du zoo pour lui rendre sa liberté ?

– Je…

– Il a jamais connu la liberté, ce con de singe ! Sa liberté, c'est sa cage ! Bordel !

– L'ordre vient de la mairie. On n'a pas trop le choix.

– Et c'est moi qui saute si les choses tournent mal. Le

maire se tire en voyage au bon moment. C'est à croire qu'il a des gens à lui chez les écolos. Remarque, ça m'étonnerait pas outre mesure. Ce type est une fouine. Je m'en suis toujours méfié…

– Pas assez, faut croire, le coupa Ferguson.

– Putain ! Comme si j'avais besoin de ton avis pour m'en rendre compte. Je suis coincé.

– Jusqu'à présent, on n'a eu affaire qu'à des délits. La violation de puces est un crime. Et nous ne pouvons pas laisser les choses en l'état. On est obligés d'appliquer la procédure.

O'Connor consulta sa montre et se tourna vers la fenêtre.

– Ils vont nous mettre un beau bordel, ces bœufs de patrouilleurs, dit-il comme pour lui-même.

– On peut proposer une réserve, suggéra Ferguson. Les écolos n'ont jamais fait preuve de violence. Ils ne sont pas armés et…

– Rends-moi un service, Ferguson, le coupa O'Connor. Vas-y avec eux. C'est inhabituel et ça les tempérera un peu, justement. On n'a pas besoin d'un carnage dans Central Park. Pas avec des écolos. Ils ont la presse et une bonne partie de l'opinion de leur côté. On les coffre tous et l'affaire est réglée. Ils seront libérés dans l'heure qui suit mais, d'ici là, on aura nettoyé le Park. OK ?

– J'y vais, patron ! lança Ferguson. Rinaldo, puisque t'es de permanence, c'est à toi de contacter les patrouilles. Dis-leur de m'attendre.

Central Park sommeillait dans une brume de chaleur. Peu avant le lever du jour, une pluie fine avait trempé la terre. L'humidité s'évaporait à présent, expulsée du sol par l'énergie thermique emmagasinée la veille. Un calme pratiquement idyllique baignait les plates-formes où dormaient les protestataires arboricoles.

Milos sursauta dans son sommeil, puis il ouvrit un œil et se redressa sur les coudes. Quelque chose venait de le réveiller, mais il ne savait pas quoi. Il regarda autour de lui. Les cheveux de Joanna dépassaient du duvet gris anthracite qui la moulait intimement. La forme longue et cambrée de son corps endormi fit monter un léger désir dans le bas-ventre de Milos. Comme une réminiscence sensitive de leurs ébats de la veille.

Ça ressemblait à des photos de pompéiennes qu'il avait vues à la télé. Beau et triste en même temps.

Milos se rallongea et laissa son regard errer de branche en branche.

Il était encore tôt. Tout juste cinq heures. Le soleil se levait à peine.

Ce n'était pas dans ses habitudes de se réveiller avant tout le monde. Il fallait une bonne raison pour l'arracher prématurément au monde des rêves.

Milos faillit se rendormir, mais une sensation montait de son estomac. Et Milos écoutait toujours son intuition. Elle l'avait déjà tiré de situations critiques et avait probablement sauvé sa peau plusieurs fois.

Il ferma les paupières pour pousser son ouïe plus loin.

Après un moment de concentration, il devina une conversation étouffée entre deux policiers, sans en distinguer le sens. Il chercha dans d'autres directions, mais il n'entendit rien de plus. Pourtant, le sentiment d'alerte persistait.

Il se leva sans un bruit et observa la route où stationnait le cordon de sécurité. Quatre policiers attendaient debout près des barrières. Leurs silhouettes, grossies par des ponchos de protection, les faisaient ressembler à des pingouins. Plus loin, un autre flic gardait l'entrée de leur poste de repos. Comme d'habitude.

Ce n'était pas ça.

Il fit un tour d'horizon mais les arbres lui masquaient en partie la vue. Il sauta sur l'échelle de corde et monta à la vigie, aussi nu qu'un nouveau-né.

Une dizaine de camions de pompiers longeaient Central Park Sud à très vive allure. Ils tournèrent dans Broadway et disparurent.

Peut-être un incendie.

Milos fut tenté de se contenter de cette explication, mais son appréhension persistait. Un feu ne le concernait pas. Il attendit.

La fraîcheur matinale lui donnait la chair de poule et son sexe se faisait de plus en plus misérable à mesure que le froid le gagnait.

J'aurais dû prendre mon fusil, pensa-t-il. *Je vois pas très loin comme ça.*

Il se sentait en fait plus vulnérable sans son arme que sans vêtements, mais jamais il n'aurait pu formuler son ressenti de cette manière.

La lassitude était en train de le gagner lorsqu'il devina un mouvement à travers la brume. Une masse noire aux contours encore indéfinissables avançait vers sa position, sur East Drive. À environ cinq cents mètres de lui. Trop haute pour être une troupe en marche, la forme ne pouvait matérialiser qu'un véhicule. Un camion, pour être précis. Et il n'y avait pas beaucoup d'hésitations à avoir. Seules les patrouilles spéciales d'intervention disposaient d'équipements de cette couleur.

La forme émergea bientôt de la brume, suivie par deux autres camions identiques. Les restes cotonneux du sommeil qui enténébraient encore le cerveau de Milos disparurent d'un seul coup. Au bas mot, une cinquantaine d'hommes de troupe approchaient. Et jamais il ne les avait vus se déplacer pour un simple contrôle.

Les camions s'arrêtèrent au niveau du zoo et les

hommes en descendirent dans le silence le plus total. Puis un mouvement s'organisa. Une partie des effectifs progressa vers le campement tandis que l'autre se scindait en deux pour encercler l'étang du Pond. La manœuvre dura quelques dizaines de secondes. Bientôt, Milos le savait, l'ordre d'assaut serait lancé.

Il redescendit à toute vitesse vers la plate-forme sur laquelle il avait passé la nuit.

Joanna dormait encore.

Milos posa une main sur la bouche de la jeune femme et la secoua énergiquement de l'autre. Ainsi surprise dans son sommeil, Joanna ouvrit des yeux affolés. Milos barra ses lèvres de son index.

– Chut ! murmura-t-il. Habille-toi en silence.

Alertée par le ton impérieux de Milos, Joanna se leva sans broncher et commença à rassembler ses affaires.

Milos chercha les siennes sans les voir, puis il les aperçut au pied de l'arbre. Elles avaient dû tomber pendant la nuit.

– Merde ! jura-t-il tout bas. Ça commence bien.

Un mouvement dans les fourrés attira son regard. Une silhouette vêtue de noir avançait lentement. L'ordre d'assaut avait déjà été donné.

Milos devait accélérer l'évacuation. Il prit Joanna par la main et lui indiqua la plate-forme au-dessus d'eux. Son doigt longea la passerelle en cordage, descendit le long d'un arbre situé à trente mètres du leur, puis termina son parcours dans la direction de l'entrée d'une galerie souterraine.

Joanna lui fit signe qu'elle avait compris. Elle ne portait qu'un string, mais commença, malgré cette pauvreté vestimentaire, à monter le long de l'échelle de corde.

Cette petite a du cran, pensa Milos en ramassant son sac. *J'aime ça. Et quel spectacle, aussi ! J'aurais pas voulu manquer un cul pareil.*

Ils empruntèrent le parcours qu'il venait d'indiquer. Sur la plate-forme principale, Joanna fit un pas vers ses compagnons endormis.

– Pas le temps, l'empêcha Milos. Continue. Dépêche-toi ! Toi, t'as pas grand-chose à craindre. Eux non plus. Mais moi, s'ils m'attrapent, je risque de passer les siècles à venir au fond d'une prison d'État.

Il la poussa sur la passerelle, puis ils descendirent jusqu'au pied de l'arbre.

Les abords étaient déserts. Pourtant, Milos savait que l'homme aperçu une minute plus tôt n'agissait pas seul. Il devait y en avoir partout autour d'eux. Probablement se trouvaient-ils en ce moment même dans leurs lignes de mire.

Ces types-là étaient plus vicieux que des mygales mais, à la différence de l'araignée, ils ne chassaient pas pour se nourrir. Ils ne devaient pas envisager un couple dénudé comme un danger potentiel. Les ordres n'étaient donc pas de tuer, mais de neutraliser.

Y'a rien de plus dangereux qu'un flic que tu vois pas et qui t'observe, songea Milos en entraînant Joanna dans la galerie.

– On va passer par là, murmura-t-il en désignant le tuyau étroit par lequel il sortait habituellement de la zone d'interdiction.

– Je peux pas, Milos, geignit Joanna. Je suis claustro. Je peux pas entrer là-dedans…

– Tu réfléchiras plus tard, lui intima Milos. Passe devant ! Je te pousserai.

Il força la jeune femme à rentrer la tête et les épaules dans le boyau, et appuya sur ses fesses sans ménagement. Puis il s'introduisit à sa suite et commença à avancer, son sac placé devant lui.

Joanna pleurait en silence. Seuls ses reniflements trahissaient la peur contre laquelle elle luttait. À coups de reptations chaotiques, elle parvint au bout du tunnel.

– Laisse-toi glisser, lui souffla Milos. Le tunnel est rond. Tu ne te feras pas mal.

Milos la poussa une dernière fois et Joanna se retrouva sur le sol crasseux de la conduite d'adduction.

– Tout ça pour des cerises, dit-elle en se relevant, avec un rire nerveux dans la voix. Tu ne me feras pas…

– C'est pas terminé, la coupa Milos. L'accès doit être surveillé. Faut pas les prendre pour des cons. Des enculés de première, oui. Mais pas des abrutis. On va devoir se salir un peu.

– Y'a de la lumière par là, désigna Joanna. Tu veux pas y aller ?

– C'est bien ce qu'ils attendent de nous. Qu'on sorte par là, la gueule enfarinée, comme des bleus. Non. On va remonter le tunnel d'écoulement. Y'a une jonction un peu plus loin.

– Bon. Je te suis, Milos. Mais note que je pourrais rester là et attendre que mon papa vienne me sortir du commissariat.

– Vis ta vie. Moi, j'y vais.

Par le conduit qu'ils venaient d'emprunter montaient des voix d'hommes. Les patrouilleurs étaient à l'œuvre.

Milos sortit son fusil mitrailleur et une lampe de son sac et commença à marcher dans le sens inverse de la pente. Joanna hésita une seconde, puis lui emboîta le pas.

Soixante-dix mètres plus haut, un tunnel secondaire partait en pente douce dans l'obscurité. Milos s'y introduisit le premier, Joanna sur ses talons.

Une odeur pestilentielle monta au fur et à mesure qu'ils descendaient.

– Ça pue la rage ! s'exclama Joanna. Qu'est-ce qu'il y a en bas ?

– La contribution scato des New-Yorkais, mon cœur. Les égouts. Désolé pour tes narines mais on va devoir y aller. Dis-toi qu'il y a un peu de nous là-dedans.

Le tunnel s'arrêtait net au-dessus d'un vide béant. Un bruit d'eau en mouvement montait vers eux, accompagné d'une circulation d'air chargé de remugles entêtants.

Ils descendirent le long d'une antique échelle métallique et finirent par poser les pieds sur un terre-plein qui longeait l'égout à proprement parler.

– Merde, c'est dégueulasse, protesta Joanna. Me dis pas qu'on va rester longtemps dans cet endroit !

– Qui te parle de rester ici ? Il faut qu'on file de là. Je suis même d'ailleurs étonné qu'on y soit seuls…

– Alors, rassure-toi, ducon ! dit une voix dans leur dos. Jette ton arme, retourne-toi et pose tes mains à plat contre le mur. Et laisse tes couilles bien apparentes, on ne sait jamais.

Une lumière puissante les aveugla. Milos se protégea du bras et essaya de deviner à combien de patrouilleurs il avait affaire. À vue de nez, ils étaient six. Mais son champ visuel n'était pas très fiable. Tous se trouvaient à quelques mètres d'eux, pratiquement à portée de main, mais pourtant séparés par un couloir d'égout.

– Derrière nous, murmura Joanna. Il y a un mur et un tunnel qui part.

Milos glissa son regard dans la direction indiquée.

– Magne-toi, ducon, brailla la voix anonyme. Ou plutôt, je devrais t'appeler « monsieur le maire » !

Une chance sur deux qu'ils réagissent à temps, pensa Milos. *Je peux pas me permettre de ne pas tenter…*

Dans un même mouvement, il poussa Joanna derrière le mur et arrosa les patrouilleurs d'une rafale de son fusil mitrailleur. Les fugitifs se retrouvèrent le nez dans un tas d'immondices, mais pour un court moment protégés des tirs de leurs poursuivants.

– Ils ont pas dû avoir le temps de mettre en place leur souricière habituelle, dit Milos. Ça nous laisse une chance de nous en sortir.

– Vas-y. Ils ne me feront rien, murmura Joanna. Je peux pas courir aussi vite que toi…

– Ça, c'est ce que tu crois. Maintenant qu'ils t'ont vue avec moi, ils te laisseront pas sortir d'ici vivante.

De l'autre côté du mur, des ordres et des bruits de bottes résonnaient. Milos se releva, aida Joanna à l'imiter, puis ils détalèrent dans le couloir.

Ils coururent un long moment. La torche de Milos n'éclairait plus très bien. Bientôt, elle s'éteindrait définitivement, pour ne leur laisser que la maigre lumière de service des égouts qui tremblotait tous les cent mètres dans la nuit souterraine.

Joanna était hors d'haleine. Milos s'arrêta, le temps qu'elle reprenne son souffle. Il devait aussi faire le point sur leur situation.

Elle n'était pas fameuse. Leur quasi-nudité les handicapait grandement. Ils ne pouvaient pas ressortir comme ça par une plaque d'égout. Ils risqueraient de se retrouver au milieu d'une avenue en tenue d'Adam et d'Ève, ce qui les remettrait dans l'exacte situation où ils se trouvaient à présent. C'est-à-dire avec les flics aux trousses.

Quant aux patrouilleurs, Milos était très étonné de ne pas déjà les entendre arriver. Ça ne leur ressemblait pas. Peut-être les suivaient-ils à distance. Avec leur équipement individuel de vision nocturne, ça n'avait rien d'impossible.

Oui, se dit-il. *Ça doit être la bonne réponse. Ils ont eu le temps de scanner mon visage et ils savent qui je suis.*

Ils ont les foies, ces connards. Mais ils ont aussi des potes qui nous attendent au-dessus.

Milos ne savait pas très bien quelle attitude adopter. Une chose était certaine. Il ne pouvait pas se rendre.

La situation sentait aussi mauvais que le cloaque obscur dans lequel ils se trouvaient.

Seul, il pouvait rester deux ou trois jours dans les égouts et en ressortir à des kilomètres de là. Mais Joanna ne tiendrait pas. Elle ne connaissait pas cette forme de vie qui s'apparentait davantage à de la rage et qui le faisait tenir dans la pire des extrémités. Elle avait grandi dans un milieu aisé. Bien sûr, son esprit contestataire pouvait l'aider à tenir un temps, mais elle n'avait même pas idée de ce qui se préparait. Ni de ce qu'il était ou du type d'existence qui était la sienne.

Elle n'avait rien à faire avec lui, ici, dans cet égout puant, avec la pire des engeances sur les talons.

Milos allait le lui dire lorsqu'il sentit contre lui le corps de Joanna qui sursautait.

– Tu as froid ? demanda-t-il tout bas.

Joanna ne répondit pas. Milos prit sa tête entre ses mains et la tourna lentement. Le cou de Joanna était mou.

Il sut ce qui se passait avant de le voir. Un petit trou sanglant s'était formé au milieu du front de la jeune femme. Elle n'avait même pas crié. La mort s'était emparée d'elle sans un bruit.

Milos posa son front contre celui de Joanna. C'était moche. Elle ne méritait pas cette fin.

Il sentit l'impact d'un second projectile secouer le cadavre de la jeune femme.

S'il ne bougeait pas, ce serait bientôt son tour.

Il abandonna le corps de Joanna et commença à ramper sur le sol visqueux. En quelques mètres, il gagna l'abri d'un tunnel parallèle aux trajectoires des balles. Il s'y enfonça et se laissa glisser dans les eaux immondes. C'était tiède et répugnant. Des matières dont il préférait ignorer l'origine le frôlaient. D'autres choses remuantes grouillaient à côté de lui. Sûrement des rats.

Milos attendit une longue minute, le haut du visage émergeant à peine de la boue liquide. Une ombre se profila bientôt, puis une deuxième. Il entendit une voix décliner l'identité de Joanna.

Une minuscule diode violette, sur le sommet des casques de vision nocturne des patrouilleurs, trahissait leur présence. Milos patienta encore un peu. Ils n'étaient pas assez proches.

– Attention, les gars, dit une voix. Il est à moins de vingt mètres de nous.

Milos n'attendit pas plus longtemps. Il envoya son pied au fond de l'eau et poussa sur le sol glissant. Il jaillit jusqu'à mi-torse au-dessus de la surface et vida son chargeur, tirant au jugé juste sous les diodes violettes.

La déflagration se répercuta de paroi en paroi, couvrant les cris des patrouilleurs, et s'éteignit très loin de la scène.

Milos sortit de l'eau, rechargea son arme et la vida de nouveau. À bout portant, cette fois, en plein visage. Puis il détala. Les autres patrouilleurs n'allaient pas tarder à rappliquer, sans compter les renforts qui occuperaient bientôt chaque mètre carré de la zone.

31

Le père Mac Conkey quitta la terrasse et retourna à l'intérieur de la coopérative. Autour de la table, les visages étaient inquiets. Quelle décision le prêtre allait-il prendre ?

Stuart s'immobilisa devant l'assemblée et posa ses poings sur les dossiers.

– Quel âge a-t-elle ?

– Teresa vient d'avoir treize ans, *padre*, répondit Asomption, la doyenne de la communauté agricole. Le mois dernier.

Stuart ferma les yeux.

– Mon Dieu, murmura-t-il. Treize ans.

La jeune fille avait disparu une semaine auparavant. La troisième disparition en six mois. Toujours des filles jeunes, jolies, formées. Leur sort était sans équivoque. La question était de savoir où le réseau de prostitution les expédiait. Ce pouvait être n'importe où. Ici, en Équateur, ou à l'autre bout du monde. Paris, Moscou ou Montréal. Et Stuart savait que leur espérance de vie n'excéderait pas deux ans. Jusqu'à présent, aucune d'entre elles n'avait été retrouvée.

Nous ne sommes pas un État, pensa Stuart. *Si on forme une milice, qui travaillera aux champs ?*

– Vous avez alerté la police ?

Un grognement parcourut l'assemblée des chefs de

village. Tous connaissaient le niveau de compromission des autorités locales.

– Il faut pourtant leur signaler sa disparition, insista Stuart. Nous devons constituer un dossier, accumuler des preuves. Sinon, je ne pourrai rien défendre.

– J'irai, *padre*, consentit Asomption. Je ne risque rien en allant en ville.

– Il y a d'autres *chicas*, déclara Osvaldo, l'un des chefs des familles. Rosalia n'a que douze ans et demi. Mais elle est belle comme le jour. Si on ne fait rien, ce sera elle la prochaine.

– J'en ai conscience, Osvaldo.

– Ça ne suffit pas !

– Que veux-tu faire ? demanda Stuart, qui savait trop bien ce que le paysan avait en tête. Ils ont aussi des armes. Bien plus que toi et tous les autres. Et ils savent s'en servir.

– On ne va pas les laisser prendre nos filles sans rien faire…

– Non, bien sûr. La guerre est une solution. Mais elle n'est peut-être pas la seule…

– Et quoi d'autre ? Je ne vais pas défigurer ma propre fille pour qu'elle ne les tente pas ! Je ne vais pas la tuer moi-même pour ne pas la voir souffrir…

Stuart observa Osvaldo. Cet homme était dur. Et il ne venait pas de parler par dérision. Sans doute avait-il sérieusement envisagé de vitrioler son enfant. Pour la préserver des hommes.

– Dieu t'a fait un cadeau, Osvaldo. N'y touche pas, mon ami. Sans quoi tu te transformerais en pire bête que ceux à qui tu t'opposes. Non, je crois que vous avez raison. Il va falloir préparer la guerre.

Un murmure de contentement passa dans l'assemblée.

– La préparer pour ne pas la faire, tempéra aussitôt

Stuart. Nous allons nous armer davantage, réduire le travail des hommes pour permettre une surveillance des villages. S'il le faut, je ferai venir des renforts de Zamora.

Une ombre altéra le visage du prêtre. Il n'y avait pas d'autre solution.

– Que les armes soient portées ostensiblement, précisa-t-il. Avec un peu de chance, la dissuasion suffira.

Mais Stuart n'y croyait pas. Les hommes de l'Organisation ne connaissaient ni peur, ni scrupules, ni la plus petite trace de compassion. Ils enlevaient aussi bien des enfants que des adultes, comme on attrape du bétail. Pour leurs organes, pour leur plastique. Ou pour la rançon qu'ils pouvaient obtenir en échange de leur vie ; dans le cas contraire, c'est un cadavre mutilé que les familles retrouvaient, bien souvent déposé juste devant leur maison. Ces enlèvements s'apparentaient à une véritable prédation parmi la population locale. Et cette sorte de prédation était pire que dans la jungle, puisqu'elle visait l'esclavage et le commerce humain.

Stuart connaissait certains de ces malfrats. Des repentis qui étaient retournés vers leurs origines. Pour la plupart, il s'agissait d'estropiés rejetés par leur clan. Des mutilés des guerres contre la police, l'armée ou une autre bande mafieuse. Ceux-là comptaient parmi les plus virulents défenseurs du bidonville. Ils connaissaient les méthodes de l'Organisation, pour en avoir partagé le savoir-faire. Des méthodes longuement rodées, brutales et rapides.

Stuart comptait sur leur œil vigilant sans pour autant se faire d'illusions.

Si la mafia prenait commande d'un organe ou d'un nombre de filles à enlever, elle parviendrait à ses fins. Tôt ou tard. Que ce soit dans le bidonville de Zamora ou ailleurs.

Stuart pouvait au mieux tenter de protéger sa paroisse, même si le combat semblait perdu d'avance.

L'unique solution ne résidait pas dans une opposition armée. Il le savait mieux que quiconque. Elle se trouvait sur le terrain depuis longtemps fantasmé de la redistribution planétaire. Une solution idéale pour une humanité incapable de l'appliquer, et bien trop éloignée de sa propre sphère d'influence pour qu'il s'y raccroche, ne serait-ce qu'en rêve.

Stuart menait comme il le pouvait les destinées du bidonville de Zamora et de la communauté agricole, en s'étonnant chaque jour d'être toujours en vie. Son cœur n'éprouvait aucune peur, mais il regrettait de ne pas pouvoir agir plus.

Les chefs de village se levèrent et prirent le chemin du travail. Stuart se retrouva seul avec Asomption. Il jeta vers elle un regard plein d'amertume. La vieille femme passa une main sous le bras du prêtre et l'entraîna sur la terrasse.

– Prends le temps de te poser, *padre*, lui dit-elle. Il n'y a pas que du mal. Regarde ce que nous avons accompli tous ensemble.

D'un geste ample, elle indiqua le panorama. Les derniers soubresauts de la cordillère s'arrondissaient en collines fertiles et boisées. Depuis des temps reculés, les hommes avaient travaillé cette terre. La pente naturelle du terrain, trop raide pour permettre des cultures, avait été aplanie par paliers successifs. Chaque terrasse avait demandé des efforts pénibles. La terre ne se laissait pas adoucir comme ça.

Un travail titanesque, en regard des maigres moyens dont les paysans disposaient. Ces hommes auraient pu renoncer devant l'ampleur de la tâche. Mais ils avaient tenu bon. Et ils avaient réussi.

En songeant à eux, Stuart trouva du réconfort. Leur

bel exemple de pugnacité lui interdisait de baisser les bras.

– Je n'ai pas assez d'amour en moi pour pardonner à la mafia, dit-il d'une voix sourde. Je ne sais plus tendre l'autre joue. Mais tu as raison, on a fait un bon bout de chemin ensemble.

– Et ce n'est pas terminé, *padre*. Un jour, plus personne n'habitera dans le *bario*.

– J'espère que tu dis vrai. Je l'espère. Mais je ne crois pas que nous le verrons. Ce sera plutôt pour tes arrière-petits-enfants.

– Ce qui compte, c'est d'y arriver. Grâce à toi, *padre*, je suis sortie vivante du *bario*. C'est ma victoire à moi. Il faut bien que mes enfants aient la leur.

Asomption venait du bidonville de Zamora. Elle avait été l'une des premières personnes, treize ans plus tôt, à bénéficier des agissements de Stuart en terre équatorienne.

L'idée, toute simple sur le papier, consistait à inverser le flux migratoire de la ville vers la campagne. Ça avait été long. Stuart avait fait appel à son ancien diocèse, avec peu de succès. Il fallait de l'argent, beaucoup d'argent et l'Église irlandaise se plaignait d'en manquer cruellement. Sur ses propres deniers, il avait organisé un voyage. Pour que ces bonnes gens de l'hémisphère nord qui se prétendaient pauvres se rendent compte de ce qu'était le véritable dénuement. Ici, il s'incarnait dans les haillons et la crasse. Il n'était pas question de simples traites trop lourdes à régler. Sur l'échelle de la pauvreté, déjà riche est celui qui peut se permettre de s'endetter.

Il était venu. Il ne lui avait pas fallu longtemps pour se rendre compte. De l'aéroport de Guayaquil, Stuart l'avait directement mené au cœur du bidonville de Zamora, dans la zone où s'entassaient les déchets de la ville. Là, au milieu de la vermine et d'une puanteur insoutenable, l'évêque avait vu des enfants et des vieillards grappiller ce que les citadins n'avaient pas mangé ou voulu conserver.

L'évêque n'avait pas tenu trois minutes dans la fournaise putride, aux relents décuplés par une température de trente-cinq degrés. Un malaise lui en avait ôté la contemplation. Il avait regagné le confort d'une voiture climatisée, appuyé sur le bras de Stuart.

Mais en même temps que ce malaise était née la prise de conscience de l'effroyable condition de survie de ces êtres, dont il lui fallait bien reconnaître l'appartenance au genre humain.

Depuis ce jour, ou peu s'en faut, un partenariat avait été établi entre les deux communautés. Contre l'assurance d'un travail éthiquement recevable, l'Église irlandaise s'engageait à lancer financièrement l'opération. L'argent avait permis le retour de quelques habitants du bidonville dans les collines. Stuart avait intentionnellement choisi des adultes âgés. Eux seuls possédaient encore la mémoire de la terre. Les jeunes gens nés dans le bidonville ne savaient rien faire d'utile en dehors de leur univers sordide.

Asomption avait fait partie de la première vague du retour. Stuart s'en souvenait encore très bien. Les mains déjà ridées de la vieille femme avaient immédiatement retrouvé les gestes pour travailler le sol, soigner des animaux ou construire un abri.

La première récolte avait permis le retour de nouvelles personnes, et ainsi de suite. Treize ans plus tard, quinze villages peuplaient les collines auparavant désertées.

– Les champs sont redevenus comme du temps de mon enfance, *padre*, répéta Asomption.

Stuart sortit de ses pensées.

– Je sais. Tout n'est pas noir. Mais il faut réagir rapidement. Si les gangs prennent l'habitude de chasser nos gens, alors je crains le pire.

– Le pire, ça n'est pas la mort, opposa Asomption. Le pire, c'est le bidonville. Si certains des nôtres doivent mourir pour protéger ce que nous avons bâti de nos mains, alors, qu'il en soit ainsi !

Le prêtre observa le visage ridé d'Asomption. Il y avait une telle détermination sur ses traits que Stuart se demanda un instant si la vieille femme n'avait pas raison.

– Ce serait la porte ouverte à toutes les dérives, mais tant que les hommes ne seront pas apaisés…

L'apaisement, je l'ai côtoyé, pensa-t-il. *L'agneau miraculeux que j'ai connu et qui s'est envolé. Si tu savais, Asomption… Si tu savais à côté de quoi nous sommes passés…*

Mais il se garda d'en rien dire. Malhorne avait failli et, pour le monde entier, il restait le vague souvenir d'un immense canular médiatique.

– Je dois retourner en ville, dit-il. Les problèmes vont bon train, là-bas aussi.

– À bientôt, *padre*. Que le bon Dieu te vienne en aide.

Stuart retourna dans la maison pour prendre son sac, puis il emprunta le chemin où s'entassaient des carrioles remplies de fourrage.

Il descendit les collines en terrasses, au défrichement desquelles il avait lui-même participé, et attendit le bus à la sortie du village.

Stuart quitta le bus au dernier arrêt qui surplombait Zamora. Il attendit que le véhicule s'éloigne pour traverser la route. Sur sa gauche, les faubourgs huppés de la ville dressaient des barrières aveugles sous surveillance électronique. De hautes frondaisons cachaient agréablement les façades des demeures et rafraîchissaient les jardins. Sur sa droite, le terrain partait en une pente raide et caillouteuse, déboisée par les nécessiteux en quête de bois de chauffage. La route marquait la frontière entre ces mondes que tout opposait. Une route arrosée à intervalles réguliers par les jets d'eau des gens de gauche, qui servaient de douches en même temps que de jeu aux enfants du côté droit.

Stuart descendit la pente. Trente mètres plus bas, il rencontra les cases des derniers candidats à la misère.

Il jeta un œil dans la première. Elle était vide. L'adolescent arrivé la veille avait peut-être changé d'avis. Mais le prêtre savait par expérience qu'il s'était sans doute déjà intégré quelque part. Dans une famille d'accueil ou dans un gang. Règle nº 1 du bidonville : on ne reste pas seul longtemps. Cette loi tacite, connue de tous, était vite assimilée par les nouveaux. La promiscuité vaut infiniment mieux que la mort.

Stuart poursuivit son chemin et entra de plain-pied dans le bidonville.

Ici s'achevait la cité policée et commençait le monde aux contours incertains de la débrouille et des laissés pour compte.

La ville bidon vibrait sous la chaleur, plongeant la population dans une léthargie quotidiennement répétée. Le plan anarchique de ses ruelles s'étirait à perte de vue. Trente mille âmes vivaient là, groupées par familles dans des baraquements faits de bric et de broc. À l'extérieur des abris, des chiens et des chats par centaines se reposaient dans l'ombre des rares arbres encore debout.

Depuis des décennies, les pluies avaient raviné la terre jusqu'à la roche. Une terre privée de racines qui s'en était allée vers le bas du bidonville, où elle avait donné naissance à un marigot.

Stuart ne rencontra personne en traversant l'agglomération de planches et de tôles. Seuls des bruits de radio et de télévision témoignaient de la vie, à cette heure où le soleil écrasait l'esprit d'entreprise du moins velléitaire.

Il parvint ainsi rapidement jusqu'à l'unique bâtiment construit en dur à des lieues à la ronde, la chapelle-école-dispensaire, qui changeait de fonction selon l'heure ou le jour.

Stuart se faufila entre les rangées de bancs et s'agenouilla devant une statue de la Vierge. Il se recueillit quelques minutes, profitant en même temps de la fraîcheur du lieu. Puis il s'installa dans une petite pièce attenante à la chapelle, qui lui servait aussi bien de bureau que de salle à manger ou de dortoir. Un vieux ventilateur tentait de brasser un air moite et surchauffé.

Stuart se laissa tomber sur le cuir craquelé d'un fauteuil de récupération et attendit que la sueur qui perlait en grosses gouttes sur son front s'évapore.

Une pile de courrier décacheté était posée sur la table.

Rosetta l'avait sans doute rapportée de la poste centrale. Dans le bidonville, le facteur ne passait pas. Puis elle l'avait ouvert pour lui préparer le travail. Stuart le parcourut, tout en dévorant un pain entier accompagné de tomates séchées et de figues. Il préleva le contenu d'une bouteille dans le jerrican d'eau de messe. La paroisse ne pouvait pas se permettre d'acheter du vin. Ce petit accroc au rituel chrétien n'avait pas d'importance aux yeux de Stuart. Ce n'était pas le liquide qui sanctifiait, mais l'intention. Et ici, l'eau potable était plus précieuse que le vin.

Il lut avec attention une lettre adressée par un prêtre de Kilkenny. Son homologue lui faisait part de son projet d'achat d'une mini-usine de traitement des eaux, projet déjà très avancé. Stuart se félicita d'avoir de tels correspondants. Il rédigea à la main le texte de sa réponse et se laissa aller sur un divan.

Il succombait à son tour à l'écrasante chaleur équatoriale.

Un brin de ménage ne serait pas de trop, songea-t-il avant de fermer les paupières.

Il revécut mentalement les événements de la journée et ses pensées revenaient sans cesse à la poubelle du bureau. Il essaya d'en chasser la vision parasite, mais elle reprenait le dessus après quelques secondes.

– Qu'est-ce qu'elle a, cette poubelle ? s'interrogea-t-il à voix haute.

Stuart voulut en avoir le cœur net. Il s'assit sur le divan et attrapa la corbeille.

Rosetta avait dû la vider, mais dans le fond, une enveloppe froissée s'était collée à la crasse accumulée au fil du temps.

Stuart la déplia. Elle provenait des États-Unis, précisément de Baltimore.

Ses gestes devinrent nerveux. Il tenta d'écarter les côtés de l'enveloppe, mais ses doigts épais n'y parvenaient pas. Stuart respira profondément. Il fallait qu'il se calme. Ce n'était peut-être rien, après tout. Mais sa conscience lui criait en même temps que l'apocalypse était sur le point de recommencer. Ce n'était pas tous les jours qu'il recevait une lettre de Baltimore, surtout avec un cachet de l'*Independent*.

Il réussit au deuxième essai et regarda à l'intérieur. Dans le fond de l'enveloppe se trouvait une fine mèche de cheveux bruns, coincée entre les bandes du papier encollé.

32

– Salut la Terre et les terreux !

Vous écoutez crassement mon 440e bulletin d'informations.

Je me suis offert un billet pour la station spatiale. Ça m'a coûté un max mais je m'en fous. Le huitième ciel, c'est le pied. Et pouvoir tous vous regarder d'un seul coup d'œil, j'adore ! Ça me donne l'impression, en fermant les yeux, que vous disparaissez tous. Et ça, je connais pas d'idée plus excitante ! Retour à la virginité morale. Une terre sans hommes, sans femmes, sans péché originel, sans pluies acides, sans révolution industrielle, sans vous, sans moi, sans Dieu.

Je sais pas s'il y en a parmi vous qui ont déjà fait un safari-photo ?

Moi, j'en reviens tout juste. Et je peux vous dire une chose, c'est que j'ai pas usé trop de pellicules !

J'étais avec une bande de zozos fringués en touristes qui se gargarisaient de fouler une terre sauvage parcourue de dangers.

On n'a pas vu un seul lion. Il n'y en a plus dans ce parc. Ni dans celui d'à côté, d'ailleurs. Ni de guépards ni de hyènes.

Si vous voulez voir des bestioles dans le genre sauvage, vaut mieux aller au zoo. C'est moins cher et plus sûr.

J'ai pu mitrailler une dizaine de zèbres importés d'Afrique occidentale, quelques gazelles apprivoisées et des chimpanzés qui nous regardaient curieusement. J'ai eu l'impression de lire dans leurs yeux la grande satisfaction qu'ils éprouvaient de ne pas appartenir à la même espèce que nous. Juste de vagues cousins.

Du danger, il y en avait, mais pas là où ces crétins humides le pensaient. C'est la bouffe et l'eau qui te tuent, là-bas, en moins de quarante-huit heures. Mais pas les animaux, y'en a plus.

J'ai donc décidé d'observer une minute de silence à la mémoire des espèces disparues grâce à nos bons soins depuis une centaine d'années. Regarder la planète d'ici, à vingt mille kilomètres d'altitude, ça me donne l'impression d'observer un immense cercueil.

Australopithèque, paix à son âme.
Loup des Falkland, paix à sa race.
Lion d'Afrique du Nord, paix à sa race.
Gorille, paix à sa race.
Tigre de Bali, pélican blanc, lémurien géant,
baleine bleue, crocodile du Nil, bison,
condor de Californie, rhinocéros, paix à vos races.

Je continue ? Parce que je n'ai cité que des bien gros, des bien visibles. Ceux qui vous font venir l'envie de les toucher au zoo.

Sinon, j'en ai des caisses parmi les poissons et les insectes. Mais ceux-là sont un peu plus répugnants.

Pourtant, pourtant…

Une espèce animale disparaît chaque semaine. Ça n'a l'air de rien. Ça se passe dans le silence. Ces braves bêtes disparaissent sans un cri.

Heureusement, il reste la flore, mais là aussi, le chantier humain progresse bien.

À quoi ça sert à ton avis, la flore ? Excepté à faire pousser des fleurs pour que tu puisses les offrir à ta gonzesse avant de l'emballer ?

Une réponse intelligente, peut-être ?

Ça marche là-dedans ?

À fabriquer l'oxygène qui nous permet de vivre et de vieillir.

Il en part en fumée l'équivalent d'un terrain de football toutes les minutes. Forêts, steppes, savanes, et tutti quanti. La superficie d'un terrain de foot à la minute. Ça fait une belle propriété à l'heure. Et dans la journée, je t'en parle même pas. La terre est grande, tu dis ? Peut-être, mais ça fait quand même pas loin de quinze kilomètres carrés par jour. Le désert grignote gentiment, mais tu peux lui faire confiance, il ira au bout, jusqu'à la mer, si on n'y met pas un peu du nôtre.

Y'a bien que l'homme qui soit pas menacé d'extinction.

Ça coupe ! Ça couine ! Ça fend des derches !

L'homme est aussi baiseur qu'un lapin. Il se retrouverait tout seul sur une île déserte, il se taperait encore les souches.

Salopard !

Savez-vous, mes trésors, qu'à l'heure où nous parlons, chaque seconde voit naître cinq chérubins et disparaître trois vieux inutiles.

Rendez-vous bien compte de ces chiffres. Laissez-les traverser le filtre de la raison. Faites-les descendre au niveau de vos tripes, au niveau de vos sens. Chaque seconde, cinq couples connaissent la chose la plus merveilleuse de leur existence. Enfin, ça, c'est ce qu'en disent les belles-mères. Celles qui se sont pas fait écarter le bassin depuis au moins une vingtaine d'années. Elles ont oublié, elles ont sublimé. Du coup, ça compte pas vraiment.

Et chaque même seconde, trois familles apprennent une catastrophe irrémédiable.

Goooooooal !

Éros 5. Thanatos 3. Victoire écrasante de la vie. Triomphe des gonades. Succès édifiant du grand baisodrome du samedi soir d'il y a neuf mois !

Mais tout ça nous mène où ?

Des suggestions, peut-être ?

Alors, les crasseux, ça roupille !

Ah ! Un mail de S. Kristoferson, du Montana. *Cher monsieur Nemo, votre exposé nous conduit directement aux questions épineuses liées au logement. Mais quand le bâtiment va, tout va.*

Moyen comme réponse. Et je n'ose pas dire médiocre.

Je donne trois sur dix. Pas mieux. Banane ! Si ce n'était qu'une bête histoire de toit à se mettre au-dessus de la tête, on rigolerait bien.

Un résultat de plus deux humains par seconde, c'est le problème insoluble que nous devons pourtant régler. Sinon, ça va péter ! Je me tue à vous le dire depuis des années.

Ça porte l'accroissement de la population à cent soixante-treize mille bouches de plus à nourrir par jour. Ça en fait des hectares de terre à cultiver ! Ça en fait des mètres cubes d'eau potable à puiser !

Soixante-trois millions de culs supplémentaires à torcher par an ! Ça en fait des milliers de tonnes de couches à fabriquer. Et à éliminer après.

Mais on continue ! On se reproduit, parce qu'il n'y a probablement rien de mieux à faire.

Le plus important sur la terre, c'est pas l'homme.

C'est la terre. Faut pas réfléchir bien longtemps pour s'en rendre compte. De là où je vous parle, ça semble une évidence.

Elle est belle, cette putain de planète.

Elle me fait penser à un bijou. Ça brille. C'est beau.

L'homme, par contre, ça me fait penser à Marathon,

Hiroshima,

Nagasaki,

Bagdad,

Stalingrad,

Treblinka,

Little Big Horn,

Et encore, je vous parle d'organisations de grande ampleur.

Mais aujourd'hui…

N'importe quel petit con un tant soit peu doué en informatique peut dorénavant bousiller les codes de protection d'un État. Et foutre un beau bordel.

Internet, l'ultime espace de liberté. Le plus grand lupanar jamais créé, oui !

Mais touche pas à mon site, ducon ! Parce que je t'arracherai les couilles, merdeux ! Et je les enverrai à ta mère ! On l'appellera Jocaste. Et je lui tendrai personnellement le poignard avec lequel elle s'éliminera. Bon débarras et au suivant !

Plus la violence individuelle monte en puissance, plus les sociétés se ramollissent. Elles deviennent vertueuses, tolérantes, humanistes…

Le fruit est pourri ! Et quand un fruit est pourri, il faut le jeter, sinon il contamine tous les autres. Ce n'est qu'une question de temps. Plus il fait chaud, plus c'est rapide ! Et notre mode de fonctionnement frise les canicules tropicales, ces temps-ci !

Les prisons du monde vertueux sont le meilleur endroit sur terre pour se former aux techniques de délinquance. Toutes. Et surtout les meilleures. Allez-y faire un tour de temps en temps. Ça rince l'esprit ! C'est motivant. Si tu veux pas te faire enculer à longueur de journée, t'as intérêt à devenir utile.

Qui sommes-nous ?

Qui êtes-vous ?

Huit milliards de consciences qui n'agissent que pour elles-mêmes. Ou pour un cercle d'intimes très réduit.

Imaginez le potentiel de l'humanité si nous faisions ensemble. Et je ne parle pas de faire caca, bande de loqueteux indécrottables !

Réfléchissez à ça !

Bon, faut que je vous quitte. Je dois rendre le canal.

Comme d'habitude, je n'ai qu'un seul regret, c'est que l'humanité ne soit toujours pas en voie d'extinction. Mais je le répète : tout ça finira mal !

Salut, les bouffeurs d'illusions. Vous avez cautérisé votre conscience en regardant *Nemo on the Net*. Ça pourra aller jusqu'à la semaine prochaine. D'ici là, que les militants militent, les mourants s'appliquent, et les obèses éclatent.

Quant à votre serviteur, il tirera la chasse !

Tchao !

www.nemo-onthenet.com
(Texte tiré du journal hebdomadaire du site)

33

La route serpentait entre deux versants abrupts. Dans le haut de son pare-brise, Tara apercevait un sommet, et le rectangle bleu du ciel au-dessus.

Son but se trouvait derrière ces montagnes. Juste derrière, au bas du versant sud. Mais à quarante-cinq kilomètres en voiture.

Elle s'arrêta sur le col pour contempler la vallée, comme le faisait toujours son père lorsqu'ils venaient en famille passer les vacances d'été. Une vieille pancarte en béton peint indiquait l'altitude : 1 480 mètres.

Mais ce ne devait plus être aussi vrai qu'autrefois. Le niveau des mers avait monté. Pas encore dans des proportions gigantesques mais suffisamment pour faire mentir le panneau.

L'air était frais et semblait pur.

Tara ferma les yeux et respira profondément. Elle chercha un instant les paroles enfuies d'une chanson qu'elle avait inventée étant enfant. Il était question de mille quatre cent quatre-vingts fois un certain nombre de choses. Des éléphants, se souvenait-elle. Des papillons et des arcs-en-ciel, aussi. Mais le reste des paroles avait disparu avec le monde de son enfance.

Elle rouvrit les paupières. La vallée, le panneau en béton, les cimes qui découpaient le ciel étaient toujours là. Superposables à son souvenir. L'air avait la même odeur de vert et d'eau fraîche, même si Tara le savait ici aussi empoisonné de dioxyde de carbone, de soufre et d'autres saletés.

Au moins restait-il quelque chose du passé.

Tara reprit le volant, replongeant en même temps dans le monde des adultes.

Elle traversa un dernier village, continua trois kilomètres sur la route de montagne et la quitta enfin, au pont qui franchissait la Red River. Son véhicule 4 × 4 de citadine put enfin se délecter d'un chemin pierreux. Elle longea la rivière bordée d'arbres, franchit un gué, et reconnut, à la sortie d'un virage, la pension de famille qu'elle avait héritée d'une tante.

À l'exception de la couleur des volets, la longue bâtisse n'avait pas changé d'une tuile. Par une fenêtre ouverte à l'étage, des draps pendaient, mollement balancés par le vent léger.

Elle se gara sur le côté de la maison, près d'un véhicule immatriculé dans le Connecticut. Sans doute celui des occupants de la chambre.

Tara mit un pied à terre. Le bruit des graviers résonna doucement à son oreille. Ici, les choses ne changeaient pas.

Elle sortit du coffre son sac de voyage et monta sur la terrasse couverte. Seuls le chant des oiseaux et le vague refrain de la rivière berçaient l'instant.

Elle trouva Mika dans la cuisine. Le vieux bonhomme rangeait la vaisselle du petit déjeuner. Il offrait son dos au regard de Tara. Un dos massif et puissant, comme toujours cloisonné par une paire de bretelles qu'il avait dû fabriquer lui-même. Elle s'approcha doucement derrière lui. L'ouïe de Mika avait dû baisser.

– Qu'est-ce que tu trafiques dans mon dos ? demanda-t-il pourtant. C'est des manières, ça, d'essayer de surprendre les gens ?

– Hey, Mika ! s'exclama Tara. T'as rien perdu de tes cinq sens.

– Il paraît même que j'en aurais un sixième. C'est ce que disent les gens d'en bas.

Tara et Mika s'étreignirent.

– Tu ne changes pas, Mika, lui dit Tara en se reculant pour le regarder. Reste toujours comme ça. C'est bien qu'il y ait des choses qui durent…

– Je t'en ficherai, moi, des choses. Touche. C'est de la chair. Ça vit là-dedans.

Tara sourit. Mika avait toujours su la désarçonner et lui faire oublier, le temps d'un séjour, ses tracas de journaliste, ou autres.

– Des amis vont venir bientôt, Mika.

– Parfait. Vous serez combien ?

– Quatre, je pense. Peut-être cinq.

– Tu sais quand ?

– Dans quelques jours, je ne peux pas être plus précise. Et ils n'arriveront pas tous en même temps.

– Vous restez longtemps ?

– Quelques jours. Une semaine au plus.

– Vous mangerez ici à tous les repas ?

– Dis donc, c'est fini cet interrogatoire ? Je… Oui, probablement. Je ne sais pas. J'irai faire les courses, si c'est ce qui te gêne.

– J'ai préparé ta chambre. Tu peux monter te reposer. La route, ça fatigue.

Tara obéit sagement. Mika avait toujours raison.

Elle fit d'abord un tour du jardin, puis installa ses affaires au premier étage. L'ordinateur sur la table, la parabole d'accès au réseau sur le rebord de la fenêtre, les vêtements dans l'armoire et la brosse à dents dans le verre qu'elle s'était réservé vers l'âge de quatre ou cinq ans.

Elle se reposa ensuite une heure, puis décida qu'elle

ne ferait rien jusqu'au lendemain. Les enveloppes étaient parties six jours plus tôt. Elle avait le temps, largement. Au mieux, Kinuyo, Acil et Stuart venaient de les recevoir. Il fallait encore leur laisser le temps de se retourner, plus le vol et le trajet en voiture jusqu'à la pension de famille. Tara estimait que le premier d'entre eux n'arriverait pas avant trois jours. Quant à Gabriel, elle lui avait elle-même demandé de ne pas venir avant une dizaine de jours.

Tara pensa à Franklin, dont elle était sans nouvelles depuis quinze ans. L'ethnologue s'était volatilisé. Plus aucune trace de lui. Et les recherches discrètes qu'elle avait effectuées pour retrouver sa trace s'étaient soldées par des échecs successifs. Chose certaine, il ne résidait plus aux États-Unis. Pas plus qu'en Europe ou dans une autre partie du monde développé. Il n'existait pas d'Implant portant son identité. Plus précisément, il n'en existait plus. Une dépêche lui avait appris quelques années plus tôt que l'Implant de Franklin avait été retrouvé dans un incendie, du côté de Manille. Mais cette information sentait trop le coup monté. Tara supposait qu'il courait toujours le monde, sous une identité d'emprunt. Elle n'avait pas cherché à en savoir davantage. Pour les autorités, Franklin Adamov était bel et bien enterré.

Tara consacra l'après-midi à se détendre. Elle fit une promenade dans la montagne, passant par les lieux secrets de son enfance. Elle avait un immense besoin de réfléchir, et les grands espaces montagneux s'y prêtaient à merveille.

Lorsqu'elle redescendit à la pension, une faim de loup lui tiraillait les entrailles. Une faim réelle et motivée comme elle n'en avait pas ressenti depuis longtemps. Elle dîna en compagnie de Mika et d'un jeune couple qui séjournait là depuis une semaine et repartait le lendemain. Ils avaient une fillette âgée de trois ans. La grande demeure résonna joyeusement jusqu'à une heure tardive.

Tara regarda partir le couple presque à regret. Les rires de la petite fille avaient ensoleillé la maison.

La voiture disparut bientôt, la laissant désemparée sur le perron. Tara erra au hasard des pièces vides, jusqu'à ce qu'elle se décide à relire les carnets de Joe Platt.

Elle installa une chaise longue sous le grand tilleul du jardin, chaussa ses lunettes et se plongea une deuxième fois dans la prose du scientifique.

Carnet Oméga premier
– 17 mars 2018 –

Première nuit dans la base.

Je ne sais plus très bien à quoi j'ai dit oui. Le temps pourvoira à mon éclairement. J'ai, pour un seul petit jour, reçu trop d'informations.

Un jet m'a emporté loin de chez moi. Un jet à ce point dépourvu de hublots qu'il m'a été impossible d'entrevoir la moindre parcelle de terre survolée.

Il est même tout à fait envisageable que cet avion n'ait été qu'un simulateur et que je me trouve à l'heure qu'il est à moins de deux kilomètres de l'aéroport de départ. Cela n'a finalement aucune importance, puisque je ne pourrai pas sortir d'ici avant trois mois.

J'ai entendu parler, par des confrères, de mesures draconiennes en matière de sécurité et de secret. Ceux-là travaillaient pour la Défense. Le secret paraissait logique. Mais ici, cela dépasse l'entendement. C'est drastique. Voire paranoïaque !

J'ai rencontré mes futurs collègues. Certains débarquent comme moi. D'autres ont de l'ancienneté dans la boîte.

Conformément à mon contrat de travail, j'ai apporté ici un minimum d'effets personnels. Tout est fourni. De la brosse à dents au maillot de bain. Car nous disposons d'une piscine olympique pour libérer notre excès d'énergie. Une piscine en sous-sol. Comme le reste des locaux.

J'ai pris possession d'une chambre-appartement de cinquante mètres carrés. Avec tout le confort moderne. C'est très bien conçu. Mais la lumière du jour me manquera. Plus que je ne saurais le prévoir, j'en ai peur.

Je dois être patient. Une vie faite de nouvelles habitudes s'ouvre devant moi. Et je n'ai plus l'ouverture d'esprit d'un enfant pour m'y épanouir très rapidement.

Pour qu'un semblant de rythme naturel nous reste, une alternance de lumière générale marque le jour et la nuit, qui continuent de gouverner le monde du dessus. C'est ingénieux, voire utile, mais je ne crois pas que notre horloge interne pourra s'en contenter.

Demain me sera présenté mon sujet de recherche, si je puis appeler ainsi un enfant de sept ans.

Ce sujet me préoccupe. Mes travaux ne m'ont jusqu'alors jamais dirigé vers l'humain. Encore moins sur un humain. J'ai peur que cette nouveauté ne vienne créer des interférences néfastes dans mon travail.

Voire quelques scrupules à tenter certaines expérimentations invasives.

Le dîner de ce soir m'a apaisé sur ce point. Certains de mes prédécesseurs à la Fondation m'ont certifié que l'enfant ne souffrait pas de nos expériences. Ni l'enfant principal, ni les autres.

Il n'y a donc pas un, mais plusieurs marmots dans les

lieux. Je n'aime pas beaucoup aller de découverte en découverte. Une explication initiale aurait été beaucoup plus simple. Pour tout le monde.

J'en saurai plus demain.

Et de toute façon, maintenant que je suis ici…

Des jours ont passé sans que je trouve le temps d'écrire.

La masse de travail est grande, immense même, et passionnante.

Et en même temps extrêmement déroutante.

Notre sujet d'étude bouleverse la vision scientifique du monde que nous partageons pour la plupart.

La fillette qui se trouve au cœur de nos intérêts peut être considérée à juste titre comme un enfant monstrueux. La petite Ilis, nom qu'elle s'est elle-même donné, aux dires des archives que je consulte régulièrement, possède de gigantesques dons en matière de télépathie et de télékinésie, ces pseudo-sciences auxquelles je ne me suis jamais intéressé.

Le cartésianisme qui me formate par nécessité, bien que teinté des ouvertures apportées par les découvertes du vingtième siècle, m'a toujours interdit de perdre mon temps sur ce que je considérais comme des fadaises.

Force m'est aujourd'hui de réviser ma copie.

Si cette enfant est un monstre, elle fait pourtant bien partie de la même espèce que moi. Ilis est un être humain. Toutes ses analyses physiologiques vont dans ce sens. L'étude de son caryotype aussi.

Notre première rencontre m'a profondément déstabilisé. Ilis s'est avancée vers moi, avec un air décontracté d'enfant normal, m'a tendu sa petite main de fillette de sept ans, et m'a lancé un « bonjour, professeur ***, ravie de faire votre connaissance. Je vous souhaite un plus grand succès que votre prédécesseur. Une plus longue vie, aussi. »

Sa phrase et son petit air malicieux m'ont fait l'effet d'un glaçon. Et quand je dis *malicieux*, c'est au sens premier de ce terme.

J'ignorais l'existence d'un prédécesseur. Je ne m'étais pas même posé la question.

Jusqu'à ce jour, je n'avais pas trop cru aux capacités extra-sensorielles d'Ilis. Malgré les rapports que j'avais lus, malgré les enregistrements.

Je ne connaissais rien d'elle. Et surtout, elle devait ignorer jusqu'à mon existence.

Sa petite entrée en matière m'a convaincu. Alors que des centaines de pages et des dizaines d'heures d'images n'avaient pas su le faire.

Le scientifique que je remplace est mort l'année dernière au cours d'une expérience de télékinésie.

Ce vieux Russe avait participé dans les années 1980 au programme K, une phase d'expérimentations menées sur des centaines d'individus présomptivement doués de talents paranormaux. Les Soviétiques étaient friands de ce genre de recherches.

J'ignore comment les choses ont mal tourné. La Fondation reste muette sur le sujet.

Je m'explique par contre la présence des nombreux canons à fléchettes anesthésiantes braqués en permanence sur l'enfant. En cas de malheur, elle ne pourrait pas dévier la trajectoire de plusieurs projectiles en même temps. J'ai cru comprendre que la chose a été testée.

Il existe quatre autres Ilis.

C'est éthiquement très dérangeant. Mais scientifiquement assez commode.

Contrairement à ce que j'ai tout d'abord pensé, il ne

s'agit pas de clones de la petite fille. La gestation de la mère d'Ilis a été interrompue au stade de la morula, avant même que les cellules de l'œuf ne se spécialisent. L'œuf de la future Ilis a été sectionné, remis en culture, puis resectionné. Ont ainsi été obtenues huit morulas, dont six ont abouti.

Il s'agit donc bien de cinq enfants originaux, bien qu'identiques, et non de clones. Chaque œuf a été hébergé par une matrice naturelle. On pourrait parler de cinq mères porteuses et d'une légitime. Voire naturelle.

Je ménage depuis peu la chèvre et le chou. Et je ferme les yeux sur l'éthique la plupart du temps.

Depuis les origines de la science, il a bien fallu tester sur l'homme les expériences de laboratoire. Et puisque, en l'occurrence, le laboratoire lui-même est humain, nous n'avons pas vraiment de choix à faire.

L'aspect gênant de ces expérimentations réside dans l'âge des cobayes.

En grandissant, ces fillettes deviendront des adultes. Cela fera taire mes petits atermoiements.

J'ai parlé de quatre autres Ilis en plus de l'originale. Il devrait y en avoir cinq. J'ai appris que l'une des enfants est morte dans des circonstances tenues secrètes. Vers l'âge de deux ans, je crois. Je n'en sais pas davantage.

Les cinq fillettes ont la tête rasée. Entièrement. On dirait des malades sous traitement chimique.

La raison est simple. Elles sont à ce point semblables qu'il est impossible de les différencier. Moi qui les ai observées, étendues sur une table d'auscultation, j'ai pu voir qu'elles ont toutes une longue cicatrice sur le flanc. Mais ce n'est pas là le résultat d'une opération. J'ai longuement questionné David, notre radiologue. Il est formel. Pas de lésion dans les tissus inférieurs, à l'exception d'Ilis. Cette cicatrice est le résultat d'une coupure intentionnelle refermée, si cette expression peut avoir un semblant de cohérence.

La Fondation tisse autour des fillettes un canevas de mystère qui parasite ma réflexion.

Puisque je n'en saurai pas plus, j'ai décidé de ne plus m'y intéresser. Ce petit deuil de la compréhension me permettra de me lancer corps et âme dans les recherches qui m'attendent.

Chaque enfant porte sur l'arrière du crâne un tatouage particulier. Oméga pour la première, Oméga 2 pour la seconde, et ainsi de suite. De telle sorte qu'il est possible de les identifier rapidement.

La seule qui possède des talents particuliers est Oméga. Les autres semblent normales. À l'exception de leur vertigineuse ressemblance.

Petit détail technique que j'omettais de citer. Ilis est en permanence maintenue en état de déshydratation. Mes collaborateurs ont, par le passé, découvert que ce manque en eau leur permet de mieux la contrôler.

L'eau semble être le vecteur de ses capacités anormales. La carence, que nous surveillons de très près, n'en fait pas pour autant un patient docile. Elle est affaiblie, sans aucun doute. Mais elle reste malgré tout capable de beaucoup de choses.

Elle présente donc à longueur de temps les symptômes d'un début de déshydratation : lèvres desséchées, yeux rouges et chauds, légères crevasses sur la peau… Toute source d'eau est tenue hors de sa portée. Un nutritionniste s'occupe de lui donner ce dont elle a strictement besoin. Cette enfant doit connaître la soif en permanence. C'est monstrueux.

La salle dans laquelle se trouve Ilis Oméga est percée sur ses quatre côtés de larges baies de verre blindé. La fillette est ainsi au centre d'une surveillance et d'une observation constantes.

Comme je l'ai déjà décrit, plusieurs canons suivent les mouvements de l'enfant. C'est un ordinateur qui déclenche les tirs, s'il juge la situation critique. Un ordinateur secondé par un humain, et non le contraire.

Le mobilier de la pièce, lit, table, chaise, lavabo, etc., est scellé dans le sol. Tout le reste, les jouets, les livres, la vaisselle, est choisi dans des matériaux ultralégers. La mort de mon prédécesseur a porté ses fruits. Une assiette en carton projetée à travers la pièce ne pourrait même pas égratigner le personnel.

Pas de chaussures, pas de lacets, pas de fils électriques apparents. Aucune possibilité n'est laissée à Ilis Oméga de mettre fin à ses jours. Les murs aussi ont été prévus pour empêcher l'enfant de se blesser. Ils sont faits d'une matière extrêmement élastique dont j'ignore l'origine. Mous et fermes en même temps, dotés d'une mémoire de forme qui fonctionne à merveille.

Au contact d'Ilis Oméga depuis quelques semaines, j'ai constaté deux choses. Elle ne semble pas avoir envie d'attenter à ses jours et, à la voir manifester ses talents inouïs, elle en serait à mon avis capable par des moyens que la Fondation n'a pas su prévoir.

Les travaux de mon prédécesseur me servent grandement. Il s'est lui-même inspiré du programme K, sur lequel il travaillait en Union soviétique, il y a près de quarante ans. Il ne devait être qu'assistant à l'époque.

Les balbutiements de cette science, que je respecte à présent en tant que telle, sont partis dans la bonne direction mais ils ne bénéficiaient pas de la technologie nécessaire. En termes de connaissances électroniques et informatiques, les années 80 ressemblent au Moyen Âge.

En reprenant leurs travaux, nous sommes sur le point d'aboutir à la construction de l'appareillage adéquat.

Il existe bel et bien un champ d'ondes généré par le cerveau d'Ilis. Une onde qui n'a jamais été étudiée par la science occidentale et qui nous entraîne vers un continent de l'humain qui nous échappe encore presque totalement.

Cette onde, que nous avons bien entendu appelée *onde Oméga*, est présente en chacun de nous. Des tests que nous avons pratiqués sur nous-mêmes l'indiquent de manière formelle. Mais notre capacité à la générer est tellement faible, même après des heures de concentration, qu'aucun d'entre nous ne s'en était aperçu. Pas plus que le reste de l'humanité, d'ailleurs.

Je ne pensais pas qu'un jour mon travail me dirigerait vers un domaine quasi mystique. Les dons d'Ilis sont pourtant d'origine naturelle. Je ne veux en aucun cas les croire autres.

Je pense simplement qu'elle est une erreur de la nature, une mutation monstrueuse de l'espèce. Ou un cas précurseur d'évolution. Ce qui nous place en position favorable pour prévenir l'apparition d'autres occurrences semblables.

Fin des notes de la première session.

Carnet Oméga deuxième
– 31 juillet 2019 –

Je sais à présent ce qu'il advient d'Ilis entre les sessions d'études. Elle est placée en sommeil artificiel. Une indiscrétion de Karl, le chef de la sécurité, m'a indiqué qu'elle est l'objet d'une seconde étude semblable à la nôtre, mais avec une autre équipe et dans un autre lieu. Chaque session dure trois mois. Ilis dort donc six mois par an.

Puisque je ne connais rien de l'autre équipe, il faut en déduire que nous sommes en compétition et que nos travaux ne se nourriront pas les uns des autres. Dommage. Je trouve cette attitude imbécile. Mais je ne perds pas de vue que ce peut être une simple rumeur propagée par Karl dans le but de nous imposer une pression inutile. Cet homme-là me semble capable de manipuler son entourage. Et d'en tirer une belle satisfaction. Je n'ai donc pas relayé cette édifiante nouvelle.

J'ai retrouvé l'équipe avec plaisir.

Mes travaux également. Et finalement les enfants aussi, un peu. J'essaye de m'y attacher le moins possible, mais je suis un mammifère. Ces gamines aussi. Quelque chose d'irrationnel, qui relève de l'univers des tripes et de l'affect, nous relie les uns aux autres sans que nous puissions y changer quoi que ce soit. L'indifférence serait la pire des attitudes. Seule Oméga semble échapper à cet état de fait. L'enfant primordiale paraît animée d'une vie propre, profonde et personnelle. Elle communique peu avec nous. Beaucoup moins que ses sœurs de sang. Un enfant ne devrait pas pouvoir se développer sans communication. Encore moins sans amour. Les Soviétiques, en leur temps, ont testé ce postulat. Ilis doit l'ignorer. Mais il est vrai qu'elle n'est pas vraiment une enfant. L'a-t-elle jamais été ?

La salle de vie d'Ilis est maintenant occupée par un nouveau venu, un mainate arrivé d'on ne sait où. Karl n'a pas daigné nous renseigner sur ce sujet. Pour ma part, je suppose qu'il provient de l'autre centre d'études.

La Fondation aura laissé l'animal suivre l'enfant jusqu'ici.

Cette largesse de cœur me semble assez curieuse pour des hommes qui tentent de maîtriser l'intégralité des paramètres du centre. Ilis et l'oiseau montrent qu'ils pratiquent une communication non verbale dont la matière nous échappe totalement.

La fillette s'occupe elle-même de nettoyer les déjections de l'oiseau avec un zèle appliqué. Sa présence doit lui apporter un peu de réconfort, dans ce monde déshumanisé où nous lui prodiguons si peu d'affection.

J'ignore toujours où se trouve notre centre de recherche. J'y suis arrivé par les mêmes moyens que la première fois. Et je n'ai pas cherché à placer sur moi un traceur. Ce serait un motif de renvoi immédiat. Ce point apparaît en gros caractères sur mon contrat. Ce projet me passionne trop pour que je risque quoi que ce soit. Et la localisation du centre m'indiffère, au fond.

Les enfants ont grandi. Ilis va sur ses neuf ans. Les autres aussi.

Il s'est passé des événements d'une extrême gravité.

La session d'études n'a pas duré quinze jours. J'écris ces lignes de retour à mon domicile de Washington.

Je dirigeais une phase d'expériences de télékinésie.

Ilis était placée devant une dizaine de containers chargés de mercure. À environ deux mètres. Les containers s'échelonnaient de cinq à cent kilos. Nous cherchions à quantifier la source d'énergie nécessaire pour déplacer un poids. De la sorte, nous pourrions établir une unité de mesure qui jetterait les bases de notre nouvelle science.

L'enfant s'est acquittée de sa mission comme d'habitude. Nous avons relevé les différentes quantités d'énergie utilisées pour chaque container. Alors que nous discutions de la quasi-nullité de notre résultat, prêts à recommencer avec des écarts de poids plus importants, la fillette a soulevé les dix porte-mercure en une fois. Puis ils se sont mis à tourner autour d'elle, de plus en plus rapidement. Erwan a relancé l'appareillage de mesure, sans constater de changement notable sur ses relevés.

Ilis nous regardait en souriant. Elle semblait se moquer de nos maigres résultats.

Puis son visage a été parcouru d'un rictus que nous ne lui connaissions pas. Je crois qu'elle a eu une sorte de malaise. Aussitôt, la course des poids s'est altérée. Leur trajectoire circulaire s'est aplatie vers l'ovale. L'un d'eux l'a percutée. Celui de trente kilos, je crois. En pleine tempe. Du sang a aussitôt coulé. Ilis s'est écroulée.

Nous n'avons pas réagi immédiatement, tellement habitués à l'observer derrière une baie vitrée, qu'aucun d'entre nous n'osait franchir la porte, dressée comme un tabou minéral.

C'est le service de sécurité qui a fini par entrer. Armes anesthésiantes au poing. L'enfant ne bougeait pas. Elle devait être sacrément sonnée.

Le premier gardien s'est penché au-dessus d'elle, tandis que son collègue braquait son arme sur la petite.

Il a tâté son pouls, s'est penché jusqu'à sa bouche et s'est tourné vers nous pour nous faire comprendre d'un signe que l'enfant respirait.

C'est alors que le corps d'Ilis a été pris d'une convulsion. Puis d'une deuxième. Elle a ouvert les yeux. Le gardien a été projeté en l'air avec une violence incroyable. Son corps est allé s'empaler sur la structure du plafond. Sur les barres de fer qui soutiennent le cache-misère. Dans le mouvement, une fléchette est partie involontairement de son arme. Directement dans la cuisse de son collègue, qui s'est effondré sur Ilis, la protégeant des feux croisés des canons muraux. Lorsque la fusillade quasi muette s'est arrêtée, Ilis s'est dégagée du corps qui la gênait. Le gardien était mort. Il venait de recevoir une dose d'anesthésique qui aurait mis à terre un troupeau d'éléphants. Elle a ensuite extirpé de la poche du cadavre son passe magnétique et s'en est servie pour ouvrir la porte.

Nous nous sommes retrouvés face à face. Notre petit groupe de scientifiques n'était pas armé. De toute façon, je ne crois pas que ça aurait servi à grand-chose.

Ilis se tenait la tête. Elle devait avoir mal.

Son oiseau virevoltait dans le couloir.

Elle s'est approchée d'une fontaine et s'y est abreuvée. Longtemps. Elle a dû boire deux litres d'eau sans relever la tête.

Karl est arrivé au moment où elle se relevait enfin. Il s'est arrêté dès qu'il l'a vue. Il a failli dégainer son revolver, puis s'est ravisé. Pour une fois, chez cet homme d'action, la parole a prévalu.

Il nous a tous fait reculer dans le couloir, puis monter sur la coursive.

Une fois tous à couvert, et surtout à distance raisonnable, Karl est retourné vers l'enfant. Je dois avouer que cet homme a du cran. Même si je n'aime pas beaucoup son personnage ni ses manières, il mérite mon respect.

Nous avons pu les observer de notre position. Karl et la petite se toisaient à trois mètres de distance. Karl disait quelque chose mais nous ne pouvions pas entendre. Ilis s'est contentée de secouer la tête négativement. Le colonel a fait un geste vers la salle de vie. Ilis a indiqué la fontaine de la main. Karl a regardé sans comprendre.

La fontaine a jailli vers lui. Il n'a pu l'esquiver qu'en se jetant à terre.

Ilis s'est enfuie par un escalier, l'oiseau volait un mètre devant elle. Elle cherchait la sortie. Elle l'a trouvée, au corps défendant et meurtri des agents de sécurité.

Il faut maintenant la rattraper avant qu'elle n'atteigne la petite bourgade de ***. Pire, s'il est possible, au-delà de la ville, il y a le lac ***. Je n'ose imaginer ce qui pourrait se passer si elle l'atteint. Ce serait probablement monstrueux. Elle capterait dans ces dizaines de millions de mètres cubes d'eau la possibilité de nous atomiser tous.

Nous savons à présent où se trouve le centre. Et cela ne nous avance guère.

Tout le personnel a été mis à contribution, moi compris.

Quarante-cinq personnes au total, renforcées par deux hélicoptères.

Ici, le terrain est accidenté et les cachettes nombreuses, surtout pour le petit corps d'une enfant de neuf ans.

Les chiens lancés par Karl sont rentrés bredouilles. Et certains ne sont pas rentrés du tout. L'enfant doit savoir établir avec les animaux des liens d'autorité très forts et immédiats.

La traque a duré un peu plus de vingt-quatre heures.

L'oiseau indiquait nos positions à l'enfant. C'est une idée assez folle, mais c'est pourtant la seule qui tienne la route. Et même sans cette aide venue du ciel, elle nous aurait entendus arriver. Pas le bruit de nos pas, bien sûr. Mais nos pensées nous auraient trahis.

Karl l'a descendu au fusil à lunette. L'oiseau est

tombé comme une pierre, le corps transpercé par une balle de 5.56.

Nous avons tous entendu la petite hurler.

Il n'y avait plus qu'à nous diriger vers l'origine du cri.

Nous avons rejoint Ilis sur la route ***. Elle était en train de monter dans un bus de ramassage scolaire, le bus allait repartir.

Nous l'avons stoppé. Ilis a consenti à descendre. Je pense que la présence d'une vingtaine d'enfants l'a empêchée de tous nous faire voler de droite et de gauche. Le pistolet anesthésiant de Karl l'a endormie avant même que ses pieds ne touchent l'asphalte.

Bilan de l'opération :

Quatre agents de sécurité sont à l'infirmerie.

Deux à la morgue.

Nous avons tous eu une peur bleue.

Et nous savons que l'enfant n'a pas plus d'états d'âme que nous.

Une chose est sûre.

L'enfant n'aura plus d'animal de compagnie.

Carnet Oméga troisième

– 2 juin 2020 –

Le centre a déménagé. Mon transfert s'est effectué en hélico. Une heure de vol. Je ne dois pas me trouver à plus de deux cents kilomètres de chez moi. Peut-être sur la côte Est. L'appareil s'est posé sur un building, mais le mur d'enceinte était trop élevé pour que j'aperçoive quoi que ce soit de la ville qui s'étend autour. Un ascenseur m'a ensuite fait descendre quelque part, peut-être en sous-sol. En tout cas, il n'y a ici aucune fenêtre pour s'en assurer.

Le choix de ce centre implanté en ville nous semble judicieux. Ilis y est beaucoup plus docile qu'avant. Nous émettons l'hypothèse suivante pour expliquer son attitude : elle est à présent environnée de milliers d'habitants, donc d'autant de cerveaux qui émettent des pensées vingt-quatre heures sur vingt-quatre. Sa situation s'apparente donc à une prison psychique où elle doit se préserver de sa propre initiative. J'ai essayé d'imaginer ce qu'elle subit à longueur de temps, et je crois que c'est à devenir fou. Ça revient à se trouver au milieu d'un stade rempli à craquer où chaque personne parlerait à voix haute. Il faudrait apprendre à être sourd sur commande. L'énergie requise pour y arriver explique probablement sa plus grande docilité.

Ilis vit au milieu d'un rugissement permanent.

Ainsi n'échafaude-t-elle plus de plans d'évasion.

Ce nouveau centre est beaucoup plus confortable que le précédent, et mieux conçu pour y vivre.

Les vibrations qui font régulièrement ronronner ce nouvel univers me laissent penser qu'un métro dessert le quartier. Voilà un piètre indice pour deviner où je suis.

Au soir du deuxième jour de notre arrivée, tout le personnel scientifique a été convoqué à une réunion d'information.

Le remplaçant de Karl s'est adressé à nous. J'ai oublié de le préciser, Karl a été retiré du projet Oméga. J'ignore ce qu'il est advenu de lui.

Nous avons appris qui est Ilis.

C'est à peine croyable et je ne suis toujours pas convaincu.

L'enfant s'appelle Ilis Stark.

Je dois avouer que ce simple patronyme m'a laissé de marbre.

Mais son père se prénommait Malhorne.

Ça a été un tohu-bohu général, nous avons pensé que l'on se moquait de nous. À juste titre : je me souviens de cette affaire Malhorne, dans les années 2010, cette campagne de marketing camouflée en pseudo-révélation mystique.

Mais les hommes de la Fondation se sont montrés persuasifs, preuves à l'appui. Je me méfie pourtant des images, mais les cinq heures de projection ont eu raison des plus sceptiques.

L'étude parallèle à la nôtre ne joue pas sur le même terrain que nous, Karl m'avait en partie dit la vérité.

Je ne regarde plus Ilis de la même façon. De simple objet d'étude, elle est devenue le centre de mes préoccupations existentielles.

J'ai recherché le sens de son prénom. Ce nom était devenu tout à coup quelque chose d'important. Le logiciel m'a sorti plusieurs réponses, mais une seule semble coller. En langue kabyle, ce mot signifie « la fille de ». Ilis Stark, la fille de Stark. Ça ressemble à une boutade. Et c'est tellement dérisoire que ça ne peut pas être autre chose.

Que deviendront ces enfants à la fin du programme ? Voilà une question qui me taraude. Elles sont incapables de se débrouiller dans la vie. Elles ne connaissent du monde que notre centre souterrain. Voire un second, s'il existe.

Le cas se pose pour les doubles d'Ilis. Oméga ne quittera jamais la Fondation. C'est impossible. Ils ne peuvent pas se permettre de la laisser partir. Pas après tout ce qui s'est passé.

Et je suis coupable autant que les autres. Ma participation active m'y condamne.

J'apaise ces questions en me persuadant que cela ne me regarde pas. Mais le reflet dans le miroir a une sale gueule.

Maintenant que je connais l'identité d'Ilis, je me demande pourquoi elle collabore avec la Fondation.

Carnet Oméga quatrième
– 6 septembre 2021 –

Nous sommes à présent tous équipés de la puce universelle d'identification. Il fallait bien que ça arrive. Après les chiens et les chats, c'est au tour des hommes d'être tatoués. Pour ce que ça change… Nous étions déjà suivis à la trace via nos téléphones et nos cartes bancaires.

Personnellement, j'ai refusé l'Implant. Les petits allégements fiscaux que son acceptation procure ne m'intéressent pas assez. Et je n'aime pas beaucoup l'idée de porter en moi un corps étranger qui me fliquerait vingt-quatre heures sur vingt-quatre. Mon Implant est dans mon bracelet-montre, je garde encore la possibilité de m'en séparer. Mais le temps est proche où l'Implant deviendra obligatoire, j'en suis persuadé.

Les recherches sur Ilis ont repris. Avec la même équipe, à peu de chose près.

Nous avançons à grands pas en matière de télékinésie. Les appareils s'affinent. Notre compréhension des mécanismes aussi. Il y a interaction entre l'énergie et la matière. La matière étant faite d'énergie, ce n'était pas sorcier d'arriver à cette conclusion. Encore fallait-il le formuler verbalement pour le comprendre vraiment. Ce qui nous passionne, désormais, c'est de reproduire le procédé. Et là, nous balbutions à peine.

En ce qui concerne les principes de la télépathie, c'est le noir total. Nous ne parvenons pas à savoir s'il s'agit d'un processus actif ou passif.

En clair, Ilis se laisse-t-elle pénétrer par les pensées d'autrui, ou force-t-elle nos psychés pour y entrer ? C'est là toute la question à laquelle nous nous efforçons de répondre. Sans résultat.

Le fait qu'elle se soit murée depuis son arrivée dans le nouveau centre nous pousse à croire qu'elle subit en partie les pensées des autres. Mais ce n'est qu'une intuition, rien de démontré. Donc sans valeur pour les recherches.

J'ai le fort sentiment que ce don n'est pas autre chose qu'un sens à part entière. Un sens que nous posséderions tous sans jamais nous en être servis. Soixante-dix pour cent de notre cerveau est laissé en friche. La solution est quelque part dans ces milliards de neurones livrés à eux-mêmes et qui contribuent malgré tout au génie de l'espèce. Les grandes inventions humaines ont été élaborées avec un seul tiers de notre capacité cérébrale. J'essaie d'imaginer où nous conduirait l'utilisation consciente des deux tiers restants. C'est vertigineux. Une humanité pleinement consciente, pensante et, pourquoi pas, omnisciente… C'en serait terminé du chaos des temps actuels. Un rêve. Toucher Dieu en esprit.

Carnet Oméga cinquième
– 12 janvier 2023 –

Revers de la puce universelle d'identification : à mon retour de la précédente session, j'ai trouvé ma boîte aux lettres remplie de relances. Mon e-mail aussi, saturé.

Les multinationales de l'agroalimentaire se demandent où je suis passé.

Les banques s'inquiètent du mutisme de mes cartes.

Plusieurs sociétés de pompes funèbres m'ont fait des offres…

Une loi sur l'obligation d'Implant est en passe d'être votée. J'en saurai plus à la fin de cette session, dans trois mois.

Il manque une enfant à l'appel.

Ilis est bien ici, mais une de ses sœurs est absente.

« Transférée ailleurs », m'a-t-on répondu.

Bref, ce ne sont pas mes affaires. J'ai bien compris le message.

J'en suis resté là de ce nouveau mystère.

C'était compter sans Ilis.

Il est rare qu'elle s'adresse à moi directement, ou à quiconque d'ailleurs.

En général, elle répond à nos questions, quand il y en a. Elle s'amuse surtout en nous observant. Et souvent, ses regards me font froid dans le dos.

« Oméga 4 est morte. Et ce sera le sort de toutes, je le crains. »

Ilis m'a dit ça sur un ton très désinvolte. Elle ne semblait pas particulièrement intéressée par le sujet.

Son affirmation m'a troublé, et me trouble encore.

Que fait-on des souris de laboratoire après les expériences ? On les donne à un autre labo. Mais en aucun cas on ne les remet en liberté. Le destin d'une souris de labo, c'est de mourir au labo. Ou de mettre bas des portées de souris de labo. Et c'est bien ce que ces petites tendront à devenir, des reproductrices.

C'est effroyable, mais elle a raison.

Il est bien temps de m'en rendre compte. Et je ne peux

pas vraiment dire que je n'étais pas au courant. Je ne me l'étais pas avoué. C'est tout.

Depuis le début de nos travaux, aucune particularité n'a été démontrée concernant les sœurs d'Ilis. Elles sont des humains normaux. Pourtant, nous savons qu'elles communiquent avec Oméga. Il n'y a aucun doute sur ce point.

Carnet Oméga sixième
– 24 mars 2026 –

Pas de sessions en 2024 et 2025. Ilis a dû être confiée exclusivement à l'autre équipe. Je me demande quelles investigations ils pratiquent sur elle. Ou avec elle.

Ces deux années m'ont permis de voyager et de participer à des séminaires et congrès. Puisque la Fondation me paye en permanence, je me suis offert des vacances prolongées. La belle vie, en quelque sorte. Mais j'ai rongé mon frein, avant de retrouver nos travaux.

Ilis va avoir quinze ans. Ces deux années l'ont transformée. Le papillon est sorti de sa chrysalide.

C'est troublant. La femme s'est extraite du corps de l'enfant.

Ilis et Oméga 3 ont été inséminées artificiellement.

Je n'ai pas personnellement participé aux opérations. Je ne suis pas toubib. J'avoue en être soulagé. Bien sûr, je travaille sur elles, comme sur un cobaye. Mais les études que je poursuis ne sont pas invasives. Mon quotidien est fait d'équations, de courbes, d'électronique et de discussions passionnées avec mes confrères.

Personne n'a demandé leur avis aux intéressées.

Oméga 3 est enceinte.

Ilis a perdu l'œuf.

Au cours de cette session d'études, trois œufs ont été implantés dans l'utérus d'Ilis.

Trois échecs. Alors que rien ne l'explique.

La seule réponse qui tienne la route, à mon sens, même si elle relève de la science-fiction, c'est qu'Ilis maîtrise tous les paramètres de son corps.

Elle sait lorsqu'elle est enceinte. Alors que l'opération se passe sous anesthésie générale. Mais ses capacités mentales font qu'elle ne peut rien ignorer de nos agissements. Avant même de nous voir, elle doit connaître le but de notre visite.

La Fondation a décidé d'inséminer Ilis de nouveau à la fin de cette session, et de la plonger dans un sommeil artificiel pendant une longue période. Plus longue que d'habitude. Stabilisée dans une sorte de coma, elle ne devrait en théorie pas pouvoir agir sur sa grossesse.

Je n'aime absolument pas le procédé, mais il est nécessaire. Si Ilis transmet à sa descendance ses talents personnels, nous serons en présence d'une sorte de mutation. Ceci concerne l'espèce dans son ensemble. Les moyens éthiquement douteux dont nous abusons ici sont peu de chose par rapport à l'objectif recherché.

Encore une fois, l'humanité dans son ensemble pourrait bénéficier des extraordinaires possibilités concentrées pour le moment dans une seule tête.

À me répéter, j'ai vraiment la sensation de vouloir me justifier. C'est sans doute le cas.

L'œuf d'Oméga 3 s'est détaché à six semaines, alors que d'un point de vue purement physiologique, tout se passait normalement.

Carnet Oméga septième
– 13 février 2027 –

J'ai appris en arrivant que la grossesse d'Ilis a échoué.

À trois mois de gestation. Les médecins, qui ne la quittent pas, ont dû procéder à un avortement thérapeutique. L'enfant est mort dans le ventre de sa mère et commençait à se décomposer.

Il semble, si j'ai bien compris les explications des toubibs, que les anticorps de la mère ont attaqué le fœtus. Il ne présentait pourtant aucune malformation, aucune monstruosité. Et quand bien même…

Des enfants mal formés naissent malheureusement chaque jour.

La croissance d'un fœtus dans le ventre de sa mère répond à des mécanismes très ardus. L'une des grandes questions à laquelle essaie de répondre la science est : pourquoi le corps de la mère ne considère-t-il pas l'enfant à venir comme un corps étranger ? Comme dans le cas d'une greffe. Il devrait se faire attaquer par le système immunitaire de la mère. Et pourtant, les enfants arrivent à terme sans qu'il y ait eu la moindre agression, au contraire.

Ilis a réussi l'impossible. Et ce point excite particulièrement la curiosité de mes collègues. De la compréhension des relations intra-utérines mère-enfant naîtront des progrès fantastiques dans bien des domaines.

Le corps médical de la Fondation a donc décidé de procéder autrement. Un œuf issu de l'utérus d'Ilis a été transféré dans le ventre d'Oméga 2. Pour plus de sûreté. Ainsi, puisqu'elles sont plus que sœurs, l'enfant pourra croître sans agression.

Oméga 2 est morte. Elle s'est étouffée dans son sommeil. Elle était pourtant en parfaite santé.

Personne n'en a parlé, mais nous devinons tous qu'Ilis est l'auteur de ce meurtre à distance.

C'est monstrueux.

Mon but n'a jamais été d'en arriver là.

Mais nous sommes tous responsables. Notre travail commun a conduit cette jeune femme à se transformer en criminelle. La juger seule coupable serait des plus hypocrites.

Pour ce qui est de mes travaux, ce saignant épisode signe la fin de ma collaboration avec la Fondation. Non que je sois devenu intègre. Un bilan de santé me pousse à prendre ma retraite avant l'heure.

Le crabe est en moi. Il faut agir vite. Et ce n'est pas au sein de la Fondation que je pourrai suivre une chimiothérapie ou une thérapie génique.

J'aurais aimé en parler avec Ilis. Parler de la mort. Du passage. Elle qui revient de là-bas, si tout ce que j'ai entendu dire sur Malhorne est vrai. Mais elle se moque des vivants qui l'entourent, et je ne peux pas lui en vouloir. J'ai mené sur elle dix ans d'expériences froides et calculées, ce n'est pas aujourd'hui que nos relations vireront à l'affect, comme un épicurien qui se transformerait en vertueux sur son lit de mort.

Je vais donc quitter la Fondation, demain. Cela me pèse, et me soulage en même temps.

Ma dernière entrevue avec Ilis m'a ému à un point que je n'envisageais pas.

J'ai tenu à la voir sans barrière. J'ai pensé que je n'avais rien à craindre d'elle et j'ai utilisé mon passe pour accéder à sa salle de vie.

Ilis s'est approchée de moi. Elle a posé une main sur mon épaule. Elle n'a rien dit, ses mots ont pénétré mon esprit sans que je puisse les repousser.

« *Va jusqu'au bout sans désespérer. La réponse t'attend derrière. Et la surprise est à la hauteur de ton doute.* »

Post-scriptum :

Votre nom m'est venu après mon départ du centre. Un an plus tard, environ. Le vôtre et celui d'un certain Franklin Adamov, dont je n'ai pas retrouvé la trace. Je n'étais donc plus en contact avec nos cobayes. Mais je suis certain que cette pensée me vient d'Ilis. Qui d'autre ?

Au pire, ce n'est qu'une *malfonction* de mon cerveau. Les médicaments peut-être. La chimie peut avoir bien des effets secondaires.

Qu'importe !

Je lui devais bien ce petit service. Cette enfant devenue femme a rempli ma vie de scientifique et forgé au fond de mon cœur des questions nouvelles, un intérêt pour l'espèce humaine que je n'aurais pas pensé éprouver un jour.

Ces dix années passées auprès d'un être aussi exceptionnel m'ont transformé plus que prévu. Mon corps est devenu vieux et malade. Je mourrai bientôt. J'ai eu la chance de la côtoyer, de l'examiner, de l'étudier. Je rage de ne pas pouvoir rester davantage.

Je ne sais ce qu'il adviendra d'elle, mais j'espère que son existence sera connue du plus grand nombre. Pour le bien de la multitude.

Si les secrets que nous avons en partie percés restent entre les seules mains de la Fondation et d'une multinationale, alors j'ai peur d'avoir œuvré dans une mauvaise direction. Mais ceci est l'affaire des générations à venir.

Voici donc la trace de mon passage ici-bas.

Peut-être aurez-vous la possibilité d'en faire quelque chose, hypothétique Tara Steamway.

Peut-être que non.

Je ne peux voir très loin. Ce sont les jeunes gens qui rêvent.

Le dernier carnet s'achevait ainsi. Le post-scriptum avait été rédigé d'une main mal assurée. Il ne devait pas remonter à très longtemps. La maladie, en phase terminale, de Joe Platt faisait chavirer les lettres. Les lignes de la feuille n'étaient plus respectées, alors que de l'écriture antérieure se dégageait une rigueur quasi obsessionnelle.

L'épaisseur des carnets s'amoindrissait au fur et à mesure qu'ils se rapprochaient dans le temps. Sans doute Joe Platt avait-il ajouté de plus en plus de détails techniques puis arraché les feuilles.

Tara retira ses lunettes. Son regard alla se perdre dans la frondaison du tilleul. Tout ça aurait dû paraître insensé, mais pas à ses yeux. Elle avait connu Bout de chou. Elle avait rencontré plusieurs hommes et femmes qui avaient attesté de la réalité de Malhorne. Pas le personnage d'une fiction, mais un être d'exception bien réel. En comparaison, dans le domaine de l'extraordinaire, ces carnets étaient moindres.

De la cuisine venaient des bruits de casseroles. Elle abandonna sa chaise et rejoignit Mika.

Surtout, ne rien lui dire, pensa-t-elle en pénétrant dans la maison. *Il me prend déjà pour une barge de la ville.*

Tara se mit au travail aussitôt après le repas. Elle téléchargea les dossiers de Joe Platt sur son ordinateur. Il y en avait des centaines. La tâche s'annonçait fastidieuse.

Le scientifique paraissait avoir conservé une vie entière de travail. Tara ouvrit les fichiers les uns après les autres, en commençant par le premier. Elle ne voulait en omettre aucun. Un premier coup d'œil suffisait en général à l'informer du contenu. S'il s'agissait de chiffres, de formules mathématiques ou de ce genre de matières auxquelles elle n'entendait rien, elle refermait alors le dossier et passait au suivant. Mais Joe Platt avait pris beaucoup de notes au cours de son existence. Sur tout et rien. Ses relations de travail, ses déplacements professionnels, ses compagnes d'un soir ou de plusieurs, le temps qu'il faisait, les problèmes avec l'administration, tout était archivé. Tara ne savait en plus pas exactement ce qu'elle devait chercher dans cette masse énorme de notes. Et encore moins trouver. Mais elle était habituée à fouiner. Vingt-cinq ans de journalisme avaient aiguisé son œil.

Elle imprima tout ce qui lui semblait digne d'intérêt. Même le plus minime. Platt avait beaucoup voyagé. Mais les carnets faisaient mention de sa totale ignorance sur la localisation du site de recherche. Au mieux pouvait-elle trouver un indice sur l'emplacement du premier centre, puisque Platt avait participé à la traque de l'enfant. Mais ça ne la mènerait nulle part. Elle chercha jusqu'au soir et s'arrêta, les yeux rougis par la rémanence due à l'écran.

Au matin, une incohérence la frappa au réveil. Si Joe Platt archivait tout, comment se faisait-il qu'elle n'ait pas aperçu le moindre e-mail ? Elle se remit aussitôt au travail, sans prendre le temps de déjeuner.

Cette fois-ci, elle chercha uniquement l'interface caractéristique des e-mails et finit par trouver. Le fichier était énorme. Il pesait plusieurs centaines de mégaoctets d'écriture. Ça représentait une dizaine de milliers de pages. Tara prit son courage à deux mains et commença une lecture fastidieuse.

Son estomac capitula le premier. Des odeurs prometteuses montaient de la cuisine. Ça sentait le lapin poêlé et les herbes de montagne.

Tara abandonna son écran et descendit se mettre à table.

Mika traversait la salle à manger, un plat brûlant entre les mains, lorsqu'une ombre occulta en partie la lumière venant de l'extérieur.

– Je vois que j'arrive à point nommé ! fit une grosse voix depuis une fenêtre ouverte. Vous aurez bien un petit quelque chose pour un pauvre prêtre errant ?

34

Stacey se tenait immobile dans un coin de la tente. Devant lui s'étalaient les vestiges péniblement remontés au cours des quatre derniers mois de fouilles. Il avait insisté pour commencer le travail par les fouilles de la ville, laissant à Eredan et Meryl le soin d'avancer sur les sept villas.

Lentement, il passa d'une table à une autre, s'arrêtant parfois devant un objet, l'examinant de plus près, le soupesant pour estimer la dureté du matériau utilisé ou simplement pour le sentir dans le creux de sa main. Lorsqu'il eut achevé un tour de la pièce, il dirigea son regard vers Paul.

– C'est vrai que c'est mince, dit-il en réfléchissant. Aucun objet rituel, aucune poterie intacte. On dirait que tout a été enlevé ou brisé avant que le temps ne recouvre tout ça.

Paul hocha la tête plusieurs fois.

– Même dans la ziggourat ?

– Je me suis occupé moi-même de cette portion du site. Je n'y ai trouvé aucune sculpture. Rien.

– C'est diablement déroutant.

– On ne sait même pas comment s'appelait cette ville. Ni qui y a régné. C'est très frustrant de fouiller des tombes anonymes.

– Je ne suis pas sumérologue, Paul. Mais il y a sûrement un moyen de savoir où nous sommes grâce aux archives de nos prédécesseurs. Des textes connus doivent faire référence à cette ville ?

– J'ai cherché et je n'ai rien trouvé. Ceci dit, il reste des dizaines de milliers de tablettes à transcrire. Mais ce n'est pas moi qui m'y collerai.

– Et la nécropole ? Vraiment rien ?

– Pas un squelette ! On a mis au jour un bon millier de tombes. Et pour certaines, on n'a fait qu'y passer. Mais un coup d'œil suffit quand il n'y a rien à voir.

– C'est unique…

– C'est surtout incompréhensible, le coupa Paul. Tu sais, je me confronte à cette question depuis quelques mois, et je n'avance pas d'un pouce. J'ai imaginé qu'une bataille avait rasé la ville. Pourquoi pas ? L'histoire est parsemée de ce genre de choses. Soit, pour la ville. Mais les morts ? On peut massacrer les vivants, les emmener en esclavage, organiser un génocide. Mais on n'emporte pas les restes des générations précédentes ! Ça ne tient pas debout. En tout cas, pas dans mon esprit.

– On ignore quels rapports ces envahisseurs présumés entretenaient avec la mort. S'ils ont existé…

– Je sais. Mais alors, ce serait effectivement unique.

– Je comprends, acquiesça Stacey. J'espère pouvoir apporter un début de solution bientôt.

Le lendemain, deux camions chargés de matériel se rangèrent au plus près du chantier. Paul apprécia d'un œil expert les avantages technologiques de sa coopération avec la Fondation. Outre de gros engins de déblaiement qui remplaceraient le travail de dizaines d'hommes, les caisses estampillées « Fondation Prométhée » livrèrent de véritables trésors pour un archéologue désargenté.

– Vous avez des robots de fouille ? s'extasia Paul.

– Tu as des robots de fouille, le corrigea Stacey. C'est toi le chef ici. Je ne l'oublie pas.

Paul lut un bordereau agrafé sur le bois d'une palette.

– Ne me dis pas…

– Si. C'est bien un radar gyroscopique.

– Merde, alors ! On ne va plus avoir besoin de creuser.

– Presque. Où serait le plaisir ? L'un de mes petits bonheurs, sur un chantier, c'est justement de me nettoyer les ongles, le soir, après une bonne journée de travail. Ça me délasse. Et pendant ce temps, je repasse les événements depuis le matin.

– Tu as toujours été un jouisseur, toi.

– On emploie les grands mots ?

Spencer sortit de la tente d'exposition et se dirigea vers eux.

– C'est pas folichon, vos antiquités, dit-il d'un air maussade.

– Eh bien, justement, Karl, répondit Stacey. C'est l'un des principaux intérêts de ce site. Je t'expliquerai.

– Si tu le dis !

Spencer se tourna dans la direction des camions.

– Hep, hep ! Les gars, c'est pas des colis de légumes. Un peu de doigté avec ce transpalette !

Puis il fixa Paul.

– Font chier, ces bouffeurs de loukoums !

– Je tiens à vous remercier, monsieur Spencer. C'est plus que je n'espérais…

– C'est pas moi qu'il faut remercier, répondit sèchement Spencer. Je n'ai fait que passer la commande établie par Stacey.

Sur quoi, il tourna les talons et commença à gravir la pente menant au sommet de la ziggourat.

– Il est toujours comme ça ?

– Je l'ai connu plus austère encore. Mais c'était différent. Tu vois le sergent recruteur des films du siècle dernier ? Eh bien, Spencer était pire que ça. Une véritable machine de guerre.

– Que s'est-il passé ?

– Sa femme est morte. Il y a quelques années. Maladie d'Alzheimer. Il l'a assistée jusqu'au bout. On s'est aperçus de sa transformation après. Petit à petit. Il est devenu moins agressif. Toujours aussi renfermé et austère… Mais à présent, je crois qu'il a retourné ses armes contre lui-même. Quelque chose dans ce goût-là.

– Bon à savoir, en tout cas.

– Avant cette histoire, Spencer gérait la sécurité de la Fondation. Et d'une partie de l'empire de Craig, je crois. Il a lâché ce poste. Aujourd'hui, il est devenu une sorte de régisseur. L'homme qui s'occupe de tout. D'ailleurs, tu remarquerais un détail d'importance, si tu l'avais connu avant.

– Quoi donc ?

– Il ne porte plus d'arme.

Dans l'après-midi du même jour, Stacey et Paul déployèrent le matériel sur le chantier. Stacey s'occupa de régler les robots pendant que Paul assemblait les différents éléments du radar gyroscopique. Ce travail minutieux mena les deux hommes jusqu'à la tombée de la nuit.

Spencer ne se montra pas de la journée. Il avait disparu après le départ des camions, un sac sur le dos, en direction du désert.

L'obscurité les arrêta.

Ils se douchèrent, dînèrent, puis s'installèrent dehors sur des chaises longues, une couverture chauffante sur les cuisses.

Stacey sortit un étui argenté de sa vareuse et tendit un cigare à Paul.

– Volontiers, dit-il. Pour une fois que Meryl n'est pas là pour me sermonner.

– Plains-toi. Meryl est une perle. Tu ne serais pas le même homme, sans elle.

– Ça, c'est probable !

– On dirait un regret…

– Il n'y a jamais eu de madame Revel ?

– Jamais longtemps. Et ça commence à dater.

– Alors, tu ne peux pas comprendre…

Stacey se redressa sur sa chaise et pencha son buste vers Paul.

– Une confidence d'homme marié, peut-être ?

– Chacun son chemin, mon vieux. Toi, tu aimerais qu'une femme égaye ta vie de temps à autre. Moi, je désespère devant le peu de solitude dont je jouis.

– On ne peut pas tout avoir. C'est la vie !

– C'est pas le couple le problème, d'ailleurs.

– C'est quoi, alors ? N'avoir qu'une femme ?

– Non. C'est le foyer. C'est un truc de femme, ça. Le foyer.

Paul parla un ton plus bas.

– Heureusement que Meryl ne participe pas à notre conversation. J'entendrais parler d'un sacré pays, sinon.

– Tu parles d'un foyer, toi ! relança Stacey. Vous avez passé la moitié de votre vie dans des endroits comme ici. Ça a au moins le mérite de casser les habitudes.

– Je ne me plains pas, rectifia Paul. Mais je me dis souvent que deux foyers pour un seul couple offriraient bien des avantages.

– Prenez deux caravanes, si ce n'est que ça.

– C'est vraiment pas possible de parler sérieusement avec toi.

– Oh, il y a bien quelques sujets sur lesquels je ne plaisante pas.

– En dehors de l'archéologie, cite m'en un ?

Stacey réfléchit une seconde.

– Les cigares, Polo. Les cigares !

– Il est vingt-deux heures, Stacey.

– Ravi de l'apprendre. Et ?

– Spencer n'est toujours pas rentré. Je trouve ça inquiétant. Quel âge a-t-il au juste ? Pas loin de la soixantaine, non ?

– Cinquante-sept. À plus ou moins six mois près, le renseigna Stacey. Ne t'en fais pas pour lui. C'est loin d'être un gamin. Ni un vieillard. Spencer est un homme de terrain. Il ressent la pierraille jusque dans ses tripes. Je suppose qu'il est parti jauger le degré de dangerosité de ce désert.

Comme répondant à un appel, Spencer apparut dans la lumière des lampes.

– J'ai surestimé mes forces, dit-il en respirant bruyamment. Le retour a été plus pénible que prévu. Ils sont loin, mes vingt ans.

– Vous cherchez à vous tuer ? demanda Paul.

Spencer désigna du doigt le cigare que l'archéologue tenait à la main.

– Vous ne devriez pas consommer ce genre de saloperie. C'est mauvais pour les artères.

Une demi-heure avant l'aube, Paul mena Stacey au sommet de la ziggourat. Ils contemplèrent en silence le lever du jour, baignés par ce vent ponctuel qui n'apportait rien de plus que les senteurs du désert.

– On y va ? demanda Paul quand la lumière fut suffisante.

– On va se gêner ! répondit Stacey, un sourire accroché aux coins des yeux.

Ils descendirent la pente du temple antique en trottinant et se mirent à la tâche.

Le robot de fouille, copie à six pattes du mode de déplacement de l'araignée, permettait de pénétrer sans aucun risque à l'intérieur de galeries. Sans fil, muni de systèmes d'accrochage aptes à affronter n'importe quelle surface, il transmettait par liaison HF ce qu'il voyait. Une pince pouvait même rapporter des objets, dans la limite d'un kilo.

Le radar gyroscopique offrait l'immense avantage de pénétrer les couches de terrain sur plusieurs mètres, d'en identifier la nature et de matérialiser sur écran les formes rencontrées.

En associant ces deux technologies, il devenait presque possible de fouiller assis dans un fauteuil.

Stacey fut le plus prompt. Son robot, qu'il avait baptisé « Arsenic », se glissa à l'intérieur de la nécropole, où il disparut bientôt. Stacey installa son moniteur de contrôle dans la première fosse couverte qu'il trouva et s'assit devant le plus confortablement possible.

– Paul, appela-t-il, dix minutes à peine après avoir commencé. Viens voir !

Paul abandonna le radar et descendit dans la nécropole.

– C'est déjà en panne ? Coincé quelque part ?

– Non. Pas du tout. Viens.

– T'as trouvé quelque chose ?

– Non. Justement. Il n'y a toujours rien.

– Alors, pourquoi me demandes-tu de venir ?

– Parce que c'est moins ennuyeux à deux.

Paul s'assit à son tour dans l'ombre fraîche de la tombe. Dehors, il commençait à faire chaud.

– Il est loin ?

– Trente mètres, à peu près.

Sur l'écran, un couloir très obscur et bas de plafond s'enfonçait dans les ténèbres. De part et d'autre du couloir apparaissaient des *loculi*. Parfois isolées, ces alvéoles pouvaient aussi se superposer sur deux ou trois étages.

Stacey gouvernait le robot grâce à un joystick perfectionné. Chaque *locul* était visité, mais l'ouverture béante laissait présager chaque fois la même chose. La tombe avait été visitée.

Il poursuivit pourtant ce manège pendant des heures. À ses côtés, Paul avait essayé de commenter les images mais, faute de nouveautés, il avait fini par se taire.

À la pause du déjeuner, le robot se trouvait à plus de cent mètres de son point de départ. Sans avoir isolé le moindre squelette.

Stacey l'éteignit. L'écran indicateur de batterie annonçait trois quarts de charge, mais il voulait être certain de pouvoir le ramener à bon port.

– C'est navrant, critiqua Stacey en sortant de la fosse.

– À ton tour de prendre patience, répondit Paul. Allons manger. On se lamentera après.

Les deux archéologues gagnèrent la fraîcheur climatisée de la caravane. Par habitude, Paul jeta un coup d'œil vers le fax. Une feuille avait glissé sur le sol. Il la ramassa.

APPELLE-MOI !!!
Meryl.

Paul brancha son portable. Il était saturé de messages de sa femme.

Trente secondes plus tard, le visage de Meryl apparaissait sur l'écran. Elle semblait très excitée.

– Vous foutez quoi ? J'essaie de t'avoir depuis des plombes !

– Qu'est-ce qui se passe ? demanda Paul, inquiet. Vous avez des problèmes ?

– Pas du tout. On a fait une découverte incroyable ! Tu peux pas t'imaginer.

– Explique-nous. Stacey est avec moi…

– C'est simple, répondit Meryl. On a trouvé un témoin oculaire !

35

Le plan des égouts de New York est fou, bien plus complexe que celui de la ville du dessus, dont ils captent les eaux usées. Au début de sa course effrénée, Milos aurait aimé en posséder une carte. Mais il s'était vite rendu compte qu'elle ne lui aurait pas servi à grand-chose. Les liquides ne connaissent qu'un mouvement, celui de la pente. Leur nature répond à l'attraction terrestre et recherche en permanence l'horizontalité. Les soixante heures que Milos passa sur, sous et près de l'eau lui firent entrer ce principe dans le crâne. Souvent à la force de ses bras et à la longueur de ses apnées.

Si le plan extérieur de New York se lit en deux dimensions, celui de ses égouts en possède trois. Par un système complexe de cascades, de siphons et de pompes, les chasses d'eau, les bains et les lessives de millions d'habitants montent et descendent avant d'être expulsés plus loin.

L'écoulement de ces eaux ne peut être linéaire. Il faut compter avec les tunnels ferroviaires ou routiers, contourner, traverser ou plonger sous les fondations profondes du gigantisme architectural qui donne à cette ville une partie de son identité.

Les plaques indicatrices des rues sous lesquelles Milos se trouvait ne lui servaient jamais longtemps. Alors qu'en extérieur, il aurait pu marcher sur des kilomètres sans rencontrer un obstacle, une imprévisible paroi souterraine venait lui barrer la route. L'eau poursuivait la sienne imperturbablement, tandis que Milos devait choisir entre la nage, souvent en apnée d'une durée inconnue, et un demi-tour aux conséquences incertaines, car il pouvait le remettre dans la ligne de mire de ses poursuivants.

Rapidement, il se crut seul. Dans son esprit, les patrouilleurs n'iraient pas jusqu'à le suivre dans les siphons. Dans une course-poursuite, le pourchassé maîtrise plus de paramètres que le chasseur, puisqu'il est prêt à tout pour sauver sa peau. Mais les sections d'interventions spéciales avaient l'avantage de la logistique pour eux. Ils connaissaient parfaitement le plan des égouts. Dès qu'ils perdaient Milos sur leurs traceurs, le logiciel de recherche leur proposait toutes les issues possibles.

Au plus fort de la traque, jusqu'à cinq cents hommes furent mis à contribution pour capturer Milos, ce qui faisait de lui l'un des plus gros gibiers de la décennie sur le point de s'achever.

Au soir de la première journée, il constata une inversion du sens d'écoulement des eaux. Il se trouvait aux abords de Harlem, si près de chez lui et pourtant dans l'impossibilité de s'y rendre. L'identifiant du maire y avait été détecté par les bornes de scanner. Son quartier devait grouiller de patrouilleurs.

Au-dessus, le relief devait s'accentuer car la température commençait à descendre. La chaleur emmagasinée par le macadam se sentait de moins en moins et une fraîcheur bienvenue lui permit de se reposer un peu.

Le canal qu'il suivait se divisa sur deux niveaux, puis trois, puis quatre.

Milos n'avait jamais parcouru cette partie des sous-sols de sa ville. Il resta sur le niveau inférieur en espérant qu'il ne serait pas coincé au bout par un mur de brique de vingt-cinq mètres de hauteur.

Mais ses craintes s'apaisèrent bientôt. De cascade en cascade, les canaux superposés se rejoignirent en approchant de la mer.

Le canal se fit chenal en même temps qu'un bruit de brassement d'eau augmentait. Milos fut arrêté par des barrières sous tension. Il reconnut sur le grillage le sigle d'une des sociétés qui géraient le traitement des eaux usées de New York. La sortie s'indiquait d'elle-même, mais il rebroussa chemin. Cette issue devait être particulièrement surveillée par les patrouilleurs.

Il retourna jusqu'à une canalisation sèche qu'il avait croisée quelques minutes plus tôt. La poussière blanchâtre qui en maculait les parois lui apprit que de l'eau y circulait parfois, mais pas récemment. Sans doute était-ce un conduit de délestage.

La plaque murale indiquait qu'il se trouvait sous l'angle de la 3e Avenue et de la 128e Rue. Il était au bord de la rivière Harlem.

Le tuyau, dont le diamètre était légèrement inférieur à sa taille, l'obligea à courber le dos pour avancer. Il y faisait un noir d'encre. Milos se retournait de temps en temps, pour apercevoir le rond de lumière qui diminuait graduellement. Puis le tunnel fit un coude sur la droite et la lumière disparut. D'après l'orientation que prenait sa route, et la pente infime du sol, Milos déduisit qu'il traversait la rivière sous le pont de la 3e Avenue.

Il cherchait à quitter Manhattan depuis son départ. Dans le Bronx, les patrouilleurs seraient moins nombreux.

Il marcha près de quatre cents mètres dans un noir total, puis un cercle blafard se dessina en face de lui. Il arrêta de compter ses pas et courut presque vers la source de lumière, tant il désespérait de la revoir jamais.

Le conduit s'achevait au-dessus d'une cuve de la taille d'un immeuble de cinq étages, à moitié remplie d'une eau verdâtre et puante. Des échelons métalliques fixés dans la paroi le narguaient à une dizaine de mètres, trop loin pour qu'il puisse les attraper en sautant. Il fallait d'abord plonger dans le bassin. Déjà crasseux de la tête aux pieds, il n'était plus à ce détail près. Il plongea, sans même se demander si la profondeur de l'eau serait suffisante.

La viscosité du liquide était proche de celle de l'huile. Et son plongeon avait fait remonter à la surface des bulles d'air vicié qui éclataient autour de lui. L'odeur était répugnante.

Au bord du vomissement, Milos attrapa un échelon et se hissa hors de la cuve. Il n'aurait pas fallu qu'il patauge plus longtemps dans cette puanteur liquide.

Il resta étendu sur le sol plusieurs minutes. Son corps était parcouru de frissons. La fatigue, la privation de nourriture et le dégoût cumulés commençaient à avoir raison de lui.

Il fallait qu'il sorte. Mieux valait affronter les patrouilleurs dehors que de crever ici.

Il n'avait aucune idée de l'endroit sous lequel il se trouvait. Les canalisations autour de lui montraient des signes de travaux en cours. Les plaques des rues avaient été enlevées.

Il se leva et partit au hasard.

Milos marcha peu de temps. Une échelle murale se présenta bientôt sur sa gauche. Sans savoir pourquoi celle-ci plutôt qu'une autre, il la gravit et se retrouva sur une petite plate-forme grillagée, à une quinzaine de mètres au-dessus du sol.

Il souleva la plaque en fonte qui le surplombait et sortit la tête à l'extérieur.

Il faisait nuit. Milos s'en étonna. Il avait perdu le compte des heures.

Près de trois jours après être entré dans les égouts sous Central Park, il en ressortait enfin, quelque part dans le Bronx.

L'endroit était désert. Du regard, Milos fit un tour de son nouvel horizon avant de poser la plaque sur le sol et de se hisser au-dehors.

Il resta accroupi, les sens en alerte. Un immeuble d'une quinzaine d'étages se dressait devant lui. Sur le sol, des traits de peinture délimitaient un parking, apparemment abandonné. Des touffes d'herbe sortaient entre les interstices du béton.

Sur sa droite, il y avait deux murs aveugles marqués d'un sigle de société et, derrière lui, un portail fermé au bout d'une courte voie privée.

Curieusement, la cour ne paraissait servir à aucun des bâtiments qui l'entouraient. Il alla jusqu'au portail pour essayer de glisser un œil à travers la serrure, mais elle était soudée et pleine.

Cette cour sans accès n'avait aucun sens. Pourtant, quelqu'un y venait, puisque des plantes en pot s'épanouissaient le long d'un mur. Milos en fit le tour et finit par découvrir un renfoncement que la perspective précédente lui avait caché.

Le couloir à ciel ouvert suivait l'immeuble, puis tournait à angle droit avant de descendre sous terre. Milos n'était pas très attiré par une nouvelle expédition souterraine, mais sa nudité et son envie de sortir l'y contraignaient. Il devait faire vite. Si le quartier était correctement équipé de bornes de scanner, son identifiant d'emprunt avait déjà été détecté par l'ordinateur central. Et les patrouilleurs rappliqueraient sous trois minutes, au maximum.

Il descendit lentement la rampe. Sans arme, depuis

qu'il avait perdu son sac dans un siphon, nu et fatigué, Milos ne tenait pas à affronter qui que ce soit.

Une lampe de service clignotait au bout d'un couloir d'une dizaine de mètres qui s'achevait par deux portes face à face. Milos s'y engagea et essaya d'ouvrir les portes. Aucune des deux n'était close.

Il pénétra dans un grand local où étaient entreposés des produits d'entretien. Les rayonnages couraient le long des murs. Au-dessus de la porte, une pendule indiquait la date et l'heure. Il était six heures du matin. Sur une table, un journal abandonné la veille traînait à côté d'un cendrier et d'une boîte de gâteaux vide.

Milos se laissa tomber sur une chaise et parcourut le quotidien. Une pleine page relatait la fin du bivouac sauvage de Central Park, mais aucune mention n'était faite de l'exécution de Joanna.

Milos n'en fut pas surpris. Il reposa le journal et laissa tomber sa tête en arrière. Il n'avait vraiment plus les idées claires. Cela devait faire cinq minutes qu'il était sorti de l'égout et aucune sirène ne résonnait dans la rue. Le quadrillage du quartier devait être déficient. Ou alors, l'immeuble se trouvait au centre d'un large périmètre privé non balisé, comme cela arrivait encore parfois.

Quelle que soit la réponse à cette interrogation, Milos avait besoin de repos. Il allongea les jambes sur la table et s'endormit comme une masse.

Il se réveilla dans la même position. Un regard vers la pendule lui indiqua qu'il venait de dormir trois heures. Il ne sentait plus ses jambes. Son sang avait du mal à circuler correctement. Il se leva et courut sur place. La sensation de fourmillement était à la limite de la douleur.

Lorsque l'effet de sa trop longue immobilité s'atténua,

Milos commença à fouiller le local. Il avait faim et devait trouver des vêtements.

Il inspecta chaque recoin du local, sans succès. Il ressortit dans l'entrée et ouvrit la seconde porte. Celle-ci donnait sur un couloir. Milos s'y engagea sans plus réfléchir. Aucun bruit ne lui parvenait. Il devait être réellement seul.

Le corridor le mena à un petit vestiaire. Deux armoires métalliques contenaient une demi-douzaine de combinaisons de nettoyage et des chaussures étanches. Une troisième armoire s'ouvrit sur des cartouches de cigarettes, un poster dit « de charme » et des boîtes d'aliments pour chats.

Milos poursuivit ses investigations. Une nouvelle porte. Un nouveau couloir. Un poste à haute tension, puis trois lourdes portes blindées, espacées d'une vingtaine de mètres, sur le tracé extérieur d'un rectangle. Milos tournait autour d'un grand local fermé par ces portes au blindage digne d'une banque de quartier. À vue d'œil, et si l'intérieur respectait les dimensions externes, les parties protégées atteignaient dans les quatre ou cinq cents mètres carrés. De quoi entreposer bien des valeurs.

Et quelque chose lui murmurait que ce qui se trouvait derrière l'attendait. Il n'avait qu'à pousser la porte et se servir.

L'envie montait en lui de façon irrésistible. Seulement, la réalité ne s'accordait pas aussi facilement avec son fantasme. Les mâchoires de serrures puissantes se devinaient le long du chambranle et des contacteurs magnétiques indiquaient la présence d'un double mécanisme de sécurité. À côté de chaque entrée, à un mètre cinquante au-dessus du sol, un clavier numérique venait renforcer la sécurité d'un quatrième système de protection.

Un détail étonna Milos. Les poussoirs de secours des portes blindées se trouvaient du mauvais côté. Dans une configuration logique, on essaie d'empêcher d'entrer, pas de sortir. Pourtant, contre toute cohérence apparente, les poussoirs étaient à l'extérieur.

Cette anomalie excita la curiosité de Milos au point qu'il en oublia sa situation, sa faim, Joanna et tout ce qui l'avait conduit dans cet endroit. Il emprunta une chaise dans le vestiaire et descella une trappe d'aération. Le conduit ne présentait ni système d'alarme, ni grille d'arrêt. Il s'y faufila et commença à ramper. Trois mètres plus loin, le boyau obliquait, puis s'ouvrait d'une grille de ventilation orientée vers le sol, précédée par deux rayons laser qui formaient un X.

Milos soupira d'aise. L'absence de système de sécurité l'aurait plus inquiété que rassuré. Il rebroussa chemin en se promettant de revenir au plus tôt. Avec le matériel adéquat, il saurait sans peine déjouer la vigilance des faisceaux croisés.

Il rangea la chaise à sa place et essaya d'effacer les traces de sa visite. Puis il se sustenta d'une boîte de pâtée pour chat, en supposant que son propriétaire comptabilisait davantage ses paquets de cigarettes.

À peu près rassasié, même si les aliments provoquaient une révolte au fond de son estomac, il s'occupa de son apparence.

Ses cheveux mi-longs étaient agglomérés par la crasse et formaient une boule informe sur le sommet de son crâne.

Il se doucha sous un robinet et utilisa du produit d'entretien pour les sols en guise de shampoing. C'était abrasif et désagréable, mais faute de mieux, il s'en contenta. Il se sécha avec des torchons, revêtit une combinaison de nettoyage et enfila des chaussures étanches.

Maintenant, il fallait sortir. Il avait suffisamment tiré sur la corde chance pour s'y risquer davantage.

Le problème, c'est que Milos portait toujours sur lui l'identifiant du maire de New York. Une fois à l'extérieur, entre les patrouilleurs qui le cherchaient encore, les bornes qui quadrillaient la ville et les rondes habituelles des policiers normaux, il ne resterait pas une heure en liberté.

Il avait besoin d'aide.

En dehors de Méti, Milos n'avait aucun ami sur lequel il pouvait compter. Et même si le chef de gang n'était pas complètement fiable, Milos avait besoin d'un coup de main. Plus cette main serait puissante, plus cela lui donnerait de chances.

Pour la première fois de sa vie, Milos dut se rendre à l'évidence. Il ne s'en sortirait pas seul.

La seule solution qui lui restait était de s'ouvrir l'épiderme et d'enlever la puce. Mais ce genre de cicatrice vous désigne comme déviant pour le reste de vos jours. Et puis, porter un identifiant d'emprunt ou ne pas porter de puce du tout revenait à peu près au même. C'était l'arrestation assurée et la prison d'État dans l'heure. Et pour lui, la prison signifiait une attente interminable dans le couloir de la mort.

Milos ne pratiquerait cette amputation qu'en dernière extrémité.

Il eut une autre idée pour essayer de s'en tirer. Une idée moins radicale qui pouvait marcher. Avec un peu de chance.

Dans moins de deux heures, un match allait avoir lieu dans le Yankee Stadium. La semaine précédente, il avait acheté un billet, qui traînait maintenant quelque part dans les égouts. C'était sa seule possibilité de salut. Saturées par les milliers de personnes concentrées sur une aussi petite surface, les bornes de scanner disjoncteraient rapidement. Il fallait attendre que le stade soit rempli pour aller se mêler à la foule et essayer de contacter Méti.

Ce serait bien le diable s'il n'arrivait pas à se faufiler jusque-là entre les bornes de scanner.

Son plan en tête, Milos sortit du vestiaire et retrouva la cour, à présent ensoleillée.

La structure en X du portail lui permit d'y grimper sans difficulté. Il se tint à mi-hauteur contre la tôle et laissa dépasser le sommet de sa tête pour observer les alentours.

Il aperçut des quais de débarquement de marchandises. Une succession de bâtiments bas s'étiraient sur plusieurs centaines de mètres. Entre deux hangars, Milos reconnut la structure métallique du pont de Madison Avenue. Sur sa droite, des containers s'entassaient à la façon d'un jeu de construction dont seule une grue automatisée connaissait le plan. De l'autre côté, des chambres froides rejoignaient l'immeuble dans lequel il avait passé le début de la matinée.

Une activité intense y régnait. Des bœufs dépecés passaient des bâtiments aux camions, charriés sur des porte-charge électriques ou à dos d'homme, lorsqu'il s'agissait d'animaux de plus petite taille.

À présent, Milos devait agir vite. Dès qu'il franchirait le portail, les scanners détecteraient sa puce, et la traque recommencerait.

À deux mètres sur sa droite, une caméra de surveillance braquait un objectif grand angle vers la sortie. S'il voulait revenir pour visiter plus intimement cet endroit, il ne pouvait pas se permettre de s'y faire repérer. Il s'arc-bouta sur le portail, tendit les bras à l'horizontale et commença à jouer au funambule sur le mur étroit. Parvenu à hauteur de la caméra, il força sur la rotule pour diriger son axe de prise de vue vers le sol. La rotule, correctement huilée, pivota sans résister.

Tant mieux, se dit Milos. *Faut que ça soit réaliste.*

Côté extérieur, le portail et le mur d'enceinte portaient de nombreuses traces de chocs, sans doute laissées par des camionneurs inexpérimentés. L'exiguïté de la cour obligeait les véhicules à raser l'enceinte pour faire demi-tour.

Milos attendit qu'un semi-remorque manœuvre suffisamment près du mur pour sauter dessus. Il s'accrocha aux ridelles, ballotta de droite et de gauche et réussit enfin à grimper sur le toit. Le camion s'éloigna sur la voie express, qu'il quitta presque aussitôt pour s'engager sur Grand Concourse.

Aux abords du parc Franz Sigel, Milos frappa du poing sur la carrosserie du camion. Le chauffeur stoppa, pensant à un choc avec un autre véhicule. Milos en profita pour sauter sur le trottoir et disparaître dans le parc, où il se mêla à un groupe compact de supporters des Yanks.

Une heure plus tard, Milos était assis sur les toilettes n° 17, sous la tribune nord du Yankee Stadium. Au-dessus de lui, la foule grondait. Il semblait bien que les Indians menaient la vie dure aux Yanks.

Milos essayait de s'occuper en jouant sur le portable qu'il venait de voler à un vieux trop confiant, tout en réfléchissant à la meilleure façon de faire venir Méti sans éveiller les soupçons des grandes oreilles des services spéciaux.

Il fallait s'adapter à ce qu'il avait, le Stadium et ses environs immédiats. Et il hésitait entre deux options.

Il se lança enfin et composa le numéro de Méti.

L'appel bascula directement sur la messagerie. Méti ne répondait jamais au téléphone. Pour des raisons de sécurité personnelle, il préférait rappeler, en général à partir d'un autre téléphone, plutôt que d'indiquer où il se trouvait.

Milos laissa un message, dans lequel il ne mentionnait aucun nom. C'était la règle. Puis il parla sur un ton enjoué du jour où ils avaient vendu à un certain Peter le supposé ballon authentique de la Coupe du monde de football. Il ajouta deux banalités, puis raccrocha, en espérant que Méti se souviendrait.

L'arnaque s'était passée dans ce bloc de toilettes. Quelques mois plus tôt. Sous la tribune nord du Yankee Stadium.

Si Méti ne venait pas, Milos devrait quitter le stade à la fin du match en même temps que les supporters et essayer de trouver une autre solution. Faute de quoi, les patrouilleurs viendraient le cueillir ici.

Mais aucune de ces deux perspectives ne le rassurait. Il ne se sentait pas de taille à se lancer dans une nouvelle fuite.

Pour être honnête avec lui-même, il devait bien s'avouer qu'il n'était pas au meilleur de sa forme. Il était épuisé, et son estomac commençait à lancer de violentes secousses. Bientôt, un goût de bile traîna dans le fond de sa gorge.

Milos finit par s'agenouiller devant les toilettes, où il vomit la maigre nourriture qu'il avait ingérée au cours des soixante-douze dernières heures. Les spasmes diminuèrent progressivement, puis cessèrent.

Il reprit sa position d'attente en se jurant de ne plus jamais toucher à une boîte pour chats. Si toutefois Dieu lui prêtait vie…

Les minutes s'égrenèrent avec une lenteur insupportable.

Régulièrement, Milos entendait la porte s'ouvrir. Suivait une succession de bruits communs à toutes les toilettes du monde. Dix fois, vingt fois…

Milos prit son mal en patience. Pour une raison inconnue, Méti ne rappelait pas. Soit il n'était pas en mesure de le faire, soit il viendrait le retrouver directement.

Milos se cala sur la cuvette des WC aussi confortablement que possible et essaya de se détendre.

Trois quarts d'heure passèrent.

– Dégage, man ! entendit-il soudain. Le roi de Harlem vient pisser. Tu veux pas mourir de jalousie, non ? Qu'est-ce que tu vas dire à ta femme après ça ? Que t'es désolé ? Que t'as une bite de nain ? Allez, dégage !

Milos entendit des pas précipités sur le carrelage, puis de nouveau le bruit de la porte.

De toute sa vie, il n'avait été aussi heureux d'entendre le discours édifiant de Méti.

D'autres pas résonnèrent. Des bruits de chaussures ferrées, comme en portaient les lascars de Harlem. Mais pas d'autre son de voix.

Une à une, les portes des toilettes furent ouvertes. Milos entendit ensuite le loquet du WC voisin du sien se refermer.

– Confesse-toi, mon fils, dit la voix de Méti contre la paroi. Je sais que tu as pêché. Confesse-toi à moi. Je le veux. Laisse-toi aller, sale petit con de fils de pute !

– Désolé, mec, répondit Milos.

– Désolé ? Vous entendez, ce petit con est désolé. Il me fout en l'air deux jours de deal et il est *désolé*. Je vais te faire virer du Quartier, moi ! T'iras chez les noiches, y sont plus cools.

La tête de Méti apparut au-dessus du mur de séparation.

– J'espère qu'elle en valait le coup, ta salope ! poursuivit-il avec un sourire salace aux lèvres. Si tu me la présentes pas, j'te fais la peau, pigé ?

– Si t'es partant pour la morgue…

Méti descendit du WC et sortit. Puis il cogna contre la porte.

– J'attends, mec.

Milos sortit à son tour.

Méti n'était pas seul. Une demi-douzaine de ses lieutenants se tenaient derrière lui. Ils affichaient tous une mine renfrognée et se contentaient pour l'instant d'écouter, les bras croisés.

Milos ne sut quoi penser de leur présence. Ils pouvaient être aussi bien son arrêt de mort que son escorte pour sortir. Il ne montra rien de ses doutes et regarda Méti bien en face.

– Qu'est-ce tu fous là-dedans, demanda Méti en touchant la combinaison que portait Milos. T'apprends un vrai métier ?

Milos se vit dans un miroir mural. Il avait oublié sa tenue. Il vit aussi les cernes de fatigue qui noircissaient son visage. Il avait une sale mine.

– Tu flippes, hein, le nargua Méti. Ça te fait pas de mal. Tu me fais penser à la première fois où je t'ai vu à l'orphelinat d'État. T'avais l'air aussi paumé que maintenant. Mais tu montrais pas que t'avais peur. Ça m'a plu. Et ça me plaît encore.

Il tendit son poing serré à hauteur de son épaule.

– Allez ! Je te laisse du rab. Mais ça t'éduque un peu de te souvenir que t'es mortel. Les gars ont pas arrêté de faire courir les flics, je leur devais bien ce spectacle.

Milos regarda les hommes de main de Méti.

– C'est vrai que c'est de ma faute, dit-il d'une voix fatiguée. J'avais pas prévu que les choses iraient jusque-là.

– Avec ces enfoirés de patrouilleurs, vaut mieux pas risquer un pronostic. Tu te sens comment ?

– Comme une vieille paire de couilles. J'ai plus de jus. J'ai dormi deux heures en trois jours et j'ai cavalé comme un lapin pendant tout ce temps. Je suis vanné.

– Remarque, ta gueule parle pour toi.

– Et le Quartier ? Y'a eu du grabuge ?

– Ça a été chaud, mec ! Harlem est devenu infréquentable. Y'a plus de flicaille que de tox. Tu vois le tableau !

– Ouais…

– T'es devenu l'anti-héros national, mon pote ! Un vrai casse-couilles. Je suis resté branché sur les fréquences des flics toute la nuit. Y'en a que pour toi. Plus célèbre qu'Abraham Lincoln ! T'as eu au moins un bataillon au cul, mon pote.

– Je me serais passé de cette célébrité, je te jure.

Milos s'appuya sur le rebord d'un lavabo.

– Mais c'est vrai que t'as plus rien dans les pattes. Aidez-le à s'asseoir. Cette petite lavette a son compte pour la journée.

Deux paires de bras vinrent soutenir Milos et le posèrent par terre dans un coin de la pièce.

– Y faut que je change de code, articula Milos. Je vais porter la poisse sans ça.

– Occupe-toi de ça, Rob, dit Méti à l'un de ses lieutenants. Donne-lui le numéro de ton frère.

– Je peux pas, il est en tôle.

– Démerde-toi mais trouve quelque chose de sûr.

Méti s'agenouilla près de Milos, pendant que Rob déballait son programmateur.

– Bon, continua Méti. On va attendre la fin du match pour sortir, parce que ça grouille de flicaille dans le coin. Avec un match, c'est normal. Mais avec tes conneries en plus ! T'as vraiment le chic. On était plutôt peinards depuis quelque temps…

Rob murmura quelque chose à l'oreille de Méti, qui siffla en regardant Milos.

– T'as tiré l'identifiant du maire ? Je comprends mieux maintenant ! Pourquoi t'as pas pris celui du président, tant que t'y étais ? Au moins, t'étais sûr de faire un carton.

Milos sourit tristement.

– Eh, mec, dit Méti en le secouant. Tiens le coup ! J'ai une réputation, moi. Je tiens pas à ce qu'on me voie me balader avec une lopette en combinaison.

– Ça va être dur de sortir d'ici, murmura Milos. Y vont tirer à vue si je suis repéré.

– Pour ça, t'inquiète pas, le rassura Méti. J'ai amené du monde. On est combien dans le quartier nord, à ton avis ? Combien en âge de se masturber ?

– Dans les deux mille, répondit Milos sans comprendre où Méti voulait en venir.

– Viens voir comme c'est beau, reprit Méti en l'aidant à se relever. On dirait une parade. Puisqu'à cause de ta petite gueule de Blanc, ils pouvaient pas bosser, ils sont venus voir le match. Ça me donne même des idées. On va organiser un défilé annuel. Les plus beaux Nègres de New York. La Black Party, on appellera ça. Allez, viens !

Milos sortit des toilettes. Le couloir circulaire qui faisait le tour du Stadium, pourtant large de plusieurs mètres, était noir de monde. Milos reconnaissait les visages de voisins, de relations, de potes. Il y avait même des types avec lesquels il avait eu des problèmes. La plus belle compagnie d'assassins, de voleurs et de dealers qu'on puisse rêver était rassemblée là.

Rien ne l'étonnait plus. Et puis, l'ordre venait de Méti.

Des gars attendaient dans l'escalier, d'autres encore stationnaient dans les gradins et empêchaient les spectateurs d'assister au match. Mais personne ne bronchait. Personne n'était assez inconscient pour le faire.

– Tu vois, lui dit Méti en s'asseyant sur un strapontin. T'es pas tout seul dans la vie. Et puis, Harlem est à deux pas d'ici. Ça doit faire chaud au cœur, non ?

36

Stacey et Paul partirent bien avant le lever du soleil pour le site du nord. L'excitation qui les tenait depuis la veille les avait pratiquement empêchés de dormir. Ils roulèrent vite, trop vite sur une piste semi-carrossable où les nids-de-poule étaient plus nombreux que les portions plates. Cent kilomètres plus au nord, la piste donnait sur une route asphaltée, aussi traître que la précédente, mais qui donnait une fausse impression de sécurité.

Fourbu, Paul abandonna le volant à Stacey et se contenta alors d'indiquer le chemin. Il se cala au fond de son siège et essaya de se reposer.

Ils pensaient réveiller le bivouac en arrivant aussi tôt, mais ils y trouvèrent au contraire une animation fébrile. Toute la zone des vestiges de la villa était recouverte de bâches étanches. Reliées entre elles, elles formaient une bulle opaque au-dessus du chantier. Quelque part, le moteur d'un compresseur ronronnait. L'air sous la bulle était filtré. Un taux d'humidité quasi nul devait aussi y être assuré.

Paul et Stacey se regardèrent et se comprirent sans se parler. La découverte annoncée par Meryl était d'origine organique.

– Vous avez fini de vous regarder comme des tourtereaux ! leur lança Meryl depuis le seuil de la cantine. Il y a du travail ici.

Les deux arrivants descendirent de voiture et se dirigèrent vers la tente.

– Salut, mon petit bout, dit Paul en soulevant sa femme dans ses bras. Tu vas arrêter ces cachotteries. Dis-moi ce que vous avez trouvé !

– Bonjour, mon lapin, répondit Meryl en se dégageant de la grosse carcasse de son mari. Tu vas m'étouffer. Et si tu m'étouffes, je ne te dirai rien.

Paul laissa retomber Meryl, qui tira sur le bas de sa chemise pour se redonner une contenance.

– Alors ?

– Vous allez d'abord me faire le plaisir de prendre un café. Ensuite, je vous montrerai.

– Mais…, tenta Paul.

– Y'a pas de *mais*. Tu vas pas me gâcher un moment pareil !

Eredan, assis devant son petit déjeuner, les regardait en souriant d'aise. À en juger par son air goguenard, il semblait beaucoup apprécier le petit jeu de Meryl.

– Mais regarde-le, dit Paul à Stacey. Il se fout de notre gueule, le saligaud.

– Il n'y a plus de respect, critiqua Stacey. Tout fout le camp dans ce…

– Allez, du balai, le coupa Meryl. Une tasse de café pour chacun, deux ou trois tartines, et après on discute.

Ils n'eurent pas d'autre choix que de se plier à ses exigences.

Meryl s'installa devant eux et leur parla d'affaires courantes jusqu'à ce qu'ils aient terminé.

– Toujours pas de bacon, je suppose ? tenta Paul.

– T'as qu'à ronger des os de cochon. Il y en a plein le cimetière.

– J'apprécie…

– Bien. Tout d'abord, je dois rendre la paternité de la découverte à Cemal.

– Cemal ? demanda Stacey.

– C'est l'un de nos ouvriers. Un type très consciencieux, précisa Paul.

– Hier matin, vers dix heures, je me trouvais dans le cimetière à côté. Je travaillais sur un squelette de cochon particulièrement paré. Traces de tissus et bijoux. Cet animal a dû revêtir une belle importance aux yeux de ceux qui l'ont mis en terre. Bref. J'ai senti l'ombre de Cemal avant de l'entendre. J'ai compris qu'un truc n'allait pas dès que j'ai relevé la tête. Il avait une de ces mines de papier mâché…

» Ce bougre avait attaqué le sol de la villa à la pioche. Il cherchait à dégager une grosse pierre qui l'empêchait de poursuivre. Ce qui l'a alerté, c'est que la grosse pierre en question sonnait creux. À la jointure avec une autre. Le fer de sa pioche s'était coincé. Je suis allée voir. La pierre est en relief. Forme heptagonale, comme la maison. Et apparemment située au centre. On s'y est mis à trois pour dégager la pioche. Il a fallu soulever la pierre. Il y a une salle sous la villa. Et…

– Et quoi ?

– Allons-y. Vous verrez vous-mêmes.

Ils quittèrent la cantine et s'approchèrent de la villa protégée.

L'entrée se faisait à présent par un sas en plastique transparent. Meryl, Paul et Stacey se prêtèrent à une pulvérisation d'antiseptique, puis revêtirent une combinaison par-dessus leurs vêtements.

Ils passèrent la deuxième porte du sas et se retrouvèrent sous la bulle. Les vestiges de la villa étaient doucement éclairés par deux rangées de néons. Les bruits de l'extérieur, très atténués par les bâches de protection, rendaient une impression de cocon.

Au total, cinq pans de mur en brique, épais d'un mètre et à peine plus hauts, dessinaient sur le sol le tracé d'un heptagone. Les portions manquantes de la figure géométrique avaient été matérialisées par des cordes tendues. Au centre de la bulle, une toile écrue, fixée sur un cadre de bois, masquait le trou dont Meryl avait parlé.

Elle actionna une télécommande installée sur l'un des piliers de soutien de la bulle. La lumière blanche des néons fut remplacée par des sources infrarouges.

– Tu m'aides ? demanda-t-elle à Paul en attrapant un côté du cadre.

Ils déplacèrent la toile, dévoilant un trou sombre dans le sol.

Meryl braqua à l'intérieur le rayon d'une torche électrique. Le puissant faisceau de lumière rouge se posa sur un visage desséché, trois mètres en contrebas. Les dents cernaient d'un ovale de blancheur le trou béant de la bouche. Le visage donnait l'impression de crier encore. Et les yeux, probablement enlevés, avaient été remplacés par deux billes de pierre semi-précieuse.

Stacey et Paul ne purent retenir un souffle d'exclamation.

Meryl élargit le faisceau de lumière. Le corps, entièrement décharné, gisait à plat sur une pierre longue et étroite. Le monolithe était creusé d'une sorte de cuvette hémisphérique, juste au-dessus de la tête. L'excavation était vide.

– Je peux ? demanda Paul en indiquant la torche.

Meryl lui passa la lampe.

Paul se coucha à plat ventre et éclaira le reste de la salle.

Les murs ne se trouvaient pas à plus de deux mètres du corps. Paul chercha une issue.

– C'est une tombe, déclara-t-il. Aucun couloir d'accès.

– Déplace-toi et éclaire le mur au-dessus duquel tu te trouves, proposa Meryl.

Paul s'exécuta.

Le rayon de la torche partit en diagonale sur le mur opposé.

Une vingtaine de tablettes recouvertes d'écriture cunéiforme y étaient incrustées.

– Magnifique ! s'exclama Paul.

Les tablettes d'argile, protégées par cinq mille ans d'obscurité et d'humidité constante, étaient dans un état de conservation remarquable.

– Tu es descendue ?

– Moi, oui. Je suis la seule. Dans un coin, il y a sur le sol les restes carbonisés d'un feu. Je pense que la dalle a été scellée après que le feu a été allumé.

– C'est très audacieux, protesta Stacey. Ça supposerait que les gens de cette époque connaissaient les principes actifs de l'oxygène. Pour ma part, je ne m'y engagerais pas.

– Sortons, indiqua Meryl. Moins on respirera ici, mieux ce sera pour le corps.

Ils replacèrent le carré de toile sur le trou et retournèrent dans le sas.

– C'est inespéré, déclara Paul. Dire qu'une ville entière ne livre pas la plus petite trace d'écrits et qu'il faut en découvrir dans un coin aussi reculé… Tu as fait des clichés des tablettes ?

– Non, pas encore. C'est toi le spécialiste. Je me suis dit que ça te ferait plaisir de t'en occuper.

– Vous avez sondé les autres sites ? demanda Stacey.

Meryl leva les yeux au ciel.

– Je n'ai pas quitté la fac il y a vingt ans pour entendre des inepties pareilles, se plaignit-elle. Non, non. On a fait un méchoui après.

Stacey ne put réprimer un petit rire.

– Nous nous sommes servis du radar gyroscopique. Je voulais simplement m'assurer de la présence d'autres tombes. Et pas saccager le travail. Mais le temps nous a manqué. On a seulement pu vérifier le suivant. Eredan part ce matin sur les cinq autres. Il en a bien pour la journée.

– Les coups de pioche du hasard font bien les choses, dit Stacey. Mais nous serions arrivés au même résultat avec le radar. Tôt ou tard. Tôt, je suppose.

– Une petite jalousie ? le taquina Meryl.

– Quelque chose comme ça, répondit Stacey sur le même ton. J'aime me sentir utile.

– Tu vas vouloir sortir le corps avant que je puisse étudier les tablettes, demanda Paul à Meryl. Je me trompe ?

– Je dirais non si tu pouvais descendre. Mais il va falloir élargir le trou pour toi. Et pas question de dynamiter quoi que ce soit tant qu'il est là-dessous !

Paul regarda Stacey. Il avait sur le visage un air tragique et contrit.

– Tu vois ce que je te disais hier soir ? Il y a des fois où le célibat t'attire de manière irrésistible…

Meryl, aidée par Oslim, consacra la journée à retirer le corps de la fosse. Les deux femmes prirent d'infinies précautions, comme s'il s'agissait d'un nouveau-né souffrant.

À la tombée de la nuit, le cadavre momifié vieux de plusieurs milliers d'années reposait dans un sarcophage moderne, sous une surveillance permanente.

Eredan, Paul et Stacey rentrèrent tard, très excités par les résultats qu'ils venaient d'obtenir. Chacun des six autres sites recelait une fosse dissimulée sous la construction principale. La perception très fine du radar leur avait permis d'en reconstituer la disposition et le mobilier, sous forme d'images 3D.

– C'est fabuleux, s'exclama Paul en montrant les clichés à Meryl. Regarde ! Il y a un corps dans chacune. Tu vas avoir du pain sur la planche.

– Minute. Chaque chose en son temps. Nous n'ouvrirons pas les tombes avant que j'aie fini de travailler sur le premier. Ou alors, Stacey doit faire venir du monde en renfort.

– Pas la peine de se précipiter, répondit l'intéressé. Par contre, c'est de matériel dont nous allons avoir besoin. Fais-moi une liste, Meryl.

– Sans restrictions ?

Stacey acquiesça.

– On aurait dû travailler ensemble plus tôt, poursuivit Meryl. C'est bien la première fois de ma vie qu'on me demande de quoi j'ai besoin.

– Ravi d'être celui que tu attendais.

– Pour ma part, je n'attendrai pas que tu aies fini, intervint Paul.

– Et pourquoi, s'il te plaît ?

– Parce que l'une des tombes est foutrement plus intéressante que les autres.

– En quoi ? Elles sont quasiment identiques…

– Alors, regarde mieux.

Meryl reporta son attention sur les images reconstituées.

– Je ne vois pas…, commença-t-elle. À moins que…

– Bingo ! la coupa Paul. Les tablettes. Les murs du site n° 4 en sont recouverts. On ne peut pas les dénombrer mais il doit y en avoir des centaines. Alors qu'ici, j'en ai compté vingt et une au total.

– On ne pourra effectivement pas te retenir longtemps, admit Meryl.

– Je vais quand même te donner un délai, poursuivit

Paul en se tournant vers Stacey. Car, moi, je vais avoir besoin d'aide. J'aimerais faire appel à Léo Delange. Il est sumérologue, lui. Et un excellent traducteur, par-dessus le marché.

– Je le connais de réputation, dit Stacey.

– Le mieux serait que j'aille le chercher à Paris moi-même avec des reproductions des tablettes. Ça l'allé-chera. Et je pourrai, par la même occasion, me documenter au musée du Louvre.

37

Après avoir soulevé Tara dans ses bras un bon moment, Stuart Mac Conkey s'était attablé avec la journaliste et Mika. Il avait dévoré à lui seul les trois quarts du lapin et englouti ce que ses hôtes n'avaient pas voulu d'un plat de pommes de terre pourtant copieux. Puis il était parti s'étendre pour digérer.

– Chaque chose en son temps, avait-il dit à Tara, qui n'en revenait pas. Le *bario* t'apprend ça. Ne bâcle jamais rien, car tu ne sais pas quand ça reviendra.

Tara l'avait entendu ronfler dans la chambre à côté de la sienne, tandis qu'elle se replongeait dans la lecture des e-mails. Elle était sur le point de succomber elle aussi à la fatigue lorsque la grande carrure de Stuart s'était encadrée dans la porte.

– Alors, dit-il simplement. Qu'est-ce que tu as découvert de neuf ?

– On peut dire que tu es gonflé ! s'exclama Tara. Tu me fous mes retrouvailles par terre, toi.

– On a passé l'âge du mélo, tu crois pas ? D'autant plus que, moi, je ne l'ai jamais eu. Alors, tu vas me répondre, que s'est-il passé pour que je reçoive la mèche ?

– Chaque chose en son temps, tu disais ? Donne-moi un peu de tes nouvelles, dans ce cas.

Stuart posa sa carcasse sur un coin du lit.

– Comme tu voudras, ma belle, dit-il en soupirant. J'ai pas grand-chose à raconter. Ou plutôt, j'en ai tellement que tu finirais par crier grâce. Je m'occupe des gamins du bidonville, mais ça, tu le sais. Je gère une paroisse. Curieuse paroisse, d'ailleurs. Il y a plus d'assassins, de prostituées et de proxénètes qui viennent assister à la messe que de gens sans histoires. Voilà pourquoi j'ai perdu mes belles manières d'Occidental.

Il se pencha en avant. Sa main droite caressait un crucifix qui pendait de son cou trop gras.

– Tant pis pour ton scénario de retrouvailles, Tara.

– Dis donc ! Tu donnes l'air de ne manquer de rien dans ton bidonville.

– Il y a de tout partout. Suffit de savoir où chercher.

Tara se mit à rire. Le Stuart qu'elle avait connu disparaissait dans un volume au moins double de celui de ses souvenirs. Sa barbe rousse, plus fournie qu'avant, se confondait à présent avec la masse hirsute de ses cheveux, qui tiraient vers le blanc.

– Je me demande comment ils t'ont laissé passer, à la douane.

– Mais avec les honneurs, chère madame. J'ai même eu droit à un « bon voyage, mon père », figure-toi. L'habit fait le moine. Même aux États-Unis d'Amérique.

– Tu ne devais plus trop ressembler à la photo de ton passeport, non ?

– À propos. Très bien, Gabriel. Il a bien vieilli. Un gars sérieux et discret. Belles photos. Tu les a vues ?

– Il va venir aussi, répondit Tara.

– Des nouvelles de Franklin ?

Tara secoua la tête.

– Même pas une carte postale. Mais ça fait belle lurette que j'ai arrêté de chercher. Il est peut-être mort dans un incendie. En tout cas, son Implant s'y trouvait. Mais je ne suis pas trop sûre de la véracité de cette info.

– C'est moche, commenta Stuart. J'aimais bien Franklin.

– Moi aussi. Mais c'est comme ça. Bon. On ne va pas verser une larme. Tu veux savoir ce qui t'amène ?

– L'expression est un peu faible, répondit Stuart. Si j'ai envie de savoir ce qui m'amène ? Non, rien à faire. Mais dis-moi quand même. On aura tout le temps de parler du passé plus tard.

Tara se contenta de lui tendre les carnets de Joe Platt.

– Lis ça. On discutera ensuite.

Stuart reparut une heure plus tard. Son visage grave indiquait qu'il avait perdu toute envie de plaisanter.

– De deux choses l'une, déclara-t-il. Soit ce Joe Platt a effectivement côtoyé la réincarnation de Bout de chou, soit il s'agit d'une intoxication venant de Craig et sa bande. Je ne vois pas d'autre solution possible.

– Quinze ans plus tard ! Ça leur rapporterait quoi ?

– Je sais, Tara. Mais on n'a rien vu venir, il y a quinze ans. J'ai appris à me méfier aujourd'hui plus qu'hier. La fourberie est dans la nature humaine. En chacun d'entre nous.

– C'est un peu tiré par les cheveux, contra Tara. Donne-moi une bonne raison qui les aurait poussés à monter un truc pareil…

Stuart fouilla sa barbe un instant

– Et pourquoi pas Franklin ?

– Je me refuse à cette idée…

– Rappelle-toi sa réaction. Franklin a pété les plombs et, comme personne ne l'a revu, rien ne nous dit qu'il a un jour rétabli le contact avec la réalité !

– Quel que soit l'auteur de ces carnets, il n'a pas dû me les expédier juste pour me tenir au courant. Je suis certaine qu'il y a dans ces lignes un ou plusieurs indices qui nous permettraient de retrouver Bout de chou.

– Bout de chou est morte, Tara.

– Pas d'après ce témoignage.

– Ne t'emballe pas. Ce n'est qu'un texte. Il ne prouve rien. Tu essaies de raisonner avec logique, alors que c'est insensé.

– Si ce n'est pas elle, alors cette enfant a les mêmes capacités.

– Je te l'accorde, si on part du principe que les carnets relatent une réalité. Je suppose que tu as tenté de retrouver ce Joe Platt ?

– Il est mort la semaine dernière.

– Tu as pu le rencontrer ?

– Non. Je suis arrivée trop tard.

– Ça sent le coup monté. Tu ne trouves pas ?

– J'hésite, avoua Tara. Mais c'est la première fois en quinze ans qu'il y du nouveau. Ça vaut la peine de tenter quelque chose !

– Essayons, consentit Stuart. C'est vrai que nous ne sommes pas en position de négliger quoi que ce soit.

– Je suis allée chez Joe Platt et j'ai piraté son disque dur.

– Félicitations. Tu en a tiré quoi ?

– Pour le moment, rien. Mais il reste une masse colossale de fichiers à ouvrir. Ce type était un maniaque de l'archivage. Il a dû passer une heure chaque jour à noter ce qui lui arrivait. On va se partager la tâche, si tu n'y vois pas d'inconvénient.

Stuart approcha une chaise du bureau et s'y laissa tomber.

Tara lança l'impression d'une partie des e-mails.

– Commence tout de suite, il y en a pour un petit moment.

– Hum, grogna Stuart après une courte lecture. Ça vaut même pas le papier sur lequel tu l'as imprimé.

– Je ne t'ai jamais promis de la grande littérature.

– T'as bien fait.

– Continuons…

– Il y a bien un détail qui me fait pencher dans ton sens.

– Je peux savoir ?

– Son nom, Ilis. Si les recherches de Platt sont correctes, que cette appellation signifie bien « la fille de Stark », ça ressemble assez à une plaisanterie de Malhorne…

Tara le regarda d'un air étonné, puis elle se replongea dans sa lecture.

– Il est passionnant, ton bonhomme, soupira Stuart, une heure à peine après avoir commencé. Je me demande ce qui peut bien pousser les gens à se répandre comme ça par écrit.

– La peur de mourir, mon vieux. Je ne vois rien d'autre.

– Quelle que soit la motivation, ça me donne faim. En général, ça signifie que je m'ennuie.

– Va donc nous préparer des sandwichs. Je n'en peux plus de t'entendre souffler toutes les trois secondes.

Stuart s'éclipsa aussitôt, trop heureux de pouvoir se soustraire quelques minutes à la vie monotone de Joe Platt. Il descendit à la cuisine et fouina au hasard.

– J'ai un jambon fumé à la cave, fit dans son dos la voix de Mika.

– C'est pas de refus, répondit Stuart en sortant la tête du réfrigérateur.

– Et du vin californien, aussi.

– Mais je vois que nous sommes faits pour nous entendre. Montrez-moi cette cave bien approvisionnée, j'en raffole.

Ils descendirent au sous-sol.

– Un jambon, disiez-vous ? Mais c'est un entrepôt de salaisons, se félicita Stuart en découvrant les rayonnages de la cave.

– Faut bien passer l'hiver.

– J'en connais plus d'un qui tiendrait toute une année chez vous. Et je sais de quoi je parle.

Mika ouvrit une caisse en bois.

– J'ai du vin de pays, aussi. Vous voulez quoi ?

– Le pays, bien sûr ! Le vin, ça aide à connaître le caractère des gens qui l'ont fait. C'est une évidence qui remonte au moins à Bacchus.

Mika jeta un drôle de regard vers Stuart.

Il allait répondre lorsque la voix de Tara retentit au-dessus de leurs têtes, assourdie par deux épaisseurs de plancher.

– Stuart ! Je l'ai !

La grosse main du prêtre s'immobilisa sur la couenne durcie d'un jambon fumé.

– Mais viens voir !

Stuart regarda les jambons, puis il tourna vers Mika une mine dépitée et fit demi-tour.

– Ça, c'est pas un cri de faim, dit-il en montant l'escalier.

Tara était tellement excitée qu'elle frôlait dangereusement l'hystérie. Stuart ne comprit rien au discours de la journaliste, tant son débit était rapide. Il dut lui demander de se taire et de reprendre calmement.

– Avant de venir ici, j'ai fait une recherche sur le répertoire de Joe Platt, histoire de savoir qui étaient ses relations. J'ai isolé tous ses confrères, puis particulièrement ceux qui ont travaillé dans le privé ces dix dernières années.

– Comment fais-tu pour obtenir ces renseignements ? C'est d'ordre privé, non ?

– J'ai mes petits secrets, Stuart. Et ça n'a aucune importance pour le moment.

– Continue.

– Comme tu l'as constaté, Platt a conservé ses propres e-mails ainsi que les réponses de ses correspondants. On retrouve bien les périodes pendant lesquelles il ne travaillait pas pour cette Fondation. Ça coïncide avec les dates des carnets. Note au passage que, s'il s'agit d'un coup monté, les faussaires se sont donné du mal.

– Ils n'ont que ça à faire.

– Quoi ?

– Le mal. Mais continue.

– Quand il prend sa retraite, deux ans avant de mourir, Platt veut retourner sur les lieux où s'est déroulée la tragédie qu'il décrit. Il connaît la ville la plus proche, il peut retrouver la route sur laquelle ils ont intercepté l'enfant. Il a en sa possession plusieurs éléments : une ville, une route, une ligne de bus scolaire et le souvenir de l'extérieur du centre dans lequel il travaillait. C'est largement suffisant pour le retrouver. En général, on en sait autant sur un lieu où l'on a habité. Pas plus.

» Pourquoi fait-il tout ça ? Il a le temps, puisqu'il ne travaille plus. Il a les moyens de le faire et il doit éprouver de la nostalgie, ou du remord, ou l'envie de comprendre, ou tout à la fois. Ses motivations sont peut-être même d'ordre irrationnel. Ça ne compte pas vraiment pour nous. Ce qui est important, par contre, c'est qu'il persuade l'un de ses anciens collègues de l'accompagner dans ce voyage. Et les voilà qui s'en vont en goguette bras dessus, bras dessous. Là, regarde.

Tara afficha plusieurs e-mails sur son écran.

– Confirmation de deux billets d'avion pour Detroit. Réservation de deux chambres dans plusieurs motels à Detroit, à Monroe et sur la route qui sépare ces villes. Il a même noté les noms des restaurants où ils se sont arrêtés, avec appréciation de la carte des vins. Visiblement, c'est son dernier voyage et il le sait. Ils se sont offert les meilleurs endroits de la ville. En tout cas, les notes sont salées.

» Nous, on peut reconstituer date par date leur voyage et connaître la limite géographique de leurs déplacements.

» Le lac dont il parle dans les carnets, c'est le lac Érié. Et c'est loin d'être une petite mare. Si l'enfant décuplait effectivement ses capacités grâce à l'eau, je comprends les craintes que ça lui a inspirées.

» Voilà, Stuart ! On ne sait pas encore où l'ancien centre se trouve, mais on a pas mal d'éléments en main. C'est près de Monroe, suffisamment près pour qu'un enfant puisse y aller à pied. Pas un enfant ordinaire, certes. On agrandira notre champ d'investigations aux possibilités d'un adulte. On va faire une recherche sur toutes les lignes de bus scolaires autour de la ville, et après, il suffira de trouver quelque chose qui ressemble à ce centre. Il est isolé en rase campagne.

– Dans ce coin, il doit plutôt se trouver en pleine forêt, précisa Stuart. Je ne suis jamais allé près des Grands Lacs, mais j'ai vu des photos.

– Je peux continuer ? gronda Tara.

– Je vais me permettre une question, si c'est pas interdit.

– Vas-y.

– Tu veux aller dans le Michigan pour retrouver ce centre de recherches ?

– Tu comprends vite…

– Dans ce cas, la coupa Stuart. Dis-moi ce que nous allons bien pouvoir y faire ?

– C'est notre seul point de départ. Et, à moins de ne rien commencer, nous devons nous y rendre.

– On y trouvera des locaux abandonnés. Rien d'autre.

– Et après ? Parce qu'il n'y a sans doute rien d'intéressant là-bas, tu te permettrais d'abandonner cette piste ?

Stuart se tut pour réfléchir un instant.

– Je crois que oui, dit-il lentement. Ce centre a été nettoyé quand ils l'ont abandonné. Oh ! tu trouveras certainement des bâtiments, mais ils seront vides, ou occupés par une autre société. Ou transformés pour une nouvelle activité… C'est ça que tu cherches ? Une déception supplémentaire ?

– Je ne comprends pas ce que tu racontes, Stuart. Voilà quinze ans que nous attendons tous un signe, et maintenant qu'il est là, tu lâches l'affaire ? J'ai l'impression d'entendre Franklin parler par ta bouche. Explique-moi ?

– On n'a jamais attendu ces carnets, argumenta Stuart. Écoute-moi, Tara. Lorsque Bout de chou est morte, on savait qu'il faudrait attendre longtemps. On pensait même qu'elle était peut-être perdue à jamais. Mais si elle renaissait, on s'attendait à ce que ce soit elle qui nous contacte. Tu te rappelles ?

Tara fit oui de la tête.

– Si elle suivait le chemin de Malhorne, je veux dire pour le retour de sa mémoire, alors, on pouvait s'attendre à une manifestation de sa part à partir de 2027. Minimum. Ça lui aurait fait dans les quatorze ans. Les gamins d'aujourd'hui sont plus précoces que du temps de notre jeunesse. Et si cette jeune fille, ou ce jeune homme, va savoir, était née dans une famille qui tenait à la préserver du loup plus longtemps, alors, patience. Mais tôt ou tard, la chose devait arriver. Et qu'est-ce qu'on a, à la place ? Des carnets écrits par un mort !

– Et alors ? opposa Tara. On a pu se tromper. On a le droit de ne pas avoir prévu la manie de Joe Platt, non ?

– Ce n'est pas le problème, Tara. Première remarque : comment expliques-tu que, dans un centre aussi surveillé qu'il le dit, ce type ait pu sortir les notes qu'il écrivait tous les soirs ? C'est tout de même assez étrange de la part de ses employeurs. Tu ne trouves pas ? Il le dit lui-même. Lui et ses collègues étaient fouillés à leur arrivée. Il ne précise pas s'ils l'étaient à la sortie, mais ça paraît assez logique. En tout cas, si je voulais garder secret ce genre de recherches, c'est ce que je ferais !

Tara encaissa l'argument sans rien dire.

– Deuxième chose : ce Joe Platt qui meurt vingt-quatre heures après t'avoir expédié ses carnets, ça ne t'interpelle pas ?

– Tu me l'a déjà dit, Stuart.

– Il faut pourtant bien te le rappeler. Tu sembles vouloir passer sous silence les énormités qui, à mes yeux, ponctuent cette histoire.

– Autre chose ?

– Absolument ! Dernier point et pas le moindre. Cette enfant aux pouvoirs extraordinaires a, semble-t-il, pleinement collaboré avec l'équipe de scientifiques. On doit donc accepter qu'il s'agit de la réincarnation de Bout de chou…

– Ou de Bout de chou elle-même !

– Si tu veux, capitula Stuart. Et puisque tu veux nier les évidences, partons sur ce postulat. C'est Bout de chou. Qui se fait appeler Ilis. Alors, puisque c'est Bout de chou, pourquoi n'a-t-elle pas cherché à nous contacter ? Je te rappelle que j'ai moi-même reçu un appel de Malhorne. Ce qui était possible pour lui devrait être un jeu d'enfant pour elle.

– Malhorne a attendu qu'on le trouve. Alors, pourquoi pas Bout de chou…

– Nous étions ses amis ! En tout cas, son soutien. Elle le savait et, aujourd'hui, où qu'elle se trouve, elle le sait de nouveau. Qu'elle soit revenue à sa propre conscience sans chercher à nous le faire savoir, ça ne tient pas la route ! D'une manière ou d'une autre, elle doit avoir besoin de nous.

– C'est vrai que c'est difficile à avaler, Stuart. Mais elle ne raisonne probablement pas comme le commun des mortels. Et il y a un point dans les carnets qui ne va pas dans ton sens…

– Dis-moi vite ?

– Les scientifiques ignoraient tous où se trouve le centre. Si ce n'était pas elle, alors ces précautions, qui ont dû coûter les yeux de la tête, n'avaient pas lieu d'être. Si Ilis n'est pas Bout de chou, elle n'essaiera pas de nous contacter. Donc il n'était pas nécessaire de cacher l'emplacement du centre aux hommes qui y travaillaient.

– Elle aurait pu le savoir par les habitants du coin. Les gens de Monroe, par exemple. Les descriptions des capacités psychiques de cette enfant faites par Platt vont dans ce sens. Puisque elle était capable de sonder l'esprit des scientifiques, elle devait l'être aussi pour les habitants du coin. Elle n'aurait peut-être pas su où elle était exactement, mais de façon suffisamment précise pour nous renseigner. Or, à moins que quelqu'un se soit tu, l'enfant n'a pas essayé de nous contacter.

– Peut-être un problème de capacités lié à son jeune âge…

– Balancer des hommes valides contre les murs, tu appelles ça un problème de capacités ?

– J'irai là-bas, répliqua Tara. Contre tous les arguments que tu pourras me fournir. Même si j'ai tort et que tu peux me le démontrer.

Stuart s'agenouilla devant Tara et posa ses mains sur ses genoux.

– Qui est-elle et d'où sort-elle ? dit-il d'une voix plus calme.

– Je ne comprends pas…

– En clair, comment la Fondation l'a-t-elle récupérée ? Il y a quinze ans, nous avons tous cherché. Et on n'a pas trouvé. Mais c'est vrai que nous n'étions pas nombreux. Les types de la Fondation Prométhée ont pu réussir là où nous avons échoué. Seulement, si on n'a pas trouvé Bout de chou, tu sais très bien que nous avons été très vigilants sur ce qui se passait dans les environs du lieu de sa mort. Moi le premier, puisque je suis resté sur place. Au début, je t'ai tenue au courant, régulièrement. Personne n'a fouiné autour des bacs à sable pour trouver une enfant pas ordinaire. Je l'aurais vite su. Là-bas, la moindre petite chose inhabituelle fait le tour de la région plus rapidement que tu n'imprimes ton canard. Et ça…

– Personne n'a cherché, le coupa Tara. Parce qu'il n'y avait rien à trouver ! Un point, c'est tout ! C'est évident à présent. Nous avons été aveugles. En ne cherchant pas comme nous le faisions, Craig nous indiquait clairement qu'il avait Bout de chou en son pouvoir.

– Arrête, Tara ! vociféra Stuart. Tu l'as vue comme moi. Bout de chou est morte depuis quinze ans. Si l'enfant de Platt n'est pas sortie d'un esprit dérangé, alors il s'agit d'une autre. Pourquoi pas de sa réincarnation, mais ce n'est pas Bout de chou !

– Si !

– Quoi encore ? Tu es butée…

– Quel âge aurait-elle ?

– Dix-huit ans.
– Quel âge a Ilis ?
– Dix-huit ans aussi.
– Alors, c'est Bout de chou ! Ou personne. Si c'était sa réincarnation, elle ne pourrait pas avoir plus de quinze ans.
– C'est bien joli, tes grandes théories, répliqua Stuart. Mais réponds à cette question simple, dans ce cas. À qui appartenait le corps d'enfant que nous avons retrouvé ?
– Un clone, une jumelle, un sosie. Je ne sais pas… Platt parle d'une enfant manquant…
– Tu délires, Tara. Je sais que la science d'aujourd'hui est capable des plus grandes monstruosités. Mais était-ce le cas il y a quinze ans ?
– Craig possédait déjà des filiales dans la biogénétique appliquée. Et pour savoir ce que ces compagnies privées étaient capables de réaliser, on a toujours eu un train de retard. Alors, pour te répondre, je dirais oui, peut-être. Mais je n'en suis pas sûre. Ça fait trente ans que les hommes savent cloner des animaux. Alors, il y a quinze ans…
– Honnêtement, je ne sais vraiment plus quoi penser.
– Tu te souviens de cette absence de cals ?
– Pardon ?
– Le corps de Bout de chou ne portait pas assez de cals aux pieds. Il avait bien sa cicatrice mais pas assez de cals. Eh bien, je crois que ce détail nous indique la possibilité d'un clone. Imagine ! Un clone de Bout de chou élevé dans un univers urbain n'aura jamais les cals d'une enfant qui a grandi pieds nus dans la forêt. C'est même…

Tara fut interrompue par le klaxon d'une voiture. Ils poussèrent les volets et aperçurent Kinuyo en contrebas, accoudée sur le capot avant et qui attendait.

– Kinuyo ! s'exclama Tara. On ne t'espérait pas si tôt.

Acil N'Kabo arriva quatre jours plus tard. La lettre de Tara ne l'avait trouvé qu'au retour d'une expédition dans la brousse.

Gabriel Ostrander respecta la demande de sa rédactrice en chef et débarqua le dernier, en fin de semaine.

Stuart se chargea d'apprendre aux autres la raison de leur présence, tandis que Tara faisait des allers et retours à Baltimore pour veiller sur la destinée de l'*Independent*.

Marcussen s'en sortait plus que bien. Il n'avait, en fait, rien perdu de sa hargne et paraissait même rajeuni par ce nouveau débordement d'activités.

Tara put ainsi regagner la pension sans plus se soucier de ses responsabilités professionnelles.

Le soir de son retour, le groupe débattit longuement sur l'authenticité des carnets et sur l'existence de Bout de chou, alias Ilis.

Les doutes s'opposaient à l'envie de croire et équilibraient la balance. Mais, contrairement à Stuart, Kinuyo, Acil et Gabriel partageaient l'avis de Tara. Il fallait se rendre dans le Michigan. Même si, pour des raisons qui leur échappaient totalement, les carnets pouvaient être un piège, ne rien tenter reviendrait à anéantir tout espoir.

C'était la première fois qu'ils étaient tous réunis depuis le jour où ils s'étaient séparés en Équateur, quinze ans plus tôt. Leurs visages avaient changé. Leur vision du monde aussi. Un peu.

Seule Kinuyo semblait échapper aux lois du temps. Elle avait à présent quarante ans, mais ses traits étaient toujours ceux de la jeune femme qu'ils avaient côtoyée dans la forêt amazonienne. Kinuyo s'en était rendu compte et plaisantait beaucoup à ce sujet.

Les cheveux d'Acil avaient entièrement blanchi. Il portait une barbe courte, elle aussi totalement blanche. Il prétendait s'être réveillé un matin dans cet état et ne s'en plaignait pas. En Afrique, les cheveux blancs étaient une marque respectée par les plus jeunes, quel que soit l'âge réel du porteur.

Gabriel s'était rééduqué pour vivre avec un bras en moins. Ça avait été long, surtout pour les gestes nécessaires à son travail, mais il y était arrivé.

– Nous ne sommes pas obligés de nous décider maintenant, proposa Tara. Il est deux heures du matin et mes idées ne sont plus très claires. Mais j'aimerais quand même me coucher avec un but. J'ai découvert l'existence de ces carnets avant vous tous et je suis plus impatiente. C'est normal.

– Il n'y a pas matière à tergiverser, intervint Kinuyo. Nous devons aller dans le Michigan. Je suis partante.

– Moi aussi, déclara Acil. Gabriel ?

– Je vous suis, dit-il en tapant du moignon sur la table.

Les regards convergèrent vers Stuart, qui grimaça avant de prendre la parole.

– Vous pensez sérieusement que vous allez me laisser à la traîne ? répondit-il. J'ai autant que vous envie de retrouver Bout de chou. Mais je suis sûr et certain qu'elle seule maîtrise le moment de cette rencontre. Bout de chou nous trouvera. Et non le contraire. Partons pour Monroe, je ne connais pas. Ça fera toujours un voyage d'agrément. Seulement, je dois préciser une chose. Je suis un prêtre du Tiers-Monde et je suis fauché comme les blés. Alors, pour les frais, il va falloir s'organiser.

Tara souffla de contentement et se leva.

– Je file me coucher tout de suite, avant que ce vieil Irlandais ne change d'avis.

Stuart grogna une réponse incompréhensible, puis il articula :

– Je me suis toujours demandé pourquoi nous n'avions pas tous été éliminés il y a quinze ans, répéta-t-il. Je me le demande encore. Mais j'ai l'impression que nous n'allons plus tarder à le savoir.

38

Spencer contourna l'escarpement, une main posée sur la paroi rocheuse. Sur sa droite, la falaise surplombait la vallée à une centaine de mètres d'altitude. Un seul pas de travers et il tombait, emporté par le poids de son sac. Plus qu'il n'en fallait pour se rompre les os. Il poursuivit son ascension sur le sentier à mules et posa enfin le pied sur une portion de terrain plate.

Au-delà, le chemin disparaissait à un jet de pierre derrière la courbure naturelle du terrain. Passée la ligne de crête, il suivait un parcours sinueux jusqu'aux rives orientales de la mer Noire.

Spencer n'avait pas besoin d'aller plus loin. Sa position dominait suffisamment les sites de fouilles.

Il chercha un coin à l'ombre et s'y installa, en partie caché derrière des éboulis. Il sortit de son sac une toile de camouflage qui imitait les tons noirs et écrus de la roche et s'en fit une sorte de toit.

Voir sans être vu. Le premier commandement du fantassin.

D'abord, apprécier à l'œil nu. Embrasser le lieu à surveiller dans son ensemble. Il aurait ainsi plus de facilité pour se repérer à travers le grossissement des jumelles.

La plaine désertique occupait des dizaines de kilomètres carrés. Pratiquement plate sur toute sa surface, elle s'arrondissait en son centre d'une éminence pierreuse, comme un téton rocheux planté au milieu du désert.

À deux mille mètres en contrebas se trouvait le chantier n° 4. Personne n'y travaillait pour l'instant. Tous les efforts de l'équipe se concentraient sur le n° 3, à quelques encablures plus à l'ouest.

Le soleil levant venait de passer au-dessus des montagnes et lançait sur les caravanes des rayons aussitôt réfléchis. Une demi-douzaine de personnes s'activaient déjà au-dehors.

Spencer ne pouvait que deviner les chantiers suivants. Trop éloignés pour sa vue qui baissait, ils se matérialisaient par une tache plus sombre sur le fond gris-jaune de la pierraille.

Il quitta les chantiers des yeux et concentra son attention sur le désert. Il était venu pour lui, pour essayer de voir les rôdeurs anonymes tant de fois pressentis sans jamais avoir été véritablement vus.

Sauf par Eredan. Mais Spencer se méfiait du jeune archéologue. Il n'aurait pas su expliquer sa réticence. Juste un vague sentiment.

De son point de vue, la plaine désertique offrait un à-plat uniforme. Pas un arbre, pas une pierre plus grosse qu'une autre, pas une zone sombre, même à cette heure où l'inclinaison de la lumière étirait les ombres sur des longueurs insensées. On aurait pensé qu'un bulldozer avait tout aplani.

Il ajusta sa paire de jumelles et commença à quadriller le désert, tout en réfléchissant aux éléments dont il disposait. Un ouvrier égorgé, des témoignages plutôt légers sur l'hypothétique présence d'observateurs autour des chantiers. C'était mince.

Pourtant, l'autopsie du cadavre de l'ouvrier avait révélé l'utilisation d'une lame torsadée, comme celle qui avait mis fin aux jours du père Fontorbe, des années plus tôt. Spencer ne pouvait ignorer cette similitude.

Une heure passa. Rien ne bougeait.

À un moment, il avait aperçu un renard, tapi dans un creux. L'animal devait sans doute chasser, mais Spencer ne s'était pas attardé pour connaître la nature de sa proie.

La chaleur commençait à monter. Bientôt, le soleil occuperait l'ensemble du ciel et annihilerait tout espoir d'ombre. Spencer pouvait voir sur l'envers de la bâche les premières gouttes de condensation de sa propre humidité corporelle. Il fallait boire. Beaucoup. Spencer avait emporté huit litres d'eau. Ça devrait suffire pour la journée, si l'attente devait durer.

Spencer déploya la parabole souple d'un détecteur de mouvements, au cas où il passerait à côté de quelque chose d'intéressant. Vu l'étendue de la plaine, ça n'aurait rien d'étonnant.

L'attente se prolongea.

Il pensa à sa femme, Claudia, au dernier voyage qu'ils avaient fait ensemble. Rome. Ce séjour d'une semaine pendant lequel il s'était comporté comme un rustre. Alors que cette ville la remplissait du romantisme de la vieille Europe qu'elle chérissait tant.

Le dernier voyage de leur couple moribond.

Il sentit une vague d'amertume monter de son estomac. S'il avait pu savoir qu'elle portait déjà en elle le mal du retour vers l'enfance, il aurait agi autrement. Si seulement il avait su…

Pas de seconde chance. À ses yeux, la vie était une putain. Avec laquelle il fallait composer coûte que coûte. Mais le prix qu'il payait depuis la disparition de Claudia dépassait la valeur intrinsèque de l'existence. Il n'y a pas d'antidote au remord.

Haut les cœurs ! pensa-t-il en écoutant son pouls battre contre ses tympans. *La vie continue.*

Et quelle vie ? se dit-il après un moment d'hébétement causé par la chaleur. *Personne ne t'attend. Et t'as tout fait pour que personne ne t'apprécie vraiment. T'as cinquante-sept ans, mon vieux Spencer. Au mieux, t'en as pour quinze ans à tirer sur la corde avant qu'elle ne casse. C'est long, quinze ans.*

Dans le pire des cas qu'il envisageait, le délai pouvait s'étirer sur vingt-cinq ou trente ans. Spencer était en excellente santé. Une vie d'hygiène alimentaire et sportive éloigne le mur final de façon sensible. Et trente ans de questionnement, c'était déjà une autre affaire.

Il jeta un regard sur le cadran de sa montre. 11 h 20 et 34°.

L'air sous la bâche devenait lourd, moite.

Il se demanda pour la centième fois s'il faisait bien de continuer à s'inventer une utilité au sein de la Fondation. Spencer avait perdu la foi. Son désengagement remontait à la mort de sa femme, mais il ne l'avait formulé que récemment. Avait-il encore vraiment sa place aux côtés de Denis Craig ?

Bien sûr, il y avait eu cet ouvrier assassiné. Mais Spencer croyait plus à une rixe fatale entre deux types du chantier qu'à une attaque venant de l'extérieur.

Pour attaquer quoi ? Trois bouts de murs qui ne ressemblent à rien et des squelettes de porcs ?

Ça ne tenait absolument pas la route.

Ce n'était pas tant le travail que la motivation qu'il lui fallait juger. Sécuriser le chantier était nécessaire. Mais lui, Karl Spencer, en avait-il vraiment l'envie ?

Il se massa les tempes.

Un engourdissement provoqué par la chaleur et l'ennui le gagnait.

Il souleva un pan de la bâche pour offrir une entrée au vent presque inexistant qui montait de la plaine, et se laissa aller sur le dos. Un somme lui permettrait de reprendre sa surveillance avec plus d'acuité. S'il se passait quoi que ce soit, le système de surveillance du détecteur le réveillerait. De toute façon, il ne se passerait rien.

L'alarme silencieuse vibra dans le creux de sa main. Spencer se redressa d'un coup et retint un cri. Ses reins lui envoyaient de violents élancements. Il expira pour chasser la douleur et reprit sa position de surveillance. Il n'avait pas dû dormir longtemps.

Le détecteur, couplé aux jumelles numériques, le guida au moyen de flèches clignotantes incrustées dans le viseur jusqu'à la cible mobile.

Secteur 3. Il était possible que le mouvement détecté soit celui d'un membre de l'équipe. Il avait pourtant exclu le périmètre du campement des paramètres de surveillance.

Non, c'était un peu plus loin. À mille mètres des caravanes.

Un carré vert entoura la zone du dernier mouvement détecté.

Spencer zooma dans l'image. Il voyait à présent aussi bien que s'il s'était trouvé à cinquante mètres de l'endroit.

Mais il n'y avait rien.

Encore ce foutu renard, pensa-t-il. *Mais où est-il ?*

Il attendit, les yeux rivés sur les lentilles.

Cinq minutes et pas un signe de vie dans les parages.

Spencer allait abandonner, pensant à une défaillance de son matériel, quand une forme bougea sur le sol.

Humain, se dit-il immédiatement.

Une silhouette se redressa, comme émergeant du désert.

Belle technique de camouflage !

Le grossissement extrême des jumelles montrait le

contour d'une forme indéniablement humaine, mais rendue méconnaissable par la taille des pixels.

Approche-toi, pour voir.

La forme évolua rapidement jusqu'aux limites du campement.

Spencer distinguait à présent nettement une silhouette, intégralement drapée dans une toile aux couleurs du désert. De petite taille, menue, aux mouvements rapides.

Pas un géant en tout cas. Peut-être un adolescent. Pourquoi pas une femme…

Spencer passa en revue les membres de l'équipe. Stacey, Paul, Eredan, Meryl ne correspondaient pas à la silhouette. Léo Delange, le spécialiste des écritures cunéiformes ramené par Paul, était une force de la nature. Ça n'allait pas non plus. Plusieurs ouvriers auraient pu convenir. Mais il ne leur connaissait pas ce mode de déplacement, rapide et coulé.

Ozlim par contre…

La silhouette pénétra à l'intérieur du campement et disparut derrière la tente de la cantine. Elle ne reparut pas.

Spencer téléphona à Stacey, mais ne voulut pas lui faire part du motif réel de son appel. Il inventa un prétexte pour que l'archéologue se rende dans la cantine.

– Ton *bipper* n'est pas là, Karl, l'informa bientôt celui-ci. Tu perds la boule, mon vieux.

Spencer grogna un mot, incompréhensible malgré la finesse de transmission des satellites, et poursuivit sur un ton anodin.

– Il y avait qui sous la tente ?

La voix de Stacey se fit confidentielle.

– Ne le dis pas, surtout à Meryl. Paul est en train de prendre une avance sur le dîner.

– C'est tout ?

– C'est suffisant pour occuper la salle.

– Tu es certain qu'il est seul ?

– Je n'ai pas regardé sous les tables, si tu veux savoir. Je peux…

– Non, le coupa Spencer. Laisse tomber.

Spencer raccrocha sans un mot de remerciement et rangea ses affaires. Puis il redescendit vers la plaine.

À l'endroit où la forme avait été prise en chasse par le détecteur, il découvrit des traces de pas. Le sol en était couvert sur un mètre carré. L'attente avait dû se prolonger un bon moment.

Les traces ne portaient pas d'empreintes, comme celles laissées par des baskets ou des chaussures de marche. Elles étaient lisses, uniformes.

À vue de nez, Spencer trancha pour une pointure 37. Peut-être 38, mais pas plus grand.

– Des sandales, dit-il à voix haute. Notre espion porte des sandales.

Spencer suivit les traces jusqu'à la cantine, dans l'espoir de découvrir autre chose. Sans résultat. Elles se perdaient aux abords du campement dans le fouillis de pas laissés par l'équipe. C'était sans importance. Il avait à présent une pointure, un type de chaussures et, surtout, de fortes présomptions.

Une idée germa dans son esprit. D'où l'espion pouvait-il venir ? S'il s'agissait bien d'Ozlim, comme son instinct le lui indiquait, s'éloigner dans le désert à mille mètres du campement pour l'espionner n'avait aucun sens, puisqu'elle y vivait en permanence. Non. Quelque chose d'autre l'avait attirée dans le désert. Mais quoi ? Voilà ce que Spencer devait élucider.

Il grimpa dans une Jeep et fonça jusqu'aux marques de piétinement. Il devait agir vite. Si le vent se levait, tout indice disparaîtrait à jamais. Et la possibilité de confondre Ozlim s'évanouirait dans le sable.

Parvenu sur les lieux, Spencer roula lentement, laissant les traces à un peu plus d'un mètre sur sa gauche. Les pas s'éloignaient vers le centre de la plaine, là où s'élevait l'unique tertre de la région.

Il avança longtemps, les yeux rivés par terre. Sur certaines portions de terrain où le sol était plus dur, il dut deviner la direction des pas. Mais il les retrouvait sans mal un peu plus loin, quand le sol redevenait meuble.

Les pas contournaient la butte et s'arrêtaient derrière, dans un creux. Là, ils se perdaient parmi de nouvelles traces, nombreuses et anonymes. Au centre de la dépression, Spencer découvrit des marques plus larges et profondes dans le sable. Des gens s'étaient assis par terre et avaient laissé l'empreinte de leurs fessiers. Il en compta quatre distinctes.

Ce qui étonna Spencer, ce n'était pas de découvrir que des espions tenaient des conciliabules dans le désert, mais qu'ils laissaient derrière eux des marques aussi évidentes de leur passage. Alors que la discrétion de leur surveillance était digne de professionnels, ils semblaient se moquer d'être découverts. Dans l'esprit de cet ancien militaire, cette attitude ne répondait à aucune logique.

Spencer fut tenté de poursuivre l'une des traces qui partaient vers les montagnes, mais l'envie d'aller se confronter à Ozlim fut plus forte. La nuit, sur le point de tomber, aurait de toute façon rendu ses recherches difficiles. Il rebroussa chemin et rentra au campement.

Spencer pénétra dans la cantine, armé de son regard des grands jours, sombre et inquisiteur. Presque inquiétant. Il balaya les visages d'un mouvement rapide. Ozlim n'était pas là.

Rien ne presse à ce point, se dit-il. *Attendons qu'elle arrive.*

Il s'installa entre Paul et Stacey, et commença à se servir.

– Vous allez devenir un spécialiste du désert, plaisanta Paul. Un de ces jours, j'aimerais prendre le temps de vous accompagner.

– Pourquoi pas ? répondit Spencer. La marche est une saine activité.

– Paraît-il…, soupira Paul. Je me souviens d'avoir entendu dire ça. Mais, voyez-vous, j'ai travaillé toute ma vie le nez sur le sol. Pas facile de favoriser la marche à pied dans cette position.

– Vous pourriez essayer à quatre pattes.

– Mais j'y songe…

– Ozlim n'est pas là ? demanda Spencer sur un ton banal.

– Elle ne devrait plus tarder.

– Vous savez où elle est ?

– Partie sur le site 4. Avec Eredan.

Spencer plissa les yeux. Il n'y avait, pour le moment, rien à faire sur ce chantier.

– Il y a longtemps ?

– Près d'une heure. C'est pour ça que je pense qu'ils ne vont plus tarder.

– Stacey, viens avec moi ! dit Spencer en se levant.

– Mais, j'ai à peine…

– Tu finiras plus tard, le coupa Spencer. Je t'expliquerai en route.

– J'ai surveillé le désert une bonne partie de la journée, déclara Spencer en s'installant derrière le volant d'une Jeep.

– Et ?

– J'ai vu l'un de vos rôdeurs. Et je crois que c'était une femme. Je suis même persuadé que c'était Ozlim.

– Non, tu divagues. C'est impossible.

– Ils sont partis faire quoi sur le chantier nº 4 ?

– Je ne sais pas. On ne vous demande pas de justifier nos déplacements…

– Vous devriez, dans ce cas.

– Tu as conscience que nous allons peut-être interrompre une idylle ? dit Stacey en souriant de la paranoïa de Spencer. On va avoir bonne mine. Ozlim et Eredan ont à peu près le même âge, ils sont tous les deux célibataires et… Enfin tu vois ce que je veux dire !

– Tant mieux si c'est le cas. On s'excusera et on ira voir ailleurs. Mais quelque chose me dit qu'on ne les dérangera pas pour les raisons auxquelles tu penses.

Ils arrivèrent bientôt aux abords du chantier nº 4. Spencer coupa le moteur et imposa d'un geste le silence à Stacey. Puis il lui fit signe de le suivre.

L'endroit semblait désert. La lune, presque pleine, permettait aux deux hommes de voir distinctement.

– Là ! chuchota Spencer à l'oreille de Stacey.

Spencer indiquait les ruines de la construction principale. Stacey ne comprit tout d'abord pas. Puis il vit une lueur qui montait faiblement du sol par intermittence. Un trou avait été pratiqué dans la tombe. Et quelqu'un se trouvait à l'intérieur.

En s'approchant, ils entendirent des bruits de marteau.

– Des pilleurs de tombes, s'exclama Stacey, ne se souciant plus du bruit qu'il faisait. Il faut agir vite.

Il s'élança vers l'excavation et buta contre un corps inerte par terre.

– C'est Eredan, déclara Spencer en se penchant vers la forme recroquevillée. Il respire.

– Merde, mais qu'est-ce qui se passe ici ? gémit Stacey. Où est Ozlim ?

– Là-dessus, j'ai ma petite idée, répondit Spencer. Reste auprès de lui, je vais m'occuper de ton pillard.

Une corde fixée à un pan de mur descendait dans la tombe. Spencer l'empoigna et se laissa glisser sans bruit. Ses pieds touchèrent le sol trois mètres plus bas. Il lâcha la corde et regarda autour de lui.

Il vit Ozlim, de dos. Elle était accroupie et tenait dans une main une petite masse métallique qu'elle envoyait frapper contre le mur à un rythme rapide. Chaque coup porté résonnait dans l'espace exigu de la tombe avec un bruit de poterie fracassée. Sa lampe frontale éclairait les tablettes d'argile qu'elle s'activait à détruire. Une cinquantaine d'entre elles étaient déjà retournées à l'état de poussière.

– Mais pourquoi..., ne put s'empêcher de dire Spencer, tant il ne s'attendait pas à ce qu'il venait de découvrir.

Ozlim fit volte face. Sa rapidité alerta Spencer. La jeune femme en apparence inoffensive ressemblait à présent à un félin acculé. Elle lança un regard vif vers le monolithe qui occupait le centre de la pièce. Un long poignard à lame torsadée y traînait, posé en évidence près de la tête du squelette. Trop loin pour qu'elle puisse s'en emparer avant Spencer.

Elle se jeta alors sur lui, sans avertissement, sans même avoir pris le temps de jauger son adversaire.

Spencer encaissa les coups d'Ozlim comme il put. Il rechignait à frapper une femme, mais ses assauts étaient de plus en plus dangereux. Elle utilisait une technique de combat qui ressemblait au kung-fu mais le style n'était pas pur. D'autres influences se sentaient, sans que Spencer ait pu préciser lesquelles.

Merde ! pensa-t-il. *Cette fille sait se battre. Après tout, elle n'aura que ce qu'elle cherche.*

Ozlim para le premier crochet de Spencer et écarta le deuxième en reculant d'un pas. Puis elle lança son pied au niveau de la gorge de son adversaire. C'est ce qu'attendait Spencer. Il bloqua la cheville de la jeune femme entre ses poignets croisés et fit tourner la jambe. Ozlim suivit le mouvement et se retrouva au sol.

Elle ne frappe pas pour lutter, pensa Spencer en un éclair. *Ses coups cherchent à donner la mort.*

Il fallait agir en conséquence. Immobiliser l'adversaire pour un bon moment, et non se contenter de la bloquer. Stacey ne pourrait pas l'aider. Il n'était pas de taille.

Spencer recula tandis qu'Ozlim se remettait d'un bond sur ses pieds. Elle chargea immédiatement, le bras tendu, les doigts bien écartés à la hauteur des yeux. Spencer para l'attaque de l'avant-bras et envoya son poing libre sur la tempe d'Ozlim. Le coup était sec, brutal, rapide. La gorge d'Ozlim livra un cri de nouveau-né. Puis la jeune femme s'écroula sur le sol.

Spencer dut faire appel à Stacey pour sortir du tombeau la jeune femme inconsciente. Il attacha la corde sous les bras d'Ozlim, et la soutint pendant que Stacey la hissait.

Ils la chargèrent directement à l'arrière de la Jeep et filèrent vers le campement en compagnie d'Eredan, qui avait recouvré ses esprits.

– Comment ça va, Eredan ? demanda Spencer.

– J'ai un affreux mal de tête.

– Ça s'arrangera. Racontez-moi ce qui s'est passé.

– Oh, c'est assez simple, dit-il en se tenant le front. Je suis descendu de voiture le premier. J'ai fait quelques pas et plus rien. J'ai reçu un coup sur la nuque. J'ai rien vu venir.

– Vous êtes venus faire quoi tous les deux ?

– On n'est pas venus ici spécialement, répondit Eredan d'un air gêné. C'est Ozlim qui m'a proposé de nous arrêter. Depuis quelque temps, elle me tournait autour. D'assez près, si vous voyez ce que je veux dire…

– Mais à quoi ça lui servait de venir avec toi ? s'interrogea Stacey. Elle aurait été plus tranquille seule pour détruire les tablettes. Ça n'a aucun sens…

– Ça me semble limpide, au contraire, le coupa Spencer. Eredan lui servait d'alibi. Je suis prêt à parier qu'il l'aurait retrouvée étendue à ses côtés à son réveil. La tête dans le même état que lui. Et elle aurait inventé une histoire d'agresseurs, bien sûr.

La nouvelle provoqua la stupeur au campement. Ozlim était une femme et une archéologue appréciée de tous. Ses actes étaient incompréhensibles.

Spencer la ranima à sa façon musclée, sous les yeux gênés de Paul et de Stacey. Lorsqu'elle eut repris connaissance, les trois hommes la questionnèrent. Ils voulaient connaître les motifs de la jeune femme, savoir si elle appartenait au groupe des rôdeurs, qui ils étaient, et surtout, quels étaient leurs objectifs.

Ozlim demeura muette tout au long de l'interrogatoire. Spencer capitula le premier.

– Ça ne sert à rien, dit-il pour apaiser la colère qui montait dans le ton de Stacey et de Paul. Arrêtons pour ce soir. On y verra plus clair demain matin. La nuit lui permettra de réfléchir et de choisir un camp, si la chose est possible.

– Si tu préfères, accepta Stacey. Qu'est-ce qu'on fait d'elle ?

– On l'enferme. Je ne vois pas d'autre solution. C'est moche, mais c'est comme ça.

Ils vidèrent un container qui servait à entreposer du matériel et installèrent sommairement Ozlim à l'intérieur. Spencer cadenassa la porte et garda la clef. Paul, bouleversé par les événements, salua ses compagnons et partit rejoindre Meryl.

– Heureusement que tu étais avec moi cette nuit, dit Spencer à Stacey. Jamais on ne m'aurait cru, sinon.

– Pour une fois que je te sers à quelque chose...

Spencer regarda Stacey avec un air étonné mais ne fit pas de commentaires.

– Sept villas heptagonales, sept corps, sept récits... La similitude ne t'avait pas échappé, je suppose ? reprit Stacey.

– On est là pour ça, non ? répondit Spencer. Je ne vois pas ce que je ferais ici s'il n'y avait pas un rapport.

– Toi, peut-être. Le site est intéressant en lui-même.

– Trois bouts de murs et un vieux cadavre, tu trouves ça intéressant ?

– Je n'ai pas dit que c'était une découverte historique en matière d'archéologie mais son isolement n'est pas banal.

– Tu as parlé de Malhorne à Paul ?

– Pas encore. Je ne suis pas sûr que ce soit nécessaire, en fait. L'heptagone n'est pas une propriété de Malhorne. La corrélation n'est pas évidente à ce point. D'autres personnes ont utilisé cette forme au cours de l'histoire. Et puis, nous avons peut-être l'esprit influencé par ce que nous savons déjà. Si Paul reste ignorant du rapport possible avec Malhorne, il aura une plus grande objectivité. C'est pourquoi je n'ai toujours rien dit.

– Continue, l'assura Spencer. Paul n'a aucun besoin de savoir. Ni lui ni les autres. On ne doit pas recommencer les mêmes erreurs que par le passé. Personne ne saura. Mis à part toi, Denis Craig et moi. Laissons-les chercher à l'aveuglette. À nous de tirer profit de leur travail. Ensuite, en fonction des résultats, on élargira.

– Ça me pose pourtant un petit problème.

– Laisse tomber l'éthique, dans ce cas…

– Non, ça n'a rien à voir, le coupa Stacey. Ce cercle de villas me donne envie d'aller voir ce qui se trouve au centre. Comme pour les sept statues de Malhorne… Autre chose à découvrir, qui expliquerait peut-être le reste. Mais Paul va se demander d'où l'idée me vient, tu comprends ?

– Fouiller au centre d'un cercle me paraît être une idée assez logique, répondit Spencer avec un petit sourire. Ne serait-ce que pour comprendre comment on a placé la pointe du compas.

– Je me trompe sans doute. La plus grande probabilité, c'est qu'aucun lien ne puisse être établi entre Malhorne et ces fouilles.

– Il y a trop de monde qui tourne autour des tombes. Comme c'était le cas autour de Malhorne. J'emmerde les probabilités et les statistiques. Je suis certain qu'il y a un lien. J'ignore lequel mais vous trouverez.

Stacey regarda Spencer d'un air estomaqué. Celui-ci savait être sec en toutes circonstances, mais jamais il ne jurait. Ou presque. Ça ne lui ressemblait pas. Stacey se demanda un instant quelle plaie mal cicatrisée leur conversation avait pu toucher, puis il partit se coucher, laissant le colonel face au désert.

Le lendemain matin, Spencer ouvrit lui-même la porte du container. La clef du cadenas ne l'avait pas quitté. Une odeur désagréable l'alerta aussitôt. Un mauvais pressentiment lui vint avant même que ses yeux ne s'acclimatent à la pénombre.

Ozlim s'était pendue avec le foulard-ceinture qui ne la quittait jamais. Son visage était noirci par le sang qui y avait stagné toute la nuit. Sa langue, épaissie par la strangulation, sortait de sa bouche et pendait sur le côté.

Ses yeux exorbités trahissaient encore la souffrance de la malheureuse.

Spencer détourna le regard. Un mélange de colère et de respect envahit son esprit. Il fallait une volonté surhumaine pour se tuer de cette façon. La jeune femme avait accroché le foulard à une patte de fixation murale. À moins d'un mètre cinquante au-dessus du sol.

Ce geste était effroyable.

Un geste effectué avec une prodigieuse détermination, puisque ses pieds avaient touché le sol tout au long de son agonie.

39

La coupure publicitaire s'acheva sur le logo du *provider*, qui se figea un quart de seconde. L'image montrait à présent les parties d'un zoo réservées aux primates. Au centre, entre un couple de gorilles et une famille de chimpanzés, un homme nu faisait sa toilette, sans gêne apparente vis-à-vis des spectateurs qui se regroupaient autour de sa cage. Son corps portait des tatouages du bas de ses chevilles au sommet de son crâne intégralement rasé. Il en était arrivé à la région de son bas-ventre et s'y attardait particulièrement. Il décalotta son gland pour en inspecter minutieusement le pourtour. Puis il se tourna vers un chimpanzé qui tendait son bras velu dans sa direction.

– T'as l'air moins con qu'eux, mon frère. Et en plus, t'as le bénéfice de l'animalité intégrale. Pas de calculs, pas de vices, pas de religion. T'es peinard. Si t'avais pas croisé les mailles d'un filet, t'aurais même eu la possibilité de vivre heureux. Remarque, je connais pas ton histoire. Si ça se trouve, t'es né en captivité.

» Tu sais que le type à qui appartient ce zoo m'a loué cette cage à prix d'or. Non content de séquestrer des animaux pour le plaisir des marmots humains, il le fait aussi pour de l'argent.

» C'est vraiment un salopard. Une de ces petites salopes comme on en trouve tant chez les miens. J'ai honte, mon vieux. Si tu savais comme j'ai honte. Mais j'ai pas le choix. Je porte vingt-trois paires de chromosomes et je peux rien faire contre ça.

L'homme retourna son attention vers un dispositif de prise de vue relié à une antenne parabolique, seule touche moderne dans son environnement de cailloux et d'herbe. Sur un écran d'ordinateur abrité de la lumière, un générique constituait une à une les lettres d'un flash d'informations. Quand toutes les lettres furent dans le bon ordre, *www.nemo-onthenet.com* apparut, puis la date du 26 août 2029. Enfin, la figure grimaçante du personnage tatoué remplit l'image.

Une diode rouge s'alluma à l'avant des webcams.

– Salut la Terre et les terreux !

Vous écoutez crassement mon 441ᵉ bulletin d'informations. Cette semaine, je suis allé briser des nerfs du côté de Montréal et de son zoo. Ça va faire plaisir aux autres propriétaires de zoos. Parce que j'ai pas choisi le leur.

Je sais que ces enfoirés du réseau entrecoupent mon journal de flashs publicitaires. Laisse faire, vieux. Ils ont rien d'autre à foutre.

Mais tu me feras pas croire qu'ils y comprennent quelque chose.

Pendant ce temps, je me décrotte ! Tu crois pas que je vais parler dans le vide vectoriel.

Ce couple de gorilles que vous voyez derrière moi est l'un des derniers vivants sur la planète. S'ils ne se reproduisent pas, on pourra tous dire « tchao » à cette belle espèce pacifique. *Hasta la vista*, les poilus ! Fallait inventer la poudre ! Ou l'atome. Question de degré d'évolution.

Et j'ai bien peur que le bonheur ne soit nécessaire aux animaux pour enfanter. Ils pensent, voyez-vous ? J'ai même l'impression qu'on a pris le problème à l'envers depuis le début. Ils sont les seuls à penser. Et non le contraire.

Les humains se reproduisent en captivité. On l'a démontré à maintes reprises au cours de notre histoire dégueulasse.

Y'a eu des marmots dans les champs de coton.

Y'a eu des petits étoilés à Dachau.

Vous n'avez pas idée du nombre de chiards qui voient le jour dans les camps de transit au sud de l'équateur. Ça dépasse l'entendement de vouloir mettre bas dans de telles conditions.

Faut croire que les hommes aiment les boulets. Plus t'en as, plus tu te sens vivre, on dirait.

Et pourtant, ils n'ont que deux chevilles !

Les gorilles, eux, que dalle. Ils sont trop respectueux de leur progéniture pour lui offrir un merdier pareil. Ça veut dire que, non seulement ils pensent, mais qu'en plus ils se souviennent. On peut pas en dire autant des hommes, si vous voyez à quoi je fais allusion.

Tas de queutards lubriques. Il n'existe pas *une* situation suffisamment extrême pour que vous vous arrêtiez de baiser. Paraît que c'est une réaction face à l'idée de la mort. C'est des psys qui disent ça. Vu le monceau de conneries qu'ils enfilent, ils feraient mieux de fabriquer des chapelets.

Des pseudo-amoureux de la nature ont tenté l'expérience. De vertueux écologistes à la manque qui voulaient perpétuer des espèces en captivité tout en les laissant se faire massacrer dans la nature. Des gens armés de bonnes intentions, en gros. Ils ont inséminé une madame gorille avec le sperme de son cher et tendre. Résultat ?

Échec et mat, mon canard. Madame gorille a perdu son œuf. Et la mère Michel, son chat, à ce qu'il paraît.

Ils auraient mieux fait de se le fourrer dans l'oignon, leur œuf !

La vie, ça se respecte ! Les divins docteurs en génétique n'ont qu'à bien se tenir. Y'a quelque chose de mystérieux qui se cachera éternellement derrière nos gènes. Ça suffit pas de manipuler au petit bonheur la chance. Faut avoir un plan. Comme l'autre, là, le barbu qui rigole du haut de son paradis.

Vous savez pourquoi on appelle ça le paradis ? Un peu de phosphore, peut-être ? C'est par opposition au foutoir intégral dans lequel on patauge à cause de lui. Ça y est, on est enfin tranquilles. Y'a tous les gars du Vatican et les grenouilles de bénitier qui viennent de se déconnecter.

Imaginez une humanité qui n'aurait pas connu la compétition, la saine émulation si chère à nos professeurs. Un monde où l'homme n'aurait pas cherché à dominer. Ça existe dans le règne animal, bande d'ignares dégénérés. Chez certains insectes, voire quelques mammifères. Vous avez jamais entendu parler des bonobos ? Imaginez ! J'vous laisse y réfléchir. Au moins jusqu'à la semaine prochaine. Si j'vous mâche le travail, vous n'évoluerez jamais. Tous les mails sont les bienvenus. Même les plus cons.

Première info pour les non-américains ! C'est-à-dire les ploucs sans importance. J'ai des potes à Central Park qui se sont faits virer par la milice. Et je sais aussi qu'une petite y a laissé sa peau. La propagande n'en a pas parlé. Mais Nemo est là pour corriger ce petit oubli. Tas de fumiers ! On va relayer cet assassinat pour pousser les élections qui viennent. (Ça, c'est pour les New-Yorkais.) New York a besoin d'un nouveau maire. Si on y mettait une femme, pour changer. Une femme à la tête de la Pomme. Ça ferait toujours un véreux de moins !

Croyez-moi ! Nous sommes tous des représentants de la plus grande dépravation que la nature ait engendrée. Je ne pousse personne au suicide collectif, mais réfléchissez-y tout de même.

Je suis sûr que, parmi les voyeurs qui sont scotchés en ce moment derrière leur écran, y'en a plus de quatre-vingt-dix pour cent qui ne sont là que pour se bidonner.

Viens ! Y'a l'autre guignol qui fait son sketch !

Rigolez les gars, si vous avez rien d'autre de prévu. Rire, c'est déjà ça. En attendant, vous faites monter les enchères publicitaires. Vous voyez que vous servez malgré tout à quelque chose.

Pour les autres, j'ai préparé un petit clip. Le meilleur du vingt et unième siècle. Les mille et une dernières espèces qui ont eu l'honneur de s'éteindre grâce à nous.

Envoie la sauce, Mister DJ. Et prenez des notes, j'y reviendrai pas.

Un montage d'archives remplaça la figure grimaçante de Nemo. Un commentaire dans le plus pur style débridé de l'écologiste expliquait l'intérêt de chaque espèce disparue et les retombées possibles sur l'écosystème global.

Un quart d'heure plus tard, les images du zoo revenaient.

– Ça vous a plu ? Vous en voulez encore ? T'inquiète, minus. Et prends ton temps. Chaque jour, y en a une autre.

Le must, ce serait de trouver l'antibiotique humain. J'y travaille. Pour les plus crasseux d'entre vous, je rappelle qu'antibiotique, ça signifie « contre la vie ». Pigé, le rapport à l'humain. Dès que je l'ai trouvé, j'vous informe. Histoire que vous ayez le temps d'embrasser votre mère, un crucifix ou les fesses de votre sœur, si ça vous chante.

Bon ! J'vais en rester là pour cette fois. J'ai un travail

fou, ici. Y'a un tas d'abrutis qui me jettent des cacahuètes. Ça dégueulasse tout.

À la semaine prochaine, les voyeurs. Gavez-vous bien d'espaces publicitaires virtuels. Ronflez d'ici là sur le sac à merde qui vous servira de linceul. Et baisez bien !

Comme d'habitude, je n'ai qu'un seul regret, c'est que l'humanité ne soit toujours pas en voie d'extinction. Mais je le répète : tout ça finira mal !

Salut les bouffeurs d'illusions. Vous avez cautérisé votre conscience en regardant *Nemo on the Net*. Ça pourra aller jusqu'à la semaine prochaine. D'ici là, que les militants militent, les mourants s'appliquent, et les obèses éclatent.

Quant à votre serviteur, il tirera la chasse !

Tchao !

www.nemo-onthenet.com
(Texte tiré du journal hebdomadaire du site)

Les yeux de Milos se perdirent un instant à la surface de son écran.

Une liste des marques contrevenant à la *charte de la Terre* défilait sans discontinuer. Certaines, entourées de têtes de mort rouges, clignotaient pour attirer l'attention.

Puis une animation à plat faite avec du papier journal, des morceaux de photos et des décors en ombres chinoises, vint remplacer la liste dénonciatrice. Elle montrait le personnage de Nemo en deux dimensions. Il sautait de poubelle en poubelle, s'éloignant d'un *Homo erectus* poilu pour se diriger vers un personnage obèse, représentation discutable de l'homme moderne.

Le gros bonhomme finissait dans une cage en verre, entouré de robots vaguement humanoïdes. Un texte défilait sous l'image. *Les machines assistent à la mort du dernier homme.*

5, 4, 3, 2, 1. Noir.

Milos quitta le site de l'écologiste excentrique et se reconnecta sur celui du cadastre.

Depuis qu'il avait quitté l'orphelinat d'État, Milos n'avait manqué qu'un seul journal de *Nemo on the Net*, la semaine précédente, lorsqu'il était en train de chercher une issue dans les égouts de New York.

Ce type était vraiment barré. Et Milos aimait ça. Nemo était un bouffon, le bouffon nécessaire à la forme d'esprit égalitariste de la société mondiale.

Il avait créé son journal en 2023. À part ça, on ne savait pas grand-chose de lui. Il ne portait pas d'Implant identifiant et assumait de ce simple fait le statut de hors-la-loi. Toutes les tentatives d'identification s'étaient soldées par des échecs.

Chaque semaine, il diffusait un ou plusieurs bulletins à partir d'un endroit inattendu, le plus souvent gênant pour les autorités. Et son journal était parfois le point de départ d'une enquête sérieuse de la part des hautes instances ou d'un groupe de pression.

Depuis le début de son curieux sacerdoce, il avait dû passer le quart de son temps en prison. Sous toutes les latitudes. Ses tatouages l'attestaient. Le nom de chaque prison y figurait, tracé là où il restait de la place, entre des symboles ethniques et des dessins au sens connu uniquement de lui.

– Je suis le seul Blanc à vouloir devenir un Nègre, hurlait-il souvent à la fin de son journal, juste avant de débiter sa conclusion habituelle. Et ce jour-là, les Panthers passeront pour des enfants de chœur. Cachez vos fœtus ou j'dégueule !

Ces cinq dernières années, Nemo n'était resté que très peu de temps derrière des barreaux.

La pression populaire montait derrière lui. Les lobbies écologistes le poussaient en avant, parfois dans des situations extrêmement délicates. Il devait bien se rendre compte qu'il leur servait aussi de faire-valoir, mais il tenait bon. Et surtout, il paraissait s'en moquer éperdument.

Dans son œil noir et pétillant, Milos lisait des intentions qui s'étalaient sur une large palette. De la folie à la sagesse profonde. Il n'aurait pas su préciser. Sans doute un mélange détonant de ces deux extrêmes. Mais ce Nemo représentait la seule bulle d'hérésie dans le bouillon capitaliste qui avait gangrené le monde.

Chez ce type aux allures d'idiot du village mâtiné d'orateur mussolinien, il n'y avait pas de place pour le « marche ou crève » qui rythmait la vie de huit milliards d'individus. C'était l'électron libre, le fouteur de merde, l'empêcheur de tourner en rond nécessaire que s'offrait une mécanique planétaire bien huilée.

Bien sûr, il existait d'autres Nemo. Sur le Net ou ailleurs. Mais Milos n'avait jamais senti chez ces redresseurs de torts l'accent de sincérité qui se dégageait du « surfeur tatoué », comme l'appelait la presse.

Ils ne possédaient sans doute pas cette note excentrique qui équivalait à un sésame auprès du public.

Depuis cent ans, au moins, les politiques avaient accaparé la mine grave-sourire-de-circonstance-costard-taillé-sur-mesure-cravate. Et pour ce qu'ils étaient entendus…

Nemo avait trouvé le créneau qu'attendaient les mentalités du monde de 2029. Et il gardait jalousement son terrain de jeu.

Milos navigua sur le serveur du cadastre de la communauté urbaine de New York. Il en survola la représentation en 3D et dirigea son curseur vers le Bronx.

La rivière Harlem franchie, il obliqua vers l'ouest, à la recherche des entrepôts de boucherie qu'il avait vus la semaine passée.

Milos arrêta le curseur. Il y était. Six hangars droits, un en forme de L et un bâtiment d'une quinzaine d'étages.

Il confronta l'image virtuelle avec la réalité qui se trouvait en face de lui, à six cents mètres à peine du toit d'un parking en étages sur lequel il avait pris position. À un poil près, ça collait.

Depuis qu'il était rentré sain et sauf à Harlem, Milos n'avait pas arrêté de penser à ce bâtiment. Qu'un tel système de sécurité protège des quartiers de viande lui semblait impossible. L'image des portes blindées lui revenait sans cesse. Il ne parvenait pas à se raisonner. Après tout, les bâtiments sécurisés étaient plus nombreux à New York que dans n'importe quelle autre ville des États-Unis. Mais la certitude que, derrière ces murs en particulier, se cachait un bien qui allait lui appartenir était montée en lui, sans qu'il puisse y opposer la moindre résistance.

Il y avait autre chose. Rien de raisonné. Rien de raisonnable. Quelque chose à ce point éloigné du cérébral qu'il avait capitulé la veille au soir.

C'est ainsi que, depuis l'aube, Milos épiait les allées et venues autour du bâtiment, son ordinateur de poche posé devant lui pour se distraire un peu et effectuer les recherches qui lui venaient à l'esprit.

Le soleil déclinait lentement vers le couchant. Milos attaquait sa quatorzième heure de surveillance.

Au cours de la journée, il avait constaté plusieurs choses. Les entrepôts et le bâtiment étaient deux entités distinctes. Il n'y avait aucun va-et-vient apparent entre les deux.

Le portail par lequel il s'était échappé ne servait à rien. Aucune voiture n'était venue se garer dans la cour. Personne n'en était sorti non plus. Milos avait aperçu une silhouette qui s'y promenait à deux reprises. Probablement un employé chargé de l'entretien.

Aucun mouvement ne se voyait de l'extérieur. Pas une fenêtre ouverte. Il n'y avait rien à observer. Pas même le filament d'une ampoule de bureau, ou le clignotement caractéristique d'un néon en fin de vie.

Le toit du bâtiment avait une forme curieuse. Six mètres séparaient le dernier niveau du sommet du parapet. Pour un immeuble de quinze étages, ça faisait beaucoup. Et même les buildings du sud de Manhattan ne possédaient pas un tel mur de protection. Il y avait là une bizarrerie qui titillait sa curiosité.

La structure du bâtiment apparut sur l'écran. Milos compta dix étages. Il en manquait cinq. Et le plus fort, c'est qu'à l'origine, cet immeuble avait été prévu pour stocker des voitures. Pas des bureaux, comme le laissaient penser les parois en verre fumé.

Décidément, cet immeuble en apparence banal sentait de plus en plus le camouflage. Restait à découvrir ce qu'il contenait.

Milos rechercha le propriétaire. Le fichier du cadastre livra l'information dans la seconde. Il s'agissait d'une petite société d'import-export dont le siège se situait en Russie. Ça ne lui apprenait rien de concret.

Il poursuivit sa recherche. Il s'acharna une heure, mais il y arriva. De noms de sociétés en filiales, toujours plus importantes, Milos découvrit à qui appartenait réellement le bâtiment. Ce minuscule immeuble de rien du tout était la propriété de Denis Craig, le milliardaire américain dont peu de gens sur la planète ignoraient la richesse quasi incommensurable. Agroalimentaire, finance, armement, gestion des ressources en eau, compagnies aériennes, médias, sécurité privée… l'empire de Craig occupait pratiquement tous les secteurs de la vie quotidienne.

L'une de ses filiales avait breveté l'Implant identifiant. C'est dire si chaque être humain pouvait se sentir directement concerné par ce patronyme.

À quelques exceptions près.

Hmmm ! pensa Milos avec délectation. *Ça sent bon le pognon ou ses produits dérivés.*

Peu avant le coucher du soleil, un hélicoptère se posa sur le toit de l'immeuble. Milos comprit alors le rôle du parapet protecteur. L'engin avait complètement disparu de sa vue.

Quelques minutes plus tard, il redécollait. Dans sa lunette à longue portée, Milos essaya de détailler l'appareil. Pourquoi pas identifier ses passagers ? Mais il en fut pour une inconnue supplémentaire. À l'exception du cockpit, la carlingue de l'hélicoptère ne disposait d'aucun hublot.

De plus en plus curieux, se dit-il. *Ça rime à quoi, tout ça ?*

Milos rangea son matériel. Il s'apprêtait à descendre rejoindre sa voiture lorsqu'un second appareil approcha du toit.

Il observa attentivement.

D'après ce qu'il pouvait en juger, l'appareil était arrivé vide et redécollait à pleine charge.

Si le bâtiment est fermé le soir, alors il faut s'y introduire la nuit, conclut-il. *Un dimanche, pour être plus sûr. Ce dimanche.*

Il décida tout de même de revenir le lendemain, pour vérifier si ses conclusions allaient dans le bon sens, puis il quitta le toit.

40

Tara conduisait lentement. Elle détaillait la route et ses alentours avec beaucoup d'attention. Partis le matin même de Detroit, ils venaient de visiter trois sites où le centre décrit par Joe Platt aurait pu se trouver. Le premier sur la liste était une exploitation agricole depuis plus de cinquante ans. Le suivant, une pisciculture encore en activité, et le troisième avait été purement rasé. Il en restait un dernier, auquel tous leurs espoirs se raccrochaient.

Leur voiture passa devant un arrêt de bus scolaire, près d'un hameau. Tara s'immobilisa à son niveau.

– Bon, on dit que c'est celui-ci ! dit-elle pour se persuader.

– Jolie région, vous ne trouvez pas ? ironisa Stuart. Et beaucoup plus fraîche à cette saison que la pension de Tara…

– Tu devrais prier plutôt que plaisanter, lui répondit Gabriel. Que le plus sceptique d'entre nous soit justement notre prêtre, c'est un comble.

– Tu veux que je prie pour retrouver un panneau de bus ? Mais prier est une affaire beaucoup plus sérieuse que tu ne l'envisages, Gabriel. Faudra que je t'affranchisse sur ce sujet, un de ces jours. Rappelle-le-moi.

Gabriel laissa couler la remarque de Stuart et Tara redémarra tranquillement. D'après le plan, que Kinuyo tenait ouvert sur ses genoux, une route secondaire menait à une zone bâtie de quelques hectares au milieu de la forêt, entourée d'un trait noir.

Ils y arrivèrent bientôt. La route privée était barrée par une chaîne cadenassée. Tara se gara sur le bas-côté.

Ils longèrent la voie goudronnée à une cinquantaine de mètres à l'intérieur de la forêt. Ils voulaient une approche discrète, au cas où le site serait gardé.

Mille mètres plus loin, un haut grillage les arrêta. Ils le suivirent en direction de la route et butèrent sur un portail métallique entouré de barbelés.

L'asphalte était jonché de feuilles mortes. Au moins deux automnes s'y entassaient, sans la moindre trace de pneus. Apparemment, aucun véhicule n'était passé par là depuis longtemps. Derrière le grillage, une guérite aux carreaux cassés témoignait elle aussi de l'absence de passage.

– Il faut l'escalader, proposa Kinuyo. Y'a pas d'autre moyen.

– C'est ça ! critiqua Stuart. Tu vas m'expliquer comment on franchit les barbelés.

– Tu as une meilleure idée ?

– Ma foi, oui. Si vous veniez plus souvent en Équateur, vous apprendriez à vous débrouiller. On va longer le grillage et, tôt ou tard, on tombera sur un accès. Puisqu'il y a un arrêt de bus, ça signifie qu'il y a des gosses dans le coin. Et qu'est-ce qu'ils font les gamins, le week-end ? S'ils ne lisent plus Tom Sawyer, ils se servent d'une autre histoire, mais en tout cas, ils vont jouer dans ce genre d'endroits. Le monde n'a pas dû changer à ce point. On y va ?

Stuart fit un clin d'œil en direction de Tara.

– Tu vois qu'il sert à quelque chose, ton panneau, ajouta-t-il.

Tara allait répondre mais Stuart l'en empêcha.

– Et si c'est pas des mômes, c'est des chasseurs. Vous venez ?

Ils lui emboîtèrent le pas, décidant d'un commun et tacite accord que le prêtre avait sans doute raison.

Ils n'eurent pas à marcher longtemps. Ils découvrirent un trou dans le grillage, à quelques centaines de mètres de la route.

– Des gamins. Vu la hauteur de la brèche, pas plus de dix ans, je dirais, argumenta Stuart en rampant pratiquement pour se faufiler à travers le grillage.

– Tu veux bien te taire un instant, demanda Tara, à moitié exaspérée par le verbiage de Stuart. L'entrée n'était pas gardée, mais ça ne veut pas dire que l'endroit soit désert. Alors, s'il te plaît, motus !

Stuart maugréa quelques instants et resta à la traîne pendant que les autres s'éloignaient du grillage d'enceinte en file indienne.

Ils pénétrèrent dans un sous-bois, plus clairsemé que la forêt qu'ils venaient de quitter. Les arbres y étaient plus jeunes, les troncs plus fins. Pas plus de vingt ans. Un chemin vaguement défriché sinuait entre les ronces et les fougères. Sans doute le travail des enfants supposés.

Tara s'y engagea, suivie de près par Kinuyo, Acil et Gabriel. Stuart ronchonnait encore près du grillage.

Cent mètres plus loin, le sous-bois s'arrêtait net, cernant d'une lisière quasi circulaire un grand périmètre dégagé.

– Ça ne ressemble pas du tout à la carte, commenta Kinuyo en découvrant l'endroit. Il devrait y avoir beaucoup plus de bâtiments.

Au centre de la clairière artificielle, une aire goudronnée marquait d'une croix blanche un petit héliport. Plus loin sur la droite, l'unique hangar de la zone, toutes portes ouvertes, semblait servir de repaire de jeux aux enfants des environs. De vieilles palettes assemblées en volume formaient un dédale miniature autour d'un pare-brise complet d'hélicoptère.

– Bon, on y va ? demanda Stuart qui rejoignait enfin les autres.

– Attends, lui répondit Tara. Je veux vérifier qu'il n'y a pas de caméras.

– C'est un peu tard pour le faire, commenta le prêtre en indiquant le tronc d'un arbre. Mais nos petits aventuriers s'en sont déjà occupés.

Un fil courait sur le tronc et disparaissait dans la frondaison pour réapparaître plus loin. Accrochée sur une branche, il restait encore une tige de fixation métallique surmontée d'une rotule. Mais la caméra avait disparu.

– Arrête ta parano, lui dit Stuart. Pourquoi veux-tu que quelqu'un surveille encore cet endroit ? Il n'y a que des gamins et des lapins qui viennent ici.

Tara se détendit. Stuart avait raison.

– Trouvons l'entrée, dans ce cas.

Ils n'eurent pas à chercher longtemps. En dehors du hangar, il n'y avait qu'une seule construction : un bloc de béton de quatre mètres de côté qui ressemblait assez aux machineries d'ascenseur que l'on rencontre sur les toits d'immeubles. Ils en firent le tour et trouvèrent une porte métallique cadenassée.

Kinuyo fouilla son sac et en sortit une trousse à maquillage.

Stuart la regarda d'un air amusé, puis partit fouiner dans le hangar, suivi par Acil. Stuart revint bientôt, armé d'une barre à mine.

– Voilà qui fera l'affaire. À moins que tu ne t'en sortes avec ton matériel de manucure.

– Pas vraiment, répondit-elle, navrée. Je suis trop influencée par les films…

Stuart glissa la barre dans le U du cadenas et s'appuya de toute sa masse. Sans le résultat espéré.

Tara, Kinuyo et Gabriel le rejoignirent et pesèrent tous ensemble.

Ils ne parvinrent même pas à tordre le métal.

– Il faudrait une pince hydraulique, commenta Gabriel. C'est du matériel extrêmement résistant.

– On n'aura pas besoin d'en arriver là, fit derrière eux la voix d'Acil. Il y a un monte-charge dans le hangar. J'ai réussi à le faire descendre un peu avec la manivelle de secours. Ça devrait suffire pour s'y glisser.

– On va se casser les os, critiqua Stuart en glissant la tête dans le conduit du monte-charge. J'ai largement passé l'âge de jouer aux acrobates. Et je ne suis pas le seul, à mon avis.

– Tu es surtout trop gros, le railla Kinuyo. Laisse-moi faire.

Elle prit la lampe torche des mains de Stuart et s'allongea sur la plate-forme.

– Il y a une échelle à portée de main, dit-elle d'une voix étouffée. J'y vais.

Kinuyo se tourna sur le ventre et rampa jusqu'au premier échelon. Puis elle disparut sous la dalle de béton du hangar.

– Vas-y, Acil ! l'entendirent-ils crier. Actionne la manivelle.

Le monte-charge descendit librement. Acil l'arrêta au premier palier souterrain et rejoignit ses compagnons par l'échelle.

– Il y avait une plaque qui bloquait le mécanisme, leur expliqua Kinuyo.

Acil et Stuart s'arc-boutèrent sur les portes du monte-charge et, après quelques instants d'efforts, ils réussirent à les ouvrir.

Un couloir partait droit devant eux. Sur les murs, de grands numéros orange et phosphorescents accrochaient de loin en loin la lumière d'un halo fantomatique. Le sol était couvert d'une poussière fine, immaculée et vierge de toute trace de pas. Cet endroit n'avait pas été visité depuis des années.

Tara sortit des torches électriques de son sac à dos et les distribua. Puis ils s'avancèrent prudemment dans le couloir, redoutant ils ne savaient trop quoi.

L'air était sec et chargé de relents de plastique. Des traces de suie marquaient certains endroits du plafond. Quelque chose avait brûlé. Pourtant, Tara ne se souvenait pas que Joe Platt ait mentionné un incendie dans ses carnets.

Des portes donnaient sur le couloir. Ils les ouvrirent et fouillèrent les pièces de leurs faisceaux. Il n'y avait pratiquement rien à l'intérieur. Quelques meubles de bureau, des rayonnages vides.

Ils croisèrent plusieurs couloirs, perpendiculaires à celui qu'ils avaient emprunté, mais choisirent de rester dans le premier.

D'autres portes livrèrent le même spectacle de mobilier poussiéreux, avec en plus une forte impression de déjà-vu.

– On va se paumer, là-dedans, critiqua Gabriel.

– Chochotte, va ! plaisanta Stuart. On n'aura qu'à suivre nos traces de pas. Dans le sens inverse, bien sûr.

Le centre paraissait plus étendu que la clairière au-dehors. Sans doute les arbres à l'intérieur du périmètre grillagé avaient-ils été plantés après sa construction.

Au bout du couloir, ils butèrent sur une porte coupe-feu qui donnait sur un escalier. Ils rebroussèrent chemin et visitèrent les autres galeries.

De nouvelles portes. De nouvelles pièces anonymes. Sans le moindre intérêt.

– J'ai bien l'impression que je vais encore avoir raison, dit Stuart d'une voix lugubre. J'aurais préféré le contraire.

– Si tu ne l'as pas remarqué, lui répondit Tara, nous tournons autour d'une pièce centrale. C'est précisément ce que nous cherchons. L'accès à cette pièce.

Stuart fit « Ah ! » d'un air entendu.

– Je croyais que c'étaient les hommes qui savaient le mieux se représenter dans l'espace ? plaisanta Kinuyo. Il faut croire que ce n'est pas le cas des hommes d'Église…

Les murs de droite du couloir dans lequel ils se trouvaient étaient percés de baies vitrées. Mais elles donnaient sur un vide obscur où les faisceaux de leurs lampes n'accrochaient rien.

– Voilà, dit Tara. C'est probablement en dessous que se trouve la salle où vivait l'enfant. Il faut descendre.

Ils retournèrent vers la porte coupe-feu et s'engouffrèrent dans l'escalier.

Ils descendirent une cinquantaine de marches sans rencontrer de palier. Le niveau -2 devait avoir une hauteur sous plafond importante.

Une porte basse se présenta, puis un couloir, qui donnait sur un nouvel escalier. Ils poussèrent la porte basse et prirent pied sur une coursive métallique large d'un mètre à peine. Tara braqua le faisceau de sa lampe dans le vide et remonta ensuite vers le plafond. Les baies vitrées qu'ils venaient de quitter se trouvaient au-dessus d'eux.

– Je crois qu'on y est presque, dit-elle à ses compagnons. Acil, essaye l'autre escalier, s'il te plaît.

Elle entendit les pas d'Acil diminuer dans le noir, bientôt couverts par la respiration haletante de Stuart.

Le faisceau d'une torche apparut bientôt en dessous de Tara.

– Ce sera plus simple par l'escalier, cria Acil. De là où vous êtes, il faut emprunter une échelle de pompiers. Je ne crois pas que Stuart…

– Oh ! Mais tu serais étonné de voir ce que je suis encore capable de faire, mon petit. Où est-elle, cette échelle ? Montrez-la-moi !

– Si on prenait tous l'escalier ? intervint Tara en se retenant de rire. On gagnerait sans doute du temps. Et peut-être qu'on éviterait quelques problèmes.

Ils quittèrent la coursive et descendirent l'escalier.

– Il ne reste pas grand-chose à voir, dit Acil. C'est ici que ça a brûlé.

Les cinq faisceaux se croisèrent dans le volume d'une grande salle aveugle. Tout était noirci par une suie épaisse et grasse.

Des murets bas surmontés de restes de parois en verre délimitaient encore d'anciennes pièces plus petites. Les débris des baies vitrées jonchaient le sol et crissaient sous les pas.

Au milieu de la salle, une rainure dans le béton marquait le périmètre de la pièce de vie décrite par Joe Platt. Les restes carbonisés d'un lit de petite taille traînaient encore contre le mur du fond. Mais, à part cette triste carcasse, tout était parti en fumée.

– Ça a dû chauffer pas mal, ici.

– Ça sent encore très fort, vous ne trouvez pas ?

– Je ne suis pas un grand spécialiste des incendies, déclara Gabriel. Mais ça ressemble à du travail au lance-flammes. Ou quelque chose dans le style.

– C'est l'endroit que nous cherchions, mais il n'y a plus rien à trouver, déclara Tara sur un ton qui ne cachait pas sa déception.

– Pourquoi avoir incendié la salle ? Ça n'a pas de sens…

– Peut-être pour que les gens dans notre genre ne découvrent rien d'intéressant.

Ils visitèrent l'intégralité du deuxième sous-sol. La thèse de Gabriel tendait à s'avérer. Chaque pièce était totalement détruite, du sol au plafond. Alors qu'un incendie normal aurait dû laisser quelques parties intactes. Dans la salle de surveillance du centre, ils découvrirent des dizaines d'ordinateurs et de moniteurs de contrôle tordus par la chaleur et agglomérés les uns aux autres. En un autre lieu, la masse d'écrans explosés aurait pu devenir une œuvre d'art moderne.

La dernière porte qu'ils poussèrent leur livra l'ancien bloc opératoire mentionné par Joe Platt. Mais là encore, rien n'avait résisté.

Ils cherchèrent ensuite un indice dans le troisième et dernier sous-sol.

Une heure plus tard, les cinq compagnons ressortaient au grand jour.

– Je me sens lamentable, gémit Tara. Ces carnets m'avaient redonné tant d'espoir…

– Tout n'est pas perdu, essaya de la consoler Acil. Le témoignage de Platt nous assure au moins que Bout de chou est vivante.

– Même si ce n'est pas elle, surenchérit Kinuyo. Un être similaire continue d'exister.

– Je n'arrive pas à croire que la petite se soit échappée pendant près de deux jours sans avoir rien laissé derrière elle avant d'être reprise…

– Il y a près de dix ans que ça s'est passé. Qu'est-ce que tu veux retrouver après dix ans ?

– Je ne sais pas, mais la petite devait avoir de l'imagination.

– Essayons de retrouver son itinéraire, proposa Kinuyo. Nous avons le point de départ et l'arrivée.

Maintenant, on est sûrs que l'arrêt de bus devant lequel on est passé est le bon.

– Bof, on n'a rien à perdre, commenta Stuart. Mais je vois mal ce que nous pourrions trouver.

– On discutera de ça plus tard, intervint Gabriel. Le mieux, je pense, ce serait de nous séparer en deux groupes. Et de visiter plus particulièrement les collines autour de nous. Les carnets de Platt mentionnent que l'enfant utilisait son oiseau pour épier les mouvements de ses poursuivants. Eh bien, rien de tel qu'une position élevée pour voir arriver l'adversaire. Ce qui est vrai pour toutes les guerres depuis l'origine du monde doit l'être aussi pour Bout de chou.

– Bien parlé, le félicita Tara. Stuart, viens avec moi, j'aimerais discuter avec toi pendant qu'on marchera.

– Si ma compagnie ne fait pas défaut à nos compagnons, je suis d'accord.

– Un boulet de moins, ça force l'entrain, dit Kinuyo avec un petit sourire accroché au coin de l'œil.

– Il est quatorze heures. Retrouvons nous à l'arrêt de bus vers dix-neuf heures. Si ça ne suffit pas, on recommencera demain.

Les deux groupes se séparèrent et partirent dans des directions opposées.

Quatre collines entouraient le périmètre du centre. Ils disposaient de cinq heures pour en faire le tour et explorer deux sommets. Ce qui leur donnait juste le temps de fouiner derrière chaque arbre.

Après quatre heures de marche, Stuart et Tara arrivèrent au sommet de la seconde colline. De gros blocs de pierre affaissés les uns sur les autres formaient de nombreux recoins où l'enfant aurait pu s'abriter. Tara les inspecta scrupuleusement. Elle dut pour certains ramper sous la roche, ce qui empêcha Stuart de l'accompagner. Il resta seul, occupé à observer l'horizon.

– C'est le point culminant de la région, apprécia-t-il, une main posée en visière pour se protéger du soleil. On voit même une partie de la route là-bas.

– Ça signifie qu'elle a pu voir arriver le bus, répondit Tara en ressortant la tête. Y'a rien là-dessous.

– L'arrêt du bus n'est pas loin. Si elle l'a vu, elle a pu essayer de le rejoindre.

– Allons-y. Utilisons le chemin le plus court. C'est sûrement ce qu'elle a fait.

Ils descendirent la pente prudemment. De gros rochers en équilibre manquaient de rouler à chacun de leurs pas.

Dans le creux, ils traversèrent le lit à sec d'un ruisseau d'hiver, puis remontèrent vers la route.

Ils étaient les premiers à rejoindre l'arrêt.

– Échec ! dit Tara en posant le pied sur la route. Il n'y a rien à voir. Ou rien que nous ayons su voir.

– C'était hautement improbable, commenta Stuart en la rejoignant. Nous avons fait ce que nous avons pu. Il faut s'en satisfaire.

– Je ne suis pas prête d'en arriver là !

– Joue les Don Quichotte si tu as du temps à perdre !

Tara s'éloigna sur la route et s'arrêta à quelques mètres, le regard perdu au bout de la bande d'asphalte.

Stuart s'approcha du panneau d'autobus.

La structure en métal portait les paraphes de générations d'écoliers, quelques mots en dessous de la ceinture et des représentations phalliques esquissées rapidement. Stuart s'attarda un instant devant cette belle représentation de la pensée incontournable des petits Américains.

– C'est édifiant, dit-il à Tara. Quel que soit leur âge, les humains pensent toujours détenir des idées nouvelles à faire partager. Remarque, moi-même, il y a quelques années…

– Qu'est-ce que tu racontes, Stuart ? demanda Tara en se retournant vers le prêtre. Tu perds la boule, mon vieux.

– Pas tant que ça…

Stuart venait d'approcher le nez à la hauteur du panneau.

– Ça m'apprendra à dire du mal des graffitis.

– Quoi ?

– Tu te rappelles du premier mot que Bout de chou a prononcé correctement.

– Évidemment !

– Tu peux me le dire ?

– Tu joues à quoi, Stuart ?

– Erreur, très chère. Je ne joue pas. Tu veux bien me le répéter ?

– C'était « Aratta ».

– Eh bien. Viens voir ce qu'il y a de gravé sur le panneau.

– Ne me dis pas que…

– Justement, si !

Tara courut plus qu'elle ne marcha pour rejoindre Stuart. Elle se pencha sur le bas du panneau et scruta la surface usée par le temps et les nombreux graffitis qui se superposaient.

– Où ça ?

Stuart posa son index sur le montant du panneau.

– Là !

Les lettres étaient en partie brouillées par des ajouts mais le mot était là. Rayé plutôt que gravé. L'enfant n'avait pas eu le temps nécessaire pour repasser plusieurs fois avant l'arrivée du bus, et de ses poursuivants.

– Il fallait que ce soit toi qui trouves, dit Tara tout bas. Merci, Stuart.

Tara resta de longues secondes le nez sur le panneau. Pour s'en repaître ou pour le photographier mentalement, comme s'il allait disparaître.

– Bout de chou, murmura-t-elle. Il n'y avait que toi…

Puis elle s'éloigna dans le sous-bois en soupirant de façon audible.

– Téléphone à Gabriel, dit-elle en lui tournant le dos. Dis-leur qu'ils peuvent revenir.

Stuart s'exécuta, puis il s'approcha de Tara, qui était partie s'asseoir derrière un arbre.

– Ils arrivent.

– Tu crois les carnets, à présent ?

– C'est vrai que je dois ressembler à saint Thomas. Et c'est plutôt curieux, dans notre groupe. Je ne sais plus réagir autrement. C'est malheureux, je sais ! Lorsque j'ai reçu la mèche de Bout de chou, je n'ai jamais cru que tu t'emballais pour rien. Ne va surtout pas penser ça. J'attendais la confirmation. Les carnets ne suffisaient pas. Ce n'est pas parce que c'est écrit que c'est vrai, si tu vois ce que je veux dire…

Tara opina silencieusement.

– Maintenant, dis-moi ce que tu comptes faire ?

Tara se redressa et s'adossa contre le tronc.

– Repartir pour Baltimore, ou New York, je ne sais pas encore. Une chose est sûre, on n'a plus rien à faire ici. J'aimerais que tu restes, si ta paroisse te le permet. Ça me serait plus facile avec toi. Et les autres aussi.

– Il y a peu de chances pour que Bout de chou se manifeste plus demain qu'au cours de ces quinze dernières années. Il faut compter sur le hasard.

– Tu sais ce que Malhorne pensait du hasard ?

Stuart eut un sourire en se remémorant les archives de la Fondation.

– Je me souviens des paroles du dernier des évangélistes. Alors, disons qu'un événement arrive rarement seul.

41

Un climatiseur ronronnait doucement dans un coin de la tente. Paul prit une tablette d'argile et la nettoya à l'aide d'un pinceau, avant de la déposer sur la plaque de verre d'un holographe. Il pressa un bouton de commande et un dispositif vint recouvrir la tablette. La machine émit une lumière violette.

Paul s'assit en face de l'appareil et tendit la main vers une caisse en carton remplie de fruits.

– Vous n'en avez pas assez des bananes ? dit la voix de Spencer dans son dos.

Paul se retourna. Il avait sur le visage une expression d'écolier pris en flagrant délit de tricherie.

– Je n'ai pas le choix, voyez-vous ! Meryl a décidé un beau jour de stopper mon tempérament inflationniste. Je peux difficilement lutter contre une aussi louable intention, n'est-ce pas ? Ah ! Ce qu'on peut faire souffrir les gens pour leur bien.

– Je connais ce genre de musique, plaisanta Spencer.

– Peut-on réellement contraindre un homme naturellement généreux ? Je vous le demande. Eh bien, oui ! Une femme peut le faire, la mienne. Sous ses dehors aimables, Meryl cache un ogre autoritaire. Il paraît que nous aimons ça. Le rapport à la mère, la continuité de ce lien, etc.

– Vous avez tous les arguments pour vous défendre, glissa Spencer.

– Que voulez-vous dire ?

– Il vous suffit de dire non.

– Si la vie pouvait être aussi simple…

– Elle l'est, Paul. Enfin, elle peut l'être. J'ai fait ce choix, il y a longtemps.

– Vous n'êtes pas ici juste pour justifier le machisme qui sommeille sûrement encore quelque part en moi ? Si ?

– Je vous taquine. Oubliez.

L'holographe acheva son travail avec une sonnerie discrète.

Paul remplaça la plaque d'argile par une autre.

– Que puis-je pour vous, dans ce cas ? Vous passez plus de temps dans le désert qu'avec nous, d'ordinaire.

– Deux choses. Pour être précis, une pour vous et une pour moi. Commençons par moi. Où en êtes-vous dans vos traductions ? Le travail avance comme vous voulez ?

– Je n'ai pas à me plaindre. Léo y contribue grandement. Et la technologie aussi. Je m'aide d'un logiciel de traduction, mais ça n'est pas aussi simple que pour une langue vivante. Vous comprenez, Spencer ? Cette langue s'est éteinte il y a des millénaires. Elle est la première forme d'écriture connue à ce jour. Et je pense qu'elle est la première tout court. Imaginez-vous que les Sumériens ont élaboré une civilisation raffinée très peu de temps après la sédentarisation des chasseurs-cueilleurs nomades ? C'est effarant ! Passer en si peu de temps de l'obscurantisme total aux premières encyclopédies du savoir. C'est presque inimaginable.

» Écrire est un concept ardu. Ça revient à déposer sur la matière ce que le vent emportait auparavant. Il a fallu de beaux cerveaux pour y arriver.

» Tout ne commence pas à Babylone ni à Athènes. Les manuels d'histoire trompent les écoliers. Tout commence ici, enfin dans ce coin. À Sumer. C'est aussi ce qui fait la particularité de ce site, nous sommes assez loin du bassin mésopotamien. Si nous sommes bien en présence de culture sumérienne, il va nous falloir élargir l'idée que nous nous en faisions.

– Pourquoi *si* ? Vous en doutez ?

– C'est nécessaire. Douter est plutôt sain dans nos métiers. Même si je trouvais quelque chose au pied des pyramides, il faudrait encore prouver que cette chose appartient à la civilisation égyptienne. C'est dire si le doute fait partie de nos occupations…

– J'ai croisé un type, il y a quelques années, qui avait un peu votre discours, le coupa Spencer. Il devenait intarissable à la moindre question. Je n'ai pas su l'apprécier à l'époque.

– Qui était-ce ? Un confrère ?

– Non. Son nom ne vous dirait rien. C'est sans importance. Poursuivez.

– Je vais essayer de ne pas trop m'enflammer, reprit Paul avec un sourire. Pour tout vous dire, la tâche est ardue. Nous avons sept tombes, sept corps et sept sources différentes de tablettes. Il faut isoler la première et la dernière, qui sont atypiques, relativement à l'ensemble. Les cinq autres, dans la chronologie, font état d'une sorte de chronique. C'est très intéressant. Bien que pour vous, ces informations pourraient paraître fastidieuses, voire pénibles.

– De quoi s'agit-il ?

– Comme je vous l'ai dit. Les sept sites sont liés par une famille au sens large. Les tablettes témoignent des événements qui se sont déroulés au cours de la vie de cette famille. Sur un peu plus de cinq cents ans. Il semble que les gens qui ont vécu ici se soient intentionnellement isolés du monde. Et le monde, à cette époque, c'est Sumer, le bassin mésopotamien. Eux attendaient quelque chose ici. C'est ce qui revient sans cesse dans leurs écrits. Ils font très régulièrement mention de *Lukingias*, traduisez par « les hérauts ». Des hommes, et aussi des femmes, qui partaient sur de longues périodes et revenaient ici. Ou dans un autre endroit qui reste obscur. Il est question de rendez-vous à chaque saros.

– En clair ?

– Pardonnez-moi. Un saros, c'est une période de deux cent vingt-trois lunaisons. Précisément les dix-huit ans et onze jours qui séparent deux alignements Soleil-Lune-Terre. Une période invariable identifiée depuis au moins les Chaldéens. Eh bien, nos mystérieux *Lukingias* se retrouvaient dans les parages à chaque alignement. Ces voyageurs parcouraient le monde, à en croire les tablettes. J'ignore encore dans quel but. Elles font mention des grandes cités de l'époque et de leurs avancées. Ur, Lagash, Uruk, Kish, etc. Je ne sais pas si ces villes évoquent quelque chose pour vous. Et des rois qui s'y sont succédé. La première tombe éclaircira peut-être tous ces points qui ne sont qu'effleurés. Les textes s'adressent à des personnes déjà initiées. J'en suis certain. À nous de nous fabriquer la bonne lampe.

– Je le souhaite aussi, pour le moral de tous, essaya de conclure Spencer. Je voulais vous parler d'autre chose, Paul…

– Encore une minute, si vous le voulez bien. La première tablette de chaque tombe retranscrit une sorte de prière. Toujours la même, au mot près. C'est justement la prière des *Lukingias*. Vous voulez que je vous la lise ?

– Bien entendu.

– Notez que je l'ai traduite en langage d'aujourd'hui. Sinon, ça reste très obscur.

Paul Hiriartch fouilla dans une épaisse liasse de papier.

– Écoutez-moi ça !

Tu verras, un jour, mon enfant.
Cette femme. Celle dont je t'ai parlé.
Cette femme dont mon père m'a parlé.
Et avant lui, le père de mon père.

Et son père avant ça.
Celle que nous espérons.
Depuis plus loin que nous puissions regarder tous ensemble.
Elle se présentera à toi. Je l'espère.
Fassent les eaux du monde que cela se passe de ton temps.
Et tu la reconnaîtras.
Tu ne sauras pas comment mais, sans l'avoir jamais vue,
tu te rappelleras d'elle.
Et elle de toi.
Alors, tu l'accueilleras comme la mère des hommes.

Ce jour béni, tu seras enfin en paix.
Et les tiens aussi avec toi.
Car sera revenu le temps de la connaissance et de l'harmonie.
Et avec elles rejaillira l'esprit de l'Aratta.

Ainsi chanteront les hérauts de notre reine.
Jusqu'à ce que son retour emporte leurs prières dans le sable et le vent.

– Voilà ! C'est assez beau, n'est-ce pas ?

– Sans doute, marmonna Spencer après un temps de réflexion. Mais le sens ne me saute pas aux yeux.

– Il faut que je vous en dise un peu plus sur la civilisation sumérienne. Sans quoi, vous passerez à côté de l'essentiel.

– Stacey m'en a déjà raconté pas mal…

– Tant mieux. Mais sans doute pas assez malgré tout. Il y a pas mal de choses à savoir. C'est un monde complexe dont il faut se pénétrer pour comprendre les hommes de ce temps. Essayer d'oublier le monde que vous connaissez. Admettez que la terre se limite à ce que vous montrent vos yeux. Un ciel, des étoiles fixes, d'autres mouvantes, parfois des comètes, un soleil, une lune qui ne ressemble jamais à celle de la veille, un paysage, très différent de celui que nous voyons aujourd'hui. Il y a cinq mille ans, cette région n'était pas désertique. Rajoutez au tableau le vent, la pluie, la foudre et beaucoup de superstitions pour essayer d'expliquer tout ça. Vous aurez alors une petite idée de la vision du monde d'un Sumérien. Notre époque a rationalisé la plupart des choses qui faisaient fantasmer les hommes de ce temps. Vous ne prendriez pas un éclair pour une manifestation divine, n'est-ce pas ? Eh bien, ne concluez pas trop vite qu'ils étaient demeurés. Jusqu'au milieu du dix-septième siècle en Europe, bon nombre de nos ancêtres pensaient la même chose que les Sumériens. Quatre mille ans d'évolution n'avaient pas réussi à sortir la superstition de la tête des hommes. Les Grecs anciens étaient, en comparaison, beaucoup plus évolués. La régression doit faire partie de l'évolution globale. On avance par ici, on recule par là. Il faut apprécier l'histoire dans son ensemble. Sans quoi, c'est à se taper la tête contre les murs.

– Vous me rappelez de plus en plus cette personne

dont je vous ai parlé tout à l'heure, réussit à placer Spencer entre deux phrases d'Hiriartch. La même cadence.

– J'aurais plaisir à connaître cet homme.

– C'est malheureusement impossible, indiqua Spencer. Le destin en a décidé autrement.

– Navré. Mais vous voyez que, vous aussi, vous maniez encore un peu la superstition. N'est-ce pas ?

– Ça aide, de temps en temps. Surtout contre ça.

– Je comprends très bien ce point de vue. Mais j'en reviens à nos fouilles. Un point est particulièrement étonnant, c'est l'écriture très élaborée dont il est fait usage dans les tablettes. Voyez-vous, la société sumérienne n'est pas arrivée du premier coup à une écriture quasi symbolisée. Elle est passée par des phases que nous connaissons fort bien. En gros, cette écriture est partie du pictogramme, comme un rébus, pour atteindre à son apogée la saisie rapide des sons de la langue orale. Cette évolution s'est faite sur un peu moins de deux mille ans, entre l'époque que nous appelons protodynastique et la première dynastie de Babylone. Or, les tablettes que nous ont révélées les sept tombes appartiennent au début de la première époque. Et l'écriture est très proche du symbolisme de la dernière. Vous comprenez ? Près de vingt siècles auraient dû s'écouler avant qu'un scribe puisse écrire de cette façon. Et ce n'est pas l'unique point extraordinaire de nos fouilles. Loin de là !

– Celui-ci me paraît déjà suffisamment important, non ?

– Exactement. Ça rejoint une querelle d'archéologues. Connaissez-vous la notion d'âges héroïques ?

– Ma foi, dit Spencer en fronçant les sourcils. Non, ça ne me dit rien.

– Rapidement ! Ils correspondent dans l'Antiquité à

des époques barbares où des villes-États gouvernées par un seul homme voient leur importance grandir et leur conception religieuse s'épanouir sous la forme d'un panthéon. Ce fut vrai pour la Grèce, l'Inde et les peuples germaniques du début de l'ère chrétienne. On accorde également un âge héroïque aux villes-États sumériennes. Trois mille ans avant le Christ et près de mille cinq cents ans avant l'âge héroïque grec.

– Où est la querelle ?

– J'y venais. Certains parmi mes confrères supposent que la civilisation sumérienne s'est bâtie sur une autre, plus ancienne et plus évoluée. Son âge héroïque aurait été le fait de l'assimilation de cette culture. Vous me suivez ?

– Parfaitement.

– Vous en arrivez à une conclusion ?

– D'après tout ce que vous venez de me raconter, je suppose que nous serions en présence de cette civilisation antérieure…

– Magnifique, Spencer ! Magnifique ! C'est exactement ce qui me trotte dans la tête depuis quelques semaines. Vous n'imaginez pas à quel point je n'en dors pas. Hormis, bien sûr, les sérieux problèmes que nous avons rencontrés. La mort d'Ozlim, en particulier.

– Amener un élève aux conclusions du maître, ce n'est pas une brillante victoire, Paul, dit Spencer. Mais votre opinion semble tenir la route. À propos d'Ozlim…

– Quoi donc ?

– Elle a endommagé quelle tombe ?

– La première. Ça n'aurait pas pu être pire. Je ne m'y suis pas encore beaucoup consacré, mais elle a tout l'air d'être la plus importante. Par la quantité de tablettes et par le sujet dont ces tablettes traitent.

– Commencez par celle-là. Puisqu'elle est la plus importante…

– Justement pas ! C'est tentant, je l'admets. Mais il vaut mieux se faire la main sur des textes mineurs.

– J'admire votre patience. Si ça ne tenait qu'à moi…

– Voilà pourquoi vous avez embrassé une autre carrière.

– Puisque nous parlons d'Ozlim, dites-moi d'où elle venait. Je veux dire, vous ne la sortez pas d'un chapeau ! Elle vous a été recommandée, vous la connaissiez avant ?

– Ni l'un ni l'autre, à vrai dire. Elle s'est présentée spontanément au début des fouilles. Sur l'autre site.

– Et vous l'avez engagée comme ça ? Sur sa bonne mine ?

Paul regarda Spencer d'un air faussement navré.

– Spencer, répondit-il lentement. Je pense que votre problème, c'est que vous prenez les gens pour des incompétents. Ce doit être la base de votre réflexion. Je me trompe ?

– Pas de beaucoup…, admit Spencer.

– Confidence pour confidence, j'ai aussi ce mauvais réflexe. Même si je m'en défends devant Meryl. Bref ! Pour ce qui est d'Ozlim, j'ai vérifié ses références auprès d'universités et de confrères. On ne part pas avec des inconnus sur un chantier qui peut durer des années.

– Je suppose que tout était comme il faut.

– En tout point, rétorqua Paul tristement. Cette fille était parfaite, jusqu'à l'autre soir. Elle travaillait très bien… Je ne comprends vraiment pas.

– Je l'ai soupçonnée quelques heures avant ce que vous savez.

– Pourquoi ? Qu'est-ce qui vous a amené à le faire ?

– Mon travail avec vous est de veiller à ce que tout se passe correctement. J'ai voulu vérifier l'existence des rôdeurs, que vous n'aviez que pressentie. Voilà pourquoi vous ne m'avez pas beaucoup vu jusqu'à présent.

Je n'ai pas arpenté le désert juste par plaisir. Le soir où nous avons découvert Ozlim dans la tombe, j'avais repéré l'un de ces rôdeurs. Et par déduction, j'en étais arrivé à penser qu'il s'agissait justement d'elle.

– Comment ?

– J'ai suivi, aux jumelles, une silhouette jusqu'au campement. Elle était entièrement drapée et venait du désert. Sa taille et sa démarche correspondaient assez bien à Ozlim. En tout cas, il ne pouvait pas s'agir de vous, ni d'un grand nombre des personnes qui travaillent sur le chantier.

» J'ai ensuite remonté les traces qu'elle avait laissées jusqu'au centre de la plaine. Là, les empreintes en rejoignaient d'autres.

– Rien ne prouvait encore qu'il s'agissait d'Ozlim.

– Non. Je ne l'aurais pas accusée. Je me serais contenté de la tenir à l'œil.

– Ça ressemble à l'acte d'un fanatique. Vraiment, je ne l'explique pas autrement.

– Je suis d'accord avec vous. Je vous ai raconté qu'il m'a fallu me battre contre elle. Eh bien, je l'ai maîtrisée de justesse. Ozlim savait se battre. Une technique de combat qui peut s'apprendre dans des camps d'entraînement. En effet, pourquoi pas une fanatique, même si on en trouve peu chez les Turques ? Mais je ne me risquerai pas à préciser de quel camp…

– Vous m'avez parlé de deux choses en arrivant. Quelle est la seconde ?

– Eh bien, il y a un rapport avec Ozlim, répondit Spencer. Plus précisément avec son absence. Depuis qu'elle nous a quittés, vous devez avoir une surcharge de travail.

– En effet.

– Je me propose de vous aider, s'il y a une chose qu'un ancien militaire puisse faire ici.

– J'apprécie toutes les bonnes volontés, répondit Paul en se caressant le menton. Voyons voir… Oui, ça !

D'une main, il montra les caisses contenant les tablettes remontées des tombes.

– C'est pas folichon, mais c'est nécessaire. Il faut holographier les tablettes pour les étudier en toute tranquillité. J'étais justement en train de le faire. Il y en a pour un bon bout de temps.

– Montrez-moi. Ça ressemble à un travail à la chaîne. Je devrais m'en sortir…

– Faut-il que l'ennui te gagne, dit la voix de Stacey. Tu ne m'as jamais proposé de m'aider, fayot !

Stacey écarta un pan de la tente et les rejoignit.

– D'un autre côté, poursuivit-il. Tu allais devenir maboule, à tourner dans le désert toute la journée. J'arrive au bon moment pour assister aux premiers pas du colonel Karl Spencer comme petite main.

– Tu veux bien lui foutre la paix, grogna Paul.

– Laissez ! Monsieur Revel nous montre son esprit étriqué. Je ne suis pas étonné outre mesure.

– Oh, mais c'est qu'on montre les dents, plaisanta Stacey.

– Moins que tu ne crois. Je viens jouer sur votre terrain. Très enrichissant, soit dit en passant. Mais je ne peux pas dire que je t'aie vu approcher du mien.

– Justement ! s'excita Stacey. Je suis parti dans la plaine cet après-midi. Eredan m'y a rejoint. C'est le seul que j'ai su convaincre. Et nous avons plein de jolies choses à vous montrer.

– Si ce sont des fossiles, lâcha Spencer. J'en ai une caisse pleine. On pourra toujours faire des échanges.

– Tu n'y es pas. Nous avons placé le radar gyroscopique au centre de l'heptagone.

– T'as trouvé le point d'ancrage du compas ?

– Mieux que ça, Karl ! Mieux que ça. Il y a un vide dessous. Un vide immense ! Le radar n'a pas pu en préciser la nature mais il y a bien quelque chose. On fore dès demain.

42

La plaque d'égout tourna lentement, puis elle se souleva de quelques centimètres. Une minuscule fibre optique glissa le long du sol, pivota à trois cent soixante degrés, puis disparut. La plaque revint à sa position d'origine.

– Y'a de la lumière au fond de la cour, annonça Milos dans son micro. On bouge pas pour l'instant.

Il redescendit par l'échelle métallique et rejoignit la dizaine de comparses mis à sa disposition par Méti.

– Méti, t'as entendu ?

– Fort et clair, mec. Y'a pas de lézard. On a la nuit devant nous. Et moi j'suis au chaud. Bien peinard. On a…

Des parasites interrompirent la conversation.

– Je disais, mec : on n'a pas l'feu au derche !

– Information à préciser, commenta Milos.

– Si ton merdier nous coupait pas, j'aurais pas à raconter deux fois les mêmes conneries, pigé ?

Un programmeur changeait la fréquence toutes les quinze secondes, de façon aléatoire. Ainsi, même si la police scannait par hasard leur conversation, elle ne pouvait en écouter qu'une bribe. Le seul inconvénient de ce système résidait dans les sautes régulières qui hachaient les échanges verbaux.

Milos ne répondit pas. Le programmeur cherchait une nouvelle fréquence.

Il se tourna vers ses partenaires d'une nuit.

– On s'installe comme prévu, dit-il tout bas.

Sans plus de commentaires, les hommes se dispersèrent dans les souterrains, pistolet mitrailleur à la main et casque à vision nocturne vissé sur le crâne. Milos resta avec Baba et un type nerveux répondant au surnom de « Snake », choisi pour ses qualités d'acrobate et sa taille fluette. Ils remontèrent sur la plate-forme.

– La lumière est toujours allumée, chuchota Milos. Y'a quelque chose qui cloche.

– Laisse-moi y aller ! s'impatienta Snake. Si y'a un lascar, je le saigne et on n'en parle plus.

– Non. J'y vais. Je connais les lieux. Ça sera moins risqué.

Milos poussa la plaque sur le côté et s'extirpa du trou. Il courut silencieusement jusqu'au mur d'enceinte, puis le longea en direction du passage. Il s'arrêta dans l'angle et glissa un regard dans l'allée qui partait vers les sous-sols. Personne.

Il sortit un long poignard d'une poche de son pantalon et descendit l'allée. Très lentement, cette fois. Les deux portes étaient verrouillées. Milos plaqua son oreille contre la paroi. Il n'y avait aucun bruit.

Il rebroussa chemin et rejoignit les autres.

– Y'a pas un rat, mais c'est fermé à clef, ce coup-ci, les informa-t-il. On va devoir y aller à l'acide. Pas question de réveiller le quartier avec des explosifs.

– Ça roule, répondit Baba. J'ai tout ce qu'il faut sur moi.

Ils sortirent à tour de rôle et se retrouvèrent devant la porte.

– Même traitement pour les deux, précisa Milos. J'préférerais avoir accès aux deux pièces.

Baba sortit de son sac deux bouteilles remplies de liquides de couleur différente. Il aspergea le bas des portes avec la première. Le liquide très visqueux collait sur la matière lisse.

– Reculez ! ordonna-t-il.

Il appliqua sur son visage un masque à gaz et vida le contenu de la seconde bouteille aux mêmes endroits. Les deux pâtes semi-liquides se mélangèrent en fumant. La couleur se modifia rapidement, puis le mélange se solidifia.

– On y est, se félicita Baba. J'adore cette camelote.

Il donna un coup sec du pied aux endroits qu'il venait de traiter. La matière de la porte s'émietta comme une biscotte.

Ils franchirent la brèche à quatre pattes et se retrouvèrent dans le vestiaire.

– Le renard est dans le poulailler, dit Milos à l'intention de Méti. Il est une heure trente. Les entrepôts ouvrent dans moins de trois heures.

– Donne l'adresse tant qu't'y es, baltringue ! répondit Méti avec véhémence. Silence, maintenant. Ne parle que si t'y es obligé, pigé ?

– Fort et clair, singea Milos. Tu veux pas nous faire une feuille de route aussi ?

Stationné au dernier étage du parking d'où Milos avait épié l'immeuble quelques jours plus tôt, Méti commuta son intercom sur les fréquences de la police. Elles étaient surchargées. Les voix nasillardes de dizaines de flics et d'opérateurs signalaient des braquages, des bagarres, des cambriolages, des viols, des meurtres…

Le tout-venant d'un samedi soir ordinaire à New York.

Largement de quoi réjouir l'oreille perverse d'un chef de gang.

Il resta un long moment à se délecter des échos lointains de sa ville. À cette heure du week-end, New York vibrait. C'était perceptible, même sans un casque relié aux mouvements de la police sur la tête.

Le sang dans la nuit. Un appel à la luxure. Toute une vie faite de sons, d'odeurs, de frissons et d'atmosphères bigarrées. Le parfum de sa ville. À peu près tout ce qu'il connaissait du monde.

De temps à autre, il lançait un appel bref sur les ondes de sa troupe. À tour de rôle, ses hommes postés sur les deux rives de la rivière Harlem répondaient par un mot codé. Ils gardaient l'œil rivé dans les lunettes de leurs fusils et surveillaient les abords de l'immeuble, des entrées de deux ponts à la voie express Major Deegan. À la moindre alerte, ils étaient sûrs de faire un carton.

Méti se vautra sur la banquette de la camionnette et alluma les moniteurs de contrôle. Il aimait passer des nuits dans le « sous-marin », récemment subtilisé à la police. Se servir du matériel précisément fabriqué pour lutter contre des gens comme lui le comblait d'aise.

Milos avait modifié les codes informatiques et changé les fréquences audio et vidéo. Quant à Baba, son secrétaire de campagne, comme il se plaisait à l'appeler, il s'était chargé de camoufler l'extérieur du camion. Carrosserie neuve, jantes larges, moteur gonflé et surtout, détail particulièrement apprécié de Méti, décoration à la peinture réactive que l'on pouvait modifier à l'infini.

Une trentaine de moniteurs plats fabriquaient un mur d'images devant lui. Il disposait ainsi de points de vue sur chacun de ses hommes et s'en délectait à satiété. Comme un général prend des nouvelles du front, suffisamment proche pour se sentir vibrer de la prise de risque des autres. Méti n'était pas un lâche, loin de là. Le ranger dans la catégorie des psychopathes aurait été plus proche de sa réalité. Mais à présent, Méti portait une responsabilité importante. Il était un caïd. Un chef de gang. Il ne pouvait plus se permettre de se faire pincer pour un simple vol. Ses avocats l'avaient convaincu.

Si tu plonges de nouveau, tu prendras mille ans incompressibles. À toi de voir…

Cette phrase, qui résonnait encore sous son crâne, avait réussi à atteindre la maigre partie de son cerveau qui touchait encore la réalité.

Milos arriva dans le coude du tunnel d'aération. Il ouvrit son sac et en sortit le matériel dont il aurait besoin pour déjouer l'alarme. Derrière lui, Snake paraissait dans son élément et grognait devant la lenteur de Milos. Quant à Baba, il était resté en bas, dans le couloir. Trop gros et trop lourd. Il se contentait de monter la garde, assis sur une chaise, dans un coin du vestiaire d'où il apercevait les deux portes et la perspective du couloir.

Milos reprit sa progression. Le double faisceau laser en X brillait dans la pénombre. Il ajusta une paire de lunettes à intensification de lumière et observa la zone. Il s'attendait à voir briller d'autres systèmes utilisant un champ du spectre lumineux invisible pour des yeux humains. Il n'y avait pas d'autre sécurité optique.

C'est déjà assez protégé comme ça, se dit-il. *Il doit y en avoir pour des centaines de milliers de dollars de matos. Et on n'est pas censé voler de la viande congelée.*

Milos fit glisser une fibre optique le long de la paroi métallique, jusqu'à la grille de ventilation.

La fibre descendit du plafond à l'intérieur d'un couloir, qui s'ouvrait à droite sur la porte en verre d'une chambre froide. Ou plutôt une morgue, si les caissons muraux renfermaient bien des corps, et non des quartiers de bœuf.

Milos remonta la fibre optique et commença à s'attaquer au premier problème, l'alarme. Il irait voir plus tard cette chambre froide de plus près.

– Putain, on fait quoi, mec ? s'impatienta Snake.

– On prépare ses arrières, répondit Milos calmement. T'es là pour la suite. Alors, détends-toi et fous-moi la paix.

Il connecta deux fils à la base de chaque lentille d'où partaient les faisceaux, puis les relia à son ordinateur. Règle n° 1 : tout système électrique sous tension permet de remonter le signal jusqu'à son générateur. En l'occurrence, Milos cherchait à pénétrer l'ordinateur qui contrôlait la sécurité du bâtiment, et qui, en toute logique, devait se trouver quelque part dans l'immeuble. Accessible depuis l'extérieur, il serait trop vulnérable.

Les contacteurs bien en place, Milos pianota sur son clavier et entra sans difficulté dans le système.

Soit ils sont très cons, soit ça cache autre chose.

En un quart d'heure, Milos accéda aux entrées sécurisées du terminal. Il passa en revue les différents niveaux de sécurité du bâtiment.

– Appel aux *snipers*, chuchota Milos. Appel aux *snipers.* Je vais couper les pattes à l'ordinateur central. Sécurité, communications, système vidéo et détecteur de mouvements. La totale. S'il y a des gardes à l'intérieur, y vont sortir pour appeler leur mère. Tenez-vous prêts.

La voix de Méti résonna dans les casques dès que celle de Milos s'éteignit, s'assurant une nouvelle fois que tout le monde était à son poste, prêt à ouvrir le feu.

Une à une, les barrières du terminal tombèrent. L'arborescence du système de sécurité de l'immeuble entra en phase avec l'ordinateur de Milos. À partir de cet instant, son processeur prenait les commandes. S'il existait un poste de sécurité, les vigiles ne devraient se rendre compte de rien. Leurs écrans continueraient à diffuser des messages normaux.

Le seul problème, c'était la vidéo de surveillance. Milos devait la couper, ne serait-ce que pour ne pas donner à des enquêteurs futurs la possibilité de l'identifier.

Il envoya un message à l'unité centrale. Vidéo défaillante. Puis il ouvrit tous les accès de l'immeuble, à l'exception d'un seul, le coffre où se trouvait l'unité, qu'il condamna. La première chose que feraient les gardes serait de s'y rendre. Sur son écran, les secteurs sécurisés identifiés en rouge passèrent au vert. Hormis une salle centrale, la voie était libre. Il isola cette pièce, vers laquelle convergeaient les principaux faisceaux informatiques. Elle occupait trois niveaux, entre le quatrième et le sixième étage. Si elle dépendait d'un système particulier, c'est qu'elle devait renfermer l'objet de sa convoitise. Il pénétra virtuellement à l'intérieur.

Qu'est-ce que c'est… ?

Des diagrammes d'imagerie médicale palpitaient à l'écran. Il y avait là un cœur, un cerveau, des échanges physiologiques, des courbes dans tous les sens, auxquelles Milos ne comprenait rien. Et des chiffres, des pourcentages. Dans la partie supérieure de l'écran, plusieurs cases se trouvaient isolées du reste, dont une qui intrigua particulièrement Milos.

Phase de réveil, ça veut dire quoi ? Le réveil de qui ? Ou de quoi ?

Il cliqua sur OK, sans savoir ce qu'il activait précisément.

Ils doivent congeler des bestiaux. On verra bien.

Sa manipulation enclencha automatiquement plusieurs systèmes de sécurité.

– Putain, jura Milos. C'est Fort Knox.

– Quoi ?

– Y'a des armes automatiques à détecteurs de mouvements. C'est dingue ! Y protègent quoi ?

– M'en fous ! cracha Snake. Déconnecte, on ira voir. Magne-toi, j'ai des crampes à force de glander.

– C'est fait, lâcha Milos. Et la voie est libre. Baba, tu peux pousser la porte du couloir. Le château est ouvert. Snake, recule. On n'a pas besoin de descendre par ici puisqu'on peut passer par la porte.

– C'est vraiment se foutre de ma gueule. Fallait demander à ma sœur de venir, si c'est juste pour une visite. Passer par la porte ! Bordel !

Baba les réceptionna à la sortie du conduit d'aération. Il les regardait d'un œil goguenard.

– Vous aimez ça, vous coller dans un cagibi alors que la porte est ouverte. Hein ?

– Tu nous lâches, réagit Snake, bille en tête. Ça suffit de passer pour un con…

– Faut pas traîner, l'interrompit Milos. Les gardes sont déjà en train de réagir. On y va !

– Je reste pour installer ma moissonneuse, dit Baba. J'suis un peu costaud pour m'faufiler comme une lopette.

Milos ne releva pas le trait. Il se glissa dans l'ouverture de la porte et disparut à l'intérieur de l'immeuble, aussitôt suivi par Snake.

Milos suivit le parcours du conduit de ventilation. Il voulait d'abord voir ce que renfermait cette chambre froide.

Il buta sur une porte d'au moins vingt-cinq centimètres de verre blindé. Mais ce blindage, aussi épais soit-il, venait d'être rendu inutile par une simple manipulation sur ordinateur. Milos n'eut qu'à actionner la poignée. La porte s'ouvrit avec un léger bruit de succion. Un air largement en dessous de zéro s'échappa, créant un brouillard givré.

– Tu crois qu'ils congèlent des dollars pour l'avenir ? dit Snake sur un ton sarcastique. Magne-toi. On a du boulot.

– Juste un instant. J'suis curieux.

Milos entra dans la chambre glaciale. Au centre de la pièce exiguë, une table en métal reflétait la lumière des plafonniers.

Ça ressemble vraiment à une morgue.

Seul le mur de droite était composé de deux rangées de tiroirs métalliques. Un thermomètre affichait la température de moins quarante-cinq degrés.

– J'y resterai pas longtemps, de toute façon. Il fait un froid de chien.

Il sortit un à un les tiroirs de leur emplacement, en commençant par la rangée du haut. Les caissons s'ouvraient sur le dessus d'une fenêtre de quarante centimètres de côté. Milos se hissa sur la pointe des pieds pour voir à l'intérieur. Ils étaient tous vides.

Il recommença l'opération avec la rangée du bas. Milos était habitué à voir des cadavres. Vivre dans le Quartier blasait de presque tout. Mais les deux corps qu'il découvrit dans les caissons étiquetés Oméga 4 et Oméga 6 lui coupèrent le souffle.

Le premier renfermait le corps d'une fillette. Elle pouvait avoir six ou sept ans. Elle était dénudée et rasée.

Le second était occupé par une jeune femme. Dans les dix-sept ans. Nue et rasée elle aussi. Assez joliment formée, d'après les canons personnels de Milos. Toutes les deux donnaient l'impression de dormir. Une pellicule de cristaux recouvrait leur peau et brillait dans la lumière artificielle. L'impression de sommeil venait sans doute de là. Mais ce qui frappa Milos, c'était leur ressemblance. La petite fille et la jeune femme pouvaient être sœurs, ou mère et enfant.

Les regarder étendues dans ce froid métallique était un spectacle très beau et très affligeant en même temps. Milos aurait aimé comprendre, mais il n'en avait ni le temps ni les moyens.

Il ressortit de la chambre froide et rejoignit Snake, qui était déjà parti explorer l'étage. Il le retrouva dans un couloir, alors qu'il sortait d'une pièce.

– Y'a que dalle ici, commenta Snake. Autant passer tout de suite au-dessus. C'est des cuisines et ce genre de trucs. À moins que tu sois intéressé par des robots ménagers.

Ils montèrent au premier et fouillèrent chaque recoin. L'étage entier semblait être destiné à des occupations administratives. Des bureaux, des archives, des micro-ordinateurs. De temps à autre, ils recevaient des messages de Méti. Dehors, tout était tranquille.

Ils passèrent au deuxième. Leurs investigations se soldèrent par un résultat identique, à cela près qu'il s'agissait de chambres.

Milos comprit ce qui l'avait intrigué, une semaine plus tôt, lorsqu'il surveillait l'immeuble et ses abords. La raison pour laquelle il n'avait aperçu aucun mouvement à l'intérieur du bâtiment était simple. Il n'y avait aucune ouverture. La couverture en verre fumé était un leurre destiné à faire croire qu'il s'agissait d'une construction banale. Mais dans quel but ? Ça restait pour le moment aussi incompréhensible que la présence des deux cadavres au sous-sol.

– On passe directement au quatrième, proposa Milos. L'endroit hypersécurisé se trouve là. On a assez perdu de temps comme ça.

Snake, pour une fois, approuva.

– T'as vu où est le poste des vigiles ? demanda-t-il en passant sur le palier du troisième.

– Probablement au dernier étage. C'est ce qu'indiquait le terminal.

– Pas malin, ça, critiqua Snake. Protéger un immeuble par le sommet, c'est assez con !

– Y'a pas mal de trucs curieux, ici.

La porte du quatrième étage leur livra un décor étrange. Les parois en verre d'une pièce centrale montaient jusqu'au sixième, où elles se perdaient dans l'infrastructure brute du béton armé. Des coursives en faisaient le tour sur plusieurs niveaux. La pièce en elle-même ressemblait à un appartement au décor à ce point épuré qu'il semblait vide au premier coup d'œil. Une table, une chaise, un lit et quelques menus objets. Au milieu, un tissu blanc tiré sur une tringle circulaire masquait une forme sombre dont ils ne devinaient que les contours.

– On nage en plein délire ! déclara Snake. On est où ici ? Et il est où le coffre ?

– Devant toi, répondit Milos. Je ne pouvais pas savoir que c'était en verre.

– On s'casse, proposa Snake. S'il n'y a qu'une balle à recevoir, moi, j'me tire.

– On va y aller, le tempéra Milos. Mais, maintenant qu'on est là, avoue qu't'aimerais bien jeter un œil là-dedans, non ?

– Non. J'm'en fous.

– Donne-moi cinq minutes, Snake.

– Yep, les renards ! résonna la voix de Méti dans leurs casques. Vous devez dégager de là assez vite. On a cinq ou six bagnoles qui déboulent avec du personnel. Ça va être le champ de tir dans pas longtemps. À vous d'voir. Ici, on verrouille dix minutes. Après, on s'tire.

Snake regarda Milos d'un air faussement navré.

– Cinq minutes, répéta Milos. Il nous en donne dix.

Le visage de papier mâché de Snake ne bougea pas d'un pli.

– Deux minutes ! Juste pour voir…

– Vas-y, lâcha Snake à regret. Deux minutes, pas plus. Après, qu'tu sois là ou pas, j'dégage. Et j'me fous pas mal de c'qu'il y a là-dedans. Je reste là. Au cas où les sournois rappliqueraient.

Milos poussa la porte d'accès de la pièce en verre. Il observa chaque recoin avec soin, puis s'approcha du tissu tendu et en souleva lentement un pan. Il glissa sa tête à l'intérieur et s'arrêta net.

Sur un lit entouré de matériel médical, une jeune femme le regardait. Mais il ne s'agissait pas de n'importe quelle jeune femme. Il l'avait vue quelques minutes plus tôt, étendue sans vie dans la chambre froide. Le même visage légèrement plus âgé, semblait-il, et beaucoup plus maigre. Elle avait le regard voilé et peinait à garder les yeux ouverts. Des cernes profonds enténébraient sa jeunesse apparente. Reliée à un goutte-à-goutte, une aiguille fixée dans la veine de son bras laissait pénétrer un liquide transparent

– Putain ! fut le seul mot que Milos parvint à émettre.

La jeune femme tenta de se soulever, mais ses bras se dérobèrent sous son poids. Elle tomba par terre.

Milos resta immobile quelques instants. L'extravagance de la situation le privait de ses ressources habituelles. Il regardait bêtement la femme étendue sur le sol. Dans sa chute, le drap qui la couvrait avait glissé de côté, révélant un corps maigre seulement vêtu d'une couche-culotte. Sur l'arrière de son crâne, elle portait un tatouage noir. Une sorte de « m » inversé, aux extrémités incurvées vers l'intérieur.

Milos se força à détourner son regard des hanches où

les os saillaient et surtout, de la couche, qui la rendait grotesque.

– C'est toi que j'ai réveillée, dit-il enfin.

La jeune femme acquiesça en silence.

– Qu'est-ce qu'tu fais ici ?

Elle ne répondit pas et se releva péniblement. Puis elle enleva l'aiguille plantée dans son avant-bras et dégrafa sa couche.

– Donne-moi de l'eau, articula-t-elle lentement.

– On verra ça plus tard. Dis-moi d'abord ce que tu fais là.

– De l'eau. Je peux rien faire sans un peu d'eau.

– Je veux comprendre, insista Milos.

– Tu n'en as pas le temps. Ils arrivent.

– Quoi ? Qui ça ?…

– Yep ! lança Snake depuis le couloir. V'là les emmerdes !

Milos regarda dans sa direction, mais il ne vit ni n'entendit rien. L'épaisseur des vitres autour de lui empêchait tout son de passer.

– J'ai vu ta jumelle dans la glace, poursuivit Milos. Qu'est-ce que vous foutez là ?

La jeune femme s'éloigna d'un pas titubant vers la porte.

– Hey ! s'écria Milos. Prends ça, au moins !

Milos ramassa le drap et sortit de la pièce à son tour.

Snake s'était étendu sur le sol dans un angle du couloir. Il tenait dans une main un pistolet mitrailleur, et dans l'autre une grenade dégoupillée.

– Milos ! cria-t-il sans se retourner. J'm'occupe des réjouissances. Y a plus le choix. J'défouraille et j'me tire.

Les bruits de pas qu'il entendait approcher depuis quelques secondes se matérialisèrent enfin. Trois hommes firent irruption par la porte de la cage d'escalier

– Là-bas, dit l'un d'eux en montrant Milos, qui hésitait entre venir en aide à Snake et rattraper la jeune femme qui s'éloignait dans le couloir.

L'agent de sécurité n'eut pas le temps d'en dire plus. Le pistolet de Snake cracha une rafale dans sa direction et les trois hommes s'écroulèrent.

– Y'en a d'autres qu'arrivent, hurla Snake en se relevant. J'balance une prune et j'descends.

Il envoya la grenade rouler vers l'escalier et déguerpit dans le couloir. Il fut à peine étonné d'y découvrir une jeune femme nue, accroupie devant une fontaine à laquelle elle s'abreuvait à même le robinet.

Les débris de la grenade à fragmentation criblèrent le mur du fond, sans altérer la paroi de verre.

– Ils vont réfléchir cinq minutes avant de continuer, apprécia Snake. C'est qui, elle ?

– J'sais pas, répondit Milos.

– Comment elle s'appelle ?

– J'sais pas. Au fait, c'est quoi ton nom ?

La jeune femme se releva, de l'eau encore plein la bouche.

Elle avala en respirant bruyamment.

– Ilis, dit-elle entre deux respirations rauques.

– Non, ton vrai nom ?

– Ilis. C'est tout.

– On fera les présentations plus tard, intervint Snake. Parce qu'il faut trouver un autre moyen de sortir. Y'a du monde dans l'escalier. Et t'as déconnecté l'ascenseur. On est coincés là ! J'aime pas ça. Putain, j'aime pas ça !

– Par là, dit Ilis.

Elle les entraîna de l'autre côté, bifurqua dans un couloir et monta une volée de marches.

– Dis donc, ça t'a fait du bien la flotte, on dirait ! lui lança Milos, surpris par l'allure rapide de la jeune femme.

– Tu n'imagines pas à quel point tu dis vrai.

Ils croisèrent plusieurs couloirs. Ilis se faufila dans ce dédale pour enfin s'arrêter devant une porte close.

– Tu peux l'ouvrir ? demanda-t-elle à Milos.

– C'est la sortie ?

– C'est sûrement pas les chiottes ! râla Snake. Dégage !

Il pointa le canon de son arme sur la serrure et vida son chargeur.

– Voilà ! dit-il d'un air satisfait. Si c'est les chiottes, j'lui en colle une.

Ilis poussa la porte et se rua devant elle.

Dans leur casque, Snake et Milos entendaient Méti vociférer. Les ordres aux tireurs embusqués s'enchaînaient sur un rythme soutenu. Puis il s'adressa directement à eux.

– Qu'est-ce que vous branlez ? Ça chauffe par ici ! Y'a un hélico qui s'est posé sur le toit. J'donne pas cher de votre couenne si vous rappliquez pas dare-dare ! Dans trois minutes, j'donne l'ordre d'évacuer…

– Donne-nous un peu de temps ! hurla Milos. Ça chauffe pour nous aussi !

– M'en fous ! beugla Méti. Vous avez tiré quoi au juste ?

– Rien, avoua Milos.

– Pas rien, le coupa Snake. On a trouvé une gonzesse à poil. Pas en très bon état, mais…

– On se fait canarder pour une fille ? vociféra Méti. Je vais…

La conversation fut coupée une fois de plus par le scanner de recherche. Milos coupa le son sur son casque.

– Elle est partie où, ta copine ? s'inquiéta soudain Snake. Je la vois plus.

Milos jeta un œil dans la direction où avait disparu

Ilis. Un couloir partait sur deux mètres à peine, puis il tournait à angle droit et arrêtait net la perspective.

– Y'a qu'à y aller, dit-il, laconique.

Il joignit le geste à la parole et franchit la porte défoncée. Il marcha quelques mètres, tourna dans l'angle du couloir, qui débouchait sur une vaste salle.

– On est où, ici ?

– Putain, c'est une taule de luxe !

D'un côté de la pièce, un mur nu montait à une dizaine de mètres de hauteur. À son pied, des pupitres faisaient face à des boxes en verre, meublés comme des studios pour une personne. Ilis et deux autres jeunes femmes vêtues de combinaisons blanches se tenaient serrées dans l'un d'eux. Ilis murmurait quelque chose, tandis que les deux filles pleuraient en silence.

Lorsqu'elles se tournèrent vers Milos et Snake, ils s'aperçurent qu'elles étaient identiques en tout point.

– Mais c'est quoi ce merdier ? lâcha Snake. Un élevage de gonzesses ?

– Elle est où, ta sortie ? demanda Milos.

Ilis marcha vers lui, jusqu'à le toucher.

– Aide-moi à les sortir d'ici, murmura-t-elle.

– Pourquoi j'ferais ça ? Vous allez me retarder et j'risque d'y laisser ma peau.

Elle lui prit la main. Milos trouva le contact étrange. Électrique. Presque anesthésiant.

– Parce que je peux faire de toi un homme riche.

J'ai jamais su dire non à une gonzesse. Surtout quand elle est à poil.

– OK, se contenta-t-il de répondre. La sortie, maintenant !

– Par là.

Ilis retourna auprès de ses doubles. Elle les attrapa par la main et les entraîna dans son sillage. Snake et Milos leur emboîtèrent le pas.

À l'extrémité de la salle, ils trouvèrent une porte, puis une cage d'escalier. Ils s'y engouffrèrent. Au même moment, leurs poursuivants faisaient irruption derrière eux, à l'opposé de l'endroit où ils se tenaient. Une pluie de balles crépita sur le mur, à quelques centimètres du dos de Snake.

– Y'a pas d'coup de semonce, les enfoirés ! cria-t-il. Vont manger chaud !

Il dégoupilla une deuxième grenade, y déposa un baiser mouillé et l'expédia le plus loin qu'il put.

– Bon ap', tas de crevards ! commenta-t-il.

Il attendit que la grenade explose pour passer la tête dans l'embrasure de la porte. L'explosion avait noirci le sol et rougi les murs. Le premier de leurs poursuivants gisait, désarticulé, contre un pupitre. Il lui manquait un bras. Les autres s'étaient sans doute repliés dans le couloir. Une odeur de poudre brûlée glissa jusqu'aux narines de Snake. Ça sentait bon. La seule odeur qu'il appréciait vraiment. L'odeur du frisson et de l'adrénaline.

Des étages inférieurs montèrent les bruits de deux armes automatiques différentes. Celle de Milos, reconnut Snake, et une autre, au son plus grave. Probablement un pistolet de gros calibre.

Il s'arracha à la contemplation du pantin saignant dont il était le créateur et dévala les escaliers jusqu'au rez-de-chaussée.

Il y trouva Milos, pris entre deux feux et acculé dans un bloc toilettes.

Snake se débarrassa du premier tireur d'une rafale, puis rejoignit Milos. Leurs tirs additionnés repoussèrent l'adversaire, qui battit en retraite.

– Par là ! indiqua Milos. Elles sont parties par là.

Ils s'élancèrent ensemble dans la direction, en arrosant au jugé, et se jetèrent dans l'escalier qui menait au sous-sol. Les trois jeunes femmes s'y trouvaient. Ilis s'échinait à entraîner les deux autres, qui s'étaient recroquevillées à même les marches.

Milos rebrancha son casque.

– Baba, hurla-t-il. Baba, tu m'entends ?

– Vas-y, minus !

– T'es où ?

– Devine ? À la plaque d'égout. Si je pige bien, t'as besoin de moi, non ?

– On est cinq. Nous deux et trois gonzesses ! Tu nous laisses passer, et après, tu défourailles !

Le cerveau de Baba tenta vainement de comprendre, puis il capitula. Il arma la mitrailleuse lourde qui attendait devant lui et fit jouer les articulations de ses doigts. Puis il attrapa les poignées latérales et tira une salve sur le mur, pour s'assurer du bon fonctionnement de son jouet.

Un sourire benêt lui fendit le visage.

– C'est bien, ma belle ! s'extasia-t-il.

Les balles explosives firent voler des morceaux de béton sur une dizaine de mètres.

– Venez, mes chéris ! lança-t-il avec une note de jouissance dans la voix. On va s'amuser.

Snake arriva le premier dans la cour. Il précéda son entrée d'un « Fais pas le con, Baba, c'est moi ». Milos le talonnait de peu. Il portait sur l'épaule l'une des deux jeunes femmes délivrées par Ilis, qui suivait en tirant la troisième par le bras.

Baba les laissa descendre dans les égouts, puis il s'installa dans le trou, les pieds posés sur l'échelle métallique et les yeux fixés sur sa ligne de mire.

– J'attends ! dit-il en tapotant du bout des doigts sur la poignée de mise à feu.

Le corps du malheureux agent de sécurité qui arriva en tête fut sectionné en deux par les balles explosives, à la hauteur du bassin. Il mourut avant que son crâne touche le sol. Deux de ses équipiers furent touchés aussi. L'un à l'épaule, l'autre à la jambe. Les suivants ne se risquèrent pas dans la cour. Une jambe ou un bras qui tombent devant vos yeux annihilent toute velléité d'acte héroïque, même chez les plus braves.

Baba vida sur le mur les trois cents cartouches qui lui restaient en hurlant de joie. Puis l'arme se tut.

L'extrémité du canon rougeoyait dans la nuit. Des douilles jonchaient le sol. Certaines avaient été expulsées jusqu'au fond de la cour.

Baba abandonna sa mitrailleuse à regret. Il reposa la plaque en fonte dans son logement et descendit rejoindre les autres.

Milos, Snake et l'un des types partis au début de l'opération surveiller les couloirs des égouts étaient en train de faire le point.

– Y'a du monde qui arrive par le tunnel nord, disait-il. Je sais pas qui mais c'est sûr. Faut qu'on…

– On va passer par les entrepôts à viande, le coupa Baba. Y'a une machine là-bas, que j'ai vue tout à l'heure. Ça va leur plaire.

– OK, déclara Milos. Dis aux autres de filer par où ils peuvent. Qu'ils nous rejoignent pas.

Le tunnel en travaux partait sous la route, tournait à 45° une cinquantaine de mètres plus loin, et longeait les entrepôts sous toute leur longueur.

Dans l'angle se trouvait une salle où était stocké du matériel de chantier.

Baba s'installa aux commandes d'une foreuse.

– Tu vois, minus, dit-il en ajustant ses lunettes de soleil. Finalement, ça sert à quelque chose les travaux d'intérêt général. Avec ça, y sont pas près de passer.

Le moteur démarra dans un épais nuage de fumée noire. Les chenilles se mirent en branle et la longue machine avança lentement. Sa tête circulaire, hérissée de pointes métalliques, occupait pratiquement tout le périmètre du tunnel. Plus personne ne pourrait passer par là avant un bon moment.

– Allez-y, cria Baba par-dessus le bruit infernal du moteur. J'enclenche la marche avant et je vous rejoins.

Milos fit un signe de la tête.

– On va sortir par les entrepôts de boucherie, cria-t-il à l'intention de Méti. Préviens les autres !

– Désolé, mec, répondit Méti. Nos guetteurs ont déjà filé. J'fais un passage dans cinq minutes. Après, vous vous démerdez !

Milos savait que Méti ne plaisantait pas. Il fit accélérer le pas à la troupe. Ils avancèrent en file indienne dans le tunnel obscurci par les gaz de combustion du tunnelier.

À mesure qu'ils progressaient, une odeur de charnier monta peu à peu.

– Pas de doute, on est sur la bonne voie, commenta Baba en les rejoignant. Ça sent la mort ici !

Un accès se présenta sur leur gauche. Ils s'y faufilèrent, montèrent quelques marches pour se retrouver devant une porte en tôle. Snake l'ouvrit à sa manière.

La porte maltraitée libéra l'accès à une chambre froide où des bœufs dépecés attendaient dans l'ombre le fil du couteau.

Ils avancèrent entre deux rangs de viande froide. La température avoisinait les cinq degrés.

– T'as pas froid ? demanda Milos à Ilis.

– Je m'occuperai de ça plus tard, mon grand, dit-elle. Sors-nous de là d'abord.

Elle se prend pour qui, celle-là ?

Mais il n'en dit rien. Ilis lui faisait un drôle d'effet, même s'il ne parvenait pas à en préciser la nature.

Devant eux, une double porte s'écarta sur la fourche

d'un chariot élévateur automatique. Ils en profitèrent pour quitter la chambre froide.

L'entrepôt était désert. Une longue chaîne automatisée tronçonnait les bœufs, découpait la viande en lots et les empaquetait en fin de parcours. La machine compliquée mesurait bien deux cents mètres de long.

Milos suivit son parcours du regard. Peut-être la structure leur permettrait-elle de quitter l'endroit sans se faire voir. Elle formait un grand S qui partait du fond de l'entrepôt pour s'achever de l'autre côté, près des quais de chargement. Certaines parties montaient à plusieurs mètres de hauteur, où différents tapis roulants se rejoignaient. Le dédale était compliqué. Et le risque de terminer en viande hachée trop grand pour s'y hasarder. Il fallait trouver un autre moyen.

Milos chercha les hommes qui veillaient sur cette machine, mais il ne les voyait pas. Pas de cette position en tout cas. Il devait bouger, et le temps pressait.

Méti n'attendrait pas.

Ils continuèrent d'avancer, en se cachant le plus possible. Dans un arrondi de la machine, ils purent avoir un étroit aperçu du quai de chargement. Dehors, l'aube se levait. Des dizaines de chauffeurs attendaient en buvant un café. Ils parlaient fort et semblaient très énervés. Le bruit de la machine couvrait en grande partie leurs voix, mais les gestes qu'ils faisaient à tout bout de champ laissaient penser qu'il ne s'agissait pas d'une simple conversation.

Milos scruta l'entrepôt à la recherche d'un comité d'accueil. Il devait obligatoirement s'en trouver un. Quelques minutes plus tôt, Méti avait parlé de voitures arrivées en renfort. Même si ses tireurs avaient éliminé une partie des agents de sécurité, il devait en rester. Sans compter l'hélicoptère qui s'était posé sur le toit de l'immeuble.

Il s'approcha du quai. Une portion de la route était visible. En face, il voyait le portail de l'immeuble dans lequel ils se trouvaient quelques instants plus tôt. Trois voitures stationnaient devant, toutes portes ouvertes. Le corps d'un chauffeur s'était écroulé sur le volant. Il n'avait pas eu le temps de descendre. Un autre cadavre gisait à deux pas, entre les voitures et le portail. Mais pas de trace de ses collègues. Ils avaient dû entrer dans la cour, puis dans l'immeuble. Les tireurs à la solde de Méti avaient fait du bon travail. La voie semblait libre. Mais quelque chose retenait encore Milos. Cette absence d'hommes postés à l'extérieur n'était pas logique.

Malgré ce que son intuition lui dictait, il fit signe aux autres restés en arrière. Méti passerait bientôt. Et ne reviendrait pas.

Non, Milos. Au-dessus de toi !

Cette voix n'était pas la sienne. Elle venait de résonner dans son crâne sans qu'il en devine la source. Milos ne chercha pas à comprendre. Ce n'était pas le moment.

Il releva lentement la tête, comme regrettant *a priori* ce qu'il allait fatalement voir.

– Pas les filles ! hurla une voix au-dessus de lui. Tirez pas sur les filles ! Visez-moi ces salopards, et abattez-les !

Des balles ricochèrent dans tous les coins. Milos n'eut que le temps de se jeter sous la machine pour éviter la pluie mortelle. Derrière lui, Snake, Baba et les filles en firent autant.

Ils entendirent des pas résonner sur une passerelle, puis une cavalcade dans des escaliers. Les agents approchaient.

C'était le moment. Tuer ou être tué.

Ils rampèrent sous la machine, en tirant au jugé à ras

de terre. Snake lança ses dernières grenades comme il put. D'après les cris qui retentissaient plus loin, la technique semblait porter ses fruits. Les trois jeunes hommes se retrouvèrent rapidement près des quais, contre le mur de l'entrepôt. Milos risqua un œil par-dessus des palettes chargées de viande. Il ne restait pas grand monde encore debout. Mais le danger n'était pas pour autant écarté. Deux tireurs se tenaient sur la passerelle, d'où ils vidaient leurs chargeurs sans discontinuer.

Et les filles n'avançaient plus. Deux d'entre elles se tenaient au-dessus de la troisième. Elle avait reçu une balle en pleine tête. Son corps se vidait de son sang, qui partait rejoindre une rigole remplie d'humeurs animales. Ilis, reconnaissable à sa nudité, essayait d'entraîner la survivante, mais celle-ci semblait tétanisée.

De l'endroit où il se trouvait, Milos vit un agent s'approcher d'elles. Le garde se baissa sous la machine et pointa son arme sur la tempe d'Ilis. Elle fit un geste curieux. Au lieu de lever les mains, elle les rapprocha au contraire de son torse, puis les envoya vers l'homme, paumes ouvertes vers l'extérieur.

À côté de Milos, Snake venait de recharger son pistolet mitrailleur. Il envoya une rafale en direction de la passerelle au même moment. Les gardiens ripostèrent, ce qui obligea Milos à se baisser derrière les palettes. Quand il releva la tête, l'homme qui tenait Ilis en son pouvoir quelques minutes plus tôt finissait un vol plané à quelques mètres des jeunes femmes. Son corps rencontra la fourche d'un chariot élévateur, sur laquelle il s'empala.

Milos ne comprit pas ce qui venait de se passer. Apparemment, Snake n'avait plus de grenade. Il ne chercha pas à en savoir plus. Ilis et sa jumelle rampaient vers lui. Milos attrapa la main d'Ilis, qui traînait son double derrière elle, et la fit descendre du quai. Baba et Snake les attendaient déjà dans la camionnette de Méti. Ils s'y précipitèrent et le véhicule disparut sur la voie express. Deux minutes plus tard, les premières voitures de la police arrivaient devant l'entrepôt.

43

Au moment même où Milos s'échappait avec Ilis des entrepôts de boucherie du Bronx, un avion déposait Tara, Stuart, Kinuyo, Gabriel et Acil à l'aéroport JFK.

À neuf mille kilomètres de là, une chaleur inhumaine écrasait une plaine aride dans le sud de la Turquie.

Midi au soleil. Sept heures plus à l'est.

À trois cents mètres au-dessus de la plaine, un rapace se laissait porter par les courants ascendants. Il traquait sa future proie, sans un effort. Pas le plus petit battement d'aile. La plaine surchauffée, la colonne d'air montante, l'oiseau posé dessus.

Il lui suffisait de contracter un muscle pour virer. Son œil cherchait le lièvre. Son lièvre.

Il se dirigea vers le centre du désert, à l'endroit où une petite éminence projetait une des rares ombres possibles à des kilomètres à la ronde. Le rapace poussa un cri strident. Quelque chose avait changé. Des hommes occupaient le tertre central. Des hommes, un trou dans la terre, une drôle de chose en métal et une corde.

L'oiseau piqua sur la scène inhabituelle.

Trois cents mètres, deux cents, cinquante mètres. Il redressa son vol et passa à quelques centimètres des cheveux du plus grand des bipèdes. Puis il partit chasser plus loin. Son lièvre avait dû en faire autant.

– C'est fixé, dit Eredan en tirant sur le filin. Ça ne risque plus rien. Qui descend le premier ?

– Moi, se précipita Stacey. Honneur aux vieux ! Et puis, si ça tournait mal là-dessous, je ne regretterais rien. J'ai déjà bien vécu.

– Allons, dit Paul. Ne va pas nous porter la poisse. Cette maçonnerie n'a pas bougé d'un cheveu en cinq mille ans. C'est pas avec tes pattes de mouche que tu vas y changer quelque chose.

Stacey grimaça une réplique muette et s'empara de la corde. Il laissa à Eredan le soin de fixer le matériel de descente, le vérifia puis tourna le dos au vide en s'appuyant sur la première rangée de moellons.

– On n'a plus vingt ans, mais on est toujours aussi curieux qu'avant ! déclara-t-il, les talons au-dessus du vide obscur. Haut les cœurs ! Et pourvu que ça dure !

Il laissa filer doucement, une main sur le descendeur et la corde dans l'autre. Son visage un peu crispé démentait l'enthousiasme de ses paroles.

Son corps disparut dans l'orifice, ne laissant plus dépasser qu'une tête dégarnie. Stacey inspira à pleins poumons pour se donner du courage et desserra sa pression sur le descendeur. Sa tête fut engloutie par la roche creusée. Il ne resta plus, pour signe de son existence, que la corde tendue et le son faiblissant de sa respiration.

Ce n'était pas la peur qui lui serrait la poitrine, mais l'appréhension. L'attente nerveuse de la découverte majeure. Pas pour l'humanité. Pour lui-même. Pour qu'enfin les pièces d'un puzzle depuis longtemps entamé se réunissent et forment une image cohérente.

La veille, il avait été au bout d'une idée qui le hantait depuis des semaines, depuis qu'il avait persuadé Denis Craig de s'intéresser de près aux recherches de Paul et Meryl.

L'heptagone.

Celui de Malhorne. Celui d'Ethen avant lui. Et, depuis cinq mille ans, l'heptagone gigantesque tracé sur le sol d'un désert géographiquement si proche du lieu d'origine de l'histoire humaine.

Les sept sites mis au jour étaient secondaires, même si la traduction des tablettes pouvait apporter certains éléments à l'édifice.

L'heptagone.

Toutes les précisions de Malhorne n'avaient pas suffi à en expliquer le sens.

Malhorne ne savait pas. Il avait vécu cinq siècles sans comprendre l'origine de son histoire. Comment sa mémoire survivait importait peu à Stacey. Ce n'était pas là son centre d'intérêt. Celui de Craig, bien sûr, mais pas le sien.

Par contre, une autre question hantait Stacey depuis près de vingt ans. Pourquoi la création s'était-elle offert le luxe de mettre au monde un être qui se souvient par-delà la mort ? Un seul sur une multitude.

C'était la Question. La seule qui vaille la peine dans toute cette aventure étalée sur deux décennies.

Stacey en était persuadé. L'évolution de la vie ne partait pas au petit bonheur la chance. Il existait un plan, un schéma conducteur. Une intention dont il faisait partie lui aussi. Une partie minuscule, ridicule, insignifiante, dont le reste pouvait très bien se passer. Mais Malhorne, Ethen, et les autres s'il y en avait eu, ne rentraient pas comme lui dans la catégorie du négligeable. Leur caractère *a priori* unique leur conférait l'importance du sacré.

Eux seuls pouvaient le conduire vers l'explication de la Question.

Et de toutes celles qui en découlaient…

Pourquoi Malhorne avait-il sculpté sept statues entourant une sphère ? Pourquoi Ethen portait-elle un bijou figurant l'heptagone inversé dans une sphère ?

Cet heptagone mystérieux qui recelait toutes les réponses.

Stacey le pressentait. Dans ce chiffre 7 se trouvait la clef. Ou le code. Toutes les civilisations du monde utilisaient ce chiffre. Les juifs, les chrétiens, les musulmans, les bouddhistes, les animistes, partout. Le 7 revenait sans cesse. Avec une force conceptuelle très grande. Le symbole de Dieu lui-même s'y trouvait exprimé. Pourquoi pas Dieu en personne…

Stacey se tenait à présent au centre de cet heptagone. Pendu dans le vide.

Et si près de savoir. Peut-être.

Pourvu que celui-ci soit à l'origine des autres, pensa-t-il avec une ferveur inhabituelle.

Il se sentait comme Neil Armstrong sur le point de poser le pied sur la surface de la Lune.

C'était si excitant qu'il en aurait pleuré.

À moins qu'une fois encore, il découvre une trace incomplète qu'il faudrait tenter de déchiffrer, d'interpréter et d'expliquer. Ou alors, il faudrait douter pendant des années encore. Peut-être jusqu'à la fin.

Mais Stacey était confiant. Il le voulait. Il aurait prié, s'il avait eu une quelconque religion.

Ses mains moites glissaient sur la corde lisse. Heureusement, le descendeur palliait efficacement ce désagrément dû à l'adrénaline.

Au-dessus de lui, le visage d'Eredan diminuait graduellement. Stacey orienta sa lampe frontale vers le bas. Le sol arrivait enfin. Plus qu'un mètre. Son pied toucha une matière dure et plate. Le cliquetis du descendeur résonna loin. Le volume dans lequel il se trouvait devait être très grand.

Penché au-dessus du vide, Eredan sentit la corde se

détendre. Il la passa aussitôt dans son descendeur et rejoignit Stacey.

– Ça a l'air grand, apprécia Eredan dès qu'il toucha terre. Tu as jeté un œil ?

– Courageux, mais pas téméraire, répliqua Stacey. J'ai préféré t'attendre. Et puis, un peu de lumière ne nous fera pas de mal.

– Tu as raison. Rien ne presse.

Ils firent descendre du matériel électrique et le robot de fouille. Mieux valait s'en servir pour explorer le sous-sol que de risquer de se rompre les os.

Les puissants faisceaux illuminèrent une salle gigantesque. Deux rangées de colonnes heptagonales soutenaient une voûte perdue quinze mètres au-dessus de leurs têtes. Le diamètre des fûts atteignait quatre mètres, pour les plus fins. Au centre, quatre piliers de section monumentale supportaient un monolithe dont les côtés avaient été taillés. Les voûtes s'y imbriquaient finement. Cinq mille années de silence et de nuit n'y avaient pas laissé la moindre trace. Les arêtes de support de charge partaient autour de cette pierre énorme pour finir dans la roche, à l'autre bout de la salle.

– Ça me fait penser à une araignée, commenta Eredan.

Ils orientèrent les projecteurs vers les murs. Le jeune archéologue mit en route une caméra miniaturisée intégrée à sa lampe frontale.

– Tout a été poli. Le sol, les colonnes et les murs. À croire que ceux qui ont fait ça cherchaient la perfection pour l'œil.

– Et l'oreille ! renchérit Stacey. As-tu remarqué comme les sons tournent ? Ils n'arrivent pas à s'accrocher. Les murs se les renvoient.

Eredan partit vers une paroi et commença à accomplir un tour de la salle. Une épaisse couche de poussière recouvrait le sol. Une poussière blanche très légère qui partait en nuage à chacune de ses enjambées et retombait lentement derrière son passage.

– C'est la roche même ! cria-t-il à Stacey, en laissant sa main courir sur la surface lissée. Y'a pas une seule aspérité.

Il marcha en silence, comptant mentalement le nombre de ses pas.

– Et pas une issue non plus, dit-il lorsqu'il fut revenu à son point de départ. Le tour doit faire dans les deux cents mètres.

– C'est prodigieux, balbutia Stacey. Tout bonnement prodigieux !

– D'autant plus qu'il faut attendre mille ans pour que les hommes inventent ce type de construction. Et encore, pas de cette taille.

– Si c'est de la même époque que les villas, protesta Stacey. Rien ne le prouve encore.

– Va savoir, c'est peut-être encore plus ancien.

– Je laisse parler l'impétuosité de ta jeunesse, plaisanta Stacey. Avant les Sumériens, c'est la préhistoire. Si les hommes de l'âge du bronze bâtissaient ainsi, alors il va me falloir revoir toute ma vision du métier. Et je n'ai plus vingt ans.

– Ce qui m'étonne, c'est l'absence d'eau. Ou d'humidité. Je sais qu'il pleut très rarement dans cette région, mais tout de même, il devrait y en avoir. Au moins des moisissures. Le sous-sol est parcouru de nappes phréatiques ici aussi. C'est inexplicable.

– Laisse-moi faire des prélèvements, on réfléchira sur pièces, dit Stacey en déballant la dernière caisse descendue par l'équipe du dessus.

– À quoi bon tailler une salle aussi grande pour la laisser vide et sans accès, marmonna Eredan. C'est à n'y rien comprendre… Pas de statuaire, pas de frise, pas d'inscription, rien.

Stacey monta le robot de fouille. Son expérience et sa fébrilité s'additionnèrent pour y arriver en un temps record.

Léo Delange les rejoignit alors que Stacey commutait les fonctions du robot.

– J'ai obtenu la permission de Paul ! Pour une fois que je ne vais pas rester le cul sur une chaise à étudier des textes. Ça me fait un bien fou !

Il partit à travers la salle éclairée pour se dégourdir les jambes. Sa démarche lourde résonnait à tout rompre.

– Dites donc ! Ça sonne creux par ici !

Léo se tenait au milieu de la salle, entre les quatre principaux piliers.

– Doucement, l'interpella Stacey. Saute pas dessus.

– Je n'ai pas fait qu'étudier en bibliothèque, mon cher Stacey, répondit le Français. C'est bien la mentalité anglo-saxonne, ça ! Vous prenez tous les Latins pour des comiques.

– C'est exagéré, objecta Stacey. Vous n'êtes pas si drôles…

Delange ignora la pique et commença à gratter le sol. Un épais nuage asphyxiant se propagea rapidement à travers la pièce, matérialisant les faisceaux lumineux comme sur une scène de concert.

– Hey ! dit Eredan en regardant Stacey. On était tranquilles. Si on demandait à Paul de le faire remonter ?

– Sauf que j'ai trouvé quelque chose, plaça Léo entre deux quintes de toux. Il y a une dalle découpée dans le sol.

Ils joignirent leurs efforts pour dégager la poussière qui masquait le sol et découvrirent le pourtour d'un dallage, lui aussi de forme heptagonale. En son centre, un petit cartouche cerné d'un métal ocre laissait deviner une inscription cunéiforme.

– « Aratta », lut Delange à voix haute. Sous les pavés, la plage ! L'entrée du royaume d'Antinéa, peut-être.

– On n'est pas dans un roman de Pierre Benoit, Léo, répondit Stacey.

– « La paix soit sur toi, capitaine Morange. » On casse pour voir ?

– Je préférerais desceller plutôt que briser, lâcha Stacey après un moment de stupeur. On vous prend peut-être pour des comiques, mais avoue qu'il y a de quoi, non ? « On casse pour voir ? » Je t'en foutrai, moi !

Dans la roche autour du dallage, Eredan remarqua quatre trous rectangulaires.

– L'emplacement d'un palan, peut-être…, hasarda-t-il.

– Il est toujours aussi rapide dans ses conclusions ? interrogea Delange.

Stacey leva les yeux vers la voûte.

– Il a bien fallu remonter des déblais, se défendit Eredan.

– À condition qu'il y ait effectivement quelque chose dessous.

– Et pourquoi penses-tu que ça sonne creux ? Un vide sanitaire ?

– Tu ne crois pas si bien dire. Ça expliquerait l'air sain qui règne dans cette zone. Mais avant de desceller, il serait préférable de sonder au radar…

– Tu sais ce qui m'a amené à l'archéologie, Stacey ? le coupa Delange.

– Puisque tu as envie de m'en parler…

– C'est l'histoire de types comme Champollion. La réflexion, la connaissance, un coup de pouce de la chance aussi. Mais surtout, l'excitation de l'exploration. Le vécu ! Oui, le vécu. Tes machines, elles me laissent de marbre, si tu veux savoir.

– N'empêche qu'elles nous rendent de grands services, tenta Stacey.

– Laisse tomber ton jouet, tu veux ! dit Delange. C'est solide ici. On ne risque pas grand-chose et puis, même s'il y a un danger, ça me navre de rester passif devant cet écran.

Stacey finit par se résoudre à la volonté de Delange. Il devait bien reconnaître qu'il était lui aussi infiniment plus excité par une exploration *in situ*.

Avec d'infinies précautions, les trois hommes entreprirent de desceller les dalles. Lorsque le puits heptagonal fut dégagé, ils enroulèrent une corde autour d'un pilier et descendirent les uns après les autres.

La deuxième salle, plus petite que la première, était soutenue par des piliers identiques mais au nombre réduit. Elle devait occuper la moitié de la surface du niveau supérieur. Là encore, il n'y avait rien. Rien d'autre qu'un escalier taillé dans la pierre qui descendait plus bas.

Sans se concerter, les trois hommes l'empruntèrent. L'arête des marches était arrondie, usée par un nombre incalculable de passages.

– Il y a une odeur curieuse, commenta Eredan. Ça sent… Je n'arrive pas à retrouver, mais je connais cette odeur.

– Le sel ! déclara Delange, qui avait pris la tête du petit groupe. Ça sent le sel. Je le vois.

Le rayon de sa lampe brillait sur le sol, qui le renvoyait fragmenté et irisé.

– Du sel gemme, pour être précis.

Ils posèrent les pieds sur un tapis de cristaux de sel gemme.

– Est-ce là le trésor de cet endroit ? dit Eredan. Du sel ? Il doit y en avoir une belle quantité, d'après ce que je peux voir.

– Il fut un temps où le sel valait de l'or, apprécia Delange. Ce qui serait assez décevant pour nous, d'ailleurs.

Le sol partait en pente douce. Le plafond, élevé au bas des escaliers, allait en s'abaissant pour atteindre plus loin une hauteur de deux mètres. À quelques cheveux de la tête de Delange, qui courba instinctivement l'échine pour se déplacer.

Les trois hommes se tinrent côte à côte et se laissèrent guider par le sens du terrain. Un reflet doré les attendait en bas. Ils ne distinguèrent son origine qu'une fois le nez pratiquement dessus. La blancheur du sel tranchait trop sur la noirceur des murs, obligeant leurs pupilles à se contracter pour ne pas être éblouies.

Le reflet provenait d'une couronne posée sur le crâne d'un homme. Les restes d'un homme. Il était assis sur un trône en pierre. Des ferrures maintenaient sa tête, son torse et ses membres au fauteuil. Posée sur ses fémurs, il y avait une plaque en verre où des signes cunéiformes avaient été gravés. Delange s'en approcha. Il dirigea la lumière de sa lampe sur la surface du verre. De fins entrelacs d'or occupaient les creux de la matière transparente.

– C'est une déclaration d'amitié éternelle entre Sumer et Aratta, apprit-il à ses compagnons. Plutôt morbide comme gage d'amitié, vous ne trouvez pas ?

– Cet endroit ne peut pas être contemporain des villas, dit Stacey dans son dos. La découverte du verre est beaucoup plus récente.

Le squelette portait sur le thorax une cotte faite d'un métal argenté qui s'était terni avec le temps.

– Je me demande si cet homme a été placé ainsi avant ou après sa mort, émit Stacey.

– Qu'est-ce qui te fait penser ça ? demanda Eredan.

– La taille des fers. Ils sont bien plus larges que les os. Comme s'ils avaient été mis sur de la chair.

Stacey fit le tour du trône.

– Il y a un couloir qui part derrière.

– Meryl ne nous le pardonnera pas si on ne va pas la chercher maintenant, intervint Eredan. C'est sa partie plus que la nôtre.

– Tu as raison. Allons lui dire.

Ils remontèrent tous les trois sous le puits de la première salle. Là, ils déléguèrent Eredan. Plus jeune, plus agile, l'archéologue turc remonterait plus rapidement que ses confrères.

Un quart d'heure plus tard, Stacey et Delange virent une lumière approcher du puits heptagonal. Ils aidèrent Meryl à descendre, puis réceptionnèrent un complément de matériel.

Paul resta à la surface avec Spencer pour surveiller l'accès, les mystérieux rôdeurs n'avaient toujours pas été identifiés, ni neutralisés.

Le groupe retourna auprès du trône morbide.

– Vous n'y avez pas touché, j'espère, dit Meryl d'une voix vibrante d'émotion.

– C'est très offensant, Meryl, critiqua Delange. Que tu me prennes, toi aussi, pour un amateur passe encore, mais pour les autres…

– Mettez donc les masques, se contenta-t-elle de répondre. On parlera de réflexes professionnels ensuite. Cet endroit a une humidité quasi nulle. Ce serait bien que les choses restent en l'état.

Ils s'exécutèrent. Meryl avait raison. La vapeur d'eau diffusée par leur simple respiration pouvait rapidement mettre en péril les restes organiques.

Meryl examina attentivement le squelette.

– Il reste de la peau ! C'est inouï.

Elle préleva des échantillons de tissus, des cheveux et des morceaux d'ongles qui avaient résisté au temps.

– Le sel a absorbé l'eau du corps et de l'air ambiant. C'est la seule explication. Sans ça, il serait tombé en poussière depuis longtemps. Et encore, il y a un grand volume avec les deux salles du dessus.

– Ce n'est peut-être pas le seul cadavre, suggéra Stacey. Cet homme nous attend depuis cinq mille ans, sans doute pas tout seul…

– Possible. Une putréfaction plus importante donnerait davantage de crédit à ma théorie. Eredan, tu veux bien m'aider à enlever cette cotte.

Le métal s'effritait par endroits, se déchirait à d'autres. La seule solution qu'ils trouvèrent pour l'enlever fut de couper à hauteur des clavicules.

Des lambeaux de tissu vinrent avec la cotte, mais quelque chose résistait.

– Il y a une chaîne derrière, indiqua Stacey en tendant la main. J'en vois une partie.

– Tu peux la dégager ?

Stacey prit délicatement la chaîne entre ses doigts. Il suivit les anneaux jusqu'à la cotte et sentit le contour d'un objet rond, coincé dans les morceaux de tissu.

– Il y a une sorte de pendentif, dit-il en essayant de dissocier l'ensemble. Ça y est, je l'ai.

Meryl et Eredan éloignèrent la cotte du squelette tandis que Stacey braquait la torche sur ce qu'il tenait.

– Nom de Dieu ! s'exclama-t-il.

– Quoi ? Qu'est-ce que c'est ? demandèrent les autres.

– Je… Non…, balbutia-t-il. Rien. Je ne m'attendais pas à ça…

Il fit miroiter l'objet dans la lumière. Il s'agissait

d'une petite sphère en cristal, finement incrustée de fils d'or qui, s'il l'avait placée sous une lampe, aurait projeté sept triangles enfermés dans un cercle.

Le joyau d'Ethen ! pensa Stacey. *Probablement la même tectite. Je le savais. Je vais devoir prévenir Craig. On y est presque...*

– Fais voir, demanda Meryl.

Stacey lui passa le pendentif à contrecœur. Il avait depuis si longtemps espéré une nouvelle trace de l'heptagone qu'à présent, il aurait voulu la garder pour lui seul.

– C'est magnifique, apprécia Meryl. Et plutôt original. Je ne me souviens pas d'en avoir vu de pareil.

– Si on s'intéressait au couloir derrière le trône, dit Stacey pour essayer d'attirer l'attention sur un autre sujet.

– Allez-y, dit Meryl. J'ai déjà pas mal à faire ici.

– Je reste aussi, dit Eredan. Il vaut mieux ne pas traîner tout seul. Allez-y ensemble.

– Léo ? interrogea Stacey. Tu fais quoi ?

– Je viens avec toi !

Ils contournèrent le trône et s'enfoncèrent dans l'obscurité.

Le tunnel était creusé dans une roche dure, striée de morceaux de quartz qui étincelaient dans les faisceaux des lampes.

Il s'étirait sur une trentaine de mètres, menant les deux hommes à une petite pièce vide. Là encore, les murs et le sol étaient polis, lisses comme la surface d'une pomme. En plus du tunnel qu'ils venaient d'emprunter, trois nouveaux couloirs partaient à 90° les uns des autres.

– Restons ensemble, proposa Delange. Si le plan des lieux continue comme ça, on se perdra vite.

– Il n'y a qu'à prendre systématiquement le tunnel en face.

– On sent l'homme de terrain, plaisanta Delange. J'aurais dû y penser.

Ils traversèrent la salle sans s'y attarder.

Des couloirs partaient dans toutes les directions. Ils rejoignaient sans doute ceux qu'ils avaient croisés dans la salle précédente. Stacey et Delange les laissèrent de côté et poursuivirent leur exploration en ligne droite. Ils rencontrèrent plusieurs pièces creusées comme des fosses, remplies de tablettes d'argile brisées. L'amoncellement de terre séchée, pour une grande partie retombée en poussière, montait jusqu'à trente centimètres du plafond. De telle sorte qu'il était impossible de savoir si la pièce donnait sur une autre ou pas.

Delange ramassa plusieurs morceaux. Des restes d'écriture très endommagés s'y voyaient encore.

– On dirait des patronymes, dit-il à Stacey. Oui, ce sont bien des noms. C'est très curieux. Comme les plaques d'une nécropole.

– Ça y ressemble beaucoup, en effet. Poursuivons, on aura tout le temps de s'y attarder plus tard.

– Quelque chose te presse ?

– Je… On n'est pas trop sûrs de la qualité de l'air…

– Je comprends, dit lentement Delange. Allons-y.

Il observa un instant Stacey qui s'éloignait.

Curieux, pensa-t-il. *Lui qui est d'un naturel si patient.*

– Viens voir !

Il rejoignit son collègue en quelques enjambées.

De nouvelles salles se présentaient dans les faisceaux de leurs lampes. Des poteries brisées se mélangeaient à des mosaïques éclatées, des tablettes d'écriture cunéiforme, des morceaux de frises. Tout avait été saccagé.

Les pièces suivantes livrèrent un amoncellement de

statuettes en dorite. Ils distinguaient des bras, des jambes, des torses. Mais aucune tête.

– Ce n'est pas l'œuvre de pilleurs de tombes, émit Stacey. Ils auraient emporté les statues. Peut-être pas le reste. Mais les statues…

– Cet endroit n'a jamais été exploré avant nous, dit Delange. On aurait vu un accès, sinon. Non, on dirait une destruction préparée. Systématique.

– C'est incompréhensible.

Ils pénétrèrent dans de nouvelles salles, plus grandes que les précédentes et dont la disposition était très différente. Des milliers de squelettes les y attendaient, assis contre des bancs taillés dans la roche.

Des hommes, des femmes, des enfants, unis dans la mort par une chaîne aux anneaux épais.

Des piliers soutenaient le plafond tous les cinq ou six mètres. Eux aussi servaient de dossier aux défunts.

– Enterrés vivants ! s'exclama Stacey. Ils ont été enterrés vivants.

– Pas tous, objecta Delange. Regarde par là.

Aux extrémités de la salle, des tas d'ossements remplissaient des niches. Ces os-là se trouvaient dans un état de conservation différent. Certains portaient encore des traces de terre. Des centaines de crânes surmontaient les amoncellements et regardaient dans la direction des enchaînés.

– Peut-être que…, commença Stacey.

– Peut-être que quoi ?

– Tu n'es jamais venu sur le premier site de fouilles, s'expliqua-t-il. Mais tu sais que la nécropole est vide. Eh bien, je me dis que ces tas d'ossements en sont peut-être l'explication.

– C'est loin d'ici, répondit Delange. Ce serait très étonnant.

– Parce que tu ne trouves pas cet endroit déconcertant ? Je m'attends à tout, à présent.

Stacey se pencha pour ramasser un crâne dont les orbites étaient remplies de terre.

– On va analyser la terre. Avec celui-là, on sera vite fixé ! Et si on s'aperçoit qu'elle provient de là-bas, on tiendra notre explication.

Ils avancèrent au hasard parmi les innombrables dépouilles.

À certains endroits, des squelettes étaient tombés tête la première, sans que les os se détachent. Stacey s'approcha de l'un d'eux.

– Celui-ci s'est rongé le poignet pour essayer de s'enfuir, dit-il à Delange. C'est abominable.

Au pied des murs et des piliers, le sel avait pris des couleurs sombres. Il s'était imbibé du jus de décomposition des morts et en avait fixé la matière, à présent desséchée.

– Je préférerais revenir avec une réserve d'oxygène, proposa Delange. C'est dangereux de rester. Je commence à avoir mal à la tête.

– Tu as raison. C'est déjà assez inconscient d'être restés aussi longtemps.

Ils rebroussèrent chemin sans s'arrêter. À peine trois minutes plus tard, ils retrouvaient le trône. Mais Meryl et Eredan n'étaient plus là.

– Ils ont dû commencer à remonter des échantillons, supposa Delange.

– Je n'ai jamais rencontré un endroit aussi bizarre, dit Stacey en montant l'escalier. Il a dû se passer ici des événements tragiques. Ça me donne la chair de poule.

– Je ressens quelque chose de similaire.

– On a d'abord un prince sans nom. Ou un roi. Ensuite, les restes brisés de milliers de plaques mortuaires et des ossements entassés. Pas mal de générations, je pense. Et en dernier viennent les condamnés. Ceux qui ont été enterrés vivants. Un roi, une culture, un peuple. C'est très énigmatique.

– Probablement le premier génocide.

– Peut-être. Mais dans quel but ? Cette mise en scène a dû demander des années de travail. Elle doit avoir un sens très important pour ceux qui l'ont réalisée.

– Attends que les tablettes parlent. Nous avons encore beaucoup de travail, Paul et moi. Mais ça avance. Bientôt, quelques semaines tout au plus. On pourrait se faire aider de l'extérieur, tu sais. Je connais certains sumérologues qui en raffoleraient.

– Non, lâcha brusquement Stacey en s'arrêtant sous le puits de la première salle. Gardons tout ça pour nous. On aura bien le temps d'en publier une narration plus tard.

– Tu connais le problème posé par les découvertes tenues secrètes, protesta Delange. On nous suspectera. Il n'y a aucun doute là-dessus. La communauté archéologique mettra en doute l'authenticité de nos découvertes. Ça va compliquer les choses…

– Et alors ? le coupa Stacey. Je ne suis pas ici pour instruire le monde entier ! Je recherche autre chose. Et je veux le trouver…

Stacey s'aperçut qu'il avait trop parlé. Delange le regardait d'un air curieux, comme s'il tentait de deviner le sens de ses paroles obscures.

– Je remonte, dit Stacey pour se sortir de la situation. On commence à étouffer ici.

III

Milos

2029

44

La mémoire d'argile
(Traduction expurgée de 138 tablettes
de la première tombe)

Salut à toi, Lukingia, l'envoyé.
Salut à toi, errant des terres sans âme.
Fils-fille de mon sang ou frère-sœur des humains.

Je me nomme Nanshe.
Je suis le premier et le dernier.
Le premier qui vive sur une terre privée de lumière.
Le dernier à avoir respiré l'air d'Aratta.
Tous les autres s'en sont allés.
Les derniers Lukingias ont péri.
La vieillesse et la maladie ont eu raison de leur vie.
L'âme des derniers hommes est partie rejoindre les eaux du monde.
Leurs fils-filles à ton exemple ont pris la relève.
Eux dont les pieds n'ont jamais foulé la terre d'Aratta.

Si tu te présentes devant ma sépulture, c'est que le doute a envahi ton âme au point de devenir amer.
L'absinthe coule dans tes veines et brouille ta raison.

Tu ne crois plus aux traditions de tes pères.
Et les dieux des hommes t'attirent plus que le merveilleux souvenir de ta lignée.

Le questionnement de l'élève est plus important que la leçon du maître.
Aratta a dit cela.
Et bien d'autres paroles, que je dois transmettre en attendant son retour.
Apprends donc et questionne-toi.
Mais ne doute pas éternellement.

Salut à toi, Lukingia, l'envoyé.
Salut à toi, errant des terres sans âme.
Fils-fille de mon sang ou frère-sœur des humains.
Puisses-tu continuer à vivre sans jamais renoncer.
Si le souvenir d'Aratta s'éteignait, alors je serais mort deux fois.
Et toi aussi, fils-fille, frère-sœur.
Ton jour dernier doublera la peine des tiens si tu emportes avec toi les restes d'Aratta.

La terre, l'eau et le feu se sont unis pour recevoir la mémoire d'Aratta.
La pointe du roseau a tracé les signes qu'elle a rapportés des terres du dehors.
Celles que les autres hommes appellent le Kur (*enfer*).
Et ainsi devra-t-il demeurer.
Jusqu'à l'heure de la révélation.
En attendant, Namlulu (*humanité*) ne doit pas savoir.

Seuls doivent connaître l'histoire de notre reine ceux qui par leur lignée ont hérité ce poids.
Aratta fut un don.

Sa destruction, une calamité.
Le retour d'Aratta sera une bénédiction.
Mais l'attente de ce jour chéri entre tous est une charge.
J'ai porté moi-même ce fardeau plus de deux cycles.
J'en connais la souffrance, même si le doute ne m'a jamais effleuré.

Plus le temps passera et plus cette charge sera lourde et harassante.
Je le sais et je n'en ai pas peur.
Moi, le premier et le dernier.
Moi, Nanshe, l'ultime enfant survivant du ventre de notre reine.

Fasses que ton cœur renonce aux ténèbres.
Laisse les dieux aux hommes aveuglés.
Et consacre ta vie à préparer son retour.

Enseigne un seul de tes enfants de ce que tu sais.
Choisis-le pour ses qualités de cœur et d'esprit.
La transmission de la connaissance est l'unique devoir d'Aratta.
Cette épreuve est maintenant la nôtre.
Et la force du corps n'y joue aucun rôle.

Déchiffre les signes, écoute et remplis-toi.
Laisse les eaux du monde te guider sur le chemin.
Elles seules sont le moyen, la fin et le commencement.
Elles seules donnent au voyageur la vie et la survie.
Les eaux qui nourrissent, purifient et révèlent.
Les eaux du visible et de l'invisible.

....

En Aratta, Aratta est la reine-mère-prêtresse des hommes.

Aratta est le temps, et la source de la vie, et le siège de la connaissance, et l'instrument du passage, et notre guide aimé.

Aratta est cela. L'unique et la multitude.

J'ai vu ce que je dis.

Je témoigne de ce que j'ai vu.

Pour les mal-nés de l'après-fin du monde.

Tous ceux qui, comme toi, doutent qu'un royaume d'harmonie ait pu exister sur la Terre.

Il fut au temps jadis la première Aratta.

Car il fallait bien que tout commence.

La première des reines d'Aratta.

Celle que l'on appela pour les siècles Ethen Ur Aratta.

La première qui marcha sur Terre l'esprit éveillé.

Elle-même fille-sœur du premier des conscients.

Celui qui rencontra le Passeur de la vie, des eaux et du savoir.

Au temps jadis, Ethen Ur Aratta visita le monde.

Elle le parcourut dans son entier et sut ce qu'étaient les hommes.

....

Longtemps, elle préféra la compagnie des animaux.

Et son meilleur ami, son confident, fut le cochon.

Des milliers de lunaisons, elle explora le monde.

Elle s'embarqua sur les mers.

Elle traversa les glaces.

Elle franchit des déserts immenses et des montagnes sans fin.

Et elle sut que les hommes étaient peu nombreux mais qu'ils vivaient partout.

Et partout ils ne savaient que s'entre-tuer pour survivre.

Ethen Ur Aratta décida de créer un peuple à part.

Elle chemina longtemps avant de trouver la terre attendue.

Loin des hommes, loin des guerres, loin des regards envieux.

Près de l'eau douce d'un lac, elle s'installa enfin.

Elle y construisit le premier temple d'Aratta, puisa de nouvelles forces dans l'Aratta et repartit pour trouver un homme.

Elle le prit enfant et l'éleva comme une mère, l'éduqua et ouvrit son esprit.

De cet enfant devenu homme, elle eut une multitude de descendants.

Les premiers-nés du peuple d'Aratta.

Gloire à eux pour l'éternité.

La vieillesse d'Aratta fut longue et fertile.

Elle livra à son peuple les connaissances des mondes du dehors et la sagesse de son cœur.

Aratta devait être à jamais interdit aux autres hommes.

Ainsi fut-il décrété et ainsi furent appliquées les lois de notre reine.

Ethen Ur Aratta mourut entourée des siens.

Une première fois, une deuxième fois, une centième fois.

Et chaque fois son peuple attendit son retour, scrutant le ventre des femmes comme autant d'oracles, écoutant les paroles des vierges comme les racines de la sagesse à venir.

Un conseil de sages veillaient sur le royaume jusqu'à son retour.

À chaque saros, les jeunes mères d'Aratta montaient au sommet du temple.

Seule Ethen Ur savait pénétrer l'Aratta.

Ainsi était-elle reconnue de tous.

Et admise en tant que reine dans le saint des saints.

Des mondes du dehors, Ethen Ur Aratta rapporta la matière et l'esprit qui l'anime.

L'écriture et la lumière, la connaissance de l'eau et le soc de la charrue, la façon de bâtir et l'irrigation.

Elle prit ce qui était bon et laissa ce qui était mauvais.

Comme on sépare après la moisson les grains sains de ceux qui ne le sont pas.

La terre d'Aratta était interdite aux autres hommes.

Les quatre marches étaient gardées par de fortes troupes aidées de cochons noirs, nos plus grands alliés parmi les non-humains.

De sombres rumeurs de créatures infernales rôdaient à nos frontières.

La peur du Kur serrait le cœur de nos plus proches voisins.

Les rares intrépides ou inconscients ne ressortaient pas vivants d'Aratta.

La mort du corps n'a aucune importance.

Lorsque le royaume d'Aratta fut devenu une terre prospère, Ethen Ur Aratta tourna ses yeux vers lès autres hommes.

Elle vit que leur sort était misérable.

Elle vit que la différence avec le peuple d'Aratta n'était pas juste.

Et elle vit surtout que ce ne serait pas bon pour les siècles à venir.

Elle envoya alors par le monde les meilleurs élèves de son peuple.

Elle les choisit jeunes et éveillés, garçons ou filles.

Elle leur demanda de se mêler aux autres peuples et d'y fonder une famille.

Elle leur demanda de prendre mari ou femme parmi ces peuples.

Et de ne jamais révéler à quiconque l'existence d'Aratta.

Eux seuls à l'extérieur devaient savoir.

Eux seuls avaient pour mission de propager la connaissance à travers le monde.

Ethen Ur Aratta décida ainsi.

Les Lukingias s'en allèrent fertiliser les terres de l'extérieur.

Ils prirent femme ou mari, fondèrent un foyer et devinrent secrètement les émissaires du savoir.

Aratta vit que cela était bien.

Et elle en fut heureuse.

Or, il se trouva qu'un jour un peuple eut grâce aux yeux d'Ethen Ur Aratta, notre reine bien-aimée.

Ce royaume apprenait vite et bien, sans quête perpétuelle de guerre, sans volonté hégémonique sur ses voisins.

Ethen Ur Aratta décida de libérer cet autre peuple du joug des dieux imaginaires.

Et de lui faire partager la connaissance d'Aratta.

Ce peuple s'appelait Sumer.

Puisse-t-il retomber en poussière et disparaître à jamais de la mémoire des hommes.

Irinadar d'Uruk était son roi.
Irinadar d'Uruk le Sage et le Constant, comme l'appelait son peuple.
Ethen Ur Aratta le crut bon au point de s'ouvrir à lui.
Elle le rencontra, éveilla sa conscience et lui révéla le secret d'Aratta.
En faisant cela, elle attisa dans son cœur le feu de la convoitise et de la félonie.
Un feu qui y brûlait déjà, mais qu'Irinadar l'Abominable cachait avec talent.

Il n'eut plus dès lors qu'une obsession.
Amener l'Aratta dans son royaume pour en faire l'instrument de son pouvoir.
Un pouvoir sans limites pour sa gloire personnelle.

Certains Lukingias tentèrent de persuader notre reine de son erreur.
Mais elle ne les écouta pas.
L'un d'eux, un conseiller de la cour de Sumer, disparut et ne fut jamais retrouvé.
Ni mort, ni vif.
Au jour de ma mort, j'apprendrai la vérité.

À force de tromperies, Irinadar le Félon amadoua notre reine.
Il fut invité en Aratta et y séjourna longtemps.
Il fut émerveillé par les prodiges de notre peuple.
Il les voulut siens. Non pour son propre royaume mais pour lui-même.
Il cherchait la gloire, la puissance et l'éternité.

Il intrigua tant notre reine qu'elle partit à son tour s'installer pour un temps à Sumer.
Elle voulait connaître ce peuple de l'intérieur.
Pour le comprendre vraiment.
Comme s'il avait été le sien.
Comme si tous ensemble nous n'avions fait qu'un.

Nous, Lukingias, ne savons pas si elle emporta avec elle le siège d'Aratta.
Ou si elle le laissa au sommet du temple, qu'il ne devait pas quitter.
Car tous ceux qui vivaient en Aratta périrent bientôt et ne purent raconter ce qu'ils avaient vu.
La reine et certains des nôtres partirent pour le lointain royaume de Sumer et ne revinrent jamais.

Irinadar d'Uruk, le félon, apprit à pénétrer l'Aratta et [...]

(Ici manquent 42 tablettes détruites par Ozlim)

[...] la vague gigantesque a déferlé sur notre monde.

Mille fois mille âmes ont péri en une seconde.
Par les eaux, la matière sacrée du passage, de la pensée et de l'harmonie.
Notre terre n'est plus.
Notre peuple n'est plus.
Mais Aratta reviendra.

Je suis l'ultime témoin du trait d'union des mondes.
Celui qu'il faudra croire pour continuer la veille.
Croire, comprendre et transmettre, voici tout ce qu'il nous reste.
Les Lukingias doivent repartir fertiliser le monde.

Même si notre reine n'est plus là pour puiser la connaissance.

L'homme doit apprendre par lui-même.
L'Aratta en a décidé ainsi.
Le Paradis (*traduction hypothétique*) nous est devenu inaccessible.

Le lien de la connaissance a été perdu.
Aratta s'en est allée.
Avec elle est parti l'avenir des hommes.

Mes yeux pleurent un peuple, des frères-sœurs, des fils-filles.
Mon cœur se vide sur un pays qui fut merveilleux, sur un fantastique possible qui fut et s'en est allé.
Mes paupières se fermeront sur le souvenir d'une reine qui fut éclairée jusqu'à l'épreuve fatale.
Une reine qui fut ma mère.
Je suis la dernière peau vivante qui ait touché sa peau.
Les nouveaux Lukingias, fils-filles des derniers Lukingias, ont pris la relève de la vigilance.
Pour le seul souvenir d'Aratta.
Pour qu'à son retour des amis l'attendent et la soutiennent.
Ils attendront longtemps.
Plus longtemps peut-être que la solidité de leur patience.
Attendre est une épreuve de sage.

Souviens-toi des préceptes d'Aratta.
Aime-toi le premier.
Cherche en toi l'amour que tu nourris pour un autre.
Désaimer est un échec personnel. Ne le reproche pas.
Ne cultive pas les amours. Ce sera toujours le même.

La connaissance est amour.
Le monde est connaissance.
Le groupe prime sur l'individu.

Un homme vaut une femme.

Élimine l'individu qui met en danger la communauté.

La vie est plaisir. Le plaisir est moteur du savoir.

Le passé, le présent et l'avenir font un dans l'Aratta.

Deux saros ont passé depuis le déferlement des grandes eaux.
Moi, Nanshe, j'ai reçu la charge de préparer son retour
Et mes fils-filles ont hérité de cette charge après moi.
J'ai bâti un premier temple.
Ma descendance continuera là où je me serai arrêté.
Les sept maisons devront être réalisées.
Ethen Ur Aratta s'en est allée renaître ailleurs.
Et n'est plus revenue.

Des Lukingias ont échappé aux grandes eaux par dizaines.
Certains n'ont même pas su la destruction de l'Aratta.
La mémoire sacrée de l'origine des temps humains survit grâce à eux.
Grâce à nous.
Fassent les eaux du monde qu'Aratta revienne vite.
Car le temps verra s'amoindrir nos rangs.
Et s'épanouir la puissance de l'humanité bestiale.
Moi, Nanshe, fils-fille d'Ethen Ur Aratta, notre reine et mère bien-aimée, je le prédis.
Salut à toi, Lukingia, l'envoyé.
Salut à toi, errant des terres sans âme.

Fils-fille de mon sang ou frère-sœur des humains.
Va en paix à présent et ne désespère plus.
Reprends les routes du monde et reste vigilant.
Lorsqu'Aratta reviendra, elle aura besoin de tes bras et de ta foi.
Laisse ton cœur-esprit guider les actes de ta vie.
Et préserve les eaux du monde des souillures des hommes.

Que tous les Lukingias attendent le saros.
Et se rendent à la tour orientale des frontières d'Aratta.
La dernière qui demeure encore.
Prends le chemin du nord qui traverse les montagnes.
À partir de la grande eau, tu franchiras trois fleuves.
Suis le quatrième, celui qui irriguait jadis la terre d'Aratta.
Descends-le jusqu'à la nouvelle mer.
Il faut vingt jours pour y arriver.
Mais au bout t'attendent la tour et la compagnie de tes frères-sœurs errants.
Va et ne désespère pas.
Sous cette tour repose à jamais l'un des corps de notre reine.
Fais de cet endroit la source de ton courage.

Déchiffre les signes de l'argile.
Nourris-toi de l'histoire d'Aratta.
Et ne la prends pas pour une fable.
Douter est important.
Persévérer dans ton erreur serait une trahison.

Replace sur mon tombeau la dalle de l'oubli.
Mon âme survit dans l'Aratta.
À ton dernier souffle sur cette terre, nous nous retrouverons.

45

La vie n'a aucun sens, s'il n'y a pas quelque chose qui l'anime.

S'il n'y a rien à trouver. Aucune signification à l'intérieur même.

Je mange, je dors, je chie, je baise…

Ça me mène où, exactement ? Sinon aux portes de la mort… Avec aussi peu de certitudes qu'un condamné à la chaise sur la date d'exécution de la sentence.

J'ai grandi sans questions. Pas le temps. Peut-être même pas les moyens. Ça fait peur de réfléchir trop loin. Je me suis trouvé des tas d'alibis, des tas d'oublis.

Le jour remplace la nuit. Trente mille fois. Au plus, trente-cinq mille.

Ça fait un paquet d'années quand même !

Qu'est-ce que j'en ai fait ?

Je mange, je dors, je chie, je baise…

J'ai vieilli sans réponses.

Pas plus de temps qu'avant. Et la gloire. La puissance. La possibilité de dominer. D'infléchir. D'agir sur la vie des autres. Presque tous. Des millions de gens que je n'ai jamais vus. Et que je ne verrai jamais. Et dont je me fous, finalement.

Je vais mourir sans réponses. Est-ce que ça a vraiment de l'importance ?

Bientôt, je ne baiserai même plus.

Ma bite va me lâcher avant mon cœur. C'est sûr ! Je vais me retrouver avec un morceau de viande molle que je n'arriverai plus à durcir.

De toute façon, pour ce que ça rapporte...

À quoi ça me servira de m'enfiler une deux millième femme ? Quelle sera la différence avec la millième ? La mille cinq centième ? Je ne me souviens même pas à quoi elles ressemblaient.

Un cul, ça reste un cul. Et plus t'en as vu de magnifiques, plus t'es blasé. Si j'avais su ça plus tôt, j'aurais alterné avec des moches. Des grosses. Des difformes.

Malhorne devait le savoir.

Merde quand même !

Y'a eu des trucs pas si mal. J'ai bien rempli mon existence. Ça a valu le coup. De temps en temps. Et c'est loin d'être fini, même si parfois je me lasse.

Je me rends bien compte que le plus excitant, ça a été l'épisode Malhorne. Peux pas revenir en arrière. Dommage...

Faut que j'arrête de pleurnicher comme un gamin.

Je devrais peut-être recommencer à voir un psy...

– Nous pouvons y aller quand vous voudrez, Monsieur Craig, dit une voix par la fenêtre entrebâillée. La zone est sécurisée.

Denis Craig sortit malgré lui de ses pensées.

Il adressa un signe de tête à son chauffeur, qui démarra sans un mot et vint ranger la limousine à trente mètres du portail béant, juste devant le cordon de sécurité installé par la police de New York.

Une pluie battante tombait sur le Bronx depuis plusieurs heures. Des mares s'étaient formées sur le sol pavé des docks. À la surface de l'eau, les lumières des gyrophares formaient de curieux motifs irisés.

Au moins, ça nettoie le sang, pensa Craig. *J'ai horreur de voir le sang des autres.*

– Vous m'accompagnez ?

Craig se tourna vers l'homme qui venait de lui adresser la parole.

– Allez-y, Straub. Je vous attends dans la voiture.

– Entendu. Je n'en ai pas pour longtemps.

Straub sortit de la limousine. Il ferma son imperméable et passa sous le cordon de sécurité. Un agent vint à sa rencontre. Straub exhiba une carte et échangea quelques mots avec le policier, qui lui indiqua une direction.

Craig le regarda s'éloigner. Il se dégageait de Straub une impression de force maîtrisée qui lui rappelait celle de Spencer. Avec vingt ans de moins et une envie d'entreprendre qui s'était éteinte dans le cœur du colonel.

À quoi pouvait-il bien s'occuper dans le désert turc ? Au cours de leur dernière conversation, Craig avait compris que Spencer s'y plaisait. Non, plaire n'était pas le mot. Spencer était soulagé. Peut-être le fait d'avoir quitté les États-Unis était-il pour quelque chose dans cet apaisement inattendu. Loin de chez lui, de ses habitudes, de sa maison, du cimetière où reposaient les restes de sa femme. Craig envia un instant la position de Spencer. Le plaisir simple d'un homme fruste. Juste se sentir en vie parce que ses poumons s'emplissaient d'air, là-bas, au milieu de nulle part, les pieds plantés dans un désert de cailloux. Ça devait lui rappeler sa jeunesse révolue. Hormis les combats, l'odeur de la poudre et la peur, qui vous tient les tripes et parfois vous galvanise.

Craig laissa son regard errer sur la surface de la vitre, abandonnant aux gouttes de pluie le choix du parcours.

Il se cala dans le siège moelleux et attendit le retour de Straub.

– Capitaine O'Connor ? interpella Straub, une main tendue. Philip Straub. Je suis chargé de la sécurité de cet immeuble.

– Alors, voilà qui ne fera pas joli sur votre CV, monsieur Straub. La sécurité semble avoir été défaillante, si vous me passez le mot.

– J'essaierai, lâcha Straub à contrecœur. Vos hommes sont-ils entrés dans l'immeuble ?

– Pas encore, répondit O'Connor. La loi est la loi. Nous avons constaté des échanges de tirs en dehors de votre bâtiment. Nous n'avons donc rien à y faire pour le moment, même s'il est évident que les malfaiteurs en sortaient lorsqu'ils ont été pris à partie par vos hommes. Mais c'est regrettable. Nous avons perdu du temps et il est maintenant trop tard. Nous ne savons pas comment l'effraction a été commise. Allez poursuivre des voleurs sans savoir par où ils sont entrés ! Je ne me retrouverai pas devant un tribunal pour ça. Dommage pour vos hommes. Vous ne me laisserez pas entrer sans mandat, je suppose…

– Désolé. Je dois d'abord en référer à ma hiérarchie.

– Ne le soyez pas. Je n'en fais pas une affaire personnelle.

– Comment se fait-il que vous soyez là, capitaine O'Connor ? On n'est pas à Manhattan.

O'Connor siffla d'admiration.

– Vous connaissez l'organigramme de la police de New York sur le bout des doigts ! Mais vous avez raison. Je n'opère pas dans le Bronx, en général. Question d'effectifs, comme d'habitude. Il faut un officier pour ce genre d'affaires, et les gars du Bronx étaient pas mal occupés ce matin. Vous êtes satisfait ?

– Je comprends, acquiesça Straub.

– À mon tour d'obtenir quelques informations, poursuivit O'Connor. Vous faites quoi dans cet immeuble ?

– De la recherche.

– Vous n'avez rien de plus précis ? J'aimerais comprendre ce qui a pu y attirer des malfrats aussi lourdement armés.

– Si vous voulez, consentit Straub. De la recherche en biologie appliquée. Études génétiques en particulier.

– Beaucoup de matériel de pointe, je suppose ?

– En effet.

– Quelque chose qui puisse se vendre au marché noir ?

– À mon tour de supposer, capitaine. Comme tout ce qui s'achète et se vend, je pense.

O'Connor fronça les sourcils. Straub avait du « capitaine » plein la bouche. En général, c'était mauvais signe.

– Vous voulez bien me suivre ? J'aimerais connaître votre avis sur deux petites broutilles. C'est en dehors de votre propriété, mais ça vous concerne.

– Je suis à votre disposition.

O'Connor entraîna Straub de l'autre côté de la rue. Ils montèrent sur le quai de chargement et contournèrent la machine.

– Nous y sommes, dit le policier en désignant une bâche aux initiales de son département.

Il souleva le morceau de plastique et dévoila le visage d'une femme.

– Vous la connaissez ? demanda O'Connor en scrutant attentivement la réaction de Straub.

– C'est difficile à dire. Elle a du sang partout. Mais *a priori*, non. Je ne connais pas de jeune femme qui se rase comme ça.

– Elle porte un tatouage sur l'arrière du crâne.

– Quel genre ?

– La lettre Oméga. Si mes souvenirs de grec sont exacts.

Straub se frotta le menton.

– Ça ne me dit rien. Oméga ? C'est tout ?

– Vous avez raison, il y a aussi le chiffre 3 tatoué juste dessous. Oméga 3.

O'Connor crut lire du soulagement sur le visage de son vis-à-vis. Mais l'impression se dissipa.

– Vos hommes utilisent du 9 mm explosif ?

– Non, répondit aussitôt Straub. Un incident de tir, je suppose.

– Ça ne vous remue pas plus que ça, on dirait, hasarda O'Connor.

– Vous vous attendiez à quelque chose en particulier ? répondit Straub sur un ton qu'il réussit à garder neutre. Ça fait partie de mon métier aussi.

– Quoi donc ?

– Les morts. Je trouve déplorable que cette gamine soit décédée si jeune, mais elle s'en est tout de même prise à mes hommes ! Des types honnêtes. Des pères de famille pour certains. Alors, ne me demandez pas de m'apitoyer…

– Comme vous y allez… Je n'attendais pas une larme ! Non, je m'interroge sur la présence de cette jeune personne parmi les cadavres de ce cambriolage. C'est tout.

– Vous ne rencontrez jamais de femmes au cours de vos enquêtes ?

– De plus en plus, à vrai dire. Les femmes ont obtenu la parité sur ce terrain aussi. Mais ce n'est pas ce que je voulais dire. Regardez-la mieux. Vous qui connaissez si bien les fonctionnaires de notre ville, vous devez aussi avoir une idée précise du profil des délinquants. Ça doit faire également partie de votre métier.

Straub fit mine de ne pas comprendre l'allusion du capitaine.

– Elle n'a pas franchement la gueule de l'emploi, monsieur Straub. Oh, je peux me tromper, bien sûr. Mais je me trouve quotidiennement en face de bandes organisées. Il est très facile de savoir à quelle bande appartient tel ou tel. Ils suivent des modes auxquelles ils tiennent beaucoup. Et je ne connais pas un gang qui n'ait adopté l'oreille percée. Ou le nez, ou n'importe quelle partie du corps. À partir du moment où c'est visible. Y'en a même chez qui l'oreille s'apparente à un morceau de gruyère. Vous voyez où je veux en venir ? Cette jeune femme n'a même pas un anneau. Et il n'y a pas que ça. À la limite, je veux bien fermer les yeux sur cet anneau manquant. Pas sur le reste. Les premiers examens du légiste délégué ont montré qu'elle n'a pas fait usage d'une arme à feu. Aucune trace de poudre sur ses mains. C'est troublant, n'est-ce pas ? Nous sommes en présence d'un cadavre surnuméraire, en quelque sorte. Ou d'une touriste. Une nouvelle forme de tourisme à sensations fortes. Quelque chose dans ce style…

Straub commençait à trouver le terrain dangereux.

– Vous m'avez parlé de deux broutilles ? Qu'y a-t-il de plus ? demanda-t-il pour se sortir de cette conversation.

– J'y venais, monsieur Straub. J'y venais. Allons au fond du hangar. Vous comprendrez mieux pourquoi mes hommes en ont occulté la vue.

Il replaça la bâche sur le visage anonyme puis s'éloigna vers le fond de l'entrepôt.

Ils suivirent les méandres de la machine jusqu'à son point de départ. Un policier en faction souleva un morceau de tissu, sous lequel ils se faufilèrent.

Straub eut le souffle coupé par le spectacle qui l'attendait derrière.

L'un de ses hommes semblait tenir tout seul dans les airs, à deux mètres au-dessus du sol.

– Vous le connaissez, celui-ci ?

– Évidemment. Je connais personnellement chacun de mes hommes, capitaine O'Connor. J'en ai beaucoup moins que vous.

– Étant donné l'endroit par où ressort le métal, on peut affirmer sans trop s'avancer qu'il n'a pas souffert. Le cœur a été embroché.

Straub semblait fasciné par ce qu'il voyait.

– Comment fait-on pour empaler un homme à mains nues, monsieur Straub ? articula lentement O'Connor. J'ai vu pas mal d'homicides en vingt ans de carrière mais celui-ci m'échappe. Il aurait fallu que le chariot roule à toute vitesse sur ce malheureux pour y arriver. Et encore, je ne suis pas sûr du résultat. Ou alors, coincer cet homme contre un mur et revenir le garer ici. C'est tiré par les cheveux, mais admettons. J'ai rencontré des cas qui malmenaient le bon sens. Pourquoi pas, n'est-ce pas ? Mais en l'occurrence, c'est tout à fait impossible.

– Pourquoi donc ?

– Parce que ce chariot n'a pas de batterie ! Il ne peut donc absolument pas rouler. Et son système de sécurité l'immobilise totalement à l'arrêt. Vous voyez mon problème ? Comment cet homme s'est-il retrouvé avec une fourche dans le thorax à deux mètres de hauteur ? Ça fait un peu haut pour s'y être mis tout seul… Surtout de dos.

– Que voulez-vous que je vous dise ? répondit Straub. Il est là quand même, malgré les impossibilités apparentes.

– C'est bien ce que je me dis aussi. Mais contrairement à vous, je dois trouver des réponses à ce genre de questions. C'est mon boulot. Et ce mort-là va me poser des problèmes, j'en ai peur.

– Je dois vous laisser, capitaine. Je ne suis pas encore

entré dans l'immeuble et mes hommes m'attendent. Ils doivent être choqués par tout ça.

– On le serait à moins.

Straub fouilla dans une de ses poches.

– Je vous laisse ma carte. N'hésitez pas à me contacter. Vos conclusions me concernent autant que vous.

– Soyez sans crainte sur ce point. Vous aurez de mes nouvelles. Par ailleurs, une liste de ce qui vous a été volé me sera très utile. Le plus tôt sera le mieux. Les noms de vos concurrents principaux aussi. C'est pas tous les jours que je dois régler une affaire aussi insolite. Une touriste du crime et un homme volant, ça peut me valoir une promotion. Alors, ne vous inquiétez pas. Vous aurez de mes nouvelles.

Straub acquiesça puis tendit la main. O'Connor s'aperçut en la saisissant qu'il y manquait un doigt, le pouce.

Straub s'éloigna rapidement, le regard perçant du capitaine sur la nuque.

Décidément, pensa O'Connor. *Ce type ne me dit vraiment rien. Il sait quelque chose...*

Straub se rendit directement dans les sous-sols de l'immeuble. Il rechercha dans l'ordinateur laissé par Milos une trace susceptible de lui livrer une identité. Mais, comme il s'y attendait, le disque dur ne comportait aucun fichier personnel. Il s'agissait sans doute d'un appareil récemment volé. Il essuya méthodiquement le clavier et la carcasse de l'ordinateur. Il ne voulait pas que la police puisse remonter jusqu'aux auteurs. Pas trop rapidement, en tout cas. Straub n'avait pas besoin d'elle pour les trouver. L'empire de Craig ne se contentait pas de fabriquer les Implants. Une filiale s'occupait aussi de la maintenance du système global. Il accéderait ainsi à n'importe quelle information beaucoup plus vite que les services de police.

Straub ressortit du conduit d'aération, et partit inspecter les étages en compagnie d'un agent de sécurité présent au cours de la nuit.

La chambre froide avait été visitée. L'ordinateur central indiquait la date et l'heure d'ouverture des caissons réfrigérés.

– Aucune image des caméras de surveillance, constata-t-il à voix haute. Les salopards ont bien préparé leur coup. Encore un petit génie de l'informatique qui a mal tourné.

Il fit un tour rapide de l'immeuble. Les cambrioleurs n'étaient pas montés au-dessus du quatrième niveau. Soit ils étaient venus spécialement pour Ilis, soit ils avaient manqué de temps pour fouiller l'immeuble en entier.

Straub hésitait sur ces points, et la réponse à ces questions était de première importance. Il se dépêcha de terminer son inspection et réunit ses hommes.

– Les flics obtiendront un mandat dans moins d'une heure, dit-il à son équipe. D'ici là, virez-moi les corps de la chambre froide et nettoyez les studios. Ne touchez pas aux autres corps. Pour le reste, ça pourra aller. Ils ne sont pas là pour fouiller nos archives. Prévenez-moi quand ce sera terminé.

Straub laissa ses hommes s'occuper du sale boulot. Craig l'attendait dans sa voiture. Et Craig n'était pas homme à attendre longtemps.

– Le pire est écarté, monsieur Craig. C'est le cadavre de Numéro trois.

– Vous maniez l'euphémisme avec virtuosité, Straub, s'opposa Craig. Je viens de perdre l'objet de quinze ans de travail et vous me dites que ce n'est rien !

Avez-vous une idée raisonnable de l'argent que m'a coûté Ilis ?

– Nous savons exactement où elle se trouve, monsieur. Pas avec qui. Nous sommes en présence d'Implants truqués. Mais ça ne fait rien. Numéro cinq a survécu elle aussi. Je vais regrouper certains de mes hommes et nous allons la récupérer.

– Non, dit Craig. Puisqu'elle s'est échappée, je suis curieux de voir ce qu'elle va faire. C'est la première fois qu'elle est livrée à elle-même. Cet incident peut très bien tourner en notre faveur.

– Comme vous voudrez. Mais c'est assez risqué, si je peux me permettre un avis.

– Ma vie entière a été faite de paris, Straub. Admettez que ça m'a plutôt bien réussi. Non ? On ne maîtrise jamais rien dans sa totalité, quel que soit notre niveau de pouvoir. Il faut jouer avec les cartes qu'on a reçues. Un peu de chance permet d'améliorer son jeu…

– Vous connaissez les règles mieux que moi, commenta Straub, qui préférait ne pas entrer dans ce genre de discussion avec Craig.

– Nous déplorons combien de victimes ?

– Six morts et deux fois plus de blessés. Dont certains dans un état grave.

– La banque de données ? Intacte ?

– Ça ne semble pas les avoir intéressés. J'ai l'impression qu'il s'agit d'un cambriolage au hasard. S'ils avaient été au courant de ce qu'ils allaient trouver, ils auraient agi autrement. Notamment en piratant le terminal.

– Votre système de sécurité s'est laissé berner comme un nouveau-né, Straub.

– Oui, monsieur. Il était pourtant très au point. Mais je ne connais pas de protection inviolable. Ça…

– Oubliez ce genre d'excuse. Je ne vous paye pas

pour vos échecs. Faisons en sorte maintenant de reprendre les rênes de cette partie.

– J'y veillerai personnellement.

– Heureusement que les choses se sont passées en dehors d'une session d'études ! poursuivit Craig. Je n'ose imaginer le carnage si les scientifiques s'étaient trouvés ici cette nuit.

– Dans ce cas, il y aurait eu beaucoup plus de personnel de sécurité aussi, argumenta Straub en sa faveur. Les événements auraient sans doute tourné différemment.

– Sans doute, répéta Craig d'un air pensif. Restez jusqu'au départ de la police. Je ne veux pas qu'ils comprennent ce que nous faisons exactement ici. Nous nous verrons demain.

Straub sortit de la limousine. Il allait se diriger vers le portail quand Craig baissa sa vitre.

– Un conseil, Straub !

– Oui, monsieur ?

– Ne perdez pas sa trace ! Je décide de la suivre à distance, mais c'est vous qui paierez si ça se passe mal.

– Dans ce cas, pourquoi ne pas faire à ma manière ? Avec le bon nombre d'hommes, je vous la ramène avant la nuit.

– Parce qu'ils s'y attendent, Straub. Rien de plus. J'ai toujours envisagé l'existence comme une partie d'échecs. Ce n'est pas parce que je suis riche et puissant que je gagnerai forcément. Vous comprenez ? Ça ne fonctionne pas comme ça. Et c'est important de le savoir. Cette certitude me donne un atout supplémentaire sur l'adversaire qui, lui, est souvent persuadé de ma supériorité. Laissons-le respirer. Lorsqu'il saura à qui il vient de s'attaquer, il paniquera. C'est à ce moment-là que vous interviendrez. Pour me servir intelligemment.

– Je connais les gangs, monsieur Craig. Ce qui ne

semble pas être votre cas. Ces types-là ne paniquent pas. Au pire, on retrouvera les filles dans des sacs plastiques ou cockées à fond sur un trottoir de la ville.

– Dans cette option, ils vont avoir un sérieux problème sur les bras : Ilis. Je doute qu'elle laisse quiconque toucher à un seul cheveu de Numéro cinq. Quant à elle, je ne m'inquiète pas du tout. Ce sont de petits ennemis pour moi. Mais en ce qui la concerne… Tant mieux pour eux si elle joue un temps avec.

46

L'antenne parabolique tourna lentement sur son axe. Puis elle s'immobilisa, effectua quelques ajustements de trajectoire et commença à suivre le satellite de télécommunications.

– Parfait, dit Spencer. Nous avons une bonne demi-heure devant nous. On y va ?

Meryl, Paul, Léo, Eredan et Stacey acquiescèrent. Pendant les trois dernières heures, ils avaient décortiqué ligne par ligne la traduction du texte de la première tombe. À présent, ils s'apprêtaient à faire part de leurs conclusions à Denis Craig,

Le visage du milliardaire se matérialisa sur l'écran plat.

– Bonjour à tous, dit-il, tout sourire. Désolé de ne pas être avec vous mais ma tâche n'est pas simple ici non plus. J'ai pris connaissance de la traduction. Vous allez sans doute pouvoir m'éclairer un peu. J'avoue que tout ne m'apparaît pas de façon limpide.

– Dire que nous comprenons ces textes parfaitement serait malhonnête, monsieur Craig, répondit Paul.

– Faites-moi plaisir, l'interrompit Craig. Appelez-moi Denis. Laissez tomber les « monsieur ». Je suis assez vieux comme ça.

– Avec joie, Denis. Ce texte est assez tarabiscoté, mais il y réside indéniablement une histoire véridique.

C'est ce qui nous intéresse. En mettant de côté les enjolivures, on peut isoler l'aspect historique. D'un point de vue purement factuel, nous avions déjà plusieurs éléments en notre possession. Irinadar d'Uruk a bel et bien existé. Il figure sur les listes des rois retrouvées dans les ruines de la ville de Nippur. D'autre part, il y a longtemps que des archéologues se sont mis à la recherche des précurseurs des Sumériens.

– C'est l'Ancien Testament dans sa version expurgée. Vous ne trouvez pas ?

– Les sumérologues sont coutumiers du fait, Denis. On sent très fortement dans les textes sumériens l'inspiration qu'y ont trouvée les Hébreux.

– Si l'on considère la Bible d'un point de vue historique, on peut y suivre l'évolution du Proche-Orient, n'est-ce pas ?

– Exact, répondit Léo. Sauf que ce texte a mille ans de trop. Les Sémites ne se sont pas encore installés dans la région et Babylone n'existe pas.

– Si l'on en croit le début du texte, une précédente civilisation a vu le jour dans les parages. Nous avons la réponse à au moins une de nos interrogations, dit Paul avec contentement. Les vestiges ne sont pas sumériens. On la tient, cette culture de l'âge héroïque…

– T'emballe pas, tempéra Léo Delange. Nous n'avons pour le moment que de fortes présomptions.

– Avouez que vous vous laisseriez bien tenter, plaisanta Craig.

– L'interrogation majeure concerne Aratta, dit Meryl. Ce que nous en savons se résume à peu de chose. Aratta est cité dans plusieurs textes sumériens comme une cité légendaire avec laquelle Enmerkar aurait eu maille à partir. Jusqu'à présent, cette ville était considérée comme un mythe. Nos textes mentionnent par contre, tour à tour : une femme, la connaissance, un objet semble-t-il, un pays aussi ; et pour finir, une autre chose pas très bien définie. Peut-être l'eau. Mais je n'en suis pas certaine.

– Et la conception du paradis, ajouta Léo. « Replace sur mon tombeau la dalle de l'oubli. Mon âme survit dans l'Aratta. À ton dernier souffle sur cette terre, nous nous retrouverons. » La référence est assez explicite !

– On y trouve aussi le mythe du Déluge, dit Eredan. Le royaume d'Aratta aurait été détruit par les eaux. Certains archéologues, dont je fais partie, pensent que le Déluge des Hébreux prend sa source dans l'histoire du monde. À son origine se trouverait une catastrophe naturelle d'une telle violence qu'elle aurait marqué la mémoire des hommes pour des millénaires.

– Une idée précise ? demanda Craig.

– Oui. La mer Noire serait une fille de la Méditerranée. Un tremblement de terre aurait créé le détroit du Bosphore, dans lequel les eaux de la Méditerranée se seraient engouffrées. C'est une théorie qui tient la route. Certaines études récentes vont dans ce sens.

– D'autres scientifiques pensent exactement le contraire à partir des mêmes éléments, opposa Paul. Il faut demeurer extrêmement prudent.

– C'est tout de même à creuser, contrecarra Eredan. On retrouve le mythe du Déluge dans toutes les civilisations humaines. Il a bien fallu que cette idée marque très fortement les esprits pour qu'elle soit reprise sous toutes les latitudes.

– Tu te laisses trop influencer par tes fantasmes, Eredan. L'eau a toujours marqué les hommes. Le mythe du Déluge existe aussi chez les Aztèques. Comment la transmission d'un déluge qui se serait déroulé ici aurait-elle atteint le continent sud-américain ? C'est une histoire à dormir debout ! Trop tard pour la diaspora des premières communautés humaines. Le Déluge des

Hébreux est présumé avoir eu lieu entre 5000 et 3000 avant notre ère. Bien trop tard.

– Tout ça est magnifique, intervint Meryl. Mais je ne suis pas persuadée que ça passionne Denis Craig. Moi-même, si je peux être honnête…

– Laissez, Meryl, dit Craig en riant. Stacey m'a habitué à ce genre de discussions houleuses. J'aime les gens passionnés.

– Je ne hurle pas comme ça, tout de même, protesta Stacey.

– Je vous ai déjà entendu argumenter bien plus fort. Que pensez-vous de cette traduction, Stacey ? Je vous ai rarement aussi peu entendu qu'aujourd'hui.

– Ma foi, c'est tout à fait original, dit-il en lançant vers l'écran un regard de reproche. Cette civilisation, comme les autres – y compris la nôtre –, éprouve le besoin d'inventer un monde idéal. Une sorte de terre de départ où la connaissance et l'harmonie se seraient unies avant de se séparer. On retrouve le concept de faute première, de péché originel à partir duquel il a fallu transpirer pour gagner son pain. S'en suit une histoire de patriarche. Le fait que ce soit une femme est remarquable. Les légendes antiques comptent surtout des hommes. C'est très intéressant.

– Il y a un passage particulièrement obscur sur cette reine, poursuivit Meryl. C'est celui de son retour. Le texte dit : « Ethen Ur Aratta mourut entourée des siens. Une première fois, une deuxième fois, une centième fois.

» Et chaque fois son peuple attendit son retour, scrutant le ventre des femmes comme autant d'oracles, écoutant les paroles des vierges comme les racines de la sagesse à venir. » Il semble, à en croire la suite, qu'il s'agit toujours de la même matriarche. Il n'est pas question de la continuité de la fonction, mais de la personne.

C'est un passage très énigmatique. Je ne sais pas très bien à quoi ces strophes font référence. On dirait un mythe de résurrection. Ou quelque chose dans ce genre…

Le regard de Denis Craig passa tour à tour de Stacey à Spencer. Pour une fois, il ne cherchait pas à décider seul. Il sonda longuement leurs visages, réfléchissant en même temps aux implications énormes qui allaient se jouer autour de la table.

– Stacey, Karl ? interrogea Craig.

Spencer émit le premier une affirmation muette.

Stacey en fit autant quelques instants plus tard.

Les autres les regardaient faire sans comprendre, devinant qu'il se tramait une affaire d'importance qui les concernait tous.

Craig observa ses mains un instant. Puis il releva la tête et prit une profonde inspiration.

– Est-ce que le nom de Malhorne vous rappelle quelque chose ? dit-il enfin.

– Difficile de l'avoir oublié si vite, répondit Meryl. Ça remonte à 2013. L'un de mes frères faisait partie des fervents de la première heure. Il s'était même installé en Amazonie, avant que nous n'apprenions tous qu'il s'agissait d'un gigantesque coup de pub. Quel est le rapport ?

– Je vais y venir. Et les autres ? Léo, Eredan, Paul ? Quels sont vos souvenirs ?

– J'avais treize ans, précisa Eredan. J'ai vu les films, et c'est tout ce que je pourrais en dire. Je m'intéressais davantage aux filles qu'aux nouvelles sectes…

– Je vois. C'est parfaitement normal. Paul ?

– Eh bien, mis à part la mésaventure de mon beau-frère, l'épisode Malhorne m'a laissé de marbre.

Paul se tourna vers Stacey.

– Tu sembles en savoir plus long que moi sur ce sujet. Je me trompe ?

– Je vais vous répondre moi-même, poursuivit Denis Craig. Trois films ont été réalisés à l'époque. J'ai mis personnellement beaucoup d'argent dans cette production. Je tenais à en maîtriser tous les paramètres. Stacey travaillait sur le projet, en effet. Karl aussi, en partie. Ce que les médias ont appelé « le grand coup de bluff de Hollywood » n'en était pas un. Malhorne a bel et bien existé !

– Vous êtes sérieux ? demanda Meryl.

– Attendez, glissa Paul. Nous sommes en train de parler de l'histoire d'un homme réincarné ? C'est bien ça ?

– Exactement.

– Allons, Denis ! Qu'est-ce que vous chantez là ?

– Je suis on ne peut plus sérieux. Demandez à Stacey.

Stacey raconta alors comment, près de vingt ans plus tôt, une succession de découvertes les avait menés vers le personnage de Julian Stark, alias Malhorne. Il rappela les grandes lignes de l'affaire, sans trop entrer dans les détails.

– Toutes les archives qui ont transité sur le Net étaient authentiques. Les interrogatoires de Stark, les statues, la propriété en Louisiane, l'épave d'une caraque naufragée au seizième siècle, etc. Malhorne nous avait échappé, et c'est le seul moyen que Denis avait trouvé pour court-circuiter Adamov et l'enfant. Une idée de génie, sans vouloir le flatter. Il fallait simplement en avoir les moyens.

– Pourquoi avoir monté un coup aussi tordu ? s'insurgea Meryl. Je me souviens très bien à présent. L'affaire s'est terminée dans le sang. Un village indigène rayé de la carte. Ça aussi, c'était vrai ? Dites-moi que non…

– Certaines scènes ont été montées de toutes pièces, mentit Craig. Pour que la réalité semble crédible, il fallait l'aider un peu. Bref. Pour en venir à nos recherches actuelles, deux éléments présents dans les archives dont parlait Stacey nous concernent en premier lieu. Ethen et l'heptagone. Malhorne était en quelque sorte le remplaçant d'une certaine Ethen, dont on ne connaît que ce nom. Mais au vu de la traduction qu'ont faite Paul et Léo, c'est suffisant pour exciter notre curiosité. Des traces du passage de cette femme ont été retrouvées sur un mégalithe de Stonehenge et sur un tombeau du temple de Mycènes. Ce qui place l'époque sumérienne entre les deux. D'autre part, l'heptagone est autant lié à l'histoire de Malhorne qu'à celle de cette reine antique, Ethen Ur Aratta. Vous devez commencer à comprendre pourquoi nous nous sommes intéressés à vos fouilles.

– Je comprends à présent la réaction que tu as eue dans la nécropole, dit Léo en se tournant vers Stacey. Et comment, aussi, t'est venue l'idée de sonder le centre de la plaine. Cachottier ! Je t'avais pris pour un véritable génie.

– Si ce que vous dites est vrai, s'exclama Paul, nous nous trouvons devant une découverte fantastique !

– Chaque parole que vous avez entendue est l'écho de la vérité, l'assura Craig. Il y a encore un point que je veux vous livrer. Celui qui lèvera vos derniers doutes. Nous savons que le premier mot prononcé par la réincarnation de Malhorne est « Aratta ».

La révélation de Denis Craig mit l'assistance en ébullition.

Spencer les regarda d'un œil amusé, les bras croisés et le menton posé sur la poitrine. Il attendit que les propos les plus audacieux sortent des gorges surchauffées avant de requérir de nouveau leur attention.

– Vous aurez le reste de votre vie pour délirer, dit-il

sur un ton calme. Pour le moment, la bonne question est : quelle est la suite des événements ? Je ne me trompe pas, Denis ?

– Tu ne pouvais pas viser plus juste, Karl. Stacey, nous vous écoutons.

– Eh bien, commença Stacey, nous avons du pain sur la planche. Une belle planche en plus. La discussion de tout à l'heure devient caduque. Le Déluge a bel et bien eu lieu dans cette partie du monde et nous en possédons la preuve écrite. Du moins ce qu'il en reste. Ozlim a détruit précisément les tablettes qui racontaient sans doute comment ça s'est passé. Deuxième chose, on va envoyer des hommes prospecter les profondeurs de la mer Noire. Le chemin pour le rendez-vous du saros est indiqué sur les tablettes. On n'a pas de cartes, mais c'est tout comme. Quand nous aurons trouvé la frontière orientale du royaume d'Aratta, on pourra sans doute déduire l'emplacement de son centre. De toute façon, au nord de notre position, on tombe forcément sur la mer Noire.

– C'est insensé, martela Paul. Tu comptes trouver quoi ? C'est grand, la mer Noire, tu sais !

– Aussi fou que cela puisse te paraître, je pense aussi que la lignée des Lukingias a survécu au fil du temps.

– Faut pas pousser ! protesta Paul.

– Et pourtant. Comment expliques-tu le geste d'Ozlim ? Je connais depuis mon arrivée les éléments que vous venez d'apprendre. J'ai pu y réfléchir longuement.

– Elle a pu péter les plombs.

– Vous savez très bien que c'est faux, observa Spencer. Ozlim était déterminée. À tel point qu'elle a commis l'irréparable. Aucun d'entre nous n'aurait eu ce courage. Elle n'avait rien d'une folle.

– Il n'y a pas qu'elle, poursuivit Stacey. La mort de

son frère prend une dimension différente sous ce nouvel éclairage. Tu ne crois pas ? Je n'ai aucune preuve de ce que j'avance, mais il est fort possible qu'Ozlim l'ait elle-même assassiné. Et les rôdeurs ? Qui sont-ils ? On n'a jamais mis le doigt sur la raison de leur présence.

– Ce qui nous amène au prochain saros ! lâcha subitement Meryl. S'ils existent toujours, les Lukingias s'y retrouveront.

– Parfaitement pensé, commenta Denis Craig. Une précision cependant. Je ne suis pas aussi calé que vous tous. Ce saros, c'est quand ?

– Dans trois mois et douze jours, répondit Stacey. J'avais prévu la question. Mais nous ne devons quand même pas nous attendre à y voir quelqu'un.

– C'est du grand délire, brailla Paul, qui semblait refuser en bloc les révélations de la soirée.

– Délire ou pas, vous allez bientôt remonter vers la mer Noire. Les fouilles attendront.

– Pas le septième texte ! déclara Léo. Il en reste une bonne partie à traduire et, comme il s'agit de la tombe la plus récente, il donnera peut-être de nouvelles indications.

– Alors, patientons quelques jours, consentit Denis Craig. Ce serait en effet dommage de passer à côté de quelque chose d'important à cause d'un excès de précipitation. D'ici là, j'aimerais que vous vous penchiez sur une partie du texte qui m'intrigue particulièrement. C'est celle relative aux mondes du dehors. « Des mondes du dehors, Ethen Ur Aratta rapporta la matière et l'esprit qui l'anime. »

– Nous allons essayer, assura Stacey.

– Magnifique ! Je dois vous laisser à présent. Karl, contacte-moi d'ici une semaine.

La communication s'interrompit.

Les six protagonistes se regardèrent.

Ils discutèrent à bâtons rompus jusqu'à une heure avancée de la nuit. Meryl capitula la première. Puis ce fut au tour d'Eredan et de Léo.

Stacey allait éteindre la lumière principale de la tente lorsque l'ordinateur signala l'arrivée d'un message.

– Qui ça peut être à une heure pareille ? grogna-t-il en ouvrant le message.

Le logo du laboratoire avec lequel ils travaillaient clignota sur l'écran.

– Ce doit être les résultats des analyses que nous attendons. Raconte !

Stacey ouvrit l'e-mail et le parcourut rapidement. Son seul commentaire immédiat fut un long sifflement admiratif.

– Alors ? s'impatienta Paul.

– La terre que nous avons prélevée dans le crâne de la nécropole est la même que celle de la ziggourat. Aucun rapport avec le sol de la nécropole.

– Ça signifie que les tombes de la ziggourat ont été vidées et les ossements amenés ici.

– Exactement. Je ne vois pas d'autre solution.

– Sans doute, mais dans quel but ? s'interrogea Paul. Raser une ville, je peux l'admettre. Opérer un génocide, sans doute. Mais piller des tombes et déplacer des squelettes. Je donne ma langue au chat.

– D'autant plus que la construction de la nécropole a dû demander des années d'efforts.

– Elle n'a pas pu être creusée par les occupants des villas. Trop grand. Ça aurait demandé des siècles.

– Il nous reste un espoir, c'est que la dernière villa soit contemporaine de la nécropole. Puisque nos Présumériens aiment rappeler le passé, il y a une chance qu'ils y aient aussi inscrit leur présent.

47

Je les sens tout autour. Ils attendent qu'on bouge. Ils comptent sur ma précipitation.

Patience. Encore quelques jours et j'aurai suffisamment récupéré pour agir.

Ceux-là ne savent rien. Ils ignorent ce qu'ils pourchassent.

Ils ignorent ce que je pourrais leur faire.

Craig compte sur leur dévotion. Sur leur vénalité. Sur leurs automatismes de soumission aux ordres.

Cet homme connaît bien la nature humaine.

Mais il ignore un détail. Je n'aime pas beaucoup tuer mes semblables. Même s'ils n'hésiteraient pas à me malmener. Même si ça n'a finalement aucune importance. Quand on est aussi nombreux, la vie individuelle devient insignifiante.

Ce n'est pas l'acte de tuer qui m'ennuie, c'est ce qui en découle.

*Tuer est un échec. Je dois trouver un autre moyen. Prendre leur sang m'altérerait sûrement plus que je ne le crois. Je me sens moins homme que femme. Un drôle de mélange bien plus détonant que la simple mixité de l'*animus *et de l'*anima. *Je ressens dans ma chair deux structures monolithiques. Presque trois. Trois passés immenses, complexes, meurtris, bestiaux et structurés. Je suis l'interférence lucide de cette multitude.*

Un vertige…

Dominer la nature. Je dois pouvoir y arriver.

Malhorne m'a changée, mais pas assez pour que je perde mon identité précédente.

C'est très curieux. Je me souvenais un peu de Zagul pourtant. Le mélange de trois personnalités est une expérience unique. C'est aussi surprenant que la naissance.

Surtout depuis que je ne suis plus privée d'eau. Mes forces reviennent. La conscience aussi.

Une pensée s'approche…

Le loup essaierait-il de revenir dans la bergerie ? Toc, toc ?

Milos s'approcha de l'ancien réservoir qui lui servait de logement. Il frappa doucement contre la paroi et obtint un « non » catégorique hurlé de l'intérieur. Il se glissa dessous et força sur la trappe.

Pas encore, jeune homme. C'est trop tôt pour moi. Dans trois heures. Deux peut-être.

La trappe était fermée. Milos n'avait aucun moyen d'entrer, si ce n'est en défonçant le bois. Et pour l'instant, il se refusait à endommager son bien.

Pour la deuxième fois de la journée, Milos redescendit du toit de son immeuble. Il pénétra dans l'appartement de Méti et se laissa tomber sur un sofa.

– Des nouvelles de tes petites chéries ?

– Je me suis fait virer de chez moi, répondit Milos. Et je suis pas prêt de recommencer.

– Quoi ? T'arrêtes les braquages ?

– Non. La prochaine fois que je croise une gonzesse en danger, je lui mets une balle moi-même.

– Ça fait trois jours qu'elles se foutent de ta gueule, mec, se moqua Méti. T'as pas l'air d'un demi-crétin. Si tu veux mon avis, t'as plus qu'à aller te pignoler. Les jumelles, ça excite ! Mais si c'est juste pour une gâterie, j'ai du matos ici.

– Laisse tomber, tu veux ! Je me sens déjà assez con de t'avoir embarqué dans une affaire bidon.

– C'est vrai que ça nous a rien rapporté, mais c'était assez marrant à faire. Ça me donne des idées pour la suite. J'ai bien aimé diriger mes gangstas depuis le sous-marin. C'est, comment dire… jubilatoire.

– Peut-être, mais le Quartier n'a jamais autant grouillé de vigiles que depuis l'autre nuit. Ça va pas arranger ton business.

– Peut-être bien que les deux filles valent quelque chose, finalement. Les mecs qui nous serrent le cul dépenseraient pas autant de blé pour surveiller le Quartier, non ? À moins que leur boss ou leur papa soit un sentimental.

– Qu'est-ce que tu veux qu'elles valent ? C'est des filles, c'est tout. Y'a rien d'autre à ajouter.

– Pas si sûr, dit Méti. La boîte était fermée quand vous y êtes allés. Qu'est-ce qu'elles foutaient là ?

– T'as une idée ?

– Mon idée, c'est qu't'as envie de te taper une fille rasée avec un tatouage sur le crâne, toi. Ou deux peut-être… Remarque, si elles godillent bien, j'suis partant pour un tour gratis. Tu me feras un compte rendu de ta baise, OK ? Mais essaie aussi d'en apprendre un peu plus sur leur job.

– Fais chier ! lâcha Milos en s'extirpant du sofa. Fais chier. T'es monomaniaque.

Il tourna les talons, haussa les épaules et disparut dans l'escalier.

Milos s'en alla faire un tour du Quartier. Des types faisaient le guet un peu partout. Des gueules stéréotypées dans des voitures banalisées. Mais pas de policiers. Ou pas plus que d'habitude.

Il rôda quelque temps, reniflant le parfum de ses futurs adversaires, puis reprit le chemin de son immeuble.

Il voulait comprendre. Il en avait le droit. Après tout, sans lui, ces filles seraient toujours en cage. Elles lui devaient bien une explication.

Il remonta sur le toit en quatrième vitesse, fermement décidé à entrer chez lui.

La trappe était ouverte.

Il jeta un regard circulaire sur la terrasse et ne vit personne. Le message était clair. Milos rampa sous le réservoir et se hissa à l'intérieur.

Une seule lampe éclairait chichement le studio aveugle. Sur le lit, une des filles était étendue, complètement nue. L'autre attendait debout, adossée contre la paroi, et ne portait qu'un caleçon.

Hou la la ! pensa Milos. *Ça s'annonce plutôt bien.*

Mais il n'en dit rien.

Il prit une mine austère. Il fallait qu'il se fasse respecter. Ces filles l'avaient suffisamment ridiculisé comme ça.

Il avança les poings serrés jusqu'au centre de la pièce.

– Ilis, c'est laquelle ? demanda-t-il sur un ton menaçant.

La fille en caleçon rejoignit sa jumelle sur le lit.

– Viens ! se contenta-t-elle de répondre.

– Faire quoi ?

– Devine !

– Quoi ? Tout de suite ? Comme ça ? Putain, mais t'es qui ?

– C'était pas le moment, c'est tout, répondit simplement Ilis. Maintenant, viens. T'as envie de me prendre. Pas vrai ? Tu ne penses qu'à ça depuis trois jours…

– Hé, ho, la starlette, t'es pas exactement mon type de gonzesse. Et j'en fréquente des plus jolies.

– Allonge-toi, Milos. Au pire, ce ne sera qu'un mauvais moment à passer.

Milos protesta encore mais Ilis et Five le plaquèrent sur le lit et commencèrent à le déshabiller.

– J'avais rêvé d'une première fois plus romantique, dit Five sur un ton navré.

– Désolée, sœurette. Toi, t'as besoin de caresses. Moi, c'est un accouplement que je recherche. Tu t'amuseras avec lui après. Je suis sûre qu'il s'y emploie très bien.

Ilis enleva le caleçon qu'elle avait emprunté dans une valise et monta sur Milos.

– C'est tout ce dont tu es capable ?

– Et quoi ? Tu t'attendais à ce que je m'excite sur un claquement de doigts ?

– Admets que la situation n'est pas banale ! Ça met un peu de piquant dans une activité finalement assez ennuyeuse. Non ?

– Putain ! brailla Milos. Mais c'est quoi, ces tarées ?

– Tarée ou pas, moi je suis prête.

– Eh bien, moi pas. Et j'me casse.

Milos tenta de se redresser, mais Ilis le plaqua sur le lit d'une main étonnement puissante.

– Five, donne-moi un coup de main. Prends cette petite chose timide en bouche. Y'a une partie de moi qui n'est pas d'accord pour le faire.

– Mais putain, c'est quoi votre truc ? se défendit Milos. Vous répétez un numéro ?

– Comme ça ? demanda Five à Ilis, sans se soucier des protestations de Milos.

– C'est très bien, sœurette. De toute façon, il ne pense qu'à lui, alors pour une fois, on échange les rôles.

Five s'appliqua quelques minutes à galvaniser le sexe de Milos. Lorsqu'Ilis jugea suffisante la taille de la verge, elle repoussa sa sœur et se planta dessus.

Il y a si longtemps...

La pénétration fut un peu douloureuse.

L'acte sexuel est inscrit dans les gènes. Les hanches d'Ilis retrouvèrent un mouvement de balancier que des siècles d'inactivité n'avaient pas réussi à lui faire oublier. Elle commença doucement, pour ménager les parois vierges de son vagin.

Puis elle força sur les muscles de son périnée et accéléra la cadence. Elle ne cherchait pas absolument la jouissance. Elle ne voulait que la semence de Milos.

La verge comprimée rendit grâce très vite. La part de Malhorne qui composait la personnalité d'Ilis le savait. Il suffisait d'étreindre le sexe au bon endroit pour provoquer l'éjaculation en quelques secondes. Lui qui aurait donné l'or du monde pour connaître la jouissance d'une femme, il utilisa en cet instant toute son expérience d'homme pour que l'acte se termine au plus vite. C'était trop expérimental à son goût.

Pourtant, même en si peu de temps, le plaisir monta dans le ventre d'Ilis. Elle sentit la vague déferler en elle et la laissa recouvrir sa raison un instant.

Ilis finit de jouir en hurlant. Puis elle s'affala sur le côté, tordant douloureusement la verge de Milos. Ses yeux révulsés trahissaient le désarroi de sa part masculine.

Elle ferma les paupières, le temps de récupérer. Quand elle les rouvrit, tout était redevenu normal.

Malhorne s'était fait une raison.

– Salope, dit-elle d'une drôle de voix.

Milos la regarda sans comprendre.

– Laisse tomber, tu veux ! répondit-elle à son interrogation muette. Ça serait un peu long à expliquer.

– Tu parles d'un kif, toi. J'ai à peine eu le temps de m'amuser. C'est pas un mec qu'il te faut. C'est un godemiché. J'suis pas qu'un tas de viande chaude. Merde ! Y'a pas de…

– Tu veux recommencer ? le coupa Ilis.

– Je sais pas. J'suis pas trop sûr.

– Viens par ici, Five. Notre petit protégé a besoin d'un câlin. Toi aussi, ça tombe bien. Moi, j'ai ce qu'il me faut.

– Mais…, protesta Milos.

– Laisse-la s'amuser aussi. Five n'a jamais connu le loup. Alors, sois gentil avec elle. Je te le revaudrai.

– C'est le monde à l'envers ! s'indigna Milos avec un simulacre de rire.

– Ton monde, mon grand. Moi, y'a belle lurette que je n'en fais plus partie.

– Qu'est-ce que tu pourrais bien m'apporter ? Franchement, j'vois pas. Mis à part des problèmes.

– Infiniment plus que tu ne peux l'imaginer, Milos Strinker. Même si ton imagination est grande.

– T'as fouillé dans mes affaires pour connaître mon nom. Je sais pas qui t'es mais tu vas pas tarder à savoir ce que je vais faire de toi si tu continues.

– Je te déconseille d'essayer, Milos.

– J'vois pas très bien ce qui pourrait m'en empêcher…

– Moi. Tout simplement moi.

Milos tourna vers Five un regard incrédule.

– Tu peux m'expliquer, toi ?

– Écoute, Milos, répondit Ilis. Laisse tomber pour le moment. Occupe-toi d'elle. Tu comprendras plus tard. Si tu y arrives.

Ilis se leva et enfila un treillis froissé. Puis elle sortit du réservoir. Elle ne tenait pas à assister aux ébats de sa sœur.

Ilis trouva un abri derrière un mur. Elle s'assit et s'occupa en sondant les parages psychiques.

Elle commença par les habitants du Quartier, élargit ses investigations aux agents de sécurité qui surveillaient le périmètre et finit par se lasser.

Ilis se recroquevilla contre le mur et laissa errer son esprit à l'intérieur d'elle-même.

Les hommes ont changé. Les New-Yorkais sont des malades. Pendant des années, je n'ai eu accès au monde extérieur que par l'intermédiaire de leurs pensées. Il y a un décalage avec la réalité. Ça doit tenir à la vision fantasmée qu'ils en ont. Quelque chose dans ce genre.

Je n'y ai pas trop fait attention. Entendre vivre ces millions de personnes, c'était insupportable. J'ai dû fermer mon esprit. Ils gueulaient trop fort. Pensaient trop fort, jouissaient, mouraient, s'entre-tuaient trop fort. Je ne suis qu'une femme. Et un homme.

Jamais un type comme Craig ne pourra comprendre ça. Je n'aspire à rien d'autre qu'une vie normale. Avec des possibilités extraordinaires. Est-ce que c'est si difficile à avaler ?

Le pouvoir et son désir. Voilà ce qui l'aveugle.

Il possède trop de choses pour vivre tranquillement.

Maintenant, je dois de nouveau m'ouvrir à mes semblables. À mes presque semblables. Je suis sûre que des millions d'entre eux tueraient père et mère pour s'approprier mes capacités. Si ces imbéciles savaient qu'ils en possèdent tous une part.

Mais ils ne sont pas près d'arriver à s'en servir. Il faudrait mille ans de déconditionnement avant qu'ils commencent à apprendre. Pol Pot était bien parti mais il n'a su dresser qu'à coups de citernes de sang et de pogroms.

Sa finalité était mauvaise. Les idéaux doivent être bannis. Sinon, la révolution rejoindra une autre révolution. C'est dans le cycle du monde.

Joe Platt l'avait presque compris, je crois. Dommage

qu'il soit mort. J'aurais pu essayer d'en faire une sorte de disciple.

Trouver Franklin. C'est la seule chose à faire. Je n'y arriverai pas sans lui. Il y a quinze ans qu'il y travaille. Ça fait longtemps. Il doit être prêt.

Cet endroit ressemble à Berlin en 1945. Et pourtant, ces gens continuent d'y vivre. Je sens qu'ils éprouvent même une grande fierté d'appartenir à ce quartier. C'est grotesque.

Faudrait tout raser pour tout reconstruire.

On dirait le monde d'Orwell. Pas un geste sans que la machine le sache. C'est inhumain. Il y a des gens qui se retrouvent en prison parce que leur compte bancaire n'est plus approvisionné.

Ça a au moins le mérite d'être clair. Avant, il n'y a pas si longtemps, on te laissait crever en liberté. Je sais pas si c'était mieux...

– Five vaut mieux que toi au pieu, dit la voix de Milos dans son dos. C'est pas une experte, mais pour une pucelle, je la trouve plutôt délurée.

– Tant mieux pour vous, répondit Ilis sans se retourner.

Mais tu aimes la domination d'une femme, petit Milos. Ta cervelle pue l'œdipe mal digéré. C'est insensé à quel point les gens peuvent cacher ce qu'ils sont.

– J'ai peut-être mérité une petite explication, non ?

– Pas ici ! Ils ont installé des grandes oreilles et des fouineurs. Rentrons.

Elle l'entraîna dans le réservoir.

Five dormait déjà. Elle avait un visage détendu.

– Je te le revaudrai, Milos. Five n'a pas vraiment connu de plaisir jusqu'à maintenant.

– À votre service. Ça n'a pas été non plus un sacrifice. Bon, maintenant, tu vas m'expliquer ce qui se passe.

– Je t'écoute. Tu veux savoir quoi ?

– D'abord, comment t'as fait avec le vigile ?

– Quel vigile ?

– Arrête de tourner en rond. Tu sais très bien de quoi je parle. Le vigile qu'est parti s'embrocher à l'entrepôt.

– J'en sais rien. Qu'est-ce que tu veux que je lui aie fait ? J'ai pas la carrure pour.

Milos repensa à la force avec laquelle la jeune femme l'avait plaqué sur le lit une heure plus tôt. Ça n'expliquait pas un truc pareil, malgré tout. Il grogna un son inintelligible et passa à la suite.

– Bon, j'vais devoir m'asseoir sur le vigile. Mais qu'est-ce que vous foutiez dans cet immeuble ?

– Moi, pas grand-chose, répondit-elle en souriant.

– Toi peut-être, mais les autres ?

– Des recherches sur le génome humain, mentit Ilis.

– Les recherches, c'était sur vous ?

– Entre autres, oui.

– Tu sais quoi, précisément ?

– Non, moi je suis un cobaye. Five aussi. On nous a jamais trop fait de confidences.

– Vous y êtes depuis quand ?

– On y est nées. Five, moi et d'autres.

– Merde, lâcha Milos. C'est malsain, ton truc… Y'avait une fille congelée au sous-sol. C'était une de tes frangines aussi ?

– Sans doute.

– Vous étiez combien ?

– Six. Mais il y a longtemps.

– T'as jamais essayé de t'enfuir ?

– Une fois. J'étais petite et je pensais que ça pouvait marcher.

– Qu'est-ce qui s'est passé ?

– Ils ont tué mon oiseau.

– Pardon ?

– C'est long à expliquer. Une autre fois, peut-être. Tu es satisfait de mes réponses ?

– Faut voir. On n'a pas encore fait le tour.

– À moi de te questionner. Tu vis de quoi ?

– C'est un interrogatoire ?

– Si tu veux. J'ai besoin de savoir quelques petites choses sur toi. Pour décider si tu vas m'aider ou pas. Alors, tu vis de quoi ?

Milos réfléchit un instant.

– Tu comptes décider si je vais t'aider ou pas, c'est bien ça ? Je sais pas si t'es une barge totale ou une gosse de riche capricieuse…

– Ni l'une ni l'autre, Milos. Je vais affiner ma question. Est-ce que tu as de l'argent ? C'est ça qui m'intéresse…

– Nous y voilà, lâcha Milos.

– Tu n'y es pas. J'ai besoin de moyens pour m'en sortir. Ta petite gueule ne suffira pas.

– J'y suis bien arrivé jusqu'à présent. T'es dans un gangsta ici. On n'est pas exactement des enfants de chœur.

– Les méchants changent de visage. Ce ne sont plus des flics qui nous courent après, mon grand. Ceux-là n'hésiteront pas à tirer à vue. Et c'est toi qu'ils viseront en premier.

– Alors, on partagera les mêmes règles. Et arrête avec « mon grand ».

– Gargarise-toi de violence si ça te chante. Mais moi, je préférerais disparaître en silence. Ce serait mieux pour tout le monde, à commencer par moi et Five, si elle me suit.

– Je te suis tombé dessus par hasard, Ilis. Maintenant, explique-moi ce qui va me pousser à t'aider encore ?

J'suis pas un bon Samaritain. C'est pas trop dans mes habitudes.

Crois longtemps que tu m'as découverte par hasard. Ça te préservera peut-être.

– Les enfants de chœur, les Samaritains, poursuivit Ilis. Tu suis des cours de catéchisme ?

– Lâche-moi et réponds à mes questions ! Ça me rapporte quoi ?

– Qu'est-ce que tu veux ?

– Suffisamment d'oseille pour me la couler douce le restant de mes jours. Et des nanas. Mais ça viendra avec.

Faux ! Ce n'est ni l'argent ni la célébrité qui t'attire. Tu ne désires qu'une chose : la paix. Et le retour de ta mère dans le monde réel. Mais il faut avoir des couilles bien accrochées pour s'avouer un truc pareil quand on vit ici. Et qu'on se prend pour un homme. C'est surtout ça le problème. Tu crois qu'être un homme, ça ressemble à la pantomime à laquelle tu te prêtes.

– Bon, répondit Ilis. Si c'est vraiment ce que tu veux, tu l'auras.

– Et qu'est-ce qui me prouve que tu peux m'apporter ce pognon ?

– Rien, mon grand. Il va falloir m'accorder un minimum de confiance. Si tu sais faire ça !

– Pas sûr. J'vais te laisser une semaine. Après, je lâche l'affaire. Et, en attendant, rends-moi un service : arrête de m'appeler « mon grand ».

– Je vais essayer, mais c'est ce que tu m'inspires. Ton ami peut nous aider aussi.

– Méti ? Lui, c'est un énorme paquet de pognon qu'il lui faudra pour bouger un pouce. Tu joues peut-être pas dans la même cour.

– Ma cour est grande, si tu veux savoir. T'as de quoi noter ?

– Là, sur la table.

Ilis s'empara d'un papier et griffonna dessus.

– Tu vas te rendre à cette adresse. Cherche pas à comprendre. Lorsque tu verras le propriétaire, tu lui raconteras ce que je t'ai noté. Mot pour mot, t'as compris ? C'est très important. Mot pour mot. Tu vas l'apprendre par cœur et déchirer ce papier. OK ? Ensuite tu lui demanderas de t'accompagner jusqu'ici.

– Qu'est-ce qui te fait croire que tu peux me donner des ordres ?

– La question est plutôt : qu'est-ce qui me fait croire que tu vas les exécuter ? Non ?

– Joue pas au plus malin…

– Faire ce que je te demande est une bonne façon de savoir si tu vas effectivement devenir riche, Milos. Et c'est pas grand-chose. Une petite course en ville. C'est cher payé pour une petite course en ville.

– C'est justement ça qui cloche.

– Quoi ? Le prix de la course ?

– Non. Que tu connaisses quelqu'un à New York. Si t'es enfermée depuis ta naissance, explique-moi comment tu connais quelqu'un à l'extérieur.

– Mais c'est que ça réfléchit un peu, à Harlem ! Je me demandais quand tu allais arriver à cette conclusion.

– Arrête de te foutre de ma gueule et réponds-moi !

– Doucement, Milos, tempéra Ilis. N'oublie pas que je suis ta cliente à présent.

– Ça reste à prouver.

– C'est tout vu. Je lis en toi à cœur ouvert. Tu rechignes gentiment pour la forme. C'est de bonne guerre.

– Alors, tu me réponds ? insista Milos.

– Tu as vraiment envie de le savoir ?

– Je risque ma peau en sortant d'ici. Ça me donne le droit de savoir dans quelle embrouille je mets les pieds.

– Disons que je l'ai connu dans une autre vie. Ça te va ?

– Tu vas te démerder toute seule, Ilis. J'suis peinard ici. Personne n'osera s'introduire dans le Quartier. Vas-y toi-même. Et embarque ton double avec toi. Vous m'avez suffisamment gonflé comme ça…

– Tu lui demanderas cent mille d'acompte. Ça va, cent mille, pour sortir en aveugle ? Et puis non, demande deux cent mille. J'en ai besoin aussi.

Milos hésita. Il était tenté d'envoyer la jeune femme au diable, mais une voix intérieure lui criait d'accepter.

– Tu le prends, ce papier ? insista Ilis en le lui glissant sous les yeux.

– C'est quoi encore, ces conneries ? commenta Milos en parcourant le texte griffonné à la hâte.

– Tu l'apprends par cœur, tu y vas et tu jugeras ensuite. OK ? Cent mille dollars pour réciter quatre lignes, c'est pas le bout du monde.

– D'accord, consentit Milos après un court moment de réflexion. J'y vais. Mais dis-toi bien que si c'est bidon, tu dégages aussi sec. Toi et ta frangine.

48

Franklin abandonna son véhicule sur le parking du port industriel. Il entra dans la borne de paiement et attendit que le scanner reconnaisse son Implant. C'était toujours un moment empreint d'une légère angoisse. Allait-il ressortir libre, ou serait-il coincé en attendant la police ?

La musique d'accueil résonna doucement dans la cabine.

– William Statford, dit-il d'une voix intentionnellement nasillarde.

– Le but de votre visite sur les docks.

– Électricien-chauffagiste sur le tanker *Neptune*. Immatriculation BY 42 489, sous pavillon chypriote.

La voix désincarnée changea de débit. Un opérateur venait de prendre les commandes de la conversation.

– Le *Neptune* a appareillé à 10 heures TU, monsieur Statford.

– Je sais. Je remplace un chauffagiste malade. Vous n'avez qu'à…

– Vérification en cours…

Franklin jeta un regard inquiet vers les docks. Un soleil embrumé se levait sur le Saint-Laurent. Au loin, la silhouette fantomatique d'un tanker semblait posée sur la brume. Probablement celle du *Neptune*.

Il détestait ces bornes de contrôle. N'importe quel

citoyen honnête devait se sentir mal à l'aise devant le scanner. Ce sentiment tenait au fait que la machine cherchait uniquement les délits que vous aviez pu commettre, parfois sans même vous en apercevoir. Qui pouvait se targuer de n'avoir pas franchi un seul feu un peu trop mûr ? Dans la journée ? Dans la semaine ? Dans le mois écoulé ? Et si vous n'étiez pas entré dans un sas de paiement depuis une longue période, le central cherchait ce que cette absence pouvait bien cacher.

« Consommer est un acte de citoyenneté », disait la propagande officielle.

On n'arrête pas le progrès. Quand la Bourse va, tout va.

Franklin achetait ses identifiants d'emprunt au prix fort, mais il n'y avait jamais de certitude absolue. Il suffisait que le revendeur se soit fait arrêter pour que tous ses clients soient rapidement interpellés. La mésaventure lui était arrivée une fois, au tout début de l'obligation du port de l'Implant.

Ça lui avait valu trois mois de prison ferme. Plus une petite chirurgie réparatoire pour faire enlever le microprocesseur de son corps.

Cet épisode avait mis fin aux pérégrinations de Franklin Adamov, officiellement décédé le 18 mars 2023 dans l'incendie d'un bordel de Manille. La proximité d'un pôle chimique avait transformé l'incendie en fournaise. Les autorités s'étaient contentées d'identifier les victimes à partir de leur Implant.

Franklin possédait à présent une quinzaine d'identités fictives pourvues d'un passé, d'une famille, d'un numéro de compte bancaire, d'un état civil, etc.

Cette pluralité d'existences demandait de sa part une gestion très stricte. Il fallait faire attention à tout. Même au plus petit détail. Si Untel était entré en Grèce, il fallait que ce soit Untel qui ressorte du pays à une date ultérieure, et pas un autre. La pieuvre informatique qui gérait les Implants était programmée pour rechercher précisément ce type de dysfonctionnement. Quiconque passait une période de plus d'un mois sans se présenter devant un scanner devait en expliquer la raison. Les retraites spirituelles étaient mal vues.

Cette fois-ci, il avait dû acheter une identité provisoire. Partir en mer pour une longue période pouvait se révéler dangereux.

La machine savait qui était monté et qui débarquerait. Étant donné ce qu'il s'apprêtait à faire, mieux valait sacrifier un numéro d'Implant de quelques milliers de dollars seulement.

Quant à son apparence, il se grimait maintenant à la perfection. Les logiciels de recherche pouvaient toujours tourner. Même à cent tétrahertz.

– Incident de carte de crédit le 8 septembre dernier à l'hôtel Lafayette, reprit la voix désincarnée après une minute à peine de silence.

– Ça doit être réglé à présent. Ma banque a dû faire le virement ce matin.

– Vérification en cours… Exact, monsieur Statford. L'argent n'est pas encore arrivé à l'hôtel mais la transaction est en cours. Vérification terminée.

Le sas s'ouvrit enfin.

– Bon voyage, monsieur Statford. Une navette de la compagnie vous attend près de l'embarcadère nº 27.

Franklin franchit le sas en soupirant.

Il profita du passage d'un train de wagonnets pour traverser le port et sauta en marche au niveau de l'embarcadère 27.

Une nouvelle borne de contrôle scanna son Implant.

Celle-ci servait uniquement à vérifier si William Statford se rendait bien là où il le devait.

Une double barrière se leva. Franklin descendit sur un

ponton où l'attendait une navette rapide de la sécurité du port.

– Le *Neptune* est en face, lui indiqua le pilote. On y sera dans cinq minutes. Je crois qu'ils sont sur le point d'appareiller.

– On m'a engagé il y a moins de deux heures, répondit Franklin en inventant au fur et à mesure. C'est pas facile d'expliquer ça à sa femme. Surtout à quatre heures du matin.

– Les aléas de la vie de marin, commenta le pilote. Vous partez où ?

– Israël. Direct et sans escale.

– Sacré voyage ! Vous transportez quoi ?

– Aucune idée. Je suis pas magasinier. Et je vais même vous dire, ça m'est égal. La seule chose qui compte, c'est le moteur.

– On y est presque. Je vous laisse sur la passerelle.

– Merci, dit Franklin. Bon retour.

– Vous quittez la zone de contrôle des scanners, répondit le pilote en souriant. Bonne chance.

Faut être sacrément borné pour réciter des conneries pareilles, pensa Franklin.

– C'est ça, bonne chance, se contenta-t-il de répondre.

Il sauta sur la passerelle amovible et se laissa remonter jusqu'au pont supérieur.

Irina Maïenkov l'attendait en compagnie des membres de son équipe.

Son assistante désengagea la sécurité de la coursive et invita Franklin à monter à bord.

– Salut, chef. On a bien failli se passer de toi.

– Ça m'étonnerait, répondit Franklin. Y'en a pas un parmi vous qui tienne les foules en haleine comme moi.

– On a toujours le speaker de synthèse comme solution de rechange.

– Tu bidonnerais pas les internautes très longtemps avec ton macaque virtuel. Les cuves en sont où ?

– Presque pleines. On aura le temps de finir d'ici à ce qu'on atteigne l'embouchure. Ça va, toi ? Pas eu de problème aux contrôles ?

– Incident de carte bancaire, répondit Franklin en imitant la voix du scanner. Je suis vanné. J'ai pas dormi de la nuit et, à mon âge, on encaisse de plus en plus mal.

– Tu veux me tirer une larme ? se moqua Irina.

– À ton âge, tu peux baiser douze fois le même soir et assurer quand même ta journée de travail derrière. Profites-en, ça passera.

– Merci du conseil. Mais je t'ai pas attendu.

– Je vais me coucher. Réveille-moi une bonne heure avant le début des hostilités.

Irina le conduisit jusqu'à sa cabine, puis se retira.

Franklin dégrafa l'adhésif qui maintenait l'Implant dans son dos et se laissa tomber sur la banquette-lit.

Il émergea du sommeil en fin de matinée. Il eut quelques difficultés pour se situer dans l'espace et dans le temps. Mais le léger tangage du *Neptune* lui rappela rapidement où il se trouvait.

Adieu, William Statford, pensa-t-il. *Les terminaux vont vous chercher longtemps.*

Une brume de fatigue envahissait encore son esprit. Une désagréable sensation de gueule de bois sans avoir fait la nouba.

Il avala un comprimé et passa sous la douche.

Pas le temps de fainéanter, se dit-il. *Au boulot !*

Il s'installa devant un miroir et déballa son matériel sur la table.

À bientôt, Franklin.

Il examina son visage minutieusement. Les prothèses faciales tenaient bien en place. Puis il rasa chaque poil qui en dépassait. Le crâne, la barbe et les sourcils. Pour endosser l'habit du moine, chaque détail avait son importance.

Il dégrafa ensuite le disque dur de sauvegarde qui pendait à son cou au bout d'une chaîne et le rentra dans un portable. Il sélectionna le programme numéro un.

Aujourd'hui, il porterait une authentique chemise hawaïenne à large col. C'était d'assez mauvais goût pour coller à son personnage. Il fixa deux batteries sur ses flancs et connecta les électrodes sur la peau de son torse.

Dernière opération, il chargea le programme sur le microprocesseur des batteries. Obtenir le résultat souhaité prenait quelques secondes.

La mélanine synthétique qu'il s'était fait implanter sous la peau se colora peu à peu. D'abord bleue, sa peau passa au vert foncé. Puis l'intégralité de son épiderme se couvrit de formes qui allèrent en s'affinant, jusqu'à former les tatouages programmés. La dominante verte s'effaça. Son personnage prenait matière.

– Nemo, c'est à toi dans dix minutes, cria la voix d'Irina derrière la porte.

– J'arrive, répondit Franklin sans bouger de sa chaise. T'inquiète pas. Je suis prêt.

Il consacra le peu de temps qui lui restait à se concentrer sur ce qu'il allait raconter. Il fallait qu'il soit bon, comme d'habitude. Les quinze à vingt millions d'internautes qui assistaient à ses excès de langage ne lui pardonneraient pas la moindre erreur. Il devait parler, bavasser, saccager, manger les idées reçues, jurer sur tout et n'importe quoi. Tout ça sur un rythme rapide, ponctué de gestes trop grands, trop larges, pour atteindre l'effet comique qui faisait avaler la pilule. Ce show grand-guignolesque lui plaisait, même s'il devait bien s'avouer que, parfois, l'énergie venait à lui manquer. Il puisait alors dans son cœur les ressources nécessaires. Comme font les acteurs de théâtre. Il forçait ses souvenirs. Malhorne, Bout de chou, Tara…

Trois minutes avant l'antenne.

Franklin se leva. Il se regarda une dernière fois dans le miroir, jaugea son accoutrement, apprécia la qualité de ses tatouages.

Deux minutes.

Il jeta un regard par la fenêtre. L'océan perlait d'écume à perte de vue. Dominante bleue avec des zones de gris, sous les nuages. Au loin, la silhouette diluée d'un autre bâtiment croisait en sens inverse.

Une minute.

C'était le moment. Il avait laissé intentionnellement traîner les choses. Une bonne dose d'adrénaline juste avant le début de son bulletin hebdomadaire le stimulait.

Franklin sortit de sa cabine et descendit en toute hâte l'escalier métallique qui menait sur le pont. La musique du générique commençait à peine. Il lui restait trente secondes pour atteindre le milieu du navire, à près de deux cents mètres. Il partit d'un pas léger puis accéléra la cadence et termina le trajet en courant.

Les millions d'internautes assidus le virent sauter sur une pile de palettes et s'y accroupir avant de démarrer son laïus.

– Salut la Terre et les terreux. Vous écoutez crassement mon 442e bulletin d'informations. Bienvenue sur www.nemo-onthenet.com. Le seul bulletin d'infos qui vous fait vous sentir mieux après qu'avant. Les dix-huit caméras sont prêtes. Vous n'avez plus qu'à faire votre montage.

Combien êtes-vous ? Je lis quatorze millions huit cent cinquante-deux mille et des brouettes. Tant pis pour les brouettes. Fallait tomber juste. Vous ferez partie des dommages collatéraux. Faut appeler vos potes, parce qu'à moins de quinze millions de voyeurs, je vais pas plus loin. Ah ! On y est. Il devait y avoir un porno sur une chaîne cryptée.

Le spot de pub va atteindre des sommets. J'adore l'argent.

Vive les dollars !

Qu'est-ce que vous croyez ? Que je ne suis pas à la solde de ceux qui vous nourrissent et vous indiquent où faire caca ?

Eh bien si, bande de loqueteux ! Je pourrais très bien m'en passer. Mais allez savoir pourquoi, c'est eux qui me lèchent les basques pour faire partie du show. J'vais pas refuser un tas de pognon pour rester libre. Je suis libre !

Libre de continuer ou d'arrêter. De vivre ou de mourir.

Libre de foutre mon souk là où ça me plaît.

Et ça va continuer longtemps. Jusqu'à ce que ça pète. Au moins ! Et si le grand barbu me prête vie, je continuerai après. Pour la gloriole et les zombis.

Suite du grand concours des plus grands enculés de la planète. Le leader est toujours américain. Mais il est talonné de près par un Chinois, lui-même suivi par un Saoudien, et un Français, et un Russe, et patati et patata, et la tête, alouette !

Pas de place pour les intègres dans le concours. Dès qu'un mec dépasse le milliard de dollars de richesse personnelle, il se transforme aussi sec en type infréquentable. Et on vous raconte que l'argent n'a pas d'odeur ! Mais ça pue, le pognon, les larves. Ça sent la merde, la trahison et le foutre ! Surtout le foutre !

Je sais. Je vais encore m'énerver. Mon toubib m'a dit qu'il fallait pas. C'est mauvais pour ma petite santé d'après cet obsédé.

Il rêve que d'une chose, c'est de me faire un toucher rectal. Il veut me mettre un doigt dans le cul, cette tafiolle ! Faut pas se gêner ! Mais j'ai pas encore atteint la limite d'âge. Je lui ai dit non. Pas de doigt dans les fesses, monsieur de l'Académie. Pignouf !

De toute façon, j'ai plus de nationalité. Alors, je réponds à aucun code. C'est ça qui les emmerde.

Passons aux choses sérieuses. J'suis pas là uniquement pour vous faire un sketch. J'ai certains objectifs d'ordre pédagogique qui doivent vous échapper, je suppose.

Branchez-vous sur la caméra 3. Joli panorama, non ?

La question du jour est : au milieu de quel océan se trouve Nemo ?

Remarquez, bande de crasseux, des océans, y'en a pas des masses sur notre caillou. Mais vous avez toujours une chance de vous gourer.

Réponse : l'Atlantique !

Océan Atlantique, nom qui nous vient d'un peuple légendaire dont plus personne aujourd'hui n'a rien à cirer. Mis à part quelques séniles qui préfèrent dépenser l'argent du contribuable à enquêter sur le passé plutôt que de chercher des solutions pour le présent. Ça les regarde, mais je vous rappelle une chose que vous avez une fâcheuse tendance à oublier, c'est que pendant ce temps, c'est vous qui trinquez !

Votre moyenne d'âge est de dix-neuf ans, mes chers voyeurs. C'est d'ailleurs pour cette raison qu'aucun annonceur spécialisé en gériatrie ne s'est encore présenté à mon service publicité & relations commerciales. Donc, je disais que le profil type du fan de *Nemo on the Net* a dix-neuf ans. Et à cet âge, où la connerie dame le pion à l'idéalisme, on a facilement tendance à penser qu'on hérite du monde dégueulasse de nos aînés. C'est vrai ! On peut pas dire le contraire. Ça n'aurait pas de sens de prétendre le contraire. Mais après avoir chouiné jusqu'à la fin de votre adolescence, vous faites quoi ?

Je laisse deux secondes de réflexion à ceux qui suivent un minimum…

Vous faites rien ! Les couillus et les double-airbaguées, quand ça atteint la limite d'âge fréquentable, ça n'a plus qu'une obsession. Faire comme papa-maman. Des mômes et tirer sur le morceau de couverture qu'ils pourront attraper. Et fermer les yeux aussi, en attendant que ça passe.

Croyez pas que vous deviendrez des vieux cons par fatalité ! Le mal est déjà en vous ! Venez pas vous plaindre après.

Alors, vous y êtes sur cette caméra 3 ?

Qu'est-ce qu'on y voit ? De l'eau. Rien que de l'eau. Zappez pas ! C'est là que ça commence à devenir éducatif. Vous pouvez appeler vos mères. Ça fera toujours un sujet de conversation ce soir à table.

H_2O. C'est le sujet du jour. Sortez les cahiers et prenez des notes. Je répéterai pas.

L'océan Atlantique est composé de millions de kilomètres cubes de flotte dont on ne sait pas quoi foutre vu qu'elle est salée.

Ce petit plus que vous balancez dans votre assiette sans y penser est le problème majeur de centaines de millions d'individus sur la planète.

Pour vivre, on a besoin de peu de sel, mais d'énormément d'eau. Et cette eau qui m'environne en ce moment ne peut leur être d'aucun secours.

Bois un verre d'eau salée, abruti ! Tu verras si c'est pas un problème.

Tu te dessécherais comme une merde au bord de la mer.

Quel est le rapport entre ma présence ici et le sujet du jour ?

Et que fait Nemo sur un supertanker ?

Alors, un petit malin peut-être ?

« Y s'la coule douce ! » Bravo à l'aimable internaute qui vient de m'envoyer ce message. Apprendre à écrire pour taper ce genre de conneries, fallait vraiment que tes parents aient rien de mieux à faire le soir où ils ont tiré le coup qui nous impose ta présence.

La planète Terre dispose de trois pour cent d'eau douce. Ça fait pas des masses, hein ? Sur ces trois pour cent, un quart est gelé à l'année, dispatché entre les pôles et les glaciers. Un autre quart est la propriété du Canada. Le troisième quart se trouve dans le reste de l'hémisphère Nord, dont une bonne partie dans le lac Baïkal. Et le quatrième, il est où ? Bien joué, les géographes ! Dans l'hémisphère Sud. Chez les pouilleux. Non comptée la partie glacée du pôle Sud.

En clair, pour les non-matheux, ça signifie que soixante-quinze pour cent de la population mondiale se bataille un quart de trois pour cent d'eau. Pour vivre. Survivre serait d'ailleurs plus approprié pour qualifier l'état dans lequel ces Nègres et ces faces de terre cuite osent se montrer devant les caméras des reporters.

Voilà le problème du jour posé !

Une solution peut-être ? Un internaute qui réfléchit sur plus de quatorze millions ?

Tant pis.

Y'a qu'à redistribuer ! On prend l'eau où il y en a et on l'envoie là où il n'y en a pas. C'est limpide comme de l'eau de roche, justement.

Les Nations unies nous ont pondu un bel ouvrage sur le sujet et sa faisabilité dans les années deux mille. Ça doit encore se trouver dans les vieilles bibliothèques, à côté des incunables.

Unies, les nations ! Unies pour le meilleur et pour le pire. J'ai pas encore beaucoup vu le meilleur. Paraît que ça arrivera bien un jour. C'est ce qu'ils disent à New York, entre deux cocktails et trois partouzes diplomatiques.

Problème : ça coûte. Qui va payer ?

Pas nous. On a de l'eau. On s'en fout des macaques. J'ouvre le robinet, ça coule. Si ça coule pas, c'est que ces abrutis de la Compagnie des eaux sont en train de faire des travaux. Je vois pas où est le problème.

Alors, qui va payer ?

Pas eux. Ils ont pas d'argent.

Pas d'argent, pas d'eau.

Oui, mais j'ai soif.

Ta gueule ! Et pompe sur la nappe fossile, il en reste quelques gouttes, je vois vraiment pas de quoi tu te plains, crève-la-soif !

Alors ? Y'en a un qu'a une idée ? Qu'est-ce que je fous sur ce rafiot plutôt que de m'éclater la panse avec tout le pognon que vous me rapportez ?

J'suis pas prêt de sortir le parapluie pour me protéger de la saucée d'e-mails intelligibles.

Pas un pour relever le niveau à ce que je vois ! On change pas une équipe qui perd…

Puisqu'il faut tout vous prémâcher, bande d'assistés, je prémâche.

Réponse : je redistribue.

Caméras 11 et 12 maintenant, les guignols. Vous avez dû vous demander ce que c'est, non ?

Vu l'éclairage, on dirait plutôt du mercure. Eh bien non, ce sont les cuves de cet honorable rafiot.

Et qu'est-ce qui possède ces jolis reflets argentés ? Quand c'est pas du mercure, c'est de l'eau, les couillons. De l'eau et rien que de l'eau ! Balle au centre.

Ce beau bateau qui, soit dit en passant pour les écolos de base, navigue avec l'énergie des vents et du soleil. D'accord, c'est plus lent, mais on s'en fout, non ?

Ce joli bateau, disais-je, est rempli de flotte à ras bord. Destination le fin fond de la Méditerranée.

De l'eau que je viens de piquer incognito aux Canadiens. Une goutte du quart des trois pour cent dont je parlais tout à l'heure et qu'ils se gardent pour eux.

Ça fait dans les cinq cent mille mètres cubes d'eau douce. Prête à fertiliser les sols ou à remplir les verres.

Vous allez me dire : ça va leur faire une belle jambe, un tanker d'eau. Ils vont boire un coup, et après, pollope !

Je me dois donc de vous éduquer une miette.

Cinq cent mille mètres cubes, c'est la consommation d'une ville comme Paris en un jour. Eh ! Pas mal, finalement. Le Parisien moyen gâche dans les deux cent cinquante litres par jour. Suffit de prendre un bain pour s'en rendre compte.

Eh bien, le Palestinien de base, lui, il se démerde avec trente litres. Et encore, s'il est adroit, il a du rab pour le lendemain. C'est que c'est malin, un Palestinien. Mais croyez pas que l'Occident sorte indemne de ce genre de rationnement. Sauf que si vous avez accès à Internet, vous ne devez pas savoir que dans votre ville de sagouins, il y a des gens qui se rationnent aussi. Bref. Fermez donc les yeux. Ça permet de mieux pleurer sur les métèques qui se dessèchent hors de votre portée.

Je divise donc le volume du rafiot par trente. Et j'obtiens quoi ? Pas loin de dix-sept millions. Ce bateau pourrait donner la flotte nécessaire pour une journée au soleil à dix-sept millions de gugusses et leurs marmots. Même les chameaux pourraient en avoir un peu.

Vu sous cet angle, c'est plus du tout une paille.

Alors ? Pas possible, la redistribution ? On sait bien transporter du gaz par gazoduc. Pourquoi c'est si difficile de le faire pour de la flotte ?

Je sais pas. Honnêtement, je vois pas. Mais, dans le

concours des plus gros enculés de la planète, j'en connais quelques-uns qui détiennent une partie de la réponse. Je vous laisse réfléchir.

Petit indice. Y'a parmi eux des gangsters qui dirigent les pays où je me rends.

Il suffirait de pomper à l'embouchure des fleuves européens par exemple. Ceux qui se jettent dans la Méditerranée me semblent être une bonne idée. C'est rapide. Ça lèse personne. Et ça permettrait d'équilibrer les chances de survie.

Seulement, y'a un hic. Fallait bien qu'il y en ait un. Sinon, c'est pas drôle. Les États ont décrété que la flotte qui coule sur leur territoire est à eux. Embouchure comprise. Donc, pas question de pomper. Pourtant, c'est con, parce que la flotte, après, elle est perdue pour tout le monde, sauf pour les poissons, qui s'en foutent royalement.

Bin ouais, les Gustave, quand les rivières se jettent dans la mer, l'eau douce devient salée. C'est la loi du plus fort qui régit ce genre de choses depuis la création de cette belle planète.

On y peut rien. Le sel a des tendances hégémoniques au moins égales à celles des USA. Vous voyez qu'on est pas sortis de l'auberge !

Prenez le Danube, par exemple. Le beau Danube bleu. Eh bien, ce noble fleuve va bêtement mêler ses eaux à celles de la mer Noire. C'est idiot parce qu'il suffirait de pomper à son embouchure pour transporter la flotte via le détroit du Bosphore vers les pays secs.

Je dis pas qu'on pomperait tout. La mer Noire a besoin d'eau, elle aussi. Et puis, pour penser un truc pareil, on voit bien que vous êtes pas souvent allés vous promener de ce côté. Ça brasse, le Danube. Y'en a de la flotte là-bas.

De toute façon, y'a pas à tortiller longtemps sur le

sujet. Les Roumains veulent pas. Et s'ils voulaient, c'est les Bulgares, ou les Yougos, les Hongrois, les Autrichiens et d'autres qui s'opposeraient à ce vol manifeste.

Du coup, pas de flotte pour les bronzés. Y z'ont qu'à creuser. En attendant, creuser, ça donne soif. Ah, les cons !

La paix durable, c'est bon pour les livres d'enfants.

Rendez-vous au fin fond de la Méditerranée en milieu de semaine prochaine. J'ai pas encore décidé à qui je vais refourguer toute cette flotte. Histoire de les exciter un peu entre eux.

Ils se foutent sur la gueule pour une bête histoire de flotte, les cons.

Tu rigolerais moins si ton robinet s'asséchait, crasseux.

J'ai l'embarras du choix. Jordanie, Israël, Palestine, Liban ou Syrie. Une centaine de millions de crève-la-soif qui n'ont rien trouvé de mieux que de se cogner dessus pour un pitoyable Jourdain de bas étage.

Finalement, ça sera pas les Syriens. Ils ont des réserves. Elles se réduisent d'année en année, mais il en reste encore.

Match à suivre entre quatre équipes. Demi-finale des assoiffés pour bientôt.

Je pourrais partager, mais ça serait moins drôle.

Ce serait politiquement correct mais cette expression me fout la gerbe. J'aime pas les guerres de religion. Je pisse sur tous les livres sacrés qui bougent.

Alors, je le dis bien fort pour que tous ceux qui ne m'aiment pas aient une bonne raison de le faire : sale bougnoule et sale youpin. Voilà ! C'est fait et plus à faire. Et vive le porc !

Et si j'arrive pas à me décider, je balance ma cargaison à la baille. J'aurai juste emmerdé les Canadiens. Et c'est pas si mal.

D'ici au bulletin de la semaine prochaine, je vais laisser les moins comiques de la troupe plancher sur le problème suivant : pourquoi ce tanker est-il baptisé *Neptune* ? Mais vous arrêtez pas au crétin barbu avec son trident. C'est plus fin que ça. Je suis sûr que c'est encore un boutonneux à lunettes qui va trouver la bonne réponse. Difficile d'être beau et intelligent. Y'en a pas que pour vous, les filles. Les beaux garçons aussi sont suspectés d'imbécillité.

Ce qui n'a jamais été mon cas, et je vous emmerde princièrement. C'est plus noble !

Tranquillise-toi, jeune boutonneux à lunettes. C'est pas avec une gueule d'amour qu'on a le plus de chances de gagner sa croûte.

Allez ! À la prochaine. Et haut les cœurs ! Une semaine sans Nemo, c'est pas le bout du monde. Pour les accros, vous pourrez toujours vous repasser le bulletin en boucle.

Comme d'habitude, mon seul regret, c'est que l'humanité ne soit toujours pas en voie d'extinction. Mais je le répète : tout ça finira mal !

Salut les bouffeurs d'illusions. Vous avez cautérisé votre conscience en regardant *Nemo on the Net*. Ça pourra aller jusqu'à la semaine prochaine. D'ici là, que les militants militent, les mourants s'appliquent, et les obèses éclatent.

Quant à votre serviteur, il tirera la chasse !

Tchao !

Et réfléchissez bien avant de faire couler un bain.

www.nemo-onthenet.com
(Texte tiré du journal hebdomadaire du site)

49

Tara présenta sa carte de presse au poste d'accueil du commissariat de la 54e Rue.

– Je viens voir Gary Pierce.

– Il vous attend ?

– Gary m'attend toujours, répondit Tara en souriant.

– Qui dois-je annoncer ?

– Son épouse, Tara Steamway. J'ai gardé mon nom de jeune fille pour mon travail. Vous comprenez, je n'ai pas voulu l'embarrasser.

Le policier écouta les commentaires de Tara d'une oreille distraite, tout en se faisant confirmer l'existence d'une madame Pierce-Steamway par téléphone.

– Vous savez où c'est, je suppose, dit-il en raccrochant.

– Vous supposez on ne peut mieux ! répondit Tara en se dirigeant vers l'ascenseur.

Gary l'attendait dans le couloir.

– J'ai pas droit à un petit bisou, chérie ?

– Bas les pattes ! Rappelle-toi. On a eu une dispute hier soir et tu ne m'as pas encore envoyé mes fleurs.

– Alors, si c'est une question de fleurs, je m'incline. Entre.

Tara alla s'asseoir directement dans un fauteuil, tandis que Gary refermait la porte.

– La dernière fois, c'était ma sœur. Ça me plaisait davantage. J'aurais bien aimé avoir une sœur. Tant pis. Mais méfie-toi. Ça tourne beaucoup à l'accueil, mais un jour ou l'autre, tu tomberas sur un agent qui te reconnaîtra. C'est bien possible qu'il te fasse coffrer. Et je me demande si je te laisserais pas mijoter quelques heures avec les poivrots et les putes. Ça calmerait peut-être ton humour de collégienne.

– Monte au moins jusqu'à l'université. J'aurais l'air de quoi, en collégienne ?

– Voilà pour l'entrée en matière d'usage. Je suppose que tu ne passes pas me voir à mon bureau par hasard.

– C'est assez vrai, même si je n'aime pas trop ton raccourci.

– Bah ! Depuis le temps qu'on se connaît, on va pas tourner autour du pot.

– Bon, je déclare forfait, dit-elle en sortant un paquet de photos de son sac. Dis-moi si tu connais quelqu'un sur ces clichés ?

– Il y a un lien avec ton scientifique ? demanda Gary en jetant un œil sur les photographies.

– Ce sont les blouses qui te font penser une chose pareille ? Je constate que tu n'as rien perdu de ton esprit déductif.

– Tu sais, Tara. De temps en temps, il faut me lâcher deux ou trois infos. Sinon je vais me lasser.

– Une menace ?

– Non. C'est une certitude. Aussi ancienne que soit notre amitié, je ne peux pas te suivre à l'aveuglette. Je ne sais même pas dans quoi je coince le doigt. Mets-toi à ma place. Chaque fois c'est pareil. Personnellement, je m'en fous. Mais il arrivera forcément une tuile. Et, ce jour-là, je ne pourrai pas te suivre. Ou alors, nous ferons partie du même convoi.

– Écoute, Gary. Un dernier effort. Si je te livre maintenant ce que je sais, tu vas me prendre pour une barge intégrale. Et c'est pas le moment. Je n'ai jamais eu autant besoin de toi qu'aujourd'hui.

La voix de Tara se fit plus douce, presque enjôleuse.

– Allez. C'est vraiment très important.

– Tu me sors le grand jeu à ce que je vois !

– Tu connais quelqu'un sur ces clichés ?

– Honnêtement, non. Je ne crois pas. Je peux les passer aux types des fichiers, si tu me certifies que tout roule.

– Parole ! Et ça ? renchérit Tara en sortant cette fois-ci un rouleau de papier à dessin d'un tube en PVC.

– Merde ! lâcha Gary, les lèvres soudain pincées. Tu as ce portrait depuis quand ?

– Pas loin de trois semaines. Pourquoi ? Tu sais quelque chose ?

– C'est qui ? Je veux dire, pour toi ?

– Personne pour le moment. Je ne sais pas trop.

– Bouge pas, je vais chercher un dossier à l'étage.

– Attends, Gary ! Explique-moi…

La fin de sa phrase retomba dans le vide. Gary était déjà parti.

Tara attendit. Cinq minutes passèrent. Puis dix. Elle commença à trouver le temps long. Pour s'occuper, elle inspecta le bureau. Un pan de mur entier disparaissait sous des documents punaisés. Des avis, des photos, des portraits-robots, des documents syndicaux. Il y en avait pour tous les goûts, sur plusieurs épaisseurs. Le quotidien d'un officier de police.

Son regard vagabonda quelques instants au hasard des documents, puis se fixa sur une série de clichés.

Les photos portaient la date de la veille. Elles montraient, sous différents angles, un corps transpercé qui semblait tenir en l'air tout seul.

Tara s'approcha.

– Excuse-moi, dit Gary en refermant la porte. J'ai été un peu long.

– Qu'est-ce que c'est ? demanda Tara, le nez collé sur les clichés. Dis-moi que c'est un montage…

– Hélas, non. Il nous faudrait les talents de Sherlock Holmes ! soupira Gary. À New York, tout peut arriver. Même l'impossible. Ce type s'est embroché tout seul à deux mètres de hauteur. Pas mal, non ? J'ai un collègue sur l'affaire.

– Qui est-ce ? Je le connais ?

– Je ne crois pas. C'est O'Connor.

– Qu'est-ce que tu voulais me montrer ?

– Ça ! dit Gary en posant un dossier devant lui.

Il l'ouvrit, le feuilleta en réfléchissant et finit par en extirper une photographie, qu'il tendit à Tara.

– Voilà. C'est assez ressemblant, non ?

Tara sentit son cœur faire un bond. La photo représentait la jeune femme du portrait de Joe Platt, allongée sur une dalle de béton rougie par son propre sang.

– Est-ce que…, balbutia-t-elle. Est-ce qu'elle portait un tatouage ?

Gary lui lança un regard soupçonneux.

– Tu en sais beaucoup plus que tu ne veux le dire.

– Réponds-moi !

– Oui, elle portait un tatouage sur le crâne.

Il fouilla de nouveau dans le dossier.

– W 3. Enfin, quelque chose qui ressemble à un W. Ou un M inversé. Ou encore la lettre grecque oméga. Je pencherais plus volontiers pour cette dernière hypothèse.

Tara sentit son sang recommencer à irriguer son visage.

– C'est la lettre oméga.

– Tu connais cette personne ? poursuivit Gary sur un ton professionnel.

– L'enquête officielle commence ? Je dois appeler mon avocat ?

– Arrête, s'il te plaît. Si tu sais quelque chose, tu dois me le dire. Il y a eu plusieurs homicides.

– C'est lié à une série d'articles sur lesquels j'ai travaillé il y a une quinzaine d'années. Voilà.

– Il s'agissait de quoi ?

– Je préfère ne pas répondre à cette question pour le moment.

– Dans ce cas, je ne te montrerai pas les autres pièces du dossier.

– Salaud !

– C'est de bonne guerre.

– L'affaire Malhorne !

– Te fous pas de moi, Tara. C'est sérieux !

Je t'avais prévenu. Tu vois bien que tu commences à me prendre pour une barge intégrale.

– Comment ça ? Tu parles sérieusement ?

– Tu dois me suivre aveuglément à présent. Il est impossible de comprendre en cinq minutes.

– Quoi dans l'affaire Malhorne ? Une histoire de gros sous ?

– Non. Pas le film.

– Les sectes ?

– En partie, oui.

– Vas-y, maintenant ! Tu y es presque. Lâche le morceau.

– Tu me files un coup de main pour la suite ?

– OK, dit Gary après une pause. Je t'épaule. Sauf si tu me baratines. Maintenant, je t'écoute.

– Le film dont tu parlais à l'instant est une adaptation d'une histoire réelle.

– Ne commence pas avec ton baratin. Épargne-moi, s'il te plaît. T'as pas à me faire l'article. Donne-moi les vraies infos, on verra ensuite.

– Bien ! Puisqu'il faut aller à la source… On remonte donc aux années 2011-2013. À l'époque, je travaillais déjà à l'*Independent*. Et Marcussen m'avait chargée de suivre un ethnologue. Franklin Adamov. C'est lui qui est à l'origine de l'affaire Malhorne…

Tara relata pendant une demi-heure comment elle s'y était trouvée mêlée malgré elle.

– Et il y a environ trois semaines, j'ai reçu ces carnets par courrier. Je suis allée voir ce Joe Platt sur place. Avec l'adresse que tu m'avais indiquée. Le scientifique était mort depuis deux jours, pas de chance. À l'aide de certains documents que je lui ai empruntés, j'ai retrouvé l'endroit où il avait travaillé sur l'enfant et ses clones. Certains indices m'ont persuadée que je tenais enfin une piste. Bref. Peu importe lesquels. Je te raconterai plus tard. Tu as suffisamment de choses à avaler pour aujourd'hui. Voilà les faits. Jusqu'à tes photos. Tu t'y retrouves ?

Gary passa une main sur sa barbe naissante.

– Ça m'intéresse, lâcha-t-il enfin.

– Quoi ? Tu prends tout en bloc ?

– Je ne crois pas à ton histoire de dieu vivant, Tara. Désolé.

– Alors quoi ?

– Les clones sont dans mes cordes, par contre.

– Et pourquoi ? C'est assez anecdotique par rapport au reste.

– Pas pour moi. Je ne t'avais pas montré le meilleur.

Il ouvrit un tiroir de son bureau et exhiba un portrait-robot.

– Je ne l'ai pas encore accroché sur mon tableau. On me l'a apporté juste avant ton arrivée.

L'avis de recherche montrait une déclinaison du portrait dessiné par Joe Platt. On y voyait successivement la jeune femme avec ou sans cheveux, maquillée, pigmentée, etc.

– Tu comprends pourquoi tes clones me parlent, poursuivit Gary. On ne peut pas être mort et en même temps activement recherché. Cette jeune femme est au cœur de nos deux affaires.

– Je ne m'attendais pas à ce que tu me sautes au cou, mais c'est déjà un grand pas.

– Cette fille ne portait pas d'Implant. Et n'en a jamais porté. C'est déjà suffisant pour mettre en branle une enquête. Hormis le fait qu'elle soit morte par balle, bien entendu. Ton histoire de clones pourrait coïncider avec mon affaire. Je ne sais pas d'où ils sortent, mais je suis certain qu'ils ne sont pas les rejetons d'un personnage de film.

– Comme tu voudras, répondit Tara. Tant que nous allons dans la même direction, le reste m'est égal.

50

Le vieil égout qui passait sous le Quartier ne recevait plus d'eau depuis une décennie. Sur le sol, une épaisse croûte résiduelle craquait sous les pas de Milos. Il abaissa devant ses yeux la visière du casque à intensification de lumière pour observer devant lui. Il n'y avait personne. Il calma sa respiration et commença à avancer.

Personne.

Cette absence était plus angoissante qu'un bataillon de patrouilleurs en formation de tir. Étant donné le mode opératoire qu'il avait utilisé lors de son intrusion dans les entrepôts quelques jours auparavant, les égouts auraient dû être le premier lieu surveillé.

Quelque chose ne collait pas.

Milos s'accroupit à l'intérieur d'une buse étroite et laissa son oreille le renseigner sur ce que ses yeux ne pouvaient voir. Si quelqu'un respirait à l'intérieur du boyau principal, il le saurait tôt ou tard. Milos savait attendre. Il avait développé cette aptitude à l'orphelinat, au cours de certaines nuits agitées.

Il demeura ainsi prostré dans le noir une longue demi-heure. Les muscles de ses cuisses lui envoyaient des signaux de douleur qu'il repoussa d'un effort mental. Ses pensées tournoyaient, cherchant une explication à l'absence de surveillance des égouts.

Ils nous laissent sortir, pensa-t-il alors. *C'est ça. Ils doivent les vouloir vivantes.*

Ce n'était pas dans sa logique, mais Milos ne voyait pas d'explication plus plausible.

Il se détendit. Si son raisonnement était juste, il devrait davantage s'inquiéter pour le retour. Il sortit du boyau et marcha avec une extrême prudence sur un peu plus de cinq cents mètres. Puis il décida de rejoindre la surface. Il avait franchi les limites du Quartier.

Milos ressortit des égouts derrière le parc Marcus Garvey, au milieu de quatre bâtiments délabrés.

Il rejoignit la station de métro la plus proche et prit la direction du sud de Manhattan.

Un ascenseur expédia Milos au septième et dernier étage d'un immeuble de la 21e Rue, juste en face du parc Gramercy. Tout l'étage devait appartenir à la même personne car les portes s'ouvrirent sur une salle d'attente luxueuse. Milos sortit de la cabine et attendit en observant ce nouvel univers.

À en juger par la décoration qui ornait les murs, Milos devina qu'il se trouvait chez un avocat. Une porte sécurisée en verre blindé donnait sur un couloir. Un garçon d'une dizaine d'années y apparut bientôt. Il se planta devant la porte et fit un grand sourire au jeune homme.

– Bonjour, je m'appelle Malhorne. Et toi ?

Milos plissa les yeux.

Ce nom ne lui évoquait que de mauvais souvenirs. Il ne l'avait pas entendu depuis plus de quinze ans et voilà qu'il le rencontrait deux fois dans la même journée.

– Je veux voir Virgile Macare, répondit-il.

– Mon père est au téléphone. Tu t'appelles comment ?

– Dis-lui que c'est de la part d'une fille rasée. Il comprendra peut-être.

Le garçon s'éloigna dans le couloir, laissant Milos patienter dans le vestibule. L'œil de silicium d'un scanner privé le toisait à deux mètres de hauteur. Sa nouvelle identité d'emprunt devait déjà être en cours de vérification.

Le garçon ne revint pas, mais son père arriva bientôt.

Soixante, soixante-cinq ans. Pas très grand, le crâne dégarni et l'œil vif. Une belle expression d'intelligence comme les aimait Milos.

Il observa méthodiquement son interlocuteur avant de s'adresser à lui.

– Veuillez déposer votre revolver dans le coffre qui se trouve derrière vous, monsieur Hamersmett. Pas d'armes. C'est une règle chez moi.

Cette pièce doit être bourrée de gadgets, supposa Milos. *Mais je ne risque rien ici.*

Il se délesta d'un revolver et d'un couteau à cran d'arrêt, matériel minimum qu'il gardait toujours derrière son ceinturon.

La porte en verre s'effaça devant lui.

– Merci de votre compréhension. Virgile Macare. Que puis-je pour vous ?

Milos ne savait trop comment aborder le sujet.

Il se sentait tout à coup stupide et resta un instant sans parler. En chemin, sa démarche lui avait semblé surréaliste, mais pas impossible. À présent au pied du mur, ce qu'Ilis lui demandait de faire prenait une allure de gag ridicule.

Malgré tout, renoncer ne faisait pas partie de son caractère. Il prit une profonde inspiration et se lança.

– Je m'appelle Malhorne. Je suis le digne fils et père de Malhorne, héritier de Malhorne. Je suis le trait d'union des mondes et j'en supporte le fardeau !

Milos s'attendait à une réaction de la part de Macare. Hostile, amusée, étonnée. Le sexagénaire le regarda au contraire d'un œil nouveau et, d'après ce que pouvait en juger Milos, très intéressé.

– Veuillez m'accompagner dans mon bureau, je vous prie.

Il tourna les talons, traversa une enfilade de salons et s'installa devant un écran d'ordinateur. Milos le rejoignit, de plus en plus intrigué.

– Veuillez me répéter ce que vous venez de me dire, monsieur Hamersmett.

Milos obtempéra. Pendant qu'il récitait de nouveau le message d'Ilis, Macare lisait quelque chose sur son écran.

– Enfin…, murmura-t-il. Je te retrouve enfin.

Macare passa plusieurs fois ses mains sur son visage. Puis il se leva et vint enlacer Milos. Le jeune homme se raidit. Il n'aimait pas les effusions, qui plus est avec un parfait inconnu.

Macare s'écarta enfin. Il posa ses mains sur les épaules de Milos. Ses yeux pétillaient de joie.

Un peu dépassé par la situation et tout de même curieux de connaître la suite, Milos garda le silence.

– Ça a été dur pour tout le monde, tu sais. Les autres fois, c'était pas pareil, je suppose. Tu partais et puis tu revenais. Dix ans ou cent ans plus tard. Mais là, j'ai vraiment eu le temps de te connaître. Avant que tu meures. Enfin, je veux dire… Tu comprends.

Le jeune homme ne comprenait justement rien. Macare avait vraiment un air navré et cette marque de sincérité renforçait la note grotesque qui s'épanouissait dans l'esprit de Milos. Il ne parviendrait pas à garder son sérieux encore très longtemps. Un petit sourire gêné naissait déjà au coin de ses lèvres.

Il doit s'envoyer des trucs pas nets, pensa-t-il. *Je fréquente des fêlés d'une nouvelle espèce, ces temps-ci.*

Une ombre passa dans le regard de Virgile Macare. Ses mains quittèrent lentement les épaules de Milos.

– Quelqu'un m'envoie vous chercher, dit simplement Milos.

– Ah ! fit Macare, qui avait à présent retrouvé une expression neutre. Asseyez-vous.

– J'ai peu de temps

– Et moi, j'ai besoin d'en savoir davantage.

– Vous en saurez rapidement autant que moi.

– Qui vous envoie ?

– Une jeune femme. Enfin, plutôt deux.

– Une ou deux ?

– Deux.

Milos ne pouvait pas en raconter beaucoup plus. Il ignorait tout d'Ilis.

– Deux femmes donc, poursuivit Macare. Connaissez-vous leur nom ?

– À vrai dire, je ne connais que leurs prénoms. Ilis et Five.

– Que savez-vous d'elles ?

– Rien. Vous m'avez l'air d'en savoir plus long que moi.

– Une seule personne peut vous avoir dit ce que vous venez de me raconter. Où est-elle ?

– On arrête l'interrogatoire et on y va. Ça sera plus simple pour tout le monde.

– Si vous voulez vraiment que je vous accompagne, il faut me dire ce que vous savez.

– Personne ne me dicte quoi que ce soit, dit Milos avec colère. Vous venez ou vous restez. Moi, je me tire dans les deux cas.

– Votre nom est réellement Hamersmett ?

– Bien sûr que non.

– Pourquoi portez-vous un numéro d'emprunt ?

– Écoutez. J'ai pas choisi de tomber sur cette fille. Si vous pouvez me l'enlever des pattes, je suis preneur.

Macare hésita. Malhorne n'était pas censé se faire représenter. Ce n'était pas l'arrangement qu'il avait pris deux siècles plus tôt avec son ancêtre.

Mais sa nouvelle identité se trouvait quelque part à New York. Le fait que ce jeune homme connaisse le protocole de reconnaissance le prouvait. Il n'allait pas s'arrêter sur un détail de procédure. Malhorne n'était pas un client ordinaire. Malhorne n'était pas un client du tout. En quelque sorte, c'était lui le patron.

– Qui êtes-vous pour elle ? demanda Macare. Je veux dire, quels sont vos liens ?

– Pas grand-chose. Je l'ai tirée d'un mauvais pas.

– Vous vous êtes rencontrés quand ?

– C'est plutôt à moi de vous poser cette question, vous ne croyez pas ?

– Qu'est-ce qui vous fait croire ça ?

– Une fille qui n'a jamais connu la liberté ne devrait pas en savoir plus long que les quatre murs de sa prison. Pourtant, elle m'a donné un nom, une adresse et ce texte stupide. Et vous n'avez pas eu l'air plus surpris que ça. Je m'attendais plutôt à me faire envoyer sur les roses.

– Je comprends, apprécia Macare.

– Moi pas, poursuivit Milos. Mais j'aimerais bien.

– Si explication il doit y avoir, elle ne viendra pas de moi. Cette jeune femme est ma cliente, voyez-vous ? C'est elle qui vous la donnera, si elle le désire.

– J'aime pas qu'on me fasse tourner en rond, lança Milos sur un ton acide.

– Je ne sais pas si c'est le but, dit Macare en se levant. Mais il faudra vous en contenter pour le moment. Allons-y. Ma voiture nous attend au sous-sol.

– Petit détail que j'allais oublier. Elle veut deux cent mille dollars.

– En crédit-carte ou en liquide ?

– Qu'est-ce que vous voulez que je fasse avec du liquide ? Y'a plus que les vieux qui s'en servent encore. Vous voulez attirer les flics ?

– Crédit-carte, donc…

– Elle ne l'a pas précisé, mais c'est mieux pour tout le monde.

– Il y a une partie pour vous ?

– La moitié, pour la course.

– Je double la somme. Pour votre silence.

Macare retourna derrière l'ordinateur. Il tapa une série de chiffres sur le clavier.

– Il y en a pour un instant.

– J'ai plus d'urgence, répliqua Milos. À cent mille de plus toutes les heures, j'suis prêt à sacrifier la journée.

La porte d'un coffre-fort s'ouvrit automatiquement dans l'épaisseur du mur. Macare s'empara de six cartes créditées, en fit deux tas et donna le plus épais à Milos.

– C'est pas très prudent votre système, critiqua le jeune homme. Si le coffre est piloté par cet ordinateur, je peux le braquer en quelques minutes, vous savez !

– Sans aucun doute. Mais si vous connaissiez le nom de certains de mes clients, vous ne vous y risqueriez pas…

– Je vois. Vous avez le beau rôle.

– Cet argent n'est pas à moi. Mais je n'ai pas à me plaindre, en effet. Allons-y maintenant.

Ils retournèrent dans la salle d'attente. Milos récupéra son pistolet et son couteau.

– C'est nécessaire ? demanda Macare.

– Chez moi, c'est un passeport, répondit Milos en serrant la crosse de l'automatique. Je me sens tout nu sans lui.

– Où allons-nous à propos ?

– Chez les sauvages. Et il vaut mieux que je prenne le

volant, y'a là-bas certaines règles que vous ne devez pas connaître.

Milos passa une première fois devant l'un des accès au Quartier. Deux véhicules occupaient le milieu de la chaussée.

– On dirait qu'ils bouclent la zone, dit-il à Virgile. C'était pas le cas y'a moins de deux heures.

Il fit un tour complet du bloc. Chaque rue ouverte offrait la répétition de la première.

– Vous êtes assuré pour cette voiture ?

– Évidemment.

– Tant mieux. Vous n'aurez qu'à la déclarer volée…

– Pourquoi ?

– Parce que ça ferait tache pour un homme de loi, répondit-il en effectuant un demi-tour.

– Vous n'avez pas besoin de forcer le passage. Je suis tout à fait habilité à rendre visite à l'un de mes clients…

– Vous peut-être, et encore, je suis pas trop sûr. Avec des flics, ç'aurait été différent. Mais moi, dans les deux cas, c'est une balle qui m'attend s'ils me reconnaissent. Et ça, j'y tiens pas du tout.

– L'argument est recevable, dit Macare en se cramponnant à l'accoudoir.

– Baissez la tête sur vos genoux ! cria Milos.

Il visa l'étroit passage entre les deux voitures et accéléra. Les hommes qui surveillaient l'entrée n'eurent que le temps de s'écarter. Un pare-chocs vola au loin. La tôle crissa douloureusement. Le véhicule fut ralenti par la masse des deux autres, mais franchit l'obstacle quand même. Trois balles firent exploser le pare-brise arrière et finirent leur course dans le tableau de bord.

Milos tourna dans la première ruelle.

– Désolé pour votre voiture, dit-il en s'arrêtant. Vous mettrez les frais sur ma part.

– Vous auriez pu me prévenir ! protesta Macare.

– Jamais de la vie. Un baptême du feu, c'est sacré. Vous m'auriez pas laissé faire, non ?

– Qui vous dit que c'est mon baptême ?

– Pas besoin qu'on me le dise, répliqua Milos en éclatant de rire. C'est comme une pucelle, c'est des choses qu'on sent tout seul.

– Bon. Arrêtez de vous foutre de moi. Où est-ce ?

– Allez, je suis beau joueur. Vous vous en êtes pas mal tiré pour une première fois. Ça vous fera des souvenirs. Venez.

Ils escaladèrent le mur d'enceinte de la cour et se trouvèrent nez à nez avec Baba, qui montait la garde.

– C'est encore toi qui mets le bordel, minus ?

– J'arrive pas à m'en passer, répondit Milos. C'est plus fort que moi.

– Y'a une rumeur de récompense qui circule dans le Quartier. Je me demande si je vais pas me laisser tenter.

– Viens-y, Baba. Faudra d'abord commencer par m'attraper…

– Mais c'est tout vu, minus. Je t'ai attrapé. C'est qui celui-là ?

– Un ami.

– T'as des potes en costard ? Depuis quand ?

– Il est avocat, ça peut toujours servir.

– Tu fréquentes du beau monde, dis donc ! Après les jumelles de ton squat, ça commence à faire beaucoup…

– On peut y aller ?

– Mais ouais, minus. Vas-y. J'aime bien voir ta petite gueule de Blanc traîner dans ma cour. Ça met un peu de couleur. Monte.

Milos entraîna Macare dans l'escalier.

Sur le toit, ils trouvèrent Five. Elle était étendue par terre et observait le mouvement des nuages.

– C'est elle ? demanda Macare.

Milos s'approcha de la jeune femme. Il tourna doucement sa tête et se redressa.

– Non, c'est l'autre. Elles ont un…

– Ilis vous attend à l'intérieur, dit Five sans les regarder.

Macare lança un regard interrogatif vers Milos.

– À vous de patienter, lui répondit-il. C'est elle qui a les réponses, non ? C'est par là.

Virgile Macare passa sous le réservoir. Milos le suivit.

– Pas toi, Milos, dit Five. Elle veut être seule avec le monsieur.

– Tu lui diras que j'ai pas entendu ! répliqua-t-il.

– Je ne te le conseille pas.

Après tout, pensa-t-il, *elles en savent autant l'une que l'autre. Et j'en ai une sous la main.*

– Tu fais quoi ?

– Je regarde les nuages. C'est joli.

– Mouais. Ça dépend de l'heure. Et puis, c'est tous les jours. Tu t'habitueras.

– Ilis m'en a montré plusieurs fois, répliqua Five en se redressant. Mais c'était pas pareil.

– Vous êtes pas banales, toutes les deux.

– Pourquoi ?

– Tu serais à ma place, tu poserais pas la question.

– Je me suis jamais vue à ta place, mais Ilis m'a déjà montré. J'étais pas drôle.

Complètement à la masse, celle-là. L'autre a l'air d'en avoir plus dans la cervelle…

– T'es sa sœur ?

Five baissa les yeux.

– Pas exactement…

– Quoi ? T'es un clone ?

– Non plus…

– Bah, t'es quoi alors ?

– Ilis est la première. Moi et les autres, on est des maturations de l'œuf initial. Ilis est née la première. Nous, on est des doubles. Enfin, il reste plus que moi maintenant.

– C'est moche, commenta Milos.

– Je me sens bancale. Quelque chose comme ça… Ça fait de moi une Ilis *bis*, sans être du tout pareille.

– Les autres dans la glace, la grande et la petite, c'était la même chose alors. Qu'est-ce qu'on leur a fait ?

– Des expériences. Avant de les faire sur Ilis, ils les testaient sur nous.

– Pourquoi ? Qu'est-ce qu'elle a de plus que toi ?

– Y'a qu'elle qui a des dons…

– Des quoi ?

Five allait répondre lorsque son visage se figea.

– Qu'est-ce que t'as ? lui demanda Milos.

– Ilis veut que je me taise. Elle aime pas qu'on discute de ça.

– C'est pas ta mère. Je lui dirai rien.

– Tu comprends pas. Elle nous entend, là.

– Vous êtes sérieusement allumées, toutes les deux. Remarque, si j'avais passé ma vie entre quatre murs, je serais sûrement pas en meilleur état.

– T'es gentil, Milos, dit Five en se collant contre lui. Je suis contente que ce soit toi qui sois venu.

– Bah, j'étais pas vraiment là pour vous.

– Pense ce que tu veux. Avec le temps, tu apprendras à accepter Ilis. Moi, j'ai grandi avec elle, c'est plus simple.

– Ça veut dire quoi ?

– Que tu ne nous as pas découvertes par hasard…

– Ça me ferait mal, se défendit Milos. Je suis tombé sur les entrepôts en remontant de… Enfin, peu importe. Ça serait long à raconter, mais c'est comme ça.

– Moi aussi, ça serait long à raconter, Milos. Et c'est pas aussi simple que tu le crois…

– Eh bien, explique-moi alors ! D'après toi, pourquoi je serais venu dans votre tôle l'autre soir ?

– Je lui en parlerai moi-même, si c'est nécessaire, fit la voix d'Ilis dans leur dos. Je sais être beaucoup plus persuasive que toi, Five. De toute façon, il ne te croirait pas. Monsieur Strinker a cessé de croire il y a bien longtemps.

– Va falloir le faire tout de suite, attaqua Milos. Vos petits mystères commencent à me les briser sérieux.

– Pas maintenant. J'ai encore des choses à voir avec Virgile. Mais promis ! je ferai en sorte que tu comprennes. Ça te va ?

– Mouais ! se renfrogna Milos. On verra ça.

Virgile émergea à son tour du réservoir. Son visage portait des cernes marqués, sombres. Comme s'il venait de passer une nuit à veiller.

– Je n'ai plus vingt ans, dit-il en se massant le dos. Je préfère de loin les rendez-vous dans mon bureau.

– Si j'avais la capacité de te les rendre, je le ferais illico. Mais hélas, ça ne fait pas partie de mes attributions, mon pauvre Virgile. J'ai connu ces sensations bien des fois. C'est assez désagréable.

– Surtout quand c'est sans retour possible.

– Vous aviez l'air à peu près normal quand je vous ai rencontré, intervint Milos. Il a suffi de cinq minutes avec les sœurs fadas pour vous y mettre…

– Si vous en saviez autant que moi, jeune homme, vous deviendriez aussi fada que moi, comme vous dites.

– C'est bien ce que j'essaie de faire.

– En résumé, Ilis et Five sont de lointaines cousines. Ce détail facilite la compréhension ?

Milos grogna une série de commentaires incompréhensibles. Puis il rampa sous le réservoir et disparut à l'intérieur.

– Où est Franklin ? demanda Ilis à Virgile.

– Aux dernières nouvelles, il était du côté de Montréal. Il a dû bouger depuis. Ce garçon ne tient pas en place. Je ne regarde pas son bulletin chaque semaine. Mais ce n'est pas difficile à savoir.

– C'est important, répondit Ilis. Je veux le retrouver.

– Pas de problème. Comment comptes-tu procéder ? Je peux vous trouver une porte de sortie n'importe où dans le monde.

– C'est bien, mais il va d'abord falloir quitter New York. Et pour ça, Milos et ses amis sont les mieux placés, je pense.

– Entendu. Je peux faire le nécessaire pour demain soir. Le temps d'affréter un avion.

– Parfait.

– Je ne reviendrai pas ici. Il faudra que vous sortiez toutes seules. Je vais déjà avoir des problèmes pour y arriver.

– Je t'aiderai, Virgile. Leur surveillance ne peut pas être parfaite. Il y aura forcément un moment. Je te dirai où et quand. À moins que tu acceptes de passer par-dessous.

– Pour être honnête, je n'y tiens pas…

– Moi non plus. Je vais essayer de les occuper. Ou d'envoyer Milos s'en charger. Il adore ça.

– Tu as confiance en ce garçon ? Il est un peu trop tête brûlée à mon goût…

– Justement, le coupa Ilis. J'ai besoin de quelqu'un qui n'a pas froid aux yeux. Milos se débrouille seul depuis l'enfance. C'est l'homme de la situation.

– Tu sens ces choses mieux que moi. Mieux que personne au monde, même.

– Réjouis-toi, Five, dit Ilis. Toi qui n'as jamais vu la

mer autrement qu'en rêve, tu vas découvrir ce qu'il y a de plus beau sur cette terre. Les Caraïbes.

– C'est quoi, les Caraïbes ?

– De l'eau, ma belle. On peut pas rêver mieux. De l'eau, de l'eau, rien que de l'eau, avec un peu de terre au milieu.

51

Ilis attendait dans la pénombre que l'aube se lève enfin. Recroquevillée près de la trappe, elle regardait Milos et Five dormir. De temps à autre, de petits gestes saccadés secouaient leurs membres sous le drap de coton. Ils rêvaient. Elle se laissait alors envahir par leurs visions. Les rêves des autres en disent long sur ce qu'ils sont en profondeur. Infiniment plus que toutes les paroles. Les rêves ne s'embarrassent pas de recherche de cohérence, ni du filtre de la morale. C'est à l'inverse toute l'animalité contrainte par l'esprit civilisé qui s'y exprime sans entraves. Quelle qu'en soit l'élévation spirituelle. Depuis sa plus tendre enfance, Ilis prenait beaucoup de plaisir à visiter ces intimités cachées, sans scrupule, ni volonté de nuire, ni plaisir voyeuriste.

Elle regardait les rêves des autres comme on regarde une télévision allumée. Même si l'envie n'y est pas, l'image attire l'œil et l'accapare.

Mais Milos et Five ne rêvaient pas beaucoup, pas longtemps. Ilis devait alors s'occuper avec ce dont elle disposait sur place.

Son regard vagabondait sur le mur du réservoir, passait d'arme en arme, se souvenant de certaines, à présent usées, et d'autres, plus récentes, dont sa part masculine n'avait pas eu l'occasion de se servir.

Malhorne brûlait d'envie de les prendre en main, de

les soupeser, d'en faire fonctionner le mécanisme, d'entendre le clic du percuteur qui s'introduit dans une chambre vide. Il se serait repu de toutes, une par une, jusqu'au dégoût.

Pas elle.

Le plaisir des armes est une joie masculine. Je me souviens de ça. Il fait en sorte que je m'en souvienne. Malhorne en a le goût. Malgré sa relative sagesse, malgré les expériences accumulées au fil des siècles. Il vibrerait de sentir ma paume épouser ces crosses froides. Inutiles.

Si seulement je savais fragmenter ces voix qui montent du passé, il pourrait se repaître de ses penchants idiots en silence.

Toute la nuit, elle avait pesé ses chances de succès. Et, pour la première fois de sa longue existence, Ilis connaissait la peur d'échouer. Sous aucun prétexte elle ne voulait différer l'ultime épreuve. Les réponses, elle les trouverait au cours de cette vie. Tous les éléments convergeaient dans cette direction. Cinq siècles d'errance de Malhorne étaient plus que suffisants. S'il y avait quelque chose à expier, ce devait être fait.

L'apocalypse, la grande révélation, tous deux l'avaient espérée tout ce temps.

Elle voulait retrouver Ethen Ur Aratta.

Ilis se souvenait partiellement de son ancêtre, celle qui avait été une reine magnifique en même temps qu'un despote sanguinaire assoiffé de vengeance. Un peuple sur le chemin de la sagesse, la ziggourat d'airain, les eaux du savoir, le déluge, Sumer, les Lukingias, l'Aratta. Le puzzle vieux de cinq mille ans affleurait sa mémoire, mais ne faisait qu'en rider la surface. Les ondes concentriques lui permettaient d'entrevoir des scènes enfouies, mais pas d'établir le lien. Encore moins d'accéder à la compréhension claire et totale.

Le fil de la mémoire s'était cassé avec Malhorne. Lui ignorait tout de son origine. Il ne se souvenait même pas d'Ethen. Plus de cinq cents ans, il avait cherché sans trouver, sans comprendre. Ilis en éprouvait de la peine. L'épreuve que cet homme avait endurée était inhumaine. Une seule vie suffisait pour entrevoir que la réponse ne se trouvait pas dans sa quête. Une seule vie devrait suffire.

Ses réponses à elle viendraient bientôt.

Seuls aujourd'hui et maintenant comptaient.

Le temps présent, la vie présente prenaient un sens qu'elle n'avait plus connu depuis ses origines. Pas parce qu'elle risquait d'être la dernière. Non. Elle n'avait aucun doute sur la pérennité de ses réincarnations. Tant que ça aurait un sens, le phénomène continuerait. Par contre, Ilis ressentait sourdement, sans l'expliquer de manière rationnelle, que les éléments nécessaires à son retour étaient en train de se réunir. Manquer cette occasion reviendrait probablement à différer de plusieurs centaines d'années une telle opportunité.

Il fallait tenir bon, juger au plus juste et ne pas sous-estimer les forces en présence. Ni d'un côté ni de l'autre.

Le parfum de son passé viendrait bientôt embaumer la terre entière. Si seulement elle visait juste.

Pour l'heure, elle essayait une fois encore de recoller les fragments épars de sa vie. Et elle n'y parvenait pas mieux que d'habitude. Des images arrivaient, certaines avec une grande netteté, d'autres plus floues, plus ténues. Mais la plupart restaient enfouies. Inaccessibles et pourtant toujours sur le point d'apparaître.

Comme un mot perdu qui traîne sur le bout de la langue. Presque à portée de mémoire. Juste un peu trop loin. Une sensation désagréable qu'elle éprouvait depuis sa naissance, décuplée par un double sentiment d'urgence et d'imminence.

Ça va revenir. Patience. Laisse-les s'échiner à te comprendre pour patienter. Ils n'y arriveront pas.

Elle attendait en se répétant ça depuis dix-huit ans. C'est long dix-huit ans quand on se sait si près du but.

Jusqu'à présent, Ilis n'avait eu aucune volonté altruiste. Elle voulait les réponses pour elle-même. La passation du savoir au reste des hommes, elle y penserait plus tard.

Ce qui comptait, c'était elle. Et les êtres dont elle était issue.

Zagul, Ethen, Malhorne.

Elle était le quatrième pilier qui observe et étudie les trois premiers.

Mais cette trinité était bancale. Le monde est quaternaire.

Et le temps, l'eau et Dieu sont inscrits dans le chiffre sept.

L'heptagone de Zagul, d'Ethen et de Malhorne se trouvait au centre de ses souvenirs.

La patience est une vertu qui s'apprivoise. Mais la plus grande épreuve, quand on approche de la source à laquelle on désire s'abreuver, ce sont les derniers mètres. Les plus haletants, les plus dangereux. C'est à ce moment-là qu'un faux-pas peut réduire à néant toute une vie de patience.

Ilis savait qu'elle marchait à présent sur la dernière partie du chemin. Et l'attente devenait insupportable.

La vie qui s'épanouissait en elle la remplirait d'eau. Alors, lorsqu'elle se serait transformée en une sorte de récipient vivant, elle saurait. Peut-être même avant terme. Elle l'espérait. Et Malhorne aussi. Lui qui avait longuement cherché ce que pouvait bien signifier être femme, il traquait à présent la moindre sensation de ce début de maternité pas même décelable.

Je suis l'être qui regarde un homme découvrant une

femme de l'intérieur, cette même femme jaugeant le ressenti d'un mâle sur des centaines d'années. L'ensemble découpé sur des milliers d'existences distinctes et pourtant mêlées. Au-delà se trouve quelqu'un d'autre, dont je ne peux que deviner la présence et sentir les remugles de souvenirs bestiaux. Je ne sais de lui qu'un nom. Guère davantage. C'est pire qu'un vertige. C'est un maelström, un foisonnement d'individualités au milieu duquel j'essaie d'isoler une structure, avec la certitude qu'il y en a bien une.

Je vais devenir folle si je ne m'occupe pas à autre chose.

Ilis déplia ses longues jambes. L'immobilité forcée lui faisait venir des fourmillements désagréables.

Au moins suis-je encore humaine pour ce qui est du corps.

Elle s'approcha doucement du lit et se pencha au-dessus de la forme endormie de Milos.

Le jeune homme bougea dans son sommeil.

Il fallait qu'elle le persuade de sa propre réalité. Ilis avait besoin d'alliés. Milos pouvait en faire partie, s'il le voulait. S'il se laissait convaincre. Elle regretterait de n'avoir pris de lui que le meilleur de sa semence. Une partie de son esprit lui disait aussi qu'elle n'en avait peut-être pas le droit.

Ilis ferma les yeux et se concentra. Milos entrait en phase de sommeil paradoxal. Elle devait agir vite. Son objectif n'était pas de partager de nouveau ses rêves.

Elle s'immisça dans le flot tumultueux des pensées incontrôlées du jeune homme et repoussa les visions oniriques et les souvenirs ressassés.

Milos dut sentir la volonté d'Ilis le pénétrer car il se retourna sur le lit.

Attends. Pas encore. Ne te réveille pas encore. Laisse-moi te faire comprendre. Laisse-moi te montrer.

Le visage de Milos se crispa, comme sous le coup d'une douleur violente. Ilis avançait le plus doucement possible, mais elle était obligée de le contraindre.

C'est comme un viol. Mais il n'en restera rien de désagréable si tu te laisses faire. Accepte-moi…

Les traits de Milos se détendirent. Son esprit recevait celui d'Ilis.

Il ressentit d'abord une forme dans une lumière. Puis la forme se précisa. Son inconscient comprit qu'il s'agissait de la jeune femme. Il pénétra ensuite en elle, à l'intérieur même de son corps. La vision subjective pénétra des couches de chair, d'os et de graisse, descendit plus bas par des veines. La traversée du cœur l'expédia via une artère vers le bas-ventre. L'artère se ramifia, devint capillaire. Milos vit un volume mouvant, sombre et strié de rouge. Quelque part dans cet endroit, un œuf reposait sur un tapis d'entrelacs blancs. Ça ne ressemblait à rien de connu. Rien qu'il connaissait. Il assista émerveillé à une division cellulaire. Puis à une autre.

La part de son esprit libre en était capable. L'émerveillement qui sommeillait en lui était intact, même si sa capacité éveillée à le faire semblait morte.

La conscience de Milos faillit avoir le dessus. Il était sur le point de se réveiller. Ilis repoussa la vigilance du jeune homme dans ses derniers retranchements et poursuivit le voyage.

Milos s'apaisa et se laissa conduire.

Le point de vue forcé de Milos s'envola. Il franchit en un éclair les strates de chair, d'os et de sang. Il se trouvait à présent au-dessus de lui-même, et s'y attarda quelques secondes. C'était la première fois qu'il se voyait ainsi et son image lui plut. Les rêves nous privent de notre propre vision de nous-même. Mais la contemplation fut de courte durée. La volonté d'Ilis l'expédia dans les airs, à travers le plafond en bois du réservoir. Puis au-dessus.

Vois ! Tu peux voler, parcourir le monde si le cœur t'en dit. Mais tu ne sauras jamais si ce que tu vois est le présent, le passé ou l'avenir. Je n'ai jamais réussi à maîtriser le temps. Et je ne souhaite pas le faire. Un minimum de doute m'évite de me prendre pour Dieu.

La terrasse de l'immeuble s'éloigna. Le réservoir où il dormait encore, de plus en plus petit, devint bientôt un point minuscule dans la nuit, puis disparut complètement.

Ne t'entête pas à chercher ce que tu ne peux plus voir. Regarde autour. Et redécouvre la beauté du monde.

Milos fit ce que lui dictait la voix. D'abord hésitant, son regard se fit plus large.

Mille mètres en contrebas, New York scintillait dans la nuit.

Puis il s'enhardit. La terre devint une sphère, dont il n'apercevait qu'un petit arc. La nuit qui baignait encore sa ville se teintait d'or dans la stratosphère. C'était magnifique.

Un moment de panique le fit chanceler. Il prit conscience que la raréfaction de l'air pourrait lui être fatale.

Abandonne tes sensations normales, Milos. Les personnages des rêves ne respirent pas. Mais est-ce bien un rêve ? C'est ce que tu te demandes ? Cette inquiétude me paraît prudente.

La courbure terrestre ne semblait pas vouloir finir. Plus il montait, plus il distinguait de nouvelles choses. Au-dessus de sa tête, une lune pleine et ronde offrait une blancheur scintillante à son regard. Il n'y avait plus d'air, plus de pollution, plus de particules en suspension pour en salir la blancheur cendrée. Le monde était de nouveau pur.

Pense à quelque chose que tu voudrais approcher !

Le point de vue de Milos se précipita vers le bas. Il descendit à grande vitesse vers le sol, sans même deviner à quoi son subconscient avait bien pu penser.

Il rasa les tours de Manhattan, remonta l'île au-dessus de Central Park, passa à toute allure près de son immeuble et bifurqua vers l'ouest du Bronx. Le mouvement se ralentit. Les blocs défilaient lentement à présent. Il pouvait voir des gens, des voitures, des fenêtres éclairées dans l'aube naissante. La volonté d'Ilis avait compris l'intention de Milos. Elle fondit sur un long bâtiment blanc entouré d'un jardin et passa à travers le toit.

Au deuxième étage, un couloir séparait la bâtisse en deux. Des lumières de service clignotaient tous les vingt mètres. Des dizaines de portes s'étalaient presque à perte de vue. Toutes fermées, sauf une, qui donnait sur une pièce éclairée, occupée par deux femmes en blouse blanche. Sur un mur, un plan des chambres indiquait le nom des pensionnaires. Celui de Gail Strinker y figurait. Aile ouest. Chambre 122.

La vision de Milos prenait de plus en plus corps. À tel point qu'il eut l'impression de sentir le café fumant des infirmières.

Il rebroussa chemin, partit dans la mauvaise direction, se retourna et longea le couloir.

118, 119, 120.

Il ne pouvait pas connaître l'endroit. Depuis son départ de l'orphelinat, il n'était jamais venu voir sa mère.

121, 122.

C'était là. Derrière cette porte percée d'un carreau parcouru de fil de fer.

Gail ne dormait pas. Il pouvait la voir. Elle se tenait debout près de la fenêtre et regardait la lune.

L'endroit puait la mort et le renoncement. Un lit en métal, une table abîmée, une lampe. Il n'y avait même pas une photographie de lui. Gail avait des cheveux grisonnants et sales. Une chemise de nuit écrue tombait sur ses épaules maigres. Son regard semblait à jamais emprisonné dans la matière de la vitre.

Il s'approcha d'elle, ou de ce qu'il croyait être elle. Une larme avait séché sur la joue prématurément ridée de sa mère.

Les sentiments de Milos éclatèrent. Il voulait partir. Cet endroit ne la méritait pas. C'était pire que tout ce qu'il connaissait.

Pire qu'une prison, puisqu'il n'y avait pas de remise de peine possible. Pas de clémence d'un juge plus humain ou moins rigoureux. La folie était une cellule personnelle dont on ne pouvait sortir que si le monde abandonne soudain sa noirceur ordinaire.

Tu ignores si c'est le présent, Milos. Ce que tu vois est peut-être déjà arrivé. Tu ne t'en es pas préoccupé jusqu'à présent. Il faudra patienter. Bientôt ! Sois sans crainte.

Et la vision de Milos repartit, sans qu'il puisse stopper le mouvement. Elle retraversa le toit, prit le chemin de l'est et s'immobilisa au-dessus du Quartier.

Tu dois te réconcilier avec les hommes. Avec toi-même.

Le sol approchait. À chaque rue ouverte, deux voitures de vigiles occupaient le milieu de la chaussée. Leurs occupants y dormaient à tour de rôle. Plus loin, des policiers surveillaient le Quartier. Et les vigiles.

Milos pénétra dans la psyché des uns, puis des autres. L'acte devint banal. Les pensées étaient communes, partagées. Ces hommes pensaient ou rêvaient à des choses ordinaires. Sexe, envie, désir, refoulement, rêves d'ailleurs ou de plus grand, de plus beau, enfance… ou des pulsions liées à des besoins vitaux, tout simplement. Certains avaient des colorations mentales plus noires que les autres. Une forme d'aigreur, de ressentiment, les avait éloignés du chemin balisé de la bonhomie habituelle. Ceux-là rêvaient de s'en prendre au monde entier, de le soumettre à leur moindre désir et commençaient avec leur entourage, leur famille, leurs subordonnés et le type qui passait là. Parce qu'il était tôt pour se promener, parce qu'il avait une sale gueule, parce qu'il se trouvait là, tout bêtement.

Ces boîtes crâniennes étaient mesquines, petites, étriquées. Connaître leurs souvenirs et leurs fantasmes donnait la nausée.

Je partage ça depuis dix-huit ans, Milos. On s'y habitue.

Mais Milos apprenait, il n'était pas temps de juger.

Il ne servait à rien de juger, mais il ne le savait pas encore.

Milos ressortit d'une boîte crânienne par la pupille d'un gardien. Il se retourna, traversa le pare-brise et s'éloigna vers le cœur du Quartier.

Sa pensée planait à deux mètres au-dessus du sol. Un chat errant feula sur son passage. Lui seul semblait se rendre compte d'une présence inhabituelle. Milos pénétra dans la psyché de l'animal, qui détala dans la rue. Il le fit bondir sur le mur d'enceinte de son immeuble et ressortit juste avant que le félin ne parte se terrer.

Il traversa la cour et monta dans les étages.

Méti dormait entre deux jeunes femmes. Milos hésita.

Ce n'est pas du respect que tu éprouves. C'est de la peur.

L'une des jeunes femmes bougea. Elle ouvrit les yeux et regarda dans sa direction. Ou sembla le faire.

Elle murmura quelque chose puis se retourna sur son oreiller.

Ilis précipita Milos dans les rêves de Méti.

La coloration générale était nauséabonde, le rythme tumultueux et la perception altérée par vingt années de consommation de drogues diverses.

Milos s'y vit à plusieurs reprises. Dans des scènes courtes, secondaires.

Méti ressassait des crimes passés, se délectait de la peur qu'il inspirait à son entourage. Les flashes de souvenirs se mélangeaient à des fantasmes morbides, sexuels, toujours violents.

Si la promesse de récompense monte encore d'un cran, il n'hésitera pas à te livrer. Ni à te tuer pour y arriver. Malgré tout ce que vous avez partagé, tu ne feras jamais partie de sa famille. Tu es un Blanc.

Nous devrons l'utiliser avant de nous en séparer.

Son propre sexe occupait une place importante. Une verge noire, énorme, lisse comme un monolithe de marbre dotée, semblait-il, d'une volonté personnelle. La seule puissance de son animalité virile résidait là, dans ce tronc de chair gorgée de sang. Une puissance bien fragile à ses propres yeux puisqu'elle se trouvait toujours sous protection.

Une forme bougea dans le rêve. Elle se dirigea vers la turgescence.

Milos reconnut le visage d'Ilis, ou de Five, dont la projection fantasmée dotait les lèvres d'un gonflement surdimensionné.

La bouche s'ouvrit en grand, montrant un trou béant sans matière. Puis le visage se mit à sourire. En s'étirant, les lèvres découvrirent des lames de rasoir à la place des dents. La bouche engloutit le sexe et se referma dans un déferlement de sang qui recouvrit tout.

La panique réveilla Méti. À mi-chemin entre le rêve et la réalité, il apaisa sa peur sur la jeune femme qui se trouvait le plus près de lui. À coups de poings.

Il a peur des femmes, ton caïd. Petit trip castrateur. Il faudrait aller planer du côté de maman Méti pour comprendre. Même ce salopard a une maman.

Milos se retira. Il traversa le plafond, puis la paroi du réservoir et se retrouva au-dessus de lui-même.

Son visage baigné de sueur luisait dans la pénombre. À ses côtés, Five l'avait enlacé sans qu'il s'en rende compte.

Milos ouvrit les yeux. Il vit Ilis, qui se tenait accroupie à moins d'un mètre. En même temps, la perception visuelle de la jeune femme se mêlait à la sienne. De telle sorte qu'il distinguait son propre visage superposé au sien.

Milos se redressa d'un bond en reculant vers le mur. Un effroi glacé parcourait son corps. Le nom de sa mère jaillit malgré lui de sa gorge. Comme un enfant qui sort d'un cauchemar.

– Maman !

Ilis se retira de son esprit.

– Bientôt, lui dit-elle tout bas. Tu la verras bientôt.

Une certitude bloquait sa capacité à raisonner : ce n'était pas un rêve.

– Tu es un monstre, réussit-il à articuler.

– Si tu veux. Si ça peut t'aider à comprendre, va pour le monstre. Mais ne t'y arrête pas. Ça ne mène nulle part. Maintenant, je vais te laisser te remettre. Et réfléchir aussi. Tu en as besoin. À partir des éléments dont tu disposes, tu devrais y arriver.

En début d'après-midi, Milos sortit du réservoir. Réfléchir davantage ne le mènerait pas plus loin qu'il ne l'était déjà. Il ressentait le besoin de bouger un peu. De respirer à l'air libre aussi.

Il descendit dans la cour et escalada le mur. Le Quartier était suffisamment grand pour s'y dégourdir les jambes sans en quitter le périmètre.

Il croisa des visages connus. Certaines fenêtres ouvertes laissaient sortir des bruits de disputes, de radios ou de télévisions. Marcher dans son environnement quotidien lui rendait l'illusion que la vie suivait son cours normal.

Mais il sentait bien que tout pouvait basculer d'un instant à l'autre. Ça dépendait de sa décision. Elle était pratiquement arrêtée.

Il arriva devant la voiture abandonnée par Virgile Macare et s'y installa.

Au cours de la nuit, Ilis avait dû instiller dans sa tête d'autres éléments susceptibles de l'aider à envisager l'inexplicable. C'était la seule interprétation raisonnable de sa réaction. Elle n'était ni violente ni crédule. Un brin de scepticisme lui permettait même d'analyser la situation avec le minimum de distance indispensable.

Mais Milos ne savait plus s'il raisonnait par lui-même ou s'il était manipulé. Une pensée prenait peu à peu corps en lui. Il se sentait prêt à croire.

Si l'aventure était arrivée à un autre, peut-être Ilis aurait-elle échoué. Mais depuis sa petite enfance, Milos avait été conditionné, comme préparé à vivre cet instant. Gail, sa mère, l'avait traîné d'église en église, avant de verser totalement dans le culte de Malhorne. Il se souvenait à présent très bien de chaque détail. Tout l'aspect merveilleux de cet homme aux visages multiples lui revenait. L'espoir aussi, qu'il avait fait naître dans le cœur de millions d'individus. À cette époque,

Milos était bien trop jeune. À six ans, on ne se soucie pas de la mort. Pas consciemment. Pas même de celle de son père, sur le cadavre duquel on avait prélevé le sperme qui l'avait mené jusque-là. Milos Strinker, ce père légendaire qui resterait dans sa mémoire éternellement jeune. La jeunesse d'une photo jaunie sur la télévision de la cuisine.

Le monde avait failli croire. Mais l'enthousiasme galopant était retombé en laissant une situation pire qu'avant.

Ce temps révolu, Milos l'avait cru mort, disparu, anéanti dans les tumultes de sa jeune vie. Il n'y pensait jamais. Même en se forçant, il n'y arrivait plus. Sa mère elle-même s'était transformée peu à peu en une sorte de fantôme. Il la savait vivante, mais à jamais inaccessible dans son désarroi psychique.

Depuis son réveil, les souvenirs revenaient, forts, nombreux, presque palpables.

Ses barrières de protection tombaient les unes après les autres. L'oubli dans lequel Milos s'était réfugié juste après son procès se levait avec la rapidité d'un orage de montagne. Et il n'avait pas prévu qu'un tel chambardement puisse lui arriver. Il avait dû survivre. Et à présent, c'était en train de se terminer.

Que lui proposait Ilis au juste ?

De lui servir de guide. De l'épauler en cas de coup dur, ce qui ne manquerait sûrement pas d'arriver. De s'engager dans la voie étroite et difficile de la compréhension.

La veille encore, Milos aurait éclaté de rire devant une telle pensée. Ça lui aurait paru ridicule et désuet. Un doute subsistait tout de même en lui. Et si l'expérience de l'aube n'avait été qu'une illusion ? Avant de basculer complètement d'un côté ou de l'autre, il devrait avoir une conversation avec Ilis. Une longue conversation.

Mais qu'avait-il à perdre en la suivant ? Qu'elle soit ou non ce qu'elle prétendait être.

Rien. Ou presque. La vie qu'il s'était construite de toutes pièces ne le mènerait tôt ou tard qu'à une fin violente. Il ne pouvait pas espérer davantage. Chaque nuit qui tombait sur New York était comme une victoire personnelle. Il avait survécu. Aux gangs, à la police, à ses amis, à la dureté de la mégapole, aux balles perdues, à lui-même.

Même en y regardant de près, il ne quitterait rien qu'il puisse regretter.

Peu importait ce que ça pourrait lui rapporter. Le cœur de Milos était en train de s'ouvrir au reste du monde. Et ce sentiment faisait mal. Si mal qu'il pleura en silence, le front posé contre le volant. Pendant une demi-heure, il libéra des années d'endurcissement factice.

Lorsqu'il releva la tête, le rétroviseur central lui renvoya un reflet méconnaissable.

Les autres le traiteraient sûrement de gonzesse. Il devait attendre un peu avant de rentrer.

Il pensa à Gail. Elle aurait été fière de lui. L'enfant qu'il avait été et l'adulte qu'il était en train de devenir établissaient une jonction. Sa mère en était le fil conducteur.

Quoiqu'il fasse à présent, Milos sentit qu'il ne serait plus jamais le même. Curieusement, il n'éprouvait aucun remord pour ses actes passés. Les hommes qui étaient tombés par sa faute ne se relèveraient plus. Il n'y pouvait rien et n'avait aucune intention de s'embarrasser avec des impossibilités.

Parallèlement à ce cheminement spirituel montait en lui une autre idée. Quelque chose qu'il ne voulut pas identifier tout de suite. Ou alors n'en était-il pas capable. Le mirage d'un destin hors du commun miroitait sur sa ligne d'horizon mentale, dans les brumes surchauffées de ses fantasmes égocentriques.

Comme tout être humain, Milos rêvait pour lui-même d'une vie faite de succès, d'un parcours ascendant qui le mènerait à l'apogée de l'idée qu'il se faisait de la réussite.

Ilis allait lui permettre d'y accéder. Il ne savait pas comment. Il ne savait même pas précisément ce que signifiait *réussir*. Mais il était certain d'une chose : s'il demeurait aux côtés de cette jeune femme étrange aux capacités extraordinaires, il atteindrait la zone de succès sans retour rêvée par l'humanité entière mais où seuls quelques rares élus avaient pris pied.

La pluie d'étoiles qui hantait ses rêves depuis son enfance retomberait alors sur ses épaules et éclairerait son chemin.

Milos se vit en personnage d'exception. Il vit l'or. Il vit la pourpre.

Un sentiment qu'il ne connaissait pas emplit son cœur de fierté.

Comme s'il fallait avoir connu le mal pour évoluer vers le bien. Naître vertueux ne présentait finalement aucun mérite.

Milos arracha les contacteurs sous le volant et les relia. Il désenclencha le système de reconnaissance rétinienne et commuta l'ordinateur de bord en mode manuel. La voiture démarra aussitôt. Il accéléra doucement et rangea le véhicule le long du mur d'enceinte de son immeuble.

– Tu me regardes bizarre, dit Méti.

– C'est rien. Je suis naze, prétexta Milos. J'ai pas dormi de la nuit.

– Faut que tu fasses de l'exercice, mec. Avec tes

deux gonzesses, t'as une salle de sport à disposition. C'est royal !

– Faut les aider à sortir d'ici, Méti.

– Qu'est-ce que j'y gagne ? T'as vu le Quartier ? Faut avoir une bonne raison pour sortir en ce moment.

– Elles ont de l'argent.

– C'est déjà mieux. Je croyais que tu voulais leur filer un coup de main pour la beauté du geste. Combien ?

– Cent mille.

– Je suis sûr qu'elles valent beaucoup plus que ça. Vu qu'on les a sorties de nulle part, elles peuvent pas être recherchées pour des crimes. Y'a autre chose. T'es au courant ? Elles t'ont parlé ?

– Pas tant que ça, mentit Milos.

– Vous avez passé la nuit à vous mélanger sans dire un mot ?

– Pas loin.

– Et aujourd'hui ? Tu leur as pas parlé non plus ?

– Elles m'ont encore foutu dehors.

– T'es vraiment minable dans cette histoire, mec. Avec moi, jamais une fille ne se serait permis le quart de ce qu'elles te font. Faut mâter l'engin.

– T'es prêt à les faire sortir ?

– Quand ?

– Ce soir.

– Elles veulent aller où ?

– Aéroport JFK.

– Et toi, tu fais quoi ?

– J'les accompagne.

– Et après ?

– Je rentre. Pourquoi ?

– Parce que t'as l'air bizarre. T'es pas amoureux, non ? Ça serait con, parce qu'elles se barrent sans toi.

– Laisse tomber, tu veux ! Je suis vanné, c'est tout.

– Remarque, cent mille, c'est pas mal pour une course.

– Le Quartier est plutôt bien encerclé.

– Je connais pas le gars qui empêchera Méti de sortir de chez lui. Il viendra me lécher les semelles plutôt !

– N'empêche. Ça risque d'être coton…

– Laisse-moi faire. On va rameuter large. Un joli convoi. J'ai jamais fait ça encore. Un joli convoi avec moi au centre entouré de tes putes. Ça me plaît.

Milos laissa filer. Il ne tenait pas à montrer à Méti l'importance qu'Ilis avait pour lui.

– Osmane est là ? reprit-il après un temps.

– Tu t'es décidé ? Tu veux te faire un trip jamaïcain ?

– Non, j'ai besoin de ses accessoires pour les filles. Elles sont trop facilement repérables avec leur crâne rasé et leurs tatouages. Faut que je les maquille un peu.

– Elle est dans la chambre à côté. Elle se pomponne, je crois. Tu peux pas mieux tomber.

– Prêt à neuf heures. Ça te va ?

– Va pour le convoi de neuf heures. Je veux voir le pognon avant.

– OK.

– Et toi, tu touches rien ?

– Pas sur la course. J'ai pris une avance. Je leur offre le service.

– T'es beau joueur. Combien ?

– Un peu moins que toi.

– Combien ? insista Méti.

– Cinquante mille. Pour une autre course.

– L'avocat que t'as ramené hier ?

– Exact. C'était moins risqué, alors ça explique le prix.

– Je vois, acquiesça Méti en lui jetant un regard suspicieux. Elle claque le pognon sans compter, ta femelle. T'as chopé le bon numéro. Disons que ça fait partie du casse de l'autre soir. Tu me dois une commission sur tout ce que tu toucheras d'elle.

– Pas de problème. Comme d'habitude.

– Hey ! dit Méti alors que Milos s'éloignait vers la chambre.

– Oui ?

– Me fais pas d'entourloupe, mec. Je l'apprendrai tôt ou tard. Tu le sais !

– Tu peux compter sur moi. Je t'ai jamais fait d'embrouille.

Puis il quitta la pièce en sentant dans son dos le picotement acide du regard venimeux de Méti.

Milos retourna dans le réservoir après être passé voir Osmane. Sans un mot, il jeta sur le lit un sac rempli de vêtements et d'accessoires de maquillage. Puis il s'attabla devant son poste de travail et commença à rassembler le matériel dont il pensait avoir besoin.

Five questionna Ilis du regard. D'un geste muet, l'aînée assura sa cadette que tout allait bien.

Attends ! Il parlera. Mais il faut le laisser venir.

Milos déballa un microscope et se concentra une heure durant sur de minuscules composants électroniques. Lorsqu'il eut terminé son travail, il rangea certains éléments dans des sachets, enferma les autres dans des microcapsules et boucla son sac.

Il se retourna enfin vers les jeunes femmes. Son regard passait de Five à Ilis, sans parvenir à se fixer sur l'une des deux. Il inspira plusieurs fois, se racla la gorge et fit une tentative infructueuse.

– Je sais déjà, dit Ilis pour lui venir en aide. Je t'ai entendu.

Milos n'essaya pas de se faire expliquer le procédé d'écoute. S'il se décidait à la croire, alors il devrait pendant quelque temps avaler des couleuvres. Petites ou grosses, ce serait en fonction de sa capacité à admettre l'invraisemblable.

– Pas besoin de mots ?

– Toi si. Je lis les pensées des autres depuis ma petite enfance. J'y suis habituée. Mais toi, de ton côté, tu as établi une forme de communication verbale. Il faut se ranger au niveau du plus faible. En l'occurrence, le tien. Mais tu verras, avec un peu d'entraînement, nous y parviendrons. Tu pourras me parler sans dire un mot et je te répondrai de la même façon. Five s'en tire très bien.

– À propos de Five. Elle est ce que vous prétendez ?

– Oui. Ma sœur, mon double physique. Ou mon clone si tu préfères.

– Est-ce qu'elle est…

– Comme moi ? dit Ilis, devinant la fin de la question de Milos. Non. Oui et non en même temps. Elle n'a jamais vraiment cherché à le faire. C'est pourtant en chaque être humain. À des degrés plus ou moins élevés. Comme le reste. Tout le monde ne peut pas être un athlète. C'est pareil pour les capacités mentales. Toi aussi, tu pourrais. À condition que tu le décides. Mais j'ai quelque chose de plus. Un don ou un talent particulier, je ne sais pas. Ce matin, tu parlais de monstruosité…

– Pardonne-moi, j'ai eu peur.

– J'ai entendu bien pire, tu sais. Les gens réagissent avec ce qu'ils ont entre les mains.

– J'ai tellement de choses à te demander, Ilis. Je ne sais pas par quel bout commencer.

– Ne prends rien. Écoute, observe, ressens et laisse-toi aller. Tu ne peux pas accepter en bloc. Tu n'es pas Gail. Tu n'as pas besoin d'éprouver de la ferveur pour agir. Je le sais.

– Est-ce que tu peux me sonder entièrement ? Je veux dire… je ne peux rien te cacher ?

– Pas si je le veux, Milos. Mais rassure-toi, je n'y tiens pas particulièrement. Tes pensées sont aussi peu intéressantes que celles du reste du monde.

– Charmant !

– Je ne lis que tes pensées. Je n'ai pas le pouvoir de scanner ton cerveau comme tu peux entrer dans un ordinateur. Tu n'as qu'à te surveiller. Si tu veux me cacher quelque chose, n'y pense pas.

– Plus facile à dire qu'à faire. Il suffit que j'essaie d'éviter de penser à quelque chose en particulier pour ne plus penser qu'à ça. Ça va être coton.

– Au pire, je saurai tout de toi.

– Justement, j'en ai pas envie.

– En règle générale, vous les hommes, vous pensez très en dessous du niveau de la ceinture. Vous n'avez qu'une idée en tête, c'est vous servir de vos couilles. Crois-moi, je me passe volontiers de vos obsessions. Tu vois, pendant que je te parlais, tu as matérialisé la cambrure de Five. Si tu es honnête, tu en conviendras. Non ?

– C'est venu comme ça, répondit Milos d'un air penaud. J'y peux rien. Je ne m'en étais même pas vraiment rendu compte…

– Vous êtes des animaux. Il faut l'accepter. Nous aussi d'ailleurs. Quelle que soit l'utilisation que nous faisons de notre intellect, une part de nous restera à jamais animale.

– Bah. C'est-à-dire…

– Intéressante remarque, Milos. Tranquillise-toi. Tu es loin d'être abominable. Nous utilisons tous dans les soixante pour cent de notre énergie à jouer au chat et à la souris avec le sexe opposé. Ou l'autre, d'ailleurs. Et pourquoi, à ton avis ? La copulation, mon grand. La copulation. Notre être entier tend vers l'acte sexuel. Pour se reproduire. C'est inscrit dans nos gènes. Nous sommes là pour perpétuer l'espèce. Comme des animaux.

Milos garda le silence. Il n'avait pas très envie de s'entendre traiter d'animal plus longtemps.

– D'ailleurs, il faut que je te dise quelque chose. Je suis enceinte.

– De moi ? demanda Milos, incrédule.

– J'ai pas fréquenté grand monde ces derniers temps. Il y a pas loin de cent un pour cent de chances que ce soit toi le père, en effet.

– Merde !

– Félicitations, au contraire.

– Tu m'as piégé…

– Un peu, c'est vrai. J'ai besoin de cet état. Et ne t'inquiète pas, je ne te demanderai pas de me verser une pension.

– Merde, répéta Milos. Du premier coup. C'est pas de chance…

– J'ai attendu le bon moment. Si une femme s'étudie un tout petit peu, elle connaît le moment de son ovulation. Le reste n'est pas très difficile. Un mauvais moment à passer tout au plus.

– De mieux en mieux, maintenant.

– C'était quand même pas l'extase. Admets-le. Même si je reconnais que c'était agréable. Il va falloir revisiter tes fantasmes pour me saillir une nouvelle fois. J'ai eu des milliers d'amants, Milos. J'ai été un homme aussi. Je le suis toujours, pour une partie.

– Quels fantasmes ?

– Par exemple, comme beaucoup d'hommes, tu es persuadé qu'une fille ne peut jouir qu'à hauteur de ses appas.

– Tu veux bien être plus claire ?

– Sois honnête et dis-moi que je me trompe peut-être ! Est-ce que tu n'es pas persuadé que plus une femme a de gros seins, plus elle peut jouir ?

– C'est possible, articula lentement Milos.

– Une vilaine te ferait moins jouir ?

– En tout cas, pour moi, c'est le cas.

– Faux, monsieur Strinker. Ta jouissance ne vient pas du corps que tu culbutes mais de la représentation mentale que tu t'en fais.

– Faudrait que je ferme les yeux alors…

– Tu es aussi saligaud que les autres. Tu vois, quand je te parle de revisiter tes fantasmes. Tu as du pain sur la planche…

– Cette conversation tourne mal, coupa Milos pour essayer de s'en sortir. J'avais d'autres sujets en tête.

– Malhorne est à l'origine de tes malheurs.

– J'ai du mal à entendre ce nom-là sans serrer les dents. Remarque, depuis quelques années, plus personne n'en parle. Il a fallu que tu arrives…

– Et ça ne fait que commencer, Milos. Crois-moi, le temps de Malhorne est sur le point de revenir. De Malhorne ou d'un autre comme lui.

– Ça signifie ?

– Plus tard. C'est un peu long. Je me sens forcément responsable de ses actes. Même si ce n'était pas vraiment moi.

– Ce n'est pas lui qui m'a mis sur la paille. Ce n'est pas lui qui a planté cette épée dans l'œil de ce sale con.

– Sans doute. Mais notre responsabilité ici-bas concerne aussi ce que les autres feront de ce qu'on leur laisse.

– Ouf ! Ça me semble un peu compliqué.

– Tu étais un enfant, Milos. On ne peut pas mettre un enfant en accusation comme on le ferait pour un adulte. Ton monde est injuste. D'où crois-tu que te sont venus ce rejet des autres et cette indifférence vis-à-vis de leurs souffrances ?

– Tu parles comme un curé. C'est chiant !

– On a sans doute plus urgent, tu as raison.

– Comme, par exemple, vous saper et vous maquiller. L'heure tourne. Allez ! À poil, les filles ! Je vais commencer par vous injecter un Implant. Ça facilitera le voyage.

– Parfait ! commenta Milos en les regardant de bas en haut. Vous ressemblez à des pétasses comme il faut. Avec ça, on passera inaperçus.

Ilis et Five portaient chacune une combinaison synthétique qui moulait intimement leur corps. Leur crâne avait disparu sous une perruque. Bleue pour Ilis et blanc rosé pour Five. Un maquillage réactif et quelques bijoux achevaient de les rendre méconnaissables.

– Ce qui est assez dingue d'ailleurs, répondit Five en s'observant dans un miroir. J'ai l'impression que je vais monter sur scène.

– C'est que t'as jamais vu de concert. Ils ont une autre touche que toi. Bien plus barré.

– Monsieur veut dire que nous avons du tout-venant sur le dos, dit Ilis.

– Le problème, c'est que vous faites la même taille. Même carrure, même démarche. Ça pourrait vous trahir.

– Je marcherai pas en canard pour te faire plaisir, répliqua Five en riant. Même si tu me le demandais gentiment.

– Mets des talons.

– Jamais de la vie. J'ai passé ma vie pieds nus. Je vais avoir bonne mine s'il faut que je coure.

– On sort en voiture de toute façon, intervint Ilis.

– Normalement oui.

– Alors, on s'en moque !

– C'est toi le chef, admit Milos. Si on s'en moque…

Le jeune homme bourra deux sacs d'armes légères et de munitions. Puis il les tendit à Five et à Ilis.

– Vous ne devriez pas avoir à vous en servir, mais on ne sait jamais.

– Celui qui porte des armes attirera sur lui les armes…

– Tu recommences à parler comme un curé, plaisanta Milos. On verra plus tard pour le sermon. À présent, il faut y aller. Méti va nous attendre.

– Méti se méfie de toi, Milos. De plus en plus. Tu aurais dû me laisser aller le voir.

– Il ne traite pas avec des femmes. Jamais. Jamais d'argent en tout cas.

– Il y a un début à tout, non ?

– Non. Pas avec Méti. Il décide comment le monde tourne. Tu n'y changeras rien. Ni toi ni personne d'autre.

Vers vingt heures, ils entendirent une pétarade de moteurs et des crissements de pneus autour du Quartier. Les acteurs du rodéo organisé par Méti faisaient un tour de chauffe. Puis il y eut un bruit de tôles froissées, quelques échanges de tirs et des dizaines de voitures passèrent au ralenti devant l'immeuble avant de s'y arrêter, moteur allumé.

– Descendons, dit Milos. Je ne sais pas ce que Méti a prévu exactement mais…

– Silence ! lui intima Ilis.

– Qu'est-ce qui te prend ?

Ilis plaqua sa main sur la bouche de Milos. Le jeune homme essaya de se dégager, mais la pression était trop forte.

– Ils sont là !

– Qui ? demanda Five, soudain angoissée.

– Straub ! Avec ses chiens de garde. C'est ma faute, je n'étais pas attentive.

Ilis ferma les yeux. Les veines autour de ses tempes se gonflaient sous l'effort de concentration.

– Je peux pas les compter. Ils sont au moins une trentaine.

– Ils sont où ?

– Autour ! Partout. Il faut partir.

– On ferait mieux de rester, au contraire, contra Milos. Ici, on a du soutien.

– Dans peu de temps il ne restera pas âme qui vive.

– Un baroud d'honneur, alors… On a l'habitude de se débrouiller, tu sais !

– Vous êtes des guérilleros amateurs. Eux, ils appliquent une méthode. C'est imparable. Ils utilisent aussi des machines. Vous n'y pourrez rien.

– Raison de plus pour les prévenir, tenta Milos.

– Tant pis pour tes amis, Milos, déclara Ilis sur un ton ferme. Straub nous veut vivantes. Ils abattront tous les autres. Toi y compris. Sauf si on te protège.

– C'est le monde à l'envers…

– Le monde tourne. À chacun son heure. Allons-y !

Ils sortirent du réservoir et rampèrent sur la terrasse, jusqu'au parapet. En bas, Milos aperçut les silhouettes de Baba et de Snake. Ils faisaient de grands gestes en direction du premier étage.

– Faut que j'avertisse au moins Baba, dit Milos en se redressant.

– Rien ni personne ! gronda Ilis en le contraignant à rester plaqué par terre. On va attendre ici qu'ils commencent et on descendra ensuite.

Au même moment, des détonations retentirent en contrebas. Milos glissa un œil vers la rue. Un écran de fumée en noyait déjà une partie. À la fenêtre d'une construction désaffectée, il vit un homme casqué vider son chargeur sur les véhicules. Les balles explosaient à l'impact.

Les hommes de Méti ripostèrent, mais la plupart de leurs tirs se perdirent dans les murs, faute d'avoir localisé l'ennemi.

À travers la fumée, des balles traçantes fusaient d'une dizaine de directions différentes. Les carrosseries des voitures étaient déchiquetées par les projectiles enduits de phosphore.

– Ils y vont pas de main morte ! s'exclama Milos. S'ils ne veulent pas vous tuer, je sais pas comment ils font. Vous êtes censées éviter les balles ?

– Ils savent où nous nous trouvons, précisa Ilis.

– Comment ? Vous ne portiez pas d'Implant avant…

– On a mieux que ça.

– Quoi ?

– Nos tatouages. Ils nous pistent grâce à nos tatouages.

– Quoi ! Qu'est-ce que tu dis ? Tu le sais depuis quand ?

– Pas loin de quinze ans. Depuis qu'ils ont pensé à nous tatouer, en fait.

– Et tu pouvais pas le dire avant ? On est piégés. Comment tu veux échapper à des traceurs ?

– On ne leur échappera pas, mais ils nous laisseront partir s'ils s'aperçoivent que nous partons seules.

– Pourquoi ? C'est pas logique.

– La logique de ces gens-là ne fonctionne pas sur le même plan que la tienne.

Dans la rue, le feu nourri diminua rapidement. Puis les tirs cessèrent. Milos risqua de nouveau un œil. Une scène de carnage l'attendait. De nombreux cadavres jonchaient le sol. Certains corps n'avaient plus de tête, ou de bras. Il vit celui de Baba, coincé entre deux voitures. Sa main serrait encore une de ses grenades fétiches.

Milos ne pouvait pas voir si la goupille s'y trouvait encore, mais il était certain qu'elle n'y était plus. Tôt ou tard, la main tétanisée relâcherait sa pression. La grenade tomberait sur le sol et trois secondes plus tard, elle exploserait au nez des assassins qui se trouveraient dans les parages. Il chercha Snake et Méti mais leurs cadavres étaient introuvables.

Plusieurs voitures brûlaient. Une fumée âcre et épaisse montait dans le ciel. Ça sentait l'essence, le caoutchouc et la chair brûlés.

Ilis se releva.

– Attends ! lui dit Milos. Il doit y avoir encore du monde dans l'immeuble. Ça va pas tarder à riposter.

– Je sais. Et c'est justement le bon moment.

Milos ne protesta pas. La jeune femme savait mieux que personne ce que les autres avaient dans la tête.

Ils marchèrent en courbant le dos jusqu'au vasistas et descendirent dans l'immeuble.

Des étages inférieurs montaient des bruits de pas, de chuchotements et de maniement d'armes. Milos dévala les escaliers en tête. Il se trouvait entre le premier et le deuxième palier lorsqu'il entendit résonner la voix d'Ilis à l'intérieur de son crâne.

Méti est là. Tue-le tout de suite, Milos ! Sinon, il te tuera.

Milos s'arrêta et regarda Ilis un long moment. Il ne savait pas quoi faire. L'angoisse du doute montait dans son esprit, mais la jeune femme confirma ce qu'elle venait de penser d'un mouvement de tête.

Par ta faute, son univers vient d'être anéanti. Tue-le ! Lui n'hésitera pas.

Cela ne suffisait pas. Regarder ses potes mourir sans rien faire, il pouvait l'accepter. Par contre, tuer celui qui l'avait toujours soutenu était une autre paire de manches. Même s'il savait de quelle nature était l'intérêt de Méti pour lui. Il resta les bras ballants, à mi-chemin entre deux décisions opposées.

Ilis attrapa deux grenades sur le ceinturon de Milos, les dégoupilla puis les envoya rouler sur le sol de l'appartement de Méti. Elle referma ensuite la porte et s'éloigna dans le couloir.

Les grenades explosèrent à une fraction de seconde d'intervalle. Dans la rue, les tirs reprirent de plus belle. La fenêtre du couloir explosa sous les balles, qui s'en allèrent réduire le plafond en charpie.

– Ça fait toujours un salopard en moins, commenta-t-elle de façon laconique.

Puis elle prit Five par la main et l'entraîna dans l'escalier.

Milos sortit de sa torpeur. Il empoigna son pistolet et les rejoignit dans la cour.

– Il ne peut pas y avoir personne, chuchota Milos, la moitié supérieure du corps posée sur le mur d'enceinte. Si ces types sont aussi bons que tu le dis, ils auront quadrillé tout le Quartier.

– Straub connaît mes talents, Milos. Il sait de quoi je suis capable. Je te l'ai dit tout à l'heure. Ils vont nous laisser partir en attendant de trouver le meilleur moyen de m'attraper. D'ici là, on ne pourra pas échapper à la traque des scanners mais au moins, on sera plus libres qu'ici.

Une fléchette anesthésiante vint se planter dans le mur, à quelques centimètres du visage d'Ilis.

– Tu vois, ils ont déjà des idées.

Milos riposta. Son arme aboya plusieurs fois en direction de la façade qui lui faisait front. Une silhouette vêtue de noir tomba dans le vide.

Il rechargea son arme et arrosa la zone au hasard.

– Ça va les obliger à se mettre à couvert. Sautez dans la voiture !

Ilis et Five enjambèrent le mur. Milos les rejoignit quelques secondes plus tard. Il fit démarrer le moteur et enfonça la pédale d'accélération.

Il roula en continuant d'accélérer sur une centaine de mètres. Au bout de la rue très étroite, il aperçut une calandre qui leur barrait la route. L'ordinateur de bord lançait des avertissements tonitruants dans les enceintes. Milos accéléra encore. Au dernier moment, il vira sur la droite. La Chevrolet de Macare fit une embardée et vint percuter de trois quarts l'autre véhicule. Le choc fut suffisamment violent pour libérer le passage. Quoique légèrement sonné, Milos réussit à conserver son sang-froid. Il écrasa de nouveau l'accélérateur et quitta les limites du Quartier. Il roula au hasard dans Harlem, puis passa dans le Bronx.

Apparemment, personne ne les avait pris en chasse. Milos changeait régulièrement de direction, les yeux oscillant entre le pare-brise et le rétroviseur central.

Ils roulèrent un quart d'heure sans échanger un mot. Puis Milos brisa le silence. Il fallait prendre une décision.

– On doit changer de voiture. Celle-ci est bonne pour la casse et ils ont dû la repérer.

– Ça ne sert à rien, répondit Ilis. C'est nous qu'ils pistent. Il faudrait plutôt se débarrasser de nous. Tu peux changer cent fois de voiture si ça te chante.

Milos se renfrogna et ne dit plus un mot pendant un bon moment. D'ordinaire, il avait toujours une solution pour se sortir des situations critiques. Mais cette fois-ci, la donne était différente. Lui et les hommes qui venaient d'investir le Quartier ne jouaient pas dans la même cour. Et surtout, il ne parvenait pas à comprendre leur mode de fonctionnement.

– Va pour City Island, acquiesça Ilis. On ne peut plus rejoindre Virgile à l'aéroport. Ils ne nous laisseraient pas prendre l'avion.

– Arrête de fouiner dans ma tête, dit Milos avec colère. T'es pire qu'un flic !

– Je le lui dis depuis qu'on est petites, glissa Five, qui semblait sortir de l'oubli dans lequel elle s'était prostrée depuis qu'ils avaient quitté la terrasse. Tu peux pas avoir d'intimité avec elle.

– Ça y est, commenta Milos. J'ai le bon et le mauvais flic maintenant. Comme à la parade !

– Ce petit désagrément évite les conversations interminables, contrecarra Ilis. Va pour ta planque de City Island.

– C'est risqué. Il n'y a qu'une route pour y accéder. Et donc une seule aussi pour en sortir.

– Sans doute, mais il y a des bateaux. Ça m'irait assez, une balade en bateau. Pas toi, Five ?

– Et comment ! J'ai jamais…

– On va jouer au chat et à la souris combien de temps ? la coupa Milos avec énergie. Ils connaissent vos moindres mouvements. En ce moment même, ils doivent nous pister sur un écran. Ils savent que tu sais qu'ils savent. Ça n'a aucun sens. Pourquoi ne pas t'attraper tout de suite ?

– Tu es têtu ! répliqua Ilis. Je te l'ai dit. Mon cadavre ne les intéresse pas. Le tien et celui de Five, pourquoi pas ? Le tien surtout. Mais rassure-toi. Dès qu'ils auront trouvé le moyen, ils essayeront.

– C'est vrai que c'est rassurant. À ton avis, comment peuvent-ils s'y prendre ?

– Straub trouvera. C'est un vicieux de la pire espèce.

– Qui c'est ce Straub ?

– Le remplaçant de Spencer. Ça t'éclaire ? C'est le chef de la sécurité de Craig. Un type qui t'en veut beaucoup, soit dit en passant.

– Super ! commenta Milos.

– Fallait pas mettre son incompétence en pleine lumière, mon grand.

– Et tu peux pas savoir ce qu'il a dans la tête ? T'as qu'à le scanner !

– Pas si simple. Il y a des millions de cerveaux à New York.

– T'as pas pu le faire pendant qu'on était dans le Quartier ?

– Straub n'y était pas. Je te dis que ce ne sont pas des imbéciles. Tous ceux qui nous ont attaqués ne connaissaient qu'une infime partie du plan général. Je n'ai rien pu apprendre d'eux.

– Merde, ragea Milos. Tu sers à rien, alors.

– Je sais par exemple que trois voitures nous suivent à bonne distance. Toi, tu ne les avais pas vues, que je sache !

– C'est ça ! Rien ne le prouve.

– Sors de la voie express et range-toi sur le côté. Tu verras bien.

Milos hésita. Les certitudes d'Ilis en toutes circonstances mettaient ses nerfs en pelote. Il jeta un regard mauvais à la jeune femme puis grommela une réponse incompréhensible.

– Gentil garçon, commenta Ilis. Bon, alors ? City Island, c'est par où ?

Straub fouilla le réservoir du regard.

Comme souvent lorsqu'il était nerveux, l'extrémité de son pouce manquant commença à le démanger. Il chassa la sensation en écrasant son poing sur une table basse.

Il se laissa tomber sur le lit et inspecta la pièce. La combinaison de Five traînait sur le sol, à côté de plusieurs tenues froissées. Sur une table, deux perruques et des produits cosmétiques bon marché côtoyaient un assortiment de composants électroniques. Le regard de Straub passa ensuite sur les murs. Il apprécia en expert la collection d'armes de Milos. Certains emplacements vides soulignés d'une étiquette indiquaient quelles armes le trio en fuite avait emportées.

Pas très malin d'écrire sur les murs, pensa Straub. *Voilà un détail qui pourra nous être très utile.*

Il prit son téléphone et composa le numéro privé de Denis Craig.

– Résultat ? demanda son patron.

– Victoire écrasante, informa Straub. Il n'y a plus un seul témoin.

– Ils sont où ?

– Sur la 95. En direction du nord. Sous contrôle.

– Parfait ! apprécia Craig. Laissez filer pour le moment.

– Comme vous voudrez. Tant qu'ils ne sortent pas du secteur des scanners.

– Sur le territoire des États-Unis ?

– Ils peuvent aussi passer au Canada, rétorqua Straub. La route est longue, mais ce n'est pas impossible. Si elle s'enfonce dans les forêts du nord, on la perdra. Isolée des hommes et dans un milieu naturel, elle deviendrait redoutable, en plus…

– Elle ne s'éloignera pas de ses rares alliés. Faites-moi confiance. Où en êtes-vous avec vos mercenaires ?

– Leur transfert a pris un peu de retard. Mais on devrait pouvoir lancer l'opération d'ici une dizaine de jours.

– Le plus tôt sera le mieux, acheva Craig. En attendant, ne l'approchez pas. Sous aucun prétexte. C'est clair ?

– Très clair, monsieur Craig. Je dois de toute façon m'occuper de nos nouvelles recrues.

52

– Tu vois, je tiens parole, dit Gary en ouvrant la portière de sa voiture. Montez.

– Stuart vient avec nous. Mes autres amis vont nous suivre.

Stuart tendit la main à Gary.

– Stuart Mac Conkey. Mes amis m'appellent « padre ».

– Bonjour, *padre*, répondit Gary en serrant la grosse main de l'Irlandais. Mes amis m'appellent « officier de police Pierce ». Tara, demande à tes potes de me coller au train.

Il démarra sur les chapeaux de roues et prit la direction de Harlem.

– On nous a signalé une fusillade du côté du parc Marcus Garvey. Ça pourrait paraître anodin, des fusillades là-bas, il y en a tous les jours, ou presque. Sauf que les échanges de feu ne se sont pas faits entre deux bandes. Ce sont les types de la sécurité de l'affaire dont je t'ai parlé qui ont été pris à partie.

» O'Connor est déjà sur place. Et il paraît que c'est pas beau à voir. La version officielle, c'est du pipeau. À mon avis. Les privés se seraient lancés à la poursuite de braqueurs qui les auraient conduits jusqu'à Harlem. Et là, échanges de tirs et carnage intégral. Légitime défense. Mon œil, oui. Ça pue le réglement de comptes, mais ça sera difficile à prouver. Ces types sont assermentés. Rien à redire pour l'instant. En plus, ils nous mâchent le boulot.

– Est-ce qu'on a retrouvé…

– Non, ma belle. Ta petite en cavale n'y était pas. Ou plus. Ça suit, derrière ?

– Acil fait une drôle de tête, mais ça ira, répondit Stuart en se retournant.

– Bien. On y est presque.

Ils arrivèrent en vue du Quartier. Une colonne de fumée s'élevait encore au-dessus des toits. Gary s'arrêta au milieu de la chaussée, juste devant un barrage gardé par quatre agents.

– Attendez-moi dans la voiture pour le moment. J'en ai pour quelques minutes.

Gary descendit et s'éloigna en direction du cordon de police.

Un quart d'heure plus tard, il ressortait de l'immeuble où avait vécu Milos. Il allait revenir vers eux lorsqu'il fut interpellé par un homme.

– Regarde le type là-bas !

– Quoi ? Quel type ?

– Celui qui discute avec Gary !

– Oui, eh bien ?

Stuart détailla l'homme un instant, sans comprendre où Tara voulait en venir. Puis son sang sembla se retirer de son visage.

– La probabilité que ce ne soit pas lui est si mince qu'on peut l'écarter tout de suite.

Stuart ouvrit la portière et posa un pied sur le sol.

– Eh ! l'interpella Tara. Qu'est-ce que tu fais ?

– Il y a longtemps que je n'ai pas donné l'extrême-onction, répondit Stuart sur un ton froid. Je ne sais même pas si je me souviendrai des paroles exactes. Mais ça ne fait rien. Avec ce genre d'ordure, pas besoin de bla-bla.

– Tu reviens tout de suite ! cria Tara. C'est justement lui qu'on cherchait. Alors, va pas tout foutre en l'air avec tes pulsions de mec à la con.

À travers le pare-brise, ils virent Gary serrer la main de l'homme, puis marcher vers eux.

– Qui c'est ? l'interpella Tara avant qu'il n'ait eu le temps de s'asseoir.

– Le type avec qui je parlais ?

– Oui. C'est qui ?

– Philip Straub ! C'est le responsable de la sécurité d'une grosse boîte de gardiennage. Les types qui ont massacré le quartier font partie de ses équipes. C'est pas un tendre. Je l'ai déjà rencontré plusieurs fois. Bien obligé. On travaille en parallèle.

– Tu sais d'où il sort ?

– Je ne m'en suis jamais préoccupé. Ce genre de personnage fait l'objet d'une enquête de la part de nos services. Je ne vais pas m'amuser à repasser derrière.

– Tu devrais, dans le cas présent.

– Vous savez quelque chose sur lui que j'ignore ?

– Ça se pourrait bien. À ton avis, il y a combien d'hommes amputés du pouce de la main droite, en pourcentage ?

– Aucune idée, et je suis pas loin de m'en foutre.

– Et un pouce qui portait une gueule de requin ?

– Crachez le morceau ! Vous savez quoi, au juste ?

– On a retrouvé le pouce de cet homme entre les dents d'un cochon sauvage, mon vieux Gary.

– Un minimum d'explications me serait utile…

– Tara m'a dit que vous ne l'aviez pas crue, le coupa Stuart. Mais un homme d'Église, tout de même. Vous devez bien pouvoir faire confiance à un homme d'Église ! Il y a dix-sept ans, nous avons trouvé un pouce portant un tatouage similaire à celui de cet homme dans la gueule d'un pécari. Sur le lieu d'une tuerie qui nous concernait de très près. Or, voilà que nous nous retrouvons devant la main qui nous manquait. Ici. À New York, dans le quartier même où votre enquête nous amène. Avouez qu'il faudrait être sacrément sceptique pour douter une seule seconde.

– Mais douter de quoi ? s'énerva Gary.

– Que nous avons retrouvé l'homme qui a assassiné Bout de chou.

– Qui ?

– La réincarnation de Malhorne, précisa Tara.

– Et après ? Vous voulez que j'aille coffrer Straub parce qu'il lui manque un doigt ?

– Pas un doigt, le reprit Stuart. Un pouce. Ça fait une énorme différence. Un pouce tatoué par-dessus le marché.

– On ne t'a pas demandé de le coffrer, Gary. Maintenant, on sait qui est en face. C'est très bien. Il n'y a plus qu'à le suivre.

53

Septième mémoire d'argile
(Traduction des tablettes de la septième tombe)

Je m'appelle Nirgal.

Je suis la fille-sœur d'Angalta, sixième descendante de Namshe, le vénérable témoin d'Aratta.

Celui qui a connu la grande eau.

Toute ma vie, je suis restée fidèle à la parole de mes ancêtres.

J'ai observé les signes. Les sources et le désert, les nuages et le vent, l'eau qui s'envole vers le soleil et les spectres de la rosée.

J'ai laissé l'esprit des cochons noirs me raconter l'histoire de mon peuple.

J'ai bâti la septième maison.

Et j'ai attendu le retour d'Aratta.

Ethen Ur Aratta est revenue.

Et avec elle la peur, la mort et la désolation.

Sept générations de Lukingias ont attendu ce jour.

Ce qui devait être une fête est arrivé sur les ailes du malheur.

Une colonne venue du sud a traversé le désert.

Le peuple de la montagne en tête, hirsute, armé pour une bataille, les yeux n'exprimant que la haine.

D'innombrables chariots suivaient la trace de leurs pas. Des chariots remplis d'ossements et d'objets de culte barbares.

Puis un peuple entier a défilé dans la poussière.

Tous enchaînés par des fers intentionnellement meurtrissants.

Notre reine Ethen Ur Aratta fermait la marche.

Elle est venue assise sur un trône posé sur un animal inconnu.

À ses côtés se trouvait un homme. Un homme qui fut un roi. Le descendant infortuné d'Irinadar le Félon.

Sa couronne d'or lançait des éclairs et le cristal d'Aratta pendait à son cou.

Ethen Ur Aratta s'est levée et a proclamé :

« Moi, Ethen Ur Aratta, reine-mère-fille-sœur des hommes.

Lien des mondes de l'extérieur et des eaux de la terre.

Je suis revenue parmi les miens pour un temps très court.

Les descendants d'Irinadar périront jusqu'au dernier.

Fussent-ils innocents du crime commis par leurs ancêtres.

Du vieillard infirme au nourrisson.

Chaque homme, chaque femme, chaque enfant de Sumer abîmera ses mains à creuser la pierre de sa tombe.

La mort frappera aveuglément. Sans hésitation ni remords.

L'esprit de vengeance se nourrit de la liberté des autres.

Celui d'Ethen Ur Aratta prendra sa pitance insatiable dans la mémoire d'un peuple.

La nouvelle ère d'harmonie viendra plus tard, lorsque ma soif destructrice sera apaisée et que l'Aratta aura purgé la faute que je vais accomplir. »

Le saros approche et la ville souterraine est terminée.

La grande salle résonne à présent des pas des soldats de la montagne.

Le trône est achevé. Sa pierre est prête à recevoir les humeurs du roi.

Jamais son eau ne rejoindra l'Aratta. Ni celles de son peuple.

Les cristaux de sel emprisonneront à jamais la mémoire de ces hommes.

Maudits par naissance.

Fassent les eaux du monde que plus jamais dans l'avenir une telle abomination ne soit commise.

Des milliers d'hommes, de femmes et d'enfants sont descendus dans la ville des morts.

Nous avons écouté trois jours durant leurs plaintes inhumaines.

Chaque heure plus faibles, chaque minute plus lointaines.

Notre reine a ensuite poussé seule la grande dalle.

Ensevelissant le peuple maudit dans un linceul de ténèbres.

Le dernier cri fut celui du roi. Seul parmi les siens à ne pas manquer d'eau.

Pour qu'il puisse être le dernier vivant.

Pour qu'il assiste jusqu'à la fin à la destruction de sa race.

Les Lukingias du sud ont reçu de notre reine redoutée une nouvelle mission.

Sumer doit disparaître de la mémoire des hommes.

Les villes de Sumer devront être abandonnées.

Les ziggourats rejoindront la poussière dont elles sont issues.

Les dieux de Sumer retourneront vers l'oubli.

Les peuples immigrants seront aidés par nos rangs.

Ainsi a parlé Ethen Ur Aratta, notre reine.

Bientôt, l'existence même du peuple de Sumer ne sera plus qu'un vague écho dans la mémoire des cochons noirs et de leur progéniture.

Seules les eaux du monde se souviendront.

Les Lukingias du ponant sont venus en masse au grand saros.

Des hommes se lèvent par-delà les terres et les mers.

De nouvelles communautés s'organisent.

Ethen Ur Aratta s'en est allée.

Elle a pris le chemin du ponant.

L'horizon a happé sa silhouette pour les siècles à venir.

Nous attendrons de nouveau.

Les Lukingias ne faibliront pas.

Ils conserveront vivant le grand secret d'Aratta.

Jusqu'à ce qu'Ethen Ur revienne à la mémoire d'Aratta.

Toujours nous garderons l'esprit fixé sur son retour.

L'esprit d'Aratta nous reviendra quand sa colère sera terminée.

Nous le savons.

Nous attendrons l'éternité s'il le faut.

Jusqu'à ce que les eaux du monde s'ouvrent d'elles-mêmes et que l'Aratta nous soit révélé.

Moi, Nirgal, fille-sœur d'Angalta, septième descendante de Namshe, je témoigne dc ce que j'ai vu.

Pour la multitude qui arrive.

Pour les hommes éclairés qui marcheront après nous.

Que ma langue soit coupée, mon cœur arraché et mon eau coupée des eaux du monde si ce que je dis est faux.

Ethen Ur Aratta reviendra.

Alors, un nouveau cycle de connaissance et d'harmonie s'étendra sur la terre des humains.

Ainsi soit-il.

– Voilà. Tout est là. Il semble que la septième tombe n'ait pas été aussi bien scellée que les autres. Des portions de texte ont été altérées. Le temps n'a pas joué en notre faveur.

– Le temps joue rarement en notre faveur, répondit Stacey par écran interposé. J'aimerais parfois fouiller des sites intacts.

– Tu ne peux pas réellement penser une chose

pareille. Où serait le plaisir s'il n'y avait pas à interpréter ?

– Juste une fois, pour être sûr.

– OK. Une fois.

– Ce qui n'est pas le cas en ce moment.

– Où en êtes-vous, à propos ?

– Nulle part. C'est grand, la mer Noire, tu sais. Même en se restreignant à sa partie orientale. Mais on avance. J'ai fait des recherches. Ça se précise. Il y a eu des prospections pétrolières dans le coin. Denis Craig m'a ouvert les portes des archives. La société ne lui appartient pas, mais il a le bras long, tu comprends. Entre grands de ce monde, il y a une entraide qu'on ne retrouve dans aucun autre groupe humain.

– Ça a donné quoi ?

– C'est confidentiel, n'est-ce pas !

– Ça va de soi, l'assura Paul. De toute façon, à qui veux-tu que j'en parle ? Il y a bien deux ou trois renards des sables dans le coin…

– Eh bien, même les renards devront rester en dehors de la confidence. Tu comprends ?

– OK. Je t'écoute.

– Certaines carottes de forage présentaient des traces de vestiges d'origine humaine. Des fragments de mosaïque, de la terre cuite. Ce genre de choses.

– Quelle profondeur ?

– Soixante-dix mètres, à peu près. Et c'est une chance. Ça se trouve à portée de scaphandre.

– Je ne pensais pas que les choses iraient si vite.

– Attends ! le tempéra Stacey. Nous n'y sommes pas encore. Avant de voir quoi que ce soit, il va falloir enlever une bonne couche de sédiments. On travaillera d'abord au sonar. La pelleteuse viendra ensuite. Ça vous laisse largement le temps de faire vos bagages.

– Justement. Léo et moi, nous aimerions bien rester ici encore un peu.

– Pas de problème. Envoie-moi la traduction. Je veux l'étudier à tête reposée avant d'en rediscuter avec toi.

– Je te fais ça tout de suite. Merci pour le délai. Ça m'arrange.

– Vous êtes sur de nouvelles pistes ?

– Écoute, Stacey. Je ne sais pas très bien ce que peuvent chercher des types comme Craig. Nous, par contre…

Paul hésitait. Stacey s'en rendit compte. Il essaya de l'encourager à poursuivre.

– Il voudrait mourir en ayant eu au moins un début de réponse, je suppose… Comme nous tous d'ailleurs.

– S'il y a bien une réponse à découvrir…

– En doutes-tu ?

– Non. Bien sûr. J'ai même le sentiment que ces tombes nous rapprochent de la fin.

– Vas-y, s'excita Stacey. Tu as quelque chose à me dire. Arrête de tourner autour.

– J'ai lancé un logiciel assistant sur les textes abîmés. J'ai obtenu des résultats…

– Continue, Paul.

– Tu te souviens de cette tablette qui portait un sceau et un texte très court et très abîmé ?

– Parfaitement.

– Eh bien, il y avait aussi un titre. Indécelable à l'œil nu, mais le scanner ne connaît pas les problèmes de myopie.

– Ce titre ? s'impatienta Stacey. Il dit quoi ?

– Juste un mot : « Révélation ».

– Une nouvelle apocalypse ?

– La première apocalypse, pas une nouvelle. J'ai pioché une traduction sensée dans les extrapolations fournies par le logiciel. Au moins en ce qui concerne les phrases. Voici ce que ça donne :

« L'homme est la révélation.

L'humain est le matériau.

La terre est la richesse.

L'eau est le siège du savoir.

Dans l'Aratta cohabitent d'autres possibles.

L'Aratta est cela. L'un et la multitude. Le visible et l'invisible.

En élevant nos cœurs et nos esprits, nous pourrons l'apprendre.

Des voyageurs viendront des mondes de l'extérieur.

Ils libéreront sur la terre des humains le sens de l'heptagone.

Ils permettront aux hommes du visible de voir les êtres de l'invisible.

Le monde, les mondes de l'extérieur et le Kur. Tous réunis dans l'Aratta.

Ethen Ur Aratta est un lien. Mais elle n'est pas l'unique.

D'autres viendront, qui ne pourront être entendus que par nous seuls.

Ainsi a parlé Ethen Ur Aratta avant de disparaître.

Pour que subsiste l'espoir dans le cœur des Lukingias.

Et que l'harmonie reste possible sur la terre des humains. »

– Ce texte est très étrange, commenta Stacey. Il est extrêmement précis et obscur en même temps.

– Comme l'Apocalypse chrétienne. Elle fourmille de détails, mais son interprétation ne peut être qu'hasardeuse. Comme un fait exprès.

– Pas sûr. Cette tablette s'adresse à des personnes éclairées d'il y a cinq mille ans. C'est un peu normal que nous ne comprenions pas bien. Lis un traité de mécanique quantique sans posséder de sérieuses connaissances en physique et tu verras. C'est pareil !

– Toutefois, articula lentement Paul. Le sumérologue que je suis y voit un autre sens. Si la traduction est correcte, bien entendu.

– Éclaire-moi de ta belle science, dans ce cas.

– Le mot qui désigne l'enfer chez les Sumériens possède un double sens. Le *Kur* signifie à la fois « montagne » et « pays étranger ». À la lecture de cette apocalypse, la notion de pays étranger prend une signification encore différente. Pays étrangers et mondes de l'extérieur peuvent être assimilés à une notion unique. En tout cas, on peut émettre cette hypothèse.

– Et le sumérologue en tire une conclusion ?

– Si tel est le cas, je la garderai pour moi. Mais avec ce que nous connaissons de Malhorne, de l'appellation de « trait d'union des mondes » qu'il se donnait, de la courte partie de la vie d'Ethen qu'il nous a transmise et de l'ensemble des tablettes des sept tombes que nous connaissons… j'ai des hypothèses surréalistes qui me viennent à l'esprit.

54

Denis,

Voici que la boucle se referme.

Nous devinons à présent ce qui a pu se passer dans cette partie du monde il y a environ cinq mille ans. La traduction des tablettes, que je t'envoie en pièce jointe, ajoutée à celles que nous possédions déjà, nous permet enfin d'y voir plus clair.

À une époque remontant à 3500-3000 ans avant J.-C. le royaume d'Aratta fut englouti par un raz-de-marée (pour une raison encore inconnue).

Il semble qu'Ethen Ur Aratta ne s'y trouvait pas.

Elle était à ce moment-là l'hôte d'une ville sumérienne gouvernée par un certain Irinadar. Ce monarque a certainement dû prendre une part de responsabilité dans ce désastre, car Ethen décida de se venger de lui, de son peuple et de son royaume.

Environ cinq siècles s'écoulèrent. Le temps de la construction des sept villas par une seule et même lignée.

Elle est ensuite revenue, à la tête d'une armée constituée du Peuple de la montagne. Cette anecdote est connue des sumérologues. Le Peuple de la montagne était la bête noire des Sumériens.

Ethen et sa troupe ont donc investi la ville du descendant d'Irinadar. Ils ont emmené la population, probablement rasé la cité, et vidé la nécropole. La suite, tu la connais. Les Sumériens furent enterrés vivants, avec les squelettes de leurs ancêtres et leur monarque.

Ethen s'est ensuite évanouie de la surface de la terre, jusqu'aux événements que nous connaissons bien l'un comme l'autre. Je veux parler de Malhorne.

La dernière tablette traduite par Paul est la plus importante de toutes.

Nous savons que nous pouvons pratiquement prendre au pied de la lettre ce court texte. L'histoire de Malhorne nous y incite.

Ce texte renvoie immédiatement à l'Apocalypse de saint Jean. Il est impossible de passer à côté. Par ses symboles et son sens profond, c'est une annonce, un message d'espoir offert aux Lukingias du temps d'Ethen, et aux autres, qui ont repris le flambeau plus tard.

C'est exactement le rôle de l'Apocalypse. Donner l'espoir aux générations futures.

Moi, j'y vois surtout une possible compréhension du monde à venir. Une compréhension totale.

La révélation d'Aratta mentionne des hommes d'autres mondes qui viendront libérer les humains de l'ignorance en révélant le sens de l'heptagone. Je dois t'avouer que je n'en dors plus.

D'autres textes apocalyptiques rejoignent celui de saint Jean et celui-ci, que nous venons à peine de découvrir. Je fais référence aux visions des prophètes Ezéchiel et Zacharie mais surtout aux ésséniens de Qumran, que tu connais sans doute sous l'appellation de « Fils de la lumière ». Ce sont eux qui ont écrit les manuscrits de la mer Morte.

Si je peux me permettre d'abuser, relis l'Apocalypse de saint Jean.

Tu verras que, éclairée par ce que tu sais maintenant des tablettes d'Aratta, elle prend une nouvelle signification.

Bien à toi.
Stacey Revel

55

Par une fenêtre du premier étage, Ilis apercevait le port de plaisance. Une centaine de bateaux s'y entrechoquaient doucement. Des voiliers pour la plupart.

Au loin sur sa gauche, elle distinguait vaguement la ligne plus claire d'Orchead Beach entourée de verdure.

Elle aurait aimé sortir. Marcher sur les pontons, toucher l'eau, entendre de près le claquement des drisses, pourquoi pas se baigner. Elle en rêvait. Mais ce n'était pas possible. Trop risqué. Elle pouvait entendre ses ennemis approcher à plusieurs centaines de mètres de distance. Mais elle savait que Straub et Craig ne se serviraient pas d'hommes pour la surveiller. Et elle ne pouvait rien contre des caméras, contre des robots miniaturisés.

Depuis quatre jours, elle s'était retranchée à l'intérieur d'elle-même, puisant dans la solitude les ressources nécessaires à une sorte de convalescence mentale.

La maison était immense, ce qui lui permettait de passer une journée entière sans croiser Milos ou Five. Elle appartenait à un industriel new-yorkais, sans doute en voyage d'affaires. En tout cas, il avait quitté le territoire national depuis le début du mois. Milos s'en était déjà servi comme planque plusieurs fois. Le temps de se faire oublier. Il ne lui en avait pas parlé. Ilis l'avait lu en lui au moment où ils s'étaient introduits ensemble dans les lieux, le soir de l'attaque du Quartier. Milos restait extrêmement discret sur lui-même. Il parlait beaucoup, mais racontait rarement quelque chose. Il n'y avait pourtant rien d'important à cacher dans la vie de ce jeune homme amateur d'armes, de violence et d'adrénaline. Il suivait un schéma prévisible. Et personne ne pouvait cacher quoi que ce soit à Ilis, à partir du moment où les pensées affluaient…

Le sous-sol de la demeure était occupé par une piscine, agrémentée d'un sauna et d'un jacuzzi.

Ilis y passait beaucoup de temps. Le contact de l'eau la ressourçait. Au sens propre, comme au figuré. Cette eau que ses geôliers lui avaient refusée pendant près de dix-sept ans. Elle y goûtait à présent plus que de raison.

Elle y puisait de nouvelles sensations. Très agréables pour la plupart. Et par-dessus tout, la présence d'eau en abondance, sous sa forme liquide autant que gazeuse, lui permettait de pénétrer ses mémoires plus finement que jamais jusqu'à présent. Elle plongeait pour de longues apnées et restait tapie au fond du bassin, comme lorsqu'elle était enfant. D'innombrables questions sans réponse y tournoyaient sans fin.

De la plus insignifiante à la plus importante.

Comme, par exemple, pourquoi Gabriel Ostrander avait-il tué Lania, seize ans plus tôt, au fond de la forêt amazonienne ? Cette interrogation lui revenait souvent. Déjà, enfant, elle était capable de sonder les esprits de ses protecteurs, mais très imparfaitement. Il fallait réunir des circonstances favorables, ce que seul le hasard se chargeait de faire. Au gré de ces moments trop rares, elle avait appris d'Ostrander lui-même qu'il était l'auteur du crime, qu'il avait éliminé l'institutrice parce qu'elle avait vu quelque chose qu'elle n'aurait pas dû. Mais quoi exactement ? Ilis l'ignorait. Le cinéaste sud-africain n'émettait que des pensées positives. Il se trouvait réellement en Amazonie pour lui venir en aide. Alors, pourquoi ce meurtre ?

Ilis avait lu en lui qu'il appartenait à un groupe nommé « Lukingia ». Mais sans savoir de quoi il retournait. Elle ignorait jusqu'au sens de ce mot. Ce meurtre n'aurait dû revêtir qu'une place mineure dans ses préoccupations. Pourtant, le visage d'Ostrander et celui de Lania lui revenaient très souvent. Sans qu'elle comprenne pourquoi.

D'autres questions plus essentielles occupaient ses apnées prolongées. Elles frôlaient pour la plupart le sujet de l'Aratta. Toutes les tentatives d'Ilis pour connaître avec exactitude ce qu'était cette chose avaient été vaines. Elle se souvenait du passé par bribes. Depuis sa naissancc, cllc n'avait pu qu'cntrcvoir des visions de temples antiques, de rituels étranges, de déplacements corporels sans mouvements, d'horreurs indescriptibles ou de destins magnifiques.

Au fond de la piscine, elle sentait qu'elle pouvait approcher plus intimement le canevas brisé de ses souvenirs. L'après-midi du même jour, l'objet de sa convoitise s'était matérialisé plus précisément que jamais. Elle en avait caressé la surface, vu se déformer ses contours. La sphère de pouvoir qu'elle avait manipulée pendant des siècles était là, striée de veines luminescentes qui laissaient penser qu'une vie propre palpitait sous la surface métallique.

La vision la plus précise qu'elle ait jamais eue de l'Aratta.

Mais son intuition lui disait qu'il ne s'agissait là que d'une partie de ce qu'elle cherchait. De ce qu'elle devait trouver.

Il fallait que son corps se remplisse d'eau. Pour que les clefs oubliées ouvrent les portes de la connaissance.

Elle avait failli ouvrir la bouche, pour laisser le liquide la pénétrer, mais avait renoncé. La mort ne devait pas l'approcher. Pas maintenant. Une autre eau grandissait en elle. Une eau de vie qui ne demandait qu'à s'enfler, à condition de lui en laisser le temps. Son accouplement avec Milos remontait à une semaine. C'était trop court. Même si les infimes modifications de son métabolisme commençaient à agir sur sa recherche de souvenirs perdus.

Ilis entendit une porte se refermer à l'étage inférieur. Elle orienta son esprit dans la direction supposée. Milos se rendait aux toilettes.

Lui et Five s'ébattaient dès que l'occasion se présentait. Autant dire dès qu'ils étaient suffisamment reposés pour recommencer.

Ces deux-là s'entendaient bien, au moins sur le plan sexuel, ce qui était déjà énorme.

Et leur plaisir physique atteignait Ilis sans qu'elle le recherche vraiment. Surtout celui de Five. Cette fille n'avait rien connu de la vie. Ni de ses plaisirs ni de ses vicissitudes. Et elle se jetait à corps perdu dans cette nouvelle activité. Sans tabou ni gêne, puisqu'elle n'avait reçu aucune éducation dans ce sens. Elle prenait le plaisir là où il se présentait, simplement. Et c'était bon.

Ilis ressentait les orgasmes de Five presque aussi bien que Five elle-même. Une vague d'énergie douce ou violente la pénétrait. Cinq, six fois par jour. Sans contact, sans partenaire. Le summum du *safe sex*. Un pur délice, sans aucun inconvénient.

Les marches de l'escalier grincèrent. Milos la cherchait. Il voulait lui parler.

– Partir en bateau me semble une bonne idée, dit-il en refermant la porte de la chambre.

– Non, j'ai changé d'avis, répondit Ilis sur un ton

absent. Isolés en mer, on serait très vulnérables. Je m'en sortirais sans problème, mais le but n'est pas de vous abandonner.

– Il n'y a pas de bornes de scanner en mer…

– Sans doute, mais tu peux être certain que notre périmètre est sous haute surveillance. Et pister un bateau ne doit pas être très compliqué.

– Tu as raison. Il y a pourtant une solution intermédiaire. On part en bateau et on reste près des côtes.

– Si c'est partir pour partir, autant rester ici, Milos. Le mouvement n'est qu'une illusion.

– Arrête le prêche. Et dis-moi ce que tu veux.

– À vrai dire, j'ai besoin de deux choses dans l'immédiat. L'isolement et ton aide.

– Difficile d'être seule et avec moi en même temps.

– Même ici, il y a trop de gens autour de moi. Il me faut un lieu sans humain à des kilomètres à la ronde. J'ai besoin de cette solitude-là.

– Tu veux aller où ?

– L'idéal, ce serait l'espace. Ou un sous-marin.

Milos fronça les sourcils.

– J'ai dit l'idéal, poursuivit Ilis en souriant. Ça ne veut pas dire que je vais te demander la Lune. Tu ne peux pas me l'avoir, de toute façon.

– Alors ?

– Je dois rejoindre la contrée la plus proche et la moins peuplée en même temps.

– C'est pas la porte à côté, ton eldorado. Il faut monter vers le Canada pour trouver un endroit pareil. Et encore, pas sur la côte.

– C'est une bonne idée, mais c'est aussi la première qui me soit venue. Je suppose que Straub l'aura eue également. On peut lui faire confiance pour essayer toutes les possibilités.

– Alors quoi ? Tu veux pas te noyer dans la foule de

New York et tu veux pas non plus partir là où il n'y a personne. Je sais pas où ça se trouve, ton affaire…

– Moi non plus, mon grand. Moi non plus.

– On peut commander un hélico. L'État de l'Ontario est à moins de deux heures de vol.

– J'y ai pensé.

– T'es pas d'accord non plus.

– J'ai dit ça ? C'est une possibilité.

– Après tout, capitula Milos. C'est ton affaire. Moi, je peux me tirer d'ici tout de suite et personne ne me cherchera.

– Sauf qu'ils te verront sortir de la maison. Tu fais partie du problème à présent.

– Bravo. Ma vie coulait gentiment avant toi. J'avais pas vraiment besoin de tueurs sur mes talons.

– On a encore du temps pour réfléchir, Milos. Et pour le moment, restons ici.

– Qu'est-ce qui te fait croire qu'ils ne sont pas déjà derrière la porte de la maison ?

– Parce que je le saurai avant qu'ils soient entrés dans le jardin.

– Tu as trop confiance en toi. Ça pourrait te coûter cher…

– Infiniment moins qu'à toi, mon grand. Si tu as bien écouté ce que je t'ai raconté, Malhorne et moi, nous avons un point commun non négligeable. Si tu vois ce que je veux dire.

Milos se renfrogna un instant. L'éternité était un phénomène anormal difficilement envisageable. Il croisa les bras sans s'en rendre compte.

– Et ne te ferme pas comme une huître dès que les choses ne tournent pas comme tu le voudrais.

– Fous-moi la paix, tu veux ! Laisse-moi réfléchir tout seul.

– Je parlais de ta posture, nigaud. Je suis capable de ne pas écouter ce que tu penses.

– Bon, je vais voir si Five est réveillée, dit Milos en se levant.

– Elle ne l'est pas. En ce moment, elle est en train de rêver qu'elle est moi. C'est assez étrange.

– Et toi ? Tu dors quand ?

– Rarement. Je veux dire, rarement complètement. Encore un avantage hérité de mon très cher père naturel. Dis donc, tu veux bien me rendre un service ?

– Vas-y toujours. C'est quoi ?

– Je voudrais que tu fasses des recherches sur le Net pour moi.

– C'est pourtant pas sorcier. Tu peux les faire toi-même…

– C'est-à-dire que ces recherches sont un peu spéciales.

– Illégales ?

Ilis fit oui de la tête.

– Tu sais pas te servir d'Internet ?

– Jamais eu l'occasion.

– Merde ! Mais t'es un vrai boulet ! Il doit rester une personne dans ton genre sur la planète et il a fallu que je tombe dessus.

– Deux. Il en reste deux. Five est dans le même cas que moi.

– Bah, voilà. Je vis avec les deux derniers Cro-Magnon. Pas mal pour un coup au hasard. Vous auriez quatre-vingts balais, je comprendrais. Mais c'est vrai que vous avez été élevées dans un bocal.

– Tu as fini ?

– Allons-y. T'auras qu'à me sonder pendant que je le ferai, madame Je-sais-presque-tout. Comme ça, la prochaine fois, tu sauras te débrouiller toute seule.

Ils descendirent au rez-de-chaussée pour s'installer dans un bureau.

Milos démarra le matériel informatique et attendit une suggestion.

– Essaye Fondation Prométhée, CraigCopter, Craig Corporation, Craig Fondation, etc.

La connexion s'établit au premier ordre. Denis Craig n'avait pas changé le nom de la fondation.

– Ils vont vite savoir d'où nous les espionnons. C'est risqué de rester trop longtemps.

– Aucun problème. Ils savent déjà où nous sommes.

– Tu veux dire que ce sont les mêmes qui ont attaqué le Quartier ?

– Le même groupe en tout cas.

– Et tu veux que je fouine dans leurs archives. C'est bien ça ?

– Tu as tout compris. Les échanges de mails en particulier. Si leurs équipes travaillent sur différents projets, ils communiquent nécessairement entre eux.

– OK. C'est parti.

Milos s'installa et pianota sur le clavier. Il ouvrit plusieurs accès en utilisant pour chacun un *provider* différent et afficha les fenêtres sur les trois écrans disponibles. Le sigle de la Fondation se matérialisa.

– Pour le moment, rien d'illégal, dit-il en retirant la chaîne qui pendait à son cou. Maintenant, passons aux choses sérieuses.

Il enleva le cache de protection du minuscule microprocesseur qu'il portait en guise de pendentif et l'inséra dans l'ordinateur.

– Ça te sert à quoi ?

– C'est mon trésor. Mon petit casseur de codes. Deux ou trois programmes que j'ai mis au point pour me faciliter le travail.

Ilis tenta de comprendre comment procédait Milos en

l'écoutant penser. Mais il lui aurait fallu de sérieuses bases en informatique pour y parvenir. Milos réagissait vite, sautant de déduction en déduction par expérience.

Et elle ne pouvait pas davantage s'aider en puisant dans les souvenirs de Malhorne. Julian Stark ne s'était intéressé qu'à un logiciel de composition musicale.

Les capacités d'Ilis atteignaient leurs limites.

Elle s'en voulut de n'avoir pas eu la curiosité nécessaire quand elle en avait eu l'occasion. Au centre, l'informatique était omniprésente.

Elle ne chercha plus à comprendre et attendit le résultat final.

– Voilà, commenta Milos après une minute à peine de recherches. Nous sommes dans le terminal de ta Fondation. Qu'est-ce que tu veux savoir ?

– Sur quoi ils travaillent !

Milos fit défiler les dossiers en cours.

– Projet Omega, ça t'intéresse ?

– C'est moi. Five et moi. Télécharge-le, on verra après. Quoi d'autre ?

– Chantier Turquie ?

– Ouvre-le.

– C'est pas prudent. Il vaudrait mieux…

– Fais ce que je te dis. Ouvre-le.

Milos promena le curseur dans une arborescence de noms et de lieux.

– Celui-ci ! indiqua Ilis. Stacey Revel.

– Voilà, madame.

Ilis parcourut les titres des dossiers. Elle sélectionna plusieurs fichiers.

– Ces quatre-là, dit-elle après un court moment de réflexion.

Elle s'approcha de l'écran principal pour lire les pages couvertes d'écritures et de plans. Une fébrilité difficilement contrôlable montait en elle au fur et à mesure qu'elle en découvrait la teneur. Elle était en train de découvrir la preuve de son lointain passé. Jamais elle n'avait cru être victime d'hallucinations, mais lire la traduction d'un texte vieux de cinq mille ans qui parlait d'elle avait du bon. Malgré toutes ses certitudes.

– Qu'est-ce que t'as ? demanda Milos. T'es toute rouge.

– Ce sont les mots qui font tomber les murs, Milos. Pas les armes. Et ceux-là me fouettent le sang. Mais rassure-toi. Je n'ai jamais été aussi heureuse de toute ma vie.

Milos ne s'occupa pas du sens de ces paroles obscures. Il regarda le compteur du temps de connexion et commença à s'impatienter.

– Ça fait longtemps qu'on a pénétré leurs fichiers. Normalement, ils auraient dû s'en apercevoir et couper la connexion. C'est curieux.

– Ils le savent certainement, mais ils laissent faire.

– Ça n'a pas de sens.

– Sauf s'ils se doutent que je suis le visiteur. Et qu'ils en déduisent que ça pourrait me faire venir à eux.

– T'es aussi vicieuse qu'eux, dit Milos en regrettant aussitôt son commentaire.

– Bien plus, à mon avis. J'ai le fruit de l'expérience pour moi.

– Bon. Tu cherches autre chose ?

– Non. C'est suffisant. Mais reste connecté, il y a un autre site que je voudrais visiter.

– Quoi encore ?

– C'est bientôt l'heure du show de ton idole, non ?

Milos chercha un instant de qui Ilis pouvait bien parler, puis son visage s'éclaira.

– Ouais, s'écria-t-il. T'as raison. C'est l'heure. Ça a même déjà dû commencer.

Milos commanda une nouvelle connexion. Cinq

secondes plus tard, le visage de Nemo apparaissait sur l'écran. L'écologiste était déjà lancé dans un de ses discours et gesticulait comme un damné. Il parlait d'eau, d'un bateau en errance et d'un nouveau concept politique, l'écologie mentale.

Milos buvait ses paroles dans un silence respectueux.

– Donne-moi le clavier, dit Ilis en poussant Milos du coude.

– Tu coupes pas, hein !

– Sois sans crainte. Ce n'est pas mon intention. Je voudrais juste lui adresser un mail.

Elle tapa maladroitement un court texte de trois lignes

– Comment je fais après ?

– *Enter*. Tu tapes sur *Enter*.

Ilis s'exécuta. Elle envoya le message et éteignit l'ordinateur.

– Mais qu'est-ce que tu fous ? hurla Milos. C'était bientôt fini. Pourquoi t'as coupé ?

– Pour t'éviter de la peine.

– Mais je suis pas ton gosse, bordel. Lâche-moi, tu veux !

Milos serra les poings et en envoya finalement un contre l'écran, qui partit se fracasser contre le mur.

– C'est malin. Maintenant, tu ne pourras plus rien regarder du tout.

– Mais elle va me rendre dingue, se plaignit Milos en se frottant les yeux.

– Merci pour ton aide, Milos, tempéra Ilis. À moi maintenant de t'apporter la mienne.

– De quoi tu parles ?

– Viens ! répondit la jeune femme en le prenant par la main. Suis-moi, tu comprendras le moment venu.

56

– J'ai l'air de quoi avec mon rafiot ? Au beau milieu de la Méditerranée ? J'vous le demande ! J'ai l'air d'un con ! Y'a pas d'autre mot. Mais je suis le seul à pouvoir le dire. À moins qu'un petit malin m'explique enfin pourquoi ce tanker s'appelle le *Neptune*. Mais avant que ça arrive, va falloir bouffer du phosphore, les nains !

Bon. Il faut que je me calme. C'est à cause de l'uniforme. Je supporte pas les uniformes. Chez moi, ça s'exprime au niveau de l'épiderme, et le QI de mon épiderme n'est pas plus élevé que le vôtre.

Vous savez ce qu'il m'a dit ?

« On ne veut pas de votre eau. Elle est la propriété du peuple canadien. »

On ne veut pas de votre eau, m'a répondu ce cuistre casqué.

Pauvre type. Mendiant. Crève-la-soif.

Il avait une gourde à la ceinture, cet abruti. Ça laisse du temps pour réfléchir, quand des types du même genre se déshydratent à moins de cinquante bornes dans le désert. Et je suis certain qu'une autre gourde l'attendait dans son plumard, les cuisses offertes, prête à recevoir son bâton merdeux.

Dépravé. Pornographe. Monomaniaque.

Comment ça, vous ne voulez pas de mes cinq cents millions de litres d'eau ? Elle est potable, vous savez. Je l'ai goûtée ce matin encore, elle a bon goût. Ça risque de devenir un peu métallique si vous ne la prenez pas tout de suite, mais c'est pas bien grave. Quand on crève de soif, un petit goût d'acier au fond de la gorge, c'est pas le bout du monde.

Alors, cette eau, tu me la prends, connard ? Avec le bonjour des Canadiens en prime. Tu risques l'incident diplomatique et la rupture de l'amitié entre les peuples pour une bête histoire d'ordre à exécuter ?

Va falloir compter sur Nemo maintenant. J'ai des millions de potes qui n'attendent qu'un geste de ma part. On va te faire un embargo sur tes oranges et tes avocats de merde. Suceur de pompes !

Ni les Palestiniens, ni les Israéliens, ni les autres n'ont voulu de ma flotte. Ils ont dû recevoir des ordres de leur grand frère étoilé.

Ils ont aucune originalité, ces métèques.

Mais c'est pas l'étoile de David qui flotte sur la bannière, ducon. Faut croire qu'ils sont tous devenus myopes.

Bon, t'es sûr, t'en veux pas ?

Elle est bonne mon eau, elle est bonne !

Qui qu'en veut de ma flotte ? Personne ? Personne pour l'eau de Nemo ?

Ah ! Qu'est-ce qu'on rigole !

Y'a pas non plus des propriétaires de piscines qui en veulent ? J'peux remplir dans les deux cents piscines olympiques avec mon tanker.

Supertanker, cher ami ! J'aime les superlatifs.

Bon, c'est pas tout ça, mais en attendant une proposition d'un crève-la-soif du pourtour méditerranéen, et ça manque pas, j'ai un mot à vous dire…

Il m'est venu un songe, mes chers apôtres et en vérité je vous le dis… Qu'est-ce que je raconte ? Le délire me prend. J'aime pas qu'on me dise non. Ne me dis pas non, ou je balance la flotte à la baille !

Je reprends tout de suite, sinon ça va encore partir dans mes délires habituels.

En ces temps de puritanisme cérébral et d'idéologie du parle-correct-ou-ferme-ta-gueule-sinon-t'es-qu'un-beauf, il m'est venu un nouveau concept politique.

C'est un peu ardu, mais je vais vous en faire profiter quand même. Il se trouvera bien parmi vous quelques brillants esprits qui adhéreront rapidement à une idée nouvelle.

Respect pour eux ! Et tant pis pour les autres.

Écologie mentale. Voici une association de deux mots simples pour qualifier mon idée hérétique.

Écologie mentale. Je dépose les statuts demain et je lance le mouvement tout de suite.

En clair, pour les crétins privés de décodeur, l'écologie mentale revient à admettre et tolérer toute vie intellectuelle. Dans tous ses états, vers n'importe quelle orientation, sur tous supports et dans tous les pays.

Ça signifie que l'écolo mental se donne le droit de penser ailleurs qu'à l'intérieur du carcan de la propagande. Et de revendiquer ce qu'il veut.

Même le plus imbécile.

À moi de donner l'exemple.

Je revendique !

Tout et son contraire. Même le plus obscène.

Écoutez donc pour voir. Vous allez vous y retrouver à un moment ou un autre. Un méli-mélo de ce que vous n'osez pas dire, bande de couards, mais que vous ressassez le soir, quand vous vous retrouvez dans la solitude du fond de votre lit. Et que votre courage mental reprend le dessus sur la masse que vous n'avez pas osé affronter dans la journée.

On y va. Dans le désordre et sans hiérarchie.

Je revendique le droit d'être tout ce que les autres évitent à tout prix.

Je revendique le droit d'être différent.

Je revendique le droit d'être con.

Le droit d'être obèse.

Le droit d'être antidémocratique.

Le droit d'être antisémite.

Le droit d'aimer.

Le droit de mourir.

Le droit d'être.

Le droit d'être moi.

Le droit d'être Nemo.

Le droit d'être personne.

Le droit d'être moche.

Le droit d'aimer les grosses.

Le droit d'être laïque.

Le droit d'être croyant et de ne pas en avoir honte.

Le droit de ne pas aimer consommer.

Le droit d'être polygame.

Le droit d'aimer une seule femme dans toute ma vie.

Le droit d'être fidèle, même si ça fait ringard.

Le droit de détester les zoos.

Le droit de vouloir faire tout péter.

Le droit d'être anti-antimondialiste.

Le droit d'être démodé.

Le droit d'être inculte.

Le droit d'aimer les défilés militaires.

Le droit d'arracher mon Implant.

Le droit d'aimer les films de gladiateurs.

Le droit d'être le dernier communiste.

Le droit de détester *Nemo on the Net*.

Le droit d'être un salopard fini.

Le droit d'être riche et de le montrer.

Le droit d'être contre l'avortement.

Le droit d'être un parasite.

Le droit d'être malade.

Le droit d'être pour l'euthanasie.

Le droit d'être pour la peine de mort.

Le droit d'être le dernier.

Le droit d'aimer mon petit boulot de merde.

Le droit de vouloir passer ma vie à rien foutre.

Le droit d'aimer les blondes à prothèses mammaires.

Le droit d'être un imbécile heureux.

Et ainsi de suite. Et cetera, et cetera. J'ai pas assez d'une vie pour établir la liste de tout ce que vous pourriez revendiquer.

À vous maintenant, les crasseux. Creusez-vous les méninges, il doit vous rester deux ou trois synapses de libres pour faire une proposition !

J'attends les mails, mes cailles !

« Le droit de vouer un culte à Adolf Hitler. » Bien, ça ! Ça pue exactement comme il faut. Y'a un petit gars du côté de Moscou qui a tout compris. Une autre proposition ?

« Je revendique le droit de bouffer que des OGM. » Parfait ! Mais fais gaffe, mon pote. Y'a pas un cimetière qui voudra de ta viande. Faudra penser à t'acheter un terrain.

On m'annonce New York en ligne. Fais voir, mignonne…

Je revendique…

Cadré en gros plan par la webcam nº 5, le visage de Nemo venait de se figer. Un long silence s'installa. Le premier silence en quinze ans de bulletins hebdomadaires.

Derrière le pupitre de commande, Irina Maïenkov quitta les écrans des yeux pour interroger Nemo du regard. À quatre mètres d'elle, son patron paraissait perdu, hébété. Une attitude qu'elle ne lui connaissait pas.

Elle fit un geste dans sa direction. Il fallait au moins qu'elle parvienne à attirer son attention. Pour comprendre et pouvoir réagir. Mais il ne quittait pas des yeux le petit moniteur qui lui servait à lire en direct les e-mails des internautes.

Que pouvait-il y avoir de si extraordinaire ? Quel texte apocalyptique avait bien pu faire taire Nemo ?

Le dernier message qui, semblait-il, avait rendu muet son patron, se trouvait encore sur l'écran. Anodin, presque hors sujet.

Elle le relut rapidement. Au cas où elle aurait laissé passer quelque chose d'énorme sans s'en apercevoir.

Je revendique mon petit caillou de travail, Franklin. J'en ai besoin pour reprendre l'entraînement.

Tuot ed iot-esuma, uep ed iot-etnetnoc

M.

Nemo releva la tête. Il semblait reprendre goût à la vie. Il leva la main en regardant Irina et fit un geste du pouce et du majeur. Par deux fois.

Irina exécuta l'ordre. Elle commuta l'interrupteur général.

Sur les écrans de quinze millions d'ordinateurs à travers le monde, l'image du site se brouilla, puis disparut complètement.

57

– C'est complètement con de s'exposer aux scanners pour ça, chuchota Milos. Ma mère a tourné la carte il y a plus de dix ans. Définitivement.

– Il n'y a pas grand-chose de définitif sur cette terre, mon grand.

– On était plus en sécurité dans la maison…

– Boucle-la, le coupa Ilis. Le seul endroit où je serai tranquille, c'est entre les mains de Straub et de son patron. Ma mort serait un grave échec pour eux. Tant qu'ils n'auront pas trouvé un moyen imparable pour m'attraper, on pourra se balader en toute tranquillité. Maintenant, avance et fais pas de bruit. Et arrête de penser à mes reins tout le temps ! C'est un peu lassant.

– Mais…

– La ferme !

Ilis glissa un œil dans le couloir. Le dos de l'infirmier disparaissait au même moment au bout de l'aile opposée. Elle sortit du bloc sanitaire et se dirigea en silence vers la chambre 122.

La prochaine ronde des surveillants est à sept heures, pour le réveil. Ce qui nous laisse quatre heures.

– Quatre heures pour faire quoi ? demanda Milos à voix basse.

Plus tard… Sers-toi de ta tête plutôt que de ta bouche. Je n'en ai pas besoin.

Ilis s'arrêta devant le numéro cent vingt-deux. Elle entra une série de chiffres sur le clavier mural et poussa la porte.

– Où t'as eu le code ?

Ilis jeta un regard navré en direction de Milos.

– Devine, murmura-t-elle en pénétrant dans la pièce. Pose pas des questions idiotes sans arrêt. Il va falloir t'y habituer.

Five poussa Milos dans la chambre.

– Retiens la porte, ordonna Ilis à sa sœur. Milos ! Trouve un système pour qu'elle ne se referme pas.

Milos s'exécuta. Il fouilla ses poches, trouva un vieil emballage de chocolat et le cala entre les mâchoires de la serrure magnétique.

Il se tourna ensuite vers le lit où dormait sa mère. Il fit un pas, le bras tendu, puis se ravisa.

– Non. Ne la réveille pas, lui demanda Ilis. Je vais m'en occuper.

– Qu'est-ce que tu veux faire ?

– Je ne suis pas certaine du résultat, Milos. Je n'ai jamais fait ça…

– Fait quoi ? Explique-toi !

– Tu verras plus tard, si ça marche. Je préfère ne pas t'en dire plus pour le moment.

– Mais…

– Stop ! Assieds-toi dans un coin et laisse moi faire.

Ilis s'approcha de la forme endormie. Elle enleva délicatement le drap qui recouvrait le visage de Gail et lui caressa le front. Sa peau diaphane brillait presque dans la semi-obscurité de la chambre.

Gail ouvrit les yeux et regarda autour d'elle. L'apparition de trois intrus dans son univers carcéral ne sembla pas la surprendre.

– Il faut me prendre du pain, madame Nelson, dit-elle en fixant Ilis. Et n'oubliez pas le lait pour mon petit. Je n'en ai plus et il m'en faut. Nous irons au parc ce matin. Le petit adore le parc…

– Doucement, murmura Ilis. Il fait nuit. Le parc n'est pas encore ouvert.

– Ah ? Tant mieux. Les choses sont bien faites. Je ne suis pas encore prête.

Ilis passa ses mains sous les aisselles de Gail et l'aida à se redresser.

– Je vais vous aider, Gail. Nous avons le temps.

Assis par terre dans un coin de la chambre, Milos et Five regardaient sans comprendre. Ils observaient tour à tour le visage d'Ilis et celui de Gail. L'un se crispait sous l'effort de concentration tandis que l'autre semblait s'apaiser.

Ilis massa longuement le crâne de Gail, puis elle posa son front contre le sien et ferma les paupières.

Voyage vers l'inconnu de l'égarement mental, envoya-t-elle vers les esprits de Milos et de Five. *Ne nous dérangez pas. Sous aucun prétexte.*

Une heure passa. Puis deux. Les deux femmes assises face à face n'avaient pas bougé d'un centimètre. Les traits d'Ilis s'étaient creusés. Des cernes sombres marquaient le pourtour de ses yeux et sa peau avait pris une teinte grisâtre.

Blottis l'un contre l'autre, Milos et Five luttaient pour ne pas s'endormir. Le bâtiment entier semblait vibrer d'une vie sonore quasi animale.

Du couloir filtraient des cris étouffés et des pleurs. Parfois, un rire glacial montait en puissance et s'arrêtait net, coupé en pleine ascension. Le patient de la chambre voisine ne devait pas dormir. Régulièrement, des coups frappaient la cloison et rythmaient la nuit d'une lente pulsation engourdissante.

Puis tout bruit disparut soudainement, laissant place à un silence bien plus dérangeant encore.

Milos sursauta. Il se leva et glissa la tête dans le couloir. Rien.

Il sentit par contre monter dans l'air une tension muette. Chaque porte était comme une oreille aux aguets.

Il referma la porte et, se retournant, découvrit un spectacle auquel il ne s'attendait pas. Five avait quitté le coin de la pièce où elle était assise un instant plus tôt pour s'agenouiller au pied du lit, la tête posée sur les genoux de Gail.

Ilis avait à présent les yeux grands ouverts et observait Gail, qui de son côté gardait les paupières closes. Des larmes sourdant du coin de ses yeux inondaient ses joues et gouttaient sur le visage de Five.

Milos s'approcha lentement du lit. Gail ouvrit les yeux et le vit en premier.

– Milos… Tout est si lent, murmura Gail. Tout est si lent !

– Qu'est-ce que tu lui as fait ? demanda-t-il à Ilis. Elle ne me reconnaît plus depuis dix ans.

– Chut, susurra Ilis à son oreille. Ne parle pas. Laisse-toi aller aussi. Les mots n'ont rien à faire dans ces moments-là.

Milos s'assit sur le lit. Il caressa maladroitement l'épaule de sa mère, puis s'enhardit sur l'arrondi de son visage. Bientôt, son regard se dilua dans une eau doucement salée qu'il tenta de retenir tant qu'il put. Il enlaça enfin le corps tiède de sa mère et éclata en sanglots.

– Milos. Tu es devenu si grand. Je ne m'en étais pas aperçue…

Ilis quitta le lit avec d'infinies précautions. Elle gagna en deux pas le cabinet de toilette et s'aspergea longuement le visage. Un petit miroir mural lui renvoya une image d'elle-même qu'elle ne reconnut pas tout de suite.

Ses dix-huit ans avaient quitté ses traits en l'espace de deux heures.

Elle but de grandes gorgées d'eau et cela lui fit du bien. Malgré tout, elle avait de la peine à tenir sur ses jambes.

– Il faut partir à présent, dit-elle à Milos. Guérir ta mère m'a épuisée. Je vais avoir besoin de ton aide pour rentrer.

– Pas encore. Je viens juste de la retrouver. Laisse-nous un peu de temps.

– Plus tard, Milos. Je ne suis pas en état de me battre. C'est risqué.

– Qui êtes-vous ? demanda Gail à Ilis. Vous êtes…

– Non, Gail, la coupa Ilis. Je ne suis pas celle à qui vous pensez. Ne m'accordez pas tant de mérite. Je suis juste une amie. C'est tout.

– Pourtant…

– Non, Gail. Je vous l'assure. Milos ?

– Va, Milos, l'encouragea Gail. Accompagne-la. Ne quitte jamais cette femme. Elle est plus importante que tout l'or du monde. C'est magnifique. Allez-y maintenant.

Ilis se tourna vers Five, qui n'avait pas quitté le chevet de Gail.

– Tu es certaine de vouloir rester, Five ?

Five secoua la tête.

– Je crois, oui.

– C'est bien, l'encouragea Ilis. Je suis heureuse pour toi. Tu vas enfin trouver un but. Je pense que nous nous reverrons.

58

Virgile Macare présenta son dos à l'œil du scanner. La machine ronronna une fraction de seconde, puis déclencha l'ouverture du sas. Un agent lui délivra un passe magnétique temporaire qui lui permit d'accéder au troisième étage du commissariat de la 54e Rue.

– Merci de vous être déplacé, dit Gary Pierce en l'accueillant dans le hall de son service.

– Je n'ai aucune raison de bouder une convocation de la police, répondit Virgile sur un ton assuré. Même si j'en ignore la raison.

– Je vais vous expliquer tout ça. Venez dans mon bureau. La conversation que je voudrais avoir avec vous est confidentielle.

Gary entraîna l'avocat dans les couloirs dédaléens de la section criminelle et l'introduisit dans son bureau.

– Installez-vous, je vous prie. Voulez-vous un café, un thé ?

– Rien, merci. J'ai un rendez-vous dans moins d'une heure.

– Il va falloir le remettre, dans ce cas, l'informa Gary.

Virgile plissa les yeux. L'entretien prenait une tournure peu orthodoxe. Mais étant donné les récents événements qu'il venait de connaître, il laissa Pierce indiquer la direction de la pente.

– Connaissez-vous cette jeune femme ? demanda Gary en étalant devant l'avocat l'avis de recherche concernant Ilis.

Habitué aux relations avec la police, Virgile conserva un ton et un faciès neutres. Il jeta un rapide regard vers les photos, puis toisa son interlocuteur.

– Avant de répondre à votre question, j'aimerais entendre un minimum de précisions. Puisque cette conversation est confidentielle, n'est-ce pas ?

Quelqu'un frappa à la porte.

– Voici sans doute les personnes que j'attendais, dit Gary en se levant. Accordez-moi une seconde. Vous comprendrez tout seul, si ce que mes invités m'ont raconté est vrai.

Il contourna son bureau et ouvrit la porte.

Pendant les cinq secondes que prit cette action, Virgile eut le temps de mettre en perspective sa présence dans ce bureau, le portrait d'Ilis étalé devant lui et l'attitude du policier. Comment ce dernier avait-il pu établir un lien entre la jeune femme et lui-même ? Pas avec l'argent des crédits-cartes, pas avec Milos, pas avec la succession juridique de Malhorne.

La seule possibilité qui restait, c'était son Implant.

Milos et les deux jeunes femmes ne s'étaient pas présentés au rendez-vous dont ils avaient convenu ensemble. Et l'avocat avait appris par la presse le carnage perpétré dans un quartier de Harlem. La suite était logique. Son numéro d'Implant avait été scanné dans ce même secteur le jour de la tuerie, quelques heures avant les faits. Il n'y avait rien à chercher de plus biscornu. Pierce voulait connaître la raison de sa visite dans le quartier.

Les invités, par contre…

Se pouvait-il qu'Ilis ait été appréhendée par les services de police ?

Virgile fit pivoter son fauteuil et découvrit plusieurs visages connus dans l'embrasure de la porte. Les visages souriants de Tara, Stuart et Kinuyo.

– C'est une réunion de famille ! dit-il en se levant à son tour.

– Mieux que ça, Virgile, s'écria Stuart. C'est le départ d'une nouvelle croisade !

– Je n'ai donc pas besoin de faire les présentations, glissa Gary.

– Quand commenceras-tu à me croire sur parole ? lui renvoya Tara. Tes réserves permanentes deviennent lassantes.

À tour de rôle, les trois nouveaux venus étreignirent Virgile. Ils échangèrent quelques nouvelles puis s'installèrent dans le bureau.

Gary, qui ne croyait toujours pas à l'histoire de Tara, reprit le cours de l'entretien.

– Monsieur Macare allait me répondre lorsque vous êtes arrivés.

– C'est aller vite en besogne, tempéra Virgile.

– Connaissez-vous cette jeune personne ?

– Qu'en savez-vous vous-mêmes ? demanda-t-il en faisant le tour des visages.

– Nous savons qu'elle s'appelle Ilis, par exemple, lâcha Tara après une seconde de réflexion. Tu ne peux pas jouer au chat et à la souris avec nous, Virgile. C'est trop important. Tu le sais bien.

– Tu sais que c'est très délicat, même si je vous connais, vous, ainsi que la raison qui vous a poussé à me faire convoquer par la police. Il s'agit d'un client.

– Gary est un ami de longue date, expliqua Tara. Et nous avons besoin de lui et de sa logistique.

– Tout de même…

– On s'en fout de ton devoir de réserve, s'exclama

Stuart. Tu es un vieil adulte maintenant ! Tu devrais savoir reconnaître les situations d'urgence, non ?

– Je sais, convint Virgile. Je sais. Mais la situation est très compliquée.

– Évolue, alors. J'ai bien tombé la soutane, moi.

– Ce n'était qu'un morceau de tissu, Stuart. Dans mon cas, il s'agit d'éthique... Ça ne se manipule pas aussi aisément.

– Je m'assois dessus. Voilà, c'est fait. On passe à la suite. Nous savons que Bout de chou a refait surface. Et qu'elle est aidée par quelqu'un. Alors, réponds-moi, c'est qui, ce gamin ?

Virgile regarda Stuart d'un œil brillant de malice. Puis il se racla la gorge.

– Il s'appelle Milos Strinker.

Gary griffonna le nom sur un morceau de papier et se leva.

– Je vous abandonne un instant, dit-il. J'en ai pour cinq minutes. Continuez sans moi.

– On va se gêner, commenta Stuart en refermant la porte. Strinker, tu disais. Il ressemble à quoi, ton Strinker ?

– Est-ce que tu l'as vue ? surenchérit Tara. Est-ce que tu as vu Ilis ?

– Oui.

– Comment as-tu pu être sûr qu'il s'agissait bien de Bout de chou ?

– C'est très simple. Elle connaissait le protocole de Malhorne.

– C'est quoi ?

– Malhorne et ma famille ont défini une façon de se reconnaître, il y a longtemps. Et seule sa réincarnation peut révéler la procédure. Ne m'en demandez pas plus.

– Garde tes petits secrets de cabinet pour toi, intervint Kinuyo. La fortune de Malhorne est le cadet de nos soucis. Comment est-elle ?

– Eh bien, comment dire ? Elle est devenue une jolie jeune femme.

– Est-ce qu'elle se souvient de tout ?

– Je ne sais pas. En tout cas, elle se souvient de moi, puisqu'elle m'a envoyé ce jeune homme.

– Elle a dit quoi ?

– Nous avons parlé de vous. De ce que vous êtes devenus et de tout un tas de choses. Elle m'a aussi demandé des nouvelles de Franklin.

Un voile de nostalgie passa dans les yeux de Tara.

– Elle ne pense donc pas qu'il est mort ?

– Mieux que ça, répondit Virgile. Elle connaît sa nouvelle identité et l'endroit où il se trouve.

Cette phrase, que Virgile venait de prononcer sur ce ton professionnel qui ne le quittait jamais, fit l'effet d'une bombe.

– Franklin est vivant ? lâcha Kinuyo d'une voix trop aiguë.

– C'est exact.

– D'où tiens-tu cette information ?

– Franklin m'a toujours donné de ses nouvelles, répondit l'avocat. Depuis qu'il vous a quittés jusqu'à récemment.

– Mais on a retrouvé son corps dans les restes d'un hôtel carbonisé…

– On a retrouvé un corps, c'est certain. Mais il ne s'agissait pas du sien. L'Implant, par contre, était bien celui de Franklin.

– Nous nous sommes vus plusieurs fois ces dernières années, l'apostropha Tara. Pourquoi ne me l'as-tu pas dit ?

– Parce qu'il me l'a demandé, Tara. J'ai respecté sa volonté, même si ce silence m'a coûté.

– Alors, je ne comprends pas pourquoi tu romps ce secret aujourd'hui…

– Parce que les choses ont changé. Je suppose que la machine va s'emballer. Et plus vite que je ne peux l'imaginer. Nous allons avoir besoin de tous…

– Tu ne t'es pas précipité pour nous informer du retour d'Ilis, cria Tara. Ne me dis pas que nous aurons besoin de tous !

– Arrête-toi, Tara, intervint Stuart. Tu veux bien ? Ne nous embarrassons pas des motivations des uns et des autres. Sinon, on va pas s'en sortir. Où est Franklin, Virgile ?

– En ce moment, il est à l'étranger.

– Y a-t-il un moyen de le contacter ?

– C'est facile. Il vous suffit de vous connecter sur le site www.nemo-onthenet.com. Il fait un direct toutes les semaines.

– Tu veux dire que Franklin et l'excentrique de service…

– Sont la même personne ! acheva Virgile.

– Mais à quoi il joue ?

– Il fait ce qu'il a écrit il y a des années. Il cherche l'Aratta.

– Je ne comprends pas très bien, s'interrogea Kinuyo à voix haute. À partir de quelle base peut-il bien chercher quelque chose dont il ignore la nature ? Nous avons tous cherché ce que cet Aratta pouvait bien être. Rappelez-vous ! Qu'est-ce que ça a donné ? Rien. Ou pas loin. Tout ce qu'on a pu trouver, c'est une ville légendaire citée dans des textes antiques. Je ne me trompe pas ?

– Non, c'est bien ça, confirma Stuart. Rien de plus.

– Je n'ai moi-même jamais très bien saisi où il voulait en venir, avoua Virgile. Mais ce n'était pas mon affaire.

– Et pourquoi est-il resté en contact avec toi seul ? poursuivit Tara.

– Parce que je le laisse disposer d'une partie de la fortune Malhorne.

– Tiens donc ! s'exclama-t-elle. Voilà qui ne ressemble pas à ton respect habituel de l'éthique.

– Franklin était l'ami de Julian Stark. Malhorne ne l'avait certainement pas choisi par hasard. Je n'ai fait que poursuivre le mouvement.

– Est-ce qu'Ilis va chercher à le retrouver ?

– C'est ce qu'elle m'a dit. Nous avions convenu d'un rendez-vous. J'avais fait le nécessaire pour affréter un avion, mais elle n'est pas venue. J'ai appris plus tard qu'un massacre avait eu lieu là où elle se trouvait.

– Le Quartier de Harlem ?

– En effet.

Gary fit irruption dans la pièce et coupa court à la conversation. Il brandissait un dossier qu'il fit claquer en le jetant sur le bureau.

– Je l'ai. Strinker est connu de mon service.

Il présenta à Virgile une photographie de Milos.

– C'est lui ?

– C'est lui !

– Usurpation d'Implants, braquages, dealer occasionnel, jugé pour le meurtre de Kogan Starkovitch, ce jeune homme d'à peine vingt ans a déjà un joli passé. Votre protégée choisit bien ses amis.

– Elle a sûrement une bonne raison pour ça, commenta Stuart. Ce n'est pas parmi les rangs des grenouilles de bénitier qu'elle peut trouver à se défendre à New York.

– Ce qui nous arrange, apprécia Gary en professionnel. Strinker s'est spécialisé dans la manipulation d'Implants et la violation de domicile par le même type de procédé. Nous avons ici des batteries d'ordinateurs qui analysent les résultats des scanners de New York à la recherche de ces délits. Ça serait beaucoup plus simple si on disposait de son numéro d'emprunt, mais c'est déjà pas mal. On devrait pouvoir le retrouver facilement. Je vais mettre plus d'hommes sur le coup. Ceci posé, il va falloir rester assez discrets. Cet avis de recherche émane de je ne sais où. De ma hiérarchie, ça ne fait aucun doute, mais qui exactement ? Il est tout à fait possible qu'elle soit le fruit d'une alliance avec le privé. J'ai déjà vu ce genre de choses. Étant donné l'identité de vos adversaires, je n'en serais pas surpris…

– Ce garçon a une famille ? demanda soudain Kinuyo.

Gary feuilleta le dossier.

– Oui. Sa mère. Pourquoi ?

– Parce que c'est le premier endroit où j'irais si j'avais à me cacher.

– Vous n'appartenez pas à la racaille de Harlem, ma petite dame. Et tant mieux pour vous. La famille est bien le dernier endroit où ils vont se terrer. Le gang est leur unique salut. Pour le cas qui nous intéresse, le problème est vite réglé. La mère de Strinker se trouve en asile psychiatrique depuis un bon bout de temps. Elle…

– Que lui est-il arrivé ? le coupa Tara.

– Ma foi…, articula lentement Gary en tournant les pages du dossier. Oui. La garde de son fils lui a été enlevée après qu'il eut tenté de tuer un certain Will Paltrow, alias Kogan Starkovitch. Le petit bonhomme était alors âgé de six ans. On aurait dû le décérébrer tout de suite. Ça nous aurait évité la suite. Orphelinat disciplinaire par décision du juge. C'est sûrement là qu'il a rencontré ses futurs camarades de gang.

– Kogan Starkovitch ! Un rapport avec Malhorne ?

– Il dirigeait l'une des nombreuses sectes qui ont foisonné à l'époque. Ça n'en faisait pas un criminel pour autant.

– Ça reste à voir ! gronda Stuart. Bon. L'idée de Kinuyo ne me semble pas si mauvaise. En attendant que vos ordinateurs nous mâchent le travail, allons voir cette madame Strinker de plus près.

59

Découpé en douze zones, un premier écran montrait l'extrémité nord de City Island sous des angles croisés. L'objectif principal des caméras, une grande maison recouverte de bois blanc, apparaissait en partie ou en totalité sur chaque écran, de telle sorte qu'aucune parcelle de la demeure ou de son jardin ne pouvait échapper à l'observateur.

Un second mur d'images quadrillait l'île du nord au sud. Sur l'écran central, une limousine s'arrêta le long du trottoir, sur l'unique artère de l'île. Quatre hommes et une femme en descendirent. La femme, qui pouvait avoir une vingtaine d'années, sortit du coffre plusieurs sacs à dos. Tous se dirigèrent ensuite vers la maison, passèrent devant et s'éloignèrent en direction du port de plaisance.

Denis Craig fit pivoter son fauteuil et regarda Straub en face.

– C'est passionnant, Straub. Mais racontez-moi votre plan en détail. Je veux être sûr de sa réussite.

– Les quatre hommes que vous avez vus à l'image arrivent tout droit d'Australie. Ils vivaient il y a moins de quarante-huit heures en plein désert de Simpson, l'une des régions les moins hospitalières du globe. Nous les avons dotés d'Implants provisoires de tourisme.

» Ils ne parlent pas un traître mot d'américain, ni d'aucune autre langue répandue. À vrai dire, le dialecte qu'ils utilisent pour communiquer est cantonné à une région de cinquante mille kilomètres carrés où ne vivent que deux à trois mille personnes. Autant dire personne. Je me suis permis de contacter Stacey Revel pour mettre au point ce plan. Nous sommes à peu près certains que Malhorne n'a jamais mis les pieds en Australie. Il ignorait cet idiome. Et c'est sans doute pareil pour la gamine. Les populations aborigènes se sont retrouvées coupées du monde il y a des milliers d'années. Une langue aborigène est en tout cas la meilleure piste. Celle qui nous a paru la plus sûre.

– Je l'espère, Straub. Je l'espère. Mais si la gamine, comme vous dites, maîtrise leur langue, attendez-vous à une réaction immédiate de sa part. Ou alors, si elle peut comprendre ce que ces hommes lui veulent en lisant leurs pensées, vous serez allé chercher des Australiens pour rien.

– Justement ! se précipita Straub. Ils ne savent rien.

– Je ne comprends pas. S'ils ne savent rien…

Straub jouissait de l'instant. Pour une fois qu'il tenait son patron en haleine, il profitait de chaque seconde.

– En venant, vous êtes passé devant un bureau occupé par un homme de la même ethnie, n'est-ce pas ?

– Je l'ai remarqué, en effet.

– C'est notre traducteur. Lui seul est relié aux autres par liaison HF. Et il ne sait pas encore ce que nous comptons leur faire faire.

– Je vois, apprécia Craig. C'est finement pensé.

– Merci, monsieur Craig. Ce plan réussira, je m'y engage. J'ai un compte à régler avec ces jeunes gens. Et j'ai pris toutes les précautions nécessaires, je pense. Seul le traducteur connaît mon visage. Les autres non. Ils ne pourront même pas y penser. Oméga ne pourra pas se douter.

– Qui est la fille qui les accompagne ?

– Une employée de l'office de tourisme. Elle les emmène faire un tour en mer.

– Et elle ne sait rien non plus, je suppose ?

– Elle fait son boulot. Simplement.

– Quel est l'objet du troc ? Je suppose qu'ils ne sont pas là juste pour vos beaux yeux, si vous me passez l'expression.

– En effet. Ils ont besoin d'eau et l'une de vos filiales sait en extraire. Je me suis contenté de passer un marché avec leur communauté. En échange d'un menu service, je fais équiper leur territoire d'une dizaine de puits et de pompes solaires.

– C'est tout ?

– Non. Il y a une vieille exploitation aurifère en bordure de leur désert. Pas très rentable. J'ai demandé à votre service juridique de mener des tractations avec les propriétaires. Mais il me faut votre accord.

– Vous l'avez. Tant que vous ne me ruinez pas. Quand comptez-vous passer à la deuxième phase de votre plan ?

– Dans moins de quarante-huit heures. Précisément dimanche après-midi. Une régate va avoir lieu. Il y aura beaucoup de monde sur City Island. Ce qui augmentera nos chances de réussite. D'ici là, nos quatre volontaires vont faire du bateau. Ils passeront à plusieurs reprises sous les fenêtres de cette maison, histoire de banaliser leur présence.

– Vous êtes certain qu'elle se trouve à l'intérieur ?

– Numéro cinq a quitté le navire. Ils ont fait une petite sortie la nuit dernière. Nous avons suivi leurs traceurs dans le Bronx jusque dans un asile psychiatrique.

– Qu'est-ce qu'ils sont allés faire dans un endroit pareil ?

– Je n'ai compris que dans la matinée, en étudiant les profils des patients et du personnel de l'asile. L'ordinateur m'a donné trois possibilités. La plus probable est la deuxième. Gail Strinker. Ils ont rendu visite à cette patiente internée depuis cinq ans dans ce centre.

– Qui est-ce ?

– Personne en particulier. Mais elle a un fils qui, lui, est référencé au fichier criminel pratiquement depuis sa naissance. Il appartient, enfin je devrais dire *appartenait*, au gang de Harlem que nous avons liquidé.

– Comment s'appelle-t-il ?

– Milos Strinker. Comme son papa, décédé plus de neuf mois avant sa naissance.

– Je vois, opina Craig. Encore un de ces enfants programmés pour la déviance.

– Je suis remonté dans le passé de la famille Strinker. Comprendre pourquoi Oméga a choisi ce Milos était important. Après tout, je me suis dit qu'elle aurait pu tenter quelque chose depuis des années.

– Une conclusion ?

– La mère est entrée très tôt dans une secte malhornéenne. Pratiquement aussitôt après la diffusion des archives de la Fondation. Son fils a tenté d'assassiner le gourou de la secte le jour de la sortie du film.

– Il devait à peine tenir debout, non ?

– Il n'avait pas encore sept ans.

– Fichtre ! C'est un précoce. Qu'est-ce qui lui est arrivé ensuite ?

– Séparation d'avec sa mère par décision du juge. Orphelinat d'État, etc. La ligne droite vers la chaise électrique. Mais le bonhomme est intelligent. Il n'a jamais laissé de traces suffisamment probantes pour conduire les services de police jusqu'à lui. C'est précisément le profil de délinquant qui aurait pu s'introduire jusqu'à Oméga.

– Vous ne parviendrez jamais à l'appeler par son prénom.

– Je préfère lui donner le nom de son programme.

– Seriez-vous sentimental ?

Straub jeta un regard étonné vers Denis Craig.

– Poursuivez, je plaisante. Et Numéro cinq ?

– Nous avons une équipe de surveillance sur place. Elle n'a pas quitté l'asile.

– N'y touchez pas non plus, pour le moment. La seule importance qu'elle puisse revêtir, c'est l'affection qu'Ilis peut avoir pour elle. Mais je n'en suis pas persuadé. Je ne crois pas qu'elle nourrisse de sentiments pour qui que ce soit.

60

Spencer jeta un regard par le hublot supérieur. Il vit disparaître les structures basses de la plate-forme pétrolière sous les eaux de la mer Noire.

Il commanda le désenclenchement du filin de sécurité, alluma les éclairages extérieurs et baissa la luminosité de l'habitacle.

Puis il coupa les communications avec le poste de commandement pour ne garder que celle qui le reliait au second appareil.

Il ne voulait pas être dérangé par le verbiage des techniciens.

Il empoigna les manettes de pilotage, en vérifia le bon fonctionnement et les poussa vers l'avant.

L'assiette du submersible s'inclina de trente degrés.

Une minute plus tard, l'écran indiquait soixante-dix mètres de profondeur.

Devant lui, une buse d'évacuation reposait sur le sol limoneux. D'un côté, elle partait vers les profondeurs abyssales, de l'autre, elle rejoignait les engins d'excavation.

Une fois encore, Spencer fut tenté de se diriger vers la fosse. À quelques kilomètres de sa position, elle atteignait deux mille mètres. Il aurait aimé poser le Proton 4 sur le fond, entendre sa coque se déformer sous la pression. Une colonne de deux kilomètres d'eau, ça devait faire un sacré poids. Mais il était urgent d'aboutir. L'ordre émanait de Denis Craig en personne.

Et Spencer conservait comme une vieille habitude l'exécution immédiate d'un ordre donné. Même si l'envie n'y était plus vraiment.

Il manœuvra vers la droite et remonta la pente, à quelques mètres au-dessus de la buse.

Les turbines électriques ronronnaient doucement.

Spencer se sentait bien. À cette faible profondeur, le sous-marin répondait parfaitement. Sa coque se déformait à peine.

Et surtout, l'univers sonore était apaisant.

Il procurait un silence ponctué de craquements étouffés, une impression de nuit éternelle, la sensation d'être seul au monde. Hors de toute atteinte, qu'elle soit hostile ou amicale.

Pendant vingt minutes, Spencer longea la canalisation. De temps à autre, il jetait un œil vers le sonar, par réflexe. Sur cette portion de la plaque continentale, il n'y avait aucun obstacle.

Il arriva enfin en vue de la zone de fouilles. Des projecteurs suspendus à des bouées en surface isolaient un large périmètre dans la nuit.

Sur le bord du champ éclairé, des dragueuses automatiques attendaient un ordre pour se mettre en marche.

Au centre, objet de toutes les attentions depuis plusieurs jours, un énorme cône de concrétions s'élevait à trente mètres au-dessus du fond marin.

Les analyses au radar avaient permis de définir qu'une structure pyramidale se cachait sous cet amoncellement d'algues et de coraux. Une structure aux proportions parfaites qui ne pouvait pas être d'origine natu relle. D'autant plus que sa partie supérieure était fa[illegible] métal. Probablement du bronze.

– En position, dit Spencer dans le mic[illegible]

– Tu en as mis du temps, répondit aussitôt Stacey. J'allais commencer sans toi.

– Si tu ne respectes pas les règles du jeu, je ferai des heures sup pour te griller.

– Tu deviens susceptible en vieillissant…

– Occupe-toi de toi, grogna Spencer. Je vais la trouver en premier, cette porte. On verra après qui de nous deux a le plus vieilli…

Spencer mit en route la première dragueuse. L'engin muni de chenillettes fit lentement mouvement vers sa cible. Il descendit la rampe d'accès et avança dans une sorte de carrière marine située au pied de l'édifice.

Tout se passait bien. Le tuyau d'évacuation se déroulait sans problèmes.

La dragueuse s'immobilisa au fond du trou, à quelques centimètres de la structure.

Depuis quelques jours, la pierre taillée avait remplacé les concrétions supérieures. D'après Stacey, une vague d'eau et de boue avait submergé la ville d'Aratta et sa ziggourat. Le début des concrétions correspondait à la hauteur de boue accumulée en très peu de temps. Un minimum de six mètres, qui continuait à augmenter. La veille, la dragueuse avait révélé une sorte de chemin de ronde. Toujours aux dires de Stacey, il devait exister sept niveaux au total, mais ils ne prendraient pas le temps de déblayer les concrétions pour le vérifier. Pas tout de suite, en tout cas. Plus tard peut-être, si Denis Craig leur en donnait le temps, et les moyens.

Spencer orienta la visée du laser vers la zone de travail et délimita quelques mètres carrés.

La dragueuse commença à creuser.

L'eau se troubla rapidement. Les particules en sustion produites par le travail de la machine dérivaient ment. Bientôt, elles créèrent un rideau opaque qui empêchait de surveiller sans moyens technologiques.

Spencer transféra les données sur l'écran du sonar et poursuivit sans se soucier de l'obscurité environnante.

La dragueuse retira l'équivalent d'un mètre de boue et de sable sur la superficie définie, puis s'arrêta en émettant dans le haut-parleur un bip de fin de tâche.

La même opération se répétait de l'autre côté de la construction, sur son versant est, sous la responsabilité de Stacey.

– Au pire, avait ajouté l'archéologue lorsque Spencer lui avait demandé d'argumenter ses choix, on recommencera la manip sur les côtés sud et nord. On est pas à quinze jours près. Mais je veux bien être pendu si l'entrée ne se trouve pas là. Vers le levant ou le couchant. On ne construit pas les temples au petit bonheur la chance.

Spencer détermina dans l'ordinateur une nouvelle aire de fouilles et envoya l'ordre à la machine.

Ils allaient trouver la porte d'entrée. Ça ne faisait aucun doute dans son esprit. Tout comme ils avaient trouvé les vestiges d'une civilisation à l'endroit indiqué par les textes anciens. À douze kilomètres des fondations de la tour du Saros.

– Tu as quelque chose ? demanda soudain Stacey.

– Figure-toi que tu aurais été le premier informé, mon cher !

– Alors, fais le tour et viens voir de mon côté.

– Ne me dis pas…

– Désolé, Karl. Il fallait un vainqueur, et ce n'est pas toi !

Spencer mit aussitôt la dragueuse en attente et contourna la ziggourat.

Une excitation d'adolescent tiraillait la zone de son bas-ventre. Ses paumes devinrent moites.

Lorsqu'il distingua sur le sonar la forme oblongue du Proton 4 de Stacey, il transféra les commandes en mode automatique. Son submersible ralentit, s'immobilisa presque et vint s'arrimer en douceur à son jumeau.

Spencer s'approcha du hublot latéral. De l'autre côté de la vitre blindée, Stacey souriait benoîtement.

– J'ai arrêté les machines depuis une demi-heure, dit-il en faisant du majeur et de l'index le signe de la victoire. Pour que tu voies avec tes yeux. Sur le sonar, c'est pas très bavard.

– Eh bien, le résultat n'est pas brillant, maugréa Spencer.

– C'est ta boue qui nous parasite, répliqua Stacey. Mais attends un peu. Tu vas voir.

Spencer patienta. Peu à peu, le courant emporta le nuage de particules. Sa vision se fit de plus en plus nette et porta de plus en plus loin. Au bas de la paroi, le fond de la carrière d'excavation fut bientôt visible. À un mètre au-dessus du fond boueux, un monolithe cassait les lignes de construction habituelles et surplombait l'entrée béante d'un tunnel encore partiellement rempli de sable et de boue.

Même à cette distance, l'entrée semblait imposante dans ses proportions.

– Sept, mon cher ! précisa Stacey, comme s'il avait deviné l'interrogation de Spencer. La porte mesure sept mètres de large, sur autant de hauteur, je présume. Tout fonctionne par sept depuis le début de ces fouilles.

– Depuis bien plus longtemps que ça, ajouta Spencer.

– J'ai découvert le linteau au début de l'après-midi. Mais je ne voulais pas t'appeler avant qu'un couloir d'accès ne soit déblayé. Je te connais, tu ne m'aurais pas cru.

– Et tu m'as laissé creuser pour rien…

– Ton engouement pour l'archéologie sous-marine vaut bien que tu te fasses un peu les dents.

Léo referma le caisson hermétique.

Puis il emballa soigneusement l'unique objet trouvé dans la tombe, une plaque de verre de trente centimètres de côté, gravée de caractères cunéiformes.

Le texte, parfaitement conservé, disait ceci :

Devant les eaux du monde repose la vingt-quatrième dépouille mortelle de notre reine.

Ethen Ur Aratta.

Gloire à elle pour l'éternité.

Il fit un signe en direction de Paul, qui se trouvait au-dessus de lui. Le câble se tendit lentement, puis le caisson s'éleva vers le ciel.

Jamais plus précieuse relique n'avait rencontré la main d'un groupe d'archéologues.

L'isotope du carbone 14 avait livré une date.

Ce cadavre avait cessé de vivre depuis six mille cinq cent trente ans, à plus ou moins cinquante ans près.

Et si l'on en croyait le rang de cette reine dans sa dynastie, vingt-trois monarques l'avaient précédée.

Même en se basant sur une moyenne basse, vingt-trois règnes successifs couvraient une période d'au moins cinq siècles. Cette période portait l'ancienneté d'Aratta à un minimum de cinq mille ans avant l'ère chrétienne. Une époque où les chasseurs-cueilleurs nomades venaient juste de se sédentariser.

Une civilisation beaucoup plus évoluée que les autres avait éclos sur la terre, puis s'était éteinte en un seul jour. Léo en éprouvait un vertige qui confinait au sacré. Qu'une chose pareille ait pu se produire sans laisser la moindre trace jusqu'à ce jour relevait de l'extraordinaire. À moins que, comme le suggéraient les textes, ce royaume ait eu la réelle intention de demeurer isolé du reste de l'humanité, pour des raisons encore obscures, et qui le resteraient sans doute. À moins que…

Léo attrapa l'échelle de corde et se hissa sur le pavement, seul vestige de la tour du Saros. Il retrouva le jour avec plaisir.

Derrière lui, les pentes finissantes de la chaîne Pontique miroitaient dans l'or teinté de rouge du soleil couchant.

Léo se tourna vers les eaux de la mer Noire. Il fit de sa main un maigre rempart et tenta de percer l'horizon.

Là-bas, à une quinzaine de kilomètres au large des côtes géorgiennes, Stacey Revel et Karl Spencer s'apprêtaient à visiter la plus vieille construction humaine découverte à ce jour.

Le fond marin approchait lentement. Un mètre par seconde tout au plus. En bas, dans la zone éclairée, Stacey s'affairait sur le robot de fouille qui les précéderait dans leur progression.

Spencer regarda son poignet. L'écran incrusté dans la manche indiquait moins quarante-cinq mètres.

Plus que quelques secondes.

Le sol semblait à présent se précipiter vers lui.

Moins soixante-treize mètres.

La double coque de son scaphandre hydraulique encaissa l'impact. Aussitôt, les moteurs miniaturisés intégrés dans ce semblant d'armure se déclenchèrent en vibrant. Ils actionnèrent automatiquement les rotules situées au niveau des genoux et des chevilles, puis revinrent en position debout.

Avec une légère appréhension, Spencer avança d'un pas. Le poids du scaphandre ne quittait pas son esprit.

– Tu n'as pas vraiment besoin de marcher, dit la voix de Stacey dans les écouteurs. Fais pression sur les capteurs, ça suffit. Comme lors de l'entraînement en piscine. C'est pas plus difficile ici.

Le deuxième pas le rassura davantage. Il se contenta de toucher les capteurs du bout des pieds pour le troisième et le quatrième, puis la marche se fit d'elle-même.

– Bienvenue dans le royaume des crabes, dit Stacey.

Spencer libéra le mousqueton qui le reliait au descendeur installé en surface sur une annexe flottante de la plate-forme.

Je peux encore faire ce genre de trucs à soixante ans, pensa-t-il. *La technologie a tout de même du bon.*

Puis il rejoignit Stacey.

– C'est prêt, lui dit celui-ci. On peut y aller. Tu te sens bien ?

– Impatient surtout, répondit Spencer.

– Alors, c'est parti.

L'entrée de la ziggourat engloutie était complètement nettoyée. Elle se trouvait au fond d'une profonde carrière, résultat du travail des dragueuses. À quatre-vingt-huit mètres sous la surface.

Spencer s'y laissa tomber, à présent pleinement confiant dans le circuit hydraulique de son scaphandre.

Il avança de quelques mètres à l'intérieur de l'édifice, puis attendit Stacey et son robot.

La boue marquait les murs du couloir d'accès sur une longueur de quinze mètres. Les traces diminuaient ensuite rapidement pour cesser tout à fait un peu plus loin. Les profondeurs de la ziggourat n'avaient donc pas été touchées, ce qui était un signe encourageant.

Malgré la puissance de sa torche, Spencer ne voyait pas à plus de vingt mètres devant lui. Au-delà, une nuit totale happait son regard.

– Il y a du courant. Pas très fort.

– Je le sens aussi, dit Stacey dans son dos.

– Il vient de l'intérieur du temple.

– Peut-être une brèche quelque part.

– J'aimerais mieux pas.

– Rassure-toi. Il n'y a rien de plus résistant qu'une pyramide. Et celle-là tient debout depuis des millénaires.

– Je n'ai pas dit que j'étais inquiet, mais il faudra bien qu'elle finisse par s'écrouler un jour. Et ce serait mieux si nous ne nous trouvions pas dessous.

Spencer fit un pas en avant.

– Laisse passer le robot de fouille en premier. Sinon, il ne sert pas à grand-chose.

Spencer se rangea à l'avis de Stacey.

Le robot libéra sous lui une première pastille faite d'un métal légèrement radioactif, puis il s'ébranla et disparut dans l'obscurité.

– Attention, s'excita Stacey en jouant avec la télécommande. Ça va être Versailles du temps des fêtes d'été !

Quelques secondes plus tard, trois projecteurs montés sur le robot s'allumèrent ensemble.

Les deux hommes s'introduisirent à la suite de la machine dans le couloir d'accès. Vingt mètres plus loin, ils débouchèrent sur une salle de belle taille tapissée d'algues d'un bleu-vert profond. Murs, sol et plafond. Certaines descendaient jusqu'à terre, créant un labyrinthe végétal.

Le robot émit un signal d'alerte.

– Il y a un trou quelque part devant nous, dit Stacey en consultant son écran de contrôle. Tu le vois ?

– Non.

– Éteins ta torche !

Spencer se plia à la demande de Stacey. C'était lui, l'archéologue, il devait savoir ce qu'il faisait.

Ils se retrouvèrent dans une obscurité totale. Puis, sans qu'aucun éclairage ne soit allumé, les algues commencèrent à émettre un halo de lumière fantomatique.

– Ce sont des algues luminescentes, précisa Stacey. Mais on ne trouve cette variété que dans des poches d'eau douce. Jamais dans de l'eau salée. Et même si la mer Noire est très faiblement salée, ça ne peut vouloir dire qu'une chose, il y a ici une source sous-marine.

– Maintenant, rallume. Je veux aller voir ce trou de plus près.

La lumière rendit à la salle ses dimensions. Spencer marcha vers le centre, où le robot s'était arrêté. Un puits y ouvrait une gueule obscure dans les profondeurs de la terre.

– Voilà ta source, dit-il sur un ton déçu. Mais je m'attendais à autre chose.

– Quoi par exemple ?

– Je ne sais pas. Quelque chose. Il n'y a rien dans cette salle !

– Il n'y a *plus* rien, nuance, le reprit Stacey. Passe six ou sept mille ans sous la flotte, on verra bien ce qu'il restera de toi après. Mais attends avant de tirer des conclusions.

Le sonar rotatif du robot fit un tour sur lui-même. Stacey suivait les résultats sur l'écran.

– Il y a une ouverture ici, dit-il en pointant un mur du doigt.

En dégageant les algues qui en masquaient l'accès, ils découvrirent un couloir. Il montait légèrement sur quelques mètres, puis tournait à angle droit dans l'épaisseur du mur.

Ils guidèrent le robot sur la rampe, puis gravirent la pente à leur tour.

Le couloir livra une deuxième salle, située au-dessus

de la première. Ses dimensions étaient moindres. Le centre était percé d'un trou à l'à-pic du puits. Là encore, des algues tapissaient toutes les parois, si bien qu'il était impossible de voir si les murs recelaient quoi que ce soit.

Stacey essaya d'arracher des plantes, mais leurs racines tenaient fermement.

– Il faudra revenir avec le matériel adéquat, dit-il, frustré. Essayons plus haut.

Un autre couloir perçait l'épaisseur de la ziggourat, décalé de quarante-cinq degrés par rapport à l'entrée de son pendant de l'étage inférieur.

Au troisième niveau, ils trouvèrent le même agencement. La salle, là encore recouverte d'algues et percée d'un trou en son centre, devait mesurer les trois quarts de celle qui se trouvait en dessous.

Et toujours pas le moindre objet. Pas même un débris. Il n'y avait rien. Comme si personne n'avait vécu sur place.

Le silence qui s'installait entre les deux hommes témoignait de leur déception grandissante.

Ils passèrent au quatrième niveau sans constater de différence notable, à l'exception du tapis de végétaux, qui avait tendance à diminuer. Le cinquième n'offrant guère plus d'intérêt, ils montèrent au niveau supérieur.

Spencer posa en premier le pied sur le sol dallé du sixième. La visière du casque de son scaphandre affleura soudain la surface d'un liquide saumâtre. En levant la tête au maximum des possibilités de sa cuirasse, il distinguait dans le haut de la visière une infime portion du plafond, deux ou trois mètres plus haut.

Il chercha Stacey du regard, mais l'archéologue avait dû s'attarder plus bas.

Spencer sentit l'excitation le gagner de nouveau. Il

trouva rapidement l'accès au septième niveau et gravit la pente avant d'émerger.

Peu à peu, ses mouvements se firent plus lents. L'absence d'eau rendait sa masse terrestre au scaphandre. Soixante-dix kilos de technologie, malgré l'utilisation de matériaux composites réputés ultralégers.

De la condensation brouilla bientôt son champ de vision. Spencer porta les mains à son casque pour essayer d'essuyer la visière.

– Non, ne l'enlève pas, cria presque Stacey, se méprenant sur les intentions de Spencer. L'air doit être saturé de méthane et de soufre. Et il y a de fortes chances pour que la pression y soit beaucoup plus élevée qu'à l'air libre. L'eau a dû pénétrer en force lors du raz-de-marée, jusqu'à ce qu'elle soit bloquée par l'air comprimé dans la partie supérieure du bâtiment.

– Parce que tu as cru une seule seconde que j'allais retirer mon casque, grogna Spencer. J'ai peut-être vieilli, mais je n'ai pas encore perdu la raison.

– Excuse-moi, dit Stacey. J'ai cru…

– Laisse tomber, tu veux ! Et allons plutôt voir ce qu'il y a au bout de ce couloir.

Spencer reprit sa progression. Chaque pas demandait un effort plus grand. Il fallait aider le scaphandre à accomplir ce que ses moteurs étaient incapables de réaliser seuls.

– On devrait arrêter là, suggéra Stacey entre deux sifflements rauques. Tous ces efforts consomment beaucoup d'oxygène…

– Pas question ! J'irai jusqu'au bout, mais ça n'engage que moi. Au pire, on se laissera glisser dans le puits central, si on est trop crevés pour retourner sur nos pas. Et puis, il y a des réserves d'air dans le robot. Allez ! En avant, et au pas de gymnastique.

Stacey maugréa quelques blasphèmes de son cru et reprit ses efforts.

Quelques mètres devant, Spencer posa le pied sur la plate-forme du septième et dernier niveau de la ziggourat.

Il laissa la vapeur d'eau s'accumuler sur sa visière. Elle y forma bientôt de grosses gouttes qui commencèrent à ruisseler, libérant un champ visuel quasi satisfaisant.

– Viens vite ! murmura-t-il.

Cette dernière salle était très différente des autres, en tout cas de ce qu'ils avaient pu en voir. Beaucoup plus petite, elle était divisée en deux sur le plan vertical.

La partie basse des murs était recouverte de mosaïques, qui couraient le long des quatre pentes.

À un mètre cinquante du sol naissait une structure métallique en forme de dôme. Spencer compta sept éléments distincts qui avaient dû s'articuler, peut-être s'ouvrir vers le ciel. Des morceaux du même métal ressemblant à des charnières le laissaient supposer.

Stacey saurait, sans doute.

Dans le sol, près de l'une des quatre parois, une volée de marches menait à un bassin peu profond.

En y regardant de plus près, Spencer devina sur les fresques murales des scènes qu'il pensa rituelles. La ziggourat y figurait à plusieurs reprises et l'eau était omniprésente.

Il y avait aussi, lui sembla-t-il, plusieurs tableaux mettant en scène des primates, ou des hommes préhistoriques. La présence d'un tigre à dents de sabre lui permit de trancher pour la deuxième hypothèse.

Spencer chercha dans sa mémoire le nom scientifique de l'animal, mais ne le retrouva pas. Et ne s'y attarda pas.

Toute son attention était accaparée par le spectacle morbide qui occupait le centre de la pièce.

Un monticule d'ossements, humains pour la plupart, reposait sur une matière aux reflets argentés. Il devait y avoir là des dizaines de squelettes.

Mais Spencer reconnut également des crânes de cochons.

– On ne touche à rien, prévint Stacey dans son dos.

L'archéologue, pourtant hors d'haleine, retrouva ses vieux réflexes de métier. Il filma longuement la pièce et l'enchevêtrement de squelettes, pour tenter plus tard d'en reconstituer l'agonie. Puis, avec une grande délicatesse, lui et Spencer entreprirent de déposer les ossements sur le sol, en respectant le plus possible leur ordonnancement naturel. Ils s'aperçurent alors que la plupart des squelettes se tenaient par la main.

Les gants épais de leurs scaphandres les gênaient beaucoup. Certains os se désagrégeaient sous la pression. Plusieurs crânes roulèrent au sol, où ils se disloquèrent.

Ce travail révéla une étoffe faite d'un entrelacs de fils de métal finement tissés. Comme une sorte de cotte de mailles.

Stacey essaya d'en dégager un pan, mais le temps en avait altéré la souplesse.

– Aide-moi, demanda-t-il à Spencer. Va de l'autre côté et soulève en même temps que moi.

– À trois, proposa Spencer dix secondes plus tard. Un, deux, trois !

Ils soulevèrent ensemble le tissu et furent surpris par sa légèreté. Ils le déposèrent par terre, à côté des derniers os, puis se retournèrent pour voir ce qu'il recouvrait.

Une sphère en métal d'une quarantaine de centimètres de diamètre reposait sur sept tiges en bronze scellées dans le sol, juste au-dessus du puits central qui perçait la ziggourat de bas en haut.

Elle avait un aspect usé, anodin et fragile. Comme ces boulets de canon moyenâgeux, rouillés par le temps que des fouilles exhument parfois du sol des champs de bataille.

– L'Aratta, dit aussitôt Spencer en se remémorant les textes cunéiformes.

61

– Il y a une scène curieuse dehors, dit Ilis. Je n'arrive pas à comprendre.

– Raconte, demanda Milos en allant se poster derrière un rideau. Je ne vois rien d'anormal.

– Je n'ai pas dit que c'était anormal. C'est juste curieux. Il y a plusieurs hommes qui marchent en file indienne derrière une jeune femme. Tu les vois ?

– Oui. Qu'est-ce qu'ils ont de curieux ?

– Ils n'ont rien à faire ici.

– Il y a de tout à New York, tu sais. Je comprends pas où tu veux en venir.

– Les images qu'ils ont en tête n'ont aucun rapport avec leur présence. Je les ai déjà détectés hier.

– Précise ! Ils pensent à quoi ?

– Justement. Je ne sais pas. Je ne connais pas leur langue…

– Quoi ? Je croyais que tu savais tout. Quand j'étais môme, ma mère me disait que Malhorne parlait au moins cent langues différentes. C'étaient des bobards ?

– Non. Mais je ne connais pas celle-ci. C'est tout.

– Où est le problème ? Il y a quatre Blacks qui s'en vont faire une excursion en bateau. Ça te défrise à ce point ?

– Ils sont aborigènes, c'est assez différent.

– Cette précision nous apporte quoi de plus ?

– Quatre aborigènes qui ne parlent pas un mot d'anglais viennent faire du bateau à City Island. Tu trouves ça normal ?

– Ils ont des armes ?

– Non. Je ne crois pas.

– Qu'est-ce qu'ils ont dans leurs sacs à dos ?

– Je ne sais pas. Ils n'y pensent pas. C'est pas comme un ordinateur. Je ne commande pas l'ouverture des fichiers. Je ne peux que lire les pensées qui défilent.

– Alors, raconte ce que tu lis dans leurs têtes.

– L'attente. Un sentiment d'attente. Je vois aussi des images-souvenirs. Une terre étrangère. Rouge. Puissante, immense. Je ne connais pas cet endroit. Ça ressemble à des images du bush que j'ai déjà vues. Ils ont le faciès qui correspond. Mais ça peut être aussi ailleurs. La terre est vaste. Beaucoup d'endroits se ressemblent. Beaucoup d'hommes aussi. Ceux-là n'ont que le goût du sang sur le palais. Ils sont fiers. Ils sont guidés par une jeune fille. Elle les accompagne à la marina qui se trouve derrière notre planque. Elle s'appelle Nelly. Elle travaille pour l'office de tourisme. L'homme de tête porte une oreillette. Je la sens aussi bien que lui. Quelqu'un lui parle. Toujours dans cette langue inconnue. Il lui répond.

– Il téléphone, en gros ! se moqua Milos. Voilà, ils montent sur un bateau d'excursion. Ils vont sûrement à la pêche. Je me suis toujours trouvé parano, mais là, tu me bats haut la main. T'as vu le monde qui circule par ici ? Si tu dois tous les soupçonner de t'en vouloir, bon courage ! Concentre-toi plutôt sur ceux qui ont des flingues.

– Trois cents millions d'armes se baladent dans ton pays. Si je m'attache à ce petit détail d'accoutrement, ce sera pas mieux. Non ?

Milos quitta son poste d'observation et vint s'asseoir en face d'Ilis.

– Partons aujourd'hui, Ilis. Plus on reste et plus nos chances se réduisent.

– Non, on va attendre demain. Je te l'ai déjà dit. Ils n'utiliseront pas deux fois le même stratagème pour m'attraper.

– Pourquoi demain plus qu'aujourd'hui alors ? Ou dans une semaine ?

– Parce qu'il va y avoir beaucoup de gens dans les parages. Tu devrais t'intéresser au monde qui t'entoure, Milos. Dimanche, il y aura une régate par ici. Ce sera beaucoup plus facile de sortir sans trop se faire repérer.

– Il y a quelque chose qui cloche dans ton raisonnement. Je ne vois pas ce que tes Straub et compagnie peuvent bien redouter de toi.

– Tu veux une démonstration ?

– Ça m'intéresse assez.

– Va au fond de la pièce. Prends ces jolies pièces d'échecs et lance-les sur moi.

– C'est ridicule.

– Vas-y ! Tu jugeras ensuite.

Milos partit en maugréant. Il prit un fou blanc et le lança négligemment vers Ilis, qui l'attrapa d'une main.

– Lance de toutes tes forces, sinon ça ne rime à rien.

– Comme tu voudras. Mais quand tu te retrouveras avec des bleus partout, n'oublie pas que l'idée venait de toi.

– C'est ça, mon grand. Arrête de parler et lance.

Milos se contorsionna comme un joueur de base-ball et lança une nouvelle pièce, violemment cette fois. La tour parcourut une dizaine de mètres à toute vitesse. Puis elle ralentit sur les cinq derniers avant de s'immobiliser devant les yeux d'Ilis. Là, elle resta suspendue dans les airs, tournoyant sur elle-même.

– T'es tout droit sortie d'une bande dessinée, siffla Milos, qui ne voulait pas montrer son admiration.

– Tu pourrais au moins faire semblant d'être surpris.

– J'ai pas de talent pour la comédie. Et mon vol au-dessus de New York était beaucoup plus impressionnant.

– Prends ton pistolet à présent, et essaie de me tirer dessus.

– Mais…

– Fais-le ! ordonna Ilis. Pour une fois que je t'en donne l'occasion.

Milos sortit son revolver de sa ceinture et le pointa sur la jeune femme.

– Tire !

– Je ne veux pas te blesser. Cette balle va partir à sept cent cinquante mètres à la seconde. Ne me dis pas que tu vas avoir le temps de…

– Tire !

L'index de Milos pressa lentement la détente, jusqu'au cran de sûreté. Puis il s'arrêta.

– Continue !

– Puisque tu le veux…

Il essaya d'amener la queue de détente en fin de course, mais n'y parvint pas. Sa main ne lui obéissait plus. Il força sur ses muscles, du doigt au poignet, puis jusqu'au biceps. Contrairement aux ordres qu'envoyait son cerveau, son poignet se tordit, retournant lentement l'arme contre lui-même.

– Arrête ! hurla-t-il. Qu'est-ce que tu fais ?

– Je te montre, répondit Ilis calmement. Tu voulais savoir.

Les yeux de Milos passèrent dans la ligne de mire du canon. Il tenta à deux mains d'en changer l'axe. Sans succès. De grosses gouttes de sueur commençaient à perler sur son front. Puis son cerveau reprit les commandes, aussi soudainement qu'il en avait été privé quelques secondes plus tôt. L'arme dévia sa course au moment où son doigt écrasait la détente. La balle partit se perdre dans un mur.

– Merde, dit-il en s'effondrant par terre. Je pensais savoir où se trouvait l'adversaire…

– Ne dis pas une chose pareille, commenta Ilis. Je n'ai pas d'adversaires. Ce sont les autres qui se positionnent en tant que tels. Ou pas.

62

L'asile se trouvait dans un quartier délabré situé à l'ouest du Bronx.

Gary, Tara, Stuart et Kinuyo y arrivèrent bientôt. Le lieutenant se gara sur le parking, face à l'accueil, juste à côté d'une voiture de police.

– C'est une patrouille d'intervention, déclara Gary après avoir interrogé l'ordinateur de bord. Ils ont été appelés pour une effraction.

– Eh ! ricana Stuart. On dirait bien que l'idée de Kinuyo se confirme.

– On n'en est pas encore aux conclusions, rétorqua Gary. Venez.

Ils pénétrèrent dans le hall du bâtiment. Une odeur de poussière et d'éther flottait dans l'air. Par une double porte battante en partie ouverte, ils apercevaient un long couloir sombre au fond duquel se tenait un policier en uniforme. Il discutait apparemment avec une infirmière.

Gary présenta sa plaque à un agent de la sécurité de l'asile et entraîna ses compagnons dans le couloir. Puis, à quelques mètres de leur but, il leur demanda de l'attendre et termina seul

– Lieutenant Pierce, dit-il en exhibant de nouveau sa plaque sous les yeux du policier. Que se passe-t-il ?

– On nous a signalé une effraction, lieutenant. Rien d'important mais on ne sait jamais.

– Vandalisme ou vol ?

– Ni l'un ni l'autre, répondit l'infirmière avec laquelle s'entretenait l'agent.

– Quoi d'autre alors ?

– Vous savez, la seule richesse qu'on possède ici, c'est une armoire destinée aux produits chimiques. Neuroleptiques, stupéfiants de synthèse pour certains patients accros, etc. C'est le seul endroit sécurisé du bâtiment. C'est par là que j'ai commencé. Elle n'a pas été visitée.

– Il ne vous manque vraiment rien ?

– Non. J'ai vérifié moi-même.

– Alors quoi ?

– Les bandes de vidéosurveillance ont enregistré le passage de trois personnes. Deux femmes et un homme. Ils ont pénétré à l'intérieur en passant par une fenêtre du rez-de-chaussée. Certaines restent ouvertes toute la nuit pour laisser entrer un peu d'air frais.

– À quoi ça sert d'avoir un système de surveillance si vous ne fermez pas les fenêtres ?

– Nous manquons de moyens, répondit l'infirmière. Pas de climatisation et pas de connexions du système de sécurité avec le commissariat non plus. Ce centre de soins est un des parents pauvres de la ville.

– Ça s'est passé à quelle heure ?

– Ils sont entrés à 3 h 02 et ne sont ressortis qu'à 6 h 23, précisa le policier après avoir jeté un coup d'œil sur son carnet. Et comme il n'y a pas de vol constaté, je me demande bien ce qu'ils ont pu faire pendant ce temps.

– Nous avons déjà eu affaire à des squatters, lieutenant, indiqua l'infirmière. Une partie du bâtiment est inoccupée.

– Courte nuit, dans ce cas, non ?

– Il y a mieux, poursuivit le policier. Le scanner a

détecté trois Implants. J'ai vérifié les numéros. Si les données du central sont exactes, il y a trois cadavres qui se promènent en ville. Enfin, deux, pour être exact.

– Qu'est-ce que ça veut dire ? questionna l'infirmière.

– Ça signifie que vos intrus ont reprogrammé leurs Implants avec les numéros de personnes mortes très récemment. C'est un délit courant dans une certaine frange de la population délinquante.

– Pourquoi seulement deux ? demanda Gary.

– J'y venais, lieutenant. On a trois entrées et deux sorties.

– Où est le troisième homme ?

– Dans la pièce à côté. Et c'est une femme. Mon collègue essaie d'en tirer quelque chose, mais c'est pas gagné.

Tara, Stuart et Kinuyo, qui étaient restés à l'écart de la conversation jusqu'alors, commencèrent à manifester des signes d'impatience. Tara s'approcha dans le dos du lieutenant et colla sa bouche près de son oreille.

– Allons voir Gail, dit-elle à voix basse. Tu t'intéresseras à tes cambriolages plus tard…

Gary se retourna vers elle, l'air très satisfait.

– Mais tu ne crois pas si bien dire, dit-il avec un large sourire. La patrouille est justement ici pour elle. Dites-moi si je me trompe. Les trois jeunes gens ont passé la nuit dans la chambre d'une certaine Gail Strinker, n'est-ce pas ?

– Comment le savez-vous ?

– Nous sommes ici pour la voir.

– Alors, vous ne pouvez pas mieux tomber. Elle est aussi dans la pièce à côté.

– Vous avez alerté le central ?

– Pas encore. Il n'y avait aucune urgence.

– Dans ce cas, faites-le tout de suite. Appelez le capitaine O'Connor. C'est lui qui travaille sur cette affaire. Et à l'avenir, jetez plus souvent un œil sur vos avis de recherche.

Le policier jeta un regard inquiet vers Gary puis tourna les talons.

– Allons-y, dit Gary à l'intention de ses compagnons.

Il ouvrit la porte et fit signe au policier à l'intérieur de le rejoindre.

– Est-ce qu'elle vous a raconté quelque chose ?

– Rien ! J'ai arrêté quand la vieille s'est endormie.

– Très bien. Laissez-nous avec elles. Et veillez à ce que personne n'entre dans cette pièce.

– Bien, lieutenant.

Le policier referma la porte et se posta devant.

Five et Gail étaient assises côte à côte. La tête de Gail était posée sur l'épaule de Five. Sur son visage endormi, une expression de plénitude atténuait quinze années de désarroi mental. De son côté, Five souriait. Elle avait abandonné par terre, à côté de sa chaise, la perruque blanc rosé que Milos lui avait fournie.

– Je ne sais pas ce qui lui est arrivé, expliqua l'infirmière. J'ai pu parler à Gail ce matin, avant que vos hommes arrivent. Et c'est… Comment dire ? Gail m'a tenu un discours cohérent. Je travaille ici depuis cinq ans et ça n'était jamais arrivé.

– Bonjour, dit Gary sur le ton le plus amical qu'il put trouver.

– Bonjour, répondit Five. Charmante journée, n'est-ce pas ?

Gary fut décontenancé par la candeur de la jeune femme.

– En effet… En effet.

Tara s'approcha de Five et posa un genou à terre devant elle.

– Vous êtes Numéro cinq. Je ne me trompe pas ?

– Je préfère Five, si ça ne vous gêne pas.

– Très bien, Five. Je m'appelle Tara. Je suis une amie d'Ilis. Si vous savez où elle se trouve, il faut me le dire. Elle court un grave danger.

– Si vous étiez une amie d'Ilis, vous ne diriez pas une chose pareille, répondit Five sur le même ton candide. Ilis n'a pas besoin qu'on la protège.

– Ce n'est pas si sûr, poursuivit Tara. Des hommes veulent se servir d'elle.

– Je sais.

– Je dois voir Ilis, Five. C'est très important !

– Je sais pas où c'est, répondit Five.

Elle avait sur le visage un air sincèrement navré.

– Décrivez-nous l'endroit, intervint Gary. Si vous ne savez pas où c'est, vous pouvez nous dire à quoi ça ressemble. C'est ici, à New York ?

– Je ne sais pas… C'est en ville.

– Je vois, dit Kinuyo. Five ne connaît rien du monde qui l'entoure. Il faut procéder autrement. C'est une maison, un appartement ?

– Une maison. Oui, c'est une maison.

– Comment c'est à l'extérieur ? C'est sale ou c'est propre ?

– Non, c'est joli.

– Très bien, continua Kinuyo. C'est une maison avec un jardin ?

– Oui, il y a aussi une piscine dehors. Et une autre dedans.

– Qu'est-ce qu'on voit de la maison ?

– Il y a la mer.

– Autre chose ?

– Oui. Il y a des bateaux. Ilis m'a dit qu'on s'en irait avec un des bateaux.

– Quand ça ? Est-ce qu'elle a dit quand vous partiriez ?

– Non. Je ne sais pas.

– C'est une maison avec piscine extérieure au bord de l'océan, récapitula Gary. Dans un beau quartier. C'est déjà ça, mais ça peut correspondre à un paquet d'endroits. C'est très mince.

– Vous connaissez Philip ? dit Five, changeant de sujet.

– Philip ? Je… non. Je ne connais pas Philip. Pourquoi ?

– Il doit s'agir de Philip Straub, précisa Gary. L'homme sans pouce, comme tu l'appelles. C'est lui dont vous parlez ?

Five fit oui de la tête.

– Tu vois que je commence à te croire, poursuivit Gary en regardant Tara.

– Philip essaiera de la rattraper. C'est sûr. Mais il n'y arrivera pas. Pas avec Milos.

Gail ouvrit les yeux en entendant prononcer le prénom de son fils. Elle tourna la tête de gauche et de droite en écarquillant les yeux.

– Est-ce qu'elle est revenue ? dit-elle d'une voix très douce.

– Qui donc ?

– La Vierge. Elle est revenue ?

– Je ne crois pas, dit Tara. Rendormez-vous, Gail. Tout va bien maintenant.

Du regard, elle fit signe à Gary de sortir de la pièce.

– Elles ne savent rien de plus, dit-elle lorsqu'ils eurent refermé la porte.

– Non, confirma Stuart. Cette petite ignore vraiment où est Ilis. C'est un cœur pur.

– On ne va pas les laisser ici ?

– T'inquiète pas, répondit Gary. Avec O'Connor, elles seront en de bonnes mains.

– Tu sais très bien qu'il n'y aura pas que lui…

– Je vais lui demander de les protéger en tant que témoins à charge. Faudra qu'il se mouille. Mais je pense qu'il le fera. Retournons à la voiture. J'ai des instructions à donner qui vont réduire les zones de scanners à surveiller.

Ils s'éloignèrent dans le couloir, laissant au policier en faction la responsabilité des deux femmes.

– Amélioration mentale ou pas, Gail Strinker n'est pas complètement revenue parmi nous, dit Gary à Tara. Tu en penses quoi ?

– Je ne sais pas, Gary. Il y en a qui ont cru à un dieu en découvrant Malhorne. Alors, pourquoi pas à la Vierge avec sa fille ?

63

Les hommes existent depuis si longtemps, Milos...

J'existe depuis si longtemps...

– Montre-moi encore, verbalisa Milos, qui ne se faisait pas aux techniques de communication de la jeune femme.

Il y a dans ma mémoire des milliers d'années de souvenirs. Peut-être des dizaines de milliers d'années. C'est vertigineux. Surtout qu'il me manque le fil conducteur. Je revois des scènes qui s'étalent sur des siècles, d'autres qui semblent au contraire se dérouler dans le bon ordre. Mais je n'en suis pas certaine. Des jours se succèdent, avec leur routine, leurs répétitions. Si bien que j'ignore tout de l'ordre dans lequel je devrais les disposer.

– Vas-y, montre-moi. Tu m'expliqueras ensuite. Surtout des trucs très vieux.

Regarde celui-là. C'est un tigre à dents de sabre. Nous le redoutions tellement. Cette bête a arraché plusieurs têtes qui m'appartenaient.

– Arrête ça ! C'est dégueulasse. Remontre-moi ta reine, plutôt.

Tu n'es qu'un obsédé, Milos. À côté de toi, le lapin est un ascète.

Et au moins n'a-t-il pas pour lui la conscience de pouvoir faire autre chose...

– Je connais ça…

C'est Stonehenge. Un lieu de culte préhistorique. Tu as dû en voir des photos. Cet endroit se visite aujourd'hui.

– Tu y étais ? Je veux dire, quand on s'en servait encore ?

Je l'ai fait bâtir.

Dans le souvenir qu'Ilis instillait dans le cerveau conscient de Milos, le temple préhistorique possédait sept cercles de pierres intacts. Une lune ronde, posée sur l'horizon, venait s'encadrer dans la porte principale. Au centre du plus petit cercle, une foule compacte entourait une dalle de pierre lisse. Des hommes et des femmes, habillés de haillons et chevelus comme des lions, concentraient leur regard sur un curieux personnage. Il portait un long vêtement fait dans une matière étonnement moderne pour l'époque à laquelle était censée se dérouler la scène. Peut-être de la soie.

Les archéologues ont souvent pensé que cet endroit était un lieu sacrificiel.

– Et toi, tu connais la réponse. C'est ça ?

C'est un lieu de rendez-vous cosmique.

– En clair pour les illettrés ?

Quand la Terre, le Soleil et la Lune s'alignent.

Alors, arrive le moment propice pour rencontrer les hommes de l'extérieur.

Je sais que c'est ici qu'a eu lieu la tragédie de mon prédécesseur.

Le parcours de la reine que tu apprécies tant commence ici, après la destruction du temple.

– Montre-la-moi !

Puisque tu y tiens. Elle s'appelait Ethen Ur Aratta. Et le royaume que tu vois depuis le sommet de cette ziggourat n'a jamais eu d'égal en ce monde. Il était beau, réfléchi, partagé et aimé par ses habitants.

– Ouais, critiqua Milos. C'est pas mal. Et la fille ?

Ah ! oui, c'est vrai. La fille. Je vais te la montrer, mais tiens-toi bien !

Milos se retrouva soudain dans la peau de cette femme. Il voyait par ses yeux, entendait par ses oreilles et ressentait par chaque centimètre carré de sa peau. La femme était accroupie au milieu d'une pièce sombre. Entre ses jambes écartées, un liquide transparent se répandait sur le sol en faisant un bruit de robinet mal fermé. Milos voyait avec horreur son ventre démesurément rond. Il venait de comprendre ce qui allait arriver. Ce qui allait lui arriver, s'il n'essayait pas de se retirer de la vision.

Le fœtus bougea. Milos hurla en même temps que la femme.

Dimanche. Dix-huit heures. Pendant que Milos et Ilis partageaient des visions plus anciennes que le Déluge, quatre aborigènes descendaient de voiture, sur l'artère centrale de City Island. Cette fois-ci, leur jeune accompagnatrice était absente.

Gurkal, l'aîné des quatre frères, ouvrit le coffre et distribua les sacs à dos. Puis il fixa sur son nez la paire de lunettes de soleil qu'on lui avait demandé de porter.

Dans l'oreillette, l'homme qu'il ne connaissait pas, et qui pourtant parlait sa langue, lui demanda de donner le plus petit sac à son benjamin, Mezin.

Gurkal ne demanda pas pourquoi. Il se contenta de faire ce que l'homme lui disait. Sans poser de questions. L'arrangement pris par sa communauté impliquait une obéissance immédiate et aveugle de sa part. Pourtant, les mots lui brûlaient la langue.

Ils étaient arrivés à New York quatre jours plus tôt et n'avaient fait qu'aller à la pêche, retourner à leur hôtel pour la nuit et repartir en mer le lendemain. Ce programme n'était pas désagréable en soi, mais Gurkal commençait à trouver le temps long. Ses frères aussi. La pêche, ils préféraient la pratiquer ensemble sur le grand lac qui bordait leur désert. À leur convenance et selon leur manière ancestrale.

Il referma le coffre et attendit de nouvelles instructions.

Elles ne tardèrent pas. Gurkal envoya Mezin au port de plaisance, où se massait une foule venue assister à l'arrivée de la régate.

La voix dans l'oreillette lui demanda d'attendre que son frère disparaisse. Puis elle ordonna au trio restant de marcher tout droit le long de l'artère centrale.

– Puis à gauche, dans cette petite rue.

Gurkal tourna à gauche.

– À droite, à présent.

Gurkal exécuta l'ordre sans discuter. Les trois frères se retrouvèrent ainsi à quelques dizaines de mètres du littoral, dans un quartier résidentiel occupé par de grandes et belles demeures.

La voix décrivit une maison en particulier. Celle sur sa gauche, celle avec cet arbre aux branches basses qui passaient par-dessus le mur d'enceinte.

– Montez dans l'arbre.

Gurkal transmit l'ordre à ses frères. Il attrapa d'une main la branche la plus solide et se hissa dans l'arbre.

L'action commençait. Il allait enfin savoir pour quelle raison lui et ses frères avaient quitté leur terre natale.

Ils retombèrent ensemble de l'autre côté du mur. La voix lui demanda de regarder lentement autour de lui en dirigeant ses lunettes à hauteur d'homme.

– Parfait ! Approche-toi de la porte d'entrée.

» Bien. Maintenant, casse la vitre ! Rentrez à l'intérieur et séparez-vous dans la maison.

Gurkal hésita. Il avait un profond respect pour la propriété d'autrui. Il jeta vers ses frères un regard chargé de doutes. Dans l'oreillette, la voix insistait.

– C'est tout ce que vous aurez à faire ! Ensuite, vous retournez au pays.

À contrecœur, Gurkal empoigna un lourd pied de parasol et l'envoya de toutes ses forces à travers une baie vitrée.

De la sphère métallique irradiait une lumière douce et pulsatile.

Milos pouvait en sentir les vibrations. C'était très agréable. Nourricier.

La femme aux courbes gracieuses qu'il appréciait tant s'immergea dans le bassin dallé de mosaïques compliquées et disparut de sa vue. Il la chercha du regard. Elle s'était volatilisée. Pourtant, le bassin ne devait pas avoir plus de deux mètres de profondeur…

Plonge !

Milos hésita une seconde. La sphère s'y trouvait encore, mais sa matière semblait se diluer dans le liquide.

Cette eau vient du ventre des mères d'Aratta. Ce sont les eaux du monde de l'intérieur.

Curieuse tradition, pensa Milos en réfrénant un sentiment de dégoût.

Dépêche-toi !

Milos inspira à pleins poumons et plongea vers la sphère.

Elle était devenue translucide. Des lignes aux parcours complexes striaient sa surface.

Milos tendit le bras vers l'objet. Sa lumière diminuait rapidement.

Il battit l'eau d'un mouvement des pieds pour s'enfoncer plus profondément.

Était-ce une illusion d'optique ? Il voyait sa main détachée de son poignet, coupée net.

Ce n'était pas une illusion. Il pouvait distinguer la section de ses os, de ses veines, de sa chair.

Pris de panique, il tenta de retirer sa main.

Elle resta emprisonnée dans la sphère.

Milos cria, mais aucun son ne sortit de sa gorge. L'eau pénétra par contre jusque dans ses poumons.

Si tu te noies dans mon rêve, tu risques de te noyer dans ta réalité aussi. N'aie pas peur. Viens.

Milos accepta la voix d'Ilis qui tentait de le rassurer. Il se laissa couler doucement vers l'objet qui disparaissait presque, la vue brouillée par la raréfaction de l'oxygène dans son sang.

Quelque chose le happa, sans qu'il puisse en deviner la nature.

Il se sentit broyé par une force insurmontable, éclaté, atomisé. Il ne distinguait plus rien. Il avait juste conscience d'être une multitude de grains baignés et conduits au sein d'un flux d'énergie. Une sensation inouïe.

Milos n'eut pas le temps de détailler son nouvel univers. Des bruits distordus provenant du rez-de-chaussée alertèrent Ilis. Elle retira immédiatement sa conscience de la psyché de Milos et se précipita vers la fenêtre, laissant le jeune homme étendu inconscient sur le sol. De l'eau s'écoulait par sa bouche entrouverte.

– Trop tard ! hurla-t-elle.

Dehors, venant du port de plaisance, une explosion déchira l'air. Puis les cris d'une foule se déversèrent dans les oreilles d'Ilis, qui porta les mains à sa gorge pour tenter de respirer.

64

– Il n'y a pas une minute à perdre, brailla Gary dans son téléphone. J'ai reçu un code 5, et deux minutes après, on nous a signalé une explosion. Ça vient de tomber. Probablement une bombe. Je ne sais pas s'il s'agit de votre gamine, mais c'est possible. L'endroit correspondrait parfaitement aux descriptions. La patrouille qui s'est rendue sur place ne répond pas aux appels. C'est du sérieux ! Votre hôtel est beaucoup plus près de City Island. Vous y serez avant moi. Allez-y et attendez. Tu m'as entendu, Tara ? Vous n'intervenez pas ! C'est compris ?

Tara raccrocha en rassurant Gary, mais elle se rendit compte qu'elle n'avait pas eu un ton très persuasif. Elle n'avait pas vraiment l'intention de rester passive.

Surtout si Ilis se trouvait à l'origine de ce nouveau code 5.

La veille, et toute la matinée du jour présent, ils avaient sillonné la ville à la recherche de ces fameux codes, les violations de domicile par usurpation de numéro d'Implant. Ils ne s'étaient rendus que sur les sites proches de l'océan, pour limiter leurs investigations.

Malgré cette restriction géographique, ils avaient passé près de dix-huit heures en voiture. Dans New York et même au-delà.

À midi, Tara avait capitulé. Il lui fallait une douche et un repas digne de ce nom. Pourquoi pas une sieste, si les codes 5 cessaient pendant une demi-heure. Juste une demi-heure. Ce n'était pas demander la lune.

Tara se rua dans la chambre voisine. Elle trouva Stuart en petite tenue. Il sortait à peine de la douche. Elle lui fit un bref exposé de la situation et le menaça de partir sans lui s'il n'était pas habillé dans la minute qui suivait. Elle en profita pour joindre Gabriel. Comme à son habitude, le photographe était paré pour l'action.

Acil et Kinuyo venaient de sortir pour s'acheter des vêtements. Tant pis, ils ne pouvaient pas se permettre de les attendre. Le sort d'Ilis était peut-être entre leurs mains.

Acil et Kinuyo comprendraient.

Elle griffonna sur un papier l'adresse où ils se rendaient et le remit à la réception. Puis ils montèrent dans leur voiture.

La radio annonçait déjà un attentat à la bombe. Il était question de nombreuses victimes, sans plus de précisions.

Le pont reliant le nord de City Island au continent drainait un flot ininterrompu d'ambulances. Tara se glissa entre deux d'entre elles et passa sur l'île.

À mi-parcours, ils durent abandonner leur véhicule. La police bloquait l'accès et faisait rebrousser chemin aux civils.

Les cartes de presse de Tara et Gabriel leur permirent de terminer le chemin à pied.

À cinq cents mètres devant eux, ils distinguaient un attroupement considérable. Des policiers, des pompiers, toute une cohorte de professionnels rompus aux interventions d'urgence, et des civils, beaucoup de civils. Tout près, une colonne de fumée noire montait dans le ciel. Des hélicoptères atterrissaient et décollaient à intervalles très rapprochés.

– Il doit y avoir un paquet de victimes. Mais je ne vois pas le rapport avec nous.

– Ça ressemble à une diversion, répondit aussitôt Gabriel. Enfin, si ce code 5 est le bon, alors ça sent la diversion à plein nez.

– C'est un peu énorme.

– Aux grands maux, les grands remèdes, argumenta Stuart. Allons-y. On polémiquera plus tard sur l'art de faire la guerre et sur les dommages collatéraux.

Ils bifurquèrent sur une voie perpendiculaire à l'artère principale et arrivèrent bientôt en vue de l'adresse donnée par Gary.

Trois ambulances stationnaient devant la maison.

Tara, Gabriel et Stuart se dissimulèrent derrière une haie.

– Regarde les gueules qu'ils ont, chuchota Stuart à l'oreille de Tara. Ils ne sont pas plus urgentistes que moi.

Les hommes portaient le cheveu ras. Ils travaillaient en silence, selon un ordonnancement convenu à l'avance. Leurs carrures épaisses laissaient deviner des corps musclés sous les vestes ignifugées rouge et or.

Gabriel posa par terre le sac photo qui ne le quittait jamais.

En soulevant un compartiment, il révéla la présence de deux pistolets de petit calibre.

– Qu'est-ce que tu veux faire avec ça ? demanda Tara.

– Me faire expliquer leur manège, répondit calmement Gabriel. On ne va pas se jeter dans la gueule du loup les mains vides.

– Je ne suis pas trop sûre que ce soit le meilleur moyen de s'en sortir…

– Et alors ? glissa Stuart. Plutôt mourir maintenant que de laisser partir Bout de chou une seconde fois, non ?

– Il n'y a que deux armes…

– Toi, tu vas rester ici et attendre Gary.

– Pas question, *padre*. J'ai autant ma place que…

– OK, la coupa Gabriel. Prends ce pistolet. Stuart et moi on y va, et toi, tu interviens si ça se gâte.

Tara jugea que c'était une bonne solution. Elle s'accroupit derrière la haie et laissa ses compagnons s'éloigner.

Des hommes chargés de brancards sortirent de la maison. Ils portaient tous des masques à gaz. Tara compta cinq corps inanimés recouverts de couvertures de survie. Les trois premiers furent chargés dans une ambulance et les derniers répartis dans les deux autres.

Les hommes masqués refermèrent les portes arrière et retirèrent leurs masques.

C'est à ce moment-là que Tara aperçut Philip Straub. Il se tenait entre deux véhicules et surveillait les opérations.

– Stuart ! appela Tara en étouffant sa voix le plus possible. Revenez !

Le contact glacé d'un canon sur sa nuque la fit taire. Tara essaya de se retourner, mais une main puissante l'en empêcha.

– Avance ! ordonna une voix dans son dos.

Tara obtempéra.

Elle entendit derrière elle une voiture approcher et freiner brutalement. La voix de Gary hurla un ordre bref.

Il y eut plusieurs sifflements ouatés d'armes munies de silencieux. Puis plus rien.

Elle espéra que Gary s'en était sorti, sans y croire vraiment, et continua d'avancer.

Devant Tara, Stuart et Gabriel venaient de subir le même sort qu'elle trente secondes plus tôt.

Une demi-douzaine d'hommes les entouraient. Ils portaient tous des masques à gaz. La dernière image que le cerveau de Tara enregistra fut un aérosol braqué sur ses yeux. Puis ce fut le noir total. Elle eut la vague sensation d'être portée. Le claquement d'une portière pénétra enfin ses conduits auditifs, mais ne parvint jamais jusqu'à sa conscience.

Lorsqu'Acil et Kinuyo revinrent à leur hôtel, ils ne purent que constater l'absence de leurs compagnons. Ils trouvèrent le mot de Tara et tentèrent de rallier City Island, mais l'impressionnant déploiement de forces de l'ordre qui s'y trouvait les en empêcha jusqu'à la fin de la journée.

L'île enfin désertée, ils se rendirent à l'adresse indiquée. Un policier en faction les obligea à circuler sans autre explication.

Acil et Kinuyo errèrent longtemps aux abords de la résidence, cherchant un indice. Puis ils décidèrent de rentrer à leur hôtel.

Les journaux du soir leur apprirent la mort de Gary Pierce, mais ils ne mentionnaient pas ce qu'il était advenu de Tara, Stuart et Gabriel. Les articles s'étendaient davantage sur les auteurs possibles de l'attentat à la bombe que sur l'affaire annexe liée à la mort du policier.

L'identité du kamikaze fut connue dès le lendemain puis, faute d'éléments nouveaux, l'attentat de City Island rejoignit le flot des enquêtes en attente.

Sans nouvelles de leurs compagnons, Kinuyo et Acil contactèrent Virgile Macare, puis la paroisse de Stuart, Gail Strinker, Axel Marcussen… Ils essayèrent même d'entrer en contact avec la Fondation Prométhée. Mais toutes leurs tentatives furent vaines. Personne ne savait où se trouvaient leurs amis. Une semaine après le drame, ils quittèrent New York pour le Brésil, décidés à visiter chaque lieu où Tara, Stuart et Gabriel auraient pu trouver refuge.

65

L'Aratta me happe, me désintègre.

Lui et moi ne faisons plus qu'un. Mes atomes s'éparpillent, s'écartent les uns des autres.

J'enfle tant que l'illusion d'être devenue la terre entière me prend.

Ce sentiment est puissant, généreux. Pas de colère dans la sensation d'être unique, entière, omnisciente.

Mais ce stade ne dure pas.

Il existe un endroit où tout s'annule. La sphère redevient une sphère et mon corps reprend sa forme passée.

Je suis devenue esprit l'espace d'un court instant.

La matière qui a fait de moi un être de chair et de sang retrouve le chemin du vivant. Sans erreur. Le moindre capillaire est à sa place. Je ne peux pas le vérifier, mais je sais que jusqu'à ma plus fine pilosité est là, prête à me redonner mon sens tactile.

Reprendre ma forme m'oblige à subir de nouveau les lois de la physique.

Je tombe, et tombe, et tombe encore.

Ça n'a pas l'air très haut, mais tout semble se passer au ralenti.

Mon dos heurte une surface étrange. Elle me reçoit et me renvoie dans l'autre sens. Doucement. Comme dotée d'une intention maternelle.

Lorsque je me relève, je m'aperçois qu'une nouvelle

sphère m'entoure. Ses parois sont d'un bleu profond et sa surface finement irisée brille légèrement. On dirait de l'eau mais comment y croire ? Je marche dessus sans m'y enfoncer.

L'endroit est harmonieux. Parfait.

Comment vouloir le quitter ?

La curiosité, l'intention, l'appel d'un ailleurs à découvrir, quelque chose qui me cherche. Autant de raisons qui pourtant me font bouger.

Je me lève et fais un pas. La sphère se déforme, elle devient tunnel autour de la direction que je prends.

Un autre pas, puis un autre encore.

Ma vitesse est sans mesure avec mes enjambées naturelles.

Je me déplace vite, si vite.

Il y a quelque chose au bout de ma sphère déformée.

C'est là que se trouve la réponse. À l'un des bouts de cet univers en expansion, devenu une ligne qui s'étire toujours plus finement sans pour autant risquer de se rompre...

Une secousse réveilla Ilis.

Non ! Pas maintenant. Je veux savoir ce qu'il y a au bout de ce tunnel...

Elle n'ouvrit pas les yeux, certaine d'être l'objet d'une surveillance étroite.

Pourtant, elle ne sentait aucune présence psychique autour d'elle.

Son univers tremblait.

À gauche et à droite, des moteurs à réaction rugissaient sourdement. De temps à autre, un trou d'air faisait remonter son estomac.

Pas de pilote. Pas de garde.

Straub a trouvé la parade idéale. Je ne peux m'en

prendre qu'à ma propre vie. Et il doit se douter que c'est la dernière de mes intentions.

Ilis poussa ses investigations mentales plus loin autour d'elle. À sa surprise, l'opération demanda un moins grand effort que d'habitude.

Je voyage de plus en plus loin. Mon corps commence à se remplir d'eau. Le volume augmente à chaque minute. C'est infinitésimal, mais je le sens.

Elle perçut devant elle l'écho d'une pensée. C'était très faible mais pourtant bien présent. Elle reconnut en premier le parfum mental de Milos. Les autres lui demandèrent une analyse plus poussée, mais elle y parvint bientôt. Milos était accompagné de ses vieux amis, Tara, Stuart et Gabriel.

Ils sont dans un autre avion. Loin devant.

Ce gaz m'a fait perdre conscience. J'ai dormi. J'ai eu l'impression de mourir.

Ilis délaissa sa sphère mentale pour se préoccuper de son corps. Elle était assise sur un siège incliné vers l'arrière. Une sangle maintenait ses hanches. Rien d'autre.

J'ai la liberté de mes mouvements. Craig est devenu un vrai gentleman.

Ilis ouvrit les paupières. Continuer de simuler le sommeil ne servait à rien. Elle dégrafa la ceinture de sécurité du fauteuil et se leva.

L'avion dans lequel elle se trouvait ressemblait à un transport de troupes. L'intérieur se résumait à sa plus simple expression, une carcasse de tôles rivetées garnies de bancs rudimentaires fixés aux parois. Au centre, il n'y avait que le fauteuil sur lequel elle avait dormi.

Aucun hublot, aucune communication avec le poste de pilotage.

Ilis alla se rasseoir. Elle n'avait rien de mieux à faire.

La voix de Denis Craig retentit soudain dans un haut-parleur.

– Je me demandais combien de temps tu allais jouer la comédie…

– Denis ! dit Ilis d'une voix enjôleuse. Il y a longtemps…

– Nous n'allons plus nous quitter, ma chère Ilis. J'en suis le premier ravi ! Tu te trouves en ce moment au-dessus de la Méditerranée, direction la mer Noire. Je t'y attends.

– Comme c'est aimable à toi, répondit-elle sur le même ton policé. Un voyage d'agrément ?

– Bien plus que ça ! Bien plus que tout ce que tu pourrais imaginer d'ailleurs. Même si dans ce domaine tu fais preuve d'un grand talent.

Craig laissa un silence se prolonger avant d'ajouter :

– Je pense que tu seras heureuse d'apprendre que nous avons retrouvé l'Aratta.

66

Les semelles d'Irina s'aplatissaient une fraction de seconde sur les plaques d'acier galvanisé avant de rebondir pour s'aplatir de nouveau un pas plus loin.

Cela faisait un bruit sourd, très étouffé par l'épaisseur du pont.

Trois cents mètres dans un sens. Trois cents mètres dans l'autre. Plus deux fois soixante-quinze mètres dans l'arrondi de la poupe et de la proue. Un tour du *Neptune* mesurait trois quarts de kilomètre.

Irina avait fixé son objectif à dix rotations.

Elle accéléra son rythme respiratoire et allongea sa foulée.

Un tour rapide, un tour lent. Ne jamais courir sur une même cadence.

Ne pas laisser la musculature se lasser, ni le terrain vous dominer. Règle première. Courir ne sert pas en premier lieu à entretenir le corps mais à aiguiser la volonté. Voire l'acharnement, selon la distance prévue.

Régulièrement, sa course la faisait passer à côté des trappes d'aération des cales. Une chaleur moite s'en dégageait. Une chaleur de hammam. La coque du navire, surchauffée tout au long de la journée, transmettait à l'eau l'énergie accumulée au cours de la nuit, si bien que l'énorme volume du liquide ne descendait pas en dessous de 28°.

Le *Neptune* perdait ainsi cinq à six mètres cubes de sa cargaison par jour, du simple fait de l'évaporation. Une broutille, au vu du volume puisé dans le Saint-Laurent.

Pas même visible.

Irina accéléra encore. Ses muscles longs et fins répondaient correctement. Ses poumons aussi.

Elle était en train de sauter par-dessus une série de buses de pompage quand deux coups de sirène brefs et stridents l'informèrent de l'arrivée d'un message.

L'appel de son nom retentit ensuite dans les haut-parleurs externes. On l'attendait au poste de commandement.

Irina s'arrêta et fit aussitôt demi-tour. Elle posa deux doigts sur son cou, juste au-dessus de la carotide, et attendit calmement en regardant la trotteuse de sa montre-bracelet.

Son pouls battait à cent trente pulsations par minute. Bien trop pour soutenir une conversation.

Elle se dirigea en marchant vers le château arrière.

Son pouls tomba à quatre-vingts, puis à soixante.

En accomplissant les exercices que lui avait appris son père, elle pouvait le faire descendre aux alentours de cinquante pulsations. Parfois en dessous. Mais l'heure n'était pas à la méditation. Irina gravit deux par deux les échelons de l'escalier et pénétra dans la salle de commande du navire.

Nemo ne s'y trouvait pas. L'appel ne venait donc pas de lui.

Irina n'en fut pas surprise. Son patron n'avait pas quitté sa cabine depuis trois jours. Depuis qu'il avait subitement interrompu le journal hebdomadaire du site.

Il s'était contenté d'accepter ses plateaux-repas et de grogner lorsqu'elle avait tenté de lui parler.

– Il y a un message pour toi sur l'ordinateur, lui dit Bernard, le commandant de bord.

– Ça dit quoi ? demanda Irina

– Aucune idée. C'est sur ta messagerie et je n'ai pas le code d'accès.

Irina s'installa devant l'un des écrans périphériques et entra son mot de passe dans la machine.

– On va avoir de la visite, Irina. Une demi-douzaine d'embarcations légères foncent vers nous, poursuivit Bernard. À la vitesse où elles tracent, je dirais qu'on a une heure pour réagir.

– Tu connais leurs intentions ?

– Ils restent muets aux appels radio. Mais d'après leurs trajectoires, ils doivent venir du Liban.

– Des militaires, tu crois ?

– Je ne pense pas. Des militaires nous auraient contactés en premier. Et s'ils n'avaient pas voulu se faire repérer, ils auraient envoyé un sous-marin. En l'absence du boss, c'est à toi de prendre une décision. Ou à moi, si tu n'arrives pas à te décider. Nos vingt-cinq hommes d'équipage ne sont pas très chauds pour un abordage.

– Tu as essayé de lui en parler ?

– Douche froide. J'ai horreur de discuter avec une porte.

Le message s'afficha sur l'écran :

« Ostrander et Aratta partis de force pour mer Noire. Coordonnées et guidage satellite sur fichier annexe. Les rejoindre d'urgence. »

Irina le lut deux fois et le détruisit. Puis elle imprima le second fichier et le tendit à Bernard.

– Dans ce cas, trancha-t-elle, prends le cap du Bosphore. On va en mer Noire.

– Au bout du monde si tu veux. Je ne suis pas mécontent de dégager de cette zone.

– Je retourne transpirer. Si Nemo rapplique, envoie-le-moi.

– Ça m'épuise de te regarder cavaler mais l'entendre ronchonner serait pire. Compte sur moi.

Irina décida de doubler le nombre de tours. Elle avait besoin de réfléchir. Échauffer son corps sur le pont du *Neptune* libérerait son esprit.

Les événements semblaient se précipiter.

Depuis quelques semaines, les échanges d'e-mails avec Gabriel Ostrander s'étaient multipliés. La réincarnation de Malhorne s'était échappée. Elle se trouvait quelque part. À New York ou ailleurs. Lui et les premiers compagnons de l'enfant la recherchaient activement. La piste de l'Aratta ressurgissait enfin, après seize ans de silence.

Tout convergeait vers le retour des temps décrits par les écritures antiques, que chaque héritier des premiers Lukingias connaissait par cœur.

Maintenant, il fallait agir vite. Si Gabriel et l'Aratta avaient été faits prisonniers, les Lukingias devaient intervenir. C'était l'un des buts de la création de leur ordre, plus de cinq mille ans plus tôt. Sauver le royaume et propager son savoir à travers le monde. Ils avaient échoué sur la première partie de leur mission, et la seconde s'était tarie d'elle-même. Les Lukingias de l'après-Aratta s'étaient alors lancés dans une surveillance cinq fois millénaire. Retrouver l'Aratta.

À condition qu'elle le veuille.

Irina pensa aux hommes d'équipage du *Neptune*. La moitié d'entre eux appartenaient aussi au groupe des Lukingias. Ils étaient ses frères-sœurs, plus que sa propre famille. Elle devait les prévenir le plus tôt possible. Pour qu'ils puissent se préparer.

Elle força son allure. Les autres attendraient bien qu'elle ait pris une douche.

La sirène hurla de nouveau. Irina jeta un regard vers le poste de pilotage et aperçut Nemo, derrière la vitre, qui lui faisait de grands signes. Elle stoppa sa course au milieu du navire et hésita un instant. Puis elle fit demi-tour en faisant comprendre à son patron de la rejoindre au niveau de la proue.

Nemo fit des gestes grandiloquents pour la persuader de venir vers lui, puis il capitula et descendit sur le pont.

– Qu'est-ce qui te prend, Irina ? beugla-t-il avant même de l'avoir rejointe. Depuis quand on bouge sans mon autorisation ?

– Pendant que tu t'apitoies dans ta cabine, dehors la vie continue ! répondit-elle sur un ton calme.

– Tu n'as pas idée de ce qui est arrivé l'autre jour. Et ne compte pas sur moi pour…

– Je ne vais pas y aller par quatre chemins avec toi, Nemo. Tu es un grand garçon. Tu es prêt à te prendre n'importe quoi dans la figure, n'est-ce pas ? C'est bien ce que tu prétends haut et fort ?

– Si c'est pour une leçon de morale, j'ai passé l'âge ! Si ça a un rapport avec mon caractère, je vais te dire une bonne chose, ma petite : soit tu t'en accommodes, soit tu valses. Je m'en fous !

– Ni l'un ni l'autre, riposta Irina. Laisse-moi d'abord te raconter une petite histoire qui va certainement t'intéresser. Tu vas voir, c'est édifiant ! Mon histoire se passe en 2013. Un certain Franklin Adamov abandonne la forêt amazonienne pour s'en aller végéter dans les coins les plus farfelus de la planète. C'est un type qui a perdu toutes ses illusions. Il pleure un temps sur lui-même, cherche une issue dans les alcools bon marché *et cetera*. Cette histoire pourrait être tout à fait banale si, dix ans plus tard, le 18 mars 2023 pour être précise, la police ne retrouvait les restes carbonisés de ce même Franklin Adamov dans l'incendie d'un bordel de Manille. Paix à son âme, donc ! Sauf qu'il refait surface six mois plus tard à Genève au cours d'une conférence internationale sur la mondialisation. Et il est méconnaissable. Une bonne chirurgie de complaisance, des lentilles colorées, des tatouages à foison et un revirement total du caractère en ont fait un autre homme. Personne ne penserait même à faire la comparaison avec l'homme retrouvé dans les cendres de Manille. Le grand show du diablotin du Net a commencé. Où étais-tu Nemo, pendant que le corps de ton double se consumait ? Que faisais-tu, Franklin Adamov, pendant qu'un excentrique naissait de tes cendres ? Pratiques, ces petits Implants indestructibles, non ?

Pendant le monologue d'Irina, Franklin s'était assis pour l'écouter. Curieusement, il n'avait pas semblé tomber de haut. Le portrait dressé par son assistante l'avait même fait sourire à plusieurs reprises. À présent, il scrutait son visage, à l'affût de la véritable Irina.

– T'es quoi ? T'es flic ou mercenaire ?

– Ni l'un ni l'autre, mon capitaine. Et si je te laisse chercher tout seul, on sera encore là l'année prochaine.

– Je me suis toujours demandé qui tu étais en réalité. Tu étais trop intelligente pour te contenter d'être seulement mon assistante.

– Merci pour le compliment mais je m'en passe. Pas besoin.

– Une question me taraude, comment m'as-tu découvert ? J'ai détruit toutes les passerelles avec mon passé.

– Ce n'est pas *je*, mais *nous*, Franklin Adamov. Nous avons toujours su où tu étais. Nous avons toujours connu les agissements de Tara Steamway, d'Acil N'Kabo, de Kinuyo Misushi et de Stuart Mac Conkey. Nous étions en Amazonie, autour de l'enfant. Nous vous avons suivis. Nous sommes devenus vos amis, sans même que vous vous doutiez de quoi que ce soit. Certains parmi les miens sont morts pour avoir tenté de s'introduire dans les ramifications d'une fondation dont il ne m'est sans doute pas nécessaire de te rappeler le nom. Quant à moi, j'ai reçu pour instructions de te coller au train. Devenir ton assistante était le meilleur moyen d'y parvenir.

– Bien, acquiesça calmement Franklin. J'apprends que le monde n'est pas tel que je l'imagine. Mais ce n'est pas une grande nouvelle. J'ai eu un ami qui m'a autrement changé… Bref. Peu importe. Et à quelle bande de phénomènes de foire appartiens-tu ? Si tu n'es ni flic ni bandit, comme tu le prétends ?

Le visage d'Irina se fit menaçant. Sa voix se durcit.

– Nous sommes les Lukingias. Les derniers compagnons d'Aratta.

Franklin se souvenait de ce nom, le premier mot prononcé par Bout de chou. Comment aurait-il pu l'oublier ?

– Je fais partie de ce groupe, poursuivit Irina. Onze hommes du *Neptune* en font également partie. Gabriel Ostrander est aussi l'un des nôtres.

– C'est plus qu'un complot ! constata Franklin. Je suis très flatté d'une telle marque d'attention. Si j'avais su…

– Nous étions là uniquement parce qu'elle t'avait choisi. Sans cela, ton sort m'indifférerait tout autant que celui du reste des hommes.

– Ça nous fait un point en commun. Et comment fait-on partie de tes… Comment dis-tu déjà ? Les Likungias ? Je postule…

– Lukingias, rectifia Irina, irritée par le ton désinvolte de Franklin. On naît à l'intérieur du groupe. Ce n'est pas un choix. Nous sommes les envoyés d'Aratta. Enfin, nous étions.

– Arrête de tourner autour du pot. C'est quoi, cet Aratta ? Je me pose la question depuis des années.

– Celle que tu appelais Bout de chou. Ou Malhorne.

– J'ai connu Malhorne, tu dois le savoir. Et je pense qu'il m'en aurait parlé.

– Il l'ignorait. C'est en tout cas probable. Même s'il avait eu certaines intuitions.

– Comme quoi ?

– Le trait d'union des mondes, par exemple. Aratta se qualifiait de clef des mondes extérieurs. Pourtant, Malhorne se trompait sur les mondes en question.

– Alors, quoi ?

– Seule Aratta pourra nous répondre. Mais nous savons qu'elle n'était pas seulement un lien avec les morts.

– Et tout ça nous mène quelque part ?

– Oui. Dans la mer Noire. Aux sources du Déluge.

– J'ai encore mon mot à dire ?

– Pas en ce qui concerne la route. Mais tu peux te joindre à nous. Tu n'es pas un ennemi. Tu as même toujours été un allié sans le savoir.

– De nouveaux amis ! se moqua Franklin. Remarque, je préfère ça que l'inverse.

– Nemo a des dizaines de milliers de fans à travers le monde. Continue d'endosser ce personnage. Ça pourra se révéler utile.

– Pourquoi me garder ? demanda encore Franklin. Vous pourriez aussi bien m'éliminer…

– Pour quoi faire ? Tu avais l'amitié de Malhorne et le consentement d'Aratta. Pourquoi irions-nous dans un sens différent ? Depuis que Malhorne s'est révélé au monde, nous avons dû tuer à plusieurs reprises. Mais c'était toujours justifié.

– Ça sent mauvais, ton histoire de légitimité meurtrière, contra Franklin. Mais c'est ton affaire.

La corne de brume du *Neptune* poussa une longue plainte sourde. Franklin et Irina virent leurs ombres se déplacer toutes seules. Le bateau prenait un nouveau cap en silence. Puis les freins des rotors éoliens se désenclenchèrent et les turbines des pièges à vent commencèrent à siffler doucement. D'abord insensiblement, l'étrave blindée fendit bientôt les eaux en direction du nord-ouest.

– Ça fait combien de temps qu'ils existent, tes Lukingias ?

– Pas loin de cinq mille ans.

Franklin éclata de rire.

– C'est magnifique, dit-il en reprenant son souffle. Je devais bien m'attendre à un truc pareil. Ah ! Si Malhorne pouvait être ici.

– Mais nous allons le retrouver, Franklin. Bientôt, nous serons avec Ilis.

– Qui c'est celle-ci encore ?

– Les eaux du monde. Le but de notre vie. Ethen Ur Aratta, Bout de chou, si tu préfères, et Malhorne aussi.

Franklin regarda Irina d'un œil nouveau. Puis il s'accouda sur le bastingage, la tête dirigée vers la mer.

Lorsqu'il se retourna, une expression de joie éclairait son visage. Nemo était en train d'abandonner la personnalité de Franklin.

– La mer Noire, c'est pas la porte à côté, dit-il avec entrain. Surtout à la vitesse où se déplace ce rafiot. Plus le temps d'obtenir les autorisations de franchir les détroits. Ça va nous faire une bonne semaine de route.

– Nous avons le temps. Ils ne toucheront pas à un cheveu d'Aratta. Tes amis, par contre…

– Quels amis ?

– Ceux que tu as abandonnés, il y a quinze ans. Je

n'ai pas eu confirmation, mais si Gabriel manque à l'appel, il y a de fortes chances pour qu'eux aussi.

– Est-ce que Tara…

– Je l'ignore, mais c'est probable.

– Il faut vider les cuves, décida Franklin. On gagnera de la vitesse. Et puis, ça donnera un indice aux internautes pour le *Neptune*.

67

L'hélicoptère s'éleva lentement au-dessus de la plate-forme. Il emportait vers la côte les derniers personnels de maintenance et l'équipe d'archéologues dont Denis Craig ne souhaitait pas la présence.

Paul, Meryl, Eredan et Léo repartaient sur le chantier de fouilles pour terminer leur travail, sans même savoir ce qu'ils allaient manquer réellement, puisque jamais Stacey ni Spencer ne leur avaient parlé d'Ilis.

Ils quittaient la plate-forme après n'y avoir fait qu'un court séjour, satisfaits qu'on leur donne les moyens de passer du temps au fond de la nécropole.

Un long travail secondaire les y attendait.

Stacey observa l'hélicoptère qui s'éloignait dans la tempête jusqu'à ce qu'il disparaisse au loin.

Son regard erra ensuite à la surface de la mer déchaînée, creusée par des vagues de quinze mètres. Puis il reporta son attention sur l'ancienne salle de réfectoire et de détente.

Des équipes d'ouvriers du pétrole s'y étaient relayées pendant des années, jusqu'à ce que le gisement se tarisse. À présent, une tout autre population s'y abritait des intempéries. Il y avait des têtes connues de longue date, celles de Straub et de ses hommes de sécurité. Autrement dit, des mercenaires. Et d'autres, nouvellement arrivées. Les deux groupes ne se mélangeaient pas. Seul Stacey avait réussi à établir un rapport cordial avec chacun. Quant à Spencer, il boudait l'un comme l'autre. Ou était rejeté par les deux. Stacey n'aurait pas su le dire avec exactitude.

Les derniers venus étaient arrivés une semaine auparavant.

Stacey les avait rencontrés une fois par le passé, lorsque, mandaté par Denis Craig, il s'était rendu en Amazonie auprès de Franklin. Les compagnons de l'enfant l'avaient fort bien accueilli, même s'ils n'ignoraient pas qu'ils se trouvaient de part et d'autre d'une ligne idéologique.

Leur deuxième rencontre en quinze ans avait été beaucoup plus difficile.

Craig avait chargé Stacey de les accueillir à leur descente de l'hydravion, sans lui préciser la nature de la journée qu'ils venaient de vivre.

Le mot « descente » était sorti de la bouche de Craig. Mais la réalité avait été tout autre. Tara Steamway, Stuart Mac Conkey, Milos Strinker et Gabriel Ostrander erraient encore dans les limbes d'une inconscience médicamenteuse, lorsque les portes de l'appareil s'étaient ouvertes. Il avait fallu les porter sur des brancards, heureusement disponibles à l'ancienne infirmerie, jusque dans leurs cabines.

La suite n'avait pas été plus réjouissante. Stacey et Spencer les avaient affrontés seuls à leur réveil, pendant que Straub se contentait de veiller à ce que personne ne tente de s'échapper.

L'étendue de leurs griefs dépassait largement la connaissance que Stacey avait de la situation.

Enlèvement et séquestration, pour ce qui concernait les dernières quarante-huit heures, mais aussi assassinat d'enfant et massacre d'un village entier quinze ans plus tôt. Un village habité par leurs amis. Stacey avait rapidement compris pourquoi Straub l'avait envoyé à sa place. Stacey n'avait jamais eu l'âme d'un geôlier et Spencer de moins en moins.

Les deux hommes n'avaient trouvé qu'une parade : les informer sur les fouilles auxquelles ils avaient participé.

Le site sumérien, la nécropole et son roi qui portait un joyau identique à celui trouvé sur Ethen ; les sept villas plus anciennes encore ; les textes exhumés des tombes, et, pour finir, la ziggourat engloutie et son unique mobilier. Autant d'arguments qui avaient pesé en leur faveur.

Les trois quinquagénaires du groupe avaient fini par abdiquer devant l'importance de l'enjeu. Cela avait demandé deux jours de palabres, de précisions et de questions incessantes. Ils n'en baisseraient pas pour autant la garde, mais leur intérêt était tel qu'ils pouvaient bien attendre le moment opportun pour reprendre le contrôle de leurs destinées.

Milos, par contre, n'avait pas voulu entendre raison. Il ne se souciait que d'une chose, Ilis.

La jeune femme se trouvait enfermée dans l'un des trois anciens supports flottants de production, à trois cents mètres de la plate-forme. Elle ne pouvait recevoir la visite que de Denis Craig et Philip Straub. Et ce dernier n'y allait que pour lui apporter des plateaux-repas.

Milos était en quelque sorte assigné à résidence, une cabine de trois mètres sur trois, avec pour seule animation une fenêtre dans laquelle s'encadraient les dos de ses gardiens.

La promiscuité de ces gens en opposition totale, et pourtant tenus de se côtoyer, donnait à l'atmosphère de la plate-forme une dimension surréaliste.

Stacey s'approcha du groupe formé par Tara, Stuart et

Gabriel. Le trio discutait tout bas depuis plus d'une heure et se tut lorsque l'archéologue arriva.

– Je vous dérange, peut-être, dit-il en s'asseyant parmi eux.

– Pas le moins du monde, répondit Stuart. Mais, voyez-vous, nous sommes bien obligés de fourbir nos armes. Et nous n'appartenons pas à la même ligne de front.

– Oh ! répliqua Stacey. Je ne mène pas une bataille. D'autres ici, sans doute, mais pas moi.

– Dites-moi, mon bon Stacey, poursuivit Stuart. Entre nous, vous pouvez me le confier. Qu'est-ce qui vous a conduit à passer plus de vingt ans auprès de Denis Craig ? C'est tout de même pas un très joli monsieur, ce Denis Craig.

– La possibilité de travailler avec des moyens dignes de ce nom. C'est la raison essentielle.

– C'est tout ? Vous n'avez jamais été motivé par quelque chose de plus inavouable ?

– Ma foi, non.

– Vous savez que les nazis de base ont prétendu à la fin de la guerre n'avoir jamais entendu parler des camps de la mort. Pas même senti un relent de chair brûlée.

– C'est sans doute y aller un peu fort que de comparer Denis Craig avec Hitler, vous ne croyez pas ?

– L'intention est la même ! La domination, le pouvoir, le mépris de la vie, une vision personnelle du monde que ces deux sagouins voudraient ou auraient voulu voir partagée par l'humanité entière. Je ne trouve pas que j'exagère.

– Vous savez comment ça s'est terminé, il y a quinze ans, intervint Tara. Vous étiez présent. Eh bien, pourquoi voulez-vous que les choses changent ?

– Écoutez ! Je sais que vous n'êtes pas ici de votre plein gré, mais nous sommes peut-être sur le point de faire la plus extraordinaire découverte de tous les temps. Ça mérite qu'on ferme les yeux sur les méthodes.

– J'attendais ce genre de discours de la part de Spencer, répliqua Tara. Franklin m'avait parlé de lui en ces termes. Il faut croire qu'il a changé. Vous aussi.

Stacey se renfrogna dans son fauteuil. Il aurait voulu partir sur-le-champ mais n'osa pas le faire, par peur du ridicule. Spencer, qui jusque-là s'était contenté d'écouter la conversation à distance, s'approcha à son tour.

– Vous ne devriez pas vous en prendre à Stacey. Il ne le mérite pas. J'ai appris à connaître ce bonhomme. Il ne recherche que la vérité. Et même pas pour sa gloire personnelle. Que faites-vous ici, à attendre que les choses se passent sans tenter quoi que se soit, sinon la même chose que lui ?

Un silence s'étira au-dessus des têtes.

– Ne vous en blâmez pas, reprit Spencer. Qui refuserait de savoir ce qu'est l'Aratta ? Pas même moi.

Spencer regarda Tara plus particulièrement.

– J'imagine que vous me prenez pour une brute épaisse. Tout le monde juge à partir des apparences. Eh bien, révisez vos réflexes. Je suis persuadé que la personne la plus inaccessible d'un point de vue émotionnel dans cette ménagerie, c'est Ilis. Je l'ai côtoyée pendant des années. Croyez-moi ! J'ai vu ce dont elle est capable. Et notez aussi que je n'ai aucun grief vis-à-vis d'elle. Elle est inhumaine, ou au-delà de l'humanité. C'est tout.

Spencer acheva sa phrase et tourna les talons, sans même essayer de se rendre compte de l'impact qu'avaient pu avoir ses paroles.

Les têtes restèrent baissées un long moment.

– Il m'étonne de plus en plus, dit Stacey pour rompre le silence. Maintenant, excusez-moi. Je vais dormir.

Demain, je vous montrerai ce que nous avons trouvé au cours de nos fouilles. Denis Craig est d'accord. Vous voyez qu'il n'est pas aussi mauvais homme que vous le dites. Bonne nuit à tous.

68

Spencer descendait les marches métalliques d'un pas rapide, Gabriel sur ses talons. Derrière eux venaient Tara et Stuart, qui peinaient pour suivre le rythme de l'ancien militaire, tout en veillant à ne pas trébucher sur les structures antidérapantes des plaques d'acier.

Au bas des escaliers, ils empruntèrent une succession de coursives qui s'enfonçaient dans l'infrastructure de la plate-forme.

– Ce gisement a été abandonné il y a plus de dix ans, expliqua Spencer. La plate-forme a été rachetée par la Communauté européenne pour y établir un centre d'observation de la mer Noire. Et puis, l'Europe a changé d'avis, après avoir dépensé des millions d'euros pour en faire un espace accueillant. Une bande d'écologistes s'y sont installés sans autorisation pendant quelques mois, jusqu'à ce qu'ils se fassent expulser par l'armée turque, qui, soit dit en passant, n'avait rien à faire dans les parages. Elle est restée vide pendant cinq ans, jusqu'à ce que nous arrivions. Il a fallu mettre un bon coup de peinture et revoir les systèmes de production d'énergie.

– Ça doit vous rappeler le bon vieux temps, glissa Tara d'un air mi-sérieux, mi-moqueur.

Spencer s'arrêta net et fit volte-face.

– J'étais dans l'infanterie. Pas dans la marine. Franklin Adamov a dû vous le dire aussi.

– Je ne m'en souviens pas.

– L'infanterie, la marine, c'est kif-kif, lâcha Stuart avec un pétillement de malice dans les yeux.

– Ouais, vu de loin, peut-être. Et encore, il faut être sacrément bigleux. C'est comme si je confondais l'islam et le christianisme !

– Je ne vous en blâmerais pas. Les bases sont communes. Et bien d'autres choses encore.

– Vous faites un drôle de prêtre, dit Spencer.

– Tout comme vous faites un curieux militaire.

Les deux hommes se regardèrent.

Depuis que Stuart avait appris l'absence de Spencer dans la décision et la mise en œuvre du saccage de leur village en Amazonie, il avait abandonné tous ses préjugés pour le regarder d'un œil neuf. La pratique du culte en Amérique du Sud avait aiguisé sa connaissance des hommes. Derrière la façade austère de Spencer, il avait vite décelé une autre personnalité qui lui plaisait davantage, et il tenait à le lui faire savoir. À sa façon.

Spencer émit un grognement, qui chez lui pouvait passer pour un sourire, puis reprit sa progression.

– Bon. N'épiloguons pas sur votre méconnaissance de l'armée, dit-il à voix basse. Allons plutôt retrouver Stacey.

Ils trouvèrent l'archéologue au bout d'un dernier couloir. Il se tenait dans le coin d'une salle, assis devant une table, remplissant des pages de notes.

Tout ce que les fouilles avaient exhumé se trouvait là. Les tablettes d'argile, les corps des Lukingias sortis des tombes, celui de la reine, découvert sous le pavement de la tour du Saros, des centaines de plans et de photographies, etc. Enfin, installée au centre de la pièce, la sphère reposait sous une cage de verre blindé.

– Ah, vous voilà, dit Stacey en se retournant. Je voulais vous montrer tout ça avant d'aller déjeuner. En entendre parler est une chose. Le voir en est une autre.

Stacey voulut établir le sens de la visite, en commençant par les premières découvertes pour terminer par la sphère. Mais Stuart et Tara marchèrent tout droit vers l'objet. Ils se penchèrent au-dessus du cube en verre et restèrent plantés là.

Seul Gabriel demeura en arrière, toute son attention concentrée sur la vingt-quatrième dépouille de la reine d'Aratta.

Stacey le laissa près du squelette et rejoignit Tara et Stuart.

– Vous avez l'air déçus, dit-il en observant leurs visages.

– C'est assez banal, observa Tara. Je m'attendais à autre chose.

– Il est vrai que son aspect n'invite pas aux exclamations, critiqua Stuart. Il y a quelque chose à l'intérieur ?

– C'est le grand mystère, répondit Stacey. Nous disposons pourtant de matériel très sophistiqué, ici. Eh bien, figurez-vous que pas un seul de nos appareils d'imagerie n'a réussi à en pénétrer la matière. C'est le noir total. Enfin, ce que je dis n'est pas tout à fait exact. Une fine pellicule de bronze entoure l'objet. Ça, on a réussi à le sonder. Mais ce résultat ne nous avance pas franchement. Sous le bronze, c'est comme s'il n'y avait rien. Les ondes semblent passer, mais ne résonnent sur rien. Pourtant, sa masse est bien supérieure au volume de bronze utilisé. Une énigme.

– Voilà un Graal qui me plaît, commenta Stuart. Vous pensez percer tous les secrets avec vos machines. Mais il faut peut-être y mettre un peu de cœur et d'intuition.

– Alors, allez-y, se moqua Spencer. Laissez parler votre cœur et dites-nous ce que c'est !

Stuart posa ses mains sur le verre et ferma les yeux.

– Ça vous stimule ?

– Mieux que ça ! Cet objet vient de me dire que vous n'êtes pas près d'en percer le mystère.

– Attendez, je vais vous montrer quelque chose. Vous ne nous parlerez plus d'intuition après.

Stacey enleva une housse qui recouvrait un appareil près de la sphère.

– C'est un laser, précisa-t-il.

Il mit le canon sous tension et le dirigea vers la cage en verre.

– Ne vous inquiétez pas. J'ai déjà tenté l'expérience. Voilà. C'est prêt.

Un faisceau de lumière concentrée jaillit une demi-seconde, puis s'éteignit.

– Et alors ? interrogea Tara.

– Attendez un peu. Le résultat n'est pas immédiat.

Ils gardèrent les yeux rivés sur l'objet inerte, attendant que quelque chose se passe.

Après une minute de contemplation muette, ils virent apparaître sur sa surface une multitude de lignes ténues qui dessinaient un entrelacs complexe.

– Qu'est-ce que c'est ?

– Pas la moindre idée. J'ai reproduit le plan de ces lignes. On y devine les continents terrestres et les océans. Mais pour ce qui est des lignes elles-mêmes, je l'ignore. Le résultat ne ressemble à rien. Rien que je connaisse en tout cas.

– Cette modestie vous honore, commenta Stuart.

– Comment réagit-elle avec la lumière ? recentra Tara.

– On ne sait pas non plus, mais ça explique sans doute pourquoi le sommet de la ziggourat s'ouvrait sur le ciel, répondit Spencer. La sphère a besoin de la lumière du soleil.

– Oui. Mais pour faire quoi ?

– C'est la question à laquelle il nous faut nous atteler.

– Bout de chou, enfin, Ilis, le sait peut-être.

– Si c'est le cas, il faudra attendre le retour de Denis Craig. Nous ne sommes pas habilités à la voir.

– Je me souviens de ce pendentif, dit Tara en s'approchant d'une photographie. Je l'ai vu dans les archives de la Fondation.

– Ce n'est pas le même, rectifia Stacey, mais un autre, en tout point identique.

– C'est un bijou en tectite, c'est bien ça ?

– Ce n'est ni un bijou ni de la tectite.

– Pourtant…

– Ça y ressemble beaucoup, sans en être. J'en étais moi-même arrivé à cette conclusion à l'époque. Faux. Je n'aurais pas dû m'arrêter à une simple observation visuelle. Mais je ne l'ai eu entre les mains que quelques minutes…

– Passons sur vos erreurs de jugement, l'encouragea Gabriel. Si ce n'est pas de la tectite, alors c'est quoi ?

– C'est de l'eau en état de surfusion. Enfin, c'en est proche.

– Ce qui signifie ?

– Comment dire… Imaginez pouvoir passer de l'eau liquide à l'état solide, en une fraction de seconde.

– De la glace, en gros.

– C'est ça. De la glace. Avec pour caractéristique d'avoir gardé la transparence de l'eau. Eh bien, c'est cette glace obtenue par un procédé complexe que l'on appelle la surfusion. Il faut une quantité d'énergie considérable pour le faire. Et encore cette glace est-elle instable. Sortie de son congélateur surpuissant, elle redevient de l'eau, sous forme liquide et gazeuse.

– Comme un glaçon au soleil.
– C'est ça ! Exactement.
– Il y a une explication ?
– Aucune. Conserver de l'eau en état de surfusion demande un apport d'énergie constant. Et pourtant, en l'occurrence, il n'y en a pas. C'est incompréhensible. D'autant plus que ce pendentif est resté six mille cinq cents ans au fond de la nécropole.
– Il doit être froid.
– Même pas. Et c'est une énigme supplémentaire. Pas moyen de comprendre ce que c'est, ni d'où vient l'énergie.
– Où est-il, votre glaçon ?
Stacey frotta ses mains d'un air embarrassé.
– Vous ne l'avez plus ?
– Il a disparu.
– Comment ça disparu ? On est sur une plate-forme au beau milieu de la mer. Il n'a pas pu aller bien loin.
– Je n'ai pas dit que quelqu'un l'avait pris. Il s'est volatilisé. Comme ça.
– Mais c'est absurde de prétendre une chose pareille…
– Je sais, mais il n'y a pas d'autre mot. Chaque salle de la plate-forme est placée sous vidéosurveillance. Nous avons visionné les bandes.
– Et ?
– Le pendentif s'y trouvait et, la seconde d'après, il n'y était plus.
– Comme ça ? Un coup de baguette magique et pouf ! plus rien ?
– En gros, c'est ça, admit Stacey, qui se demandait si ses interlocuteurs ne commençaient pas à le prendre pour un fou.
– Vous m'en direz tant, se moqua Tara.
– Il y a autre chose, poursuivit Stacey. Le volume de

la sphère a augmenté d'autant. Les appareils de télémétrie ne se trompent pas…

– Vous revoilà avec vos fichus appareils, le coupa Stuart. C'est une manie chez vous !

– Allons déjeuner, proposa Spencer. Nous discuterons de tout ça à table.

Tara, Gabriel et Spencer montèrent au réfectoire, tandis que Stuart aidait Stacey à fermer l'entrepôt.

– Vous avez étudié la kabbale ? questionna Stuart alors que Stacey cadenassait la porte.

– Très peu, pour être honnête.

– Moi, si. Eh bien, il faut que je vous dise ce que vos découvertes m'inspirent. À vrai dire, voilà quinze ans que je tourne autour sans certitudes. Mais avec ces nouveaux éléments…

– Je vous écoute.

– Je vais vous le dire dans le désordre. À vous ensuite de vous faire votre propre idée. Vous savez que les kabbalistes étudient les textes sacrés autant du point de vue du sens lisible que de l'invisible. Ils pénètrent la valeur des lettres, des mots, des phrases. En résumé, c'est une sorte de numérologie. Dont le sens ne peut vous apparaître qu'après une vie d'étude.

– Jusque-là, je vous suis.

– Toujours en faisant un très gros raccourci, on peut dire que les mots hébreux ont une valeur numérologique. Ou numérique, pour simplifier la chose. Chez les kabbalistes, sept est le chiffre parfait. Vous comprenez maintenant la raison de mon intérêt ! Sept est le chiffre de deux choses essentielles. Toujours pour les kabbalistes, bien sûr. Dieu et l'espace-temps s'y confondent en quelque sorte.

– Le rapport avec les fouilles ?

– Maïm ! Voilà le rapport. *L'eau* en hébreu. Sa valeur est trois cent quarante-trois. Sept que multiplie sept que multiplie sept. Trois fois le chiffre parfait. Il n'y a pas de symbole plus idéal que celui de l'eau. C'est l'absolu. On ignore comment l'encodage des textes sacrés a pu se faire. Vous savez qu'il a été placé dans des supercalculateurs et que ces grosses machines, que vous affectionnez tant, n'y ont pas trouvé la moindre faille. Eh bien, les cabalistes prétendent qu'il existe sept niveaux de compréhension du monde. Vous voyez où ça nous entraîne ? À votre place, maintenant que je sais tout ça, je chercherais du côté de l'eau pour interpréter les lignes qui se trouvent sur la sphère.

– Il y en a beaucoup trop pour que ce soient des rivières ou des fleuves.

– Alors ajoutez-y le circuit hydrique souterrain, ça donnera peut-être quelque chose.

– Ça risque d'être compliqué. On connaît très mal la circulation des eaux souterraines.

– Essayez avec les parties connues, pour commencer.

– Entendu. Je vais m'y employer après le repas.

– « L'eau de la pluie est comme les pensées des hommes, par elles naissent les fruits de la terre. » Quand vous connaissez le sens de l'eau pour les Hébreux, vous interprétez bien différemment cette phrase du Talmud.

Denis Craig arriva en début de soirée. Deux hélicoptères se posèrent sur la plate-forme peu après le sien. L'un amenait une demi-douzaine d'hommes et de femmes dont les compétences permettraient peut-être de percer l'opacité de la sphère. Le second, un cargo, contenait dans sa soute quatre tonnes de matériel avec lequel les nouveaux arrivants pourraient œuvrer.

Craig passa près d'une heure à s'entretenir en privé avec Philip Straub. Quand il reparut dans le réfectoire, il passa saluer ses *invités* et allait repartir quand Spencer l'interpella. Craig se retourna sur le pas de la porte. Un agacement manifeste se lisait sur son visage.

– Oui, Karl. Je t'écoute. Mais fais vite, j'ai peu de temps.

– Ma requête sera courte. Je demande la permission de m'entretenir avec Ilis.

– C'est tout ?

– Oui.

– Ma réponse est non, Karl. Désolé.

– Pourquoi ?

– Parce que tu n'es plus le chef de la sécurité, et que seuls lui et moi pouvons voir Ilis. Si tu arrives à persuader Straub, alors je ne m'y oppose pas. Dans le cas contraire, c'est lui qui s'occupe de ce genre de choses.

Craig poussa aussitôt la porte et disparut dans le couloir. Spencer resta bêtement immobile quelques secondes. Puis il vit passer Straub par une fenêtre. Il le rejoignit dans l'escalier. Du réfectoire, on entendit une forte altercation entre les deux hommes. La voix de Spencer hurlait par-dessus celle de Straub, qui claironnait pourtant. Mais l'épaisseur du plancher en métal ne permit pas de savoir ce qu'ils se jetaient au visage. Ni Spencer ni Straub ne reparurent ce soir-là.

Après avoir quitté le réfectoire, Denis Craig se rendit auprès d'Ilis, comme il le faisait chaque fois qu'il revenait sur la plate-forme. Cette fois-ci, l'opération comportait certains risques. L'ancien support de production pétrolière sur lequel la jeune femme était retenue se trouvait à trois cents mètres de la plate-forme. Il fallait emprunter une longue passerelle qui surplombait les flots tumultueux à moins de dix mètres. Le mouvement des vagues, ajouté aux brusques rafales de vent, transformait cette courte traversée en un périlleux voyage.

Craig se cramponna fermement aux deux mains courantes et avança lentement, en assurant chacun de ses pas. Il parvint ainsi sain et sauf de l'autre côté et reprit son souffle avant d'ouvrir la porte du container.

Entre donc, Denis, entendit-il résonner à l'intérieur de son crâne.

Craig sourit intérieurement. Il appréciait beaucoup les entrevues avec Ilis, depuis qu'elle s'était manifestement décidée à communiquer. Il passa sa carte magnétique sur le lecteur. Les vérins de la porte se désenclenchèrent.

– Pas trop longue, cette journée ? dit Craig en allumant le plafonnier.

Ilis était assise sur un matelas dans un coin de la pièce. Son visage exprimait une grande sérénité.

Craig saisit la seule chaise de la pièce minuscule et vint s'asseoir en face d'elle.

– Figure-toi que j'ai du rangement à faire, répondit Ilis. Et pas des plus faciles. Mais j'ai été aidée.

– De la visite ?

– L'Aratta grandit. Je l'ai sentie. Et puis je l'ai vue par les yeux de Stacey Revel. Je suis liée à la sphère. Elle me nourrit, je crois. Je n'ai jamais autant rêvé que ces derniers jours.

– Raconte-moi ces rêves.

– Tu diras à tous les peuples de la terre qui ne consomment pas de porc qu'ils font bien. Les Juifs et les musulmans ont raison. Mais ils ne savent pas pourquoi. Dis-leur aussi de continuer. Les cochons, j'ai vu qui étaient les cochons.

– Précise, Ilis ! Je ne suis pas dans ton crâne…

– Moi, par contre, je peux être dans le tien. Quand ça me chante, mais ta cervelle ne swingue pas beaucoup.

Craig laissa passer la pique.

– Alors, ces cochons ?

– Ils ont une psyché. Le peuple d'Aratta le savait. Si tu m'apportais un cochon ici, ce soir, je pourrais avoir une conversation avec lui. Même si ça risque d'être difficile au départ. Problème de langue et de structure mentale. Il faudrait trouver un compromis. Mais on y arriverait. J'ai aussi rêvé des Lukingias. Ce sont eux qui ont fait courir à travers le monde ces histoires idiotes de cochons impropres à la consommation. C'était une bonne idée. Dommage que ça n'ait pas fonctionné partout.

– Pourquoi me racontes-tu tout ça, alors que tu aurais pu me parler depuis des années et que tu ne l'as pas fait.

– Cela n'a plus d'importance. Et puis, tu vas bientôt mourir. Je fais juste un geste. Mais ce jour-là, tu seras bien seul.

– Ma santé est excellente, et je n'ai que soixante ans.

– Je pourrais te faire exploser le crâne contre ce mur, si l'envie m'en prenait, mais je ne te garantis rien. Tu ne mourrais peut-être pas sur le coup…

– À quoi bon ? hasarda Craig. Tu y gagnerais quoi ?

– La satisfaction de te voir affronter ce que tu redoutes tant.

– Tu ne t'en es pas prise aux scientifiques toutes ces années. Alors, aujourd'hui moins qu'hier, je pense. Et eux se sont acharnés sur toi. Tandis que moi, je n'ai fait que m'intéresser à ton cas.

– Le commanditaire est deux fois plus coupable que l'exécutant.

– Question de point de vue.

– Je sais déjà presque tout ce qu'il y a à savoir, Denis. Maintenant, je peux partir en toute tranquillité.

– C'est une hypothèse que j'ai envisagée. Et puisque tu sais tout, tu dois donc savoir aussi que cette pièce est sous contrôle. Comme l'était ton ancien petit vivarium.

– À la différence que les fléchettes anesthésiantes ont été remplacées par des balles réelles…

– Nous ne pouvions pas nous permettre de te voir récupérer mon nouveau bien.

– Tu ignores comment t'en servir.

– Toi aussi, si j'ai bien compris tes lacunes.

– J'apprends beaucoup ces temps-ci…

– Moi aussi. Et ma nouvelle équipe de chercheurs trouvera la fonction de cet objet. Tôt ou tard, ce n'est qu'une question de temps.

– Sauf que tu n'es pas éternel, Denis. Et tu veux comprendre avant que la mort ne vienne te sourire en face.

– C'est vrai. Nous sommes tous dans ce cas.

– Tu es tellement joueur que tu es prêt à risquer ta vie pour savoir si ton jeu est bon.

– Le poker n'est pas ton fort, Ilis. Je veux surtout connaître le jeu de l'adversaire.

– Tu n'es pas de taille à jouer.

– J'ai appris que tu étais enceinte, Ilis, dit Craig pour changer de sujet. Tu aurais dû m'en parler… Comment as-tu réussi là où nous avons échoué si souvent ?

– Question de contrôle. La chimie et la technologie ne suffisent pas toujours. C'est là l'une de tes erreurs. Tu crois trop au pouvoir des machines. Trop loin et trop fort.

– Sans doute, je me le suis souvent dit, pensa Craig tout haut. On a voulu remplacer Dieu par la technologie.

– Ce qui mène forcément vers une impasse.

– Tu voudrais réhabiliter Dieu ? Toi !

– La solution n'est pas plus dans l'un que dans l'autre.

– Où est-elle, alors ?

– Peut-être bien dans l'Aratta.

– Nous y voilà ! apprécia Craig. C'est la seule chose qui nous réunisse sur cette plate-forme.

– Réunissez-vous tant que vous voulez avant que la vie ne quitte tes veines.

– Les conversations avec Malhorne étaient souvent redoutables. Mais avec toi, c'est de la haute voltige. Pas un faux pas, sinon les têtes tombent…

– Je ne vois pas pourquoi tu fais une différence entre Malhorne et moi.

– Les apparences, Ilis. Les apparences. Difficile de voir en toi autre chose qu'une jeune femme.

– Je te plais, n'est-ce pas ?

– Puisque tu devines mes pensées…

– Tu as tué le père. C'est freudien. Ne t'en prends pas à sa fille. Non seulement tu risquerais de t'apercevoir qu'elle est ta sœur, mais en plus, elle ne te laissera pas faire.

– Je n'en ai nullement l'intention.

– Alors, baisse les armes à ton tour.

– Ce qui signifie que tu ranges les tiennes ?

– À quoi destines-tu l'Aratta ?

– Tu ne l'as pas déjà lu dans mon esprit ?

– Ce n'est pas clair. Soit tu penses pauvrement, soit tu n'en as aucune idée. Je penche plus volontiers pour la seconde hypothèse.

Craig esquissa un sourire gourmand. Il était plus que rarissime que quelqu'un ose lui parler ainsi. Ilis avait l'insolence des gens qui savent qu'ils ont raison. Et force lui était de constater qu'elle était dans le vrai.

– Faire abstraction de la réussite possible pour ne viser que son accomplissement, poursuivit Ilis. Voilà ce à quoi doit servir l'Aratta. Cesse de ne songer qu'à ton ego et à ma façon de te parler. Concentre-toi sur mes mots. Peu m'importe qui contribuera à ce que l'Aratta revienne entre mes mains. Ça m'est complètement égal. Tu ne pourras rien en faire tant que je ne le déciderai pas.

– Que sais-tu de cette sphère ?

– Je sais qu'elle est la clef.

– Si je comprends correctement ta métaphore, la sphère ouvre quelque chose.

– Je le pense.

– Joue cartes sur table, Ilis. Ou dois-je m'adresser à Malhorne ? Lui a collaboré.

– Pour ce qu'il y a gagné…

– Ce n'était pas de mon ressort. Malhorne a tranché pour lui-même…

– L'Aratta m'apprend que nous ne sommes pas seuls.

Craig la regarda d'un air effaré.

– Nous ne sommes pas seuls où ? Dans l'univers ?

– Non, je n'ai pas dit ça.

– Des extraterrestres ?

– Tu es compliqué, Denis. Alors que la vérité est si simple.

– Alors, quoi ?

– Nous ne sommes pas seuls… sur Terre.

– Qu'est-ce que tu racontes ? demanda Craig. Ça n'a aucun sens !

– Pour toi peut-être…

– Qui a construit l'Aratta ? D'où vient-il ?

– Il manque une pièce à cette clef, dit Ilis en revenant au sujet lancé par Craig. Elle ne pourra pas fonctionner sans elle.

– Le cristal du Vatican ?

– Tu réfléchis bien, Denis. Et je vois en toi que tu ne l'as pas.

– Il y a quinze ans, le père Fontorbe a été assassiné. Le pendentif d'Ethen a disparu avec lui.

– Curieux que tu l'aies laissé repartir avec !

– À l'époque, ce morceau de verre ne représentait rien. Et Fontorbe y tenait beaucoup.

– Ses petits yeux porcins me manqueront.

– C'était un homme de valeur. Avec ses qualités et ses défauts.

– Il avait le vice dans le sang, plutôt. Mais je reconnais que c'était une belle intelligence…

– Au diable le père Fontorbe ! coupa Craig en élevant le ton. Aide-moi à utiliser l'Aratta. C'est dans ton intérêt autant que dans le mien.

Ilis s'étira sur son matelas, puis elle posa les mains sur sa nuque et bâilla.

– On a le temps, lâcha-t-elle. En tout cas, moi je l'ai. Retrouve d'abord le pendentif. On verra ensuite le niveau de ma collaboration.

– Je peux m'en prendre à ce que tu as de plus cher, menaça Craig.

– Quoi par exemple ?

– Tara. Milos. Ta sœur, énuméra-t-il tout en réfléchissant. L'enfant qui grandit dans ton ventre !

Ilis se contenta de sourire. Puis elle ajouta :

– Cherche plutôt le pendentif. Ce sera plus utile.

69

Allongé dans l'obscurité de sa cabine, Spencer ressassait les derniers événements avec un sentiment de rancœur au fond de l'âme. Il avait passé sa vie à exécuter des ordres. Il y avait même excellé. Avec, pour sa part, la profonde satisfaction de coller pleinement au schéma d'ensemble dans lequel il avait pris place. Que ce soit dans l'armée ou dans les sociétés de Denis Craig.

Faire partie du plan d'un autre ne l'avait jamais dérangé. Le monde tournait de cette façon. Il fallait des décideurs et des exécutants. Et les deux côtés de l'édifice devaient être efficaces.

La vie n'était pas plus compliquée que ça. En tout cas était-ce ainsi qu'il l'avait toujours imaginée.

Jusqu'à récemment.

La rencontre avec Malhorne avait produit une sorte de dérangement dans sa vision limpide du monde ; Spencer ne s'en était pas aperçu avant que des années ne se soient écoulées. Il avait fallu attendre la maladie puis la mort de sa femme pour que les germes du doute viennent à éclore.

Sa mise en disponibilité par Craig, le nouvel échec dans son travail lorsque l'enfant s'était évadée la première fois, puis son éviction partielle des effectifs de la sécurité du groupe, tout cela cumulé avait fortement ébranlé son sens du devoir et son envie de faire.

Spencer se tourna sur le côté. Par le hublot de sa cabine,

il voyait la pluie gifler le plexiglas. Des éclairs zébraient la nuit, transformant l'espace d'une seconde l'intérieur de sa chambre en un négatif surexposé de sa réalité obscure.

Une curieuse sensation commença à l'envahir. Quelque chose qu'il ne connaissait pas se produisait en lui. Comme un début de saignement de nez, mais généralisé à la totalité de son crâne. Ce fut tout d'abord presque insensible, puis il eut le sentiment que sa cervelle se liquéfiait.

Il allait porter sa main à ses narines quand une voix éclata dans sa tête.

Il faut avoir péché pour devenir un juste. Le repentir est sans doute la plus belle action de grâce possible.

Peut-être qu'aujourd'hui, tu ouvrirais enfin ta porte à ton Christ chevelu.

Tu as de moins en moins peur de ce que tu ne peux pas contrôler, mon bon Karl Spencer !

Spencer sentit une peur primitive envahir d'un coup ses entrailles. Sans qu'il s'en rende compte, ses jambes se replièrent vers sa poitrine.

Tu doutes encore et c'est la seule solution raisonnable. Je commence à t'apprécier. Il était temps ! Presque tous les hommes valent la peine d'être connus. Mais la douleur est parfois trop grande. Bienvenue dans la réalité d'un monde plus que parfait.

Dans la pénombre de la cabine, le corps de Spencer s'était tant recroquevillé qu'il faisait à présent penser à une boule posée sur le lit.

Il garda cette position longtemps, attendant et redoutant à la fois que la voix résonne à nouveau dans son crâne. L'adrénaline surdosée charriée par son système vasculaire le maintint crispé une bonne heure. Puis le sommeil le gagna comme un enfant fatigué. D'un coup et sans prévenir.

70

La masse sombre du *Neptune* ressemblait à une colline posée sur la mer, devant l'entrée du port de Batoum. Seuls ses feux de position le différenciaient d'une île qui aurait soudainement jailli des eaux.

Sur le pont, une douzaine de silhouettes s'activaient. Un premier bateau pneumatique toucha la surface de la mer, puis un second le rejoignit bientôt.

Irina glissa ses mèches blondes sous la capuche de sa combinaison de plongée, puis elle vérifia la fixation de son couteau.

– Allons-y, dit-elle aux autres. C'est l'heure.

Les silhouettes passèrent par-dessus bord. Les unes après les autres, elles glissèrent le long d'une corde jusqu'aux pneumatiques. Sur le pont, une dernière personne semblait hésiter. Elle regardait vers le bas, sans se décider à se lancer dans le vide.

– Maintenant, Franklin ! cria Irina.

La silhouette attrapa la corde. Il y eut un juron étouffé par la distance. Puis elle descendit lentement.

– J'ai quitté les scouts il y a quarante ans. Et c'était pas pour faire le zazou aujourd'hui !

Franklin posa enfin le pied sur le bateau gonflable et s'affala au milieu des rameurs.

Ils sont complètement malades et j'aime ça, pensa-t-il en se redressant.

– Vous voulez que je rame ?

– Contente-toi de ne pas bouger et de te taire, répondit Irina. La plate-forme est à quinze kilomètres d'ici. Tu ne tiendrais pas un quart d'heure.

Spencer se réveilla en sursaut. Ses draps étaient trempés de sueur.

Sa montre indiquait quatre heures du matin.

Il regarda par la fenêtre. L'orage de la veille s'était calmé. Une lune pleine et légèrement ambrée était posée sur l'horizon.

Il s'habilla en vitesse et sortit à l'air libre.

Dans le vent flottait une impression de légèreté. La tension électrique de la nuit passée s'était déchargée aux points de foudre.

Il fit un signe de tête vers l'un des gardes du dispositif installé par Straub, puis s'éloigna dans la nuit.

Pas l'air bien gaillard, celui-là, pensa Spencer. *Il dort à moitié. Il a de la chance que ça n'ait été que moi.*

Il traversa en diagonale le pont supérieur de la plate-forme et alla se caler contre la balustrade

Vingt-cinq mètres en contrebas, la surface de la mer ondulait encore des creux de la taille d'un homme.

Au-dessus de lui, la masse sombre d'un hélicoptère découpait une tache noire sur la nuit étoilée.

Spencer laissa vagabonder son regard sur les lignes mouvantes des crêtes. La lumière argentée de la lune y scintillait un instant, puis disparaissait. Ça ressemblait à une peinture abstraite où le cerveau pouvait reconnaître çà et là des formes imaginaires.

La mer tranquillise l'âme des hommes. Celle de Spencer comprise.

Il eut soudain une irrésistible envie de fumer. Alors

qu'il s'était débarrassé de cette sale manie près de trente ans auparavant.

Le combat contre la dépendance se gagne aux portes de la mort, songea-t-il. *Pas avant. Cette salope te tente encore, même après des décennies d'abstinence. C'est passionnel.*

Quelque chose bougea sur la surface agitée de la mer. Un point plus sombre que le reste où la lumière ne se posait pas. Spencer tenta de deviner ce dont il s'agissait, mais la forme se trouvait encore trop loin.

Il attendit, les yeux glissant de droite et de gauche autour de l'objet. Il s'aperçut ainsi qu'il n'y avait pas une mais plusieurs formes qui surnageaient.

Un objet isolé aurait pu dériver. Comme une branche, un débris d'épave ou n'importe quelle matière susceptible de flotter. Mais plusieurs en même temps, aussi groupés, alertèrent aussitôt la vigilance de Spencer.

Il enjamba la balustrade et attrapa les échelons métalliques soudés sur le pilier. Il descendit doucement, essayant de faire le moins de bruit possible, malgré le fracas des vagues qui se brisaient sur les infrastructures basses de la plate-forme.

Il s'arrêta ainsi au ras de la houle.

Le point de vue était très impressionnant. Spencer se sentit tout petit, coincé entre l'étendue d'eau grondante et l'énorme plate-forme qui le surplombait.

Entre-temps, les points sombres s'étaient approchés du pilier opposé à celui sur lequel il se tenait.

Il vit une forme gravir les échelons. Puis une autre. Et encore une autre. Il en compta quatorze.

Spencer monta à son tour, en suivant la progression du dernier visiteur. Il voulait les voir de plus près, connaître l'identité, ou au moins apercevoir les visages, de ceux qui osaient s'attaquer à Craig.

Après tout, il n'était plus le chef de la sécurité. Son

patron le lui avait rappelé la veille encore. Il n'était plus grand-chose d'ailleurs. Un simple observateur, qui se réjouissait déjà d'un spectacle donné pour lui seul.

Il se plaqua contre la noirceur du pilier et scruta le pont supérieur.

Les assaillants s'étaient regroupés derrière un rempart de caisses. Ils portaient tous des combinaisons de plongée et s'étaient enduit le visage avec un pigment aussi sombre que la nuit.

Spencer identifia huit hommes et six femmes, s'il pouvait réellement se fier à l'arrondi des hanches et de la poitrine.

L'une d'elles donna des ordres à ses troupes en silence, puis elle s'approcha du garde que Spencer avait croisé un quart d'heure plus tôt.

Elle sortit un long couteau à lame torsadée de sa ceinture. Une arme identique à celle d'Ozlim. Le poignard virevolta dans l'air et le garde s'écroula, la gorge ouverte de part en part.

Jolie technique, apprécia Spencer. *Et pas d'états d'âme.*

Spencer pensa à Stacey. Il devait le prévenir qu'un danger les guettait tous. Puis il changea d'avis. Il était presque certain que l'archéologue essaierait de donner l'alarme.

Le visage de Stuart s'imposa dans son esprit. C'est ça. Il allait prévenir le prêtre. Sans vraiment en analyser les raisons. Il éprouvait de la sympathie pour cet homme. Et la rareté de ce sentiment valait bien qu'il fasse un geste.

Il descendit par un escalier extérieur et s'introduisit dans la partie de la plate-forme où le prêtre et ses amis étaient tenus enfermés pour la nuit.

Il s'élança dans un long couloir.

Dans sa poitrine, son cœur battait trop fort.

Spencer songea à ses vingt ans depuis trop longtemps

révolus, s'arrêta pour reprendre son souffle, puis reprit sa course.

Il passa devant la cabine de Tara, puis celle de Gabriel, et arriva enfin devant la chambre de Stuart.

Il débloqua la serrure magnétique externe et poussa la porte. La pièce était plongée dans le noir.

– Qui est là ? demanda la voix ensommeillée de Stuart.

– N'allumez pas la lumière, se contenta de répondre Spencer.

– Spencer ? C'est vous ? Qu'est-ce que vous foutez dans ma chambre ?

– Ne me faites pas regretter mon geste avec vos grognements. Je viens vous sauver la peau, mon vieux. On a de la visite, et d'après ce que j'ai pu en voir, c'est plutôt hostile.

– Qu'est-ce que vous racontez ?

– J'ai vu un garde se faire égorger. Ça vous suffit ?

– Il faut faire sortir Tara et Gabriel, dit brièvement Stuart en s'habillant à la hâte.

– Je ne suis pas venu aider la terre entière…

– Parce que vous imaginez que je vais laisser mes amis se faire tuer sans rien faire ! Vous délirez, Spencer.

– Vu sous cet angle.

– Il n'y a pas d'angle à avoir. Soit vous m'empêchez d'ouvrir leurs portes, soit vous m'aidez. Mais décidez-vous maintenant !

– Allez-y. Après tout, je m'en moque.

Stuart sortit dans le couloir et s'introduisit dans la chambre de Tara. Une minute après, il passait dans celle de Gabriel.

Le trio se retrouva dans le couloir.

– Où est-il ? demanda Tara.

– Attendez, je vais voir.

Stuart retourna dans sa chambre. Spencer s'y trouvait encore. Il s'était assis sur le lit et observait ses mains.

– Allez, bougez-vous. C'est le premier pas le plus dur. Après, ça passe. Mais je peux vous assurer que vous avez bien agi.

– C'est toujours une question de point de vue, répondit sombrement Spencer.

– Allons, vous avez servi un malfaisant trop longtemps. C'est douloureux, mais c'est comme ça. Maintenant, vous bougez vos fesses, ou on fout le camp sans vous.

Spencer réfléchit une dizaine de secondes, puis se leva pour suivre Stuart.

– Bon. On fait quoi maintenant ? demanda Tara.

– Les hélicos, proposa Spencer. C'est la seule façon de s'en aller d'ici.

– Vous savez piloter ces engins ?

– Ça fait longtemps, mais j'ai su le faire.

– Parfait. Avant ça, on s'occupe de Milos et d'Ilis. Il n'y a pas de…

– Allez libérer Milos, la coupa Gabriel. Nos visiteurs viennent pour Ilis et l'Aratta.

– Et toi, tu comptes faire quoi pendant ce temps ?

– Leur prêter main-forte.

– Tu sais qui ils sont ?

– C'est ma famille, répondit Gabriel en tournant les talons. Les Lukingias. Allez sur l'aire d'atterrissage. On vous retrouve là-bas !

– Qu'est-ce que tu racontes ? cria Stuart. Quelle famille ?

Le dos de Gabriel disparaissait dans l'angle du couloir.

– Silence ! intima Spencer à voix basse. Vous voulez nous faire repérer ? Suivons le conseil de Gabriel.

Milos se trouvait enfermé dans une cabine située dans

une aile parallèle. Spencer ouvrit la marche. En un clin d'œil, il avait retrouvé ses vieux réflexes de déplacement furtif. De loin en loin, il leur faisait signe que tout allait bien. Tara et Stuart le rejoignaient alors, et Spencer repartait en avant.

Cette technique leur permit de rallier la cabine de Milos en moins de dix minutes, sans rencontrer âme qui vive.

La montre de Spencer indiquait quatre heures quarante-cinq.

Il n'y avait toujours pas un bruit à l'intérieur de la plate-forme.

Spencer allait ouvrir la porte de la chambre quand Tara retint son geste.

– Attendez. Il ne nous connaît pas.

– Et alors ?

– Alors ? Si ce qu'en a dit Stacey est vrai, ce gamin est surexcité. Ça va nous poser un problème. Pourquoi croirait-il des inconnus ? Il est enfermé depuis une semaine, sans voir personne et...

– Je vois, grogna Spencer. J'ai une solution.

Il entra dans la chambre enténébrée sans un bruit. Milos dormait en émettant un léger sifflement. Lorsqu'il eut atteint le chevet du lit, Spencer alluma le plafonnier.

Milos se redressa d'un bond, mais n'eut pas le temps de comprendre ce qui lui arrivait. Le poing de Spencer s'écrasa contre sa tempe, le renvoyant vers de nouveaux limbes.

Il le chargea sur son épaule et ressortit de la cabine.

– Ils sont nourris à quoi, les jeunes d'aujourd'hui ? réussit-il à émettre entre deux soufflements rauques.

– On discutera d'OGM plus tard, répondit Tara. Où se trouve l'héliport ?

– Juste au-dessus de nos têtes. Suivez-moi.

Plusieurs volées de marches les amenèrent sur le pont

principal, puis sur l'aire d'atterrissage, qui surplombait la plate-forme de quelques mètres.

– On prend lequel ? demanda Tara en faisant un geste en direction des trois hélicoptères.

– Le cargo. Nous sommes trop nombreux pour les autres. Tara, ouvrez-moi cette porte et occupez-vous de mon colis ! Stuart, allez surveiller ce qui se passe en bas. Moi, j'ai besoin de me remettre le poste de pilotage en tête.

– C'est bon ! chuchota Spencer en rejoignant Stuart à son poste d'observation. Je n'ai plus qu'à pousser un bouton. Vous avez vu quelque chose ?

– Deux personnes ont traversé le pont il y a dix minutes. Elles sont descendues dans la direction du réfectoire. Ensuite, quatre autres sont parties vers le machin flottant où se trouve Ilis. Il y avait Gabriel avec eux.

– C'est tout ?

– Jusqu'à présent, oui.

Spencer consulta sa montre.

– Presque cinq heures trente. La relève des gardes ne va pas tarder.

– Vous ne trouvez pas que ça a l'air trop facile ?

– Straub a placé quinze hommes de sécurité, qui se relayent par équipe de cinq toutes les quatre heures. À sa place, je n'aurais pas fait mieux. Personne n'est censé savoir que nous sommes ici.

– Regardez, indiqua Stuart. Ils reviennent.

Plusieurs groupes convergeaient rapidement vers un côté de la plate-forme. Ilis se trouvait dans l'un d'eux.

Une sirène résonna alors dans les haut-parleurs. La contre-offensive n'allait pas tarder.

– Et dire que je n'ai pas une arme pour les aider, se plaignit Spencer.

– S'ils sont tous comme cette jeune femme qui s'est tuée pendant vos fouilles, alors ils n'ont pas besoin de votre aide.

Une silhouette émergea de la nuit sur leur gauche.

Spencer se ramassa sur lui-même, prêt à bondir.

– Sacré vieux pilleur de troncs, dit la silhouette à Stuart. On m'avait bien dit que tu traînais dans les parages. Mais je ne pensais pas que tu voyageais aussi loin du Vatican.

Le visage de Stuart se décomposa. Il devint livide.

– Franklin ? ânonna-t-il.

– Lui-même ! Et pour une fois sans brouilleur de voix, sans lentilles colorantes, sans tatouages et tout ce genre d'artifices.

Franklin se tourna vers Spencer.

– Karl Spencer ! dit-il sur un ton admiratif. Je m'attendais à vous trouver aussi, mais pas de ce côté-ci de la barrière.

Spencer grogna quelque chose, mais ni Franklin ni Stuart ne comprirent de quoi il s'agissait.

– C'était bonjour, je crois, commenta Franklin. Ou peut-être bonsoir. Sacré Spencer, toujours la parole aimable.

Plusieurs silhouettes apparurent à leur tour. L'une d'elles portait un sac lourdement chargé d'une rotondité apparente.

Il y eut des échanges de tirs avec les premiers gardes réveillés par l'alerte.

– Ne traînons pas, dit Spencer. Montez tous dans l'hélicoptère. Je mets les turbines en marche.

Franklin et Stuart y parvinrent en premier.

Tara, toujours occupée à essayer de ranimer Milos, releva la tête lorsqu'ils montèrent à bord. Elle croisa le regard de Franklin et resta stupéfaite. Franklin n'en menait pas large non plus. Il s'assit en face d'elle.

Ils ne se dirent pas un mot, mais continuèrent à se regarder.

L'arrivée d'Ilis et des derniers Lukingias coupa court à ces curieuses retrouvailles.

L'hélicoptère s'éleva lentement au-dessus de la plate-forme. Des balles crépitaient sur la carlingue. Puis il s'inclina vers l'avant et fila dans la nuit.

Dans la soute, tous les regards étaient focalisés sur Ilis. Chacun essayait d'accrocher celui de la jeune femme. Des questions innombrables se bousculaient dans les têtes, sans qu'aucune ne parvienne encore à sortir.

Ilis les observa tour à tour. Les Lukingias, Franklin, Tara, Stuart et Milos, qui rêvait toujours du poing de Spencer.

– Salut ! se contenta-t-elle de dire.

Puis elle commença à sourire de satisfaction.

71

– Nous sommes trop lents, hurla Spencer pour couvrir le bruit des turbines.

– Posez-nous, alors, répondit Ilis en pointant son doigt sur une carte dépliée sur ses genoux.

– Mais il n'y a rien, là ! C'est le désert turc.

– Allez-y, Karl Spencer, insista la jeune femme avec un sourire malicieux. Je pense avoir le contrôle de la situation.

– On a trois appareils qui nous ont pris en chasse. Ils sont beaucoup plus rapides que celui-ci. Vous n'aurez pas beaucoup de temps pour trouver un abri.

– Je sais déjà où aller. Et croyez-moi, c'est le meilleur abri qui soit.

Spencer n'en sut pas plus. La jeune femme était déjà repartie dans la soute rejoindre les passagers.

– Donnez-le-moi ! dit-elle à Irina.

– Quoi ?

– Le cristal. Vite !

Irina ouvrit une poche qui se trouvait à l'intérieur de sa combinaison et tendit le pendentif d'Ethen à Ilis.

– Montrez-moi la sphère.

Gabriel ôta le sac qui recouvrait l'objet.

– La voilà.

Ilis s'assit à côté de la sphère, puis elle tendit les mains, paumes ouvertes, et approcha le cristal de la matière sombre.

Les contours du joyau s'estompèrent peu à peu, puis il disparut entièrement. Il ne resta plus dans les mains tendues que les entrelacs d'or et d'argent qui avaient servi à le maintenir au bout de sa chaîne.

– Les sept sont de nouveau réunis ! prononça-t-elle pour elle-même. Le temps du voyage est revenu.

La voix de Spencer grésilla dans les haut-parleurs.

– Accrochez-vous, j'amorce la descente !

Le sol se rapprocha très vite. Spencer redressa le nez de l'appareil au dernier moment et réussit à se poser en douceur au centre d'une dépression.

Il laissa le moteur tourner et descendit ouvrir la porte latérale. Les dix-huit passagers s'extirpèrent de la soute.

– Posez la sphère sur le sol, demanda Ilis. Et asseyez-vous autour.

Spencer les regarda faire, puis tourna le dos.

– Restez, Karl, cria Stuart. Où allez-vous ?

– Je vais essayer de les ralentir un peu.

– Mais c'est du suicide !

– Question de point de vue. Encore une fois. Souhaitez-moi plutôt bonne chance.

Il monta sur le siège et referma la porte.

Avant de décoller, il fixa Ilis.

La jeune femme s'en aperçut et le regarda à son tour.

Je voulais m'excuser, pour ton oiseau, pensa Spencer.

Ilis secoua la tête plusieurs fois et lui adressa un sourire.

Spencer mit les gaz. L'hélicoptère s'arracha lourdement à l'attraction et disparut bientôt dans l'aube naissante.

Ilis reporta son attention sur la sphère.

Autour d'elle, personne ne savait ce qui allait se passer.

Le taux d'humidité augmenta rapidement. Des perles de rosée se condensaient sur leurs vêtements. Bientôt, ils sentirent un vent tourbillonnant se lever.

– Ils se sont posés à la limite de la frontière turque et de la Syrie. Nous avons la signature de leurs Implants sur le scanner, précisa le pilote. On ne peut pas les perdre, il n'y a rien d'autre que le désert par ici.

– C'est à quelle distance ? demanda Craig.

– Cinq minutes de vol, peut-être un peu moins.

– Vous pouvez accélérer encore un peu ?

– Oui. Mais c'est risqué. On perdra en maniabilité.

– Accélérez !

Le pilote donna l'ordre aux deux appareils qui le précédaient de mettre pleins gaz. En tête de l'escadron, Straub exécuta l'ordre. Il poussa la manette de commande des turbines.

L'aiguille du compte-tours passa dans le rouge. Celle du cadran de vitesse vibra au-dessus de six cent cinquante.

– Ils viennent de redécoller, indiqua le pilote. Et leur hélico se dirige droit sur nous.

– C'est quoi, ce petit jeu ? pensa Craig à voix haute.

Lorsque les quatre appareils furent suffisamment proches pour que Spencer distingue la visière de Straub en face de lui, une pensée incongrue lui vint à l'esprit. Il pensa à sa guerre contre la nicotine. Il allait gagner.

Les deux hélicoptères suiveurs évitèrent de justesse une collision fatale. La boule de feu engendrée par l'explosion passa à dix mètres de leurs cockpits, avant de tomber vers le sol, quelques centaines de mètres en contrebas.

– C'est quoi ce merdier ? jura le pilote en montrant à Craig une ligne de front qui grossissait sur l'écran-radar.

– Une dépression, ça me semble évident !

– Elle n'était pas là il y a une minute.

– Posez-vous à côté de la signature de leurs Implants.

– Comme vous voudrez. Mais tenez-vous bien. Ça va secouer.

Les pilotes durent user de tout leur savoir-faire pour toucher le sol sans heurts. Un vent de plus de cent kilomètres à l'heure tourbillonnait dehors, charriant un mélange presque compact de sable, de poussière et d'eau.

Les hommes de Straub se regroupèrent au pied des appareils. Ils s'équipèrent de lunettes de protection, puis avancèrent dans ce brouillard poussiéreux, armes pointées dans la direction de leur cible.

– Ils sont devant nous, hurla l'un des mercenaires à Denis Craig. À deux cents mètres à peine.

Sur son scanner de poche, les signatures magnétiques des Implants étaient à ce point regroupées qu'il n'était pas possible de les distinguer les unes des autres.

Les hommes continuèrent de progresser contre le vent. Devant eux, ils aperçurent bientôt une lumière blanche. Son intensité augmenta très rapidement, au point de devenir aveuglante.

– Qu'est-ce que c'est ? hurla Craig.

L'homme qui se tenait près de lui n'entendit pas la question. Ses oreilles s'étaient remplies de sable mouillé.

La lumière atteignit un niveau insupportable pour l'œil. Craig crut entendre un bruit de carillon, puis tout disparut en une fraction de seconde. Le vent violent cessa en même temps que la lumière. La poussière et le sable retombèrent en silence et la vapeur d'eau s'évanouit dans les rayons du soleil.

À l'endroit où Ilis et ses compagnons s'étaient tenus un instant plus tôt, un lac d'un mètre de profondeur avait rempli la dépression.

Craig et ses hommes scrutèrent la surface de l'eau. Il n'y avait plus personne.

– Ils sont où ? brailla Craig sur un ton venimeux.

Il regarda son scanner de poche. L'écran était vide.

– Là, il y a quelque chose qui bouge.

Les regards se tournèrent dans la direction indiquée.

Sur le côté opposé du lac, une forme se déplaçait au

bord de l'eau. Une forme sombre, difficilement reconnaissable à cette distance.

– Ce n'est pas elle. Abattez-le ! ordonna Craig.

Les hommes braquèrent leurs armes et vidèrent leurs chargeurs. Les impacts crépitèrent comme si les balles avaient touché du métal.

Il y eut ensuite une explosion. La forme se sépara en deux. Une silhouette fut projetée dans les airs, à quelques mètres de distance, tandis que l'autre partie se consumait rapidement.

Craig et ses hommes se précipitèrent.

Ils contournèrent le lac et arrivèrent en moins d'une minute aux pieds de leur victime.

Un homme gisait sur le sol, le corps à moitié étendu dans l'eau.

Il portait un curieux vêtement, une combinaison noire aux reflets ocre. Elle était parcourue de lignes fines qui faisaient penser à un système vasculaire. Au niveau du sternum, quelque chose était écrit. Mais les caractères, totalement inconnus, échappaient à l'entendement.

Un casque avait glissé sur le côté, offrant aux regards un système relevant d'une technologie complexe. L'arrière de ce casque était encore fixé sur les épaules de l'homme. Il se terminait en une sorte de cape souple et épaisse dont Craig ne parvint pas à définir la fonction.

De ce qui avait brûlé, il ne restait plus que quelques traces de suie sur le sable.

72

Rapport d'autopsie.
Docteur Archibald Van Kriegs.
Fondation Prométhée.
21 septembre 2029.

Denis,

Le cadavre de l'homme dont tu m'as confié l'autopsie présente certaines anormalités dont voici le détail :

Sa composition ADN l'apparente totalement à notre espèce. À la différence que cet homme a été génétiquement modifié pour le parfaire. Les séquences passives ont été recombinées. Ce jeune homme est un magnifique spécimen d'OGM.

Son estomac est de petite capacité. La quantité de ses selles est extrêmement réduite.

Il a ingéré des aliments hypernutritifs synthétiques qu'aucun laboratoire à ma connaissance ne serait en mesure de produire.

Sa masse osseuse est inférieure à la moyenne que l'on peut constater d'ordinaire. Si je fais se rejoindre cette constatation avec certains de ses résultats sanguins, j'arrive à une conclusion qui me tracasse.

On retrouve ces caractéristiques chez les astronautes qui ont fait un long séjour en apesanteur.

Présence dans le corps de capsules médicamenteuses reliées à des microprocesseurs. Dans le cerveau, le foie, le cœur, les poumons, les yeux, la thyroïde et les testicules. Cet homme était sous contrôle. Comme s'il avait eu un toubib en permanence avec lui. Je travaille actuellement sur les molécules chimiques contenues dans ces capsules. C'est prodigieux d'intelligence. Seulement, le hic, c'est que là encore, je ne comprends pas quel type de procédé a permis de réaliser de telles associations moléculaires.

Voici pour les premiers résultats.

Je te demande toutefois plus de temps, afin d'approfondir mes recherches. Ce cadavre est tout à fait passionnant, à bien des égards.

Mais il serait sans doute utile, voire nécessaire, que tu m'en dises plus à son sujet.

Il serait également judicieux que je puisse entrer en contact avec l'équipe chargée d'étudier le casque et les vêtements dont tu m'as parlé. L'union de nos recherches pourrait tous nous faire progresser.

Bien cordialement.

Archibald Van Kriegs.

Denis Craig leva les yeux du papier à en-tête de la Fondation. Le rapport d'autopsie qu'il venait de lire à plusieurs reprises l'expédiait dans un abîme de conjectures aussi fantastiques qu'incroyables.

Il s'empara du téléphone et composa le numéro personnel de Van Kriegs. Il entendit une sonnerie, puis raccrocha.

Une nausée montait en lui. Peut-être un saignement de nez. Il se rua dans le cabinet de toilette pour se regarder dans le miroir.

Le malaise s'intensifiait. Il avait à présent l'impression que son cerveau devenait liquide.

Tu n'y es pas, résonna la voix d'Ilis dans sa tête. *Mais pas du tout. Ah ! Si tu avais le bonheur de connaître la vérité ! Mais tu ne sauras jamais, Denis Craig. Jamais !*

La voix venue de nulle part ne prononça plus une parole. Un violent éclat de rire la remplaça. Un rire glacial et puissant qui résonna longtemps entre ses oreilles, comme le glas d'une révélation qu'il avait été sur le point de toucher.

73

– Salut la Terre et les terreux !

Vous n'écoutez pas, vous ne regardez pas, vous ne pouvez plus que lire mon 444e bulletin d'informations.

Désolé pour l'interruption des programmes de la dernière fois, mais il y a des moments où la vie vous rattrape.

Cet e-mail est ma dernière apparition médiatique, si j'ose dire. Je ne pouvais pas vous abandonner comme ça, bande de loqueteux indécrottables. Mais il faudra à l'avenir vous trouver un nouveau guignol.

Des affaires importantes m'appellent ailleurs, et cette fois-ci, je ne peux emmener personne avec moi.

Réponse à la question du grand jeu-concours *Nemo on the Net*.

Pourquoi mon sale rafiot portait-il donc le nom de *Neptune* ?

J'ai lu pas mal de réponses, mais pas une seule dans le lot qui ressemble de près ou de loin à la bonne…

Vous vous améliorez pas des masses. Qu'est-ce que vous allez devenir sans moi ?

Des adultes, je crois. Ah, ça fait mal à entendre, je sais, je suis passé par là moi aussi.

Faut bien que la jeunesse s'en aille. Essayez quand même de conserver un minimum d'idéalisme. Ça pourrait nous servir à tous.

Alors, ce Neptune, ça vient ?

Pendant que vous réfléchissez, j'ai une dernière info sur l'eau. J'avais oublié de vous le dire.

Je pense que vous allez regarder votre verre d'eau avec un nouvel œil à présent.

Pourquoi ?

Parce que cette flotte qui nous fait vivre, elle existe depuis des milliards d'années. Vous imaginez ce que ça implique ?

Non ! Mais, bordel, faites fonctionner vos neurones. Une fois. Je demande pas le bout du monde, juste une fois !

L'eau ne se fabrique pas, mes gaillards. Elle est là depuis le début. Et elle sera là jusqu'à la fin. Ça signifie que depuis la création de notre belle planète, elle est passée par tous les stades. Liquide, solide et gazeux. Chaque molécule. Des centaines de millions de fois. Sans s'altérer. C'est déjà pas mal, non ?

Faites fondre un métal cent fois, vous m'en direz des nouvelles.

Mais c'est pas tout ! Ça serait trop beau si j'avais eu juste ça à vous dire.

J'ai plus dégueulasse à vous raconter. Cette flotte qui se trouve actuellement dans votre verre, elle a occupé bien des espaces avant de s'y retrouver. Le ciel, la mer, les rivières, pour l'instant c'est poétique. Mais pensez plus loin.

Il y a pas très longtemps, elle composait peut-être l'œil de quelqu'un, ou ses tripes, ou sa merde. La flotte que tu viens de boire, chérie, elle a peut-être été pondue par l'anus de Louis XIV, ou éjectée au cours des règles d'une de ses favorites. C'est déjà plus crade, non ?

Imaginez tous les endroits par lesquels l'eau qui coule de votre robinet a pu passer avant, au cours des cinq cents millions d'années qui nous précèdent.

Je sais, ça donne la nausée, mais on peut pas se passer d'eau. Et n'essayez pas de la remplacer par autre chose ; l'eau, elle est partout.

Bon, et pour mon petit Neptune, toujours rien ?

Allez, je vais être beau joueur. Je vais vous la donner, la réponse.

Dans les siècles passés, nos bons savants croyaient que la planète Neptune était couverte d'eau. Tout ça parce qu'elle reflète comme de la flotte. Et pourtant, il n'y a pas pire merde à respirer que l'atmosphère de Neptune. C'est à grande majorité composé d'ammoniaque et de soufre. Pas très bandant pour y passer des vacances.

Et alors, direz-vous, le rapport avec mon rafiot ?

J'espérais qu'il s'en trouverait deux ou trois parmi vous qui donneraient la bonne réponse. Je n'aurais pas démenti et ça aurait pu lancer une jolie polémique.

« Nemo transporte du poison dans les cales d'un supertanker. »

Ça aurait pu être amusant, seulement, vous avez été trop fatigués pour me sortir la bonne réponse. C'est épuisant d'essayer de distraire des comprimés du bulbe.

Bon, allez, faut que j'y aille.

Tu sais, internaute chéri, ce qui gouverne le monde ?

La vanité.

Vous suivez tous des chemins parallèles. Sans jamais vous rencontrer vraiment.

Faites que ça change. Vite ! On n'a plus tellement le temps de traîner.

Allez, tchao, les boulets.

Grandissez tout seuls.

Et faites pas les mêmes conneries que vos aînés.

(e-mail extrait du site www.nemo-onthenet.com)
22 septembre 2029

Note de l'auteur

Avant d'écrire *Les Eaux d'Aratta*, j'ai dû me documenter sur certains sujets qui nécessitaient exactitude et précision. Les diatribes du personnage de Nemo en faisaient partie. À travers ses monologues, je voulais parler de l'état de notre planète et de notre comportement, en partie responsable de cet état.

J'ai donc recoupé plusieurs sources d'information, des publications de plusieurs organisations écologistes aux rapports annuels des Nations unies, me disant qu'en faisant une moyenne, j'approcherais au plus près de la réalité.

Partant de cette base, j'avais envisagé de grossir ensuite les chiffres obtenus, puisque les deux tiers de l'histoire se passent en 2030.

Mais les données chiffrées étaient tellement catastrophiques que les augmenter les rendait peu crédibles.

Je me suis donc contenté d'utiliser les chiffres du début du XXIe siècle pour parler de la Terre en 2030.

À l'exception de ses délires personnels et de ses propos blasphématoires, tout ce que dit Nemo est donc vrai.

Et ça vaut peut-être la peine de s'y arrêter plus longuement.

Malhorne
dans Le Livre de Poche

1. *Le Trait d'union des mondes*

Un homme assis armé d'une épée, telle est l'étrange statue datant du XVe siècle que l'ethnologue Franklin Adamov découvre au fond de l'Amazonie. Peu après, Franklin est contacté par une fondation appartenant à un riche financier, qui lui offre des moyens illimités pour résoudre cette énigme. Le mystère s'épaissit lorsqu'une statue identique est découverte à l'autre bout du monde. Qui se cache derrière ces monuments ? Qui a laissé ces signes, et pourquoi ? Le récit fabuleux d'une quête initiatique à travers cultures, histoire et religions.

Du même auteur :

Aux éditions Bragelonne

Malhorne

1. Le Trait d'union des mondes (2004)
2. Les Eaux d'Aratta (2004)
3. Anasdahala (2005)
4. La Matière des songes (2006)

(avec Nathalie Hug)

EspylaCopa (2006)

Aux éditions Télémaque
(avec Nathalie Hug)

Les Voies de l'ombre

1. Prédation (2006)
2. Stigmate (2007)
3. Instinct (2008)

Aux éditions Calmann-Lévy
(avec Nathalie Hug)

Les Éveillés (2008)

www.jeromecamut.com

Composition réalisée par FACOMPO (Lisieux)

Achevé d'imprimer en septembre 2008, en France sur Presse Offset par
Maury-Imprimeur - 45330 Malesherbes
N° d'imprimeur : 141028
Dépôt légal 1re publication : octobre 2008
LIBRAIRIE GÉNÉRALE FRANÇAISE - 31, rue de Fleurus - 75278 Paris Cedex 06